朱恒夫 注譯
耿湘沅 校閱

新譯花間集

三民書局 印行

國家圖書館出版品預行編目資料

新譯花間集／朱恒夫注譯;耿湘沅校閱.——初版三刷.——臺北市：三民，2005
面； 公分.——(古籍今注新譯叢書)
ISBN 957-14-2716-0 (精裝)
ISBN 957-14-2717-9 (平裝)

833.4 86014434

網路書店位址 http://www.sanmin.com.tw

注譯者 朱恒夫
校閱者 耿湘沅
發行人 劉振強
著作財產權人 三民書局股份有限公司
臺北市復興北路386號
發行所 三民書局股份有限公司
地址／臺北市復興北路386號
電話／(02)25006600
郵撥／0009998-5
印刷所 三民書局股份有限公司
門市部 復北店／臺北市復興北路386號
重南店／臺北市重慶南路一段61號
初版一刷 1998年1月
初版三刷 2005年5月
編　號 S 031550
基本定價 玖元捌角
行政院新聞局登記證局版臺業字第〇二〇〇號

ISBN 957-14-2717-9 (平裝)

刊印古籍今注新譯叢書緣起

劉振強

人類歷史發展，每至偏執一端，往而不返的關頭，總有一股新興的反本運動繼起，要求回顧過往的源頭，從中汲取新生的創造力量。孔子所謂的述而不作，溫故知新，以及西方文藝復興所強調的再生精神，都體現了創造源頭這股日新不竭的力量。古典之所以重要，古籍之所以不可不讀，正在這層尋本與啟示的意義上。處於現代世界而倡言讀古書，並不是迷信傳統，更不是故步自封；而是當我們愈懂得聆聽來自根源的聲音，我們就愈懂得如何向歷史追問，也就愈能夠清醒正對當世的苦厄。要擴大心量，冥契古今心靈，會通宇宙精神，不能不由學會讀古書這一層根本的工夫做起。

基於這樣的想法，本局自草創以來，即懷著注譯傳統重要典籍的理想，由第一部的四書做起，希望藉由文字障礙的掃除，幫助有心的讀者，打開禁錮於古老話語中的豐沛寶藏。我們工作的原則是「兼取諸家，直注明解」。一方面熔鑄眾說，擇善而從；一方面也力求明白可喻，達到學術普及化的要求。叢書自陸續出刊以來，頗受各界的喜愛，使我們得到很大的鼓勵，也有信心繼續推廣這項工作。隨著海峽兩岸的交流，我們注譯的成員，也由臺灣各大學的教授，擴及大陸各有專長的學者。陣容的充實，使我們有更多的資源，整理更多樣化的古籍。兼採經、史、子、集四部的要典，重拾對通才器識的重視，將是我們進一步工作的目標。

古籍的注譯，固然是一件繁難的工作，但其實也只是整個工作的開端而已，最後的完成與意義的賦予，全賴讀者的閱讀與自得自證。我們期望這項工作能有助於為世界文化的未來匯流，注入一股源頭活水；也希望各界博雅君子不吝指正，讓我們的步伐能夠更堅穩地走下去。

新譯花間集 目次

卷二 五十首

韋　莊　二十二首

卷三 五十首

韋莊 二十六首

卷四 五十首

卷五 五十首

卷六 五十一首

卷七 五十首

卷 八 五十首

孫光憲 四十八首

卷九 四十九首

閻選 八首

尹鶚 六首

毛熙震 十六首

卷十五十首

毛熙震 十三首

李　珣　三十七首

附錄

導讀

壹、《花間集》的編纂與作家概況

《花間集》是五代後蜀人趙崇祚於後蜀廣政三年（西元九四一）所編纂的，為我國最早的一部詞集。收錄了溫庭筠、韋莊等十八人的作品共五百闋，作品的年代大概從唐開成元年（八三六）到歐陽炯作序的廣政三年，約有一個世紀。其中收得較多的有溫庭筠（六十六闋）、孫光憲（六十一闋）、顧敻（五十五闋）、韋莊（四十八闋）、李珣（三十七闋），而編者趙崇祚一闋皆無，序者歐陽炯也衹有十七闋，這可見選編者沒有私心，態度公正。《花間集》中的作家可以分為三組：

第一組既非蜀人，也未在西蜀王朝時代生活過，如溫庭筠、皇甫松。溫庭筠是太原人，而占據西蜀的王建在八九一年為西川節度使，九〇三年進封蜀王，九〇七年稱帝，史稱前蜀。那麼卒於咸通七年（八六六）的溫庭筠與此小王朝便不可能發生任何關連；但因他是花間詞風的開創者，故將他置於首位，皇甫松大體也是如此。

第二組雖是同時代但並未仕於西蜀的詞人，如和凝、孫光憲。孫光憲《北夢瑣言》卷六：「晉相和凝，少年時好為曲子詞，布於汴洛。洎入相，專托人收拾焚毀不暇。然相國厚重有德，終為豔詞玷之。契丹入夷門，號為曲子相公。」和凝擔任晉相時為天福五年九月，正是《花間集》結集之年，可見，《花間集》所收約是他年輕時所作，自汴洛傳入蜀中的。孫光憲原是蜀人，唐末嘗為陵州判官，後離蜀赴荊南。

第三組為西蜀詞人，有韋莊、薛昭蘊、牛嶠、張泌、毛文錫、牛希濟、歐陽炯、顧夐、魏承班、鹿虔扆、閻選、尹鶚、毛熙震、李珣。不過，有些人的詞作並不是在蜀地創作的，如韋莊。莊於唐昭宗天復元年（九〇一）入蜀為王建掌書記，時已六十六歲，可見他的詞實際上大都作於入蜀之前。又如有的詞說到「木棉」和「越禽」，「銅鼓」與「蠻歌」，這些都是南方風物。

由上述可見，《花間集》不是西蜀一地的作家選集，而是代表中國在第十世紀三十年代到第十一世紀四十年代這一百多年間新興的詞體文學的總集。編者趙崇祚，為後蜀衛尉少卿。其父趙廷隱，并州太原人，隨孟知祥入蜀，為總親軍，執兵柄者十餘年。其子崇韜為都知領殿直。趙氏一門，都是孟蜀權要。其家富有，可敵王侯。《太平廣記》卷四〇九引《北夢瑣言》云：「趙廷隱起南宅北宅，千梁萬栱，其諸奢麗，莫之與儔。後枕江瀆，池中有二島嶼，遂甃石循池，四岸皆種垂楊，或間雜木芙蓉，池中種藕。每至秋夏，花開魚躍，柳蔭之下，有士子執卷者、垂綸者、執如意者、執麈尾者、譚詩論道者。」歐陽炯在〈花間集序〉中說趙崇祚「廣會眾賓，時延佳論」，「綺筵公子，繡幌佳人，遞葉葉之花牋，文抽麗錦；舉纖纖之玉指，拍按香檀」，並非虛飾。序者歐陽炯，後蜀宰司之臣，耽於聲樂，善吹長笛，蜀亡後歸宋，嘗為太祖奏技。

貳、花間詞產生的時代背景

唐末五代，是我國歷史上又一個政治黑暗、戰禍不斷、四分五裂、動蕩不安的時代。宦官弄權，藩鎮割據，朋黨相爭，整個社會，猶如一條千瘡百孔的破船，在狂風暴雨中飄蕩。本來，「有唐已降，率土之濱，家家之香徑春風，寧尋越豔；處處之紅樓夜月，自鎖嫦娥」，而在這看不到前景的現實中，花天酒地，及時行樂的風氣愈發熾熱。在位者醉生夢死，知識分子也放浪頹唐。對於大多數學士文人來說，他們有才學，有抱負，也看到了社會的危機，就是溫庭筠也說過「自笑漫懷經濟策，不將心事許煙霞」（〈郊居秋日有懷一二知己〉），可見當時的社會沒有他們的用武之地，進身無路，生活坎坷艱辛，蹭蹬困頓，於是，他們放棄了建功立業的追求，對這混亂的社會也失去了信心，過起了落拓、浪蕩的生活。杜牧的「十年一覺揚州夢，贏得青樓薄倖名」（〈遣懷〉）、李商隱的「君緣接坐交珠履，我為分行近翠翹」（〈梓州罷吟寄同舍〉）、溫庭筠的「自恨青樓無近信，不將心事許卿卿」（〈偶題〉）等即是對這樣生活的寫照。他們的詩歌創作也不再像盛唐、中唐的詩人們那樣，把目光對著邊塞征戰、山水田園或民生疾苦，而是圍繞著日常生活、身邊瑣事、男女情愛、風花雪月，著重抒寫無端的意緒、優遊的趣味和內心的體驗。

當時，詞這一文體剛剛興起，它與音樂是緊密聯繫在一起的，既是下層民眾表達情感的方式，也是歌兒舞女娛客侑酒的工具，在當時的環境中，很自然地便與出入於秦樓楚館的學士們結合了起來。他們用民間創造的這一新鮮活潑的形式來摹寫綺麗豔事，抒發閒情幽怨，風格上軟媚豔麗，纏綿悱惻。這就是唐末五代產生出香豔的花間詞派的時代原因。那麼，為什麼西蜀能產生大部分的花間詞人，並在該地編纂出總集呢？這又與西蜀這一小環境有關係。

彼時，戰爭不斷，對社會的破壞極其嚴重，長安、洛陽等大城市竟到了荒廢的地步。相比之下，西蜀則比較安定，加之蜀地物產豐饒，經濟相當繁榮。但是，無論是前蜀的王建，還是後蜀的孟昶，他們都無統一全國的大志，只是偏安一隅，耽於享樂。看看今日尚存的王建墓石座旁的一幅幅歌舞作樂的浮雕，便可想見他當時過著怎樣的寄情聲色的生活。其子王衍為太子時，便「好酒色，樂遊戲」，繼位後，更是恣意行樂。他命宮女衣女冠服裝，簪蓮花冠，施脂敷粉，號「醉妝」，並自製〈醉妝詞〉云：「者邊走，那邊走，祇是尋花柳。那邊走，者邊走，莫厭金杯酒。」後蜀主孟昶，開始還能以前蜀的滅亡教訓為鑒，至中年後，逐漸豪侈起來，愛好遊樂，喜賞名花，令在城上遍植芙蓉，「盡以帷幕遮護」，秋天盛開時，「望之皆如錦繡。」（〈蜀檮杌〉）。對於豔詞，他原是堅決反對的。隨著生活的華靡，他不但不反對，還身體力行。因鹿虔扆、歐陽炯、韓琮、閻選、毛文錫常以小詞供奉，他給予他們以優待。不僅如此，他還常常自作豔詞，他的一闕〈木蘭花〉云：「冰肌玉骨清無汗，水殿風來暗香滿。繡簾一點月窺人，攲枕釵橫雲鬢亂。起來瓊戶啟無聲，時見疏星渡河漢。屈指西風幾時來，祇恐流年暗中換。」上行而下效，貴族豪紳便也蓄養歌兒舞女，整日彈歌作樂。而無論是蜀地的文人，還是避地入蜀的學士，本來已經受著不景氣時代的影響，現在又受著這病態社會的薰陶，於是，在政治上振作的少，消極的多；在思想上積極的少，頹唐的多；在感情上樂觀的少，傷感的多；在生活上潔身自好的少，沈湎於聲色的多。為了滿足當政者的享樂與城市歌舞的需要，也為了抒發自己的落寞傷感的情懷，便創作了大量的與民瘼現實無關的小詞。

參、《花間集》的內容

《花間集》中寫男女之情愛的詞有十之七八，這與當時詞的功能有關。當時詞皆是可歌之詞，而決非案頭讀物。為激發起聽歌的人的情趣和切合歌伎的身份口氣，文士們在創作時，便有意讓內容偏重閨情，並使情調綺靡柔媚，詞藻錦繡華麗。翻開《花間集》，便有一股香豔之風撲鼻而來，這些占十之七八的閨情詞寫豔事、用豔語、描豔態、表豔情，能給予讀者深深的官能刺激。如寫容貌，則用玉容、蛾眉、雲鬢、高髻、香肩、雪腮、酥胸、冰肌、纖手、皓腕、細腰、嫩臉、朱唇、玉趾、螓領、嬌目等詞，女子不論是伎女、女冠、戍卒之妻、旅人之婦，或是採蓮姑娘，一個個都有傾國傾城之貌，沉魚落雁之容。寫居室環境，則用金扉、金井、玉樓、玉殿、畫堂、畫棵、繡戶、繡閣、香閨、香階以及雕欄、紅牆、綺窗、珠閣、蘭房、鳳樓等詞。首飾、物用則用鳳釵、蟬釵、芙蓉帶、繡羅襦、石榴裙、碧玉冠、鳳凰鞋、鷓鴣衫等詞，蹙金結繡，鏤金錯采，讓人眼花撩亂。

《花間集》所寫的情愛詞，可以分為數類：

第一類是表現男女相思之情，份量最多，寫他們的悲歡離合、離愁別恨、傷昔懷人。昔時的婦女沒有社會地位，她們完全是男子的附屬物，即使與某個男子相戀，或者對自己的丈夫有了感情，她們也往往不能獲得幸福。相戀的青年男女因為社會道德、律法的約束，咫尺天涯，不能相依相親；婚後而建立起感情的夫妻也因為丈夫出征、行商、遊學等原因而不能團聚歡合。於是，這些女子們或終日悵惘，心灰意冷；或徹夜不眠，不夢自憐；或思極入夢，夢魂顛倒；或睹物懷人，柔情繾綣；或空負佳辰，百無聊賴；或倚樓凝望，含情脈脈；或獨處傷春，心煩意亂等等，如溫庭筠的〈夢江南〉：

梳洗罷，獨倚望江樓。過盡千帆皆不是，斜暉脈脈水悠悠，腸斷白蘋洲。

此詞寫一個閨婦從早到晚，一直倚樓凝望丈夫的歸帆；可是千帆過盡，也未見丈夫影蹤，使得她柔腸寸斷，神痴魂迷。還有一種女子所等的不是戍邊、遊學、行商的丈夫，而是出外冶遊的丈夫。她們在長期的情感折磨中，大都紅減腰瘦，憔悴不堪，或在月下徘徊，或在花前落淚。這些詞表現了古代婦女在不合理的婚姻制度下的不幸。詞人們在描摹那些思婦時，都能給予她們深深的同情，對於今天的讀者來說，有認識舊時婦女命運的意義。

第二類情愛詞是表現青年男女大膽地追求愛情的詞。這部分詞作數量雖然不多，卻猶如香醇春風，給人極豐富的美感。如韋莊的〈思帝鄉〉：

春日遊，杏花吹滿頭。陌上誰家年少，足風流。妾擬將身嫁與，一生休。縱被無情棄，不能羞。

寫一個女子對愛情的嚮往。雖然是一種心理活動，但我們看到了在似海的春光裏，她春情的迸發。又如李珣的〈南鄉子〉其十：

相見處，晚晴天，刺桐花下越臺前。暗裏回眸深屬意，遺雙翠，騎象背人先過水。

在禮教較鬆的南國，少女能夠執著地追求自己的愛情，不但眉目傳情不算，還主動地送給男子信物。

第三類情愛詞，雖然也描寫了男女之間的愛情，但作者更熱衷的是幽會交歡時的感官快樂，如韋莊的〈江城子〉：

朱唇未動，先覺口脂香。緩揭繡衾抽皓腕，移鳳枕，枕潘郎。

當然，大部分的詞人不像韋莊寫得如此直白，而是用非常雅致、含蓄的語言描述，把愛欲美化。但不論怎樣朦朧隱晦，它們都能讓讀者意會。這類詞沒有什麼意義可言，青年讀者應以正確的美學標準研讀。

除了情愛詞之外，還有以邊塞生活、自然風光、南國風情與農家生活等多方面為題材的作品。反映戍邊戰士生活的有孫光憲的〈定西番〉、描繪邊塞風光的有毛文錫的〈甘州遍〉等，而將邊塞生活與戍卒鄉愁結合起來，寫得極為出色的則是孫光憲的〈酒泉子〉：

空磧無邊，萬里陽關道路。馬蕭蕭，人去去，隴雲愁。　香貂舊制戎衣窄，胡霜千里白。綺羅心，魂夢隔，上高樓。

廣袤的沙漠，迢迢的征途，悲愴的馬鳴，綿延的行軍隊伍，白茫茫的霜草，高聳聳的關隘，勾勒出蒼涼沉鬱的邊塞圖畫，而眼前的香貂戎衣與想像中的高樓欄杆，又表現出濃濃的鄉愁。湯顯祖在《花間集評》中說這首詞是「三疊文之〈出塞曲〉，而長短句之〈弔古戰場文〉也，再讀不禁酸鼻。」

最為評家稱讚的是集中歐陽炯與李珣的十八闕〈南鄉子〉。這些詞從不同的側面展示了南方特有的風土人情，組合成一幅多姿多彩的南國風情畫卷，在詞壇上開闢了一個風光綺麗的新天地，突破了花間詞的窠臼，擴大了詞的境界，給詞體文學注入了新的活力。打開這幅畫卷，你如步入迷人的古代的南方土地，精采奇觀，應接不暇。所描寫的景物和風俗人情，都帶有鮮明的南國特色：如越女騎象，回塘採蓮，猩啼暮雨，荔枝輕紅，拾翠採珠，桄榔深碧。南國的女子別是一種風采，別是一種性格。她們既沒有「欲上鞦韆四體慵」的病態，也沒有「紅妝流宿淚」的感傷，而是形體健美，神情活潑，性格開朗，充滿旺盛的生命活力。她們敢於對自己所中意的男子傾吐著自己的情懷，並和戀人一起在寬廣的大自然的懷抱中生活、工作。此外，還有一些作品為詠史懷古、憂離傷亂之作，也具有很高的意義與審美的價值，這裏就不一一的陳述了。

肆、溫韋兩派的詞風

從藝術的角度看，歷來詞論家把許多花間詞人分為兩大家，各以溫庭筠、韋莊為代表。以溫庭筠為代表的一派詞人有：皇甫松、魏承班、張泌、牛嶠；以韋莊為代表的另一派詞人有：李珣、孫光憲、顧敻、歐陽炯。其他一些詞人，其詞個性模糊，很難說他們傾向於什麼風格，祇能說在兩者之間。

關於溫庭筠等人詞的特色，前人評論較多。一般認為，特色有二：即濃麗綺豔，蘊藉含蓄。

濃麗綺豔，在溫庭筠等人的詞中，顯得很突出。他們大部分詞章都是鏤金錯采，眩人眼目。遣詞造句追求顏色的鮮豔，氣味的馨香，動作的優雅，陳設裝飾的豪華。他們把尋找描寫對象的目光投注在雍容華貴的夫人、穿紅著翠的宮女、伎女身上，投注在金碧輝煌的官宦府第與小巧玲瓏的青樓上。語句中常有「翠翹」、

「金縷」、「玉鉤」、「水晶」、「錦帳」、「畫樓」、「鳳凰」、「鸂鶒」、「牡丹」、「紅絲」等等詞語。

蘊藉含蓄，有絃外之音，是古人的一種審美追求。清代沈祥龍在《論詞隨筆》中說：「含蓄無窮，詞之要訣。含蓄者，意不淺露，語不窮盡，句中有餘味，篇中有餘意，其妙不外寄言而已。」詞之含蓄的藝術當首創於溫庭筠等人，他們是受了詩歌的影響。溫庭筠本身就是一著名的詩人，與李商隱齊名，被時人稱為「溫李」。因此，運用含蓄的藝術表現手法作詞，對於他們來說，是很自然也是很容易就能做到的事。溫庭筠等人運用這一手法時，有下列五種表現方式：

一、以動作見內心　作者不是直接描寫人物的心理活動，而是通過能夠反映內心活動的外部動作來表現人物的內心世界。一般說來，人們的行動都是由自己的意識支配的。有的自己主觀上並沒有覺察到自己在做什麼，或者也沒有認真地考慮下一個動作該做什麼，就自然而然地做了。但細細地想一想，都能夠從心理上、生理上以及外界給予的刺激上找到原因。基本上每一動作，那怕就是最細微的動作，都受那一剎那間的意識所支配。因此，詞人運用這一規律，將人物細緻的感情通過動作表露出來。如溫庭筠〈菩薩蠻〉其一：

小山重疊金明滅，鬢雲欲度香腮雪。懶起畫蛾眉，弄妝梳洗遲。　照花前後鏡，花面交相映。新貼繡羅襦，雙雙金鷓鴣。

這首詞是溫庭筠的代表作，最能體現含蓄的風格。「懶起」兩句，字面上的意思是女子起身很遲，起床後精神不振，遲遲梳洗。其實，它反映了女子獨處的哀怨心情，「懶」與「遲」表明她心中積滿了無處伸說的酸辛。如果心情舒暢，神情豈會這樣的倦怠、懶散呢？「照花」兩句，表面上是女子打扮的動作，內裡卻告訴我們：女子對生活並沒有失去信心，她還很欣賞自己的美貌，希望憑此而改變這種孤單、冷寂的處境。末兩句繡羅襦上的雙雙金鷓鴣，其心意再明白不過了，她渴望過幸福的夫妻生活。此詞在結構安排上，也是含蓄嚴密的。「雙雙」不僅有上述含意，還暗示了它是「懶」和「遲」的根源，是「照花前後鏡」的目的。

二、寓情於景　詞人不是讓所寫的人物直接吐露自己的喜怒哀樂之情，而是將情感融入富有特徵可感的景物畫面中，再由景物畫面將情感傳導給讀者。如薛昭蘊的〈浣溪沙〉其六：

江館清秋攬客船，故人相逢夜開筵。麝煙蘭焰簇花鈿。　正是斷魂迷楚雨，不堪離恨咽湘絃。月高霜白水連天。

末句和李白〈送孟浩然之廣陵〉「惟見長江天際流」韻味一樣的深長，真可謂言已盡而意無窮。「月高霜白水連天」，這種觸目傷情的淒楚景象，把宴會時魂斷楚雨、咽泣湘絃所形成的悲涼氣氛增濃了。它既點明了送客時的景色，也反映了主客無限惆悵的分離之情。「月高霜白」，一片蕭瑟的景象，與主客的心情是相通的。領會到了這一自然景色給予人們的壓抑、沉鬱的感受，也就領會到了主客彼時的心情。「水連天」，水天空闊，前途茫茫，不知哪年哪月才能再相會？加劇了淒惋的情調，也留下了廣闊的空間讓讀者去馳騁想像。用這樣的景色來傳導情感，比起直接的描述，無疑更為生動，更為強烈，也更為感人。

三、由環境對比來表現情感　人們在生發懷念、憐憫、嚮往等情感的時候，往往無意識地把兩種根本對立的或差異相當大的環境加以對比，嚮往美好的生活，同情、憐憫在惡劣環境中生活的人們。如果這些人是親友，就不僅僅是同情、憐憫了，而成了擱在心裏難以消除的痛苦。詞人抓住這一心理特徵，客觀地攝起人物意識到的對立環境的具象，讓這些具象再來反映人物的情感。如溫庭筠的〈菩薩蠻〉其二：

水晶簾裏玻璃枕，暖香惹夢鴛鴦錦。江上柳如煙，雁飛殘月天。

它是寫一位閨婦在漫漫長夜裏思念羈旅在外的丈夫的情景。前兩句描述了居者的環境，後兩句則是行者的生活狀況。居者安逸穩定，舒適溫暖；行者漂泊不定，淒苦寂寞。兩者環境如此懸殊，作為一個對丈夫思念已久的妻子，其懷念之情的深厚、疼愛之情的熱切，讀者一定能夠從這具象的描述中領會到。

四、用幾個不連貫的意象來表達人物的感情　意象之間若斷若續，似乎不相聯繫，但又渾然一體，中間的環節全需讀者發揮想像加以補充。因此，在鑒賞時，越咀嚼越覺得詞作意味深長。客觀上，人的情緒本來就不很容易把握，它往往是跳躍的、雜亂的，從此種情緒到彼種情緒的轉換往往是在瞬息之間完成。特別是多愁善感的女子，內心活動尤其如此。許多詞人正是掌握了人們的這一心理特點，細緻準確而又不著痕跡地把這種變化不定的心緒記錄了下來，如張泌的〈生查子〉即是如此：

相見稀，喜相見，相見還相遠。檀畫荔枝紅，金蔓蜻蜓軟。　魚雁疏，芳信斷。花落庭陰晚。可惜玉肌膚，消瘦成慵懶。

全詞由五個意象組成。上片夢境，有兩個意象：前三句為與久別的情人相見時的情景；後兩句寫夢中與情人相見時自己的打扮，口唇用檀色塗得像荔枝花一樣鮮豔，柔美的頭髮梳成蜻蜓式，並插上金蔓的頭飾。下片為醒後的心境，有三個意象：從夢中醒來，惟見枕席，又想起對方已好久未通信息了；轉眼庭院，暮色之中，落花片片，她意識到春將歸去；客觀的景色給予她一種刺激，她由春的歸去聯想到自己的青春，花朵般的年華就在這等待中流盡了，凝脂般的玉體就在這相思中乾枯了。讀者通過這五個意象所提供的信息，完全洞悉女子的內心狀態。

五、多層次地揭示人物的內心世界　一般來說，人們在思念親人的時候，時間越長，相思會越深；音信越稀，相思會越熱切。如果整日無事可做，那麼這種思念之情就會時時刻刻縈繞在腦海中，揣想對方此時在做什麼，想什麼，有時還想像出對方一定會遇到什麼不幸的事情。這種思念之情會使人坐立不安，無法忍受。文學作品在表現這種不能用言語說出的情感時，往往遵循這種思維規律：由淺到深，層層加碼，「發之又必若隱若現，欲露不露，反覆纏綿，終不許一語道破。」（陳廷焯《白雨齋詞話》）許多花間詞人正是這樣做的。毛文錫〈更漏子〉云：

春夜闌，春恨切，花外子規啼月。人不見，夢難憑，紅紗一點燈。　偏怨別，是芳節，庭下丁香千結。宵霧散，曉霞輝，梁間雙燕飛。

思婦本來就很愁苦了，在漫長的黑夜中，擁衾獨坐。偏偏在這個時候，花外子規一個勁地叫喚著「行不得也，哥哥」，在思婦沉重的情感上加了一分。朦朧中似乎見到了丈夫，睜眼一看，依然是屋冷床涼，豆燈一點。這種孤寂的環境更需要丈夫在身旁陪伴，但一點兒希望都沒有，愁怨又加了一分。飛燕雙雙，人不如燕，此時的心情又怎麼樣呢？沒有寫，但我們可以想像得到，一定達到了極頂，或是積聚多日的酸鹹苦辣之情一起傾出，放聲大哭，或是失去理智，痴痴迷迷。這首詞會給予讀者什麼樣的感受呢？《白雨齋詞話》說：「『紅紗一點燈』，我讀之不知何故，祇是瞠目結舌，不覺失聲一哭。我知普天下世人讀之，亦不也瞠目呆望，失聲一哭也？」

蘊藉含蓄是一種重要的詞體藝術的表現手法，能把深刻的生活感受與豐富的思想展現在語言文字之外，但不能一味追求，故意把作品寫得隱晦曲折，藏頭匿尾，使人看了覺得是一頭霧水，理不出個頭緒，那就陷入了死胡同。《花間集》中有些作品就是這樣，其意探之茫茫，索之渺渺，很難知道它們究竟說了些什麼。

對韋莊一派的藝術特色，古今詞論家持有一致的看法，即清新明快。細讀他們的作品，發現他們主要用以下四種手法而形成了這一風格：

一、直接抒發「我」的感情　詞人不是站在第三者的角度，冷冷地描述外界的人和事物，而是直接寫自己對生活的感受、經歷，以及喜、怒、哀、樂，在詞中表現自己的個性，塑造自己的形象，使詞中的「我」呼之欲出。事實上，無論是詞人還是詩人，要把蘊藏在心底的最微妙的感情寫出來，並能深深地打動讀者，祇有寫他自己。韋莊的詞很多是直接寫他自己的。如〈菩薩蠻〉五闋，這些詞大概是他晚年在蜀時對以往生活的回憶。他想到了離開洛陽時，在月下灑淚送別的妻子，耳畔並回響起妻子希望他早日回家的叮嚀；他還想到了浪跡江南「騎馬倚斜橋，滿樓紅袖招」的年少風流的時光；他又回顧了自己的歷程，為自己碌碌無為，沒有能在歷史上刻下什麼痕跡而感傷。表面上看，他的詞也剪紅刻翠，寫男歡女愛，但他能把被他人寫得極濫了的相思離別之情，注入新鮮的活力和個性。詞到了他的手中，不僅僅是供美女唱的豔曲，也成了他自己表達思想、抒發感情的工具了。這大概就是清新的突出表現吧。

顧敻的〈荷葉盃〉九闋雖然沒有寫他自己，但他多以閨婦的口吻，用第一人稱來表現人的欲望與痛苦，因此，有強烈的「我」的意識。如其一：

春盡小庭花落，寂寞。憑檻斂雙眉，忍教成病憶佳期？知摩知？知摩知？

後三句是思婦的呼喊：「你難道真忍心我相思成疾？我的心情，你知道不知道？知道不知道？」對情人的萬斛情感、千日積怨，一起傾出。

二、生動地描述故事和生活畫面　讀者通過所描述的故事和生活畫面，就能知道作者在表現什麼，而不需要經過細細的咀嚼，然後才能品嘗出一點半點兒味道。歐陽炯〈賀明朝〉云：

憶昔花間初識面，紅袖半遮，妝臉輕轉。石榴裙帶，故將纖纖玉指偷撚，雙鳳金線。

該詞向讀者細緻地描述了女子初會情人時的羞態。她傾心於對方，但又沒有膽量直接說出來，祇是暗暗地捻動著繡有一對鳳凰的裙帶，以這一微妙的動作向對方傳達自己的心意。這樣的例子很多，韋莊一派的詞人們在作詞時，都能讓人物的情感由她們自己的行為自然而然地表露出來。

三、描繪出空靈秀麗的境界　這種境界不是那種山清水秀的風景勝地，而是遠離世俗社會，可使人脫胎換骨、一塵不染的世界。一走進那裏，你就會洗去人生種種的煩惱，就會與大自然融為一體，就會覺得人生中的榮辱、貧富、甘苦等等都是與己無關的事情。如孫光憲的〈漁歌子〉其二：

泛流螢，明又滅，夜涼水冷東灣闊。風浩浩，笛寥寥，萬頃金波澄澈。　杜若洲，香郁烈，一聲宿雁霜時節。經霅水，過松江，盡屬儂家日月。

詞人陶醉於江河夜晚闊大而澹泊的景色之中，覺得自己已融進了景物，或覺得自然萬物都已經屬於他自己的了。

四、語言明快樸實　上面所舉的幾例都能看出這一點，語淺意真，不事雕琢，敘事、抒情、說理，不是借助它物來曲折地表述，而是老老實實地用簡樸的語言來表述，如韋莊的〈女冠子〉：

四月十七，正是去年今日。別君時，忍淚佯低面，含羞半斂眉……

用語平平常常，坦誠率真。作者將讀者真正當作思想交流的對象，當作知心的朋友，因此，讀者很快就能進入接受者的情境之中。明快樸實的語言淺顯曉暢，凝聚著深厚的感情，它是從語言的礦藏中提煉出來的。它決不同於平淡，同樣具有韻味雋永的特點。當然，韋莊一派的詞，並不是每一首都做到了明快樸實，有的就流於平淡無味。

含蓄與明快沒有明顯的界限，含蓄的詞未必沒有把情感表現出來，明快的詞也未必把所有的情感全部傾洩出來。同樣，一個作家常寫明快的作品，有時也追求含蓄。屬於溫派的張泌在〈江城子〉其二，寫一位男子在浣花溪畔見到了一位女子，被她的美貌打動，就向女子表達了愛慕之情，而這位穩重大方的女子卻婉言謝絕，「和笑道，莫多情」，明明白白。而韋莊的〈清平樂〉寫一位閨婦希望在有限的青春歲月裏和丈夫共享春光，則含蓄得不露一點聲色；特別是後一句「半床斜月，小窗風觸鳴琴」，把斷腸的感情深深地寓含於平常的景色之中。

伍、《花間集》在詞史上的地位

李一氓先生在《花間集校後記》中說：「《花間集》是唐末和五代的中國韻文學的特殊產品，是漢、魏樂府的蛻變和唐詩的流派的發展，直接成為宋詞的先導。它在中國韻文學史上有一定的樞紐地位，特別是它關係到當時的音樂製作和文學風尚。」這一論述極為精當，對於我們認識《花間集》在詞的發展史上的貢獻有重要的指導意義。具體地說，《花間集》在詞史上的地位，主要有下列兩點：

一、在詞調上有承上啟下之功　《花間集》確實如前人所說，和早期詞一樣，「往往調即是題」，如〈女冠子〉則詠女道士，〈河瀆神〉則為送迎神曲，〈虞美人〉則詠虞姬之類。」（《四庫全書・克齋詞提要》）很明顯帶有民間詞即調寫事的作法痕跡，但我們也要看到，其中有許多詞並沒有以調為題。如溫庭筠的三闋〈河傳〉並非記隋亡之事，張泌的〈柳枝〉也不是詠柳之作，顧敻的〈虞美人〉六闋都不是吟詠虞姬。凡此種種，都說明花間詞人已經開始突破了以調為題的作法。集中共用詞調七十七個，其中有同調異名的，如〈木蘭花〉又名〈玉樓春〉，〈浣溪沙〉又名〈山花子〉；另有一調兩體的，如〈荷葉杯〉、〈謁金門〉；實用詞調七十一個。所用詞調，有五十五個詞調見於崔令欽的《教坊記》，其他則多為自創，如〈玉蝴蝶〉、〈江城子〉、〈中興樂〉、〈三字令〉等，這不僅增加了詞調，還開了自創詞調的先河。由敦煌的曲子詞來看，當時的民間詞相當的粗糙，句中往往添上一、二字。而《花間集》中的詞，幾乎首首在格律方面已有定型，趨於規範化。很明顯，花間詞人將民間的詞調重加修飾整理，使之格律化、規範化。

二、花間詞風對後世發生了深遠影響　詞自被花間派作家接手之後，大多數詞人因沒有匡時濟世的偉大抱負，沒有憂國憂民的深沉情懷，沒有對生活的樂觀精神，所以，著力追求的是主觀的感受，心靈的表現，用意的含蓄。而題材則是紅男綠女的愛戀與相思，遣詞則鋪錦列繡，鏤金錯采，這樣，便奠定了「詞為豔科」的基調。而這對後代的詞壇產生了深遠的影響。婉約派直接承接其詞風是毫無疑問的，就是被譽為「一洗綺羅香澤之態，擺脫綢繆婉轉之度」的蘇軾、「大聲鏜鞳，小聲鏗鍧」的辛棄疾也深受其影響，常作些綺麗嫵媚、纏綿悱惻之詞。

陸、《花間集》的版本及本書注釋賞析工作的說明

宋時《花間集》刻本很多，現仍存有南宋三種刻本：

一、紹興十八年（一一四八）晁謙之校刻本　鏤版清晰，字體端正，楮墨亦佳。末有晁謙之跋：

右《花間集》十卷，皆唐末才士長短句。情真而調逸，思深而言婉。嗟乎，雖文之靡，無補於世，亦可謂工矣。建康舊有本，比得往年例卷，猶載郡將監司僚幕之行，有《六朝實錄》與《花間集》之贐，又他處本皆訛舛，乃是正而復刊，聊以存舊事云。

紹興十八年二月二日　濟陽晁謙之題

從「建康舊有本」所謂，則在之前或許曾經是有北宋刻本的。晁刻原本，今藏北京圖書館。

二、淳熙鄂州刻本　用淳熙十一、十二（一一八四、一一八五）等年鄂州酒務、公使庫等公文冊紙印行，清時藏聊城楊氏海源閣。光緒十九年（一八九三），王鵬運景刊於《四印齋所刻詞》，並有跋考其原書用紙，定為鄂州刻本。中華書局《四部備要》本《花間集》即據四印齋本排印。

三、開禧刻本　末有陸游的兩篇跋語。原藏毛氏汲古閣，毛晉易其行款字體，刻入所輯的《詞苑英華》，失去了宋版字體與編排之面目。

另外，明代湯顯祖評本流布較廣，今人李一氓《花間集校》專以晁刻本、鄂州刻本兩個宋本與明本互校，書後附錄宋明以來各本的序跋及提要，是今日研究該書的重要文本。本書採用了紹興十八年的晁刻本，但對於晁本中明顯的錯誤之處，則參酌李一氓的《花間集校》進行改正。注釋時對名物、典故、史實、地名及婦女裝飾、生活等，力求結合詞意加以詮解，並徵引古人之筆記、詩文作旁證。因很多詞的題材、用典相同，故前面注釋詳細，後面簡略。

語譯力求在準確、通俗的基礎上，有詩詞的韻味。為了原作之「雅」轉變為「俗」，讓一般的讀者看得懂，又使譯文基本押韻，筆者在譯時便添進了一些不傷原意的內容。賞析時力求吸收詞學界對某些作品思想與藝術有共識的理解，並揭示其意義，說明時代背景，討論相關的問題，指出其構思作法。而在每一首詞後做一篇簡單的賞析文章，不是代替讀者對詞的理解，祇是給讀者提供線索，幫助讀者展開想像的翅膀，進入廣闊的藝術境界。

由於筆者能力有限，在注譯賞析方面一定有訛誤遺漏之處，敬請讀者指正。

朱恒夫

一九九七年於南京

花間集序

武德軍節度判官 歐陽炯 撰

鏤玉雕瓊❶，擬化工❷而迥巧❸；裁花剪葉，奪春豔以爭鮮。是以唱雲謠❹則金母❺詞清，挹霞醴❻則穆王心醉。名高〈白雪〉❼，聲聲而自合鸞歌❽；響遏〈青雲〉❾，字字而偏諧鳳律❿。〈楊柳〉⓫、〈大堤〉⓬之句，樂府相傳；〈芙蓉〉、〈曲渚〉⓭之篇，豪家自製。莫不爭高門下，三千玳瑁之簪⓮；競富罇前，數十珊瑚之樹⓯。則有綺筵公子，繡幌佳人，遞⓰葉葉之花牋，文抽麗錦；舉纖纖之玉指，拍按香檀，不無清絕之辭，用助嬌饒之態。自南朝之宮體⓱，扇北里⓲之倡風。何止言之不文⓳，所謂秀而不實⓴。有唐已降，率土之濱㉑，家家之香逕春風，寧尋越豔；處處之紅樓夜月，自鎖嫦娥㉒。在明皇㉓朝，則有李太白應制〈清平樂〉詞四首㉔，近代溫飛卿㉕復有《金荃集》，邇來作者，無媿前人。今衛尉少卿字弘基㉖，以拾翠㉗洲邊，自得羽毛之異；織綃㉘泉底，獨殊機杼之功。廣會眾賓，時延佳論。因集近來詩客曲子詞㉙五百首，分為十卷。以炯㉚粗預知音，辱請命題，仍為序引。昔郢人有歌〈陽春〉㉛者，號為絕唱，乃命之為《花間集》。庶（以陽春之甲將）㉜使西園㉝英哲，用資羽蓋之歡；南國㉞嬋娟，休唱蓮舟之引。時大蜀廣政三年㉟夏四月日序。

【注釋】❶鏤玉雕瓊　雕琢玉器，以喻作者的精益求精。❷化工　自然的創造力，喻花間詞人所作之詞如同天然，而無人工之痕跡。❸迴巧　婉轉巧妙。各本皆作「迴巧」，應誤，柳宗元〈鈷鉧潭記〉：「迴巧獻技」。❹雲謠　即〈白雲謠〉。《穆天子傳》西王母為天子謠曰：「白雲在天，丘陵自出。道里悠遠，山川間之。將子無死，尚復能來。」❺金母　即西王母。❻挹霞醴　斟酌美酒。❼白雪　古曲名。《樂府詩集》五七〈白雪歌序〉：「《琴曲》曰：〈白雪〉，師曠所作，商調曲也。」❽鸞歌　猶鸞鳴。鸞，傳說中鳳凰一類的鳥。❾響遏青雲　意為歌曲美妙而嘹亮，其聲能遏止行雲。《列子．湯問》：「（秦青）撫節悲歌，聲振林木，響遏行雲。」青雲，即行雲，為與上句白雪聯對，故用青雲。❿鳳律　《呂氏春秋．古樂》：「聽鳳凰之鳴，以別十二律。其雄鳴為六，雌鳴亦六，以比黃鍾之宮適合。黃鍾之宮皆可以生之，故曰黃鍾之宮，律呂之本。」後來便稱音律為鳳律。⓫楊柳　全名為〈楊柳枝〉，漢樂府橫吹曲辭。白居易〈楊柳枝詞〉之一：「古歌舊曲君休聽，聽取新翻〈楊柳枝〉。」⓬大堤　即樂府〈大堤曲〉，與〈雍州曲〉皆出〈襄陽樂〉。⓭芙蓉曲渚　代指著名的詩篇。《古詩十九首》其六云：「涉江採芙蓉，蘭澤多芳草。」又何遜〈送韋司馬〉：「送別臨曲渚，征人慕前侶。」二詩皆名篇，芙蓉、曲渚或即本此。⓮三千玳瑁之簪　意為門客很多，都受優寵。⓯競富樽前句　典出《晉書．石崇傳》。石崇與貴戚王愷爭富，武帝每助愷，嘗以珊瑚樹賜之，高二尺許。愷以示崇，崇以鐵如意擊碎之，命左右盡取珊瑚樹，有高三四尺者六七株，與愷之樹相類者甚眾，愷恍然自失。⓰遞　傳遞。⓱宮體　一種描寫宮廷生活的詩體。始於南朝梁．蕭綱（簡文帝），綱為太子時，與徐摛、徐陵等一批文士在東宮互相唱和。作品內容多寫宮廷生活和男女私情，形式上追求詞藻靡麗，華而不實。⓲北里　娼妓聚集的地方。《史記．殷本紀》：「於是使師涓作新淫聲，北里之舞，靡靡之樂。」⓳言之不文　言語沒有文采。⓴秀而不實　吐穗開花而不結實。常喻人有秀異的資質而終無結果。《論語．子罕》：「苗而不秀者有矣夫，秀而不實者有矣夫。」㉑率土之濱　整個國家之內。㉒嫦娥　月中仙女，以美麗著稱。或作常娥。原作姮娥，因避漢文帝劉恆諱改。《淮南子．覽冥訓》：「姮娥，為后羿之妻，竊不死之藥以奔月。」㉓明皇　唐玄宗。㉔李太白應製清平樂詞四首　李白遵皇帝詔令而作四首〈清平樂〉詞。按：李白〈清平樂〉詞共有五首。㉕溫飛卿　即溫庭筠，飛卿為其字。㉖弘基　一作宏基。《花間集》編者趙崇祚字。㉗拾翠　拾取翠鳥的羽毛。㉘綃　鮫綃。張華《博物志》略云：蛟人水居如魚，不廢織績，時出人家賣綃。㉙曲子詞　又稱曲子，是詞在唐五代時的稱呼。㉚炯　歐陽炯。㉛陽春　古樂曲名。宋玉〈對楚王問〉：「客有歌於郢中者，其始曰〈下里〉、〈巴人〉，國中屬和者數千人；……其為〈陽春〉、〈白雪〉，國中屬而和者不過數十人。」㉜以陽春之甲將　當是衍文。㉝西園　漢宮禁園囿名，此代指朝廷。㉞南國　南方地區。㉟廣政三年　西元九四一年。廣政，後蜀孟昶年號。

卷一

溫庭筠 五十首

溫庭筠（約：八一二～八七〇），初名岐，又名庭雲，字飛卿，太原（今山西省太原市）人。唐宣宗大中初試進士，因品行無檢，累舉不第。曾為方城（在今河南省方城縣附近）尉。徐商執政，入為國子助教。世人因稱溫方城、溫助教。其詩詞並工，而詞的成就尤高。他精通音律，在詞的格律形式上起了規範化的作用。而內容大多表現閨情，詞語綺麗。《花間集》將他置於第一位，說明他的詞為婉豔柔媚詞的代表。劉熙載《藝概》卷四說：「溫飛卿詞，精妙絕人，然類不出乎綺怨。」亦擅於作賦，凡八叉手而成，人稱「溫八叉」。他的詞集《握蘭》、《金荃》二書已佚，今所傳《金奩集》為宋人輯本。近人劉毓盤輯《金荃詞》，得七十六闋。

菩薩蠻 十四首

其一

小山重疊金明滅❶，鬢雲欲度香腮雪❷。懶起畫蛾眉❸，弄妝梳洗遲。

照花❹前後鏡❺，花面交相映。新貼❻繡羅襦❼，雙雙金鷓鴣❽。

【詞牌】菩薩蠻　唐玄宗時教坊曲名（見崔令欽《教坊記》），後用為詞調。唐・蘇鶚《杜陽雜編》卷下謂女蠻國人「危髻金冠，瓔珞被體，故謂之『菩薩蠻』。」《宋史・樂志》卷一七載女弟子舞隊中有「菩薩蠻隊」，可見這本是模仿外國裝束的舞隊所用的一種曲調。

【注釋】❶小山句 小山，指床前屏風上的畫景。金明滅，形容旭陽照在屏風上閃爍不定的樣子。❷鬢雲句 《詞綜偶評》：「猶言鬢絲撩亂也。」雲，比喻頭髮濃黑。香腮雪，香而白的面頰。❸蛾眉 形容女子長而美的眉毛。《詩經・衛風・碩人》：「螓首蛾眉。」❹花 指雕花首飾。❺前後鏡 為了能夠看到背後，所以用前後鏡子對照。❻貼 指把金線繡成的花樣貼縫在衣服上。一說：指燙平。❼襦 短上衣。古詩〈日出東南隅〉云：「緗綺為下裙，紫綺為上襦。」❽金鷓鴣 金線繡成的鷓鴣鳥。古代文人用鷓鴣一詞，亦如用鴛鴦，取其成雙成對之意。牠的鳴聲如「行不得也哥哥」。

【語譯】屋裡的屏風上山巒重疊，陽光灑在畫屏上忽明忽滅。美人散亂的頭髮如烏雲，映襯得她的香腮白如雪。她鬆鬆懶懶地起了床，畫得那蛾眉細又長。梳洗打扮真細心，儘管日上三竿也不慌忙。　簪上花兒在後髻，前後鏡子中間立。怒放的花兒映笑臉，打扮得美人如少女及笄。綾羅上衣簇嶄新，繡上兩隻鷓鴣色如金。鳥兒雙棲好快樂，美人徘徊暗傷心。

【賞析】這闋詞是溫詞的代表作，充分體現了其溫婉豔麗的風格。它寫一個獨處閨閣的女子，從她臥床、起身、梳洗、妝成等一系列狀態與動作，表現了她孤獨、冷落的心情。首二句寫美人疏懶未起之狀。床榻前的畫屏上重巒疊嶂，由於畫的顏色深淺不同，所以，透過窗櫺的早上陽光，照在上面，或明或暗，似閃爍不定。晨風、陽光、「青山」，這一切美麗而生動，應該令人精神振奮。然而，美人遲遲不起，慵懶而無情緒。「鬢雲欲度香腮雪」，是說亂髮蓬鬆，要掩到臉上。不說「掩」，而用「度」字，是因為「度」字生動，且從「雲」的流動意延伸出來。「鬢雲」則寫她如烏雲般濃黑的頭髮。她不僅髮美，臉龐還「香如雪」。「香」為味，「雪」為色，一味一色，加上「鬢雲」，美麗的容貌就顯現在讀者面前了。「欲度」二字則寫盡了女子嬌慵的狀態。三四兩句寫起床梳妝的動作，「懶」是接上一句說的，亦可與「遲」字共理解為動作遲緩。「弄妝」之「弄」也由此二字而來，表示因無聊而反反覆覆，不厭其煩。這些都透露出女子無情無緒之心態。何以無情無緒？是由於閨閣獨處的緣故。容貌美麗，卻無郎君陪伴，白白地浪費這青春年華，這就是她懶起與無情無緒的原因。然而，她沒有絕望，「照花前後鏡」是表現她下意識的一種追求，「花面交相映」是寫她對自己美豔的欣賞。既然有此容貌，還能沒有人愛嗎？然而，這種高興的心情僅是倏忽而過。當她準備穿衣，瞥見新製的短上衣上繡著一對金鷓鴣時，便又回到了孤冷的現實處境，並感到剛才升起於心頭的希望是多麼的渺茫。她可能在此時發出一聲苦澀的嘆息：要是能像雙棲雙飛的金鷓鴣，該多好啊！這首詞無一字直接述寫人物的心情，但通過人物的神態、動作、衣飾的描摹，對人物的內心世界卻作了較為充分的揭露。

其二

水晶❶簾裏玻璃❷枕，暖香惹夢❸鴛鴦錦❹。江上柳如煙，雁飛殘月天。

藕絲秋色❺淺，人勝❻參差剪。雙鬢隔香紅❼，玉釵頭上風❽。

【注　釋】❶水晶　原作水精，古人穿綴為簾。李白〈玉階怨〉：「卻下水晶簾，玲瓏望秋月。」❷玻璃　原作頗黎，古指天然水晶，又名水玉。《本草綱目》：「本作頗黎。頗黎，國名也。其瑩如水，其堅如玉，故名。水玉與水晶同名。」❸惹夢　引人入夢。❹鴛鴦錦　指繡著鴛鴦的錦被。❺藕絲秋色　青白色。這裡指衣服的顏色。❻人勝　即彩勝。剪彩絹作人形或雀形，為插於鬢髮上的飾物。❼隔香紅　隔，花簪兩鬢，所以稱「隔」。香紅，指鮮花。❽玉釵句　玉釵，玉製的髮釵頭上風，形容首飾隨步微微顫動，有如風吹。溫庭筠〈春旛詩〉：「玉釵風不定，香步獨徘徊。」

【語　譯】透明水晶作門簾，玻璃枕上美人眠。爐香繚繞閨閣暖，鴛鴦被裡，夢兒入心田。江水浩蕩闊無邊，江畔垂柳青如煙。孤雁淒啼長空過，寂寞殘月，無奈陪伴天。　夢回起床穿戴全，淡白衣裙顏色淺。人勝插頭風韻美，認真仔細，巧手參差剪。雙鬢飄拂輕輕攏，花簪兩邊一樣紅。玉釵晶瑩綰髮髻，金雀翠鈿，風吹微微動。

【賞　析】這闋詞亦是寫閨閣婦人之作，但是，由於詞的內容為許多獨立的意象組成，使得讀者只覺得有一種朦朧的美，而無法從它清麗空朦的畫面中尋覓到詞旨。其實，稍加玩索，意蘊便清晰可見。這是一位盛年獨處的婦人，生活環境極其優越。閨房的門簾是用水晶做的，枕頭晶瑩光潔，是玻璃做的。她睡覺時，爐香繚繞，香氣四溢。然而，她的精神生活並不美滿，空蕩蕩的閨房裡只有她一個人。她的丈夫可能是一遊子，也可能是一商人，在她正該享受人生的年華裡，卻將她拋在家中，她的內心能不苦悶麼？能不有所渴望麼？她的苦悶、她的渴望由鴛鴦錦被得到了證實。鴛鴦的恩愛生活也就是她渴望的生活，現實中得不到，她便在錦被上繡上鴛鴦，聊作自慰，或者以此作一遂心如願的兆頭。日有所思，夜有所夢。她夢到了在外的丈夫。丈夫的生活並不舒適愜意，一如柳永〈雨霖鈴〉所說的那樣，「今宵酒醒何處，楊柳岸曉風殘月」，淒冷、孤寂，當然，這是婦人夢境中的狀況，丈夫真實的生活未必如此。然而，她將夢境當成了真實，並因此而高興起來。他一個人在外，現在過著淒冷、孤寂的生活，他會想家的，會很快回來與我團聚的。想到此，便急急忙忙梳洗打扮，等候丈夫的歸來。作者將後四句婦人的梳妝動作接在「江上柳如煙，雁飛殘月天」之後，原因即在此。寫婦人將夢境當真實生活，比起上片用夢來表現她的相思、渴望更為有力與深刻，一個人若不相思到刻骨、渴望到痴迷的程度，能將夢當真嗎？

其三

蕊黃❶無限當山額❷，宿妝隱笑紗窗隔。相見牡丹時❸，暫來還別離。翠釵金作股，釵上蝶雙❹舞。心事竟誰知❺，月明花滿枝。

【注釋】❶蕊黃　婦女面妝，以黃點額，像花蕊，所以叫「蕊黃」。又稱額黃。梁簡文帝〈戲贈麗人〉詩：「同安鬟裏撥，異作額間黃。」李商隱〈蝶〉詩：「壽陽公主嫁時妝，八字宮眉捧額黃。」❷山額　額頭。因額頭為面部高處，故以山為喻。❸牡丹時　指牡丹開放時，時間在春天三月下旬。❹蝶雙　指雙蝶形狀的釵頭。❺心事竟誰知　溫庭筠〈夢江南〉詞：「山月不知心裡事，水風空落眼前花」，與此句意同。

【語　譯】嫩黃顏色點滿額，花蕊妙手描摹得。玉人來時未梳洗，羞出閨房，笑臉紗窗隔。暮春三月牡丹開，玉人花徑匆匆來。思念的話語剛開口，他又離去，花兒泣哀哀。　想像郎回多歡娛，翡翠釵頭金作股。玉人深情頻頻看，奴問看啥，「釵上雙蝶舞」。孤身倚樓暗相思，一腔心事有誰知。幾時才能見玉人？詢月問花，月明花滿枝。

【賞　析】這闋詞寫一少女對心上人的思念。上片敘述了她對往昔歡樂時光的回憶，在她的記憶中，有兩次見面的情景，最令她難忘。一次是在早晨。她是否天生麗質，因作品沒有交代，不得而知。但她喜歡打扮則是肯定的，而且打扮能使她增色不少。那天早晨，心上人來時，她可能剛剛起床，鬢鬆衣皺。她來不及打扮自己，但是她不好意思也不想讓心上人看到自己這副模樣，於是，沒出閨門，隔著紗窗對著他笑。這在她的心上留著缺憾，所以，始終記憶在腦海中。第二次可能是分別前的見面。時間是在暮春三月底，他匆匆的來，又匆匆的去，儘管見面的時間十分短暫，但是，這次見面的情景仍然深深地鐫刻在她的心上。其原因有兩個：一是這一次是分別，而且分別後，再也沒有見過他。分別的場面總是令人難忘的，更何況是戀人的分別呢？別離後的時間長短，作品雖然沒有說明，但是從下片女子的相思之苦可以看出是長時間的分別。二是當時分別的環境是牡丹盛開的花園。花是青春的象徵，人們常常將成熟的少女比作鮮豔的花朵。這位女孩子身處盛開的牡丹園中，能不由怒放的牡丹聯想到自己？花兒鮮豔欲滴的時間是短暫的，很快就會被東風吹殘。自己現在不就像這花兒麼？可是心上人非但不娶我，還要遠遊，離我而去，讓我這朵花兒在無人欣賞的境況下獨自枯萎。這種極為苦澀的感傷自然也使她在日後無法忘記這次見面的情景。一般說來，「女為悅己者容」，那麼，為何這位少女的心上人不在身邊，還要精心打扮呢？這只能理解為她的打扮是本不存在的虛景，「翠釵金作股，釵上蝶雙舞」僅是她的一種想像。「月明花滿枝」，是用樂景寫哀情。少女哀愁之極，想將苦惱抖露出來，可是周圍的一切是那樣的冷淡，月只顧自個兒圓著，花也只顧自個兒放著。它們不但不分擔她的苦惱，反而用圓去映襯她的殘缺，用熱鬧去映襯她的淒冷。

其四

翠翹金縷雙鸂鶒❶，水紋細起春池碧。池上海棠梨❷，雨晴紅滿枝。

繡衫遮笑靨❸，煙草粘飛蝶。青瑣對芳菲❹，玉關❺音信稀。

【注　釋】❶翠翹句　描寫鸂鶒鳥的形狀。鸂鶒，水鳥名。形體比鴛鴦大，而色多紫，在水上成對而游，所以又稱為「紫鴛鴦」。翠翹，是指鸂鶒的尾巴。金縷，形容鸂鶒身上的花紋。❷海棠梨　即棠梨。又名甘棠，開白花，果實像梨而小，可以吃，味道甜酸。❸靨　臉龐上的微渦。笑時可見，所以稱「笑靨」。俗稱「酒渦」。也指婦女頰上所塗的裝飾物。李賀〈同沈駙馬賦得御溝水〉：「入苑白泱泱，宮人正靨黃。」❹青瑣句　青瑣，刻鏤成格的窗戶。《世說新語・惑溺》：「韓壽美姿容，賈充辟以為掾。充每聚會，賈女於青瑣中看見壽，說之，恆懷存想，發於吟詠。」又指宮門上刻的青色圖紋，代指宮門。在此當指窗戶。芳菲，花草，也指花草的芳香。❺玉關　玉門關，在今甘肅省敦煌縣西北，陽關在其東南，為古代通西域的要道。這裡指遠遊之人所在的地方。

【語　譯】翠色尾巴金縷衣，成雙成對紫鸂鶒。相依相偎不分離，東風微起，細波池水碧。長在池畔海棠梨，雨打白花顫微微。爭奇鬥豔桃杏李，雨歇日出，紅花爬滿枝。　春光浩蕩美人悅，彩繡春衫風中立。轉身舉袖遮笑靨，煙草生情，為我粘飛蝶。春色無際草萋萋，春花爛漫惹人思。青格窗內美人望，遠方的人，迢迢音信稀。

【賞　析】這闋詞表現了一位少婦對遠人的思念。春天明媚的風光、生機勃勃的景物可以使一般的人心曠神怡，但是對於獨守閨房的少婦來說，卻是一個增添許多煩惱與痛苦的來源，無數景物會引發她們聯想，從而加深對遠方遊子或征人的相思。歷代的詩人們稱之為「春思」。他們作了許多描寫，給予閨婦深深的同情。此詞的女主人翁就是這樣的思婦。美麗的紫鴛鴦，一對對的在碧綠的池水中依依相戀，牠們沈醉在愛的快樂中，身邊水波漾起，卻一點兒也沒有感覺到。少婦目睹此情此景，心中自然會生出許多羨慕，同時也泛起許多苦澀。她轉過臉去，可是池畔繁花似錦的棠梨與桃李又呈現在眼前。雨過之後，花上沾著水珠，溫潤而嬌豔。她情不自禁地又由花的豔麗想到了自己的處境。由「笑靨」一詞可以推斷，這位少婦是很美的。她本應該像眼前的花兒一樣盡情地開放，讓人欣賞，可是她沒有，倒像掩沒在角落裡的花兒，默默地自開自落。這種強烈的反差，使她的心情格外的落寞。當然，她也有高興的時候。她穿著繡花春衫，看著蝶兒在草叢上低低的飛舞。那蝶兒就像被草粘著似的。這景象使她開心地笑了。但這高興只是短短的一剎那，因為蝶兒是成雙作對的，你飛我隨，互相嬉戲。這景象不免又使她的心沈重起來。她不願再呆在室外了，因為室外的每一個春景都會引起她的聯想，使她傷感。但是，這位長久未見到心上人並且連他的音信都好久未收到的少婦，是無法抑制住相思的感情的。她佇立於青格窗前，望著草天相接的地方……由上述解析看出，該詞雖然沒有直接抒寫少婦對遠人的思念，但是，暗脈相連的幾個意象間接地反映了她情感的波動。

其五

杏花含露團香雪❶，綠楊陌上多離別。燈在月朧明❷，覺❸來聞曉鶯。
玉鉤褰翠幕❹，妝淺舊眉薄。春夢❺正關情，鏡中蟬鬢❻輕。

【注釋】❶杏花句　因杏花多為白色，又開放時成一簇一簇狀，所以用「香團雪」來描摹它。❷朧明　不清楚，朦朦朧朧。❸覺　醒。❹玉鉤句　玉鉤，玉製的帳鉤。褰，扯起。翠幕，裝飾著翡翠羽毛的帷帳。❺春夢　本指春日之夢，岑參〈閿鄉送上官秀才歸關西別業〉：「醉眠輕白髮，春夢渡黃河。」這裡指閨婦春思而夢見遠方之人。❻蟬鬢　古代婦女的一種髮式。晉・崔豹《古今注》：「魏文帝宮人絕所愛者，有莫瓊樹、薛夜來、田尚衣、段巧笑四人，日夕在側。瓊樹乃製蟬鬢，縹眇如蟬，故曰蟬鬢。」

【語譯】杏花怒放春三月，沾露香溢團團雪。和風吹綠垂楊樹，楊柳道旁，遊子多離別。夢破醒來天未明，殘燈未滅室靜寧。窗外一輪朦朧月，誰驚好夢，可惱小黃鶯。　玉製帳鉤翡翠幕，嬌懶無力扯又落。一夜過後舊妝殘，粉黛褪去，蛾眉淡又薄。團圓夢中親又親，醒後仍憶夢中情。臨鏡端坐妝臺前，黑髮細梳，縹緲蟬鬢輕。

【賞析】這闋詞抒寫的亦是閨婦懷人之情。前兩句寫她和戀人的分離。其時杏花怒放，遠遠望去，一簇簇的花兒如同團團的白雪，空氣中瀰漫著沁人心脾的花香。楊柳被溫潤的風吹綠了，如煙如嵐。多麼美麗的芳春景色啊！然而，這美麗的景色不但沒有使閨婦感到快樂，反而增加了她的痛苦，因為戀人每於良辰美景之時都要離她而去。「多」是「常常」、「很多次」的意思。因此，她一見到這樣的景色，心情就會抑鬱不展。這次他又走了，仍然在這惹人情思的春天裡。無可奈何的她只好孤獨地伴著一盞青燈，度這漫漫的長夜。這天夜裡，她做了個團圓的夢。可惜正當她沈醉在夢的歡娛中的時候，啼曉的黃鶯生生地又把她喚回到現實中裡來。她睜開眼睛，簾內的殘燈尚在，燈光微弱；簾外孤月西斜，月色慘白。她此時的心境，我們可想而知了。天色放明，她夢破的煩惱為回味夢中的甜蜜所替代。夢中的戀人對她一定是情意綿綿，不然，她不會「正關情」，在夢後流溢著更濃烈的相思之情。她在此迷離恍惚之時，大概生出了這樣的想法：他既然在夢中是那樣熱烈地愛我，豈能不會很快地回來？我要好好地打扮自己，等待他的回來。或者是另一種想法：好吧，我們就在夢中相會吧，我要以最美麗的模樣進入夢中。於是，她對著鏡子，將頭髮做成漂亮的蟬鬢。也可能她真實的想法不是上述的兩種，但是，不論是哪一種，她是一位極痴情的女子，則是毫無疑問的。此詞還表現出聲音美，最後兩句十個字，皆為陽聲字，讀來響亮悅耳。

其六

玉樓❶明月長相憶，柳絲裊娜❷春無力。門外草萋萋，送君聞馬嘶。畫羅金翡翠❸，香燭❹銷成淚。花落子規❺啼，綠窗殘夢迷。

【注釋】❶玉樓　指精美的樓閣。玉，形容欄檻精潔如玉的樣子。❷裊娜　輕柔嫵媚的樣子。❸畫羅句　畫羅，飾有圖案的帷帳。金翡翠，用金絲繡成的翡翠鳥的圖形。李商隱〈無題〉：「蠟照半籠金翡翠，麝香微度繡芙蓉。」❹香燭　古代製燭時多摻以香料，所以稱為香燭。❺子規　即杜鵑。杜鵑鳴聲淒然，如喚離人歸去。王維〈送楊長史赴果州〉：「別後同明月，君應聽子規。」

【語譯】樓外皎皎圓圓月，樓內女子長相憶。春風吹柳款款擺，相思最苦，恍惚嬌無力。別時情景常常思，那日門外草萋萋。冤家無語垂鞭去，青山遮隔，佇立聽馬嘶。　富麗堂皇閨房內，錦羅帳上繡翡翠。寂靜無聲暗銷魂，燭解人意，陪奴流盡淚。暮春花落綠窗前，林蔭深處子規啼。聲聲喚郎「歸，歸，歸」。不歸也罷，為何夢難圓？

【賞析】這闋詞著意表現了少婦對遠人的憶念之情。首句「長相憶」三字有籠罩全篇的作用。相憶的地點在玉樓，相憶的時間為明月之夜。張若虛〈春江花月夜〉：「誰家今夜扁舟子，何處相思明月樓」有助於理解此句。明月，一般是指圓月，而圓月往往使分離之人想到團聚，想到漂泊天涯的遠人。又玉樓，指華麗舒適的住所，它也會給閨婦增添不少相思之情。自己居於此，而伊人只能與古道瘦馬相伴，或乘扁舟在風浪中顛簸。想到此，豈能不更加渴望遠人回到自己的身邊？「柳絲」句不僅僅是點明季節，亦有借物寫人的作用。柳之搖漾無力，正襯托出女子因相思而寢食不安後的身心疲憊狀態。相思之人，最難忘的是分別的場面，那留戀不捨的纏綿之情也最讓思婦回味。此女子正是如此，她的腦海中不斷重複映現著這樣的「鏡頭」：門外芳草萋萋，送君門外。她佇立於路旁，目送著行人遠去。青山暮靄，隔斷了她的視線，惟有一兩聲馬兒嘶鳴傳來。此情此景，宛在眼前。她每回憶一次，都會使相思又加重幾分。深重的相思使她無法成眠，她孤獨、寂寞，室內除了翡翠鳥之外，更無其他動物，然而，那翡翠鳥也並不是真的活生生的動物，僅不過是繡在羅帳上的圖畫而已。「香燭銷成淚」，物本無情，但是，在感傷的人的眼裡，它也成了有情之物。它似乎知解人意，陪著她流淚。這與杜牧詩「蠟燭有心還惜別，替人垂淚到天明」同義。「香燭銷成淚」還有兩層意思：一是通過描寫此物景來傳導女子內心的淒楚。二是用全部銷化成「淚」來點明時間之長，與首句「長相憶」之「長」相照應。一夜未眠，使思婦神思恍惚，此時綠蔭中的杜鵑「不如歸，不如歸」的啼叫聲，使她進入了一種甜蜜的夢幻之中：郎君歸來了，……但是，好夢還沒做完，因此時天色已明，各種聲音又將她驚醒。她帶著夢不成的煩惱，走到綠紗窗前，只見落紅片片，春色凋零。此時的她觸景傷情，由此想到自己虛度年華，青春將逝。其心中滋味，自可揣測。此詞在有限的篇幅內，圍繞「長相憶」三字，多次轉換角度，將室外與室內、現實與回憶、情緒與景物巧妙地結合在一起，展示了閨婦一夜間思人的內心活動。

其七

鳳凰相對盤金縷❶，牡丹一夜經微雨❷。明鏡照新妝，鬢輕雙臉長❸。畫樓相望久，
欄外垂絲柳。音信不歸來，社前雙燕迴❹。

【注釋】❶鳳凰相對盤金縷　衣服上繡有一對鳳凰相對的圖案。盤，迴繞；盤曲。這裡指繡畫的絲線多且密。金縷，金絲線。❷牡丹一夜經微雨　這是比喻句。意思是女子妝成後，如經過微雨的牡丹。意同白居易〈長恨歌〉詩：「玉容寂寞淚闌干，梨花一枝春帶雨。」❸鬢輕雙臉長　鬢髮梳得很薄，臉很枯瘦。雙臉，左右兩邊臉，即左右腮。長，臉龐很瘦，就會顯得長。❹社前雙燕迴　祭祀土地神之前的日子裡，雙雙對對的燕子飛來飛去。社，社日，古代祭祀土地神之日。漢之後，一般用戊日，以立春後第五個戊日為春社，立秋後第五個戊日為秋社，約在春分、秋分前後。《宋詩鈔》徐鉉《騎省集鈔》〈寒食日作〉云：「過社紛紛燕，新晴淡淡霞。」因燕子春社來，秋社去，所以，人們稱為「社燕」。

【語譯】衣上圖案絲縷縷，繡成一對鳳凰相依偎。清曉妝成多嬌美，宛若牡丹，開時微帶雨。明亮鏡子照新妝，主人孤單鳥成雙。蟬鬢輕薄無人賞，臉兒瘦長，思婦病怏怏。倚著畫樓相望久，碧草連天人沒有。思婦佇立悄無聲，春已到來，欄外垂絲柳。可心人兒繫心懷，妾身盼信信不來。冤家言行不如燕，燕兒守信，社日雙雙回。

【賞析】這是一曲思婦的哀怨之歌！它訴說了思婦的渴望與內心的痛苦，描述了她的寂寞的生活環境，讀後使人不由得不對她的命運，予以深深的同情。她的丈夫是出外經商，還是遊學、出仕，詞中沒有說。但是，離家外出有相當長的時間則是肯定的。不然，她不會有那麼深刻的相思。她清早梳洗後，就穿上繡衣，因為繡衣上有寄託著她希望的飾物——一對鳳凰。她的心態就如同想發財的人在衣服上印著錢的花飾，想生孩子的婦女在臥室裡張貼著觀音送子圖一樣，希望能由此引出真實的生活來。她繡的鳳凰不是翱翔於天空，或者鳴叫於梧桐，而是相親相愛，靜靜地廝守著，享受著成雙作對時的溫馨。她為什麼要繡成鳳凰，而不繡成也是成雙作對的鴛鴦呢？那一定是她認為她和她的丈夫是極佳的一對，郎才女貌，天作之合，非一般的村夫俗婦可比。丈夫的才貌如何，沒有告訴我們，但我們知道她本身是很美麗的，華貴而嬌怯，猶如盛開著的牡丹帶著微微的細雨。她這麼美麗，又這麼思念她的丈夫，按常理來推，她的丈夫不會是個鄙俗而醜陋的男人。可是，這樣的一對配偶，卻分居兩處，天涯一方，不能享受青春的歡樂，女子如何能不痛苦呢？她的思念不是一般的想想而已，而是一種「為伊消得人憔悴」的思念。春日裡，人總是懶洋洋的，覺總是睡不夠，可是她一早就起了床，說明她一定是輾轉反側，無法入眠，相思刻骨也。丈夫不在家，她本不需要打扮，但是，她不但打扮了，還極為用心。衣服常換新的，穿上之後，又用鏡子照一照，看看是否合身熨貼；鬢髮梳得薄薄的，猶如蟬翼，風動搖顫，煞是好看，但是，她覺得臉龐瘦了，一點也不豐腴，不然的話，會更好看。為什麼要做這一切呢？因為在她心裡，總是存著丈夫某一天會突然回來的念頭，她要讓他回來後一眼看到自己依舊美麗的容貌。由於有這樣的念頭，她日日上樓向遠處眺望，可是碧草連天之處，聞不到馬嘶，見不到人影。「欄外垂絲柳」之「垂」字說明無風，不然的話，輕輕的柳條會在風中飄拂。無風則靜，靜極生寂，而孤單無聊的思婦則渴望著熱鬧、渴望著生機勃勃的景象，這樣死氣沈沈的氣氛只能加重她的痛苦。祭祀土地神的日子快到了，丈夫仍然沒有回來。她思極生怨，怪他音信杳無。就在這時，按時到來的燕子飛到了她的眼前。牠們雖然是小鳥兒，可是牠們多麼歡樂啊！一雙雙，一對對，同棲同飛，你飛我隨。此時的思婦如何呢？一定是心情苦澀，唯有倚欄流淚了。該詞雖然重墨皴染地描畫了思婦的「思」字，但詞中並沒有寫到一「思」字，連人物的心理活動都沒有明明白白地寫出來，但是，由人物的衣飾、動作，我們非常清楚地看到了她的精神狀態。不作直接描寫，無疑是該詞的藝術特色。

其八

牡丹花謝鶯聲歇❶，綠楊滿院中庭月❷。相憶夢難成❸，背窗❹燈半明。

翠鈿金壓臉❺，寂寞香閨❻掩。人遠淚欄杆❼，燕飛春又殘。

【注釋】❶牡丹花謝鶯聲歇　牡丹花春末開放，花謝時，春天已經過去。白居易〈買花〉：「帝城春欲暮，喧喧車馬度。共道牡丹時，相隨買花去。」鶯聲歇，鶯鳥不再歌唱，春暮時節的特徵。溫庭筠〈苦楝花〉：「院裡鶯歌歇。」❷中庭月　在庭院上空的明月。張祜〈秋日宿簡寂觀陸先生草堂〉：「竹廊影過中庭月。」❸夢難成　難以將相憶的情景變成夢境。唐・佚名〈閨情〉：「千回萬轉夢難成，萬遍千回夢裡驚。」❹背窗　北窗。杜甫〈堂成詩〉：「背郭堂成蔭白茅。」❺翠鈿金壓臉　翠鈿碩大，裝飾在臉上。翠鈿，以翠玉金花鑲嵌的首飾。《說文解字》：「鈿，金華也。」金壓臉，化用唐韋固妻事。《太平廣記》卷一九五引《續幽怪錄》：韋固妻，幼時為人所刺，眉間留有刀痕。長大後，額上「常貼一花鈿，雖沐浴閑處，未嘗暫去。」❻香閨　閨房。韋莊〈秦婦吟〉：「回首香閨淚盈把。」❼欄杆　淚縱橫貌。白居易〈長恨歌〉詩：「玉容寂寞淚欄杆。」欄或作闌。

【語　譯】牡丹花落只剩葉，鶯鶯疲倦歌聲歇。春暮時節夜色中，綠楊滿院，瑩瑩庭上月。懷念遠方未歸人。心緒萬千夢難成，漫漫長夜難入眠，寂寂黑夜，北窗燈半明。　翠鈿首飾匣中檢，貼上眉額俏麗臉。閨房裡面冷清清，無人欣賞，只得把門掩。郎君距此路遙遙，淚水縱橫一條條。春已歸去燕又來，大好年華，卻在苦中熬。

【賞　析】人的心理、人的精神面貌無時不受生存狀態與外界客觀環境的影響。一個與丈夫久別的女子因感情、生理和生活上的種種因素，她會想念自己的丈夫，但在不同的客觀環境下，她思念的程度會有很大的不同。如若環境是親友聚會，熱熱鬧鬧，天空晴朗，原野空曠，她的思念就會淡一些，輕一些。相反，如果環境是豆燈青帷，孤身一人，明月當空，四周悄然，那麼，她的思念一定會比平常更深刻。此詞所寫的就是在增人思情的環境中，一位思婦的心理狀態。首句「牡丹花謝鶯聲歇」，一是點明季節，二是暗示思婦的衰老。牡丹開放是在暮春時節，它凋謝時，應該到了夏初。鶯鶯多是在春日裡歌唱，所謂「柳浪聞鶯」，到了夏天，陽光灼灼，牠們就躲到深蔭之處歇涼，而不再歌唱。這一花一鳥，都是說春已歸去。這一句含蓄地表示了思婦的年齡與容貌。牡丹花常被墨客騷人拿來比喻華貴而美麗的女人。此詞也不例外，可惜眼前的思婦只是昔日美麗的牡丹花，「花謝」說明她紅顏已褪，不再光采照人。「鶯聲歇」與牡丹花凋謝同義，因為人老嗓啞，原本像鶯鶯那樣動聽的歌喉卻不再悅耳，於是，知趣地停止了歌唱。總之，衰老的徵象在這位思婦身上已經很明顯。處於這樣年齡的女子，即使婚姻美滿，家庭幸福，也會有一種自哀自憐的心理，更何況像這一位女子，孤身一人呢？她一定會覺得自己的青春虛度了，根本沒有享受過美好的年華。於是，她迫切地希望有一種新的生活方式：夫妻廝守，舉案齊眉，卿卿我我，甜甜蜜蜜。出於這樣的美好願望，她就更加思念遠方的丈夫，希望他早日歸來了。然而，每一日的盼望，都變成了失望，逐日的思念變成了痛苦的累積。在這樣的日子裡，環境又給了她深深的刺激。滿院楊柳，綠葉盈盈，表明了春光已盡。思婦目睹此景，因而生出遲暮之感；一輪圓月，懸在庭院的上空，彷彿有意用它的「圓」來襯托思婦殘缺的「家」，思婦從圓圓的月想到夫妻團圓的事，然而，何年何月才能聚首呢？想到此，思婦怎能不淚水縱橫？燕子不明事理，在周圍成雙成對地飛來飛去，這無疑在思婦痛苦的精神中又加添了許多苦澀的東西。環境無情，處處都在嘲笑她的孤身獨影，真是剪不斷啊理還亂。現實中無法相聚，她便希望在夢中與丈夫相聚，可是，這願望也無法實現，輾轉反側，難以入眠，又如何成夢。她乾脆點上燈，讓昏黃的燈光抵抗黑暗的擠壓，自己則睜著眼睛熬這漫漫的長夜。她感覺到自己老了，額頭有了皺紋，便學著韋固妻的做法，用翠鈿壓臉。可憐的她這樣做又有什麼意義呢？因為她不論是老還是未老，都無人關心。她自己意識到了這一點，唯有傷心的淚落如雨。讀者讀到此處，也會為之流下同情之淚。

其九

小園芳草綠，
滿宮明月梨花白❶，故人❷萬里關山❸隔。金雁❹一雙飛，淚痕沾繡衣。
家住越溪曲❺。楊柳色依依❻，燕歸君不歸。

【注釋】❶滿宮明月梨花白　意為滿院的明月和梨花交相輝映。溫庭筠〈舞衣曲〉：「滿樓明月梨花白。」滿宮，滿室。《爾雅・釋宮》：「宮謂之室，室謂之宮。」《釋文》：「古者貴賤同稱宮，秦漢以來，惟王者所居稱宮焉。」此「宮」字用的是古義。❷故人　這裡指分居很久的丈夫。〈古詩為焦仲卿妻作〉：「新婦識馬聲，躡履相逢迎。悵然遙相望，知是故人來。」❸關山　邊塞之地的重山。漢樂府有〈關山月〉樂曲，內容多寫戍邊戰士的思鄉之情。江淹〈恨賦〉：「紫臺稍遠，關山無極。」江總〈閨怨篇〉：「願君關山及早度，念妾桃李片時妍。」❹金雁　劉攽《中山詩話》：「金雁，箏柱也。」溫庭筠〈彈箏人〉：「鈿箏金雁皆零落，一曲〈伊州〉淚萬行。」一說金雁為首飾。楊萬里詩：「珠襦玉匣化為土，金雁銀梟亦飛去。」據此句義，釋為箏柱較好。❺家住越溪曲　女子以西施自比。越溪，西施浣紗的水名。李白〈西施〉：「西施越溪女。」❻楊柳色依依　楊柳茂盛的樣子。《詩經・小雅・采薇》：「昔我往矣，楊柳依依。」

【語譯】月光瀉滿小院中，梨花簇簇似雪白。征人遠在萬里外，關山重重，何日得歸來？彈箏抒情寄愁思，兩根箏柱襯孤單。箏聲幽咽欲斷魂，淚珠滴滴，濕了繡羅衣。　小園春色撩人欲，芳草萋萋碧玉綠。家鄉都是，水秀越溪曲。楊柳裊娜色青翠，舊時燕子又相會。春日融融時光短，人不如燕，等君君不歸。

【賞　析】這是一闋怨婦詞，其中有兩句可稱詞眼，即「淚痕沾繡衣」與「燕歸君不歸」。她的流淚是極痛苦的表現，因流淚的時間長，淚水多，將繡衣都沾濕了。何以會痛苦？相思也。她的相思和一般的思婦又不同，是一種在她認為永遠達不到目的的相思。詞的上片寫的是夜晚相思的情景。她的相思自然不是從那一晚上才開始，但那一晚上的思情比往日更濃。因為圓圓的明月，增加了她夫妻團圓的欲望；月下的梨花又增加了她的焦慮不安。本來，月光下顏色如雪的梨花，無疑是讓人賞心悅目的美景，但是，這種景致在思婦的眼裡就不一樣了。白色在我國古代是喪事的顏色，它會使人聯想到死亡。征人在外，餐風宿露，跋山涉水，刀槍相搏，誰能說他不會有三長兩短呢？思婦想到此，怎麼能不為丈夫擔憂？於是，她更加渴望征人早日歸來，活生生地站在自己的面前，看著他，親撫他。但是，她明白，這種願望是非常飄渺的，因為征人在萬里之外，相隔著重重關山。她在百無聊賴之際，彈起了箏，讓一腔思念之情憑藉樂聲抒發出來。箏聲哀怨幽咽，讓她柔腸寸斷。就在這時，她的目光落到了一雙箏柱上，「雙」使她想到了自己的「單」，而且想到自己還要長時間地甚至永遠地孤單下去，她的感情再也控制不住了，淚水一個勁地流了下來，滴到了她的繡衣上。「燕歸君不歸」，是一怨恨至極的訴說。何以會怨呢？由上片的「梨花」，我們知道了此時正是春天，花紅柳綠，生機勃勃，它會使人想到生命的快樂，讓孤單的人追求成雙作對的生活，思婦的環境恰恰有著濃濃的春色。庭園雖小，但芳草萋萋，楊柳依依，屋外溪水淙淙，矯燕穿梭。春的色彩，春的生機，怎能不引發她的情思？「家住越溪曲」，可以作雙重解說，可解成她和西施是同一家鄉，都在山清水秀的越溪灣，也可解為她的自況：她和西施一樣美。春天引起她思念丈夫的心緒，然而，丈夫遠在萬里之外，無法見面，不但現在不可能，未來也極渺茫，她的青春，極可能在焦灼的等待中悄悄流逝；她的美麗，將在無人欣賞的日子裡慢慢枯萎。想到此，能不痛苦麼？能不怨麼？詞作的時間相當分明，上片寫思婦在夜晚的情緒，下片是白天的情緒；整闋反映了思婦一天的心情。又上片寫思婦因相思而流淚，而下片則寫思婦因絕望而怨恨，感情由淺到深，深刻反映了思婦內心世界的律動過程。

其十

寶函鈿雀金鸂鶒❶，沉香閣上吳山碧❷。楊柳又如絲，驛橋❸春雨時。　畫樓音信斷，
芳草江南岸。鸞鏡與花枝，此情誰得知❹？

【注　釋】❶寶函鈿雀金鸂鶒　意為枕旁有著釵類飾物。寶函，本指珍貴的函套。王筠〈國師草堂寺知者約法師碑〉：「開寶函之奧典。」此處當作枕函解。鈿雀，頭部為雀形的釵。鸂鶒，水鳥名，大於鴛鴦，色紫，又稱紫鴛鴦。❷沉香閣上吳山碧　登上沉香閣，看到江南到處是綠色，春已深了。沉香閣，用沉香木做窗戶、欄杆之類的樓閣。王仁裕《開元天寶遺事》卷下：「國忠又用沉香為閣，檀香為欄，以麝香乳香篩土和為泥飾壁，每於春時木芍藥盛開之際，聚賓友於此閣上賞花焉。」明巾箱本作「關」，義不可通，故據《全唐詩》改為閣。吳山，一稱胥山。《新唐書・地理志》：「左界大江，右瞰太湖，峰巒相續，總曰吳山。」此處吳山，泛指江南一帶的山。❸驛橋　驛站附近的橋。驛，古時供傳遞公文的人或來往官員暫住、換馬的處所。❹鸞鏡兩句　意為自己的美貌如花枝一般，然青春也像花枝一樣短暫，這種酸楚之情只有自己知道。鸞鏡，《太平御覽》卷九一六引范泰〈鸞鳥詩序〉：「罽賓王結罝峻卯之山，獲一鸞鳥，甚愛之。欲其鳴而不能致，乃飾以金樊，享以珍饈，對之愈戚，三年不鳴。夫人曰：『聞鳥見其類而後鳴，可懸鏡以映之。』王從其言。鸞睹形感興，慨焉悲鳴，哀響沖霄，一奮而絕。故後世稱為鸞鏡。」白居易〈太行路〉：「何況如今鸞鏡中，妾顏未改君心改。」這裡用「鸞鏡」含有絕望的意思。

【語　譯】沉香閣上香飄溢，美人起床欄邊立。枕邊空留溪鸂釵，江南群山，一望無際碧。風中楊柳飄如絲，軟弱無力柔依依。驛站旁邊雨中橋，荒涼孤獨，景色惹人思。　春深草綠江南岸，遠人無信日漫漫。良辰美景空度過，畫樓雖美，閨婦長哀嘆。思婦美貌如花枝，香豔水靈一西施。想到好花不常開，鏡前一聲：「此情有誰知？」

【賞　析】這位思婦的生活是極為優裕的。她住在香氣四溢的沉香閣上，擁有貴重的珠寶。然而，她的精神卻極為苦悶。春天是最讓人倦困的季節，所謂「春眠不覺曉」是也。她的地位也無需她操持家務，可以多睡一會兒。然而，她的苦悶卻使她無法再躺在床上，千思萬緒如亂麻似的絞在心裡，一刻也不得安寧，她便起床，佇立於欄杆前。作者將釵飾與枕頭放在一起寫，是頗具巧思的，既反映出少婦的物質生活，又透露了她悵惘苦悶的精神。因為只有沒

情沒緒，才會慵慵懶懶，不去梳洗，才將鈿雀與金鸂鶒等釵簪之類仍留在枕頭旁。由此可見，首句一舉兩得，構思奇巧。正因為生活空閒優裕，使得思婦更為痛苦，如若她整日煮茶燒飯，紡紗織布，那有時間去愁思。而她卻有消磨不了的時光，「愁」與「思」便整日纏繞心頭，當客觀環境或其它因素稍有一點變化，就會觸動她那脆弱而敏感的心弦。這次她從沉香閣上看到「春風又綠江南岸」，山青了，草碧了，水綠了，春天來到了。這景色是美麗的，但在思婦憂傷的眼睛裡，有一種悲哀的色調，她由春想到了自己的青春，而自己的青春正在毫無價值地流失，因此，春景並沒有使她快樂，相反，增加了她的痛苦。「楊柳又如絲」之「又」字，說明她與丈夫分別的時間已經相當長了，也表現出她盼望不到的內心無奈。「驛橋春雨時」，單獨來看，是一幅極美的圖畫：瀟瀟細雨如煙似嵐，驛橋靜靜地沐浴在雨中，潔淨光滑，兩端的楊柳不時地吻著欄杆。但當讀者從思婦的視角去看時，就不是這樣的了，至多是一種淒涼的美。這一句從「又」字而來，楊柳如絲使思婦想到了丈夫與自己分別了多長時間，又自然地回憶起分別時的情景：苦風淒雨，驛橋冷冷地看著她們的分別；而她們當時的樣子也一定是「執手相看淚眼，竟無語凝咽。」盼望是痛苦的，回憶則更加痛苦。下片在時間上與上片有相當長的間隔，因為上片的吳山色碧，楊柳如絲，是初春的景色，而下片已是芳草萋萋，江南翠綠，該是暮春的景色了。閨婦的思情也向深度發展，精神更為苦悶。其原因有二，一是「音信斷」，或許在昔日還收到些音信，說些寬慰與何日回家的話，使閨婦在淒寂的等待中得到些溫暖與希望。現在卻音信杳然，像斷了線的風箏，回來還是不回來，是死還是活？她茫然無知，只能胡亂地猜測，這無疑加深了她的思念，並伴有深深的擔憂。二是暮春的景色使她有遲暮之感。她對鏡照容，雖然自己的面龐美麗得像鮮花一樣，但她不但沒有產生稍許的快樂，反而有著深深的哀傷，因為從片片落紅她看到了自己的命運，甚至連花兒都不如，還沒真正地開放過就紅顏褪盡。想到此，她情不自禁地在鏡前長嘆一聲：這份痛苦，誰又能理解呢？鸞鏡，是一種不祥的預兆，鸞鳥三年不鳴，懸鏡照之，一奮而絕。閨婦如此痛苦，心情鬱結，她能等到音信斷絕的丈夫嗎？盛唐著名詩人王昌齡有一首〈閨怨〉詩，云：「閨中少婦不知愁，春日凝妝上翠樓。忽見陌頭楊柳色，悔教夫婿覓封侯。」這首詞與王詩在作法上有些相似，但溫詞寫的是一位知愁的少婦。

其十一

南園滿地堆輕絮❶，愁聞一霎清明雨❷。雨後卻斜陽，杏花零落香。

無言勻睡臉❸，枕上屏山掩。時節欲黃昏，無憀❹獨倚門。

【注釋】❶南園句　南圃的地上鋪滿了柳絮。南園，南邊的花圃。溫庭筠〈醉歌〉：「唯恐南園風雨作。」輕絮，輕颺的柳絮。李商隱〈江東〉：「今日春光太漂蕩，謝家輕絮沈郎錢。」❷一霎清明雨　清明時節下的短時間的小雨。一霎，短時間的小雨。《全唐詩》卷八九八，馮延巳〈蝶戀花〉（六曲欄杆偎碧樹）：「紅杏開時，一霎清明雨。」❸勻睡臉　睡眠初醒，臉龐紅潤，猶如勻上了紅胭脂。勻，均意。韓愈〈詠雪詩〉：「片片勻如翦，紛紛碎如挼。」❹憀　同「聊」。

【語譯】空中飛舞地上聚，南園滿地堆柳絮。清明時節使人愁，卻又聽到，窗外瀟瀟雨。細雨迷濛天無光，情緒鬱結心憂傷。雨後清明出斜陽，杏花凋零，庭院飄殘香。　獨自一人垂門簾，睡在枕上屏山掩。醒後無言想心思，美人無伴，可惜花般臉。夕陽西下天昏朦，最怕此時是愁人。今宵如何度長夜，百無聊賴，茫然獨倚門。

【賞析】這首詞著重寫一個「愁」字。「愁」字在歷代詞人的筆下，是一種被反覆摹寫的情緒，有思婦之愁，有征人之愁，有落魄之愁，有飢寒之愁。在敏感的詞人看來，人世間到處瀰漫著「愁」。馮延巳〈鵲踏枝〉云：「河畔青蕪堤上柳，為問新愁，何事年年有？」孫光憲〈清平樂〉：「愁腸欲斷，正是青春半。」李清照〈武陵春〉：「只恐雙溪舴艋舟，載不動許多愁。」這些詞人所寫的「愁」，都是他們自己體驗到的，而溫庭筠所寫的，不是他自己的，但也不是思婦的愁，而是美人的閒愁，是因有遲暮之感而產生的愁。「南園滿地堆輕絮」，這一景象，極為淒楚。柳絮，似花而非花，沒有人將它當花看待，予以憐惜，一任它孤獨飄零。它剛剛享受了一點春光，像花兒那樣綻放，就迅速地凋謝，像無根的飛蓬，隨風飄蕩。風也薄情，不再擁抱它，它只得萎落於泥土上。因此，在美人的南圃，鋪滿了輕絮。無人賞識，命運悲慘，多麼像美人自己啊！美人由輕絮的遭遇聯想到了自己，愁思頓時漫上了心頭。

就在這時，窗外飄起了細雨。下雨的天氣，空中迷濛，四周都被陰霾層層地包圍著，人的精神極為壓抑。更令人不堪的是，那屋簷、樹枝上的雨水，點點滴滴，彷彿每一聲，都是敲擊在美人的內心。雨後天晴，本是令人神怡的一種景致。可是此時不是早晨，也不是日中，而是在午後，斜陽橫照，一種無力的光芒，使人想起青春已過。斜陽已經給了美人深深的憂傷，好像還不夠似的，又讓她看到了零落的杏花。原來那般粉紅，那般鮮豔的杏花現在被拋灑在污黑的泥土上，雖然仍然散發著餘香，但可想而知，它的命運無疑是悲劇性的。外界的刺激，使美人慵懶無力，精神頹傷有了深深的倦意。晝寢之後，她躺在床上，一聲不響。她在沉思，思什麼，可能她自己也說不清楚，真是千思萬緒，紛如亂麻。「時節欲黃昏，無憀獨倚門」，這兩句將女子的內心活動用靜態的畫面形象地表現了出來。暮色來臨，門前的道路漸漸隱沒在灰色的霧靄中。既然視野模糊，女子又倚門望什麼呢？由詞作的內容來看，該女子所思的並沒有一個具體的人，她只是渴望有一位男子與她相親相愛，因此，她這種「望」是漫無目的的，是一種下意識的動作，是一種內心欲求的不自覺的外界表現。詞作寫到這裡，便戛然而止，黃昏獨倚後如何度過那漫漫長夜，一切都留給讀者去想像了。

其　十二

夜來皓月纔當午❶，重簾❷悄悄無人語。深處麝煙長❸，臥時留薄妝❹。　　當年還自惜，往事那堪憶。花落❺月明殘，錦衾知曉寒。

【注　釋】❶皓月纔當午　月到中天。《六書分類》：「午，上象天體半覆，下象中直，明午時應天之中也。」《隋書・律曆志》：「月兆日光，當午更耀。」韓偓〈想得〉：「寒食花枝月午天。」❷重簾　一重重之簾子。古《子夜吳歌》：「重簾持自障。」❸深處麝煙長　閨閣深處麝香很濃。深處，承「重簾」意來，指閨閣深處。麝煙長，閨房中燃燒的是麝香，煙絲繚繞。李白〈連理枝〉二首：「噴寶猊香燼，麝煙濃。」麝煙，又作麝香。❹薄妝　素雅的妝。沈約〈麗人賦〉：「鳴瑤動翠，來脫薄妝。」杜牧〈偶呈鄭先輩〉：「不語亭亭儼薄妝。」❺花落　一作花露。此二句寫閨人整夜未眠，張惠言《詞選》

評此二句云：「此自臥至曉，所謂相憶夢難成也。」

【語　譯】圓月皎皎照寰宇，光亮晶瑩正當午。幕幕重簾鎖深閨，寂靜無聲，不聞人話語。深閨獨處不見郎，麝香繚繞煙絲長。閨人心有千千結，心慵意懶，睡時不卸妝。　遙想當年未分別，夫君與妾相愛戀。卿卿我我多甜蜜，回首往事，痛苦不堪憶。窗外落花心震顫，一輪斜月掛天邊。錦被單薄不夠暖，閨人未睡，感到清晨寒。

【賞　析】此詞為描寫一位思婦苦熬漫漫長夜的情景。夜晚，對於相思的婦人們來說，是最難度過的時光。皓月當空時，她們會由月圓想到丈夫與自己的分離，於是哀怨滿腔。敦煌曲子詞〈望江南〉云：「天上月，遙望似一團銀。夜久更闌風漸緊，與奴吹散月邊雲，照見負心人。」若是夜色如墨，孤獨的閨人面對黑暗會緊張害怕，從而更加渴望丈夫回到身邊，使自己有安全感。總之，如何打發這漫漫長夜，是思婦們十分苦惱的一件事。詞人沒有從黃昏時寫起，而是跳到了皓月當午的時候。雖然如此，但思婦在皓月當午之前的情形還是有所表現的。一「纔」字，表明了思婦從晚上到半夜，一直未能入眠。她由於未眠，才覺得時間走得慢，覺得時間走得慢，才感到月亮移動的速度。又，她在室內，月在空中，只有清醒的人才會從映窗的月光中感受到月之明潔。皎皎圓月給她的不是美感，而是憂傷。明月之下，夫君在何方漂泊？又是否像我思念他一樣的想念著我？月亮缺了會圓，為什麼我們至今還不能團圓？她躺在床上，想著一個又一個的問題，然而每一個問題都得不到滿意的答案，這使她陷入深深的苦惱之中。她輾轉反側，睡意全無。一重重簾幕鎖閉的深閨闃寂無聲，彷彿有一種無形的壓力在擠壓著她，也更使她覺得夜的漫長。「麝煙長」，曲折地表現了女子的清醒與對夜長的模糊認識。麝香燃燒時，吐出裊裊的煙絲，在不流動的空氣中，先是形成直直細細的煙柱，然後，彎曲的游動，伸向很遠很遠的地方。而閨婦要看到這一切，必須目光順著煙的移動而移動，這顯然不是困倦的人的行為，而是無法入眠又百無聊賴的人的行為。「長」又是對夜長的一種下意識的反映，正因為感覺到並惱恨夜之長，她才會不由自主地對「長」的物給予注意。「臥時留薄妝」，意思是她臥時不卸妝，這是對她此時情緒的補充說明，而不是說她現在才睡覺。妝薄，是因為悅己者不在身邊，精心打扮沒有意義，故而淡抹其妝。「留」則是沒情沒緒的突出表現，慵懶到連妝都不卸了。夜半之後，她相思的情緒仍然不能平靜下來，她想到了天真爛漫的少女時代，那時，無憂無慮，無悔無恨，一切是那麼愜意，那麼快樂。她想的更多的還是初婚時的甜蜜日子，恩恩愛愛，卿卿我我。不過她的回憶沒有給她帶來快樂，反而增加了她的痛苦。因為所回憶的昔日琴瑟和諧的生活恰恰與今日孤獨的生活成了鮮明的對比，故而，她哀哀地說：「往事那堪憶」。相思伴隨著痛苦，痛苦驅動著她更加相思。就這樣，她徹夜未眠。當明月西斜時，她聽到了窗外簌簌的花落聲，這時，她在痛苦、相思的情感上，又多了一份虛度光陰的遲暮之感。花落，使她想到了青春時光的流逝，想到了不能永駐的美麗容貌，於是，她更加渴望夫妻廝守的生活，更加珍惜餘下不多的韶華。然而，她的渴望與珍惜，有誰去理睬呢？丈夫嗎，遠在他方，親友呢，哪一個能理解自己內心的痛苦？曉寒是有的，但睡在錦衾中的人不應感受到。真實的原因是婦人想到自己的願望無法實現，心裡不禁寒冷起來，由於心寒而感到體寒。詞人沒有接下去寫閨婦拂曉後的情況，但可以想知無非是兩種可能，一是起床，一是仍躺在床上，但不論是哪一種情況，她的痛苦都會有增無減，她還會度過一個又一個的不眠之夜，她會更加迅速地衰老。

其十三

雨晴夜合❶玲瓏日❷，萬枝香裊紅絲拂❸。閒夢憶金堂❹，滿庭萱草❺長。

繡簾垂箓簌❻，眉黛遠山綠❼。春水渡溪橋，憑欄魂欲銷❽。

【注釋】❶夜合　即合歡花。夏季開花，花為紅色。晉·周處《風土記》：「合昏，槿也，華晨舒而昏合。」合昏就是夜合。《藝文類聚》卷八九引《本草經》：夜合「味甘平，生川谷，安五臟，和心志，令人歡樂無憂，久服輕身明目。」元稹《鶯鶯詩》：「夜合帶煙籠曉日。」❷玲瓏日　陽光明亮的日子。《漢書·揚雄傳》注曰：「晉灼曰：玲瓏，明見貌。」唐·汪極〈奉試麥壟多秀色〉：「日布玲瓏影。」❸萬枝香裊紅絲拂　夜合花的無數花枝隨風飄拂，香味在空氣中浮動，紅絲下垂。裊，浮動的樣子。《佩文韻府》卷四七引林逋詩：「紅蕖香裊似相迎。」拂，垂的意思。❹閒夢憶金堂　在夢中回到了昔日華麗的居處。閒夢，長的夢。溫庭筠〈初秋寄友人〉：「閒夢正悠悠。」金堂，華麗的住所。〈古歌〉：「入金門，上金堂。」唐·李郃〈游九嶷黃庭觀〉：「玉殿斜臨漢，金堂迴架煙。」❺萱草　亦作蘐草，也作諼草。民間說它有忘憂之功用。《詩經・衛風・伯兮》：「焉得諼草，言樹之背。」《毛傳》：「諼草令人忘憂。」何遜〈為衡山侯與婦書〉：「始知萋萋薆草，忘憂之言不實。」❻繡簾垂簶簌　繡簾上垂著穗絡。簌，今作簌。簶簌，即流蘇，垂纓之物。李賀〈春坊正字歌〉：「綬絲團金懸簶簌。」溫庭筠〈歸國遙〉：「翠鳳寶釵垂簶簌。」❼眉黛遠山綠　形容女子的眉毛如遠山的形狀與顏色。葛洪《西京雜記》卷二：「(卓)文君姣好，眉色如望遠山，臉際常若芙蓉。」時人效畫此眉，稱遠山眉。❽魂欲銷　魂靈彷彿要離開身體。孫光憲〈更漏子〉(燭熒煌)：「慵就寢，獨無憀，相思魂欲消。」

【語　譯】雨後天晴又見日，夜合是一無憂物。花色淡紅香氣揚，萬條花枝，隨風而飄拂。白日作夢長又長，夢夢都是上金堂。見到滿庭忘憂草，憂愁不減，原因未見郎。　彩繡簾子垂流蘇，閨閣玲瓏色金黃。思婦姣美無人比，眉如遠山，色如翠黛綠。春水蕩漾小溪長，一去不返過小橋。憑欄遐思看流水，恰似年華，痛苦魂欲銷。

【賞　析】整闋詞的重心落在「魂欲銷」三字上。這三個字，凝聚著閨婦的多少相思，多少淚水啊！然而，全詞卻無一字說到「思」字與「淚」字；相反地，倒布滿了歡悅的景色與舒適的環境，這就需要讀者作一番琢磨了。夜合花，是令人歡樂無憂的一種花。萱草，則是讓人忘記憂愁煩惱的一種草。一花或一草，就能使人心情愉悅，而思婦眼中所見的，不僅是一花或一草，而是「萬枝香裊紅絲拂」與「滿庭萱草長」，夜合花色雖淡紅，但有萬枝，一定聯成一片，如霞，如錦，滿目粉紅色；萱草雖無花之豔麗，但萋萋滿庭，如翠，如碧，撲鼻的清香味兒。只從顏色與氣味來說，也讓人賞心悅目，快樂至極了，更何況它們本身有解憂的功能呢？然而，從末句「魂欲銷」得知，思婦並沒有因為見到了夜合花與萱草，而減淡了自己的憂愁，何以會如此呢？唯一合理的解釋就是，她的憂如山之沉，她的愁如海般深，非夜合花與萱草這樣的植物所能治也。她的環境的美好還不止如此，雨過天晴，萬象清新，陽光明亮而柔和，但這些也如夜合花與萱草一樣，對她沉鬱的心情也無能為力。由此可見，她的憂愁之結扣得是多麼的緊！孤獨無聊使她的體內漲滿了慵懶的情緒，她倚在妝臺邊或臥在床上，朦朦朧朧地睡去。可是夢一個接一個地做，「閒夢」之「閒」等同於「閒愁」之「閒」，意為人只要有閒，它就會襲來，對於有閒的閨婦來說，它會整天地纏住你。「憶金堂」，是說在夢中憶起了金堂，而且次次夢都與「金堂」有關，這說明「金堂」與她的思念、憂愁有緊密的聯繫，很可能是她與心上人有著美好時光的地方。這種憶不會減淡一絲一毫的憂愁，相反，倒將昔日的歡歌笑語、卿卿我我與今日之形孤影單、淒清幽冷成一對比，更添她的思情。下片的前兩句交代了她的身份與容貌。她是一位物質生活極豐裕的婦人，簾子是彩繡的，並垂著流蘇。閨內的布置雖然僅有這麼一句，但我們可以猜想得到，她的閨房華貴而溫馨。她長得也很漂亮，至少化妝後十分動人，眉如遠山，黑黑的，與玉肌相映襯。可是，孤獨使這一切都沒有了價值。華貴的閨房，成了鎖繫鳥兒的金絲籠，漂亮的臉龐，卻得不到青春時期的快樂。「欲銷魂」，固然不全是「憑欄」看水的結果，但應該說是憑欄看水直接導致的。那麼，水如何有這麼大的力量呢？它不過是「渡溪橋」而已吧。聯繫到《論語》中的內容，我們就不難理解了。「子在川上曰：『逝者如斯夫。』」她在小橋上，看到溪水淙淙地穿過小橋，一去而不復返。這多麼像人的時光啊！一刻不停地流淌，就在流淌中，人失去了荳蔻年華，失去了迷人的紅顏。如果夫妻和合，成雙作對，這種流淌還算有價值，可是自己呢？真是白白地浪費一生中最美好的不可再來的青春啊！思婦想到此，焉能不銷魂，焉能不痛苦到極頂。她所思之人是征夫，還是遊子？詞中沒有隻字提到，這就留給讀者去猜測了。若是前者，客觀限制他不能回家，他對思婦的痛苦沒有責任。若是後者，我們就應該譴責他了。

其十四

竹風輕動庭除冷❶，珠簾月上玲瓏影❷。山枕隱濃妝❸，綠檀金鳳凰❹。　兩蛾愁黛淺❺，故國吳宮遠❻。春恨❼正關情，畫樓殘點聲❽。

【注釋】❶竹風輕動庭除冷　搖動竹子的風吹過庭前階下時，使人覺得有股冷意。竹風，搖動竹子的風。李賀〈十二月樂辭〉：「復宮深殿竹風起。」庭除，庭前的臺階。劉兼〈對鏡〉：「風送竹聲侵枕簟，月移花影過庭除。」❷珠簾月上玲瓏影　透過珠簾的月，光明亮麗。珠簾，珍珠綴成或裝飾著珍珠的簾子。杜牧〈為人題贈〉：「月落珠簾卷，春寒錦幕深。」玲瓏，見前詞注❷。❸山枕隱濃妝　濃妝豔麗的婦人倚枕而臥。山枕，枕的形狀像山一樣。王學初《李清照集校注》卷一〈浣溪沙〉（淡蕩春光寒食天）注：「山枕，蓋作凹形，兩端突起如山也，故名。」溫庭筠〈更漏子〉：「山枕膩，錦衾寒。」

濃妝，指飾物珠光寶氣，塗描著色很重。白居易〈鹽商婦〉：「飽食濃妝倚柂樓，兩朵紅腮花欲綻。」❹綠檀金鳳凰　謂山枕為檀木製成，上面畫有一對金鳳凰。❺兩蛾愁黛淺　愁眉不展，眉毛的顏色不深。兩蛾，兩道眉毛。黛，青黑色。張祜〈惠尼童子〉：「不似俗家諸姊妹，朝朝畫得兩蛾青。」❻故國吳宮遠　所懷念的故鄉在很遠的地方。故國，故鄉。《魏書・袁翻傳》：「望他鄉之阡陌，非故國之池林。」吳宮，華麗的居所。自己過去生活的地方。張惠言《詞選》：「青瑣、金堂、故國、吳宮，略露寓意。」陳廷焯《白雨齋詞話》：「飛卿〈菩薩蠻〉十四章，全是變化楚騷，古今之極軌也。徒賞其芊麗，誤矣。」張、陳二人認為溫庭筠寫作〈菩薩蠻〉，有屈子的借香草美人以寄懷抱的手法。這種評語似不合乎實際。❼春恨　即春愁。杜牧〈不飲贈官妓〉：「誰憐佳麗地，春恨卻淒淒。」❽畫樓殘點聲　從畫樓裡聽到了擊更報曉的聲音。程大昌《演繁露》：古代以銅壺滴漏計時，把一夜分為五更，一更又分為五點，擊點報時。殘點聲，是指殘漏更點之聲，要破曉的意思。

【語　譯】微風搖竹人覺醒，佇立庭階周身冷。珠簾有隙月光進，柔弱似水，留下斑駁影。濃妝打扮為誰忙，徒費功夫不見郎。頭飾不卸倚枕臥，觸景傷情，枕上金鳳凰。　心情鬱結無笑臉，愁眉不展黛色淺。孤獨一人守空房，不見親人，家鄉路太遠。春夜相思意最真，痴情女子是妾身。正要朦朧夢見君，東方欲曉，聽到打更聲。

【賞　析】這闋詞也是描寫一位女子的不眠之夜。前兩句雖然沒有明白地描寫女子的行為，但細細地領會句子的意思，其行為還是看得見的。月光能夠把珠簾的影子投射下來，決不是明月初升之時，應該是接近或已到午夜時分。在此之前，女子很可能已臥床睡覺，但剪不斷、理還亂的相思的思緒攪得她睡得很淺，大約在似睡未睡之間。因此，當微風搖動竹梢，發出輕輕的簌簌聲時，就把她弄醒了。相思的人一旦醒來，就會不由自主地又想起她那可愛的人兒。在這幽靜的夜晚，這份思情會使她躁動不安。於是，她起身到院中，佇立階下，舉首望月，或在月下徘徊，希望月亮能把她的思情傳達給遊子。夜風是很寒冷的，而她剛才起床時又未多穿衣服，她感到了陣陣冷意，便又回到了床上。明亮的燭光下，她倚枕而臥。白天的濃妝仍然保留著，珠翠鈿簪，炫目耀眼，將她打扮得更加漂亮。她之所以著濃妝，插首飾，一定是認為夫君今日或近日某個時候會突然地回來，她要以美麗的形象迎候他，讓他高興。這樣的解釋大概是符合她的心態的。不然的話，像她這樣將心祇放在夫君一個人身上的女子，又是為誰打扮的呢？可是，這一切所作所為，都是白費工夫。白天沒有等到郎，此時已過夜半，仍不見郎的影子。但她不灰心，堅持等著他，所以，她不卸去頭飾。如果她確實是有這樣的想法，那麼，她剛才到室外院中，就可能是看看丈夫是否歸來。正在她急切地盼望的時候，山枕上一對金鳳凰映入了她的眼簾，這無疑會增加她的痛苦與渴求，她想，我若是枕上的雌鳳該多好啊，就能夠享受夫妻的歡娛，而不像現在這樣受孤伶伶的淒苦了。時間慢慢地流逝著，閨婦仍無睡意，她由盼望、渴望而轉為深深地失望。她蹙起兩眉，想到很多的問題，但都與自己和夫君的事有關。她多麼想把自己的煩惱、憂慮向一個知心的人傾訴啊，可是卻辦不到，夫家除了丈夫外，誰會關心自己呢？而娘家距此又很遙遠，見不到一個親人。大約到了破曉的時候，她迷迷糊糊地打盹。「正關情」三字，說明她已入夢，並且做了與夫君相會的夢。不然，這三字就無法解釋。春恨，即春愁，該婦人整夜地都在這情感中煎熬著，那一刻不「關情」。這裡說「正關情」，一定是夢境中見了她渴望見的人，並且有繾綣纏綿的行為。可惜好夢不長，畫樓外更夫的打更聲把她又喚回到了現實，更聲並告知她，天快亮了。迎接她的，又是一天的等待。

更漏子 六首

其一

柳絲長，春雨細，花外漏聲迢遞❶。驚塞雁，起城烏，畫屏金鷓鴣❷。　香霧❸薄，透簾幕，惆悵謝家池閣❹。紅燭背❺，繡簾垂，夢長❻君不知。

【詞牌】更漏子　此詞調屬「夷則商」，俗呼「林中宮」，又稱「商調」，或屬「大石調」。共四十六字。唐宋很多作者以此調填詞。此調不知創始於何時，唐·崔令欽《教坊記》上有〈更漏長〉，而無〈更漏子〉，或以為〈更漏長〉即是〈更漏子〉。

【注　釋】❶花外漏聲迢遞　花外傳來遙遠的更漏之聲。迢遞，遙遠貌。隋・薛道衡〈豫章行〉：「況復關山遠迢遞。」❷驚塞雁三句　意為靜夜中漏聲遠傳，人不但為之感傷，即征塞之雁，聞之也驚；宿城之烏，聞之亦起，惟有畫屏上的金鷓鴣不為所動。塞雁，邊塞飛來之雁。杜甫〈登舟將適漢陽〉：「塞雁與時集，檣烏終歲飛。」城烏，棲於城牆上的烏鴉。伏知道〈從軍五更轉〉：「城烏初起堞。」張惠言《詞選》：「驚塞雁三句，言歡戚不同，興下『夢長君不知』也。」❸香霧　香煙繚繞，如霧氣一般。許渾〈觀章中丞夜按歌舞〉：「畫屏香霧暖如春。」❹謝家池閣　這裡指佳人所居住的豪華池閣。唐太尉李德裕有妾謝秋娘，貯之華屋，眷之甚隆。詞人借此事以喻意。韋莊〈浣溪沙〉：「小樓高閣謝娘家。」❺背　可作熄滅解。❻夢長　明巾箱本作「夢殘」。長，夢長且深。

【語　譯】春風中舞姿美柳絲細長，繡針般毛毛雨空中飛揚。春花爛漫夜色裡，計時的漏壺，滴滴聲傳到閨房。漏聲長淒切切驚動塞雁，寂靜夜聲乍起烏鴉不安。閨人聽見心慄戰，畫屏上的鷓鴣，安詳幸福不孤單。　檀香煙味清香繚繞霧薄，閨中人喜聞香味透簾幕。池閣華麗不解憂，無邊的惆悵，只因孤單太寂寞。桌上紅燭淚代人相思，放下繡簾幕禦寒垂地。燭淚流盡閨人睡，一夢又一夢，見君君不知。

【賞　析】這闋詞是溫庭筠的名作。摹寫一個閨閣獨處的婦人在春夜思念遠人的無邊惆悵。作者選擇〈更漏子〉這一曲調，來表現閨婦夜思，十分吻合題意。上片表面上看，主要是寫夜之幽靜，其實，詞人是以此客觀上的靜態表現思婦心靈的空虛，任何聲響都能在她的心扉上撞出回聲。春風是和煦的，它溫和地擺動著柳絲的舞肢，柳絲再長，但也只是款款的搖擺，決不會發出松濤般的聲音。春雨是細細的，如牛毛，如繡花針，潤物無聲，決不像雷暴雨或一般的砸出水泡的雨。可是這些幾乎無聲的極微弱的聲音竟被閨婦聽得一清二楚，並由聲音感覺到柳絲是「長」的，春雨是「細」的。這說明了她神經緊張而極度敏感，而神經緊張的原因是相思導致的失眠。極微弱的聲音都能震動她的心靈，聲音較大的滴漏聲，雖然從遠處傳來，但仍然非常清晰，「滴答」，「滴答」，每一聲都劃破了夜的寂靜，每一聲的聲調都顯得那麼孤獨與淒傷。這聲音與閨婦的心絃相應合，發出了有聲與無聲的共鳴。這淒涼的滴漏聲不僅對閨婦產生了影響，它還使塞雁驚飛，城烏夜起。此時還有一片聲音作者沒有寫出，這就是雁飛烏起後在空中盤旋時驚恐而淒厲的叫聲，漏聲、雁鳴、烏泣，組成一幅悲哀的聲音畫面。這畫面無疑給思婦又添上了壓抑的重量。

可就在這樣的環境中，一雙金鷓鴣卻無動於衷，交頸相依，幸福而安詳。為何會如此呢？就是因為牠們是成雙作對的，愛情使牠們心情沈靜，能夠經受住外界任何的刺激。從動物的實際情況來看，雁在夜空中鳴叫的多是孤雁，烏在夜裡遲遲不棲的也多是單鳥。當然，金鷓鴣不是活的動物，是畫屏上的。但是，在閨婦的眼裡，牠們並不是畫，而是令她羨慕的動物，並且她認為，牠們之所以不受驚，就是因為牠們夫妻和合。有的評論者說「驚塞雁」三句是寫遠人與思婦在不同的生活環境下的形象，遠人如同夜色中的驚雁起烏，浪跡天涯，心神不定；閨婦則像畫屏上的鷓鴣鳥，生活安寧祥和。這種分析不符合詞意；相反，驚雁起烏才是閨婦的生活寫照。「香霧薄，透簾幕」，字面上的意思是寫閨閣的華貴，但是與下句「惆悵」聯繫起來，仍然在寫閨婦因相思而不眠。夜已經很深了，香爐內的煙霧已漸漸稀薄。既然薄，為何又能透過簾幕呢？不是香霧的力量，而是閨婦因十分清醒而靈敏。「惆悵」二字，包涵著多麼複雜的情緒啊！愛、怨、恨、盼，酸、甜、苦、辣，她的深情，她的憂傷，無情的物也被感動了。紅燭代她將淚流盡了，也可以理解成紅燭不忍心再看她那憂戚的面容；繡簾垂地，欲為她抵禦夜的風寒。思婦在惆悵了一陣之後，終於入睡了。夢一個接著一個，都是與夫君相會。可是「君不知」三字，立即將夢的無價值反映了出來。夢再多再長，也不能代替真正的夫妻相會，情再濃再深，也不能傳導給遠遊之人。這種長夢，只會將心靈的創傷擴開，將惆悵的情緒延續。詞中「畫屏金鷓鴣」一句，曾被王國維《人間詞話》拈出，作為飛卿詞作精緻蘊藉特色的概括。

其二

星斗稀，鐘鼓歇❶，簾外曉鶯殘月。蘭露❷重，柳風❸斜，滿庭堆落花。虛閣❹上，
倚欄望，還似去年惆悵❺。春欲暮，思無窮，舊歡如夢中❻。

【注釋】❶星斗稀鐘鼓歇　天將破曉時星光黯淡，報時的鐘鼓停歇。溫庭筠〈郭處士擊甌歌〉：「軟風吹春星斗稀。」又陸機〈鞠歌行〉：「鼓鐘歇，豈自歡。」❷蘭露　凝於蘭草上的露水。溫庭筠〈李先生別墅望僧舍寶刹因作雙聲〉：「簾攏

蘭露落。」❸柳風　吹拂楊柳之風。溫庭筠〈漢皇迎春詞〉：「柳風吹盡眉間黃。」❹虛閣　空閣，意為人去而閣空。韓偓〈意緒〉：「銀線千條度虛閣。」❺還似去年惆悵　意為其惆悵已非一年。❻舊歡如夢中　舊時的歡樂已一去不復返，其情其景只能在夢中出現了。

【語　譯】 拂曉時天欲明星斗疏稀，五更過夜將去鐘鼓停歇。簾幕不掩室外景，鶯歌聲聲，天空孤懸一殘月。蘭草上凝露珠如雨拋灑，楊柳枝柔弱體春風橫斜。綠肥紅瘦春將盡，狼藉片片凋零，滿院堆的是落花。　人遠去留妾身空閣之上，心雖冷意未灰倚欄相望。左望右盼不見君，心受創傷，今年又讓妾惆悵。東風勁草碧綠枝上花已空，君不歸妾寂寞思情無窮。昔日歡樂不再來，深情濃意，只會出現在夢中。

【賞　析】 全詞都是以思婦的口吻來描寫她的相思的情狀。前三句是簾外之景之音。稀疏的星斗，孤懸的殘月，一定是她透過薄薄的帷幕看見的。漸漸停歇的鐘鼓聲與鶯鶯的啼叫也一定是她憑聽覺感知到的。可詞人的目的並不是借她的視角與聽覺來描寫拂曉時的自然景色，而是寫她對遊子的刻骨的相思之情。試想，在「春眠不覺曉」的春天的早晨，有誰會很早就除去睡意，去看窗外的星斗與殘月，去聽鐘鼓的敲擊聲與鶯鳥的鳴叫呢？除非是心事重重之人。而對於閨婦來說，她的重重心事就是丈夫不歸而引發的相思與煩惱。「殘月」與圓月一樣，都會引起思婦情緒的不快，因為她會從殘月的形象上想到自己婚姻生活的殘缺，從而帶來更加落寞的情緒。接著三句從憐物到自憐。蘭草與柳枝都是極柔弱之物，花兒更經不住摧殘，然而，風、雨、露卻任意地欺負它們。風，橫掃著柳枝；雨，抽打著鮮花；露，重壓著蘭葉。柳枝左右躲閃著，蘭草被壓彎了腰，更可憐的是花兒，它們紛紛凋謝，堆滿院中，芬香與污濁相伴。我的夫君又多麼像這些無情的風雨露啊，他不是也一樣不憐香惜玉嗎？不是也一樣讓我的青春之花枯萎嗎？怨與恨並沒有減弱她對夫君的思念之情，怨之深，恨之極，倒正是愛至深至極的表現。她登上空寂的樓閣，倚欄遠眺，希望草天連接處出現夫君，策馬向她奔來，可她也知道，這種希望是十分渺茫的，幾無可能。然而，出於愛的心理，也為了依憑這種方式打發時光，她仍然專心致志地向遠處望著，望著，……直到暮色四起，通向遠方的道路隱沒在黛色中，她才無奈地離開欄杆。整天地遠眺，仍等不回遊子，她的心裡漲滿了比起拂曉時更為痛苦的愁緒，她憤懣地想：冤家啊，你去年不歸，今年又不歸。你讓我去年惆悵，今年又惆悵。你何時才讓我不痛苦啊?!

相思由春興帶來，但並沒有隨春的歸去而去。只要寂寞的現實不改變，閨婦的思念就沒有盡期。但是，這種焦灼而悠長的盼望漸漸使她失去了信心，她已經不太相信夫君還能回來，昔日恩愛的日子不會再出現了，要出現，也只有在夢中。杜牧〈旅懷作〉：「往事只應隨夢裡」，可作末句的詮解。不過，思婦這種想法只是一閃念而已，很快地，她又會相信他一定回來，於是仍然相思、遠眺、焦灼、憤懣、灰心，……。

其　三

金雀釵❶，紅粉面❷，花裏暫時相見。知我意，感君憐，此情須問天❸。

香作穗，蠟成淚❹，還似兩人心意。山枕❺膩，錦衾寒，覺來更漏殘。

【注　釋】❶金雀釵　華貴的首飾。雀、爵古字相同，故又稱「金爵釵」。《晉書・元帝紀》：「將拜夫人，有司請市雀釵，帝以煩費不許。」《文選》曹植〈美女篇〉：「頭上金爵釵，腰佩翠琅玕。」李善注曰：「爵釵，釵頭及上施爵也。」❷紅粉面　臉上擦了胭脂。《說文解字》徐諧注曰：「古時傅面以米粉。又紅染之為紅粉。」之後「紅粉」代指一切敷於面部之脂粉的總稱。古詩〈青青河畔草〉：「娥娥紅粉妝。」❸知我意三句　意為君知道我的心意，我感謝君的憐愛。當時兩情相得，惟天知之，故云問天。唐・李端〈王敬伯歌〉：「君初感妾嘆，妾亦感君心。」❹香作穗二句　比喻君對我情如香燃盡，而我悲傷涕泣如蠟流淚。香穗，香之灰燼。韓偓〈生查子〉（賴卸鳳凰釵）：「時復見殘燈，和煙墜金穗。」蠟淚，蠟燭燃燒時流的蠟油。李商隱〈無題〉：「蠟炬成灰淚始乾。」又皮日休〈醉中先起李縠戲走筆奉酬〉：「蠟淚漣漣滴繡閨。」
❺山枕　見溫庭筠〈菩薩蠻〉其十四（竹風輕動庭除冷）注❸。

【語　譯】憶昔日相愛戀是在春天，金雀釵頭上插胭脂塗面。風姿綽約去會君，鮮花叢裡，匆匆片刻來相會。君戀我意綿綿君知我心，我愛君語殷殷我感君情。情深似海堅如石，老天作證，當日我們相愛憐。　想今日君情薄如香成灰，痴情我整日裡似燭流淚。憂傷惆悵不成語，郎雖負心，難讓我的情移位。夜悠長枕香膩淚已流乾，五更裡天氣冷錦被冷寒。醒後無法再入眠，室外寂靜，唯有更稀漏聲殘。

【賞　析】論詞者多誇此詞奇麗，然他們只看到了造句的工巧，卻不知構意之不同凡響。溫詞多是寫閨婦的相思，她們的愛情仍然存在，只不過夫君遠遊，不能有體膚之親。而該詞所寫的是一女子失戀的痛苦。前者還可以等待，還可以盼望，她則沒有了等待與盼望的機會，對方無情地拒絕了她的真摯的愛，因此，她的痛苦比起前者更深、更劇烈。失戀的人一般都不會因對方的不愛己而仇恨對方，而是把對方想像得更加完美，想像著他（她）若與自己在一起生活的幸福、甜蜜，而現在他（她）不再愛自己，那種幸福與甜蜜永遠不會享受到，於是，陷入深深的痛苦之中而不能自拔。在這痛苦的日子裡，失戀者會一遍又一遍地回憶昔日相愛時的情景，每一個細節都不放過，從這回味中得到快樂。詞中的這一位女子也正是這樣做的。既然昔日相戀很深，他們的約會就不止一次。因此，前三句只能是某一次的幽會情景。那一次，她像以前約會一樣，著意地打扮自己，簪的是華貴的金雀釵，擦的是撲鼻香的胭脂粉。她本來的姿色如何，作品沒有寫，但可以從「君憐」上推想出一定是很美的。漂亮的人又站在花叢裡，人花相互輝映，那種魅力就可想而知了。「暫時相見」可作兩種解釋，一種是他們的戀愛是祕密的，是不符合舊時禮制的，故而，躲躲閃閃，怕人看見，會見的時間極為短暫。第二種解釋是他們雖然由父母之命，媒妁之言，有婚約關係，但礙於禮教，約會仍是隱蔽的。鑒於他們戀愛破裂的結果，第一種情況的可能性最大。昔日的繾綣纏綿之情是濃厚的，君知我心，對我傾瀉萬斛之情；我謝君情，向君表達無限的愛意。我相信彼時君的愛是真誠的，不然，何以會那樣與我心心相映，話語投機，洞悉我內心的一切？你的火熱的愛不惟我記得，老天亦可作證。這是第四、五、六句的語意，由此剖析可以看出，女子所愛之人在不愛她時，可能以本不愛她為理由。於是，她進行反駁。當然，這種反駁僅是一種心理活動，也表現出她存有對方會回心轉意的幻想。「香作穗」三句，是對所戀之人與自己兩種心境的比喻。郎君的戀情已經冷卻了，宛如香燃燒後只剩下一吹就散的灰燼，而我呢？仍對郎君一片痴情，想到你將永遠離我而去，悲傷不已，好像蠟炬，淚流不止。這裡有著對郎君薄情的譴責。但這譴責是淡淡的，不嚴厲的，由此也可以反映出女子對郎君深深的愛。如果說上片是回憶，那麼下片所寫的則是眼前之景與她哀怨的內心世界。失戀帶來的最明顯的後果是失眠。該女子也是如此。「香作穗，蠟成淚」也可以當作實景來看，香盡蠟淚，說明夜已很深，而女子還在以此兩物比喻他們二人的心情，表明她至此時還未入眠，到「更漏殘」，天還未亮時又醒來，說明她睡眠時間極短，睡意也極淺。之所以這樣，為失戀而精神不寧也。山枕，多為檀木製造，香粉不粘，豈能膩人？錦衾，柔薄而溫暖，足可禦寒，焉會讓人受涼？女子感到膩、寒，非真的膩與寒，而是心理上之膩與寒。何以如此？心情不佳也。醒來後，失戀的痛苦又襲上心頭，她怎麼能再入睡呢？她感到世界空寂，什麼也不屬於自己，惟有稀疏的打更聲與滴漏聲迢遞傳來。

其四

相見稀，相憶久❶，眉淺澹煙如柳❷。垂翠幕❸，結同心❹，待郎燻繡衾❺。　城上月，白如雪❻，蟬鬢❼美人愁絕。宮樹暗❽，鵲橋橫❾，玉籤❿初報明。

【注　釋】❶相見稀二句　相見的次數是很少的，別後思念的時間卻是很長的。陳後主〈長相思〉：「長相思，久相憶。」❷眉淺澹煙如柳　意為眉薄如淡煙中的柳葉。眉淺，猶眉薄。唐・羅隱〈江南曲〉：「漠漠遠山眉黛淺。」❸垂翠幕　放下翠羽裝飾的帷幕。說明夜色已降臨。❹結同心　用錦帶製成的菱形連環回文結。傅玄〈青青河邊草〉：「夢君結同心，比翼游北林。」❺燻繡衾　用香燻被，使之香暖。杜牧〈八六子〉（洞房深）：「龍煙細飄繡衾。」❻城上月白如雪　意為月光照在城牆上，潔白如雪。李白〈酬張卿夜宿南陵見贈〉：「月出魯城東，明如天上雪。」❼蟬鬢　見溫庭筠〈菩薩蠻〉其五（杏花含露團香雪）注❻。❽宮樹暗　月落之時。宮樹，月宮之樹，代指月亮。❾鵲橋橫　銀河黯淡，天色欲曉。鵲橋，民間傳說。謂每年七月七日晚，烏鵲填河以渡織女，使與牛郎相會。❿玉籤　報更所用的竹籤。《陳書・世祖紀》：「每雞人伺漏，傳更籤於殿中，乃敕送者必投籤於階石之上，令鎗然有聲，云：『吾雖眠，亦令驚覺也。』」梁元帝〈秋興賦〉：「聽夜籤之響殿，聞懸魚之扣扉。」

【語　譯】見面稀歡樂少恩愛沒有，妾孤單心寂寞相憶長久。用心打扮等郎歸，眉毛描成，淡淡如同煙中柳。天黃昏垂翠幕收拾一新，備錦帶製菱環擬結同心。今晚良辰郎應歸，專心等待，香煙細飄燻繡衾。　城牆高靜靜立空中懸月，光燦燦灑城牆潔白如雪。午夜已過郎不歸。鬢如蟬翼，無人欣賞美人泣。天亮前黑暗起月亮斜行，銀河轉鵲橋隱即將黎明。思婦一夜未入眠，報曉籤聲，鏘鏘冰冷真無情。

【賞析】相思的痛苦，只有有過相思經歷的人才能深深地體會到。它是一味苦藥，是一種摧殘人身心的刑罰。它能使人食不知味，寢不入眠。此詞中的女子，其相思就已到了痴迷、到了神經錯亂的地步。她的夫君是遊子或是商人，沒有介紹，但他是一個不能為愛情而犧牲一切的人則是肯定的。他不戀家，對妻子絕無難以割捨的情感。他把家僅僅當作旅途上的一個驛站，偶而來住上幾日。這種對閨婦極不尊重的做法，深深地折磨著閨婦的身心，使她整年整月地處於相思這一痛苦的情感之中。「相見稀，相憶久」，可以看作是思婦不滿現狀的吶喊：我是一個需要感情撫慰的人，而不是一根木頭之類的無情之物。你為何讓我們見面的時間是那樣的短暫，次數又是那樣的稀少，而相別的時間又是那樣的長啊?!前兩句應該包含著這樣的心理狀況。她的怨恨，她的指責是建立在愛的基礎之上的，故而，她越怨恨，則越渴望與他見面，而不會有絲毫的憎惡感。說她害相思到了痴迷的地步，決不是臆斷，而是有根據的。分別了很長的時間，她根本不知道他何時回來，但是，她卻產生出這樣的判斷：今日是良辰，又有美景，他一定會回來。於是，她將眉毛描畫得像春日淡淡煙靄中的柳葉，把鬢髮梳理得薄薄的，如同蟬翼。她甚至準備了錦帶，準備與夫君結同心結。她還用香燻被，使被子香暖，以取得夫君的歡心。這一切所作所為，若不是理智的神經紊亂，就無法解釋。月到中天，夫君還沒有回來。這時的景致更加美麗，月光皎潔，如水銀瀉地，遠望月光下的城牆，潔白如雪。可是這一切對閨婦來說，不但不會產生美感，反倒引起深深的悲傷。「愁絕」，意為痛苦到了無以復加的地步。這一痛苦不僅是等郎不歸引起的，與月色也有關係。試想，明月如鏡，月光似水，空中纖雲不染，地上萬籟俱寂，此時，應是夫妻對月把盞，享受人生之時，可是夫君無踪無影，只留下她守空房，度長夜。面對月色，她能不「愁絕」嗎?從神迷情痴到「絕」，也反映出痛苦的遞進過程。「愁絕」二字，是淚水凝聚而成的，它是對閨婦情感狀態的高度概括。神亂心碎，更加難以入眠。思婦雖然不再等待，但沒有了睡覺的寧靜心情。她可能目呆呆地看著窗外，望著月亮與銀河，月亮西斜，銀河黯淡，一切都沉沉無生氣，就在這時，報更的竹籤聲，不時地傳進閨房，報導著黎明的到來。對於一夜未睡而神經緊張的她來說，那聲音硬硬的，冷冷的，每一聲都似乎有人粗暴地扣繫著她神經的琴絃，從而使大腦「嗡嗡」的轟鳴。「鵲橋橫」，不僅僅是對銀河黯淡的景色作客觀描寫，還透露出思婦絕望的含意。鵲橋消逝，牛郎織女，將再無相見之期。天明之後怎麼樣，她還會用心地打扮自己以等待郎歸嗎？詞人將這些都留給了讀者去想像。我們品析了這首詞後，不得不敬佩作者感情的細膩與他對獨處女子的深深同情。

其五

背江樓，臨海月❶，城上角聲嗚咽❷。堤柳動，島煙昏❸，兩行征雁❹分。

京口路❺，歸帆❻渡，正是芳菲❼欲度。銀燭盡，玉繩低❽，一聲村落❾雞。

【注　釋】❶背江樓二句　背對著臨江小樓，面對著從海中升起的月亮。唐．劉滄〈江樓月夜聞笛〉：「寂寞橫笛怨江樓。」李白〈出自薊北門行〉：「畫角悲海月。」❷角聲嗚咽　畫角的聲音淒涼得猶人之悲泣。《宋書．樂志》：「角長五尺，形如竹筒，本細末梢大，未詳所起，今鹵簿及軍中用之，或以竹木，或以皮為之，無定制。」畫角的音色悲涼，十分感人。杜甫〈宿府〉：「永夜角聲悲自語。」❸島煙昏　島上煙霧很濃，看上去模模糊糊。島，水中之洲。《全唐詩》卷六三八張喬〈送人歸江南〉：「島煙孤寺磬。」❹征雁　長途飛行之雁。雁為候鳥，春來秋往，往往要飛很遠的路程，故稱之為征雁。褚亮〈晚別樂記室彥〉：「風嚴征雁遠。」❺京口路　明巾箱本作「西陵路」。京口，今江蘇省鎮江市。《元和郡縣圖志》卷二五：「後漢獻帝建安十四年，孫權自吳理丹徒，號曰『京城』，十六年遷都建業，以此為京口鎮。」辛棄疾有詞〈永遇樂〉〈京口北固亭懷古〉。又孟浩然〈揚子津望京口〉：「北固臨京口，夷山近海濱。」❻歸帆　歸舟。王維〈送晁補闕還日本〉：「歸帆但信風。」❼芳菲　本指花草茂盛，這裡指春天。唐．李章〈春游吟〉：「可憐不得共芳菲，日暮歸來淚滿衣。」❽玉繩低　玉繩星垂落之時，在天亮與未亮之間。《春秋緯．元命苞》：「玉衡北兩星為玉繩。」張衡〈西京賦〉云：「上飛闥而仰眺，正覩瑤光與玉繩。」唐彥謙〈克復後登安國寺閣〉：「夜來定見玉繩低。」❾村落　村莊。

【語　譯】背對江樓有一思婦靜立，大海上波不起躍出明月。月光朦朧罩萬物，城上畫角，使人淒惋聲嗚咽。微風起大堤柳飄拂有聲，水中島裏煙霧如同黃昏。景色淒然動人心。兩行飛雁，長空鳴叫八字分。　遊子在京口路遙遠之處，今日裡郎定回歸帆橫渡。花草茂盛時光好，良辰美景，夫唱妻和春光度。夜已深燭燃盡仍在相思，天將曉盼郎歸閨婦情痴。長夜漫漫損精神，近處村莊，告知天亮一雄雞。

【賞　析】飛卿詞所描寫的思婦，其相思的時間大都是在夜晚，這是符合實際生活的。白天，閨婦或有家務可做，或與親人侍女在一起，注意力能夠轉移到他處。而夜晚，寂靜無聲，無人相伴，又無事可作，孤獨感便襲上心頭，自然地想起遠人，產生團圓的渴望。而這渴望又不知何時實現，便愁悶、痛苦。該詞所寫的婦人可能是商人婦。在古代社會，臨江築室者多是商人，這樣做是為了便於商業上的運輸。而官宦人家多用車馬，且是深宅大院，故府邸不鄰水邊。此婦的閨樓臨江靠海，在月亮升起之時，她就登樓遠眺。她這樣做，並不是真的望遠人的歸帆，月色再好，也是朦朦朧朧，視野是不清晰的，因此，思婦的遠眺，只是一種下意識的動作。她剛上樓，城牆上就響起了畫角，聲音淒厲悲涼，動人魂魄。這聲聲的畫角，給全詞染上了淒涼幽傷的色彩。她沒有望見一片歸帆，浩蕩的大江空闊無際。她又將目光放到近處：江隄上的楊柳在晚風中無奈地飄來蕩去。不遠處的小島為煙靄所籠罩，顯得模模糊糊。天空中，一群大雁向北飛來，形成人字形的兩行。雁在這裡，不僅僅是一種客觀景物，還有傳遞思婦此時的心情的作用。鴻雁守信，定時飛來，可夫君卻遲遲不歸。又鴻雁有傳書的功能，思婦看到大雁，一定會想，大雁啊，你們是否帶來我夫君的消息？「分」並非是兩行大雁不相連接，而是成人字形分開。牠們可能一邊飛，一邊鳴叫，聲音淒楚。總之，思婦眼中的景色：流動的大江，風中的隄柳，煙罩著的小島，飛行的大雁，所構成的圖畫，是冷色的，給人的是一種悲涼感。它折射出思婦此時的情感。她望著滔滔的江水，默默地在想，大江啊，你向東流去，一定經過京口吧，那正是我夫君所在的地方。你能否告訴他我的思念。不，不，不用麻煩你。在這明媚的春光裡，他也一定思念著我，一定已經扯滿歸帆，回來要和我共度良宵。這自然是一種渴望至極而產生的幻想，但這種幻想卻使她春情湧動，興奮不已。她不想去睡覺了，真的相信夫君今夜會歸來。此時她無意識的眺望已經變成有意識的了。然而，幻想畢竟是幻想，室內蠟燭燃盡，天上玉繩低垂，夜色就要褪去，仍不見歸帆片影。痴情的女子沒有認識到自己想法的不切實際，也沒有覺得時間之漫長。可是，雄雞一唱，打破了清晨的寧靜，也一定將她從幻想中喚醒。清醒後如何，不用說一定是深深的失望，並由失望帶來極大的痛苦。從同情女子這個角度上說，讀者真不希望有雞鳴聲，讓女子一直幻想好了。沈湎於幻想的慰藉中，總比痛苦要好受些。

其六

玉爐香❶，紅蠟淚❷，偏照畫堂秋思❸。眉翠薄❹，鬢雲殘❺，夜長衾枕寒。

梧桐樹，三更❻雨，不道離情正苦❼。一葉葉，一聲聲，空階滴到明❽。

【注釋】❶玉爐香　香插在玉爐裡，燃而生香。和凝〈江城子〉（初夜含嬌入洞房）：「翡翠屏中，親爇玉爐香。」爐，亦作鑪。❷紅蠟淚　紅蠟燭點燃時流溢的蠟油，用擬人的手法說它在流淚。李白〈清平樂〉（鸞衾鳳褥）：「更被銀臺紅蠟燭，學妾淚珠珠相續。」❸偏照畫堂秋思　指紅燭偏偏照出屋裡淒清的情景，照著滿懷愁思的閨婦。畫堂，裝飾華美之廳堂。崔顥〈王家少婦〉：「十五嫁王昌，盈盈入畫堂。」❹眉翠薄　眉上畫的翠色黯淡了。古代婦女用黛來畫眉，黛是一種青黑色的顏料。❺鬢雲殘　耳邊的頭髮散亂了。鬢雲，烏雲似的髮鬢，形容女子的頭髮濃密鬆軟。❻三更　古人把一夜分為五個更次，三更為夜十一時至一時。唐・韓偓〈絕句〉：「昨夜三更雨，臨明一陣寒。」❼不道離情正苦　雨打梧桐，發出讓人心煩的聲音，卻不理會思婦正為離愁所苦。不道，不管，不顧。❽空階滴到明　雨打梧桐，梧桐上的雨水又落到空淨的臺階上，一直滴到天亮。萬俟雅言〈長相思〉：「一聲聲，一更更，窗外芭蕉窗裡燈。此時無限情！夢難成，恨難平，不道愁人不喜聽。」

【語譯】玉爐暖香氣濃煙飄絲絲，紅燭泣淚滿面可人依依。閨人無聊獨自臥，燭光照出，畫堂淒冷人相思。妝不整眉色淡已褪紅顏，頭髮烏密似雲鬢髮亂殘。今夜漫漫天難亮，錦被山枕，冰冷無情不禦寒。　冷風中梧桐樹搖搖晃晃，三更天又遭受淒風苦雨。雨打梧桐聲刺耳，誰管閨婦，離情撩亂心正苦。梧桐樹一葉葉正受雨淋，葉上雨不戀葉又往下行。顆顆滴到臺階上，聲聲煩心，思婦不眠直到明。

【賞析】宋代詞論家胡仔對這闋詞特別欣賞，他在《苕溪漁隱叢話後集》卷一七中說：「庭筠工於造語，極為綺靡，《花間集》可見矣。〈更漏子〉（玉爐香）一首猶佳。」其實，該詞最為突出之處不是造語綺麗，而是塑造了在秋雨滴瀝的深夜中，一個為離情所苦的女子形象。「玉爐香，紅蠟淚，偏照畫堂秋思」，將室內的景物摹寫與閨婦的精神狀態結合了起來。「玉」、「紅」二字，是對畫室陳設物件的具體描摹。「玉」是質之美，「紅」是色之美。我們決不能僅僅把它們看作是對爐與燭的描繪，而是應當看作是對畫室內所有陳設的描繪。「畫堂」之「畫」字，也引導著我們作這種理解。由此可見，閨婦所居的環境是十分美麗優雅的。這是一個不愁衣食，甚至還可以呼奴使婢的富貴人家。然而物質生活的優裕不能代替精神生活的需求，有時還恰恰相反，優裕的物質生活反倒會使人的精神需求更多，原先精神上的痛苦會加重加深。這位閨婦正是如此。「淚」字就是她此時心態的寫照。「淚」是一淒涼的字眼，與「玉爐香」，與「紅蠟」所營造的氛圍是不協調的，而作者的用意就是選用此字反映閨婦的精神狀態。一方面玉香爐裡焚爇著名香，燭光明亮輝煌，一方面是室中人惆悵憂傷，柔腸寸斷。「秋思」本是不願讓人知曉的，因為想念丈夫，在古代社會，是說不出口的事。然而，燭光卻「偏照」「秋思」，如果我們把紅燭當作有情的物來看，它這「偏照」的行為含有無限的同情與憐惜，它自覺地為她驅除黑暗，用溫柔的光撫摸她，給她安慰。此時，燭光蠟淚與思婦融為一體，彼此難分了。詞人寫閨婦的相思多寫春思，這裡卻寫「秋思」。其實，秋天也是個令人生相思之情的季節。「昨夜西風凋碧樹，獨上高樓，望盡天涯路」，天氣寒冷了，遊子在外，有無寒衣穿，有無溫暖的地方住，都是閨婦們牽腸掛肚的問題，因此，秋思裡，還含有對遠人身體、生活上關心的這一份感情。「眉翠薄，鬢雲殘，夜長衾枕寒」，通過女子的外貌來反映她內心思人的情感。翠，是翠黛色，女子多用它來描眉，那麼，眉一定是美的；雲，是對頭髮黑與濃的一種形容，就像我們今天形容某個女子的披肩頭髮像瀑布一樣，該女子鬢髮如雲，可見，髮又是很美的了。無疑，她是一位容貌頗佳的婦人。可是，一「薄」字與一「殘」字，又破壞了她在我們心目中美麗的形象。所謂「薄」與「殘」，就是披頭散髮，面容不整，一副邋遢的樣子。好好的一個美人，為何成這副樣子了呢？《詩經・衛風・伯兮》可以幫助我們理解她此時的心態。《詩》說：「自伯之東，首如飛蓬。豈無膏沐？誰適為容！」自從丈夫到東方去出征，妻子的頭髮就散亂得如同飛蓬。不是不會打扮，而是丈夫不在，打扮了能讓誰高興呢？這就是「女為悅己者容」。由此可見，閨婦不美的外貌卻反映出她對丈夫專一而真摯的感情。「夜長」，不應理解成是詞人站在旁觀者的角度對時間的一種客觀的描述，而應理解成是女子的一種主觀上的感覺。秋夜是比較長的，但是睡眠之人，或者是心中充實之人就感覺不到其長，只有像她這樣每一時刻都在痛苦中煎熬的人才感覺到時間的長。這

「長」字既說明她未眠，又說明她痛苦。「衾枕寒」，也是一種感覺，像她這樣一個身居「畫堂」，享受著玉爐香焚、紅燭光照的婦人，豈能沒有禦寒之物？再說，在梧桐樹葉還沒有掉落的初秋，天氣還不算很冷。這「寒」，顯然是心寒，是孤獨無伴、相思無望所帶來的寒。「梧桐樹，三更雨，不道離情最苦」，這是下片的前三句。它們與上片的內容緊密聯繫，既然是難眠，她就會有意無意地聽室內外的一切聲音。秋雨打在梧桐上，淅淅瀝瀝，其聲音本不難聽，但是，在夜深人靜，女子因相思而無法入睡，愁苦不堪之時，其聲音就很刺耳了。她把一切痛苦、一切怨恨都傾瀉到秋雨與梧桐上。認為秋雨、梧桐一點同情心都沒有，或者是有意與自己過不去。「不道」，對無知無覺的自然現象與植物進行埋怨，說明了她的離情之苦已經到了不堪承受的程度。秋雨與梧桐的無情，正表現了人的多情與深情。

「一葉葉，一聲聲，空階滴到明」，這三句從音節上就能體會到雨的瀟瀟灑灑，雨打在梧桐上的滴滴答答的聲音，雨的綿綿不斷。秋雨在這裡還有一種象徵的意義：秋雨的無邊無際，正是她離愁的無邊無際；秋雨的連綿不停，正是她離愁的綿綿不盡。亦情亦景，情景交融，創造出淒苦零落的藝術氛圍。「空階」的「空」字，既是實寫室外的階空，又是曲折地反映室內之人心靈的空。就這樣，詞作表現了思婦從夜晚到三更，再從三更到天明整整一夜不眠的情狀。

此詞前片寫室內之景，後片寫室外之景，但是，有一個共同點，即是以景傳情。句句是景，又句句是情。

歸國遙 二首

其一

香玉，翠鳳寶釵垂䍡䍜❶。鈿筐交勝金粟❷，越羅春水淥❸。

畫堂照簾殘燭，夢餘更漏促。謝娘無限心曲❹，曉屏山斷續。

【詞　牌】歸國遙　此調屬「夾鍾商」，俗呼「雙調」。始見《教坊記》。「國」或作「自」，「遙」或作「謠」。《詞源標題》以為許穆夫人歸國唁兄，采以名曲。有三十四字、四十二字、四十三字諸體。溫詞二首，皆四十二字。

【注　釋】❶香玉二句　意為玉製鳳釵尾上垂著釵穗。翠鈿，見溫庭筠〈菩薩蠻〉之十三（雨晴夜合玲瓏日）注❻。❷鈿筐交勝金粟　鈿筐、金粟交相為美。鈿筐，嵌有金花筐狀首飾，能兜住髮髻。溫庭筠〈鴻臚寺有開元中錫宴堂、樓臺池沼雅為勝絕，荒涼遺址僅有成者偶成四十韻〉：「豔帶畫銀絡，寶梳金鈿筐。」金粟，形似穀穗的金製頭飾。羅虬〈比紅兒〉：「金粟妝成扼臂環，舞腰輕薄瑞雲間。」❸越羅春水淥　指越地綾羅的顏色如清冷透澈的春水。淥，水清冷意。❹謝娘無限心曲　指閨婦內心的無限相思之情。謝娘，見溫庭筠〈更漏子〉之一（柳絲長）注❹。心曲，心田。這裡指思緒。《詩經・秦風・小戎》：「在其板屋，亂我心曲。」《箋》：「心曲，心之委曲也。」晉・張協〈雜詩〉：「沉憂結心曲。」

【語　譯】玉製寶釵色翠綠，釵頭鳳凰，釵尾垂流蘇。嵌著金花筐狀簪，互相輝映，頭上「小金穀」。越地綾羅真名貴，透明潤滑，色如春水淥。　畫堂雅致不庸俗，窗簾灰暗，將要燃盡燭。好夢難做恨時短，夢後醒來，更漏聲音促。閨婦醒後難入眠，千思萬緒，思情滿心懷。輾轉反側到天明，轉眼看屏，屏上山斷續。

【賞　析】這闋詞上片寫閨婦的外貌，下片寫她的情感，一內一外，給讀者勾勒出一個完整的思婦形象。她是非常美麗的。頭上插著許多名貴的首飾，翠鳳寶釵，鈿筐金粟，一定是光彩照人。她的穿著也是很華貴的，用越地的綾羅裁剪的衣服，顏色如清冽的春水，明亮而光滑。作者雖然沒有寫她長得如何，但是我們完全可以從她的裝飾想像出她鬢髮如雲，膚如凝脂，是一個容貌如花的美婦人。湯顯祖在《花間集》評中就講了他讀上片的體會：「芙蓉脂膩綠雲鬢，故覺釵頭玉亦香。」像她這樣的婦人，給我們的感覺是她很幸福，物質生活的充裕自然是不用說的，精神生活亦很充實，不然，她為什麼會那麼用心地打扮自己呢？一般來說，女子打扮自己一是在心境很好的情況下，對自己的美貌又很欣賞，讓自己的容貌為美滿的生活增加光彩；二是為悅己者容，以取得心上人的歡心。可是由下片來看，該女子既無好的心境，又無悅己的人在身旁，那麼，她又為何精心地打扮自己呢？究其心理原因，是一種對遠人愛至刻骨、痴迷的表現。遠人離家有很久時間了，春天又一次來到，他也該回家了吧。但是，閨婦不知道夫君於那一天回來。原先，她因心上人不在身邊，也是「眉翠薄，鬢雲殘」，衣衫不整。現在為了讓突然回家的夫君看到她就高興，於是，她每天都打扮自己，珠寶翠鈿，滿頭搖曳。越羅衣裾，瀟灑飄逸。她的打扮一定是非常細心的，因為在她看來，這是愛情的表露。其實，遠人並不一定會回來，這種想法純粹屬於她的一廂情願，但是，她寧可信其有，而不會信其無。這種念頭與舉動，豈不是一往情深的表現？「春水淥」，既比喻衣服的顏色質地，又暗喻閨婦對愛情的忠貞與純潔。下片的前兩句曲折地摹寫了閨婦的思愁。「殘燭」所給予讀者的意象是昏暗、寂靜、沒有生氣，並能引發讀者作進一步的聯想，想到閨婦生存的無聊，生命的蒼白與精神的苦悶。「夢餘更漏促」，點明時間仍在深夜，如若是在五更之後，應該是更漏稀，聲音迢遞，而不會是急促的。既然仍在深夜之時，閨婦為何就醒來呢？相思攪得她不能熟睡。她所作的夢一定是與夫君的團圓之夢，只有如此，她才會在醒來後，夢幻消失，回憶著夢中纏綿的情景而難以入眠。相思，回憶，嚮往，千思萬緒，紛至沓來，真可謂「剪不斷，理還亂」了。「無限」二字，包含著要向遠人傾訴的千斛柔情，萬句言語。雖然作者不能將「無限」言傳明白，但是我們能夠意會得到思婦的酸甜苦辣的情感。最後一句有兩層意思：一是說明從「更漏促」的深夜到天亮，閨婦一直沈浸在相思的情感中，二是由屏上的「山斷續」補充交代遠人距家的遙遠與暗示團圓的艱難。山既是屏上的景，也是閨婦腦海中丈夫所爬越的山。雲遮霧障，山脈才會隱隱沒沒。這說明山的高聳，山的逶迤。丈夫與家隔著萬千的大山，團聚豈是易事？我們可以想像，當思婦望著屏上那綿延的斷斷續續的群山時，心中的滋味該是多麼的苦澀！

其二

雙臉，小鳳戰篦金颭豔❶。舞衣無力風斂❷，藕絲秋色❸染。錦帳❹繡幃斜掩，露珠清曉簟❺。粉心黃蕊花靨❻，黛眉山兩點。

【注釋】❶雙臉小鳳戰篦金颭豔　左右臉頰因首飾的映襯而顯得嬌豔。小鳳，篦上之圖案。戰篦，用於裝飾用的首飾，而非梳髮之物。金，篦是金製做的。颭，風吹而顫動。溫庭筠〈思帝鄉〉：「戰篦金鳳斜。」❷舞衣無力風斂　舞衣被風吹拂。

《初學記》卷一引陳蔡凝〈賦得處處春雲生〉：「入風衣暫斂。」❸藕絲秋色　指淺黃淡綠色，為該女子舞衣的顏色。李賀〈天上謠〉：「粉霞紅綬藕絲裙。」❹錦帳　錦綢製成的帷帳。簡文帝〈美人晨妝〉：「北窗向朝鏡，錦帳復斜縈。」❺露珠清曉簟　有兩解。一解是清晨的露珠打濕了簟席。岑參詩：「夜深露濕簟，月出風驚蟬」可證。另一解是珠玉聯綴成的簟席，其珠玉像露珠一樣。謝朓〈在郡臥病呈沈尚書〉：「珍簟清夏室，轉扇動涼飔。」《洞冥記》云：「金床，象席，琥珀鎮，雜玉為簟。」❻黃蕊花靨　眉額染以黃色，臉上用花兒裝飾。蕊黃，色黃如花蕊。女子用黃色塗眉額，是南北朝至唐代時的風俗。李商隱〈酬崔八早梅有贈兼士之作〉：「幾時塗額借蜂黃。」靨，酒窩。花靨，面飾。唐・段成式《酉陽雜俎》：「今婦人面飾用花子，起自上官昭容，所製以掩點跡。」又說：「婦人妝如月形，名黃星靨。」戎昱〈苦哉行〉：「強笑無笑容，須妝舊花靨。」

【語　譯】金銀首飾襯嫩臉，風搖戰篦，面龐顯得更嬌豔。風吹舞衣飄飄舉，玉腕纖手，一舉一動眼前顯。舞姿輕盈動人心，尤是舞衣，淺黃淡綠顏色染。　垂下錦帳閨中眠，繡花帷幕，窗前床邊斜處掩。夏夜悶熱人不熱，珠玉綴聯，宛如露珠涼竹簟。窈窕體態粉樣面，額上塗黃，還要貼上香花靨。黛翠顏色畫眉毛，又添姿色，恰似遠望山兩點。

【賞　析】這闋詞大概是詞人為一藝妓而作，詞人在詞中誇讚了她的美貌。上片寫她舞蹈時的狀態。她插戴著鳳形的金戰篦，隨著她的動作搖搖顫顫，她的雙頰在首飾的映襯下，也可能是因為跳舞而豔若桃花。她的舞姿輕盈而緩慢，幾乎不見舞衣的擺動，好像是風將它們襲在身上。唐代的舞曲有大曲、法曲、曲破等，舞女們都是隨著樂曲而起舞。一般說，這些舞曲都是節奏由慢到快，舞姿輕盈柔美。唐・李群玉〈長沙九日登東樓歌舞〉詩云：「南國有佳人，輕盈綠腰舞。……慢態不能窮，繁姿曲向終。」如果是節奏繁促、動作幅度較大的舞蹈，舞衣就不會無力了。白居易的〈胡旋女〉：「胡旋女，出康居，……旋歌一聲雙袖舉，回雪飄颻轉蓬舞。左旋右旋不知疲，千匝萬周無已時。」可見該詞中的舞蹈屬於慢舞。因為動作緩慢，所以，詞人能夠看清楚她的舞衣，其舞衣是漂亮的，尤其是色彩，為藕絲秋色。對於這種顏色，理解不盡一致，有人說是月白色，由藕絲的顏色來作判斷的，也有人說是淡黃淺綠色，則以秋色作依據，因為秋天的植物總是減綠變黃。但是，不論是什麼顏色，在詞人眼裡，穿在藝妓的身上是極為得體的，與她的舞姿相得益彰。下片描述了藝妓舞後的生活，即睡眠與打扮。她的物質生活是富有的，閨閣裡的帳子是錦緞製做的，帷幕又繡上了美麗的圖案。由睡席簟來看，此時是在夏天，但是，對她而言，夜晚並不悶熱，因為所鋪的席簟是用珠玉聯綴而成的，涼得如清曉的露珠。天明以後，她梳洗打扮，嬌嫩的臉蛋上撲滿了粉，額頭上塗了像黃花蕊那樣的色彩，又用翠黛色描畫眉毛，看上去，像兩座遠山。殘妝已去，又是一個光芒四射的美人兒。我們讀了這首詞後感到很遺憾，因為這位藝妓好像很滿意這種供人娛樂的生活，她精心地打扮，認真地舞蹈，就是為了博得貴族男人們的欣賞，而一點沒有精神上的屈辱感。其實，聰明伶俐的藝妓們也渴望得到別人的尊重，得到感情的慰藉，而決不希望過供人玩弄，供人欣賞的屈辱生活。在古代許多憐香惜玉的文人筆下，她們的形象就和此詞不一樣，她們不是醉生夢死，而是為愛的不能持久而痛苦：「執手相看淚眼，竟無語凝咽。」為愛而願意獻出一切：「衣帶漸寬終不悔，為伊消得人憔悴。」溫庭筠生活的時代，是貴族家庭生活極為靡爛的時代，「率土之濱，家家之香徑春風，寧尋越豔；處處之紅樓夜月，自鎖嫦娥」。作為遊走於貴族之家的文人，一定會受此靡爛風氣的熏陶，追求聲色的享受。他也愛藝妓，但只是愛她們的容貌，她們的歌喉，她們的舞姿，而對於她們內心的渴求，他則不屑於去了解，所以，讀者在這首詞中，看不到她們真實的情感世界。

酒泉子 四首

其一

花映柳條❶，閒向綠萍池❷上。憑闌杆，窺細浪，雨蕭蕭❸。

近來音信兩疏索❹，洞房❺空寂寞。掩銀屏，垂翠箔❻，度春宵❼。

【詞　牌】酒泉子　此調屬「林鍾羽」，俗呼「高平調」，又稱「南呂調」。始見《教坊記》。有四十字，四十一字，四十二字，四十三字，四十四字，四十五字，四十九字，五十二字諸體。溫詞四首，前三首皆四十字，後一首四十一字。前後片末句相叶，是此調特點。

【注　釋】❶花映柳條　柳下之花與柳條相互輝映。此花非柳絮。❷綠萍池　生長著綠萍的水池。溫庭筠〈春日訪李十四處士〉：「綠萍池上暮方回。」❸雨瀟瀟　雨細而密。高適〈東征賦〉：「鴻雁飛兮木葉下，楚歌悲兮雨瀟瀟。」❹疏索　離散相遠，這裡指音信不通。李白〈贈漢陽輔錄事〉：「借問久疏索，何如聽訟時？」❺洞房　幽深的閨室。司馬相如〈長門賦〉：「懸明月以自照兮，徂清夜於洞房。」謝朓〈雜詩〉：「恨君秋夜月，遺我洞房蔭。」人們又往往稱新婚之房為洞房。
❻翠箔　青翠色的簾子。箔，用葦子、秫秸等做成的簾子。❼春宵　春夜。俗語所謂「春宵一刻值千金」。

【語　譯】春花爛漫映柳條，柳條裊娜擺舞腰。春日浮萍綠滿池，閨婦無事，時光悠悠真無聊。倚著欄杆看細浪，微風逐浪萍亂漂。千絲萬線，天色朦朦雨瀟瀟。　近來遠人音信杳，浪跡何處我心焦。洞房空空人寂寞，青燈孤枕，心緒萬千亂糟糟。銀屏遮住孤獨人，放下翠簾圍銀屏。一刻千金，白白浪費這春宵。

【賞　析】溫庭筠的身世處境，使他對處於有閒階層的婦女生活，有著很深的了解，對她們的思想感情也有很深的了解。因而，詞裡刻劃的許多婦女形象，雖然不是精雕細琢，但也給我們生動、真切的感受，並能將她們身上特有的哀怨愁苦的情感傳導給我們。這首詞也是一首描寫思婦的成功之作。詞的上片寫春光的豔麗。在詞人的筆下，春天如詩如畫，鮮豔怒放的各色各樣的花兒，映襯著柔軟的柳條，柳條則在和風中翩翩起舞。浮萍雖小，但也努力為春增光添彩，她將空蕩蕩的池水染上了綠色，讓人感到春的無處不在。微風吹拂後，平鏡般的小池皺了起來，泛起了細浪，不過它比平靜時更美，因為風使它氣韻生動。天色朦朦，下起了牛毛、花針般的細雨，雨瀟瀟灑灑，潤物無聲，小草青了，柳葉兒碧了，遠處的山翠了。在這嫵媚的春光裡，人應該感受到生活的快樂與生命的價值。可是恰恰相反，詞中的婦人愁苦不堪。難道她不喜歡百花盛開、楊柳送風的春天？不，正是太喜歡、太愛惜的緣故，她才心生煩惱。她是一個正值盛年的已婚婦人，春的生機引起她青春的騷動，春的駘蕩使她想到了往日夫妻雲情雨意的甜蜜時光，她多麼希望夫君與她一起倚欄觀看蜂蝶戀著的鮮花，隨浪起伏的綠萍，千絲萬線的細雨啊，那才多麼有意思啊，才算不辜負這怡人的春光。「閒」字透露出她的煩悶、無聊，雖然她「憑欄杆，窺細浪」，觀看著這一切春色，但因為「閒」，她並沒有真正融入到這春光裡去，沒有領略到春的美妙，相思，阻礙了她進入物我兩忘的境界。詞的下片著重寫閨婦在春夜中的情狀。「近來」句補充交代了上片中「閒」的原因，也為以下的描寫作了鋪墊。「近來」說明之前不久，她和夫君還保持著書信的聯繫，她的情感通過音信得到寄託。聯繫中斷只是近來的事，可是她卻痛苦不堪，真如《詩經》所說：「一日不見，如三秋兮。」可見她的感情是多麼的濃摯，多麼的熱烈了。「兩」字，字面意思是互相沒有通信，實際上，是她的郎君沒有告訴她現在身居何處，不然，像她這樣情熱似火的人，焉能不寄信給夫君？「疏索」的結果，是她感到洞房的寂寞。以前，人雖不在，但有音信，好像夫君就在身邊，所以，沒有「空」的感覺。現在，人不在，信也沒有，於是感到洞房空蕩蕩的，青燈孤枕，寂寞無限。「掩銀屏，垂翠箔，度春宵」，是承上一句而來的。洞房的空，並不全是客觀上的人與陳設的東西少，更多的是女主人心理上的感受。即使陳設的東西再多，缺少郎君，她仍然感到洞房是空的。但她沒有這樣的認識，她想用縮小空間的辦法來驅除「空」所帶來的寂寞。於是她用銀屏將床之外的空間遮隔起來，又放下翠簾將銀屏圍起來，同時又將更空闊的室外擋去，就這樣，去度那一刻值千金的春宵。這樣做自然不會使精神「實」起來，春宵只會是痛苦煎心的時光。溫詞中的婦人因其教養、門第的關係，多是喜不形於色，怒不表之於言的，她們的渴望與她們的愁怨僅是通過極細微的動作流露出來，而溫庭筠的本領就在於他能捕捉到這些動作並用文字表現出來。

其二

日映紗窗，金鴨❶小屏山碧。故鄉春❷，煙靄隔，背蘭釭❸。宿妝惆悵倚高閣❹，千里雲影薄。草初齊，花又落，燕雙雙。

【注釋】❶金鴨　鴨形香爐。李賀〈蘭香神女廟〉：「深闈金鴨冷，奩鏡幽鳳塵。」❷故鄉春　家鄉的春光。杜甫〈贈別何邕〉：「傳語故鄉春。」❸蘭釭　蘭膏所點燃的燈。《楚辭・招魂》：「蘭膏明燭，華燈錯些。」王融〈吟幔〉：「蘭膏當夜明。」所謂蘭膏，即用蘭草漬膏，這樣點燈時，會有蘭香味。❹高閣　高高的閨樓。陳後主〈玉樹後庭花〉：「麗宇芳林對高閣。」

【語譯】紅日光輝照紗窗，閨房裡面亮堂堂，屏上群山色蒼翠，金鴨爐內，灰燼滿爐燃盡香。春色明媚是故鄉，濃煙重霧相阻隔。燈油已盡，空有燈盞沒火光。　惆悵閨婦心悲傷，起床無聊不梳妝。倚憑高樓欄杆處，眺望天空，千里雲薄色蒼蒼。小草茂盛青盎盎，花兒褪色落滿園。燕子飛來，你追我隨一雙雙。

【賞析】這闋詞與溫庭筠的〈菩薩蠻〉（小山重疊金明滅）取材的角度是相同的，都是寫思婦晨起後的情態。「日映紗窗，金鴨小屏山碧。」這兩句既點明時間，又透露出思婦的心態。春天的早晨是很美麗的，鶯歌柳堤，燕舞青空，沾著露珠的游絲在風中飄蕩。和風將草的青香、花兒的芬芳送給在室外的人們，因此，春天的早晨雖然困人，但人們都不願意將這大好時光浪費在床上，都會早早起來，沐浴朝陽與春風。但這位思婦卻不是這樣，日光臨窗，照到室內，已經冷卻了的金鴨香爐在陽光下閃閃發光，屏風上的群山清晰地顯示出它們原先的蒼翠的顏色。到這時，她還沒有起床。這說明她心境空虛，百無聊賴，一切都是懨懨的，提不起半點精神來。或許昨夜整個時光就是在相思中度過的，現在精神不振，懶得起床。紗窗、金鴨、屏山，還有交代人物身份的作用，這些陳設說明閨婦是一個有錢人家的婦人。她吃穿不愁，也用不著自己去紡紗織布，操持中饋，她過著閒適的生活。也正因為她有閒，使她的相思更為痛苦，因為思情整日纏住她，占據了她的全部時間。「故鄉春，煙靄隔。」這似乎不好理解，閨婦為何從思念郎君突然轉到想念故鄉了呢？其實，她的這種心理活動合情合理。郎君遠遊，長時間不歸，她又盼望不回來，自然地就會想到自己的家鄉，想到自己的親人了。未出閣時，每逢春天，她和同齡的姑娘們一起去踏青，在田野中採集鮮花，有時又泛起小船，在蕩漾的春水上滑行。那時，沒有孤獨，沒有煩惱，不知道「愁」是什麼滋味。讓我再回到家鄉和親人們一起共度春光該多好啊。可是，家鄉遠在他方，雲遮霧障，又如何能回去呢？盼郎君不歸，想家不能回，此時的閨婦，心裡該是多麼的痛苦啊。宿妝，即昨日的打扮模樣。此時她雖已起床，但內心惆悵，沒情沒緒，所以，她沒有去打扮畫妝，而是倚著高樓的欄杆，向遠處眺望。她可能望家鄉，也可能望郎君之所在的地方。

這種眺望是不可能有讓她高興的結果的，但是能緩解她因思念而帶來的愁情。因為眺望會伴隨著想像，眼前會虛幻地出現她所渴望見到的情景。所以，潛意識的支配，使她經常去「望」。她舉目天上，只見天上千里空闊，微有纖雲飄浮。這「空無」的天，使她的內心產生了空蕩蕩的感覺，沒有家鄉，沒有郎君，彷彿這世上只有她孤零零的一個人。她又低頭看地，所見的是小草兒鋪天蓋地，綠盈盈的一片。那昨日還燦爛奪目的花兒已紛紛凋謝，雙雙對對的燕子貼著草兒在自由自在地飛行。春是美好的，但它是短暫的，草長花謝，不正是人的朱顏憔悴嗎？燕子還知道珍惜良辰美景，成雙結對，共度一年中最後的春光，可憐我連燕子都不如，形單影隻地虛度這春光。閨婦看到那草長、花謝、燕舞的情景後，不會不產生上述的想法。而在此時，她的心裡就不會僅僅是惆悵的了，而一定是淚水漣漣。

其　三

楚女❶不歸，樓枕小河春水。月孤明❷，風又起，杏花稀❸。玉釵斜篸雲鬟重❹，裙上金縷鳳。八行書❺，千里夢，雁南飛。

【注釋】❶楚女　所懷念的楚地之女。溫庭筠的詩詞中常寫到「楚女」，可能是他生活中的一位女子。如〈荷葉杯〉：「楚女欲歸南浦，朝雨。」〈湘東宴曲〉：「楚女含情嬌翠嚬。」❷月孤明　意為一輪孤獨的圓月。唐・陳昭〈明君詞〉：「唯有月孤明，猶能遠送人。」❸杏花稀　杏花凋零後顯得稀疏。溫庭筠〈春日〉：「柳岸杏花稀。」❹玉釵斜篸雲鬟重　玉釵斜插在髮髻上。篸，簪類之物，插在髮髻上。鬟重，一云髮髻，「重」作「髻」，失韻，亦不成句。❺八行書　指書信。馬融〈與竇伯向書〉：「孟陵奴來賜書，見手跡，歡喜何量，次於面也。書雖兩紙，紙八行，行七字。」唐・韋道遜〈晚春宴〉：「誰能千里外，獨寄八行書。」

【語譯】楚地女兒真美麗，一別好久人不歸。春水淙淙朝東流，小樓枕上，咀嚼思情苦滋味。孤單月亮明如燈，無情東風聲尖厲。粉紅杏花，凋零地上片片碎。　想起美人心裡醉，釵簪雲鬟真高貴。長長裙裾款款擺，繡成金鳳，展翅欲飛裙上綴。書信已寫無人送，地遙夢遠心不遂。信兒可寄，一行大雁向南飛。

【賞　析】這闋相思詞有別於以上所有的相思詞。其不同之處有兩點，一是這闋詞是寫男子思念女子的。二是詞中的男女沒有婚姻的關係，而只是戀愛的關係。這第二點，現在的年輕讀者可能有些不理解，為什麼寫空閨獨守的女子思念、盼望男子，就肯定地說她和所想念的男子有婚姻上的關係，而寫男子思念女子，又肯定地說他和所思念的女子沒有婚姻關係呢？因為在古代社會，男子在婚後可以出外遊學，做官、經商，或者在兵役制度的支配下去戍邊。女子則無離家外出的自由，國家也不徵用婦女去服兵役或勞役，回娘家省親的時間是極短暫的，侍奉公婆，操持家務，養育子女，使她們無法脫身，而且，她們在歸寧時，按照風俗習慣，丈夫都是跟著去的。由此可見，詞中的男子思念久別的女子，其女子一定不是他的妻子。《花間集》大多表現思婦的感情，似乎給讀者這樣一種印象：世上的女子都是痴情的，而男子則大多是不懂得感情的，常常不理會妻子思念的痛苦。這是題材單一化給接受者帶來的一種誤解。其實，世間的男子並非都是薄情郎，他們中有許多像《西廂記》中的張生、《賣油郎獨占花魁娘》賣油郎那樣，對所愛的女子一往情深，相思時，也會到寢食不安的程度。該詞中的男子就屬於這一類的人。「楚女不歸，樓枕小河春水。」直接點明了男子相思的原因。為何遲遲不歸？在男子的大腦中，一定作了很多設想：可能是因路途阻隔，而沒能按時歸來，也可能是她家長反對我們的來往，有意識地不讓女兒回來。如果真是這樣，那就糟糕透了，「不歸」就意味著我們再無見面之日。噢，不會的，或許是她在哪裡生病了吧。這些設想一定是在男子的心裡攪來攪去，夜雖然很深了，但他仍不能入眠。春水淙淙流動聲，本是一種讓人聽了很舒暢的聲音，但對於他來說，卻是一種刺激，因為春水使他想到了生命的短暫，想到了光陰的虛度。相思牽繫著他，他可能像張君瑞思念鶯鶯那樣：「一萬聲長吁短嘆，五千遍搗枕捶床」，後來乾脆披衣起來，踱出室外「月孤明，風又起，杏花稀」，就是他起床後見到的景象。這些景象非但沒有減弱他的煩惱，反而增加了他的愁緒。月兒孤零零的懸在空中，它是多麼的寂寞啊，他的心裡生起同病相憐的感情，同時從月亮的意象上看到了自己生活的無聊。東風勁吹，杏花紛紛的落下，原來粉紅色的一朵朵的花兒變成一片片的花瓣，被污黑的泥土染成灰色。美麗的花朵就這樣被摧殘了，消失了。這花兒不就是我的未來麼？聯想到此，他愈發想到自己的心上人，希望她早日歸來與他共度剩下不多的春光。下片的前兩句是男子腦海中出現的心上人的美好形象：雲鬟高聳，濃密如烏雲；玉釵斜插，美目流盼；裙裾曳地，金鳳耀眼。腦海中出現這樣的形象時，他的感情又如何呢？一定是恨不得立時飛到她的身邊，親撫她，擁抱她，向她傾訴思念之情。他給她的書信不知寫了多少封，但沒有一封能到她手上，路途遙遠，由誰送給她呢？懷念她的夢也不知做過多少次，但一次也沒能讓他感到快樂，夢中的短暫結合又怎能縮短現實中千里的距離啊？就在這時，一行大雁向南飛去，他趕緊抓住這個機會，心裡囑咐大雁說：「大雁啊，請把我的思念帶給她，讓她早些回來吧！」他一定是一遍遍地囑託著，直到大雁與蒼茫的夜空融成一色。從現代人的角度來看，寫男子的思情比起寫閨婦的思情更有意義，因為它至少表現了男子對女子的尊重，體現出一種人文主義精神。

其　四

羅帶惹香❶，猶繫別時紅豆❷。淚痕新，金縷舊❸，斷離腸❹。一雙嬌燕語雕樑❺，

還是去年時節。綠陰濃，芳草歇❻，柳花狂❼。

【注　釋】❶惹香　沾著別物發出的香味。岑參〈寄左省杜拾遺〉：「暮惹御香歸。」❷紅豆　植物子。《資暇集》卷下：「豆有圓而紅，其首烏者，舉世呼為相思子，即紅豆之異名也。其木斜斫之則有文，可為彈博局及琵琶槽，其樹也，大株而白枝，葉似槐，其花與皂莢花無殊，其子若稨豆，處於莢中，通身皆紅。李善云：『其實如珊瑚是也。』」王維〈相思〉：「紅豆生南國，春來發幾枝？勸君多采擷，此物最相思。」❸金縷舊　用金絲線繡花的衣服。❹斷離腸　言相思的痛苦。歐陽修詞〈訴衷情·眉意〉：「擬歌先斂，欲笑還顰，最斷人腸。」❺雕樑　雕刻著圖案的屋樑。戴叔倫〈獨不見〉：「雕樑數燕飛。」❻芳草歇　芳草的芳氣消歇。〈離騷〉：「恐鵜鴂之先鳴兮，使夫百草為之不芳。」孟郊〈獨愁〉：「常恐百鳥鳴，使我芳草歇。」❼柳花狂　意為柳花隨風飛舞。以上三句描寫春殘花謝的情景。

【語　譯】腰上羅帶氣味芳，還有郎君身上香。我對郎君情義深，時時思念，相贈紅豆隨身裝。新淚蓋上舊淚痕，金線舊衣為常妝。相思最苦，離情常使人斷腸。　恩愛嬌燕一雙雙，交頸相依棲雕樑。孤單人兒不如燕，此情此景，讓人看了好悽惶。相別之後有一年，別時正在暮春間，今日又是，葉茂花謝柳絮狂。

【賞析】這闋詞寫暮春時節，一位婦女對離家在外的丈夫的深切懷念之情。這位婦人對丈夫的思念不僅僅是因為自己寂寞孤單，希望丈夫回家陪伴自己，她對夫君的感情更多的是出於真誠的愛，而其愛又帶有很多崇拜的成份。「羅帶惹香，猶繫別時紅豆」，說明丈夫剛離開時她就感到痛苦，而用嗅羅帶所沾上的丈夫身上的香氣與繫著丈夫在分別時相贈的紅豆，來得到一種慰藉，以減輕痛苦。能把丈夫身上的氣味和丈夫所送的情物奉若至寶的女子，不是出於對丈夫深深的崇拜，那是沒有其它原因可以解釋的。從下文來看，丈夫離家有一年時間了，可是她依然能嗅出羅帶所沾的丈夫身上的香氣，這只有天天嗅，才會不忘記那種氣味，這位女子對丈夫的感情是多麼的深啊！紅豆，相思之物，女子天天把它繫在身上，除了有見物如見人的功用外，還有這樣的目的：傳說此物最相思，我繫在身上，它就能了解我的心思，幫助我將相思之情傳遞給遠人。為了愛，女子真是想盡了一切辦法。相思的痛苦常使她淚流不止，她的羅帕與衣袖上，淚漬斑斑。舊的淚水乾了，新的淚水又印上了羅帕與衣袖。由這一句，我們可以想像得到她以淚洗面的模樣。她除了保留丈夫的氣味、相贈的東西外，還保留他喜歡的東西。女子昔日所穿的金絲繡花衣，一定是丈夫愛看的，於是，她便常常穿著，雖然已經舊了，但仍然不換新的。由下片的「雕樑」得知，女子的物質生活是優裕的，她的衣服決不是一件兩件，所以不換，是丈夫愛看的緣故。由這些行為來看，她的愛是銘心刻骨的，而決不是膚淺的；是時時刻刻的，而不是一時半刻的。而這樣的愛決定了離情的痛苦。說柔腸寸斷，自然是一種誇張，但從表達難以名狀的痛苦來說，又實在是極貼切的句子。這種痛苦說不清、道不明，最難排遣，最難解脫，它能讓你氣咽胸悶、欲哭欲嚎。上片寫女子平日的相思情狀，下片則將鏡頭對準春暮時節。看看在這樣的日子裡，女子的心態又是如何。在暮春三月，南來的燕子已在樑上築好了窩巢，它們對對雙雙地在巢裡生兒育女，享受著家庭的歡樂。每當雄雌二燕在一起時，吱吱喳喳，彷彿有說不盡的話。這情景對於獨守空閨的女子來說，無疑是一個刺激，她在羡慕之後會發出人不如燕的感嘆。或者激發起她對夫妻生活的渴求，而這渴求的不能實現無疑又加重她的痛苦。「還是去年時節。綠陰濃，芳草歇，柳花狂」，這幾句不僅僅是為了交代丈夫離家的時間，而更是為了以景寫情。綠葉茂盛，紅花凋謝，柳絮飛舞，這無疑是到了暮春的時節。這個時節是最令女子傷感的日子。李清照在〈武陵春・春晚〉中說：「風住塵香花已盡，日晚倦梳頭。物是人非事事休，未語淚先流。」雖然這幾句所表現的情感與溫詞中的女子的情感，不一定全部吻合，但它們能夠幫助我們理解春殘花謝給女子所帶來的心理上的反映。春的美麗，相似於容光煥發的女子。而春的歸去，則又同於女子的紅顏消褪，風采式微。敏感的女子往往會從春殘想到青春的流逝，為自己的美好青春在空閨中流逝掉而憐惜，並生出一種隱隱的憂愁，擔心丈夫因自己人老珠黃而移情他人，永遠不歸。這樣的分析應該說是符合實際的，那麼，該女子此時的心境又如何呢？由此可見，末三句是景語，又是情語。

定西番 三首

其一

漢使❶昔年離別。攀弱柳❷，折寒梅❸，上高臺❹。　千里玉關❺春雪，雁來人不來。羌笛❻一聲愁絕，月徘徊。

【詞牌】定西番　此調屬「林鍾羽」，俗呼「高平調」，又呼「南呂宮」。《教坊記》始載此調。共三十五字。前後片首句，及後片第三句，均叶仄韻，非此格者，當是變體。

【注釋】❶漢使　本指漢代出使西域的張騫。《漢書·張騫傳》：「騫以郎應募，使月氏，出隴西，凡西域之大宛、康居、月氏、大夏、烏孫諸國，先後皆定。」此詞為就題發揮，寫西域之人送別張騫的情景與對張騫的思念。下面還有兩闋以〈定西番〉為調的詞，然內容都與題無關。❷攀弱柳　古人送人遠行，有折柳相贈之風俗。《三輔黃圖》：「灞橋在長安東，跨水作橋，漢人送客至此橋，折柳贈別。」杜牧〈送別〉：「溪邊楊柳色參差，攀折年年贈別離。」❸折寒梅　折臘梅花枝以贈送別人。《太平御覽》卷九七〇引盛弘《荊州記》：「陸凱與范曄相善，自江南寄梅花一枝詣長安與曄，並贈詩曰：『折梅逢驛使，寄與隴頭人。江南無所有，聊贈一枝春。』」❹上高臺　原為登高望鄉意，此處為登高目送行人也。《樂府詩集》卷一六〈臨高臺〉，《樂府解題》曰：「若齊謝朓『千里常思歸。』但言臨望傷情而已。」唐・孟雲卿〈古別離〉：「朝日上高臺，離人怨秋草。」❺玉關　玉門關，在今甘肅省敦煌縣西北，陽關在其東南，古為通西域要道。這裡泛指邊塞之地。❻羌笛　漢・應劭《風俗通》卷六：「武帝時，丘仲之所作也。笛者，滌也。所以蕩滌邪穢，納之於雅正也，長二尺四寸，七孔。其後又有羌笛。」又陳暘《樂書》：「羌笛五孔，馬融笛賦謂出於羌中，舊制四孔而已，京房加一孔，以備五音。」

【語　譯】漢使張騫中原來，西域人民都愛戴。想起過去離別時，或攀柳，或折梅，留戀不捨，目送漢使上高臺。千里關山春雪埋，番人盼望英俊才。長空大雁往北飛，漢使至今還不來。吹羌笛，聲幽咽，抒發心中思念情。人聽斷腸，月亮悲傷也徘徊。

【賞　析】張騫通西域，開拓出一條絲綢之路，在中華民族的歷史上寫下了光輝的一頁，至今，人們還在緬懷他的豐功偉績。詞的上片寫西域人民送別張騫時的留戀不捨之情。他們攀弱柳、折臘梅，贈予漢使。當張騫一行漸漸遠去時，他們又登上高臺，一直目送他們到身影消失。彼時依依惜別的深情，決不止像上所描述的這樣，一定是送者牽衣不捨，行者灑淚相別，而且是送了一程又一程。這樣的惜別情景，是有實際依據的。據《漢書・張騫傳》說：張騫第一次出使西域時，為匈奴人扣留，他在那裡生活了十餘年，娶妻生子，又他「為人彊力，寬大信人，蠻夷愛之。」他到了大宛後，「大宛聞漢之饒財，欲通不得，見騫，喜。」他歸來時，還帶著他的匈奴妻子。可以確定地說，張騫第一次去西域時，有良好的社會關係，親戚、朋友、鄰里、官員等等，因此，送別者不是一個兩個，送別的場面一定是十分感人的。第二次去西域時，「將三百人，馬各二匹，牛羊以萬數，齎金幣帛直數千鉅萬。」又此時匈奴投降漢朝，一路暢通無阻。他們將禮品贈予烏孫、大宛、大月氏、康居等國的國王，一定是得到了隆重的接待，美酒與仙曲，使他們感受到西域人民的熱情。在這樣的背景上，他們回國時，能不出現感人的歡送場面嗎？下片所寫的是西域人民對張騫的盼望與思念之情。張騫因長期生活在西域，切身感受到那裏的人民待人的熱情與爽直，欽佩他們的勤勞與智慧，所以，對那塊神奇的土地與那裡的人民有著深厚的感情。第二次出使西域，就是他的建議，漢武帝才又派他去的。像他這樣熱愛西域的態度，一定會在西域人邀請他再來時，滿口答應。於是，愛戴張騫的西域人便等待、盼望著他再來。他們的思念與等待決不亞於戀人的焦灼與痛苦。當玉門關飛雪迎春，南飛的大雁又歸來時，他們想，漢使也應該來了吧。然而，一天又一天，他們始終沒有等來漢使。送別時，他們登上高臺，目送駝隊消失在茫茫的戈壁沙漠中；等待時，他們也會登上高臺，遠眺風塵瀰漫的地平線，希望出現一支馬隊，帶著絲綢、金銀向他們奔來。可是他們失望了，再也沒有見到持節的漢使。他們吹起羌笛，抒發他們心中的惆悵之情。笛聲哀怨，如寡婦之夜泣，如江猿之哀啼，從聲音中完全可以領會到人們極度的痛苦，月亮也受到了人間情緒的感染，亦為之傷心，在空中徘徊不前。西域的百姓可能怪張騫失信，可是他們哪裡知道，張騫兩次出使西域，歷盡千辛萬苦，身體垮了，第二次出使回來後不久，就因病去世。這首詞雖然短小，但描述了兩個民族之間的感情。它無疑是一首民族融和的頌歌！

其二

海燕欲飛調羽❶。萱草綠，杏花紅❷，隔簾櫳❸。　雙鬢翠霞金縷❹，一枝春豔濃。樓上月明三五❺，瑣窗❻中。

【注釋】❶海燕欲飛調羽　燕子欲飛時先理順羽毛。海燕，燕子的別稱。古人認為燕子產於南方，渡海而至，故稱海燕。《文苑英華》卷二〇五，唐・沈佺期〈古意〉詩之一：「盧家少婦鬱金堂，海燕雙棲玳瑁梁。」❷萱草綠杏花紅　此兩句描述明媚的春光，草綠花紅，景色美麗。《溫飛卿詩集・集外詩》卷九〈禁火日〉：「舞衫萱草綠，春鬢杏花紅。」萱草，又名鹿蔥、忘憂、宜男、金針花。《說文》作「藼」。《詩・衛風・伯兮》：「焉得諼草？言樹之背。」《傳》：「諼草令人忘憂。」《釋文》：「諼，本又作萱。」《文選》魏・嵇康〈養生論〉：「合歡蠲忿，萱草忘憂，愚智所共知也。」這裡用「萱草」，含有忘憂之意。❸簾櫳　簾子與窗戶。謝惠連〈七月七日夜詠牛女〉：「昇月照簾櫳。」❹翠霞金縷　這裡為女子鬢部的飾物。金縷，本是金絲的意思。《玉臺新詠》卷九，南梁・劉孝威〈擬古應教〉：「青鋪綠瑣琉璃扉，瓊筵玉笥金縷衣。」❺月明三五　十五的圓月非常明潔。〈古詩〉：「三五明月滿，四五蟾兔缺。」❻瑣窗　雕刻著花紋的窗戶。鮑照〈玩月城西門廨中〉：「蛾眉蔽珠瓏，玉鉤隔瑣窗。」

【語　譯】春日燕子忙匆匆，飛前整理羽蓬鬆。滿地萱草綠茵茵，杏花開，紅彤彤，明媚春光隔簾櫳。　精心打扮真用功，首飾插鬢映美容。妝扮初成人美麗，宛若一枝花豔濃。十五夜，樓上月，照徹天空色朦朦。良辰美景，思婦自閉花窗中。

【賞　析】溫詞所寫的閨婦都有大家的風範，她們儘管哀愁滿胸，但是在表面上不動聲色，將愁與怨深深地埋在心中，所謂「幽怨」是也。這與柳永的詞有很大的區別，柳詞所寫的婦女多是市民女子，她們的教養與身份決定了她們的情感表現方式。她們一任感情放縱奔流，愛與恨，態度鮮明。如〈定風波〉：「恨薄情一去，音書無個。早知恁麼，悔當初，不把雕鞍鎖。」鄭振鐸先生在《插圖本中國文學史》中將花間詞與柳詞作了比較，對了解溫詞很有啟發，他說：

> 《花間》的好處，在於不盡，在於有餘韻。耆卿的好處卻在於盡，在於「鋪敘展衍，備足無餘。」《花間》諸代表作，如絕代少女，立於絕細絕薄的紗簾之後，微露豐姿，若隱若現，可望而不可即。耆卿的作品，則如初成熟的少婦，「偎香倚暖」，恣情歡笑，無所不談，談亦無所不盡。

這首溫詞就是屬於「有餘韻」之作，詞中所描繪的女子，不用說內心世界，就是身材面容，都是隱隱約約的。上片的前三句所描寫的是生機勃勃的春天世界：燕子棲在樹梢上，用喙理著有些蓬鬆的羽毛，牠這樣做，是為了飛得更高更遠。牠們忙忙碌碌，或是為了築香巢，或是捕捉蟲兒來哺育兒女。雖然忙些，但牠們生活得多麼有趣，多麼充實啊！春天的景象是美麗的，那成片的萱草，綠茵茵的；那一叢叢的杏樹，花正盛開著呢。遠遠看去，像彩霞，像錦緞。到處躍動著生命，到處充滿了活力。詞作接下去應該寫女子精神的怡悅，可是，詞人沒有這樣，以一句「隔簾櫳」完全改變了剛才歡樂的情調。因為他筆下的女子不是一個無憂無慮的人，而是憂愁極深的人。春天的美麗能夠使一般的人陶醉，但卻燃不起她對生活的熱情。她的心裡總是涼涼的，對什麼事都沒情沒緒，即使看了令人忘憂的萱草，也不能忘憂。於是，她把自己鎖在閨閣內，有意識地把自己和氣象萬千的大自然隔開，冷眼瞧著窗外的一切。雖然現在已是春天，但她的一顆心還留在冰冷的冬天裡。是什麼原因致使她這樣？詞作沒有明確地說，但是下片前兩句「雙鬢翠霞金縷，一枝春豔濃」給我們透露了一些消息。那就是對美好的夫妻生活的渴望。我們不知道該女子是已婚還是未婚，但是我們可以作這樣的判斷，即使是已婚，她的丈夫也不在身邊，而且已經分別了很長的時間。她有強烈的渴望，也有深深的哀怨，但她並沒有大喊大叫，哭哭啼啼，只是用精心的打扮來表達這種渴望，用與外界的隔斷來流露自己的哀怨。「一枝春豔濃」，表明她是一位絕色的女子，而有如此麗質，卻過著沒有愛情的生活，豈不自憐？豈不會怨恨。在古代，美麗之於女子，並不是一種獲取幸福生活的本錢，因為她無權決定自己的婚姻或家庭生活方式，有時還恰恰相反，所謂「自古紅顏多薄命」是也。因此，雖然她會從菱鏡中看到自己像一枝怒放的鮮花，但並沒有增添一絲一毫生活的信心，心情依然壓抑、灰暗。當三五之夜，皓月當空之時，她仍像在白天對綠草紅花的態度一樣，提不起半點精神到屋外去觀賞它們。

其　三

細雨曉鶯春晚。人似玉❶，柳如眉❷，正相思。　羅幕翠簾初捲❸，鏡中花一枝。腸斷塞門消息❹，雁來稀。

【注　釋】❶人似玉　意為女子瑩白如玉。舊時稱人美多用玉喻，如玉女、玉手、玉目、玉肌、玉色、玉面等等。張祜〈庚子歲寓游揚州贈崔荊四十韻〉：「每思人似玉。」❷柳如眉　眉如柳葉，舊時常用以形容女子細長秀美的眉毛。李商隱〈和人題真娘墓〉：「柳眉空吐效顰葉，榆莢還飛買笑錢。」白居易〈長恨歌〉：「芙蓉如面柳如眉。」❸羅幕翠簾初捲　簾幕初捲，意為閨人起床。羅幕，綺羅所作之帷幕。翠簾，翠鳥羽毛裝飾的簾子。元稹〈憶事〉：「桐花垂在翠簾前。」❹腸斷塞門消息　因邊塞消息斷絕，而萬分痛苦。「腸斷」典出《世說新語・黜免》：「桓公入蜀，至三峽中，部伍中有得猿子者，其母緣岸哀號，行百餘里，不去，遂跳上船，至便即絕。破視腹中，腸皆寸寸斷。」唐・趙嘏〈昔昔鹽〉：「魂飛沙帳北，腸斷玉關中。」塞門，邊地要塞之門。唐・皇甫冉〈出塞〉：「吹角出塞門。」

【語　譯】瀟瀟細雨飄如絲，拂曉黃鶯歌聲稀。時節已經是晚春，膚如玉，眉若柳，青春年華，無人陪伴害相思。輾轉反側枕上倚，清晨鶯啼早覺知。捲起羅幕與翠簾，對鏡梳妝花一枝。邊塞遠，無音信，整日憂愁戚哀哀，不見大雁，無從得知君歸期。

【賞　析】這闋詞寫一個美女對戍邊之人的相思。溫詞中的女子都是無比美麗的，可她們卻無法讓美發揮出應有的價值。我們說，男女間共同的旨趣是產生與維持愛情的基礎，但是，毋庸置疑，外表的美麗也是愛情的一個重要因素，尤其是舊時的女子，美麗能使她得到丈夫的寵愛，能使她的生活較為甜蜜，但是，這必須具備一個前提，即丈夫在家。若丈夫戍邊萬里之外，或者漂泊於江湖之上，她的美麗得不到丈夫的欣賞，那麼，這份美麗也就白白地浪費掉了，她也不可能由美麗而得到身心的快樂。因此，她們都迫切地盼望外出的丈夫歸來，同時，深切地關注著容貌的變化，常常對鏡觀察，看看有無色衰的跡象。這首詞所描摹的就是上述美女們共有的心態。上片的「人似玉，柳如眉」，起筆點明女子貌美的作用，「正相思」一句，用白描的手法寫女子的情態，並告知讀者她的丈夫不在家裡。「春晚」，意為暮春時節。溫詞多數追求語盡而意不盡，蘊藉含蓄的效果，但此詞卻是個例外，除了「細雨曉鶯」四字外，皆明白如話，幾乎一覽無餘。「細雨曉鶯」，是從美人的角度來看晨景的。細雨，即春天的微雨，它極細極柔，在風中如霧如煙，落到地上則悄然無聲。你想，這樣的雨聲被美人捕捉到了，美人是多麼的清醒，多麼的敏感！再說鶯鶯，若是在晴朗的早晨，牠一定會在柳浪中放聲地歌唱，其聲音雖然圓潤悅耳，但照樣會將人弄醒。但是，這天早晨是細雨瀟瀟，鶯鶯大多會縮在香巢裡做夢，即使有不怕雨淋的，也不會像往日那樣興致勃勃的歌唱。那麼，這種聲音一定是稀疏的，柔弱的，對於許多春眠不覺曉的人來說，不會被吵醒。可是，美人聽到了，並能辨別出是鶯聲。這又只能說明她有煩惱的事纏心，很早就醒來了。「正相思」是對她不眠原因的交代。下片的「鏡中花一枝」，是打扮後的效果。如果沒有打扮，蓬頭亂髮，隔夜殘妝，即使有天生麗質，也不會像花一樣美麗。既然丈夫不在家，她又為誰打扮為誰妝呢？我們不是常說「女為悅己者容」嗎？這種行為只有用擔心自己色衰的心理原因去解釋。上片說此時到了暮春時光，那麼花謝芳歇的客觀景象一定使她想到人的容貌也要衰老的規律，擔憂便即刻襲上了心頭，我的色衰一定會造成愛弛，即使丈夫歸來，看到我臉黃皮皺，也不會像往日那樣愛我了，不，我不能老，我要精心地打扮，留住美麗的容貌，讓丈夫欣賞我。於是她用心打扮，妝成後，對鏡自照，鏡子中的她花容月貌。按理說，她照鏡後會高興起來，可她不但沒有，反而「腸斷」——極度悲傷。她一定在此時冒出了這樣的念頭：我現在還算美麗，但是能保持長久嗎？邊塞的丈夫至今沒有任何消息，傳說大雁能給人傳遞書信，可大雁又很少飛來。他的歸來很可能遙遙無期。而到那時，我決不會仍是「人似玉，柳如眉」了，而是膚鬆眉稀，醜陋不堪。想到此，她自然會悲傷不已。

楊柳枝 八首

其一

宜春苑❶外最長條，閒裊❷春風伴舞腰。正是玉人❸腸絕❹處，一渠春水赤欄橋❺。

【詞牌】楊柳枝　又名「柳枝」。屬「林鍾羽」，俗呼「高平調」，又呼「南呂調」。盛唐之前即有此調。白居易贈劉夢得詩云：「古歌舊曲君休聽，聽取新翻〈楊柳枝〉。」劉和詩云：「請君莫奏前朝曲，聽唱新翻〈楊柳枝〉。」此調有二十八字、四十字、四十四字諸體。溫詞都是二十八字，同七言絕句。平仄失粘不拘。

【注釋】❶宜春苑　秦宮苑名。《史記·秦始皇本紀》：「以黔首葬二世杜南宜春苑中。」《三輔黃圖》：「宜春宮本秦離宮，在長安城東南，杜縣東，近下杜，又有宜春下苑。在京城東南隅。」庾信〈春賦〉：「宜春苑中春已歸，披香殿裡著春衣。」❷閒裊　悠閒地飄動。❸玉人　美人。見溫庭筠〈定西番〉（細雨曉鶯春晚）注❶。❹腸絕　腸斷，極度的悲傷。見溫庭筠〈定西番〉之三（細雨曉鶯春晚）注❹。❺一渠春水赤欄橋　杜佑《通典》：「隋開皇三年，築京城，引香積渠水，自赤欄橋經第五橋西北入城。」白居易〈板橋路〉：「一渠春水柳千條。」顧況〈題葉道士山房〉：「水邊垂柳赤欄橋。」

【語　譯】 宜春宮外景妖嬈，楊柳飄拂長枝條。春風微微悠悠擺，風姿萬千軟舞腰。春光明媚人惆悵，極度悲傷淚淘淘。問到愁思有多少，如同橋下春水流。

【賞　析】 這闋詞所寫的女子是一個宮女。在我國古代詩歌中，「宮怨」詩有相當多的數量，它們反映了封建社會特有的一個社會問題。帝王們為了自己與王室成員的享受，從民間大肆搜徵女子，將她們安置在正宮、行宮、陵宮等地方。唐・顏師古《隋遺錄》：「（煬）帝嘗幸昭明文選樓，車駕未至，先命宮娥數千人昇樓迎侍。」到了唐朝，宮女多至數萬人，她們不能回家，不能結婚，整日過著如同囚犯的生活，被迫地將自己的青春與生命埋葬在宮裡，作為一個正常的人，能不怨麼？古代有良心的文人都曾以詩歌的形式，抒寫她們的心聲。南齊・謝朓開其先河，他的〈玉階怨〉云：「夕殿下珠簾，流螢飛復息。長夜逢羅衣，思君此何極！」後來唐代許多詩人步其後塵，或仍以〈玉階怨〉為題，如李白；或另創新題，如白居易的〈上陽白髮人〉。白詩內容豐富，通俗易懂，對宮女傾注了極大的同情。詩云：

> 上陽人，紅顏暗老白髮新。綠衣監使守宮門，一閉上陽多少春。玄宗末歲初選入，入時十六今六十。同時采擇百餘人，零落年深殘此身。憶昔吞悲別親族，扶入車中不教哭。皆云入內便承恩，臉似芙蓉胸似玉。未容君王得見面，已被楊妃遙側目。妒令潛配上陽宮，一生遂向空房宿。秋夜長，夜長無寐天不明。耿耿殘燈背壁影，蕭蕭暗雨打窗聲。春日遲，日遲獨坐天難暮。宮鶯百囀愁厭聞，梁燕雙棲老休妒。鶯歸燕去長悄然，春往秋來不記年，唯向深宮望明月，東西四五百回圓。……

這首詩對了解宮女的生活，理解這首詞的意蘊很有幫助。「宜春苑外最長條，閒裊春風伴舞腰。」春風和煦，綠草茵茵，最為引人注目的是那楊柳，它們吐出鵝黃色的嫩芽兒，伸展著枝條，在風中自由自在的擺弄著柔軟的身腰，跳起優美的舞蹈。「外」是最有深意的一個字，它透露出宮女的精神需求。在春天裡，到處都充滿著生機，到處都有美麗的景致，更何況宜春苑呢，那裡一定是花紅柳綠，氣韻生動，人處其中，如在畫裡。既然宜春苑很美，宮女為什麼把眼睛向外看，只欣賞苑外的楊柳呢？其原因一定是她對鎖閉她的宮室極為厭倦，甚至極為憎惡，其一磚一瓦，一桌一几，乃至一草一木，見了都會生氣，彷彿是它們耗費著自己的青春與美貌。而對苑外的只能用眼看而不能涉足的地方，則充滿了熱愛、嚮往之情，即使是普通的楊柳，也生出一股親切的感情。在她認為，苑外的楊柳枝條比苑內的長得多，其風中的舞姿也比苑內的美得多。這當然是主觀的想像，然生出這種想像乃基於她對自由的渴望，愛苑外的楊柳，實際上是愛苑外的民間生活。她的目光一定經常越出圍牆，看遠處的山，近處的樹，空中的藍天，一定會作如此的遐想：我若有一天被放出宮外，一定好好享受自由人的快樂，養蠶織布，相夫教子，一定要讓丈夫好好地疼惜。然而這種海市蜃樓式的幻想，很快被無情的現實打得粉碎。轉眼看，高高的宮牆、森嚴的大門、猙獰的守門人，使她不寒而慄。這種囚徒般的生活何日結束？極有可能老死在宮中。她愁悶、絕望，心思茫茫。當她踱到赤欄橋時，痛苦已到了斷腸的地步，何以如此？因為她看到了橋下的「一渠春水」。她從水的滔滔東流，想到青春的一去不返。青春有時，苦海無邊，這一輩子就這麼完了，沒有男女的歡悅，沒有一般女人都有過的生育經歷，沒有子女來延續自己的生命。由上述分析可見，這首短短四句宮怨詞的內涵還是相當豐富的。

其二

南內❶牆東御路旁，須知春色柳絲黃❷。杏花未肯無情思❸，何事行人最斷腸？

【注釋】❶南內　宮殿名。《舊唐書・玄宗紀》：「興慶宮，在隆慶坊，本玄宗在藩時故宅。西南隅有花萼相輝勤政務本之樓，在東內之南，故名南內。」杜甫《杜工部草堂詩箋》卷三〇〈秋日夔府詠懷奉寄鄭監李賓客一百韻〉：「南內開元曲，常時弟子傳。」又白居易《長慶集》卷一二〈長恨歌〉：「西宮南內多秋草，落葉滿階紅不掃。」❷柳絲黃　春日柳絲未抽葉時，呈嫩黃色。韋莊〈春陌〉：「嫩煙輕染柳絲黃。」❸杏花未肯無情思　言杏花似人一樣，有相思之情。李漁《閒情偶寄》：「種杏不實者，以處子常繫之裙繫樹上，便結子累累；予初不信，而試之果然。是樹性喜淫者，莫過於杏，予嘗名風流樹。」

【語　譯】皇宮「南內」高高牆，牆東寬闊御路旁。春色染遍草與樹，飄蕩楊柳絲絲黃。杏花不是無情物，與人一樣思情長。為何行人見了杏，痛苦不堪斷了腸？

【賞　析】這闋詞中的主人是「行人」。「行人」是出行或出征之人。據詞意來看，此「行人」當屬於前者，即遊子。《詩・齊風・載驅》：「汶水滔滔，行人儦儦。」行人離家奔走於外，多是為了求仕或求學，他們浪跡天涯，顛沛流離，過著極不穩定的生活。他們在尋找機會的過程中，常有挫折，所以，總是心情壓抑，惆悵苦悶。被稱為散曲小令之祖的馬致遠的〈天淨沙〉（秋思）就描繪了他們落寞灰暗的生活：「枯藤老樹昏鴉，小橋流水人家。古道西風瘦馬，夕陽西下，斷腸人在天涯。」精神的無聊，生命的蒼白，用形象的畫面作了充分的表現。這首詞的時間背景不是在秋天，而是在春光蕩漾的二三月份，然而，這季節也使行人「斷腸」。「南內牆東御路旁，須知春色柳絲黃」。行人現在正行走在皇帝常行的路上，也就是說他已漂泊到京城裡了。京城的春天，自然是很美麗的，華屋生輝，瑤圃集秀。笙歌盈耳，靚女如雲，更引人注目的是那街道兩旁的柳樹，枝條與那些綻出的芽兒，都是嫩黃色的，婀娜裊裊，隨風起舞，那柔軟的姿態，使人想起美女的腰肢。然而，「冠蓋滿京華，斯人獨憔悴」，街上的行人中，有騎高頭大馬的，有乘轎子的，有與妻妾同行的，有與朋友相伴的，唯有他，踽踽獨行。可想而知，他此時的心情一定比「小橋流水人家」的行人更為灰暗。如果說，「春色柳絲黃」給這位行人的只是淺淺的季節標識，還沒有引起他足夠的注意的話，那麼，如霞似錦的杏花則使他陷入了深深的痛苦之中。首先是那一片片火爆的杏花映襯出他人生的平淡。這一種刺激所引起的念頭是潛意識的產物，甚至連他自己也不知道為何在這燦爛的杏花前精神不愉快。其次是怒放的杏花才真正使他意識到春天的到來。時間飛快地過去了，冬去春來，歲月如梭，人也漸漸的老了，可是事業與前程呢？至今還渺茫得很。對於有志的男人來說，還有什麼比功不成名不就更痛苦的呢？再次是由粉紅的杏花使他想起了在家的閨婦，杏花雖為植物，也與人一樣，有情有意，人非草木，豈能無情，其實，他何嘗不想念自己的嬌妻？春日的生機勃勃，使他愈發寂寞，更加想念起妻子。然而，拿什麼回去作見面禮呢？將妻子一個人丟在家裡，養兒育女，侍候爺娘，原以為自己得一前程後再回報她的辛勞，可現在仍然是兩手空空？想到此，他心如刀絞，目滯神呆。雖然沒有流淚，但其痛苦決不亞於閨婦的相思，也是一樣的寸寸腸斷。

其三

蘇小❶門前柳萬條，毿毿❷金線❸拂平橋。黃鶯❹不語東風起，深閉朱門❺伴舞腰。

【注釋】❶蘇小　又名蘇小小。南齊錢塘名歌伎。李賀《歌詩編》一〈七夕〉：「錢塘蘇小小，更值一年秋。」唐・韓翃〈送王少府歸杭州〉：「吳郡陸機稱地主，錢塘蘇小是鄉親。」杜牧〈自宣城赴上京〉：「蘇小門前柳拂頭。」❷毿毿　細長的樣子。孟浩然〈高陽池〉：「綠岸毿毿楊柳垂。」❸金線　因初春的柳條細而黃，故以金線作諭。《全唐詩》卷八九八，馮延巳〈金錯刀〉(日融融)：「柳條嫋嫋拖金線。」❹黃鶯　即黃鳥，也叫黃鸝留、黃栗留。唐・金昌緒〈春怨〉：「打起黃鶯兒，莫叫枝上啼。」❺朱門　紅漆門。古代王侯貴族的住宅大門漆成紅色，表示尊貴。因稱豪門為朱門。《晉書・麴允傳》：「麴允，金城人也。與游氏世為豪族，西州為之語曰：『麴與游，牛羊不數頭；南開朱門，北望青樓。』」杜甫〈自京赴奉先縣詠懷五百字〉：「朱門酒肉臭，路有凍死骨。」

【語譯】南朝名伎蘇小小，館閣門前柳萬條。柳條細細長如線，搖來擺去拂平橋。黃鶯默默不作聲，東風勁吹萬物搖。豪貴之門深似海，風吹入內伴舞腰。

【賞析】這是描寫歌伎的詞。歌伎，是舊時代封建制度的產物。一些豪門貴族之家，為了滿足自己聲色的享受，購買歌伎，蓄養家樂。於是，這些能歌善舞的美女們，扮演著演員與侍妾的兩種角色，她們不能有自己的愛情，也沒有任何自由，完全處於被玩弄的屈辱地位，其命運是極為悲慘的。然而，溫庭筠沒有對她們予以深切的同情，相反，站在貴族男子的角度上，帶著褻瀆的態度，去欣賞她們的容貌歌喉與柔軟的舞腰。當然，這詞比起〈歸國遙〉(雙臉)來說，多少還有一點對女性的尊重態度。「蘇小門前柳萬條，毿毿金線拂平橋。」蘇小是歌伎的代稱，她的居室前春意盎然，柳樹如煙。近看柳條，絲絲縷縷，千千萬萬，那柔軟的姿態展現出春天的溫雅與美麗。這裡寫柳，一是以此描述春天的景色，二是用柳條的美來暗示歌妓的美。一個將環境整治得十分美麗的人，一般來說，她也是很美的。細長的柳條低頭吻著平橋，而且還不是一次兩次，表明了它們的多情，這又是以此寫彼的手法，實際上是寫歌妓的多情。美麗與多情，集中在一個女子身上，她該是多麼的完美啊！像她這樣的人，照理應該有一個美滿的婚姻，一個幸福的家庭，一個暢達的人生。可是事實恰恰相反，她的人生充滿了淚水與屈辱。「黃鶯不語東風起，深閉朱門伴舞腰。」她成了某個權豪勢要的玩物，整日被鎖閉在深邃似海的朱門之內，一如囚犯的生活。不管她願意不願意，也不考慮她的心情如何，要她唱她就得唱，要她舞則不能不舞，哪裡有自由可言？更不要說尋找愛情了。作為一名歌妓，她的感情是極為豐富的，可是沒有人理解與尊重她的感情需求，只是把她當作「賤人」看待。唯一與她密切相處的只有東風。「黃鶯」是個歡樂的鳥兒，總是快活地唱著歌，牠「不語」，一定是歌妓的生活引起牠的同情，牠不想在別人痛苦的時候還盡情地唱歌。當然，上述只是在作品客觀基礎上作主觀性的分析，或者說是站在同情歌妓的立場上所作的解讀。溫庭筠的本意不會如此，因為他沒有在詞作中對歌妓表現出鮮明的同情心，整闋詞給人的似乎是這樣的觀照：朱門之外柳絲飄蕩，春光明媚，朱門之內輕歌曼舞，春意濃濃。由這闋詞我們想到了晏幾道的〈臨江仙〉（夢後樓臺高鎖）與〈鷓鴣天〉（彩袖殷勤捧玉鍾），晏詞表現了對歌女的尊重，展示了她們豐富的情感世界，並且表現了他和歌女之間屬於戀人間才有的純真的感情。相比之下，溫詞對歌妓的態度就不能讓人滿意了。

其四

金縷毿毿碧瓦溝❶，六宮眉黛❷惹香愁。晚來更帶龍池❸雨，半拂欄杆半入樓。

【注釋】❶金縷毿毿碧瓦溝　金絲般的柳條下垂著，琉璃瓦有著一道道的溝。劉禹錫〈楊柳枝〉：「千條金縷萬條絲。」碧瓦，琉璃瓦。唐・李郢〈驪山懷古〉：「碧瓦雕牆擁翠微。」❷六宮眉黛　皇宮的嬪妃。相傳古代天子有六宮。《周禮・天官・內宰》：「上春，詔王后帥六宮之人。」漢・鄭玄《注》以皇后正寢一，燕寢五，為六宮。後泛稱皇后妃嬪居住的地方。眉黛，指漂亮的妃嬪們。白居易〈長恨歌〉：「回眸一笑百媚生，六宮粉黛無顏色。」❸龍池 唐代長安宮內的一個水池。《長安志》：「龍池在南內南薰殿北，躍龍門南，本是平地，垂拱後，因雨水流潦成小池，後又引龍首支渠分溉之，日以滋廣。至神龍、景雲中，彌亙數頃，深至數丈，常有雲氣，或見黃龍出其中，謂之龍池。」錢起〈贈闕下裴舍人〉：「長樂鐘聲花外盡，龍池柳色雨中深。」

【語譯】萬千柳絲圍高樓，琉璃碧瓦條條溝。六宮嬪妃不得寵，春日寂寞心中愁。雲氣聚合風帶雨，龍池水湧起浪頭。冷風涼雨拍欄杆，宮人獨坐雨入樓。

【賞析】這闋宮怨詞的主人不是普通的宮女，而是嬪妃。在封建社會，由於皇帝的權力無限，他可以為所欲為，其配偶的數量幾乎是沒有什麼限制的，他一個人可以娶幾十個女子為妻。因嬪妃們的年齡、美貌、脩養與邀寵固寵的手段各不相同，所以，皇帝對她們就有親有疏，有愛有不愛。歷史上有許多嬪妃們承幸一兩次後，就被冷落終生。這些嬪妃便長年被鎖在宮室裡，伴著青幃孤燈，得不到異性的親撫，看不到外界的景致，無法與宮女、太監之外的人交往，如此的生活方式，她們能不怨麼？歷代許多文人都曾以宮怨為題材，替她們抒發心中的苦悶。如唐代王昌齡的〈長信秋詞〉：「奉帚平明金殿開，且將團扇共徘徊。玉顏不及寒鴉色，猶帶昭陽日影來。」說宮妃的容貌雖然潔白美麗，像玉一樣，但遭遇卻還趕不上在寒冷的清晨中飛行的烏鴉。因為烏鴉飛過昭陽殿上空的時候，還可以被經常照耀在昭陽殿的太陽（指皇帝）照射一下，帶著日光飛了過來。王昌齡的這首詩，揭發了在綺羅珠玉中所包裹著的黑暗殘酷，宣泄了受冷落被壓迫的宮廷婦女的心聲。溫庭筠的這首詞溫婉含蓄，但對宮妃們的同情態度與王昌齡一樣鮮明含蓄。「金縷毿毿碧瓦溝，六宮眉黛惹香愁。」六宮的愁由來已久，不是現在才起，但是，「金縷毿毿」的春天使這種「愁」更濃。按照生理學的觀點，春天的生機旺盛的環境會使動物生理上發生變化，性的需求比起其它季節要多得多，同時精神緊張，有一種壓抑感，如果性的需求得不到滿足，壓抑得不到釋放，人的情緒自然會消沈低落，整日愁眉不展。因此說，六宮眉黛的愁與「金縷毿毿」有密切的關係。「香愁」即「春愁」，一「惹」字說明妃嬪的主動性，反映出她對男女之愛的渴求與愛得不到滿足的愁懣。「晚來更帶龍池雨，半拂欄杆半入樓。」從以景寫情的角度來看，這兩句極佳，它描繪出一幅淒風苦雨，吹打宮中樓閣的畫面，來渲染嬪妃們的精神痛苦的生活境況。在愁思不解的日子裡，嬪妃們不但看不到帝王的身影，連晴朗的春日也不可多得。天色晦暗，風驟雨密，樓閣似乎像一隻小船在風雨中飄搖，而她們各自又像船中之人，有家而不得歸。其時其刻，就不是僅僅只有「香愁」而已了，而是欲哭欲嚎。從另一個角度來看，「龍池」具有象徵的意義。龍池，原在唐明皇故宅，所以龍池代表著皇帝，龍池的風雨象徵著皇帝的冷酷無情。他不是將他的愛分布給眾多的嬪妃們，而是在寵幸了一個兩個以後，就把其他妃嬪們打入冷宮，再也不涉足她們的居處，他就像無情的風雨那樣打擊她們。白居易在〈長恨歌〉中描述了明皇寵愛楊貴妃後的情況：「春宵苦短日高起，從此君王不早朝。承歡侍宴無閒暇，春從春遊夜專夜，後宮佳麗三千人，三千寵愛在一身。」由此可見，後兩句是寫君王的無情。

其五

館娃宮❶外鄴城❷西，遠映征帆❸近拂堤。繫得王孫歸思切，不同芳草綠萋萋❹。

【注　釋】❶館娃宮　吳國宮名。《吳地記》：「胥葬亭東二里有館娃宮，吳人呼西施什娃。夫差置，今靈岩山是也。」又《吳郡志》：「研石山一曰靈岩山，上有吳館娃宮、琴臺、響屧廊。」故址在今江蘇省蘇州市。白居易〈楊柳枝〉：「館娃宮暖日斜時。」❷鄴城　三國時魏都，故址在今河南省臨漳縣西。吳地與鄴城，多生長楊柳。❸征帆　遠航之船。南梁・何遜〈贈諸遊舊詩〉：「無由下征帆，獨與暮潮歸。」❹繫得王孫兩句　意為楊柳雖與芳草不同，但是也令王孫思歸。《楚辭・招隱士》：「王孫游兮不歸，春草生兮萋萋。」又李商隱〈柳〉：「如線如絲正牽恨，王孫歸路一何遙。」

【語　譯】館娃宮殿鄴城西，風中萬千楊柳枝。綠樹遠映白色帆，金絲近拂河畔堤。柳條殷勤繫馬轡，王孫謝絕歸家急。由柳柔姿想到妻，不同芳草綠萋萋。

【賞　析】這闋詞在頌揚楊柳的同時，又讚揚了一位尊重閨婦情感的王孫。楊柳雖然是一普通的植物，但一直是文人墨客的歌頌對象，詞中有〈楊柳枝〉詞調，許多人喜歡按此調填詞，以稱頌楊柳。如唐末牛嶠的〈柳枝〉之一：「解凍風來未上青，解垂羅袖拜卿卿。無端裊娜臨官路，舞送行人過一生。」從客觀景物來看，楊柳是春色的一個重要的組成部分。初春，它最先萌發生機，將自己的縷縷絲條染成嫩黃色，在風中拜迎跪送，讓被嚴冬所苦的人們感受到春的溫情。稍後，它又散布花絮，讓它們在空中漫游飄蕩。如雪如蓬，它們雖不如花那樣美麗，但也增添了春的景觀。它也是驛道的一個重要的組成部分。人們在送別遠去的親友時，往往折柳相贈，這時的柳條就飽含著朋友的情誼，親人的祝福。而當遊子在寂寞的驛道上踽踽獨行時，又是它們，成為旅途的伴侶。它還是河堤的重要組成部分。關於這方面的情形，此詞作了描述。「館娃宮外鄴城西，遠映征帆近拂堤」，首句沒有多少實際意義，作者只是欲以兩處盛長柳的地方來代表柳而已。第二句則是寫大堤之柳。大堤上的楊柳排成前不見頭後不見尾的一長排，絲絲呈碧，整體上則如煙如織。而在大堤的下面，碧水之上，航行著白色的征帆。碧水，白帆，綠龍似的柳樹，多麼美麗的畫面啊！若沒有柳，則又會如何呢？光禿禿的河堤上風塵瀰漫，坐在船上的人感到單調乏味，疲倦不堪。楊柳不僅能增添自然界的景色，還能促成分居的夫妻團圓。「繫得王孫歸思切，不同芳草綠萋萋。」《楚辭・招隱士》說芳草萋萋之時，王孫仍然未歸。我們可以對此詩句作另一解，王孫何以不歸？是因為他看到了萋萋芳草，而此景使他認識到「天涯何處無芳草」，於是滯留在外而不歸。此詞中，楊柳屈膝拜迎，柔姿曼舞的樣子卻使王孫想到了家裡溫柔的妻子，於是歸家心切。雖然楊柳出於對客人的熱情，殷勤的挽留；但是，始終繫不住他的馬韁。由此可見，造成王孫歸心似箭的是楊柳，從解除思婦的痛苦上說，它的功莫大焉。詞人看到了這一點，於是特別指出來。

其六

兩兩黃鸝色似金❶，裊枝啼露動芳音❷。春來幸自長如線，可惜牽纏蕩子❸心。

【注釋】❶兩兩黃鸝色似金　成雙成對的黃鸝顏色金黃。兩兩，猶雙雙。王勃〈臨高臺〉：「鴛鴦池上兩兩飛，鳳凰樓下雙雙度。」杜甫〈絕句四首〉其三：「兩個黃鸝鳴翠柳，一行白鷺上青天。」❷裊枝啼露動芳音　此句緊接上一句而言。謂黃鸝在裊娜的有露水的柳枝上唱著美好的歌。裊枝，柳枝裊娜。芳音，美好的聲音。唐・賀朝〈孤興〉：「黃鵠千里翅，芳音遲所因。」❸蕩子　指長期遊蕩在外，不想歸家的人。《古詩》：「蕩子行不歸，空床難獨守。」梁・簡文帝〈蕩婦秋思賦〉：「蕩子之別十年，倡婦之居自憐。」

【語　譯】早晨柳上露珠輕，雙雙黃鸝色似金。裊裊婷婷風擺柳，枝上黃鸝發芳音。柳枝自覺增春色，春日打扮柳枝新。細細長長如絲線，可惜纏住蕩子心。

【賞　析】唐代詠柳的詞章不計其數，其角度各不相同，如韓翃的〈章臺柳〉以物喻人，表達了他對愛妻柳氏命運的深切關注：「章臺柳，章臺柳，往日依依今在否？縱使長條似舊垂，也應攀折他人手。」敦煌曲子詞〈望江南〉，以伎女的口吻發出不甘凌辱的抗議：「莫攀我，攀我太心偏。我是曲江臨池柳，者人折了那人攀，恩愛一時間。」還有一些詞，或誇讚柳的好客，每日迎來送往；或是說柳常被離人折斷，為之傷感，如施肩吾〈楊柳枝〉：「傷見路邊楊柳春，一枝折盡一重新。今年還折去年處，不送遠去離別人。」實際是抒發了自己因久客京師而屢屢送人的感傷。這闋詞看柳的角度與上述諸詞又有不同，它既讚美了柳的美麗，又批評了柳的輕浮。「兩兩黃鸝色似金，裊枝啼露動芳音。」展示出一幅有聲有色的圖像。這一鏡頭曾被許多詩人捕捉過，變成優美的詩句，如「柳浪聞鶯」，黃鶯即黃鸝鳥。又如「兩個黃鸝鳴翠柳」，等等。我們可以根據生活的體驗來想像這一景色之美：夾堤高柳，翠碧逼眼。微風過後，翻起波浪。清晨的露珠，在晨光中閃閃發亮。在柳浪之上，一對對黃鸝鳥在互相追逐嬉戲，陽光的反照使牠們呈現出美麗的金色。這時，一聲鶯啼劃破了清晨的寧靜，緊接著，無數黃鶯應聲歌唱。這歌聲悅耳動聽，使人覺得五臟六腑像被熨過似的，沒有一處不平貼。「春來幸自長如線」，是以柳的口吻，寫它的自得。初春之時，花未綻放，葉未抽出，就是小草也剛剛蘇醒，只有尖尖兒伸出地面。唯有柳枝，先染上春色，又伸展自己，變得「長如線」，使得自己在春風中舞動長袖，出盡風頭。詞人以愛的眼光看它的「長如線」，對它的自得持肯定的態度。但是，柳也有它的缺點。就是因為「長如線」，而牽纏了蕩子心。這顯然是擬人化的作法，那麼，所擬又是何人呢？毫無疑問，是伎女。古代常以「章臺柳」喻伎女，又說去伎院尋歡作樂的男子為「尋花問柳」。柳是美麗的，然而，它們纏著蕩子，不讓他回鄉，造成許多閨婦的痛苦。

其七

御柳如絲映九重❶，鳳凰窗映繡芙蓉❷。景陽樓❸畔千條路，一面新妝❹待曉風。

【注　釋】❶御柳如絲映九重　意思是宮內的柳枝，狀如絲縷，輝映著宮殿。《南史・張緒傳》：「劉悛之為益州，獻蜀柳數株，枝條甚長，狀若絲縷。」〈梁州曲〉：「漢家宮裡柳如絲，上苑桃花連碧池。」九重，謂天子所居之處的九門。《禮記・月令》鄭玄《注》：「天子九門者：路門也，應門也，雉門也，庫門也，皋門也，城門也，近郊門也，遠郊門也，關門也。」曹植〈當牆欲高行〉：「君門以九重，道遠河無津。」❷鳳凰窗映繡芙蓉　楊柳映著雕有鳳凰的窗子，也映著繡有芙蓉的簾帳之類的物品。唐・崔顥〈盧姬篇〉：「水晶簾箔繡芙蓉。」❸景陽樓　南齊一宮殿名。《南齊書・武穆裴皇后傳》：「上數游幸諸苑囿，載宮人從后車。宮內深隱，不聞端門鼓漏聲，置鐘於景陽樓上」。張祜〈楊柳枝〉：「凝碧池邊斂翠眉，景陽樓下綰青絲。」景陽樓故址在今南京市玄武湖側。❹新妝　梳妝打扮。《玉臺新詠・序》：「朱鳥窗前，新妝已竟。」

【語　譯】如絲楊柳滿皇宮，妖嬈風景映九重。鳳凰窗雕芙蓉帳，怡人風光輝映同。景陽樓畔柳千條，風中舞動伴晨鐘。宮中女子著新妝，觀看柳景晨風中。

【賞　析】比起寂寞的閨婦來，宮妃的痛苦更大。因為閨婦還有相當的活動空間，她可以回娘家小住，以遣愁緒；她還有夫妻團圓的希望，可以用希望來支撐著她的精神世界。可是對於失寵的或從來就未得到過寵愛的宮妃來說，她們不能走出皇宮一步，對未來也不抱有任何的希望。故而她們的內心比起一般閨婦更為痛苦。「御柳如絲映九重，鳳凰窗映繡芙蓉」，這兩句勾勒了宮妃們所居住的環境。皇宮內的風景是極為美麗的，絲絲垂柳環繞著金碧輝煌的宮殿，自然之美與建築之美相映成輝。除了風光好之外，皇宮內的物質生活也是極富有的，富甲天下的帝王之家，誰能比擬？鮮衣美食，玉器玩好，自不必說，就連窗戶上也雕刻著精美的鳳凰圖案，簾幕上也繡著怒放的芙蓉。但是物質生活的富裕代替不了精神生活的空虛。對於有些人來說，甚至恰恰相反，越富有，越空閒，精神上越痛苦。因為沒有了操持生活的忙碌，精神上的需求既多又迫切，若無法滿足，則愁思結結，化解不開。故而，如畫的風景、錦緞的繡簾，都無法使她們快樂。「鳳凰」圖案，是對她們孤單生活的陪襯，不但使她們得不到美感，反而是一種強烈的刺激。鳳凰交頸相親的畫面會讓她們心中泛起一種坐臥不寧的滋味。「景陽樓畔千條路，一面新妝待曉風」，這兩句是寫宮妃們的神態。表面上看，宮妃們端莊嫻靜，對自己的生活持一種淡然的態度。事實不然，這兩句透露出她們激蕩的內心與不滿現實的生命活力。南齊皇家在景陽樓上置鐘，給整個皇宮報時，說明其樓甚高，登樓可眺遠。宮妃們在樓上一面梳妝，一面臨窗眺遠。她們望什麼？這裡面自然有著對外面世界的興趣，但更多地表現了對宮內生活的厭倦。她們可能「望」通往家鄉的路：在那遙遠的地方，有我熟悉的父老鄉親，有伴我長大的兒時友伴。雙親老了，我不能盡孝侍候，他們也一定十分想念我吧！我兒時的友伴蘭蘭、珠珠，一定有三兒五女了，她們一定非常的幸福、快樂。她們也可能「望」通向郊外的路：在廣袤的平原上，青草如氈，楊柳如煙，戴著斗笠的農民正在犁田，那嘹亮的吆牛聲與牧童的短笛交相在田野的上空迴蕩。我要是他們中間一員該多好，丈夫在前面犁田，我在後面播種，不時地相視一笑，……可憐的我，卻被鎖閉在這深宮裡，只能靠聽晨鐘暮鼓，來打發這無聊的時光。此時此刻，該女子的心境如何呢？讀者都能揣想得到。「待曉風」，說明她們睡眠不好，曉風未來，就起床了。同時也暗示著她們對新的生活的渴望。她們希望新的一天使她們的命運得到轉機，用柔和清新的春風驅除身上的晦氣。當然，她們的美好願望不會如願實現的。我們在分析此詞時，始終用複數「她們」來稱呼宮妃們，這是基於這樣的一個客觀事實：古代絕大多數帝王對嬪妃們都有偏愛，而不是將愛施給六宮內每一位嬪妃，加之受寵愛的嬪妃為了不失寵，用盡心機討好帝王，所以，絕大多數的宮妃都是被冷落的，有怨心的不是一個兩個，而是許多個。

其八

織錦機邊鶯語頻，停梭垂淚憶征人❶。塞門❷三月猶蕭索❸，縱有垂楊未覺春。

【注釋】❶征人　遠征之人。《樂府詩集》卷二一，南梁・車轂〈隴頭水〉：「隴頭征人別，隴水流聲咽。」這裡指思婦的丈夫。停梭，停止了織布。李白〈烏夜啼〉：「停梭悵然問故夫，欲說遼西淚如雨。」❷塞門　見溫庭筠〈定西番〉其三

〈細雨曉鶯春晚〉注❹。❸蕭索　蕭條，景物冷落。晉·陸機〈歲暮賦〉：「時凜戾其可悲兮，氣蕭索以傷心。」

【語　譯】鶯歌燕語春已深，思婦織錦弄梭針。想起邊關我郎君，傷心垂淚把梭扔。戈壁帳蓬關山冷，三月仍是低氣溫。草未發芽柳未綠，冰雪未融不知春。

【賞　析】我國疆土遼闊，唐時版圖更為廣大。為了保衛國土，國家每年都要徵集男丁到邊防上戍守。男兒戍邊，甚至血灑沙場是他們應盡的義務，也是他們的責任，但卻造成了許多家庭的不完整，夫妻分離，各居一方。加之古代交通不發達，男子一去，動輒數年，甚至十幾年。於是有了歷代都存在的曠男怨女現象，這一現象反映到文學作品中，就形成了文學上的一大題材特色。早在西周，就有了征夫詩。《詩經·采薇》：「昔我往矣，楊柳依依。今我來思，雨雪霏霏。行道遲遲，載渴載飢。我心傷悲，莫知我哀。」寫戍邊的士兵久歷艱苦，還鄉的路上又飽受飢寒。漢代樂府無名氏的〈古詩〉也是征夫詩，詩云：「十五從君征，八十始得歸。道逢鄉里人，『家中有阿誰？』『遙望是君家，松柏冢累累。』……」丈夫從軍在外數年，妻子獨守空閨，又怎能不怨？所以，怨婦題材的作品在文學史上也有相當大的數量。寫得較為出色的當數李白的〈長相思〉：

長相思，在長安。絡緯秋啼金井闌。微霜淒淒簟色寒。孤燈不明思欲絕，卷帷望月空長嘆。美人如花隔雲端，上有青冥之高天，下有淥水之波瀾。天長路遠魂飛苦，夢魂不到關山難。長相思，摧心肝。

這闋詞就是寫征夫之妻對丈夫的思念。她的丈夫離家之後，家庭的重擔自然地落到了她柔弱的肩膀上，她必須養蠶織布以換取生活的費用；她要侍候公婆，以盡子媳之責，她還要教育兒女，承擔起做母親的責任。如此沈重的生活擔子，對於她而言，是多麼的艱難啊！她在這樣的日子裡，自然希望丈夫早日回來，共同挑起生活的擔子。但是，這不是她思念丈夫的主要原因，如果僅從這方面去看，則輕視了我國古代婦女的美德。在古代，綱常的觀念使得婦女把丈夫看作天，看作命運的主宰。孟姜女萬里送寒衣典型地表現了古代婦女對丈夫絕對忠誠的姿態。因此詞中的這位婦女除了對丈夫的思念外，更多地是對他的關心。詞的四句可分為兩個層次，前兩句是「果」，後兩句是「因」。也就是前兩句講她垂淚憶征人，那麼為何憶呢？後兩句作了原因的揭示。此時是陽春三月，草綠柳長，春光蕩漾，這位婦女可能將織機搬到了暖洋洋的室外。可是當她穿梭織錦時，樹上的黃鶯兒揚起圓潤的歌喉，不停地歌唱，這悅耳的鳥鳴聲本應該給她帶來快樂，可是她偏偏沒有，整日思慮丈夫冷暖安危的她由濃豔的春光，想到了丈夫的處境，並陷入了深深的痛苦之中，停機罷織，淚流不止。她想到了什麼呢？她想到了北方邊塞，至今仍然是寒風刺骨、冰雪覆蓋，她的郎君就在那荒無人煙的戈壁沙漠上巡邏、站崗、住宿。他享受不到家鄉現在溫和的春風，看不到房前屋後柔軟的柳絲，想到此，她的肝腸欲碎，她甚至覺得自己未能作個好妻子，不能分擔丈夫的苦難，於是傷心之中夾雜著深深的愧疚。現代人總覺得古代的夫妻大多沒有愛情，為何閨婦又深深地思念著征夫？無法理解。上述的分析可能給予一點啟發。

南歌子 七首

其一

手裏金鸚鵡，胸前繡鳳凰。偷眼暗形相❶。不如從嫁與❷，作鴛鴦❸。

【詞牌】南歌子　此調又名「南柯子」，屬「夷則宮」，俗呼「仙呂宮」。始見於《教坊記》，有二十三字、二十六字、五十二字諸體。其五十二字者，即雙調，又名《望秦川》、《風蝶令》。

【注釋】❶偷眼暗形相　暗中打量。元稹〈舞腰〉：「一時偷眼為迴腰。」又曹唐〈小游仙〉：「心知不敢一形相。」❷從嫁與　嫁給他。《全唐詩》卷二六五，顧況〈梁廣畫花歌〉：「心相許，為白阿娘從嫁予。」❸作鴛鴦　喻結為夫婦。梁・王訓〈奉和率爾有詠〉：「君恩若可恃，願作雙鴛鴦。」

【語　譯】前面一位風流郎，金色鸚鵡手上揚。穿羅著錦繡花衣，胸前一雙，交頸相親兩鳳凰。妾魂動飛心蕩漾，情不自禁偷眼望。若能嫁予作鴛鴦，夫妻恩愛，吉星高照我小娘。

【賞　析】在古代社會，禮教的規範成了束縛女子的一道道枷鎖，尤其在婚姻上，沒有選擇配偶的自由。完全聽從父母之命，媒妁之言。不論古今，許多女子都把婚姻當作自己命運的賭注。嫁一個忠誠老實的丈夫，她就可能一輩子過著幸福快樂的生活，如果嫁一個粗鹵、疏懶、笨拙的男人，她一輩子可能要在痛苦之中生活。如此重要的人生轉折點，禮教竟不讓她們參與討論，而是要她們「嫁雞隨雞，嫁狗隨狗，嫁根扁擔被挑著走」，她們該有多麼的痛苦啊！因此她們一有機會，就會私訂終身，去追求自己理想的婚姻。這首詞所寫的就是一個少女乍一見到如意郎君的心理活動。「手裡金鸚鵡，胸前繡鳳凰」，這是一個手攜鸚鵡鳥，身穿華麗服裝的貴公子，他的玩物與穿著，顯示出他家庭的富有；胸前繡著一對鳳凰鳥，則表明了他的行止風流。這樣的男子當然是很有吸引力的，所以，很快就引起了少女的注意。「偷眼暗形相」，反映出禮教對女子的束縛。按照禮教規定，女子必須行不動裙，笑不露齒，目不斜視，非禮勿說，非禮勿動，非禮勿視。而朝一個陌生的青年男子看，當然是非禮的行為了。女子怕遭人非議，於是暗暗的看，或是裝作沒看對方的樣子而無意看到，或是短暫一瞥便趕緊低首斂眉。因她實是有意地去看對方的，所以，目光在對方身上雖然是一掃而過，但卻是飽看，把對方看得清清楚楚。這一看，立即在心中湧起愛的感情，他富貴風流，長相俊雅，我要嫁給他作妻子該多好啊，那一定是夫妻恩愛，情同鴛鴦，而且還有許多精神上的享受，如他彈琵琶我唱歌，我作詩文他應和，那時的生活該是多麼的幸福美好！想到此，心中的「不如從嫁與，作鴛鴦」幾乎就要脫口而出了。這一心理活動在今日之社會裏，極為平常，可在那禮教嚴密的社會裏，這無疑是一大膽的意識活動，它表現了少女對愛情的期盼。我們可以在此點上再向前設想，如果那位風流男子向她表示或暗示一點他對她的好感，如果由於某種原因，提供一個他們相識的機會，他們很快就會成為一對戀人。我們由此詞可以再討論另一個問題：女子應該愛什麼樣的男子？詞中的貴公子手拿鸚鵡，衣繡鳳凰，可能是一個不事生產、遊手好閒的花花公子，他們大多沒有獨立生活的能力，沒有家庭的責任感，也不尊重女性，如果真的嫁給這種人，無疑是跳進了苦難的深淵，但是，許多少女卻迷上了他們，可能是因為他們風流的外表能引起少女們許多美好的幻想。特別提出這一點，目的是不讓此詞給少女讀者們起誤導的作用。

其二

似帶如絲柳❶，團酥❷握雪花。簾捲玉鉤斜。九衢❸塵欲暮，逐香車❹。

【注釋】❶似帶如絲柳　喻美人之腰如帶子、柳枝那樣細。杜甫〈絕句漫興九首〉：「隔戶楊柳弱嫋嫋，恰似十五女兒腰。」❷團酥　猶凝脂，這裏指粉面。辛棄疾〈白牡丹〉詞云：「最愛弄玉團酥，就中一朵，曾入揚州詠。」《雨邨詞話》卷一：「溫庭筠〈南歌子〉：『團酥握雪花』，言花之白如團蘇也，與酥同義。」❸九衢　指四通八達之道。《楚辭・天問》：「靡蓱九衢，枲華安居？」❹香車　美人所乘之車。一說為所思男子之車。秦韜玉〈天街〉：「香車爭碾古今塵。」

【語譯】香車裏面一嬌娃，腰細如柳面如花。滿身風流讓人愛，漂亮絕頂，猶如一幅美人畫。錦繡簾幕玉鉤掛，溫和端莊目不斜。眾車往來揚塵土，暮色雖起，我追香車不還家。

【賞析】愛情是古今中外不衰的文學主題，也是許多人追求的精神對象。然而，愛情是什麼？始終是一個令人困惑的問題，有人說有了共同的思想旨趣，就能產生愛情；也有人說，愛情要有物質的基礎；更有人說，能使人心搖蕩，並使對方娛悅的東西，就是愛情，然而它說不清，道不明，只可意會，不可言傳。這些陳述都不全面，而且很重要的一點沒有說，就是容貌與風度，就大多數人而言，「色」是燃起愛情之火的導火線，是維持愛情的膠合劑。有共同的思想旨趣，而沒有容貌與風度，可能會成為朋友而不一定成為戀人；有優裕的物質條件，可能會得到稱心如意的男子或女子，但一旦錢少了，對方的愛情之火也就隨之熄滅了。這種愛不是真正的愛情，僅是一種商業式的愛。總之，容貌與風度是產生愛情的重要條件。我們稱讚《西廂記》中的張生與鶯鶯的愛情，其實，他們相愛就是因為男子俊俏，女子漂亮。這首詞所描寫的就是一對青年男女邂逅相遇時所產生的愛情。「似帶如絲柳，團酥握雪花，簾捲玉鉤斜。」由詞的內容，我們可以作具體的想像：一位青年男子在路上遇見了一位乘車的女子，因女子掀起車簾，使男子看到了她的容貌：她的腰束了起來，如帶似柳，細細的，柔弱的。她的肌膚如凝脂一般，光滑玉潤；她的臉龐，如雪一樣晶瑩。他的心裏立即激起了波瀾，多麼漂亮的姑娘啊！你正是我所追求的。他這時一定是目不轉睛地望著車中的女子，這是男子的態度。那麼，女子呢？俗話說「一個巴掌拍不響」，愛情是男女雙方的事情，只是一方主動而另一方無動於衷，或者是另一方對他的主動表示厭惡，就不會產生火熱的愛情。這位女子的態度是鮮明的，她對他也是一見鍾情。她可能從窗子的縫隙中看到了男子，為他的俊雅風流所吸引，看著看著，她竟情不自禁地掀起了簾子。如果不鍾情於男子，何以會捲起簾子而拋頭露面？要知道，在那禮教森嚴的社會裏，三尺男童都不准進入閨房的呀！她捲起簾子，一方面要細看郎君，另一方面也是為了讓郎君注意到自己。她這時一定是「巧笑倩兮，美目盼兮」。男子完全被她的美貌與多情征服了，他的心裏燃起了愛情的火焰，產生了一股強大的力量，他決定排除萬難，去追求這一美好的愛情，於是，跟著香車，一步一隨，暮色雖已降臨，路上塵土飛揚，也不改變主意，他要弄清楚姑娘的居處。此詞所寫的內容是有生活的影子的，相傳唐代詩人韓翃同府尹之女柳眉兒相遇於途。韓騎馬上，柳坐車中，四目相對，竟一見鍾情。柳眉兒暗贈韓開元通寶金錢，韓尾隨到她家，府尹發現金錢，欲加吊打，後由李白奉旨作媒而締結婚姻。此傳說後編為元雜劇劇本《李太白匹配金錢記》。

其三

鬌墮❶低梳髻，連娟❷細掃眉。終日兩相思。為君憔悴盡，百花時。

【注釋】❶鬌墮　一種髮型。《舊唐書・五行志》：「唐末京都婦人梳髮，以兩鬢抱面。」鬌墮，又稱倭墮、髮髻。漢樂府〈陌上桑〉：「頭上倭墮髻，耳中明月珠。」❷連娟　眉毛纖弱細長的樣子。《漢書・外戚傳》：「美連娟以脩嫮兮。」注：「連娟，纖弱貌。」傅毅〈舞賦〉：「眉連娟以增繞兮。」唐・章碣〈東都望幸〉：「眉月連娟恨不開。」

【語譯】終日打扮為見期，為梳垂髻理青絲。精心描成細長眉，郎君心裏，和我一樣在相思。為君消得人憔悴，懨懨怏怏病難醫，除非能和郎成親。花開花落，青春易逝知不知？

【賞析】這是一闋寫女子相思的詞，從詞的內容上來看，詞中的主人是一個未婚的少女，她正在熱戀著一個男子，但中間有了阻隔，她們的愛情發展得很不順利。「髻墮低梳髻，連娟細掃眉」，是說女子梳洗打扮的過程：她先將頭髮梳成兩髻相對、並略有點低垂的髻墮式髮型，又精心地將眉毛描得又細又長。這種極為重視容貌的行為，可以說是每一個人在戀愛時都曾有過的，問題是這一對戀人的戀愛環境不是自由的，他們只能偷偷摸摸地幽會。少女根本不知道下次約會是在什麼時候，而為了讓郎君更喜歡她，她就天天花時間精心地打扮自己，弄成流行的髮型與眉型，可是，一天又是一天，殘妝去了又換新妝，但她不厭煩，不馬虎，仍是把自己打扮得光豔照人。由此可以看出，她對郎君是多麼的愛啊！「終日兩相思」之「兩」字似乎很難解，明明是她一人，怎麼是「兩相思」呢？我們先看杜甫的〈月夜〉：「今夜鄜州月，閨中只獨看。遙憐小兒女，未解憶長安。……」杜甫寫此詩時，陷在被安祿山叛亂控制下的長安，他對月懷念在鄜州的妻兒，而詩中所寫的卻是妻子對月懷念他，和孩子們由於年齡太小，還不知道懷念爸爸的情形。此詞在構思上與杜詩有點相似，寫自己想念對方，但也想像著對方也思念著自己。能有此猜想，是彼此都十分地愛著對方，否則，不會作此猜想。「終日」，說明她整個精神世界無時無刻不想著她心愛的人兒。多麼刻骨銘心的愛啊！這種愛是純粹意義上的愛情，它已經超出了一般男女之間的情愛與性愛，是宗教性質的愛，是柏拉圖的精神之愛。此詞中的女子就是這樣，她相思過度，食不知味，寢不能眠，人變得憔悴不堪。但她會不會後悔呢？會不會對他的不來產生憎惡之情呢？不會，絕對不會！這樣的人，雖然痛苦，但愛情的憧憬，使她並不覺得苦。她沉醉在對愛情的嚮往之中時，也有隱隱的擔憂。這由盛開的百花引起的，我現在年輕美貌，猶如眼前的鮮花。但這容貌也和花一樣是不能長久保持的，日月如梭，時間很快會讓我變老變醜，到那時，他還能像現在這樣愛我嗎？相思伴著擔憂，相思中有著對婚姻的渴望。這一切折磨著她脆弱的心靈。這種狀態還要持續多久呢？女子心中無數，她對婚姻的前景實在渺茫得很。由「終日兩相思」，卻又不得相見來看，他們的戀愛一定有家長的阻攔，「父母之命」是不希望他們成為鴛鴦。所以，她的相思可能是永遠的，愛情對她來說，僅是一個彩色的夢。

其四

臉上金霞❶細，眉間翠鈿深❷。欹枕覆鴛衾❸。隔簾鶯百囀，感君心❹。

【注釋】❶金霞　臉上化妝的色彩。古代女子勻面，惟施朱傅粉而已，六朝時兼尚黃，所謂作額黃是也。❷翠鈿深　眉間翠鈿的顏色深。翠鈿，綠玉製的婦女頭飾。杜牧〈代吳興妓春初寄薛軍事詩〉：「霧冷侵紅粉，春陰撲翠鈿。」❸鴛衾　這裏泛指錦被。《輟耕錄》卷七〈鴛衾〉：「孟蜀主一錦被，其潤猶今之三幅帛，而一梭織成，被頭作二穴，若雲板樣，蓋以扣於項下，如盤領狀，兩側餘錦，則擁覆於肩，此之謂鴛衾也。」司空圖〈白菊雜書〉：「卻笑誰家扃繡戶，正薰籠麝暖鴛衾。」❹感君心　與君心相通，與君的內心活動相感應。唐·李昂〈馴鴿篇〉：「感君心，靈變昭昭相應深。」

【語譯】精心打扮容貌新，敷粉塗朱眉黛青。柳眉中間垂翠鈿，宛若仙女，光艷照人動人心。精神不振倚枕眠，身上蓋著錦鴛衾。窗外春鶯聲聲鳴，君的深情，妾的心裏有感應。

【賞析】這闋詞與上闋詞一樣，寫的也是戀愛中的少女之相思之情。臉上敷粉塗朱，眉間壓著翠鈿，這沒有什麼特別的地方，關鍵是一「細」字與一「深」字，需要我們細細地體味。第一句的「細」可理解為女子在調顏色與勻面時的認真和動作的細膩，而這一「細」字，又透露出女子對所愛之人的深情。為了取悅對方，她認真地小心翼翼地給自己上妝，唯恐粉白了，額黃淡了，嘴唇過於鮮豔了，她要求最好的效果。果然，妝化得極為成功，臉如金霞，神采奕奕。第二句之「深」字，可看出少女用心之良苦，翠鈿為綠玉所製，但綠玉有淡綠、草綠、深綠等顏色之分，選擇什麼樣的顏色大有講究，主要與膚色、服色要相配襯。該女子一定是個美人，而美人的肌膚大都雪白玉潤，這種膚色當然配深綠為佳，這樣更能襯托出膚色之白。少女為了能給對方一個很深刻、很美好的印象，她選擇了深綠色的翠鈿。無論是「細」，還是「深」，都表現出她對郎君的一片深情。然而，她的容貌沒有讓郎君欣賞到，不是郎君不願欣賞，而是沒有機會，由最後一句來看，郎君也是深愛她的。唯一的原因是由於客觀上某種因素的制約，使他們不能自由地來往。在這種情況下，女子的心情自然是萎頓的，沒情沒緒的，她倚枕而臥，打發無聊的時光。然而她心不灰，意未冷，她在無奈之時仍尋覓著辦法，在不順心的境遇裡想像著美好的未來，蓋著鴛錦的行為就反映出她的這種不甘現狀的心態。末兩句與「欹枕覆鴛衾」有著密切的聯繫，正因為她對未來充滿著希望，所以能感受到春天的美麗，而不是傷春。當簾外的春鶯齊聲歌唱的時候，她剛才萎頓的情緒一掃而光，心中漲滿了快樂，她似乎感應到了郎君呼喚她的心聲，並真誠地感謝他的愛。這種心情無疑會沖淡相思所帶來的痛苦，並會讓她在明日更細心地打扮。

其五

撲蕊添黃子❶，呵花❷滿翠鬟。鴛枕❸映屏山。月明三五夜❹，對芳顏。

【注　釋】❶撲蕊添黃子　謂撲抖花蕊以取黃粉，用來點額，所謂額黃是也。❷呵花　鮮花帶露，欲插花於髮上，先吹去花上之露珠。韓偓〈密意〉：「呵花貼鬢粘寒髮。」❸鴛枕　繡有鴛鴦的枕頭。唐・新林驛女〈擊盤歌送歐陽訓酒〉：「今來不得同鴛枕，相伴神魂入杳冥。」❹月明三五夜　十五的夜晚，月亮圓而皎潔。《西廂記》：「明月三五夜，迎風戶半開。隔牆花影動，疑是玉人來。」

【語　譯】撲取花粉把家還，黃粉點額墜玉環。採來鮮花吹去露，花映人面，一朵一朵插滿鬢。鴛鴦枕頭人孤單，雙枕單人映屏山。十五夜晚月如盤，月似無情，晶瑩剔透照芳顏。

【賞　析】詞中的女子是位已婚的少婦，儘管她相思的做法與前兩闋詞中的少女一樣，但她沒有前兩位少女的較為寬慰的心境。這位少婦也是著意地打扮自己，但她不是精心地做髮型、畫眉毛、插首飾，而是點額黃與在頭髮上插花。她所用的化妝物都是極新鮮的，點額黃的顏料是她剛從花蕊上撲取的，插頭的鮮花還帶著晶亮的露珠。這所作所為都是為了使自己更美，而根本的目的則是希望心愛的人更喜歡自己。女人的心本來就很細膩，在「為悅己者容」上想得就更周到了，她唯恐有什麼不到之處，使對方反感。所以，她在打扮上相當的用心，幾乎是盡善盡美。這樣的心態與這樣的行為都由一個前提所決定，即，她對郎君有一種近乎崇拜的痴愛。她打扮得如此美麗，是為了讓歸家的郎君看，可是郎君歸家的準確日期她並不知道。當她從早晨等到天黑，郎君仍未歸來時，其心情是可想而知的了，一定是極為傷心。她枯坐了很長很長的時間，或者是一邊流淚，一邊猜想著郎君為何不回來的原因，或者是默默地呆坐著，想著自己渺茫的未來。夜深人靜之時，她倚枕而臥，然而，剛剛漫起的睡意卻被觸目所見的兩個景象逐得無影無蹤。一是枕上的鴛鴦，牠們雖然是繡花圖案，但鮮活生動，交頸相依。她想，我們夫妻若是像鴛鴦一樣，該是多麼好啊！可是我們各居一方，孤零零地生活。少婦想到此，愈發渴望丈夫歸來。二是屏山，即是屏上的山。其山或表現其林深徑幽，或表現出雲遮霧障，少婦由此山景，想到丈夫浪跡在外，一定也經常跋山涉水，穿過濃密的森林，翻越聳入雲天的高山，而那裡有猛獸、毒蛇、肆虐的蚊子……，少婦此時不禁深深的為丈夫擔憂起來，哪裏還有安靜的心情去睡覺呢？這一天恰好是十五的晚上，月色皎潔，月光如水，天上青藍藍的。少婦透過窗子，看到了玉盤似的月亮，月圓又使她想起了郎君未回來團圓。她發現月亮走得很慢很慢，幾乎懸吊在窗子的上空。她想，無情的月亮一定在嘲笑我這悲苦的命運，用它的圓來對照我閨房的殘缺。這一夜，她將會輾轉反側到天明；這以後，她也不會有好的心情，因為她不像上兩首詞中的少女，堅信郎君對自己是一往情深。

其六

轉眄如波眼❶，娉婷❷似柳腰。花裏暗相招。憶君腸欲斷，恨春宵❸。

【注釋】❶轉眄如波眼　眼睛轉動斜視，秋波送人。《詩經・衛風・碩人》：「巧笑倩兮，美目盼兮。」溫庭筠〈錦鞵賦〉：「顧轉盼而遺情。」波眼，眼光似波。唐・韓偓〈偶見背面是夕兼夢〉：「眼波向我無端豔。」❷娉婷　姿態美好。《玉臺新詠》卷一，漢・辛延年〈羽林郎〉：「不意金吾子，娉婷過我廬。」《樂府詩集》卷四四〈春歌〉之一五：「娉婷揚袖舞，阿那曲身輕。」❸春宵　春天的夜晚。

【語譯】巧笑倩兮齒牙白，美目盼兮秋波俏。腰柔如同風擺柳，娉娉婷婷，百裏挑一小嬌嬌。昔時冤家遇見妾，花叢裏面暗相招。冤家不知何處去，想他腸斷，如何熬過這春宵？

【賞析】此詞所寫的又是少女的相思之情。古代社會，由於禮法森嚴，少男少女的社交幾乎是沒有的，因而，他們稍有一點機會，就緊緊抓住不放，演出一幕幕悲歡離合的「一見鍾情」劇。白居易〈井底引銀瓶〉：「妾弄青梅憑短牆，君騎白馬傍垂楊」，所寫的就是一對青年男女一見鍾情的故事，一在牆頭，一在馬上，「牆頭馬上遙相顧」，目光相撞，即發生了愛情。他們雖然結合了，但是結局是個悲劇。女子最後深有感慨地說：「為君一日恩，誤妾百年身。寄言痴小人家女，慎勿將身輕許人。」明・馮夢龍《醒世恆言》卷上〈吳衙內鄰州赴約〉寫一對青年男女在兩船停泊一處時，兩人一見鍾情，並私下結合，虧得家長大度，才有了大團圓的結局。而現實生活中，這樣的喜劇結局是極少的，大都是邂逅相遇之時，生出愛情的火花，然而，因不是「父母之命，媒妁之言」，他們不能結合，事過之後，勞燕分飛，給一方或雙方，尤其是女子留下了白頭之嘆。歐陽修的〈生查子・元夕〉就屬於這方面的寫實作品：

去年元夜時，花市燈如畫。月上柳梢頭，人約黃昏後。　今年元夜時，月與燈依舊。不見去年人，淚滿春衫袖。

該詞以一個女子的口吻，追憶了去年元夜時的歡樂，抒發了今年人不見的憂傷。溫庭筠的這首詞就是對一見鍾情式的男女之愛的客觀寫照。前三句是對昔時情景的描繪：女子是一十分吸引人的美人，娉娉婷婷，風姿綽約。走起路來，腰如風擺楊柳。一雙眼睛，水波盈盈，顧盼生輝，攝人心魄。男子見了這樣的美人，大都會魂飛魄散，愛意頓生。有一天，她遇見了一位男子。「花裏暗相招」，是男子的行為。由他這一大膽的舉動來看，男子決不是村俗之輩，而是個風流俊雅之人，他愛上了這位女子，而這位女子也愛上了他。如果女子對他僅是匆匆一瞥，即低眉垂目，不再看他，他即使再如何如何愛她，也不會貿然魯莽地以手相招。他能夠以手相招，一定是女子目光不時地落在他身上，含情脈脈。並徘徊不肯離去，使他理解到女子也鍾情於他，於是，他主動向她表達了愛意。招之後的情況，作品沒有寫，但無非是男子表白愛慕之情，女子含羞不語；或者是相見恨晚，珍惜時光，行雲雨之情。「憶君腸欲斷，恨春宵」，鏡頭從昔日轉到了今日，其情其景，今非昔比。自從那次見面之後，再也沒有見過那男子。她整日回憶那日甜蜜的情景，思念那個給她帶來過雖然短暫，但難以忘懷的情意的男人。那男子或許是個採花的色狼，他把那次與女子的談情說愛，只是看作他生活中一次小小的豔遇，可能早已忘卻了。或許他也如女子一樣，是個忠於愛情的人，他也念念不忘那次的會見，可是禮教的束縛，使他沒有機會再和心愛的人見面，總之，他們的愛情沒有進一步的發展。然而，女子並沒有怨恨對方，她甚至從沒有懷疑過對方的感情。日愈長，她對他的感情愈深，對他的思念愈為強烈。然而，在這靜謐的但生機勃發的春夜，她渴望他來陪伴她、擁抱她、親撫她，然而，這一切是不可能實現的。漫漫的長夜，她翻來覆去，無法入眠。人們都說，春宵一刻值千金，可是對於孤單的人來說，春宵是多麼的難熬啊！春宵啊，你何必對孤單的人如此刻薄呢？她想到此，竟恨起了只是一個時間概念的春宵。該詞在音節上頗有特色。前三句音節較長，聲調輕柔，用來描寫男歡女愛的甜美。後兩句音節短促，聲音重濁，以此來表現女子憶人的痛苦與環境的壓抑。

其 七

懶拂鴛鴦枕❶，休縫翡翠裙❷。羅帳罷爐燻。近來心更切，為思君。

【注　釋】❶鴛鴦枕　繡有鴛鴦圖案的枕頭。唐・尹鶚〈秋夜月〉：「翠帷同歇，醉并鴛鴦雙枕。」❷翡翠裙　繡有翡翠鳥的裙子。翡翠，鳥名，也叫翠雀。羽有藍、綠、赤、棕等色，可為飾品，雄赤曰翡，雌青曰翠。

【語　譯】郎君不回冷清清，鴛鴦枕上灰塵新。衣服破了不想補，倦怠懶散，拋下裂縫翡翠裙。羅帳有股霉氣味，鴨爐香冷不去燻。近來相思情更切，淚濕衣衫，憔悴不堪都為君。

【賞　析】這是一闋寫閨婦相思的詞。在我們上面所解析的許多閨思詞中，不少閨婦在等待郎君歸來的日子裏，都精心地打扮自己。這是因為她們估計郎君近期要歸來，所以才那樣做。但是，如果郎君既無約定在先，現在又杳無音信，女子在一般情況下就不會打扮了。「女為悅己者容」，郎君既然不回來，又打扮給誰看呢？而且，她們在情緒低沉的情況下，所做的會比平常更差，是一副邋遢的樣子。《西廂記》第四本第三折寫鶯鶯送別了張生後，道出了心上人不在的日子裏的精神狀況：「有什麼心情花兒、靨兒，打扮得嬌嬌滴滴的媚；準備著被兒、枕兒，只索昏昏沉沉的睡；從今後衫兒、袖兒，都搵做重重疊疊的淚。兀的不悶殺人也麼哥？兀的不悶殺人也麼哥。」這首詞的內容與鶯鶯的訴說頗為相似。前三句寫女子懨懨的精神狀態。湯顯祖《花間集評》：「懶、休、罷三字，皆思君之故。」女子非懶惰之人，她過去一定是勤拂鴛鴦枕，常縫翡翠裙，羅帳用爐燻的，所以現在懶、休、罷，是因為郎君未歸，使她對生活不再像過去那樣的熱愛。她思念郎君而郎君杳無音信，她的精神受著折磨，她的生命變得沒有多少價值，故而她對於生活不再講求，任憑灰塵一天天布在鴛鴦枕上，也不去整理已經破了的翡翠裙，更不點香去燻有了霉味的羅帳。要知道，像她這樣閨房陳設華貴的女子，是極講究清潔與衣飾的呀，到了這種凌亂的程度，她的精神該是多麼的消沉啊！而這消沉又全是相思造成的，這又可見她對郎君的感情之深了。「近來心更切，為思君。」女子的思情本已到了銘心刻骨的程度，而近來心更切，又會如何呢？「懶拂」、「休縫」、「罷爐」，依然如故，是不用說了，其精神之倦怠、情緒之壓抑，作品雖然沒有說，但我們可以想像得到，大概是廢寢、忘食、整日以淚洗面。這一種精神痛苦，只要體驗過的人，就會深深地為這位閨婦擔憂。

河瀆神 三首

其一

河上望叢祠❶，廟前春雨來時。楚山❷無限鳥飛遲，蘭棹❸空傷別離。

何處杜鵑啼不歇，豔紅開盡如血❹。蟬鬢美人愁絕，百花芳草佳節❺。

【詞　牌】河瀆神　此調屬「夷則商」，俗呼「仙呂宮」。始見《教坊記》。共四十九字。

【注　釋】❶叢祠　鄉野林間的神祠。《史記・陳涉世家》：「又間令吳廣之次所旁叢祠中，夜篝火，狐鳴，呼曰：『大楚興，陳勝王。』」《索隱》：「高誘注《戰國策》云：『叢祠，神祠叢樹也。』」吳融〈叢祠〉：「叢祠一炬照秦川。」❷楚山　古楚地之山。祖詠〈江南旅懷〉：「楚山不可極，歸路但蕭條。」❸蘭棹　用木蘭製成的棹。屈原《九歌・湘君》：「桂棹兮蘭枻，斲冰兮積雪。」後多用作小船的美稱。張正見〈後湖泛舟〉：「泛荷分蘭棹，沈槎觸桂舟。」❹何處杜鵑啼不歇　豔紅開盡如血　用「杜鵑啼血」的典故。杜鵑又名「子規」等，相傳古代有人姓杜名宇，在蜀都做皇帝，號望帝。死後，他的魂變為子規鳥，整日啼叫「歸，歸，……」竟至流血。白居易〈琵琶行〉：「其間旦暮聞何物？杜鵑啼血猿哀鳴。」又杜鵑為花名，俗稱映山紅，春季開紅花，故云「豔紅開盡如血。」李白〈宣城見杜鵑花〉：「蜀國曾聞子規鳥，宣城還見杜鵑花。」❺佳節　美好的節日，如春節、端午節、中秋節等。

【語　譯】分別時凝咽無語，船上望，岸上有叢樹神祠。廟前天空烏朦朦，瀟瀟春雨欲來時。楚地群山多連綿，鳥兒戀巢，飛出覓食遲。孤舟寂寞浪上漂，辜負多情人，心中惆悵傷別離。　杜鵑聲聲啼不絕，音淒厲，聲聲「歸，歸」催得急。滿山怒放映山紅，鮮豔欲滴紅如血。春日剩下不多時，鬢如蟬翼，美人相思情壓抑。芳草茵茵綠大地，百花競開放，偏偏又逢美佳節。

【賞　析】本詞上下兩片，視角不同。前片從男子的角度去看，而後片則從女子的角度看。內容則是寫相愛男女的離情與思情。「河上望叢祠，廟前春雨來時」，交代了分別的地點與時間，與當時的氣候環境。「河上」，告訴我們遊子是乘船走的，這不由得使我們想起了柳永〈雨霖鈴〉中所描述的分別情景：「寒蟬淒切，對長亭晚，驟雨初歇。都門帳飲無緒，方留戀處，蘭舟催發。執手相看淚眼，竟無語凝咽。……」他們的分別一定也如柳永所寫的這樣，難捨難分，直到船家多次催發，才分手告別。不過溫詞中的男子還要多情，他立於船頭，久久地望著來送別的心上人。「叢祠」，神祠叢林，寂寞荒涼，女子佇立於祠旁，目不轉睛地看著他的船遠去，此時的男子即使是鐵石心腸，也會淚落千行啊！「廟前春雨來時」，廟，即是上一句的神祠。「春雨來時」，是一種什麼樣的景色呢？亂雲飛渡，陰風呼號，給人一種沈重的壓抑感，即使沒有什麼傷心之事的人，在這樣的氣氛下，心裏也會生出幾分淒涼，更何況對於別離之人呢？因這一句是站在男子的視覺來看景色的，我們還可以理解成這是男子對女子的關心：冷雨飄零，她還站在水邊目送著我。多情的姑娘啊，你快回去吧，雨水會打濕你的衣服，讓你生病的。這樣的分析也並不是沒有根據，既下春雨，河中、田野、岸上，無不在雨的淋注之下，為何獨寫「廟前」，豈不是心上人在「廟前」的緣故。「楚山無限鳥飛遲」，仍是首句中「望」的所得。當小船在漲滿了春水的河中像箭一般行駛時，叢祠前的人兒漸漸地模糊了，最後融入茫茫的雨色中，這時，男子仍在望，但進入他視野的卻是綿延不斷的楚山與近處繞著樹林飛行的鳥兒。當然，他所見到的一定不止這兩件物象，如農舍、田野、春種的農民等等，但為何僅有兩個物象引起了他的注意了呢？因為綿延高大的楚山在他的意識裏產生了下意識的共鳴，楚山之綿長，等同於他和女子天久地長的愛情，楚山之高大，象徵著他們感情之深厚。而鳥兒，讓他心生愧疚，這些鳥兒還懂得戀巢，遲遲地不飛去覓食，不願離開山林去闖蕩外面的世界，而我竟不如鳥兒，拋下溫柔而多情的美人去浪跡四方。於是深深地自責自己的行為。「蘭棹空傷別離」，就是他此時的內心活動的直接陳述。男子離開了之後，女子又如何呢？下片用淒婉的筆調描述了她的「愁絕」狀態。杜鵑啼「歸」，無疑應合了她的心聲，與其說杜鵑「啼不歇」，不如說她啼不歇，只不過她的啼聲是在心裏，「歸來吧，郎君！歸來吧，郎君！」她一定整日在心裏呼喚著。「豔紅開盡如血」，也不是僅僅為了寫景，更多地，是以物寫人。映山紅紅得如鮮血一般，實是曲折地寫出女子悲傷的程度，她淚盡泣血，或是心裏痛苦得流血。杜鵑「歸，歸」的叫聲，有時給女子產生了這樣的希望：是不是郎君已經起程歸來，有靈性的杜鵑鳥互相傳遞著來報信。於是，她趕緊打扮，梳起美麗的蟬翼鬢，讓自己從上到下，煥然一新。可是，一天又一天，始終不見郎君的歸影，於是希望變成失望，給她脆弱的心重重的一擊。這就是詞人所寫的「美人愁絕」。如果就這樣的下去，美人或許還能夠勉強地承受住這份痛苦，可是，屋漏偏遭連夜雨，在這百花盛開，芳草茵茵的時光，又遇上佳節。人們都有每逢佳節倍思親的體驗，更何況孤獨的閨婦呢？佳節裏的痛苦情形，詞人給我們留下了想像的空間。每人的想像的情景各有不同，但有一點是共同的，女子不會像過去那樣，內心裏呼喚郎君，而外表上仍保持著端莊平靜的樣子，她一定無法克制住相思的痛苦而形諸於外表。

其　二

孤廟對寒潮❶，西陵❷風雨瀟瀟。謝娘惆悵倚蘭橈❸，淚流玉筯❹千條。

暮天愁聽思歸樂❺，早梅香滿山郭❻。迴首兩情蕭索❼，離魂❽何處飄泊？

【注　釋】❶孤廟對寒潮　孤立的廟宇對著寒冷的潮水。王惲〈禹廟〉：「野煙孤廟枕荒城。」吳融〈西陵夜居〉：「寒潮落遠汀。」❷西陵　不知何指，若指長江三峽之一，與「寒潮」能相通。《水經注・江水》：「江水又東，逕西陵峽，山水紆曲，絕壁或千許丈，林木高茂，猿鳴至清，山谷傳響，泠泠不絕。」李白〈代佳人寄翁參樞先輩〉：「西陵演浪過江難。」❸蘭橈　指船。蘭，或作闌。橈，槳也。唐・徐昌圖〈河傳〉：「倚蘭橈，眉黛蹙。」❹玉筯　眼淚。馮贄《記事珠》：「鮫人之淚，圓者成明珠，長者成玉筯。」令狐楚〈長相思〉：「玉筯千行落。」❺思歸樂　杜鵑鳥之別稱。因鳥聲似「不如歸去」，故有此名。又〈思歸樂〉為樂曲名，此曲聲情哀傷，如泣如訴。白居易〈和思歸樂〉：「山中獨棲鳥，夜半聲嚶嚶。似道思歸樂，行人掩泣聽。」此處思歸樂，兩解皆能通。❻山郭　其山如城郭，護衛村居。杜牧〈江南春絕句〉：「水邨山郭酒旗風。」❼蕭索　因惆悵而心裏落寞。高適〈淇上酬薛三據兼寄郭少府微〉：「自從別京華，我心乃蕭索。」❽離魂　思人之魂魄。這裏代指遊子。唐・路岩〈贈伎行雲等感恩多〉：「離魂何處斷。」

【語　譯】人煙聚處路遙遙，荒野中一孤廟沈默對寒潮。陰風刹刹人打顫，西陵峽上雨瀟瀟。郎君經商離別去，音信杳無，船上謝娘日難熬。悲痛欲絕沒辦法，白潤面頰，淚水縱橫有千條。　暮色降臨不停哭，「不如歸」，杜鵑聲聲情抑鬱。梅花滿山香雪海，景致雖美不悅目。分別之時相留戀，步履沈重，向前難邁千斤足。煙水茫茫山又高，遊蕩離魂，不知往何處漂泊？

【賞　析】這闋詞寫女子的思情與男子的別情，在結構上恰好與上闋詞相反。有的注家認為「謝娘」是船娘，即寫的是船娘與遊子的戀愛，姑不論舊時是否有少女作船娘的事實，即使是少女作船娘，由於要工作，感情可能不會很細膩，若說是商人婦可能更符合實際一些。白居易在潯陽江頭所遇見的琵琶女就是一個商人婦，從她的「商人重利輕別離」的埋怨中，可見她生活的苦悶與寂寞，與溫庭筠這首詞中的女子，在其內心情感上有相似之處。「孤廟對寒潮，西陵風雨瀟瀟」，這是女子的生活環境。孤廟危立於岸上，沒有任何生機，只有寒冷的江水，湧起浪潮，拍著崖岸，發出單調、冰冷的聲音。西陵峽的上空，陰雲密布，風雨瀟瀟。這是一個什麼樣的環境呀？它讓人憂鬱、壓抑，從骨頭裏泛出涼意，一個孤獨的人會感到更加寂寞。這兩句的環境描寫為上片的後兩句作了鋪墊，對謝娘的精神痛苦的描述，有了依據。一個孤獨的弱女子在這樣淒風苦雨的環境裏，如何不惆悵，她這時的心裏有一種說不出道不明的滋味，是對自己不幸命運的哀嘆，還是對遊子在外生活的關心？是對自己看不見前景的日子的失望，還是對遊子久不歸的薄倖行為的不滿？這幾種情感可能都有。沈重的情感壓得她都喘不過氣來，她只有下意識地借哭來宣洩她的痛苦。「淚流玉筯千條」，雖然有誇張的成份，但卻足以說明她哭得極度傷心。船外，風驟雨密；船內，則涕淚漣漣。江水為之嗚咽，行雲亦駐足不前。下片是寫男子的別情。從時間上說，詞作沒有沿著上片的時間向前延伸，而是拉回到了男女分別的早春之時。該男子倒不是像琵琶女的丈夫那樣重利而輕別離。他對愛人十分的眷戀，可能是出於一個不得不離家的原因吧，他才作痛苦的別離。那一天，女子送他上岸陸行。可能在長亭餞別，兩人戀戀不捨，他在暮色四起的時候才上路，這時恰巧有杜鵑啼叫「不如歸去！」「不如歸去！」聲聲入耳，愁思立即漫上了他的心頭。他回首望，女子還站在路旁望著他。而她背後的山郭，梅花盛開，一個香雪的世界！此處寫到梅花，給人突兀之感，其實，作者是有用心的，他用潔白的梅花象徵著女子人格的美好，用似錦的滿山梅花來曲折地說明此地景色的美好，從而透露出男子對人與環境的留戀，還寫出了他離情的沈重。「兩情蕭索」，己蕭索，又知對方蕭索，可見他們心心相印，息息相通。他們的愛是如此的深刻。「離魂何處漂泊？」是男子帶著苦澀心情的自問，相同於柳永〈雨霖鈴〉中的「今宵酒醒何處，楊柳岸曉風殘月。」一句自問，將人物形隻影單的孤零心境寫盡了。該詞的上、下片隱隱的有一種因果關係，上片是果，下片是因，正因為男子為有情之人，女子才會痴愛著他，為他憔悴，為他流淚。

其三

銅鼓賽神❶來，滿庭幡蓋❷徘徊。水村江浦過風雷❸，楚山如畫煙開❹。離別櫓聲❺空蕭索，玉容惆悵妝薄。青麥❻燕飛落落，捲簾愁對珠閣❼。

【注釋】❶賽神　還願，酬神。舊俗於神誕之日，村民具儀仗、銅鼓、雜戲等，迎神出廟，周遊鄉村人聚集之處。白居易〈春村〉：「黃昏林下路，鼓笛賽神歸。」❷幡蓋　幢幡華蓋之類。岑參〈登千福寺楚金禪師法華院多寶塔〉：「焚香如雲屯，幡蓋珊珊垂。」❸水村江浦過風雷　神乘車來時，行疾如風，聲巨似雷，馳驅於水村江浦之間，並天色陰晦。水村，臨水之村。江浦，江濱。❹楚山如畫煙開　神車馳過之後，煙開雲散，楚山美麗如畫。❺櫓聲　搖櫓之聲。劉禹錫〈步出武陵東亭臨江寓望〉：「津晚櫓聲促。」❻青麥　麥青時節約在三月。錢昭度〈春陰詩〉：「語燕初飛隴麥青，春雲將雨滯人行。」❼珠閣　華美玲瓏之樓閣。李白〈雙燕離〉：「玉樓珠閣不獨棲，金窗繡戶長相見。」

【語譯】為求神祇賜吉泰，敲銅鼓，具儀仗，把神來賽。幢幡飄飄野風吹，華蓋頂頂正徘徊。神車疾馳如風走，江濱水村，車輪滾滾似打雷。神車過後煙雲開，楚山朦朧，如詩如畫撲面來。離別之時眼淚擱，槳板重，人無力，槳聲稀落。玉貌如花愁眉結，臉上殘留脂粉物。三月麥青田野綠，燕飛燕舞，人看後心如水沸。捲簾眺望郎住處，惆悵滿懷，遙想那華美樓閣。

【賞析】這闋詞一變纖細濃麗的風格，雖然也寫男女之情，但顯示出一種壯美。迎神賽會，與男女之戀愛，本是風馬牛不相及的事。但作者卻將它們結合起來，當然，這兩者之間的聯繫是相當隱秘的。酬神的活動都是男子的事情，婦女僅是觀眾。故而，寫酬神還願實是間接的寫男子。男子的體貌如何呢？詞作沒有一字描述，但我們從震天的銅鼓、鋪地的幢幡及華蓋來看，男子一定壯實健美，極具男子漢的氣魄，不然，他怎麼會和大家一起將鼓敲得那麼響，或一起扛起幢幡，滿鄉野的遊行呢？「水村江浦過風雷」，明寫賽神活動的規模，實寫男子漢們，包括那位男子的力量與氣勢，車疾如風，聲若巨雷，沒有碩大力氣的人是做不到這一點的。解析至此，男子的形象輪廓應該呈現在我們面前了：他身材魁梧，肌肉發達，目光炯炯，動作敏捷。就在這一次酬神活動中，他和一位美麗的女子相愛了。這位女子看中了他男子漢的風采，主動表示了愛情，還是男子看上了女子的容貌，大膽地表達了自己的傾慕之心，不得而知，反正他們相愛了。在迎神賽會上，男女青年衝破禮教，大膽地表達愛慕之情。「楚山如畫煙開」，作者是用美景的描繪來表現他們愛情的甜蜜。風靜雲散，雷停日出，楚山重新呈現出黛翠之色，一切都如詩如畫，令人陶醉。這景色既是客觀的存在，更是戀人的主觀感受。無論男女，此時覺得楚山如畫，多是內心快樂的緣故。然而，這種快樂不會永遠地持續下去的，對於大多數人而言，他們都沒有衝破禮教的勇氣，他們也不敢請求家長成全他們的姻緣。因此，在火熱般的愛之後，不得不忍痛分手，詞中的男女即是這樣。「離別櫓聲空蕭索」，當時的離別之情，一定是非常淒傷的，就如萬箭穿心。他們不會講多少話，因為不論什麼話都無實際的意義。空氣沈悶而壓抑，男女面對面地站著，誰也不願先說「保重」這類分別的話。男子終於駕船走了，船緩緩地向前，槳聲稀疏，聲音裏有深深的幽傷。女子一直佇立於岸上，但是直到小船兒融入茫茫的煙水中時，那幽傷的槳聲仍在她耳邊迴蕩。人走了，女子的心也跟著去了。她的面容雖然仍像過去那樣秀麗，但愁眉擰結，臉上掛滿了痛苦與憂傷，頭髮仍是那樣的濃密，但翠鈿塵封，玉釵冷落，如同晨時的殘妝。賽神之時多為春初之日，目的是求神保佑，能五穀豐登，而今麥苗青青，燕子紛飛，三個月過去了，女子依然是終日相思，心裏放不下擂鼓郎君。她捲起簾子，向遠處眺望，她想像著郎君的家，珠閣玲瓏，小榭飛檐，翠竹迴廊，碧池荷花，……於是她更加想念，強烈渴望著進入那可愛的「家」。這闋詞寫一對熱戀的男女，但是，男子是暗寫，女子是明寫。又景是明寫，情則多是暗寫，通過景來表現情。

女冠子 二首

其一

含嬌含笑，宿翠殘紅窈窕❶。鬢如蟬，寒玉簪秋水❷，輕紗捲碧煙❸。

雪胸❹鸞鏡裏，

琪樹❺鳳樓前。寄語青娥伴，早求仙。

【詞牌】女冠子　此調屬「林鍾商」，俗呼「歇指調」，始見《教坊記》。女冠子即道姑的雅稱。唐時失嫁或守寡的有身份的女子，有許多作女道士，故有專寫她們生活與情感的詞調。本調有四十一字，一百零七字，一百一十字，一百一十二字諸體格。溫詞二首，皆四十一字，首二句協仄韻，自三句以下，換成平韻。

【注釋】❶窈窕　美豔貌。馬端辰《通釋》：「《方言》：秦晉之間，美心為窈，美狀為窕。」《詩經·周南·關雎》：「窈窕淑女，君子好逑。」又〈古詩為焦仲卿妻作〉：「還家十餘日，縣令遣媒來。云有第三郎，窈窕世無雙。」❷寒玉簪秋水　簪為玉製，而玉質寒涼瑩潤，故云簪若秋水。沈約〈攜手曲〉：「斜簪映秋水。」❸輕紗捲碧煙　女冠之衣服薄如輕紗，遠望如煙。陸游《老學庵筆記》卷之六：「亳州出輕紗，舉之若無。裁以為衣，真若煙霧。」❹雪胸　胸脯如雪一般白。韓偓〈余作探使以繚綾手帛子寄賀因而有詩〉：「卻繫裙腰伴雪胸。」❺琪樹　玉樹。《山海經·海內西經》：「昆侖之墟，北有珠樹、文玉樹、玗琪樹。」白居易〈牡丹芳〉：「仙人琪樹白無色。」

【語譯】眼波盈盈笑眯眯，儀態萬方若天仙。一夜過後眉黛淺，窈窕無比塗脂胭。鬢髮薄如蟬翼，寒潤玉簪插鬢邊。紗衣輕薄似無，縹緲好像碧煙。　道觀寂寞如火煎，冰肌玉膚鸞鏡前。鳳樓空華美，臨風玉樹不能現。寄語大家不思凡，一心修煉早上天。

【賞析】唐代的道姑很多是上流社會的女子，入道觀的原因很多，有的是皇帝年輕的遺孀，有的是失戀的姑娘，還有的是王公貴族家的寡婦，當然，也有貧苦出身的女子。但不管是什麼情形，年紀輕輕的女子在道觀裡是十分寂寞痛苦的，青燈黃卷無法消磨掉她們生理與情感上的欲望，封閉的寺院生活也不可能將她們培養成清心寡欲的聖人。她們，尤其是青春煥發的女子，十分渴望夫妻恩愛的家庭生活，這首詞中的女冠即是這樣的人。她們雖然生活在道觀裡，但她們心未冷，意不灰，對未來還抱有信心。故而，剛一起床，就「含嬌含笑」，情緒是飽滿的，精神是愉悅的。所以能夠這樣，就是因為她們知道自己天生麗質，目前仍是美麗無比，且風姿綽約，儀態萬千。事實也是如此，她們還未梳洗，但並沒有因為眉黛淺了，胭脂薄了，烏雲亂了，就不美麗，仍然是窈窕無比。她們既然對世俗生活仍有極大的熱情，所以就不會過宗教徒的清修生活。她們將一頭的烏雲梳挽成流行的髮式，細心地將髮鬟梳得薄如蟬翼；她們又將玉簪插在髮上，玉簪瑩潤，猶如那潔淨的秋水。之後，又穿上輕薄的紗衣，那珊珊玉體，若隱若現，宛如碧煙襲身。打扮好了，便來到鸞鏡前，啊！抹胸之上的胸脯白如雪，潤如玉，整個人兒一如臨風玉樹。湯顯祖評曰：「『宿翠殘紅窈窕』新妝初試當更嫵媚。」是的，女冠的美貌是無與倫比的，怎麼想像也不為過。我們從其打扮上知道她們仍然熱愛世俗的生活，其實，她們的生活用品與住處已向我們透露了這樣的信息。鸞鏡是飾有鸞鳥圖案的妝鏡，而鸞鳥，即是鳳凰之類的神鳥，古代婦女用鸞鏡有求神佑護夫妻不分離之意。白居易〈太行路〉：「何況如今鸞鏡中，妾顏未改君心改。」起「鳳樓」之名則與鸞鏡有同樣的意義。「寄語青娥伴，早求仙」，這一句是一位久歷人生的老道姑對年輕道姑的忠告。你們不要想入非非了，一踏入苦海，再無上岸之可能，宗教的繩索已緊緊地將你們束縛住了。要重新回到世俗社會，結婚成家，宗教的戒律與世俗的輿論都不會允許。你們將在道觀裏生活一輩子，經卷、拂塵與香爐將伴隨你們終生，直到你們燃盡最後一滴生命的膏油。你們還是潛心修煉，去除塵念，爭取早日成仙吧。老道姑的話說得實實在在，她誠心地不希望這些可憐的女子經歷更大的人生不幸，但是，「青娥」們聽得進去嗎？

其二

霞帔❶雲髮，鈿鏡❷仙容似雪。畫愁眉❸，遮語迴輕扇，含羞下繡幃。

玉樓相望久，花洞❹恨來遲。早晚乘鸞❺去，莫相遺。

【注釋】❶霞帔雲髮　披著霞帔，髮如烏雲。霞帔，婦女之服飾，類似披肩，因文有彩霞，故名。白居易〈霓裳羽衣歌和微之〉：「虹裳霞帔步搖冠，鈿瓔纍纍珮珊珊。」道家常著此帔，《一切道經音義妙門由起》引《三洞奉道科戒》：「大洞法師，元始冠，黃裙紫褐，如上清法，五色雲霞帔。三洞講法師，元始冠，黃褐，九色雲霞帔。」❷鈿鏡　飾以金花的鏡子。

李賀〈惱公〉：「鈿鏡飛孤鵲。」❸愁眉　將眉毛畫成擰結不展狀。《後漢書・五行志》：「桓帝元嘉中，京都婦女作愁眉、啼妝、墮馬髻、折腰步、齲齒笑。」注：「《風俗通》曰：『愁眉者，細而曲折。』」陳後主〈昭君怨〉：「啼妝寒葉下，愁眉塞月生。」❹花洞　女道士所居之處，所謂洞天福地是也，即道觀。貫休〈送軒轅先生歸羅浮山〉：「玉房花洞接三清。」❺乘鸞　喻成仙升天而去。《集仙錄》：「天使降時，鸞鶴千萬，眾仙畢集，高者乘鸞，次乘龍。」江淹〈怨歌行〉：「畫作秦王女，乘鸞向煙霧。」

【語　譯】身著霞帔步徘徊，烏雲濃髮斜遮臉。金花鈿鏡明亮，雪白玉面黛色眉。眉毛皺成愁思狀，輕扇遮面頭不回。撩人情語火熱，含羞怕聽下繡帷。　郎君去後無作為，玉樓不見心如灰。紅塵苦海無邊，遲入道觀好後悔。師姑們，乘鸞上天去，莫相忘，帶我一起叩天門。

【賞　析】這闋詞寫一個道姑失戀後的無奈，詞人站在道姑的角度，將現實的狀況與對昔時的回憶交織在一起，較為深入地探索了她隱祕的世界。「霞帔雲髮，鈿鏡仙容似雪」，霞帔雖是道姑可用的服飾，但並不是日常必須用的。該女冠常用霞帔，當是出於美的需求。又道姑雖然不像尼姑那樣，要剪去青絲，但也是用布包住或用線紮起來的，根本沒有烏雲般的形狀。而該女冠的頭髮呈烏雲狀，定是散披於肩或高高的挽起作雲朵樣。作為一個出家之人，應該清心寡欲，對色有一種超越於世俗的理解，可是她沒有，還在努力顯現自己的美貌。這種做法很明顯地反映了她內心深處對世俗生活的留戀。在這樣的心態下，她不時地照鏡子，當看到鏡子裡的自己有一張美麗而瑩潔的臉時，她感到自慰。我的青春猶在，我仍然有可能得到被人愛的幸福。但是，這一念頭剛剛冒起，就又被否定了。我已經進入高牆環繞的道觀中，老道姑又整日嚴厲的拘管防範，我哪裡還有機會與郎君密約幽期。想到此，她不由自主地把眉毛畫成了愁眉狀，由眉毛流露出她的焦灼與無奈。「遮語迴輕扇，含羞下繡幃」，是對第一次男女見面情景的回憶：他風流俊俏，眼角傳情，盡說一些讓人既高興又害羞的「瘋話」，我不敢面對著他，只是偷偷地瞄了幾眼，我多麼想再和他多呆一會兒啊，但鬼使神差般地竟跑回閨房，又放下繡幃，將自己和他隔了起來。我是多麼的傻啊！這種幸福的回憶已經有成千上萬次了，但每一次仍讓她激動與陶醉。她後來不知出於一種什麼直接的原因做了道姑，但是這種逃避紅塵的做法一定與失戀有關。然而人雖進入了道觀，但並未斬斷情根，她的心還在為情所苦。她在念經打讖之餘，眺望遠處，望著目不能及但存在於她心中的「玉樓」，因為玉樓裏住著郎君。時間久了，她不堪情感的重負，飽嘗了感情無所寄託的滋味，痛苦至極時，竟發出「花洞恨來遲」的怨聲。早知如此，就應該早入道觀，修煉心性，至今或許是六念俱灰，也不至於如此痛苦了。「早晚乘鸞去，莫相遺」，是該女冠對其他女道士的請求。如果你們修煉成功，乘鸞上天，求求你們別將我一個人留下來，我已經受盡了情感上的折磨，再這麼下去，我的生命將會在痛苦中枯萎。這是無奈至極的人尋找解脫的辦法，但是，這是一個行得通的辦法嗎？即使真的能上天，位列仙班，然而，愛是不能忘記的，她也不能解脫痛苦。

玉蝴蝶　一首

秋風淒切❶傷離，行客❷未歸時。塞外❸草先衰，江南雁到遲。

芙蓉凋嫩臉，楊柳墮新眉。搖落❹使人悲，斷腸誰得知？

【詞牌】玉蝴蝶　此調屬〈夾鍾宮〉，俗呼〈中呂宮〉，創始無考。有四十一字，四十二字，九十八字，九十九字諸體。溫詞僅此一首，為四十一字。

【注釋】❶秋風淒切　秋風給人淒涼的感覺。皮日休〈寒夜聯句〉：「君調復淒切。」宋玉〈九辯〉：「悲哉！秋之為氣也，蕭瑟兮！草木搖落而變衰。」❷行客　離家行旅之人。杜牧〈經闔閭城〉：「行客思悠悠。」❸塞外　邊塞之外，泛指北方。李陵〈答蘇武書〉：「涼秋九月，塞外草衰。」❹搖落　草木凋謝，參注❶。

【語譯】西風勁吹流寒氣，碧樹黃綠草枯閨婦淚淋漓。餐風宿露郎君苦，身上是否有寒衣？江南染秋色，塞外冰雪時。牽腸掛肚不放心，誰料書信稀疏又延遲。　胭脂冷落整日思，幾道皺紋添，芙蓉臉兒被風刺。畫筆乾枯拋撇去，眉兒形不整，似柳墮落情痴痴。深秋樹葉蕭蕭下，相思病更重，有誰能醫？魂兒悠悠離體去，柔腸寸寸斷，又有誰知？

【賞析】悲秋是中國文學中的一個重要的題材，自戰國宋玉始，許多文人墨客從不同的角度抒發了人在秋天裏的感受。有人從草木的凋零感受到人生的短暫，表現出對生命的熱愛與渴求。有人則從草之枯、花之瘦感受到淒涼與孤獨，一種悲愴感油然襲上心頭，李清照的「簾捲西風，人比黃花瘦」名句就是這種感受的典型反映。也有人從秋的寒冷，想到浪跡在外的丈夫不知添了寒衣沒有，於是更增思念之情，所謂「昨夜西風凋碧樹，獨上高樓，望盡天涯路」是也。這首詞的內容即是上述的第三種的感受。「秋風淒切傷離，行客未歸時」，秋風多為西風，它吹來了徹骨的寒氣，草木枯萎，生機蕭索，人也因氣溫的下降而心情抑鬱。當然，如果沒有什麼心事，也不會有悲涼的感覺。其實，秋天也有許多快樂的美景，天高雲淡，水清石出。又是個收穫的季節，金黃燦爛的稻浪，形如雪野的棉田，紅彤彤的蘋果，黃橙橙的橘子，即是樹木，初秋的山野，也呈現出五色斑斕的色彩。然而，這一切令人悅目的美景對於一個獨居的閨婦來說，她是不留心的，或者說無法生出美感來，因為她的整個心思都放在在外奔波的丈夫身上。秋風起後，她會想得很多：夫君有沒有添換上寒衣？他現在冷不冷？他有沒有生病？有沒有人照料？她心細如塵，無微不至，然而，她又無法了解真實的情況，因此種種的想法、猜測不能釋懷，一天又一天，愈想愈多，甚至想像得愈來愈壞，這樣，她在秋氣充塞的日子裏背上了情感的重負，日夜為對方擔憂著。因此，秋天到來時，她的相思更加淒切。「塞外草先衰」，是閨婦內心活動的內容，比先前所想的更進了一層。塞外不比江南，天氣冷得早，「胡天八月即飛雪」，在我們進入冷秋的時候，他那裏一定冰天雪地了。這麼冷，如何是好？閨婦想到此，真是焦急異常，恨不得插上雙翅，立即飛到夫君的身旁。「江南雁到遲」，用魚雁傳書的典故來說明行客音信的稀疏，此句又是閨婦對夫君的埋怨的話，我這麼為你著急，可是你卻遲遲地不來信。相思雖然不是病痛，但它卻比病痛更甚。它會使人精神不振，食不知味，寢不安眠。它比病更摧殘人的身體，它會讓你衣帶漸寬，憔悴不堪。此女子就在這相思與擔憂中變老了，「芙蓉凋嫩臉，楊柳墮新眉」，意思是粉嫩的臉蛋變粗變皺，猶如芙蓉日久而凋謝，彎彎的新眉不畫如同柳葉兒從樹上脫落。一朵花兒就這麼匆匆地凋謝了，她本應更豔麗一些，怒放的時間更長一些，可是相思生生地摧殘了她。了解她可憐命運的人無不為她悲傷。其實，人們對她青春美貌早逝的憐惜、悲傷，僅是表層上的，沒有人能真正理解她對郎君的那份深沈的感情，包括郎君本人也不甚了解。這份感情是極純潔、極無私的，她將夫君看得比自己的生命還要重要，因思念郎君與擔憂郎君的身體，她已經到了柔腸寸斷的地步。

卷二

溫庭筠 十六首

清平樂 二首

其一

上陽❶春晚，宮女愁蛾淺❷。新歲清平❸思同輦，爭奈長安路遠。鳳帳❹鴛被❺徒熏，

寂寞花鎖千門。競把黃金買賦❻，為妾將上明君。

【詞牌】清平樂　此調又名〈憶蘿月〉，屬「無射商」，俗呼「越調」。傳說為李白所創，共四十二字。

【注釋】❶上陽　宮名。《舊唐書・地理志》：「上陽宮，在宮城的西南隅。南臨洛水，西接穀水，東即宮城，北連禁苑。宮內正殿正門皆東向，正門曰提象，正殿曰觀風。其內別殿亭觀九所。上陽之西，隔穀水有西上陽宮，虹梁跨穀，行幸往來。皆高宗龍朔後置。」故址在今洛陽。白居易有詩名〈上陽白髮人〉。❷愁蛾淺　愁眉不展，又因眉未描而顯得淺。蛾，眉意，又稱「蛾眉」。蠶蛾的觸鬚，彎曲而細長，如人的眉毛，故以比喻女子長而美的眉毛。《詩經・衛風・碩人》：「齒如瓠犀，螓首蛾眉。」❸清平　政治穩固，社會安定。所謂「清平世界，蕩蕩乾坤」是也。班固〈兩都賦序〉：「海內清平，朝廷無

事。」❹鳳帳　繡有鳳凰鳥的帳子。杜牧〈八六子〉(洞房深)：「鳳帳蕭疏，椒殿閑扃。」❺鴛被　繡有鴛鴦鳥的被子。或指夫妻共用的被子。一稱鴛衾。參卷一溫庭筠〈南歌子〉其四注❸。孟棨〈本事詩‧情感〉：「慣從鴛被暖，怯向雁門寒。」❻黃金買賦　此為漢‧陳皇后買君恩之典故。《文選》司馬相如〈長門賦序〉：「孝武皇帝陳皇后，時得幸，頗妒。別在長門宮，愁悶悲思。聞蜀郡司馬相如天下工為文，奉黃金百斤為相如文君取酒，因於解悲愁之辭。而相如為文以悟主上，陳皇后復得親幸。」李白〈白頭吟〉：「但願君恩顧妾深，豈惜黃金將買賦。」

【語　譯】天晚樹木灰色染，上陽宮殿門已掩。春夜漫長讓人愁，修長眉毛顏色淺。憶昔青春時，豔麗皇宮選。夢想清平日，與帝同一輦。誰知冷落上陽宮，距那長安帝居路遙遠。　鳳帳雖香冷冰冰，鴛被常暖白白燻。寂寞無人伴，千門隔君視。若能得相如作賦，情願送上千金。賦裏融入情和愛，為妾獻給明君。

【賞　析】上陽宮在唐帝國的東都洛陽，玄帝在開元二十四年(七三六)從洛陽回長安以後，就沒有再到過洛陽，因此，分派到洛陽的宮妃們就再也得不到帝王寵幸的機會，一生就老死在宮裏。對於這些女子的不幸命運，唐代詩人多有吟詠，著名的詩篇則是白居易的新樂府〈上陽白髮人〉。詩云：

上陽人，紅顏暗老白髮新。綠衣監使守宮門，一閉上陽多少春！玄宗末歲初選入，入時十六今六十。同時采擇百餘人，零落年深殘此身。憶昔吞悲別親族，扶入車中不教哭。皆云入內便承恩，臉似芙蓉胸似玉。未容君王得見面，已被楊妃遙側目。妒令潛配上陽宮，一生遂向空房宿。……上陽人，苦最多，少亦苦，老亦苦。少苦老苦兩如何？君不見，昔時呂向〈美人賦〉；又不見，今日上陽宮人白髮歌。

這首詩因語言通俗，又帶有敘事的性質，所以，讀後即了解到上陽宮人的過去與現狀，孤獨的生活與痛苦的內心世界，完全可以將它當作溫詞的注解來看。「上陽春晚，宮女愁蛾淺」，「宮女」，並非是普通的被役使的宮女，而是嬪妃。白居易的〈上陽白髮人〉原注說：「天寶五載(七四六)已後，楊貴妃專寵，後宮人無復進幸矣。六宮有美色者，輒置別所，上陽是其一也。貞元中尚存焉。」可見，為六宮中之嬪妃。春晚，是詞人特意選的一個時間點，因為此時暮色降臨，灰濛濛的一片，給人一種生命終結的意象，使你無意識地泛起一種悲涼的感覺，而對於生命本已十分渺茫的冷宮中的嬪娥們來說，其悲涼的感覺更甚，會沉甸甸的壓在心頭上。這是無意識的，朦朦朧朧地感覺到卻說不出來。傍晚還給她們帶來恐懼，這則是有意識的。每一個漫長的夜晚就是一次煎熬，萬籟俱寂，惟有更聲與漏聲，她們常常聽著這單調的聲音而徹夜不眠。所以，她們對於暮色有著本能般的恐懼與厭惡，故而愁眉不展。蛾淺即眉淺，這是對生活絕望的表現。可能在剛到上陽宮時，還抱著回到帝王身邊的希望，每日精心地保養容顏，時間長了，心灰意冷，便衣衫不整，蛾眉懶畫。「新歲清平思同輦，爭奈長安路遠」，這是女子的思想脈動：新春伊始，萬象更新，更何況朝中無事，國泰民安，或許皇帝今年想到了我們，把我們重新接回長安。那時，和皇帝一起乘輦，去華清池裏浴溫泉，在長生殿中同羅帳。可是這想法只是一閃念而已，很快，她就面對冷酷的現實，除去剛才甜蜜的幻想。即使皇帝想做更多的兒女溫柔之事，也不會想到我們，上陽離長安路途遙遠，長安的皇宮裏有的是美女。

下片緊承上片，寫宮嬪內心的哀傷。鳳帳鴛被，寄託著她的希望，她想用此象徵夫婦和合的吉祥物來扭轉她不幸的命運，可是，一日又一日，一年又一年，她的命運沒有任何的變化。她仍然被鎖閉在深邃似海的宮禁裏。「徒燻」，徒勞地作燻香暖被之事。一「徒」字說盡了她心中的無奈。「千門」，喻宮禁極深，這二字，寫出了她對沒有幸福也沒有自由的現狀的怨憤。儘管現實是冷酷的，前景是黯淡的，然而，她仍在尋覓改變其處境的辦法。她想到若有人才如司馬相如，也寫出一篇動人以情的賦來改變我的命運，我也一定會不惜千金。怎奈這個人在哪兒呢？沒人寫賦，又如何將我的感情上達明君呢？這種改變命運的想法是多麼的不切實際啊，可是對於一個被關在宮禁裏的弱女子來說，又想得出甚麼切合實際的好辦法呢？在這些辦法被自己否定之後，她便陷入更深的絕望。

其二

洛陽❶愁絕，楊柳花飄雪。終日行人恣攀折❷，橋下水流嗚咽❸。

上馬爭勸離觴❹，

南浦❺鶯聲斷腸。愁殺平原年少❻，迴首揮淚千行。

【注　釋】❶洛陽　地名，今屬河南省。東周、後漢、西晉、後魏、隋等朝均建都於此。唐一度曾以此地為陪都。❷恣攀折　任意地攀折。折柳贈別，是古代的風俗。《三輔黃圖．六橋》：「灞橋在長安東，跨水作橋，漢人送客至此橋，折柳贈別。」後因以折柳為送別之詞。唐．雍陶〈折柳橋〉：「從來只有情難盡，何事名為情盡橋？自此改名為折柳，任他離恨一條條。」❸水流嗚咽　喻流水聲音的淒婉低沉，如同人之哭泣。古詩〈隴頭水歌〉：「隴頭流水，鳴聲嗚咽。」❹離觴　離別之時的餞行酒。唐．盧仝〈送邵兵曹歸江南〉：「春風楊柳陌，連騎醉離觴。」❺南浦　地名，亦可解為南邊的水濱。這裏指送別的地方。謝朓〈臨溪送別〉：「悵望南浦時，徙倚北梁步。」❻平原年少　平原君。原名趙勝，戰國趙武靈王子，惠文王弟，封於東武城，號平原君。三任趙相。相傳有食客三千人，與齊孟嘗君、魏信陵君、楚春申君稱為四公子。此處用平原君比擬，說明遠人亦風流瀟灑，善與人交。

【語　譯】春日離亭相分別，古都洛陽哀愁絕。楊花飄颺無落處，滿天的柳絮，撲面而來如飛雪。十里長堤上，柳枝剛抽葉。行者持柳去，送者也哽咽。橋下流水知悲傷，嗚嗚咽咽，也為離情泣。　從此浪跡江湖上，勸君馬上飲離觴。南浦風景好，鶯聲斷人腸。友情千金難買到，行人雙眼淚汪汪。揚鞭拍馬上征程，回首揮淚有千行。

【賞　析】這闋詞在溫詞中是少見的，它不再是慘紅愁綠，男歡女愛，而是寫男性之間的別情。中國因地大，離別，在人們看來是個非常重要的事情，因為在客觀上離別往往成了訣別，有的人是到邊地的沙場上，即使不被戰死，也可能長久地戍守於邊塞；有的人充軍或被貶謫到南方的煙瘴之地，環境的險惡，往往不能生還，即使生還，此時的送者到彼時也浪跡他鄉了。因而，中國詩歌中寫離別題材的作品很多，且因感情真摯，佳作頗豐，今日讀者，隨意地就能背誦出一兩篇離別的詩歌來。如王維〈送元二使安西〉：「渭城朝雨浥清塵，客舍青青柳色新。勸君更盡一杯酒，西出陽關無故人。」又如李白〈送孟浩然之廣陵〉：「故人西辭黃鶴樓，煙花三月下揚州。孤帆遠影碧空盡，惟見長江天際流。」此詞中的分別地點在繁華的洛陽，分別的時間是在柳絮飛舞的初春。上片所寫的非一人之遠行，也非一次的分別，而是許多人的遠行，許多次的分別。因春日溫暖，無凍冷之憂，許多人便紛紛遠行，或遊學，或遊宦，或經商，或漫無目的地浪遊。因分別的場面很多，戀戀不捨、牽衣垂淚的情景觸目可見，故而，整個洛陽城沉浸在一片哀傷的氣氛中。這種哀傷的氣氛還不僅僅是由分別場面造成的，景物環境亦為之添愁增悲：楊花飛舞，天色朦朦，給人一種壓抑的感覺；流水嗚咽，如泣如訴，彷彿替離人們哭泣。下片則重點寫了一個分別的場面。「上馬爭勸離觴」之「爭勸」二字，說明送者不是一人，為了表達友情，他們在行者上馬的時候，還爭著一杯杯的敬酒。這酒此時不再是酒了，滴滴都是濃情。這是多麼感人的場面啊！就在這難捨難分之時，南浦的柳樹上，鶯歌聲聲，引起了行人的注意。煙柳、鶯歌、友情，這一切對於他來說，是一種沉重的壓力。這麼好的景致，這麼好的朋友，居然要離開，使鶯鶯悲啼，使流水嗚咽，使友人傷心，他內心在悲傷，甚至到了斷腸的地步。行人是什麼樣的人，詞中沒有說明，只是將他比喻成有食客三千，善與人交的平原君，我們由「爭勸離觴」這一句也可見到他的部分風貌，若不是慷慨大度、熱情誠摯，如何能獲得許多人的愛戴？行人終於因不得不走的原因而踏上征程了，「迴首揮淚千行」的鏡頭，極為動人，對於塑造行人的形象來說，這一特寫使他的人格在讀者的心中迅速昇華，而對於接受者來說，有著淨化心靈的作用，它讓我們懂得友情的意義。

遐方怨 二首

其一

憑繡檻❶，解羅帷❷。未得君書，斷腸瀟湘❸春雁飛。不知征馬❹幾時歸，海棠花謝也，雨霏霏❺。

【詞牌】遐方怨　此調屬「無射商」，俗呼「越調」。始見《教坊記》。有三十二字，六十字二體。

【注　釋】❶繡檻　有花飾的欄檻。唐・梁洽〈晴望長春宮賦〉：「玲瓏玉樹，則偏澄霽色，連騫繡檻，則卻映霞曦。」❷羅帷　綾羅帷帳。古辭〈傷歌行〉：「微風吹閨闥，羅帷自飄揚。」❸瀟湘　猶言清深的湘水。舊詩文中多稱湘水為瀟湘。《山海經・中山經》：「(洞庭之山) 帝之二女居之，是常遊於江淵。澧沅之風交瀟湘之淵，是在九江之間，出入必以飄風暴雨。」也泛指整個湖南地區。《文選》謝朓〈新亭渚別範零陵〉：「洞庭張樂地，瀟湘帝子遊。」《才調集》卷五，鄭谷〈淮上與友別詩〉：「數聲風笛離亭晚，君向瀟湘我向秦。」❹征馬　行人所乘之馬。江淹〈別賦〉：「驅征馬而不顧，見行塵之時起。」這裡代指征人。❺霏霏　雨密貌。《詩經・小雅・采薇》：「今我來思，雨雪霏霏。」

【語　譯】烏雲飛渡天色灰，倚欄杆，迎風吹，不見郎君蹤影，解下羅帷入閨。君書不得音信斷，想到瀟湘心傷悲。春雁未傳書，不停往北飛。征人遠遊不戀家，不知他何時才歸。海棠謝，春將去，我心如針錐，又逢雨霏霏。

【賞　析】此詞描述了思婦苦悶孤獨的生活。雖然曲調短促，但韻味悠長，令人玩味不盡。「憑繡檻，解羅帷」，不是並列的行為，而是時間上有先有後。繡檻，說明其家的富有。而這樣家庭的女子，因無家務工作，閒居之時，多半時間是用在相思上，而愈有閒，相思便愈重愈苦。憑繡檻，不會是今日才有的行為，一定是每日必做的事。倚憑繡欄做甚麼？望遠人也。今日又望，依然是伸向遠處的古道上，仍不見人影。她失望了，疲倦了，於是又像往日一樣，進入閨房內，解下綺羅帷帳，倚枕而睡。心中煩躁，如何入眠？她想到了丈夫所在的瀟湘，那裏與此地隔著千山萬水，他一人在外，無人照料，不知身體如何？她是多麼地想了解啊，可丈夫竟連一封信也不捎回家，這豈不讓人著急？「腸斷」與「未得君書」聯在一起，可見其相思不僅是自己孤獨的原因，更多地是對丈夫的關心。愛極而生怨，她怨丈夫不了解她的心情，不寫信給她，她也怨鴻雁從瀟湘飛來，卻不為她傳書送信。「不知征馬幾時歸」，由閨婦的這一內心活動，進一步寫出了她精神上的痛苦。行人在外，若有一個大概的歸期，閨婦相思的痛苦要小得多。因為她的盼望是有希望的盼望；她對團圓之日的憧憬，會成為她精神生活的支柱。可是，對於這一位婦女來說，她的相思則是苦海無邊的相思，「不知征馬幾時歸」，看不見前景的生活使她精神萎靡不振，感到虛度光陰的無聊。「海棠花謝也，雨霏霏」，以景寫情，有極好的審美效果。盛年獨處的女子最懼的是「綠肥紅瘦」，何況是紅花凋謝呢？她們往往從花的褪色與凋謝想到自己青春消逝、人老珠黃的命運。不僅如此，此時窗外小雨霏霏，雲慘雨愁，給她又是甚麼樣的心情呢？那是不言自喻的。作者巧妙地將她痛苦的精神狀態融入到自然景象中，起到了言有盡而意無窮的效果。

其二

花半坼❶，雨初晴。未捲珠簾，夢殘❷惆悵聞曉鶯。宿妝❸眉淺粉山❹橫，約鬟❺鸞鏡裏，繡羅輕。

【注釋】❶花半坼　花未全開放的樣子。唐・柳中庸〈幽院早春〉：「草短花初坼，苔青柳半黃。」❷夢殘　夢盡，似醒未醒的樣子。《全唐詩》卷八九五，尹鶚〈菩薩蠻〉（嗚嗚曉角調如語）：「枕上夢方殘，月光鋪水寒。」❸宿妝　隔宿之妝，即晨起未梳洗的狀態。花蕊夫人〈宮詞〉：「宿妝殘粉未明滅。」❹粉山　粉撲在眉上未勻開之狀。❺約鬟　纏束髮鬟。

【語譯】晨風撲面空氣新，花半放，草色青。檐上雨水停滴，一天雲散放晴。珠簾未捲窗未開，倦臥枕上仔細聽。夢中樂團圓，夢醒聞曉鶯。隔宿殘妝眉色淺，紅紅白白粉不勻。照鸞鏡，理雲鬟，繡花羅裙輕。

【賞析】此詞描述的是思春女子的生活與精神狀態。一年四季，春天是最為美好的。溫和的天氣，如畫的風景，更令人愉悅的是春天為萬物生長的季節，草色青青，花兒怒放，莊稼人在田野裏播種，這一切使人感受到生命的力量與生存的快樂。所以，人們盡情地謳歌春天，讚美它的品質。然而，也有許多人為春天所苦，這就是未婚的少女與獨居的閨婦們。昂然向上的生氣給她們心理與生理上帶來了變化，她們強烈地渴望夫婦和合的生活，這種渴望得不到實現時，就變成精神上的痛苦，所謂「思春」或「閨思」是也。詞中這位女子大概是待字閨中的少女，所以，她的精神苦悶屬於「思春」型的。「花半坼，雨初晴」，描繪出了春色的美麗，似放未放的花兒吐著芳香，小雨初晴後的房屋、樹木、山石，清潔無塵，就連空氣也是分外的新鮮。這些景色還有著象徵的意義，即象徵著少女的美麗與青春。生活中，人們常用「含苞欲放」喻豆蔻年華的美貌女子，「花半坼」即是含苞欲放的意思。又「雨初晴」給人以清新的感覺，而這正是美麗少女給人的意象。年輕、貌美的女子因其自身的優越條件，她們對幸福的生活希冀得很多，而當現實生活未能如她們的心願時，她們的失落感和痛苦也比別人多得多。詞中的女子顯然還沒有得到如意郎君，還沒有過幸福美滿的家庭生活，故而，她的情緒是低沉的，內心是落寞的。曉鶯已啼，聲聲入耳，卻慵懶地不想起床，不去捲珠簾，而是倦倚枕上，回味著剛才的夢境。夢是甚麼內容，作品沒有說，但據夢形成的科學來看，多半是男女歡洽的夢，所謂「日有所思，夜有所夢」是也，明傳奇《牡丹亭》中之杜麗娘思春所作之夢即是這樣的內容。因為還年輕貌美，心情的落寞並不等於對未來的生活失去了信心，相反，她追求幸福生活的熱情與日俱增，甜蜜的男女歡愛的夢境成為她追求的一種動力。新的一天開始了，她仔細地梳妝打扮，細搽脂粉，輕理雲鬢，對著鏡子瞻前顧後，唯恐有甚麼疏漏之處。最後她又穿上了輕薄的羅裙，可以想像，當她走出室外，在春風中漫步，風吹羅裙，是多麼的飄逸。

訴衷情 一首

鶯語❶，花舞，春晝午。雨霏微❷，金帶枕❸，宮錦❹。鳳凰帷❺。柳弱燕交飛，依依。
遼陽❻音信稀，夢中歸。

【詞　牌】訴衷情　又名〈一絲風〉，其雙調者，又名〈桃花水〉。屬「無射商」，俗呼「越調」。始見《教坊記》。有三十三字，三十七字，四十一字，四十四字，四十五字諸體。

【注　釋】❶鶯語　鶯鳥啼叫。張籍〈晚春過崔駙馬東園〉：「鶯語落花中。」❷雨霏微　細雨迷濛貌。溫庭筠〈和友人悼亡〉：「畫羅輕鬢雨霏微。」❸金帶枕　枕頭圈著金箍。《文選》曹植〈洛神賦〉李善〈注〉云：「(曹植)漢末求甄逸女，既不遂，太祖回與五官中郎將。植殊不平，晝思夜想，廢寢與食。黃初中入朝，帝示植甄后玉鏤金帶枕。植見之不覺泣。時已為郭后讒死。帝亦尋悟，因令太子留宴飲，仍以枕賚植。」❹宮錦　宮廷所用的錦帛。李商隱〈隋宮〉：「春風舉國裁宮錦，半作障泥半作帆。」❺鳳凰帷　繡有鳳凰圖案的帷幕。❻遼陽　地名。漢置，唐以此地為遼州，故址在今遼寧省遼陽縣西北梁水、渾河交會處，在今瀋陽市南一百二十里。此指征人所在之地。

【語　譯】柳中黃鶯語，隨風花飛舞。春日時正午，迷濛飄細雨。寂寞無聊人困倦，宮錦枕頭金玉鏤。帷幕落地寬又長，繡一對恩愛鳳凰。依依弱柳不禁風，燕在柳枝上頭舞。遼陽征人音信少，閨婦夢中多歡娛。

【賞　析】這是描述征人婦的相思生活的詞。前四句是對春景的描繪，鶯鳥在柳浪中歌唱，悅耳動聽；花兒在微風中搖曳，姿態賞心悅目。晝午之時，微雨霏霏，一切都籠罩在煙靄之中，顯示出醉人的溫馨。對於無憂無慮的人來說，這景致是令人快樂的，至少在此景色中會有一份寧靜的心情。然而，對於整日思念丈夫，並替丈夫擔憂的閨婦來說，她對這些景色會無動於衷的，或者說她因為沒有那份閒適的心情去體驗鶯語花舞的美感，所以，美麗的春景，並不能使她得到快樂。從「金帶枕」到「依依」五句，由純粹的寫景轉到以景寫情。抒發女子落寞苦悶的心情與她對丈夫的思念。宮錦是金帶枕的質料，本是宮中所用的錦緞，非皇帝賞賜而不可得。《新唐書・封敖傳》云：「帝善其意，出賜以宮錦。」既然她家用此錦作枕，則定是皇家所賜無疑。由下文來看，閨婦的丈夫是在遼陽戍邊的征人，大概宮錦就是他立了戰功後的賞物吧？驍勇善戰之人才能建立戰功，才能得此厚賞，而自古美女愛英雄，更何況是自己的丈夫呢？由此推論，此閨婦是很愛自己的丈夫的。然而，對於絕大多數人來說，愛是一種實實在在的情感表達，包括語言的交流，目光的傳情，肉體的接觸，而不是純精神之戀。所以，這位閨婦愛丈夫的具體表現就是渴望丈夫回到自己的身邊，過著幸福的夫妻生活。帷幕上繡著一對鳳凰，出神地觀看著依依弱柳上燕兒來回飛翔，就是這種渴望的具象。最後兩句寫她相思之深與相思之苦。因白日長久的思念，夜晚，便夢到你歸來，這夢一定是極為甜蜜的，可是，夢總是不能長久的呀，醒來之後又如何呢？一定是惆悵憂傷，並陷入更深的思念之中。「遼陽音信稀」，是對閨人相思深的原因說明，與下句「夢中歸」連起來看，倒不是閨婦對丈夫的怨言。

思帝鄉 一首

花花，滿枝紅似霞。羅袖❶畫簾❷腸斷，卓香車❸。迴面❹共人閒語，戰篦金鳳❺斜。唯有阮郎❻春盡，不歸家。

【詞牌】思帝鄉 此調屬「無射商」，俗呼「越調」，見於《教坊記》。有三十三字，三十四字，三十六字諸體。

【注釋】❶羅袖 綾羅衣服的袖子。崔顥〈盧姬篇〉：「堂前堂後羅袖人。」❷畫簾 有畫飾的簾子。❸卓香車 停立著美人所乘的車子。卓，立意。韋莊〈春陌〉其二：「滿街芳草卓香車。」❹迴面 猶回頭。韓偓〈厭落花〉：「也曾同在華堂宴，佯佯攏鬢偷回面。」❺戰篦金鳳 鳳形的頭飾，見卷一溫庭筠〈歸國遙〉其二（雙臉）注❶。❻阮郎 傳說中到過仙境的人。《古小說鉤沉》輯《幽明錄》略云：「漢明帝永平五年，剡縣劉晨、阮肇共入天台山取穀皮，迷不得返。經十三日，採山上桃食之。下山以杯取水，見蕪青葉流下甚鮮，復有胡麻飯一杯流下，二人相謂曰：『去人不遠矣。』乃渡水，又過一山，見二女，容顏妙絕，呼晨、肇姓名，問：『郎來何晚也？』因相款待，行酒作樂，被留半年。求歸，至家，子孫已七世矣。」

【語譯】到處是鮮花，滿枝似紅霞。風綠江南岸，柳樹生嫩芽。羅衫寬袖美婦，正當青春年華。面對無限春景，停車看景想起他。畫簾拉起不看景，故意與同車夥伴閒話。「小紅翠鈿好，阿香鳳篦斜」。春日郊遊夫婦多，惟有我阮郎春盡，不歸家。

【賞析】這闋詞雖短，但描述了一個獨居的閨婦觸物傷懷的全部過程。春闌之時，閨婦和同伴一起去遊春。觸目所見，皆是爛漫的花兒，一樹樹，一枝枝，一片片，似錦般燦爛，似霞般瑰麗。馬車穿行在夾花的路上，像船兒行在花的海洋裏，聞著沁人心脾的花香，真是快活極了。遊春的仕女們都打扮得豔麗非常，輕薄的羅裙，長長的飄帶，加之寬而長的袖子，顯得非常飄逸，花面交相輝映，一個個宛如從天上下凡的仙女。然而，此時的閨婦心情卻很低沉。她讓車子停下，拉起車窗上的簾子，甚麼也不看，顯出悶悶不樂的樣子。何以會這樣呢？因為外面的景致給了她很深的刺激。花紅柳綠，多美的時光啊！再看郊野上春遊的人，許多是夫婦同遊，他們的臉上都流露出甜蜜與幸福，只有我，孤孤單單，我還有甚麼心思欣賞這美景呢？她的孤單並不是指她一個人來遊春，而是指不是夫妻同遊。陪她來的人大概有一兩個，小姑子或丫鬟之類。當她們發現了她心裏不痛快時，便詢問她身體是否不適，她怕同伴發現她在相思，趕緊說些首飾之類的話，引開大家的注意力，「戰篦金鳳斜」，插在這裏，若不這樣解，就無法解得通。儘管「共人閒語」，但剛才因景而引發的相思之情並沒有被剪斷，閒語一停，相思便又襲上心頭。人家丈夫，都戀著家，戀著自己的妻子，陽春三月，攜妻一起郊遊，享受美好的人生，「惟有阮郎春盡，不歸家」，阮郎當是指自己的丈夫。目下繁花似錦，春還未盡，而說「春盡」，則反映了閨婦對丈夫的失望：即使到春盡之時，他也不會回來。用「阮郎」稱自己的丈夫，是懷疑丈夫別有所愛。因劉、阮在天台七世後方歸，就是因為遇見了容貌絕妙的女子。

夢江南 二首

其一

千萬恨，恨極在天涯❶。山月❷不知心裏事，水風空落眼前花，搖曳碧雲斜。

【詞牌】 夢江南，又名〈憶江南〉、〈謝秋娘〉、〈夢江口〉、〈望江南〉、〈望江梅〉等。屬「林鍾宮」，俗稱「南呂宮」。《樂府雜錄》云：「望江南，始自朱崖李太尉鎮浙西，為亡妓謝秋娘所撰，本名〈謝秋娘〉，後改此名，亦曰〈夢江南〉。」

【注　釋】❶恨極在天涯　怨恨在天邊的那個人。天涯，天邊。李商隱〈高松〉：「伴我向天涯。」❷山月　山上之月。宋之問〈端州別袁侍郎〉：「客醉山月靜。」

【語　譯】冤家不歸家，妾恨多如沙。何事被纏住，長期留天涯。山上月冷無情，不來寬慰嬌娃。水邊急風冷酷，摧落眼前鮮花。天空碧如洗，悠閑白雲斜。

【賞　析】這一闋小令〈夢江南〉，只有二十七字，卻表達了閨婦的一腔心事，堪稱言簡意賅，尺幅千里。領起一句「千萬恨，恨極在天涯」，直抒胸臆，似乎是一腔怨恨的潮水滾滾地向我們湧來，又似乎讓我們聽到了一聲極長的在四面八方的空中久久迴蕩不息的怨聲。千萬恨，表明了恨之多，恨之深，若不是她經歷了無數次由期望到失望的痛苦過程，如何會對自己的郎君有「千萬恨」，這三個字，字字是血，字字是淚，包含著多少委屈與悲傷，也反映出這個天涯遊子對家庭的不負責任和對妻子感情的不珍惜。「山月不知心裏事，水風空落眼前花」，本是極自然而無可責怪的現象，可是，在「恨極」的女子看來，風花雪月太冷酷，太不關情。我欲哭無淚，我痛苦至極，但山月卻像沒事似的，照樣悠閒地在空中漫步，照樣露出一副銀盤笑臉面對人間，它一點也不給我同情和寬慰；水邊之風不但不來撫慰我這一顆破碎的心，反而將我眼前的鮮花橫加摧殘，落英紛紛的景況使我想到我花似的青春也將空落，祇是空落於歲月的大風；一碧如洗的天空，白雲悠閒飄蕩，對我的「心裏事」與「千萬恨」全然不顧。一個想得到理解與同情的人卻被冷漠所包圍，她將如何呢？她的精神之抑鬱得不到釋放，她的悲戚無由發洩，她將會更加地痛苦。對於這「千萬恨」之「恨」字，我們決不能作「仇恨」、「憎恨」來理解，這「恨」是愛而不得的表現，恨深也是愛深。一旦郎君從「天涯」歸來，「千萬恨」立即便轉化成「千萬愛」。

其　二

梳洗罷，獨倚望江樓❶。過盡千帆❷皆不是，斜暉脈脈❸水悠悠。腸斷白蘋洲❹。

【注　釋】❶望江樓　樓名，既然在樓上可望江，此樓則築於江濱。劉兼〈江樓望鄉寄內〉：「獨上江樓望故鄉。」❷千帆千船。晉〈三洲歌〉：「遙見千幅帆，知是逐風流。」❸斜暉脈脈　西斜的陽光柔和得像情人的秋波。❹白蘋洲　長滿蘋草的水洲，蘋花色白，故云白蘋。

【語　譯】夜盡到白晝，穿衣梳罷頭。盼望郎歸來，獨倚望江樓。過盡千帆都不是，不見郎君一歸舟。斜陽脈脈普照，江水悠悠東流。白蘋洲上春色，給斷腸人添愁。

【賞　析】這是一闋絕妙好詞，在金碧炫人的花間詞中，別具清新淡遠的風格。古今選編唐五代詞者，無一不將此詞選入。全詞描寫一個倚樓獨望的女子。「梳洗罷，獨倚望江樓」，交代了時間、地點和人物，同時也點出了離人歸來的路線——水路。她在晨曦初起之時，即起床梳洗，一梳洗好，就趕忙上樓去，倚欄眺望，盼望著離家的親人早日歸來。梳洗、倚樓、眺望，動作是連續的，心情是急切的。梳洗，既是早晨起來必做的事情，也含有為迎接「悅己者」而「容」的意思。領起一句述其「梳洗罷」才倚樓眺望，既表明女子的一片痴情，也表明女子的愛中有著對郎君理智的尊重。「獨」字說明她的身份，是獨守閨樓的良人婦，同時也說明她等候之急切的原因，「獨」使她飽受寂寞與相思之苦，她渴望成雙的生活。「過盡千帆皆不是，斜暉脈脈水悠悠」，這兩句意境悠遠，充滿了詩意。「千帆」，言船之多，船來舟往，爭流競渡，絡繹不絕，「皆不是」寫她失望之甚。千帆經過，說明出門在外的遊子們，在這春日裏，都能理解到獨守閨中的妻子的心情，一個個都買舟回家，與親人團聚了，唯獨沒有自己郎君的蹤影，「千」是明寫，「一」是暗寫，形成鮮明的對比，寫出了閨婦的失望。「千帆過盡皆不是」，表現了她神情專注，心不旁騖。她注視著一隻一隻駛來的船，她多麼希望在這些熙熙攘攘的船中，有一隻帆船離開江心，向樓邊靠來，帆落下來了，船頭上站立著一個熟悉的身影，搖著手，向她呼喊著。然而，這一情景始終沒有出現，它們一艘艘都疾駛而去，從她的眼前掠過，從她的心頭掠過。千帆經過，逐一辨認，這需要多大的耐心，多少的時間啊。一「盡」字既寫出了船去江空的景況，又寫出了她希望盡去的悲涼。「千帆過盡」之後，只有落日的餘暉，照耀著悠悠遠去的江水。「斜暉」，照應「過盡」二字，點明江上船隻「過盡」的原因是因為已近傍晚；又與開始的「梳洗罷」相呼應。尤其是這時間推移的意思，對於塑造女子的形象極為有力。從早到晚，她一直倚樓相望，身子麻了，眼睛酸了，但她仍一隻隻船的辨別著，直到江面上不再有一片船帆。這無疑表現出她對愛情的忠貞與執著。「斜暉脈脈水悠悠」，是景語，也是情語。閨婦整日倚樓盼望的舉動，使本無情的斜暉與流水也為之感動。斜暉散發出柔和的光芒，溫情地撫摸著她，給她以安慰。它還給江水鍍上一層橘黃的金色，造就一幅美麗的江面夕照圖來分散她的注意力，排遣她的憂愁。江水替她流淚，嗚咽東去，其悠長不斷，也象徵著她的情思。前兩句寫她的滿懷希望，而三四兩句則寫她的失望，從希望跌落到失望，精神上是極為痛苦的，比起本無希望的相思更加痛苦。所以，作者以「腸斷白蘋洲」一句作結。然而，何以將「腸斷」與「白蘋洲」相連繫呢？這是因為古人常把「白蘋洲」作為送別之地的替代詞。孟浩然〈送元公之鄂渚尋觀主張驂鸞〉詩云：「贈君清竹杖，送爾白蘋洲。」趙微明〈思歸〉詩云：「猶疑望可見，日日上高樓。惟見分手處，白蘋滿芳洲。」當她順著江流，向遠處眺望之時，看到了他們的分別之地白蘋洲，此時洲上開滿了白色的蘋花，大自然的春天快要過去了，人的青春年華又何以能停留駐足，很快也會枯萎凋謝，而在這鮮花怒放的日子裏，他卻獨自不歸。望了一整天而望不到郎君的歸帆，又因白蘋洲而作如是想的閨婦，此時能不腸斷？全詞以「望」字為詞眼，寫出了從盼望、失望到最後絕望的心理過程，極具感染力，是我國古典詩歌中閨望的代表作。唐圭璋先生在其《唐宋詞簡釋》中評說：「溫詞大抵綺麗濃鬱，而此首空靈疏蕩，別具丰神。」

河傳 三首

其一

江畔，相喚。曉妝鮮❶，仙景箇女採蓮❷。請君莫向那岸邊，少年，好花新滿船❸。

紅袖搖曳❹逐風暖，垂玉腕❺，腸向柳絲斷。浦❻南歸？浦北歸？莫知。晚來人已稀。

【詞牌】河傳　此調屬「林鍾宮」，俗呼「南呂宮」，又屬「黃鍾商」。俗傳為煬帝將幸江都時所製，聲韻悲切，體格較多。

【注　釋】❶曉妝鮮　晨起打扮後煥然一新。❷仙景箇女採蓮　在風景幽秀如仙境的地方，有些女子在採蓮。❸請君三句　皆係舟人之語。❹紅袖搖曳　紅衣袖子被風吹拂著。杜牧〈書情〉：「摘蓮紅袖濕。」❺玉腕　白嫩如玉的手腕。王建〈織錦曲〉：「玉腕不停羅袖卷。」❻浦　水濱、河岸。《詩・大雅・常武》：「率彼淮浦，省此徐土。」《傳》：「浦，涯也。」

【語　譯】盛夏豔陽天，江灣淺水邊。少女好幾個，晨妝好新鮮。風景幽美似仙境，女子乘船來採蓮。艄公關切勸女子：「船兒莫要划那邊。那邊鮮花裝滿船，還有風流青少年。」　江風拂拂吹紅衣，風入寬袖暖洋洋。採蓮露玉腕，魚躍船前移。少年上岸去，情長如柳絲。目送少年影，魂斷情依依。「少年浦南浦北歸？」大膽問人人莫知。風急江浪高，天晚人跡稀。

【賞　析】這闋詞清新活潑，淡雅宜人。如果說溫詞的大部分剪紅刻翠之作像金碧輝煌的宮殿，那麼，這首詞則像自然樸素的鄉野。詞作描寫幾個少女鍾情於幾個少年的事。「江畔，相喚。曉妝鮮，仙景箇女採蓮。」一個晴朗的夏日早晨，一群女孩子走在江濱，她們的衣服紅紅綠綠，十分鮮豔。晨暉映在青春的臉龐上，像花朵一般的燦爛。她們唱著，笑著，呼喚著，無憂無慮，沉浸在幸福、快樂之中。她們所在的江濱也是美麗的地方，江水拍打著涯岸，激起一串串的水珠；遠處，江面寬闊，江鷗翱翔；更美麗的是江灣處，被田田的荷葉鋪滿，在綠色的荷葉上，伸出一枝枝霓裳色的荷花與深綠色的蓮蓬。人走在江濱，被荷花的清香包圍著，沁入心脾，只感到世界充滿了幸福與甜蜜。詞作首先寫明地點為江畔，是為了營造一個讓人物能夠自由活動的環境，後文寫女孩子對少年的鍾情，而這沒有約束的江畔正是她們生出情感的良好環境。若人物活動的場所是在家長們監視之下的庭院，或是在人群熙熙攘攘的路上，都不能像在江畔這樣讓感情任意馳騁。「請君莫向岸那邊，少年，好花新滿船」，此三句是給她們划船的艄公之語。他被主人派來給小姐搖船，定是個老成的上了年紀的人，他除了搖船外，還負有保護小姐免遭傷害的責任。當他看到江灣那邊有一群少年人也在採花時，趕緊告誡她們：「不要到那邊去，那邊有少年。」按照禮教的規定與一般的閨訓，女子見了陌生的男子，需趕緊避開，免生事端。可是這些放出籠子的鳥兒誰還理會那些規矩，所以，把艄公的告誡只當作耳邊風，手中的槳板仍不停地「向那岸邊」划去，這時，艄公急了，又說「不要去，那邊的荷花已被採光，你們沒看到他們的船上裝滿了鮮花嗎？」他是多麼不理解女孩子們那一顆顆對異性渴望的心哪！豆蔻年華的女子，又被久閉在閨房中，求「吉士」而不可得，現在有了機會，本能的驅使使她們作出一些大膽的舉動，船還是搖向了那邊。「紅袖搖曳逐風暖，垂玉腕」，女子們挽起紅袖，採摘蓮蓬與荷花。其實，她們這時已無心採蓮了，整個心思都飛到了「那岸邊」，採蓮只不過是留在這裡的一個遮掩行為。她們一定是眼角流波，風情萬種。常常露出「玉腕」就是一個明證。「風暖」是風吹紅袖後的感覺，然而為何先前沒有這樣的感覺呢？非先前風不暖，而是先前不像現在心跳加快、臉紅耳熱也。雖然女子們對岸那邊的少年們非常鍾情，然而落花有意，流水無情，少年們沒有作出愛的反應，爬過江堤，穿過密密的叢林，走了。船上的姑娘們此時不再採蓮，一個個佇立船上，向少年走去的地方望著。多好的美少年啊，可惜連個話兒都沒能搭上。她們留戀不捨之情猶如岸邊長長的柳絲，錯過機會的惋惜使她們痛苦不堪。然而，她們又生出一絲希望，天色尚早，或許他們因什麼事暫時離開，過會兒還會回來，於是，她們等呀等呀，一直等到暮色四起，江空人稀的時候，仍不見少年們回來。今天一定見不到他們了，但不知他們住在何處，若曉得他們的家在哪裏，也好找機會見面呀。愛情的力量使她們戰勝了害羞，她們去問「那岸邊」的人：「那群小伙子，自浦南歸去呢？抑自浦北歸去呢？」遺憾的是，人們都搖頭說不知。此時，風急浪湧，荷葉起伏，一幅令人生起無限冷意的圖像。女孩子們如何，詞作沒有寫，但我們能猜想得到，她們衹能帶著十分遺憾的心情重被鎖入深閨，別無選擇。

其二

湖上，閒望。雨瀟瀟，煙浦❶花橋路遙。謝娘翠娥愁不銷，終朝，夢魂迷晚潮❷。
蕩子天涯歸棹遠，春已晚，鶯語空腸斷！若耶溪❸，溪水西，柳堤，不聞郎馬嘶。

【注釋】❶煙浦　雲霧籠罩的水濱。王建〈泛水曲〉：「載酒入煙浦，方舟泛綠波。」❷夢魂迷晚潮　夜晚作夢乘舟渡潮到郎君處。韋莊〈清平樂〉〈瑣窗春暮〉：「夢魂飛斷煙波，傷心不奈春何。」唐・戴叔倫〈送崔拾遺峒江淮訪圖書〉：「天涯過晚潮。」❸若耶溪　溪名，在今浙江省紹興縣若耶山下，注入鏡湖。又名五雲溪，為歐陽冶子煉劍之所。傳說西施曾浣紗於此，故又名浣紗溪。李白〈採蓮曲〉：「若耶谿旁採蓮女，笑隔荷花共人語。」

【語　譯】東風吹湖上，平鏡起風浪。妾站湖岸邊，遙向遠處望。細雨瀟瀟天濛濛，花橋路遠不知向。閨婦望郎郎不歸，整日鎖眉心悲傷。夜裏作夢乘飛舟，駕著潮頭到郎旁。　郎在何處妾不知，蕩舟天涯難尋跡。花飛春將去，人老空相思。雛鶯已能語，少婦心如撕。清澈若耶溪，幽美溪水西。高柳夾堤堤迢迢，不聞郎馬嘶。

【賞　析】這闋詞像一幅寫意的水墨畫，美的意境與主人翁的濃情都需要慢慢的品嚐而後才能得到。「湖上，閒望。雨瀟瀟」，點明了地點與人物，濃墨潑灑出人物所在之背景。由湖上而望，說明閨婦所望的人始由舟楫遠遊，故閨人以為亦由舟楫而回也。「閒望」之「閒」，決非空閒之意，而是安靜，此精神面貌反映出該閨婦是一大家女子。由後文看出，此婦因思君多日，心如火燎，然而因修養較深，喜怒而不動於神色，雖急盼郎君歸來，卻表現出嫺靜的樣子。「雨瀟瀟」，既是客觀之景，也是主觀之情，她心中的淒苦又何嘗不像現在飄零的風雨呢？「煙浦花橋路遙，謝娘翠娥愁不銷，終朝」，閨婦閒望的結果怎樣呢？湖上煙雨濛濛，連湖邊的花橋都隱沒其中，更不要說遠在天邊的郎君了。望郎郎不見，閨婦愁眉又如何展開呢？「終朝」，是說她從晨風起到晚潮生，一直徘徊於湖畔，等待著水天一線之處出現一片歸帆，然而始終是煙水茫茫，空空蕩蕩。白日望而不得，思而不見，夜裏則作夢，夢見自己乘船似乎在晚潮般的浪上航行，「迷」，是不清晰的意思，它將夢境的模糊特點表現了出來。「蕩子天涯歸棹遠」是承上片「煙浦花橋路遙」而來，是說郎君漂泊天涯，距家很遠。「蕩子」是閨婦對郎君不滿的稱呼，也可以看出她的郎君已長時不歸，她的痛苦已非一日，並揭示出閨婦從早至晚到湖濱「閒望」的原因。「春已晚，鶯語空腸斷」，進一步描述了女子等待的痛苦。時至暮春，而她一定是從初春之時「望」起，從早到晚，日日如此，柳已綠，花飛落，雛鶯老，但仍是孤單一人。一個「空」字傳遞出人物內心的極端失望。但是，對愛情的忠貞與摯著，並沒有使她徹底地灰心。湖上既望而不見，復又轉望岸上，所望之處為若耶溪西之柳堤上。然而，柳籠長堤，寂靜無聲，始終也聽不到郎君馬的嘶鳴。借「若耶溪」這一西施浣紗之處代指思婦的住所，是有寓意的。它說明思婦不但有喜怒不形於色的修養，還具有西施的美貌。而如此一個完美的人，居然得不到幸福，豈不令人同情。該詞不僅造語工巧，而且十分擅長用意象和畫面來傳情達意。讀者通過它所營造的幾個完整的意境，領會到了思婦淒苦的思情。同時，這首詞以句式的變化、押韻的密集和換韻，使其形式美得到充分的體現，音節清婉短促，聽來猶如寒風中之更聲。

其三

同伴，相喚。杏花稀，夢裏每愁依違❶。仙客❷一去燕已飛，不歸，淚痕空滿衣。

天際❸雲鳥引情遠，春已晚，烟靄渡南苑❹。雪梅香，柳帶長，小娘❺，轉令❻人意傷。

【注釋】❶夢裏每愁依違　夢裏常常愁慮離合之事。每，常常意。依違，忽離忽合。曹植〈七啟〉：「飛聲激塵，依違厲響。」❷仙客　本指仙人。許渾〈重遊飛泉觀題故梁道士宿龍池〉：「仙客不歸龍已去。」這裏代指所思之遠人。❸天際　天邊。謝朓〈之宣城郡出新林浦向板橋〉：「天際識歸舟。」❹南苑　唐皇朝苑囿名，此處為泛指。白居易〈長恨歌〉：「西宮南苑多秋草，落葉滿階紅不掃。」❺小娘　少女。《正字通》：「今俗稱幼女曰小娘。」元稹〈箏〉：「慢逐歌詞弄小娘。」❻轉令　更令。

【語譯】葉綠春已暮，郊遊幾夥伴。樹密掩人影，尋覓相呼喚。東風吹落杏花稀，身單影隻人依舊。近來常常作舊夢，離合情景幕幕過。郎君去時燕未來，現在雛燕繞屋轉。郎君不歸妾悲傷，淚流多少不勝算。　鳥兒展翅飛天上，帶妾思情尋找郎。花落春欲歸，仍未成鴛鴦。煙靄罩南苑，閨婦淚汪汪。殘春仍可賞，雪梅正飄香。柳絲雖已綠，多情舞袖長。浪子漂蕩不戀家，更悲是小娘。

【賞析】這闋詞雖然寫的仍是爛熟了的閨思題材，但在表現手法上與他作相比，有所變化，它以意象的轉換與主人翁意識的流動組成了這首詞的內容，並以此抒發淒苦的思情。「同伴，相喚。杏花稀」，作者在詞的開頭就切入了一幅暮春仕女郊遊圖。東風勁吹，杏花零落，就一般人而言，見此景況也會由花的凋謝想到青春的流逝，更何況盛年卻獨居的婦人呢。她一定是感慨萬端，惆悵無限。由春的歸去所引發的苦悶，變成長夜中連續不斷的夢，她作夢的內容都離不開與郎君分別和團圓的情景，或是在煙柳籠罩的長堤上，他們執手相看，無語凝咽，郎君騎馬而去，一步三回頭；閨婦佇立於長亭，舉首遙望，直到聽不見馬兒的嘶叫。或是久別之後，聚合在香煙裊裊的閨房內，擁抱相親、各自訴說著別後的思念。夢畢竟不是現實，儘管閨婦也作了不少團圓的夢，但她渴望的心靈一點都沒得到撫慰。白天，她仍在苦苦地思念著他。她想到郎君去時，燕還未歸，可是現在雛燕不但生出來了，還跟著老燕子一起飛翔。這麼長時間了，他還未歸來。想到此，她止不住心中酸苦之情的湧動，淚水一個勁地流淌著，打濕了衣裳。「空」字說明她如此想念與如此流淚決非一日了，可是郎君至今仍未歸來，豈不是淚水白流，相思徒勞？不過，空中的鳥兒還是被她的一片痴情感動了，牠啼叫著，飛入雲端，飛向遠方，牠要帶著閨婦的思情去尋覓遠人，告訴他閨婦深深的思念。這一切自然是一種想像，而這想像者可能就是閨婦本人。她在無可奈何之時，心裏作此虛幻的想像，並真誠地將願望託付給在她認為是有情的鳥兒。她還請鳥兒轉告郎君：不要以為春色將盡，沒有景致可賞，就乾脆不再回家，其實，殘春之時，仍有美景可賞：如紗如霧的煙靄籠罩著花紅柳綠的南苑，猶如美人遮上了面紗，顯示出神秘的魅力；雪白的晚梅還正在開放，其芳香不減臘梅；柳條綠葉如剪，如善舞的長袖一樣隨風飄蕩。「小娘，轉令人意傷」，空間沒有轉換，但時間已不在與鳥兒談話的那一刻了。經過了數日後，春真正的歸去了，可是郎君仍杳無音信。此時的閨婦更為悲傷，悲傷的狀態沒有寫，但可以確定，比起「淚痕空滿衣」更甚。

蕃女怨 二首

其一

萬枝香雪❶開已遍，細雨雙燕。鈿蟬箏❷，金雀扇❸，畫樑相見。雁門❹消息不歸來，又飛迴。

【詞　牌】蕃女怨　此調屬「林鍾宮」，俗呼「南呂宮」。《教坊記》未著錄。萬樹《詞律》云：「此調起於溫八叉，餘鮮作者。」共為三十一字。

【注　釋】❶香雪　花。唐・韓偓〈和吳子華侍郎令狐昭化舍人歎白菊衰謝之絕次用本韻〉：「正憐香雪披千片，忽訝殘霞覆一叢。」❷鈿蟬箏　箏上飾有金蟬。箏，樂器之一種。溫庭筠〈彈箏人〉：「鈿蟬金雁皆零落，一曲〈伊州〉淚萬行。」❸金雀扇　畫有金雀的扇子。《南史・何戢傳》：「上頗好畫扇。宋孝武賜（何）戢蟬雀扇。」❹雁門　山名。即句注山，在山西省代縣西北。《爾雅》謂之北陵，亦曰西隃。《山海經・海內西經》：「雁門山，雁出其間。」東西山巖峭拔，中有路，盤旋崎嶇，絕頂置關，曰雁門關，自古為戍守重地。

【語　譯】萬枝花兒開遍，香雪美景出現。細雨朦朧天，空中飛雙燕。愁悶彈蟬箏，徘徊搖雀扇。樑上燕兒交頸相依，此情此景隱現眼前。戍守邊塞郎君久不歸，音信杳無閨婦心懨懨。雁來不停留，飛回疾如箭。

【賞　析】這闋詞只有三十一字，但時間的跨度卻從春到秋，空間從室外到室內。寫出了閨婦較為複雜的思情。詞作首先給我們描繪了一個花團錦簇的春天世界。杏花、梨花、桃花，競相開放，遠遠望去，竟是一個浩瀚的香雪海。閨婦處於這花的海洋中，始時悅目、快樂，花的芳香似乎排解了她整日的相思之情，心情為之一鬆。然而，這樣的精神狀態很快就被眼前飛舞的雙燕給破壞了。一對對的燕子在如織的細雨中你追我趕，一會兒平展著翅膀，讓風隨意地飄著，一會兒斜衝下來，掠過水面，又仰飛上天。牠們是多麼的快樂啊！人之獨立與燕之雙飛形成了一個強烈的對比，怎能不令她再生起惆悵之情？她會作如是想：無知的燕子尚能翩翩「雙飛」，而有情的人兒卻反而煢煢獨立，這豈不令人生恨。若郎君回來，和我一起徜徉於這花的海洋之中，吮吸這花的芬芳，不也就和這「雙飛」的燕子一樣了嗎？「鈿蟬箏，金雀扇，畫樑相見」，這三物都顯示了她家庭的富有，所彈之箏與所搖之扇，都有金蟬或金雀來裝飾，樑柱則畫上了畫。物質生活的富裕是不用說的了，然而，精神生活卻極為貧乏，沒有愛，沒有歡樂，甚至連個說說知心話兒的人都沒有。幸福的燕子與痛苦的婦人聚於一室，他們互相望著，燕子似乎說，你雖然彈著鈿蟬箏，搖著金雀扇，任著雕樑畫棟的房子，可是你是多麼的孤獨啊！閨婦則在心裏羨慕這一對燕子：你們交頸相親，呢喃作語，白天同出尋食，夜晚同臥香巢，生兒育女，無憂無慮，你們是多麼的幸福啊！人與燕對視著，默默地交流著心中的想法。而淒苦與幸福的對比，則使閨婦生出無限的酸楚。春去秋來，戍守雁門的丈夫仍沒有回來，而且連消息也斷絕了，從北方飛來的大雁一行一行的，然而，牠們都沒有帶來任何消息。我們可以想像得出，在那大雁南飛的日子裏，閨婦一定倚著欄杆，仰望飛鴻，希望像傳說中一樣，有一隻大雁給她帶來書信。春天又來了，大雁又一行一行的向北方飛去，她這時多麼希望大雁能稍稍停翅，捎上她對丈夫的問訊與讓他春天回來的心願，然而，大雁無情，無動於衷的掠空而過。此時，空等了整整一年的閨婦，其心情又如何呢？

其二

磧南沙上驚雁起，飛雪千里❶。玉連環❷，金鏃箭❸，年年征戰。畫樓離恨錦屏❹空，杏花紅。

【注　釋】❶磧南沙上二句　意思是戰爭興起後，不再有和平的環境。沙磧之雁驚起，千里空中揚雪。磧，沙漠。岑參〈磧西頭送李判官入京〉：「尋河愁地盡，過磧覺天低。」❷玉連環　玉製的玩飾。《戰國策・齊策》六：「秦始皇嘗使使者遺君王后玉連環，曰：『齊多知，而解此環不？』」此處是指征夫衣飾之物。❸金鏃箭　裝有金鏃箭頭之箭。唐・王無競〈滅胡〉：「亭障多墮毀，金鏃全無軀。」❹錦屏　錦緞質料的屏風。王渙〈惆悵詩〉：「夢裏分明入漢宮，覺來燈背錦屏空。」

【語　譯】沙漠上空是蒼穹，沙漠之南驚飛鴻。鵝毛大雪飛，千里白毛絨。刀槍戰事起，征人無笑容。束起玉連環，插箭氣豪雄。戰火年年不停息，飛度關山一重重。閨人別後空等待，畫樓淒涼錦屏空。一春又一春，嘆息杏花紅。

【賞　析】這闋詞在作法上迥異於他作，它雖然仍然表現了閨閣之思情，但將戰亂與出征之畫面突出地摹繪了出來，使得在內容上，纖秀中含有悲壯。「磧南沙上驚雁起，飛雪千里」，用此意象表現了亂世的苦難，雁在荒涼而無人跡的沙漠上都被驚動，可見，世之不安寧到了何種地步！血火交飛，白骨遍野，多少壯丁離鄉背井，多少妻兒孤苦伶仃。整個國家都處於一片陰晦的氣氛之中。詞中的女主人就是戰爭受害者之一，她的丈夫正在沙場上。她反反覆覆地回憶起離別的場面，「玉連環，金鏃箭」，是征人的裝束，其離別的場面，沒有寫，但大概極相似於杜甫在〈兵車行〉中所描述的那樣：「車轔轔，馬蕭蕭，行人弓箭各在腰。爺娘妻子走相送，塵埃不見咸陽橋。牽衣頓足攔道哭，哭聲直上干雲霄。」其景象悲涼而淒慘。「年年」，表示時間之長，在這一年又一年中，這位征人之婦除了思念、等待之外，比起遊子之婦又多了一份懸心的擔憂，丈夫在刀光劍影的沙場上，誰敢保證他不被殺死呢？人們都有這樣的體驗，一個人當擔憂起遠方的親人時，總是將他們往壞處想，而且越想越擔心，最後到了煎心焦肺的地步。此閨婦的心理大概也是這樣，由此可見，她在這「年年」之中，精神上是多麼的痛苦啊！「錦屏空」不能僅僅看作是孤獨地生活，而應由此「空」字領會到閨婦青春白白流逝的含意。「杏花紅」緊承上句而來，我的青春黯淡無光，而花草茂盛之時卻鮮豔欲滴，光彩迷人；我的青春孤獨而冷落，而花草之盛時卻有許多人垂顧欣賞。人竟不如花，女主人翁想到此，豈能不悲傷欲絕？

荷葉杯 三首

其一

一點露珠凝冷❶，波影❷。滿池塘。綠莖紅豔❸兩相亂，腸斷，水風涼。

【詞牌】荷葉杯　此調屬「林鍾宮」，俗呼「南呂宮」。始見《教坊記》。有二十三字，二十六字，五十字諸體。溫詞三首，皆二十三字。

【注　釋】❶露珠凝冷　露珠望之有冷意。❷波影　波光。高駢〈錦城望〉：「蜀江波影碧悠悠。」❸綠莖紅豔　綠色荷莖，紅色蓮花。張笈〈採蓮曲〉：「試牽綠莖下尋藕。」溫庭筠〈池亭〉：「紅豔影多風嫋嫋。」

【語　譯】風吹荷葉搖擺忙，水珠似露晶晶亮。冰清玉潔有冷意，波光粼粼滿池塘。綠色荷莖婷婷立，粉紅荷花豔豔妝。參差交錯相輝映，此情此景人感傷。塘上微風起，風來知水涼。

【賞　析】這闋詞除了「腸斷」二字外，沒有寫到人的情感動作，多是客觀的自然景象的描寫。但是，卻能夠通過物的意象傳導出閨婦傷感的情懷。「一點露珠凝冷，波影，滿池塘」，露珠既可理解成晨露，也可理解為荷葉上的水珠。水珠在碧綠的荷葉上滾動，是極美的景象，但是，閨婦卻沒有領略到其景象之美，倒感覺到水珠的涼、冷，其實，水珠無論涼、冷，人不與其接觸，是感覺不到的，閨婦之所以感覺到冷，那是因為她心冷也，而心冷又往往為盛年獨居的原因引起。滿池塘的水在陽光的照射下，波光粼粼，如散金碎玉，這景象也是很美的，然而，閨婦仍然沒有領略到這一美景，否則，她就不會「腸斷」，她的認識大概是「吹皺一池春水」的認識，不但不美，反而有亂的感覺，這與水珠之冷的感覺同樣，非水亂，而是心亂也，是內心的情感投注到客觀景物上的主觀感受。水珠與波影雖然沒有給她以美感，但也沒有給她帶來痛苦，直接致使她「腸斷」的是「綠莖紅艷兩相亂」。荷莖如同綠色的玉柱，婷婷而立，更美的是它頂著的荷花，豔而不俗，香而不膩，美輪美奐，儀態萬千。它們給予閨婦的第一感覺是美的，但盛年而貌美的她立即由荷花聯想起自己，自己端莊而美麗，不正像這出水芙蓉嗎？可是自己卻不如眼前紅豔的荷花，荷花有綠葉扶持，有玉莖陪伴，光彩照人。可是我呢？煢煢孑立，形影相吊，正一天天枯萎下去。她想到此，悲傷欲絕，渾身上下，如同浸入刺骨的冷水之中。她不願再呆在荷塘邊受此刺激了，要轉回到閨房裏將自己鎖起來，以免受外界的刺激。然而這些想法都是無意識的，有意識的只是「水面上起了涼風，該回去了」。

其　二

鏡水❶夜來秋月，如雪。採蓮時。小娘紅粉對寒浪，惆悵，正思惟。

【注釋】❶鏡水　鏡湖之水。《讀史方輿紀要・會稽縣》：「鑒湖，城南三里，亦曰鏡湖，一名長湖，又名南湖。舊湖南并山北屬州城，漕渠東距曹娥江，西距西小江，潮汐往來處也。」賀知章〈採蓮〉：「稽山罷霧鬱嵯峨，鏡水無風也自波。」

【語譯】鏡水平無風浪，秋月皎皎放光芒。月光灑落如白雪，宇宙上下徹底亮。晨時女子去採蓮，粉樣面容對寒水。冷水浸手涼到心，無心採蓮人惆悵。寃家不回來，妾身長思想。

【賞析】全詞二十三個字，描寫了兩個意象，一是夜晚的鏡湖，一是白天的鏡湖。「鏡水夜來秋月，如雪」，描摹了一個湖上夜月圖。天上，秋月皎潔，星光燦爛，月光如霧如霰，如乳如水；湖上，銀波萬頃，波浪如雪。風輕輕地搖動，湖微微地晃蕩，湖裏的月亮星星也跟著一起晃蕩。人處於其中，或站在涯邊，會有心曠神怡的感覺。然而，對於這位「小娘」卻不是這樣，如果她也像平常人那樣產生美感，就不會「惆悵」了。她不是墨客騷人，夜靜之時，泛舟湖上，與三兩同道，賞月吟酒。她於夜晚之時，來到湖上，沒有人陪伴，一定不是雅興使然，而是遣懷也。心中苦悶，無處訴說，於是到湖上以期排解。她能排解掉心中的苦悶麼？不能。月之圓定會引發她對家庭團圓更強烈的渴望，湖之靜會使她更加感覺到孤獨與寂寞。因此，此時雖為荷花盛開、有蓮可採的夏天，但她的身體卻有陣陣寒意，故而，由潛意識的作用，使她從波浪想到了冰冷的雪。後一個意象，在其含意上相似於前一個。由「寒浪」得知，小娘採蓮的時間是在夏日之清晨。因為只有在清晨，水溫比較清涼一些。若是中午左右，酷日當空，水如熱湯，焉有「寒浪」的感受？夜晚徘徊於湖邊，或泛舟於湖上，清早又到湖上採蓮，說明小娘整夜未能安眠也，她的心還沉浸在相思的情感之中，她的精神仍在承受著相思的折磨。因此，再美的景致也不能給她帶來多少美的娛悅。按說，白日湖光之美不亞於夜晚，碧玉般的荷葉，田田地鋪在水面上，像少女裙裾般豔麗的荷花婷婷地站立著，浩瀚的鏡湖，白帆片片，銀色的鷗鳥，上下翱翔。然而她的心情不好，感受不到這些美，相反，倒可能由水想到年華似水，會迅速地流逝，由水之涼應合心之涼，想到身世之悲涼。從而「惆悵」，愈發想念遠遊的丈夫，希望他能趕快回來團聚。

其　三

楚女欲歸南浦❶，朝雨。濕愁紅❷。小船搖漾❸入花裏，波起，隔西風。

【注　釋】❶南浦　南面的水邊。浦，水濱。《詩・大雅・常武》：「率彼淮浦，省此徐土。」❷愁紅　將要凋零枯萎的花。溫庭筠〈元處士池上〉：「愁紅一片風前落。」❸小船搖漾　小船在水中晃蕩的樣子。溫庭筠〈酬友人〉：「游魚自搖漾，浴鳥故浮沉。」

【語　譯】一個嬌娃神態慵，楚地春暮起晨風。嬌娃欲上南岸去，清晨小雨細濛濛。岸上草木雨打濕，花兒凋謝剩殘紅。小船搖搖入了港，兩邊野花一叢叢。湖上波浪起，港深無西風。

【賞　析】這闋詞的意象十分晦澀，難以捕捉，不同的讀者可能有不同的理解。這位楚地的女子極可能居住於船上，和一個住在湖南岸的人相愛，因久未見面，十分思念，便欲去「南浦」尋他。由「朝雨」之「朝」字得知，她一早就划船去了南岸，那麼，「欲歸」就不是早上的心理活動了，可能在數天之前，就有了此打算，但礙於情面，一直未去，這一夜，輾轉反側，徹夜未眠，她的精神痛苦已經到了不得不立即就去的地步，遲緩一分一秒鐘，都會使她承受不了。於是，一早就冒雨前往。「濕愁紅」三字，明是寫暮春的雨景，其實還有象徵的意思，象徵著女子青春將逝，老大未嫁，像春末將要褪色凋謝的花兒。它還起著交代女子為何迫切地去見愛人的原因的作用。到了南浦，女子將船划進了小港汊，這時她的心情不再灰暗，而是充滿了快樂，「小船搖漾」實是心在搖漾，即將見到情人的激動心情宛如平靜的湖面湧起層層的波浪，也如小船在晃蕩。花本來是「濕愁紅」，但此時在她的眼裏，鮮豔怒放，十分美麗，「入花裏」，一種怡然的感受。此時西風驟起，波濤洶湧，但是女子因划入了平靜的港灣，更因為她的心裏快樂無比，不以西風為意，彷彿西風與她隔著十萬八千里，和她沒有任何的關係。這位女子因不是暖香錦帳的閨婦，所以她的愛潑辣、大膽，率性而為。從這個意義上說，溫庭筠這闋詞描繪出了一個不同於他詞的女子形象。

皇甫松 十二首

皇甫松，一名嵩，字子奇，睦州新安（今浙江淳安）人。是工部侍郎皇甫湜之子，生卒年均不詳。約唐宣宗大中末前後在世。松為宰相牛僧孺的外甥，然不相薦舉。因襄陽大水，極言誹謗，有「夜入真珠（僧孺姬）室，朝遊玳瑁宮」之句。松工詩善詞，所作除了被收入《花間集》之外，還有〈醉鄉日月〉及〈大隱賦〉。

天仙子 二首

其一

晴野❶鷺鷥飛一隻，水葓❷花發秋江碧。劉郎此日別天仙❸，登綺席❹，淚珠滴。十二晚峰❺高歷歷。

【詞牌】天仙子　此調屬「林鍾商」，俗呼「歌指調」。始見《教坊記》。有三十四字，六十八字諸體。

【注釋】❶晴野　晴朗的郊野。白居易〈敘德書情四十韻上宣歙翟中丞〉：「晴野霞飛綺，春郊柳宛絲。」❷水葓　草名。生池塘草澤中。唐·李賀〈惱公〉：「鈿鏡飛孤鵲，江圖畫水葓。」❸劉郎此日別天仙　指劉晨與阮肇入天台山採葯遇仙女之事。❹綺席　綺羅墊席。梁·沈君攸〈薄暮動絃歌〉：「絲繩玉壺傳綺席，秦箏趙瑟響高堂。」❺十二晚峰　巫山上的十二峰。巫山之上，群峰連綿，尤著者為十二峰。元·劉壎《隱居通議》卷二九，〈十二峰名〉據〈蜀江圖〉舉其名為獨秀、筆峰、集仙、起雲、登龍、望霞、聚鶴、棲鳳、翠屏、盤龍、松巒、仙人。唐・李端〈巫山高〉：「巫山十二峰，皆在碧虛中。」

【語　譯】晴朗郊野天蔚藍，一隻鷺鷥飛行急。水蘋花正開，秋日江清碧。劉郎想念家，仙女不忍別。坐上綺羅席，未語氣堵咽。手捧餞行杯，淚珠串串滴。巫山之上十二峰，峰峰為之魂斷絕。

【賞　析】劉、阮到天台見到神女的故事，深為人們喜愛，許多浪漫的詞人豔羨劉、阮的幸運，以此為題，度曲題詞，來歌詠此事。因此詞牌中就有〈天仙子〉、〈阮郎歸〉等詞目。唐末五代時，詞人多即題發揮，皇甫詞即是這樣。「晴野鷺鷥飛一隻，水蘋花發秋江碧」，這兩句描繪出了劉、阮與神女分別的環境。這環境是幽美的，又是淒冷的。幽美表現出了仙境的特點，淒冷則反映出分別時的情景。郊野空闊，天空蔚藍，舉目遠眺，讓人神清氣爽；臨近的大江，溫和平靜，水碧見石，岸上的樹木花草倒映其中。然而，景色之中也有讓人淒傷的物象：一隻鷺鷥孤獨地掠空而過，發出令人酸楚的叫聲；江邊有花，然而，花不大，也不鮮豔，在整個秋色世界中，又是一花獨放。這給讀者一種強烈的暗示，告知讀者劉郎與仙女分別後的生活將是孤獨與寂寞的，並將一種愴然的情緒傳導給讀者。「劉郎此日別天仙，登綺席，淚珠滴」，此三句具體地寫出了劉郎與天仙分別時的情景。仙女美貌而多情，在她相留劉、阮二人半年的時間裡，行酒作樂，一定結下了深厚的感情，若不是二人想念家鄉與父母，他們不會離開此地。「綺席」二字，說明仙女對他們的敬重，綺羅華貴之席，是餞別之宴的墊席，可見在仙女的心目中，劉、阮有著極高的地位。他們一定回憶著在一起的美好時光，互相千叮嚀、萬囑託要好好保重，仙女並要求他們看望父母後再回來。分離的時刻終於到了，雙方掩面而哭，珠淚在臉上不停地滾動著。此情此景都被巫山十二峰看到了，它們默默無聲，深為感動，一起肅立著，和仙女目送著劉、阮的歸去。作這樣的理解是有根據的，因為巫山有神女等靈異之傳說，它們在人們的心目中，似乎都是有情之物。當然，我們在理解時不必拘泥於地理上的距離問題。此詞雖然吟詠了本不存在的仙人相戀之事，但所歌頌的卻是人類共有的美好的愛情，故能扣動人的心弦。

其　二

躑躅花❶開紅照水，鷓鴣飛遶青山觜❷。行人經歲始歸來❸，千萬里，錯相倚。懊惱天仙應有以❹。

【注　釋】❶躑躅花　花名。暮春時開放，花有紅色與黃色。白居易〈山石榴寄元九〉：「山石榴，一名山躑躅，一名杜鵑花。杜鵑啼時花撲撲，九江三月杜鵑來，一聲催得一枝開。」❷鷓鴣飛遶青山觜　鷓鴣鳥繞著青山的入口處而飛行。鷓鴣，鳥名。形似母雞，頭如鶉，臆前有白圓點，如真珠。背毛有紫赤浪紋。其鳴聲民間說成是「行不得也哥哥」。晉・崔豹《古今注》中〈鳥獸〉：「南山有鳥，名鷓鴣，自呼其名，常向日而飛。畏霜露，早晚希出。」❸行人經歲始歸來　行旅之遠人要到一年之後才歸來。行人，行旅之人。經歲，經年。❹有以　有這樣的情況。

【語　譯】暮春時節三月裏，杜鵑花開紅映水。「行不得哥哥」，鷓鴣山口飛。郎君拋妾去，相隔千萬里。一年才歸來，憂傷心被碎。早知今日苦，不會把身委。即使人如天上仙，也會十分的懊悔。

【賞　析】這一闋詞寫少婦獨居的怨恨，它使我們自然地想起了柳永的〈定風波〉一詞中的句子：「無那！恨薄情一去，音書無個。早知恁麼，悔當初，不把雕鞍鎖。」它在題材上雖然和溫庭筠的許多詞一樣，但是在表達上卻有很大的不同。由第一句得知，此時已是暮春時節，鶯老花殘。「紅照水」既可理解為杜鵑花臨水而開，把水都映照紅了，也可理解為落紅片片，把水都染紅了。不管怎麼說，這時的光景最容易引發獨處的婦女的傷感。而就在閨婦意黯神傷地看著杜鵑花時，一隻鷓鴣鳥一邊鳴叫著，一邊繞著青山觜而飛行。牠鳴叫的是「行不得也，哥哥！」這聲音無疑就是閨婦的心聲，她靜靜地傾聽著，似乎找到了知音。鷓鴣鳥兒彷彿也通人心似的，不是一掠而過，而是繞著青山飛行，不斷地鳴叫著。然而，鷓鴣的鳴叫聲並沒有減淡她的寂寞與苦悶，相反，倒增添了許多憂傷。如果說杜鵑花只是讓她無意間感受到青春的短暫，油然生起悶悶不樂的情緒，那麼，鷓鴣的叫聲則讓她立即陷入到思念郎君的痛苦之中，其心境也轉成無可奈何的哀傷了。由於有鷓鴣鳥兒鳴聲的鋪墊，第三句就顯得極自然。她因鳥鳴的觸發，想到了遠方的郎君。與自己相隔千萬里，空間上的迢迢距離使她感到無比的落寞，不僅如此，郎君需在經年之後方得歸來，時間上的悠悠之感則又使她有一種無所依附的惆悵。她思念不得便有了悔恨之意：早知今日他這樣無情，就不應嫁給他，這日子即使是天上的仙子，也受不了。該詞的構思頗有特色，前兩句注意到顏色的搭配，紅花與青山組成了一個令人悅目的畫面；又前一句的視角是俯看，而後一句則為仰視。三四兩句則從時間與空間兩方面展示了閨婦的心理活動。末兩句則分別從凡人與天仙兩個角度說獨處的苦悶，讓讀者在不自覺中受到主人翁情緒的感染。而這一切都沒有斧鑿的痕跡，有化工之妙。

浪淘沙 二首

其一

灘頭❶細草接疏林，浪惡罾船❷半欲沉。宿鷺眠鷗飛❸舊浦，去年沙觜❹是江心。

【詞牌】浪淘沙 屬「林鍾商」，俗呼「歇指調」。始見《教坊記》。有二十八字，五十四字「雙調」諸體。皇甫松此二詞皆二十八字，與七言絕句無異。

【注釋】❶灘頭 江灘。劉禹錫〈送景元師東歸〉：「灘頭躡屐挑沙菜。」❷罾船 漁船。罾，魚網。❸飛 應作「非」，與下文「是」字相應。❹沙觜 突出水中之崖岸。錢弘俶〈過平望〉：「沙觜牛眼草，波心鳥觸煙。」

【語譯】江灘細草綠盈盈，草連岸上稀疏林。風起水湧浪推浪，漁船半浮半欲沈。鷺鷥宿處非舊地，鷗鳥眠地不斷移。江水洶湧摧堤岸，去年沙觜是江心。

【賞析】這闋詞一改紅男綠女的綺麗內容與纖細的風格，寫大自然的景色，感嘆桑田滄海的巨大變化，隱含著紅顏迅速變為白髮的憂傷。第一句從灘頭寫起，寫兩岸的景色，綠草如煙，從水邊延伸到遠處稀疏的樹林。這是一個自然的生態環境，沒有江堤，沒有密密的樹林，而由這細草與疏林，可見江岸的柔弱。相比之下，大江則凶猛多了。惡浪滔天，驚濤拍岸，打魚的船兒在江面上任其顛簸，像一片輕輕的樹葉，時而被擁到浪尖上，時而又被摔到谷底裏。船兒孤立無助，處於半浮半沉的狀態。這咆哮的大江還不僅戲弄弱小的漁船，它還發著狂威，撕扯著崖岸，而兩岸因沒有江堤與密林的保護，任其吞噬著。在大浪的拍打下，兩岸土崩石潰，向後退縮著。今年鷺鷥與江鷗宿眠處不是往日的窠巢，去年江畔突出的崖岸已變成江心了，即便如此，江水仍沒有停止其撕扯。此詞所描述的自然現象有深刻的象徵意義，而且，它的象徵意義還可以仁者見仁，智者見智。本文開頭提出的詞中隱含著對人生易老的感嘆是一說，另外，還可以理解成這樣的象徵意義：漁舟、江岸象徵著人，而大浪滔天的江水則象徵著擺布人的命運。人對於命運來說，是多麼的弱小啊，任其蹂躪、搓捏，數十年甚至都不需要那麼長的時間，一個有血有肉有個性有理想的人會被它捏成一個與過去面目皆非的人。作者通過這形象的描繪，表現出他的無奈和感傷。該詞用語極為通俗，就其表層的意象來說，也易於理解。從哲理性的特點來說，它與宋代的哲理詩是相通的。

其　二

蠻歌荳蔻北人愁❶，浦雨杉風❷野艇秋。浪起鵁鶄❸眠不得，寒沙❹細細入江流。

【注　釋】❶蠻歌荳蔻北人愁　少女唱起南人之歌興起了北人的鄉愁。蠻歌，南人之歌。唐·杜荀鶴〈送人南歸〉：「花洞響蠻歌。」荳蔻，植物名，多年生常綠草木，又名草果。分肉荳蔻、紅荳蔻，白荳蔻等種，均可入藥。肉荳蔻、白荳蔻國內外均有生產，紅荳蔻生於南海諸谷中，南人取其花尚未大開者，名含胎花，言如懷妊之身。詩人或以喻未嫁之少女，言其少而美。杜牧〈贈別〉：「娉娉裊裊十三餘，荳蔻梢頭二月初。」❷浦雨杉風　菰蒲杉林處的風雨。浦，應作蒲。❸鵁鶄　一名鳽，似鳧而腳高，有毛冠，長目似睛交，故云交睛。」❹寒沙　寒水邊之沙。庾信〈上益州上柱國趙王詩〉：「寒沙兩岸白，獵火一燈紅。」

【語　譯】南方少女歌溜溜，北人聽後雙淚流。雨打菰蒲灑大江，風吹杉林小船橫。鵁鶄顛沛眠不得，浮浮沉沉隨浪流。大浪湧起捲細沙，連連入江不能留。

【賞　析】這是一幅秋江思鄉圖。它能使讀者生出徹骨的寒意，不自覺地結合昔時的人生體驗，心頭漫上惆悵徬徨的酸楚情緒。第一句不是寫江上，而是寫江岸。一荳蔻年華的南方少女在江畔唱起了當地的民歌，那歌聲悠揚、抒情，還帶著濃濃的淒惋的情調。歌聲與少女使客居南方的北方遊子頓時生起了許多鄉愁。在家鄉，也有能歌善舞的少女，更有使人酸心熱耳的民歌，可惜，浪跡在外，已經好長時間沒有回去了，何時再能看到家鄉的姑娘，聽到那些熟悉的民歌小調啊？遊子想到此，愁緒萬端，自己彷彿是個無根的轉蓬，在天上隨風飄颺，無所依靠。他這時十分想念自己的家，從來沒有像現在這樣感覺到家對於他來說是如此的重要。如果說，歌聲引發了他的鄉愁，那麼，此時的環境則增濃了這一鄉愁。岸邊的杉樹林，水邊的蒲草都罩在一片淒風苦雨之中，杉林間的風聲聽起來像病人的呻吟，菰蒲被雨打得歪歪倒倒，可憐極了。而自己所乘的小艇則隨浪起伏，彷彿隨時都有翻覆的危險。這樣的處境怎能不使他更加渴望回到自己安寧而溫馨的家？三四兩句則是用景物寫人，寫遊子不能主宰自己命運的無奈。他像鵁鶄一樣，想有一個安寧之處，然而，他做不到，命運的惡浪一刻都不會讓他安寧；他也像岸邊的白沙一樣，希望停留在一個地方，但是，客觀上的許多因素總是把它捲入動蕩的水中，到處遷移。一個不能決定自己的行動的人該是多麼的痛苦啊！也由此可見，這位北方的遊子之「愁」比起一般的遊子之愁更為沉重，因為他思鄉而不能歸。這首詞除了「北人愁」三字直接描述人物的精神狀態之外，其他都是寫景，但景中寓情。讀了此詞後，我們可以想像出這麼一幅畫面：一個讀書人，滿面愁容的坐在船艙裏，泥塑般的動也不動，透過窗戶呆呆地看著船外的風雨。裏著風雨的酸楚的歌聲不時飄來，他聽著，聽著……，眼眶裏盈滿了淚水。

楊柳枝 二首

其一

春入行宮映翠微❶，玄宗侍女❷舞煙絲。如今柳向空城綠，玉笛❸何人更把吹？

【注釋】❶翠微　山名，一說山之色。《爾雅・釋山》：「未及上翠微。」《疏》：「謂未上頂，在旁陂陀之處。一說山氣青縹色，故說翠微也。」❷玄宗侍女　指唐玄宗時的藝伎，又稱梨園弟子。《明皇雜錄・逸文》：「天寶中，命宮中女子數百人，為梨園弟子，皆居宜春北苑。」白居易〈長恨歌〉：「梨園弟子白髮新，椒房阿監青娥老。」❸玉笛　《西京雜記》卷三：咸陽宮有玉笛，「長二尺三寸，二十六孔。吹之則見車馬山林，隱轔相次，吹息亦不復見。」

【語譯】春行行宮真美麗，綠葉滿樹山青翠。玄宗宮中看歌舞，舞姿翩翩令人醉。如今宮柳空泛綠，帝王舞女魂皆歸。玉笛仍在人不在，還有何人伴舞吹？

【賞析】這首詞感嘆繁華不常，而世事變化迅速。全詞四句，很明顯地分為兩個層次。前兩句寫昔日的繁華熱鬧，後兩句寫今日之蕭條冷落。形成鮮明的對比。唐玄宗是歷史上有名的風流皇帝，他喜愛音樂和歌舞，曾創立梨園。《舊唐書・音樂志》說玄宗曾選坐部伎子弟三百人和宮女數百人於梨園學歌舞，有時親加教正，稱為「皇帝梨園弟子」。當春天來到後，宮柳裊娜，梨花似雪，碧草如茵，附近翠色的山與金碧輝煌的行宮相映交輝。此時，玄宗來到行宮，觀看弟子們的歌舞，歌聲婉轉嘹亮。尤其是侍女們的舞蹈，那真是美不勝收，舞姿婀娜，柔如無骨，旋轉、扭動宛如隨風飄擺的炊煙。玄宗興致勃起，用玉笛吹奏一曲〈楊柳枝〉伴舞，笛吐仙音，女若嫦娥，音樂與舞蹈相得益彰，無論是歌者、舞者、吹奏者，還是觀者，無不沉浸在快樂之中。繁華易逝，歡樂不常。如今行宮猶在，柳樹仍綠，可是那些美若天仙的舞女呢？那勝過仙音的笛聲呢？皆銷聲匿跡，不復存在。作者雖然不動聲色地描述了今昔完全不同的宮廷生活，但他的思想認識還是明白地表示出來了。他認為世事更迭，有如走馬，繁華富貴，皆過眼煙雲。作者並通過今昔對比的兩組畫面傳導給讀者一種蒼涼淒楚的情緒。

其二

爛漫春歸水國❶時，吳王宮殿❷柳絲垂。黃鶯長叫空閨畔，西子❸無因更得知。

【注　釋】❶水國　江南水鄉。江南多水，故稱。宋之問〈秋蓮賦〉：「有芳意兮何成，長無豔兮水國。」❷吳王宮殿　指吳王夫差所築之宮殿。杜牧〈悲吳王城〉：「吳王宮殿柳含翠。」❸西子　即西施。《吳越春秋》卷四：「西施，越苧蘿村女。越王句踐敗於會稽，范蠡取西施獻吳王夫差。吳亡，西施復歸范蠡，從遊五湖。」李商隱〈蝶〉：「西子尋遺殿，昭君覓故邨。」

【語　譯】春花爛漫草萋萋，江南碧水蕩漾時。吳王宮殿仍如舊，環繞周圍垂柳絲。黃鶯歌唱柳浪中，宮中無人誰賞之。西子早已泛湖去，深切思念她怎知？

【賞　析】西施故事一經產生，便為歷代文人密切關注。西施的絕色美貌，西施的奇特經歷，一直成為後人詠誦、評議的對象。他們或將西施作為理想中美的化身，極盡讚美之辭，如《後漢書・邊讓傳》中的〈章華賦〉：「攜西子之弱腕兮，援毛嬙之素肘。」又如宋蘇軾的〈飲湖上初晴後雨〉：「水光瀲灩晴方好，山色空濛雨亦奇。欲把西湖比西子，淡妝濃抹總相宜。」當然，歷史上一些文人受「女禍亡國論」的影響，說西施是吳國滅亡的罪魁禍首，於是改變了《吳越春秋》記載的民間傳說的結局，說句踐班師回越，攜西施以歸。王后暗地派人將西施墜石投入江中，以免越重蹈吳亡的覆轍。然而，唐代文人因其氣度宏大，目光敏銳，提出了與「女禍亡國論」相左的觀點，崔道融為西施辯道：「宰嚭亡吳國，西施陷惡名」（〈西施灘〉）；羅隱則理直氣壯地提出質問：「西施若解傾吳國，越國亡來又是誰？」皇甫松這首詞顯然也是從讚美的角度來看西施的。詞作前兩句從整個的江南水鄉到吳宮一地，描繪了暮春的景色。山花爛漫，碧草萋萋，綠水蕩漾，樹木蔥蘢。處於江南之地的吳宮更是美輪美奐，而尤為美麗的是環繞周圍的垂楊柳，絲如金線，隨風飄蕩。全詞重心是在寫西子，卻為何用前兩句寫景色呢？這主要是為後兩句作一鋪墊。環境依然幽美，然而，人卻早已物化，在人們的心裏，像她那樣絕色的女子，就應該享有永恆的生命，甚至應該保持永恆的青春，永遠地擁抱春天。她的逝去，在人們的心中，成了不可磨滅的缺憾。故而，人們時時地思念她，常常提及她的芳名。「黃鶯長叫空閨畔」，黃鶯都想念她，在她住過的閨房旁，呼喚她，或唱歌給她的亡靈聽，更何況人呢？寫黃鶯而不寫人，更加能反映出人的思念之情。然而，這綿綿不盡的思念，西施又如何能得知呢？「西子無因更得知」這一句能讓讀者頓生惆悵的情緒，陰陽阻隔，無由溝通，所有的念憶都是徒勞的，然而又無法不念憶，這該如何是好？

摘得新 二首

其一

酌一卮❶，須教❷玉笛吹。錦筵❸紅蠋燭❹，莫來遲。繁紅❺一夜經風雨，是空枝。

【詞牌】摘得新　此調宮調失傳。始見《教坊記》，共二十六字。皇甫松題此調有二首。

【注釋】❶酌一卮　斟滿一卮酒。酌，斟酒。卮，盛酒器。梁·元帝〈長歌行〉：「當壚擅旨酒，一卮堪十千。」❷須教　猶須使，應教。❸錦筵　錦緞筵席。古人席地而坐，飲食都置在几筵間，後因稱招人飲食為設筵。梁·簡文帝〈燭賦〉：「茱萸帳裏鋪錦筵。」❹紅蠋燭　即紅蠟燭。❺繁紅　指樹上盛開的紅花，亦喻青春美麗的女子。

【語譯】清酒倒滿卮，年少樂不支。醇酒養食夜歡宴，應呼吹笛美歌伎。錦繡筵席誇豪奢，血紅蠟燭放光輝。想歡樂，莫來遲。君不見滿樹繁花遭風雨，一夜變空枝。

【賞析】皇甫松生活於唐末，此時群雄割據，戰爭不斷，朝綱廢弛，君昏臣庸，整個社會沒有生氣。在此狀況下，有抱負的士人因沒有出路便十分的壓抑與苦悶，最後因找不到拯救國家的辦法與使個人得意的途徑，精神頹廢，意志消沉，沉湎於酒色之中，在倚紅偎翠的生活裏，消磨著時光。皇甫松大概就屬於其中的一個。這闋詞的詞意從表面上看，似乎是在表現「人生得意須盡歡，莫使金樽空對月」的思想，然內層裏卻透露出苦悶的情緒，宴會上雖然有玉杯美酒，紅燭高燒，錦筵鋪地，一派金碧輝煌的樣子，但卻空寂沉悶，我們看不到杯觴交錯，笑聲朗朗的場面，蠟燭自顧自地燃燒著，酒卮多半是在席上。「須教玉笛吹」，說明之前並沒吹，是客人嫌宴席太冷清而提出的建議。有歌伎玉笛，為何開始不叫她吹，主人或是客人心情不佳也。這一提議有沒有得到響應，沒有明確告知，但反應可能是冷淡的，因為提議之人又緊接著做了開導，滿樹繁花，經過一夜狂風暴雨，落紅遍地，只剩一樹空枝，好景難留，良時不再，得行樂處且行樂。清・況周頤《餐櫻廡詞話》說：「皇甫子奇〈摘得新〉云：『繁紅一夜經風雨，是空枝。』語淡而沉痛欲絕。」這一論述極具眼光，其詞雖是浪子的口吻，但實是一個不得志之人無可奈何的自慰，內心裏卻蘊含著極大的苦痛。

其二

摘得新❶，枝枝葉葉春。管絃❷兼美酒，最關人❸。平生都得幾十度，展香茵❹。

【注釋】❶摘得新　用詞牌名作首句，既切合詞調，又作為詞中的句子，一舉兩得，作為詞中句子的意思是摘得鮮花。❷管絃　這裏是指用管絃演奏音樂。李白〈雉朝飛操〉：「雉子班奏急管絃，心傾美酒盡玉碗。」❸最關人　最讓人得意、舒暢。李白〈楊叛兒〉：「何許最關人？烏啼白門柳。」❹香茵　香褥，鋪在地上，用於歌舞或飲宴。

【語譯】春天桃李杏，花開採摘新。枝枝繁花燦似錦，葉葉青翠碧瑩瑩。葡萄美酒金銀杯，簫笛琵琶奏仙音。花、酒、樂，暢人心。一生最少應有幾十次，趕快鋪上褥席舞不停。

【賞析】此詞在詞意上，同上一首，只是表達得更灑脫一些。「摘得新，枝枝葉葉春」，寫花，描葉，表現出作者對鮮花的歡悅，對碧葉的喜愛，而由此看出他對美與生命的熱愛，像這樣的人，應該十分看重自己的生命價值，他會把分分秒秒的時光投注在國家大事上，從而使自己建功立業，博取留芳百世的功名。然而，詞人在第三句卻突然一轉，「管絃兼美酒，最關人」，人生觀與前兩句透露出來的幾有天壤之別。他認為音樂與美酒，再加上鮮花，最使人愜意，言下之意，除此而外，不能讓人歡悅。詞人在後兩句還指點人們怎麼做：人在一生中，應該有那麼幾十次，鋪下錦席，飲酒觀舞，盡情行樂。前後不同的人生態度給讀者留下了思索的空間，自然地會提出疑問。當然，稍有社會閱歷的人是不難找出答案的，即詞人熱愛生命，重視生存的品質，但是客觀上使他無所作為，為了消憂解悶，他便沉浸在酒與音樂之中。酒和音樂確實幫助他暫時忘記了理想和理想不得實現的煩惱，使他生活得比較灑脫，於是，他由衷地發出感嘆：「平生都得幾十度，展香茵」。其實，這種貌似曠達的態度，隱藏著內心裏無法解脫的激憤，對理想的追求與對眼前功業、身後名譽的重視永遠也不會釋然於懷。

夢江南 二首

其一

蘭燼❶落，屏上暗紅蕉❷。閒夢江南梅熟日❸，夜船吹笛雨瀟瀟。人語❹驛邊橋。

【注釋】❶蘭燼　燭之灰燼。蘭，這裡指用蘭膏做的燭。《楚辭·招魂》：「蘭膏明燭，華容備些。」李賀〈惱公〉：「蠟淚垂蘭燼。」❷紅蕉　《格致鏡原》卷六八引宋祁《益部方物略記》：「紅蕉於芭蕉蓋自一種，其花鮮明可喜。蜀人語染深紅者，謂之蕉紅。」即美人蕉。白居易〈東亭閒望詩〉：「綠桂為佳客，紅蕉當美人。」❸江南梅熟日　約在農曆五月左右，俗稱「黃梅天」。杜甫〈梅雨〉：「南京犀浦道，四月熟黃梅。」❹人語　人的說話聲。王維〈鹿柴〉：「空山不見人，但聞人語響」。

【語譯】蘭燈不再燒，燼落暗風飄。屏上畫黯淡，模糊美紅蕉。靜夜夢憶昔時日，江南梅熟水上漂。夜中船泊郊野邊，吹笛抒情雨瀟瀟。夜黑無燈火，人語驛邊橋。

【賞析】《花間集》所錄的皇甫松的十二闋詞，〈夢江南〉尤為詞論家稱讚。王國維在《人間詞話》中說它「情味深長，在樂天（白居易）、夢得（劉禹錫）之上也。」確實，此作清新雋永，富有詩情畫意。全詞描繪了夢中的江南水鄉黃梅天時節的風光，寄託了作者思念故鄉的繾綣之情。詞作明顯地分作兩個層次，前兩句為眼前之景，後三句為夢中之景。「蘭燼落，屏上暗紅蕉」，是寫室內夜深人靜時的景象，蘭膏做的燭已燒盡，灰燼殘落。由於燈光微弱，畫屏上本來鮮紅的美人蕉，分不出色彩，只是紫黑的一塊。這一景象，淒冷憂傷，傳導出作者思鄉的苦悶情懷。上面所寫的是夜深人靜催人入睡的時刻，經過這一鋪墊，下面便自然地轉到了對夢境的描寫。「閒夢江南梅熟日」，先點出了所夢的季節。此季節是最令人難忘的，它集中地表現了江南水鄉的特色，雨幕重重，像一個琉璃的世界；煙草遍地，似被濃綠染了一遍；梅子黃了，如一個個小星星掛在墨藍的天空。在這個美好的時光裡，作者做甚麼呢？「夜船吹笛雨瀟瀟」，瀟瀟夜雨，水上畫船，作者與一二知己，喝酒行樂。酒酣耳熱之時，吹笛唱歌，尤其是那笛聲，悅耳悠揚，穿過夜空，透過雨幕，飛向很遠很遠的地方。此時的作者心情快樂，他將自己融入到江南的美景之中，不知自己所在之處了。笛聲過後，萬籟俱寂，唯有近處的驛橋，有人語之聲，這聲音顯得親切，和諧；有了這聲音，夜空就不再空虛，而讓人覺得充實。家鄉的景色如此美麗，當然會想念家鄉並將家鄉的景色化作夢境了。此詞從室內屏風上的人工畫面，寫到室外江南水鄉真實的自然圖景，由繪色（紅蕉、黃梅）到繪聲（笛聲、說話聲、雨聲），亦即從視覺到聽覺。由此可見，這首小令的構思很有藝術性，它雖然短小，但富於層次性，並且，作者將濃鬱的思鄉情感灌注在所描繪的景物之中。全篇都是借景抒情，詞人把自己的精神脈動，全部隱藏到景物背後，使得詞情含而不露，然而又能讓讀者從詞的字裏行間感受到作者的懷鄉之情。

其二

樓上寢，殘月下簾旌❶。夢見秣陵❷惆悵事，桃花柳絮滿江城❸。雙髻❹坐吹笙。

【注釋】❶簾旌　簾上部所綴之軟額。李商隱〈正月崇讓宅〉：「蝙拂簾旌終展轉。」❷秣陵　指南京。今江蘇省南京市。《建康志》：「秣陵縣更置凡六：秦改金陵為秣陵，在舊江陵縣東南秣陵橋東北；晉太康初，復以建鄴為秣陵，即今上元縣；三年，分淮水南為秣陵，義熙中移鬬場柏社，在江寧縣東南，古丹陽郡是也；元熙初又移治揚州參軍廨，在宮城南小長千巷內；梁末齊兵軍於秣陵故治，跨淮立柵，當是其地；景德二年置秣陵鎮，在今江寧縣東南。」❸江城　即南京，因城臨大江，故稱江城。❹雙髻　一種梳有兩髻的髮型。唐·閻選〈謁金門〉（美人浴）：「雙髻綰雲顏似玉。」

【語譯】寂靜夜已深，樓上人昏昏。月行簾旌下，時已過三更。入睡做夢到南京，那時花開正逢春。柳絮飛舞滿江城，不如意事憶得真。少女梳雙髻，情濃坐吹笙。

【賞析】此闋與前闋同寫夢境，作法亦相同，然所夢憶的內容不同，前一首憶的是景，這一首憶的是人。首句「樓上寢」，直接入題，為下面做夢作鋪墊。然中間插入一句「殘月下簾旌」，使敘述起了波瀾。既然上樓就寢，緊接著就該是入睡入夢，但他卻遲遲不能入睡，直到月下簾旌，時過午夜時，他還沒有睡著。聯繫到下文，他之所以不能入睡，是因為思念昔日之戀人也。他終於入睡了。但仍然沒有停止思維，仍在映著昔時和戀人在一起的一幕幕的情景。彼時的南京，正是柳絮紛飛，桃花爛漫的春天，他們或在樓上依偎著遠眺鍾山，或到江畔沙灘上散步，看江濤拍岸與江鷗的時起時落。有一個特別溫馨的情景最難讓他忘懷，戀人梳成雙髻，坐在花若錦緞的桃樹下，吹奏著竹笙，那樂聲悅耳動聽。當時的戀愛生活與現在回憶時的情景都是快樂而幸福的，何以又在「夢見」句中說是「惆悵」之事呢？因為往事雖美，戀人再多情，然都未能持久，現在都成了過眼的煙雲，所留下的僅是一點綺麗而迷離的回憶。這樣，又焉能不惆悵？此詞在作法上的最突出之處是用樂境表現悲情。明明心裏充滿了失落與惆悵之情，然筆下描繪的卻是「桃花柳絮」、雙髻吹笙的戀愛生活，詞作正是用樂景有效地表達了無限的遺憾之情。

採蓮子　二首

其一

菡萏❶香連十頃陂，舉棹！小姑❷貪戲採蓮遲。年少！晚來弄水❸船頭濕，舉棹！更脫紅裙裹鴨兒。年少！

【詞牌】採蓮子　此調屬「夾鍾商」，俗呼「雙調」，為梁・昭明太子所製。始見《教坊記》。共二十八字。

【注釋】❶菡萏　未開之蓮花。《詩經・陳風・澤陂》：「彼澤之陂，有蒲菡萏。」李白〈子夜四時歌〉：「鏡湖三百里，菡萏發荷花。」❷小姑　未嫁少女之美稱。古樂府〈清溪小姑曲〉：「開門白水，側近橋梁，小姑所居，獨處無郎。」❸弄水　猶戲水。

【語譯】（獨唱）蓮花怒放美人瞧，十頃塘面起浪潮。（合）舉棹！（獨唱）少女遊戲採蓮遲，競相用力把船搖。（合）年少！（獨唱）浪高撲打船頭濕，晚來仍是樂陶陶。（合）舉棹！（獨唱）雛鴨呷呷不會飛，脫下紅裙裹鴨兒。（合）年少！

【賞析】採蓮而伴著歌唱，自古即有之。如南朝民歌〈採蓮童曲〉其一云：

泛舟採菱葉，過摘芙蓉花。扣楫命童侶，齊聲採蓮歌。

詩歌描繪了一幅活潑可喜、充滿了歡歌笑語的採蓮場面：一片綠荷如蓋的池塘，密擠著的菱葉雜著荷蓋，遮住了流水，幾葉輕舟撥著脈脈的水流。小舟上的少男少女採著菱角，不遠處的荷花散發著誘人的清香，小舟輕輕地蕩過去，鮮麗的花兒已摘在採蓮人的手裏。忽然，不知從哪條船上傳來了有節奏的木槳叩擊聲，那是邀請同伴們唱歌的信號。一剎那間，歌聲便瀰漫了蓮塘。這一首採蓮歌比起六朝的民歌更為活潑、生動，因為它將獨唱與合唱結合了起來，使得場面更為熱烈。它以江南水鄉為背景，攝取了少女採蓮時的最生動的片段，反映了少男少女們歡快的工作情形與愛情生活。詞的第一句描寫了工作的場所，十頃湖塘，蓮香遠播，紅衣少女，撥動清波。隨著一位女子的領唱，眾人的歌聲立即充滿了荷塘。那是怎樣的一個場面喲！蓮花娉婷，綠葉滾珠，更有那比花還美的姑娘們，一個個臉上都漾著幸福的微笑，那夜鶯般的歌喉不得不讓你感到渾身上下的舒暢，這景色，這美麗的少女，不由得不使你陶醉，你會情不自禁地由衷感嘆道：江南的風物民情是多麼的可愛啊！以下三句是對其中一個女孩子的特寫。蓮娃隨意嬉戲，流連光景，而忘了採蓮之事，這是一個無拘無束的天真浪漫的女孩子，在她的心中，沒有半點憂傷，有的都是快樂。直到傍晚的時候，她仍流連忘返，可能是晚風湧起了浪頭，把船面都打濕了，然而她仍不在意。當她看到野鴨窩裏有剛破殼而出的雛鴨時，一陣驚喜，她連想都不想，就脫下紅裙，兜起那可愛的小鴨兒。劉永濟在《唐五代兩宋詞簡析》一書中評此〈採蓮子〉詞曰：「蓋唐時禮教不如宋以後之嚴，婦女尚較自由活潑也。」從這個角度上說，這首詞不僅有審美的價值，還有反映歷史文化的價值。

其二

船動湖光灩灩❶秋，舉棹！貪看年少信船流❷。年少！無端❸隔水拋蓮子，舉棹！遙被人知半日羞。年少！

【注釋】❶灩灩　湖水光動貌。張若虛〈春江花月夜〉：「灩灩隨波千萬里。」❷信船流　任憑船的漂動。❸無端　無故。施肩吾〈少女詞〉：「信物無端寄誰去？等閒裁破錦鴛鴦。」

【語譯】（獨唱）小船搖蕩湖上波，湖光山色景色秋。（合）舉棹！（獨唱）一個英俊好少年，痴痴看他任船流。（合）年少！（獨唱）少年膽小不主動，我便隔水拋蓮子。（合）舉棹！（獨唱）遠處女伴遙看見，面紅耳赤半日羞。（合）年少！

【賞析】清・況周頤在《餐櫻廡詞話》中說：「詞以含蓄為佳，亦有不妨說盡者。皇甫松之〈採蓮子〉卻直露無餘，寫出閨娃稚憨情態，匪夷所思，是何筆妙乃爾！」況周頤驚訝其筆法高超，雖不含蓄，但描繪出一個極美的境界，塑造出一個活潑可愛的少女形象。這首詞與前一首〈採蓮子〉不同，前者寫夏日，側重於工作；後者寫秋天，側重於愛情。首句寫景，但景中寓情；秋陽朗照，湖光閃動。那盈盈的水流，猶如她含情的秋波；那碧深的秋水，則似她純潔的深情；而搖蕩著的小船，一如她這個成熟少女的心。以下三句則是對這個情竇初開的少女追求愛情生活的特寫。她採蓮不久，就看到了不遠處有一少年。呀！他是那樣的英俊瀟灑，高挑挑的身材，烏黑的頭髮，飄逸的錦衣，她簡直看呆了，連棹都忘了舉，任憑小船兒隨水流漂動。她雖然還不知道姓甚名誰，家住何方，但從最初一望起，她的心裏就燃燒起愛情的火焰，潛意識中生出這樣的念頭，我要是嫁給他該多好啊！然而，那少年並沒有感受到落在他身上的火熱的目光，仍然自顧自地採摘蓮子，好像沒有看到似的。蓮娃這時多麼焦急啊，人的緣份往往就在不經意間化作泡影，她不能讓中意的人兒擦肩而過。於是，她不假思索，抓起船艙裏的蓮蓬拋打過去。誰知這一切都被藏在密密的荷花處的女伴們窺看到了。蓮蓬剛拋過去，便響起了一片戲謔的笑聲。蓮女這時面紅耳赤，很不好意思。然而，心底深處，卻為自己剛才的勇敢行為而高興，並不認為自己的舉措猛浪。蓮女與那個少年的結果如何，作者沒有告知，但我們不妨作些樂觀的猜測，因為少女是如此的大方，一定有吸引人的魅力，那位少年則會為其真誠的愛情打動，而接過她拋去的「繡球」（蓮子）。「蓮子」一語，承襲了六朝民歌慣用雙關語的作法。「蓮子」諧音「憐子」，即愛你的意思。

韋莊 二十二首

韋莊（八三六～九一〇），字端己，京兆杜陵（今陝西西安東南）人。唐臣韋見素之後。韋莊疏曠不拘小節，幼能詩，以豔語見長。應舉時，遇黃巢犯闕，著〈秦婦吟〉詩云：「內庫燒為錦繡灰，天街踏盡公卿骨。」人稱為「秦婦吟秀才」。早年寓居長安、洛陽、虢州等地，壯歲遍遊長江南北，達十年以上。唐昭宗乾寧元年（八九四）才進士及第，任校書郎。後入蜀，從王建掌書記。王建在蜀稱帝，莊累官吏部侍郎兼平章事。在成都曾居於浣花溪畔杜甫草堂故址，故詩集名《浣花集》。莊有美姬善文翰，高祖託以教宮人為詞，強奪去。莊作〈謁金門〉詞憶之。韋莊是一個著名的詩人，也是一個著名的詞人。他的詞與溫庭筠齊名，然風格不同於溫，清麗疏淡，抒情濃烈，對後世有較為深遠的影響。《花間集》中收了他四十八闋詞。

浣溪沙 五首

其一

清曉妝成寒食天❶，柳毬❷斜裊間花鈿。捲簾直出畫堂前。

指點牡丹初綻朵，日高猶自憑朱欄❸。含嚬不語❹恨春殘。

【詞牌】浣溪沙　此調屬「無射宮」，俗呼「黃鍾宮」。始見《教坊記》。共四十二字，分平仄二韻。

【注　釋】❶清曉妝成寒食天　寒食日的早晨，起床梳洗畢。清曉，天剛亮。王勃〈南郊頌序〉：「屏翳清曉，飛簾警旦。」寒食天，寒食節這一天。《荊楚歲時記》：「去冬節一百五日，即有疾風甚雨，謂之寒食，禁火三日，造餳大麥粥。」相傳春秋時晉國介子推輔佐重耳（晉文公）回國後，隱於山中，重耳燒山逼他出來，介子推抱樹而死。文公為悼念他，禁止在介子推死日生火煮食，只食冷食。以後相沿成俗，叫做寒食禁火。韓翃〈寒食〉：「春城無處不飛花，寒食東風御柳斜。」❷柳毬　抽嫩柳皮為球，作為頭飾。❸朱欄　紅漆欄杆。唐・于德晦〈歙郡有黃山樓北瞰黃山山勢中拆若巨門狀因題一絕〉：「閒倚朱欄頻北望。」❹含顰不語　皺眉不語。

【語　譯】清明節前寒食天，清晨早起穿戴全。柳球插頭斜裊裊，兩鬢邊上簪花鈿。錦簾捲起春光來，逕直走到畫堂前。人到牡丹前賞玩，含苞欲放花未殘。太陽已昇幾竿高，仍在惆悵倚朱欄。皺眉不語心事多，卻怪春短要歸還。

【賞　析】此詞寫一老大之女子對婚姻生活的渴望，但在表現這一渴望時，隱晦曲折。不加剖析，則很難了解其求偶的心態。「清曉妝成寒食天」，耐人尋味的是「清曉妝成」，像她這樣身份的女子，呼奴使婢，用不著做廚房的活兒，那麼，她為何還要在清曉就起床呢？唯一正確的解釋就是她一夜未眠，至少是寢不安席，所以如此，思春也。在她想來，與其在床上輾轉反側，受失眠之苦，還不如早早起床，觀賞春光，分散自己的注意。「妝成」，表明了她的追求，她企望著在某個時候，突然出現一個中意的男子，而男子則被她的美貌所傾倒，所以，她對梳妝不敢有半點的馬虎，唯恐因妝扮不好而與中意郎君失之交臂。這當然是可笑的，但這一自覺的行為表現出她對婚姻的強烈追求的態度。第二句描述她是如何打扮的。鬢髮上既插有柳球，又簪著花鈿，柳球搖顫，花鈿閃光，無疑增添了不少美色。而這一句描寫的主要目的則又是表現她妝扮態度的認真，而認真的隱秘動機則是希望得到異性的愛。一切都收拾好了，粉勻黛翠，鬢若蟬翼，然「步香閨怎便把全身現」，於是，「捲簾直出畫堂前」。「畫堂前」一定仍在內宅，此種環境無法結識外面的男子，而她又沒有走出內宅的權利，所以，她的努力在她那個時代是徒勞的，由此亦可透視出舊時代女子悲劇的命運。上片寫她思春的行為表現，而下片則寫她思春不得的內心哀怨。寒食天在清明節前後，正是牡丹含苞欲放的時光，牡丹，為花中之王，富麗華貴。「初綻朵」的牡丹宛如青春少女，該位女子初見牡丹時，心情是喜悅的，她可能從鮮豔的牡丹上看到了自己的美麗與魅力，於是得到一種滿足。「指點」無疑是在心情愉悅的情況下的行為。然而，這種愉悅的情緒沒有能持續多久，可能是猛地想到人不如花，或者此時已到春殘時節，無意中瞥見了萎謝的花，總之，漫上她心頭的是老大無倚之感，這種感覺是酸楚的，悲涼的，上了心頭就難以拂去的。它會使你渾渾沌沌，感覺到生命的空虛與天地萬物的冷酷。「日高猶自憑朱欄，含顰不語恨春殘」，就是她此時內心狀況的外在表現。從「清曉」到「日高」，經歷了很多時間，她一直是「憑朱欄」，此時的意識活動是極雜亂的，恨、怨，直是想哭，但她自己也說不清楚恨甚麼、怨甚麼。恨時間無情，消磨了她的紅顏？怨月下老人大意，竟不替她牽上紅線？是，也不是。若在一個旁觀者看來，她的一切表現只是說明她想嫁人。

其二

欲上鞦韆❶四體慵，擬交人送又心忪❷。畫堂簾幕月明風。此夜有情誰不極❸？隔牆梨雪❹又玲瓏。玉容憔悴惹微紅❺。

【注釋】❶鞦韆 《開元天寶遺事》卷下：「天寶宮中，至寒食節，競豎鞦韆，令宮嬪輩戲笑以為宴樂，帝呼為半仙之戲。」❷心忪 驚恐，惶遽。❸不極 猶不達到極頂。❹梨雪 意為梨花之白如雪。❺玉容憔悴惹微紅 身體不好的人臉部本不紅潤，因心情激動而泛起紅暈。

【語譯】想蕩鞦韆上空中，四肢無力身懶慵。欲教人送往上拋，心裏害怕如絃繃。明月穿簾照畫堂，入堂還有清涼風。良辰美景相思濃，此夜誰人情不動？明月清風春宵美，還有梨花白玲瓏。臉龐雖美轉憔悴，心情激動泛微紅。

【賞析】這闋詞寫一位閨婦的春夜之思。「欲上鞦韆四體慵，擬交人送又心忪」，這兩句寫出了閨婦的百無聊賴的心境。蕩鞦韆一般都是在白天的活動，夜晚「欲上」，說明其極無所事事，找不到打發時間的方式。然而，「四體慵」，又沒有力氣去蕩鞦韆。按理說，年輕的閨婦，不應有此體慵意懶之態，有此慵態，定不是疲勞之態，而是心情落寞所致，強調其四體，說明「慵」的程度很深，也就是說她的心情是極不好的。無力蕩鞦韆，可教侍女丫鬟推送呀，可她「又心忪」，心忪是害怕的意思。其實，她並不是害怕，難道她從來沒有讓丫鬟們推送過？此時不讓推送，是心情煩躁，想一個人單獨地在一個地方。「畫堂簾幕月明風」，此句明為寫景，但寓含的內容很豐富。它揭示了閨婦此時「四體慵」與煩躁不安的原因。其原因是，月光皎潔，穿窗入戶，將室內室外之景裝飾得如夢如幻。又清風徐來，透入懷抱，溫柔而可人。此時此刻，應該是夫妻對飲，或琴瑟相和。可是閨婦卻享受不到這樣的快樂，孤獨地在月光下徘徊，思念著遠人。在此情況下，她能不體慵而煩躁麼？「此夜有情誰不極，隔牆梨雪又玲瓏」，是閨婦的心聲。明月清風已經構成了良辰美景，而又添上如雪一樣潔白的梨花，孤獨的人更何以堪？她在心裏說，祇要是有情之人，都會觸景生情，而且使情達到極限。「玉容憔悴惹微紅」，是對她的容貌描摹，我們可以由此容貌中得到兩個情況。一是她的丈夫與她分別已經很長時間了，她的相思是很深很苦。不然，如何會「憔悴」？二是她在今夜的心情特別難受，真想插上翅膀飛到丈夫的身邊。因心情難受而臉都漲紅了。月光下看上去的「微紅」，並不反映其「紅」的程度，它要比實際情形淺得多。

其　三

惆悵夢餘❶山月斜，孤燈照壁背窗紗。小樓高閣謝娘家。

暗想❷玉容何所似？一枝春雪凍梅花。滿身香霧簇朝霞。

【注　釋】❶夢餘　夢醒。❷暗想　獨自想。

【語　譯】夢醒之後心情差，望見窗外山月斜。一盞孤燈照牆壁，圓床背對綠窗紗。院落幽靜小樓高，那個就是謝娘家。睡不著時想著她，想像她面容如何畫。忽然想到雪裏梅，她就是那雪中一梅花。滿身香氣向外散，燦爛如同美朝霞。

【賞析】這闋詞寫詞人自己對一青樓女子的思念。前片著重寫詞人現在孤獨的處境，後片著重寫對女子的憶念。「惆悵夢餘山月斜，孤燈照壁背窗紗」，這兩句是對詞人現狀的描寫。山月西斜，正是夜半之後，人們大都沉浸在夢鄉之中，此時夢醒、醒後而又睡不著的人都是有心事的人，詞人也不例外。他醒之後，由紗窗見到山月斜西，而室內則是孤燈照壁，發出冷冷的光芒。他因此而更加惆悵。這兩句的周遭環境描寫，成功地表現了靜寂、沉悶的氛圍，也由此透露了詞人的落寞淒苦的心境。「小樓高閣謝娘家」，點明了他惆悵的原因與思念的對象。他思念謝娘，決不是從今夜才開始，而是有了很長的時間，祇不過因為現在思念很深，才使得睡夢很淺。「高閣」之「高」字有不可攀、不可接近之意。美人不能見面，卻又十分的思念，於是詞人便以想像來獲取慰藉。他努力地想像著她現在該是一個甚麼樣子。「玉容」二字，極寫她的美貌，也說明了他何以對那女子不能忘懷的原因。他將她比成花並不奇怪，奇怪的是把她比喻成「一枝春雪凍梅花」。我們可以從梅花的形象上了解到她清雅高潔的特點，但詞人為甚麼強調其為雪凍的梅花呢？細加玩味，我們就會了解到詞人作此比喻的用意，即為該女子在詞人的心目中至高無上，他認為沒有任何女子能夠和她相比，她宛如春寒中的雪梅，一花獨秀。末句「滿身香霧簇朝霞」，既是寫梅，也是寫她。她和梅花一樣，香氣馥郁，而其氣味因為濃竟從無形變為有形，香氣變成了香霧；她也和梅花一樣，紅色的外衣。紅色的花朵如同火紅的朝霞。詞人在表現惆悵的情緒時，以景來寫照，把不可捉摸的精神活動寫成可見的事象。而在描摹心上人的形貌時，卻又把本可捉摸的形象描寫得朦朦朧朧。但這樣的作法，得到了驚人的效果，我們在讀這首詞時，既感受到了詞人的惆悵，也看到了女子的美貌。

其四

綠樹藏鶯鶯正啼，柳絲斜拂白銅堤❶。弄珠❷江上草萋萋。日暮飲歸何處客，繡鞍驄馬❸一聲嘶。滿身蘭麝❹醉如泥。

【注　釋】❶白銅堤　堤名。孟郊〈獻襄陽于大夫〉：「襄陽青山郭，漢江白銅堤」。❷弄珠　戲珠。張衡〈南都賦〉：「游女弄珠於漢皋之曲。」❸驄馬　青白雜色馬。❹蘭麝　蘭草和麝香兩種香料。

【語　譯】鶯藏綠樹看不見，卻聞鶯鶯不住啼。柳絲裊裊千條線，輕輕拂著白銅堤。弄珠女子江邊望，萋萋青草連綿綿。　傍晚時分漠漠煙，飲歸何處不辨天。青白駿馬配繡鞍，馱客徘徊鳴聲怨。蘭氣麝香滿身散，搖搖晃晃醉如泥。

【賞　析】這闋詞在作法上很有特色，上片寫春日中思人的閨婦，下片寫冶遊在外的丈夫。在一闋詞中表現同一時間不同空間的夫婦二人。此時正是深春時節，樹綠有鶯啼，柳長而草深。閨婦一人在家，寂寞無聊，思念遠人。長久地等待卻又不見人歸，便又到大堤上盼望，可是，惟見柳絲拂堤，江畔草長，依然不見人影。詞人沒有描寫閨婦心境的愁苦，甚至沒有寫到閨婦，我們僅是從「弄珠」二字上，由游女弄珠判斷出行於江畔者是一女子。但是，我們可從爛漫的春光中透析出閨婦苦悶的心境。那麼，她的丈夫呢？他在秦樓楚館中，喝酒至暮晚方歸，然而，由於喝得天旋地轉，竟不知家在何處。「何處客」，不是別人的詢問，而是自己問自己。「繡鞍驄馬」，以馬與鞍寫人的奢侈，而揮金如土正是浪蕩子的本性。「滿身蘭麝」暗示他剛剛來自於煙花之地。一個在家翹首盼望，一個在外花天酒地，兩相對比，作者對閨婦的同情便不言自明了。

其五

夜夜相思更漏殘，傷心明月憑欄杆。想君思我❶錦衾寒。　咫尺畫堂深似海❷，憶來唯把舊書看。幾時攜手入長安？

【注　釋】❶想君思我　想像著對方在思念著自己。❷咫尺畫堂深似海　意為距離雖近，卻不能相見。

【語　譯】天天都把郎君盼，夜夜相思到漏殘。見到明月更傷心，遙望遠處倚欄杆。想像佳人正思我，愁我今夜錦被寒。相距雖近相見難，畫堂深深如大海。憶念之時無辦法，唯有找出舊信看。不知何時再聚首，攜手一同入長安？

【賞析】這闋詞係詞人懷念一所愛女子之作。上片一二兩句寫相思之苦、相思之深。「夜夜」，意謂相思綿綿無窮已。更深漏殘之時，還未能入眠，說明其愁緒塞滿胸中，迴蕩反復，而難以平息。「傷心」句含蘊深沉，餘味無窮。「明月」這一景象，使詞人想起昔日與佳人在花前月下並肩攜手的情景。今日月之圓，又襯托出人之孤獨，這一切怎能不使詞人傷心呢？「想君」句是推想對方正在思念著自己，如同杜甫的〈月夜〉，由己推人，代人念己，極為深婉地表現了兩人之間的深情厚意。詞人不但推想對方思念自己，而且推想對方擔心自己因錦被薄而寒冷，若不是心心相印，焉能如此？情重如山，情深似海，然而有情人卻不能聚首。「咫尺畫堂深似海」，暗示著他們的相隔不是空間的遙遠，而是某種人為因素的阻礙。這種可望而不可及的相思比起對遠人的思念更為折磨人，這一句也補充揭示了「夜夜相思」與傷心憑欄的原因。室邇人遐，咫尺天涯，卻無可奈何，在此情況下，祇好反復地閱讀舊書信以解愁懷。末兩句既表明近來沒有通過音信，又說明從前曾經相約共赴長安。而近來沒有通過書信，又與「畫堂深似海」相映證。該詞所寫的愛情故事雖然朦朦朧朧，但淒惻哀惋的性質是毫無疑問的，似同於「侯門一入深似海，從此蕭郎是路人」的故事。

菩薩蠻 五首

其一

紅樓[1]別夜堪惆悵，香燈半捲流蘇帳[2]。殘月出門時，美人和淚辭。

琵琶金翠羽[3]，絃上黃鶯語[4]。勸我早歸家，綠窗人似花。

【注　釋】❶紅樓　閨樓。江總〈長相思〉：「紅樓千愁色，玉箸兩行垂。」❷香燈半捲流蘇帳　散發香味的燈火映照著半捲的流蘇帳。香燈，油中滲有香料的燈。流蘇帳，有五彩繪飾之帳。葉廷珪《海錄碎事‧服用‧簾幙》：「流蘇帳，盤繪繡之球，五色錯為之，同心而下垂者也。」梁‧王冏〈長安有狹斜行〉：「珠扉玳瑁床，綺席流蘇帳。」❸金翠羽　琵琶上所繪的圖紋裝飾。❹絃上黃鶯語　謂琵琶彈奏宛如黃鶯歌唱。

【語　譯】閨樓此夜景淒涼，別離在即人惆悵。燈光搖搖昏黃色，半遮半掩流蘇帳。月亮將落時，征人把門開。美人淚淋淋，說話聲哀哀。　昨夜月過午，美人淚如雨。玉手彈琵琶，音如黃鶯語。「珍重」數聲後，勸我早歸家。野草不要戀，閨中人似花。

【賞　析】韋莊的〈菩薩蠻〉一共有五闋，清人張惠言在《詞選》卷一中說：「此詞蓋留蜀後寄意之作。一章言奉使之志，本欲速歸。」當代許多詞學家從其說。其實從這五闋的內容來看，似不是一時之作，有的也不似年老在蜀時所作。所以，張氏的「君國之思」說，值得懷疑。這是一首追憶與妻子離別情景的詞。離別的地點是在「紅樓」，「紅樓」內有香燈、流蘇帳。紅樓一般是指富室人家的閨樓，白居易〈秦中吟〉「紅樓富家女，金縷繡羅襦」是也。陳設富麗，氣氛溫馨。本該是盡情行歡的時候，然而，卻於此時此地相別離，故而，詞的一開頭即定下了「別夜堪惆悵」的調子，蒙上了一層灰冷的色彩。作者描繪紅樓、香燈與流蘇帳，也不過是為了反襯惆悵的情調，而決不是為了鋪張「紅樓」之美之富。「殘月」二句是分別的正面描寫，將離情別緒推向了高潮。一彎殘月掛在天邊，清冷的月光映著美人腮上的淚珠。她牽著他的手，依依不捨。聲音哽咽，泣不成語。此情此景，即使征人心如鐵石，也不會不愴然下淚。下片是追憶離別前的一個片段情景。分別痛苦，分別前的欲留不可、欲別不忍的時候更為痛苦，真所謂語未出而心先摧。在那等待分別的時候，美人彈奏著裝飾精美的琵琶，其樂聲如同黃鶯的歌唱。用「黃鶯語」來比喻琵琶的聲音，僅是說美人的奏技高超，像白居易〈琵琶行〉描述琵琶女的演奏，如同「間關鶯語花底滑」一樣，而不是說琵琶聲婉轉、歡快，表現出快樂的情緒。美人彈琵琶，只不過將繾綣深情與不忍分別的心思通過琵琶表達出來，其聲音一定是悱惻酸楚，讓人淚下的。「勸我早歸家，綠窗人似花」，是閨婦留不住後提出的請求：早日回家吧，不要忘記家中容貌如花的我。「綠窗人似花」有兩層意思，一是我現在雖然容貌如花，但也如同花一樣脆弱，用不了多久，就會凋零枯萎，早點回來吧，來「培育」我，欣賞我。二是隱含著她對丈夫貪戀異鄉花草的擔憂：不要貪戀野花閒草，你的妻子貌美如花。由全詞對妻子的介紹來看，「早歸」也是詞人的想法，因為他的妻子有如花的美貌，有能將琵琶彈得如同「黃鶯語」的演技，有「和淚辭」、「勸我早歸家」的嫻淑多情的性格。此詞在敘事上不像溫詞那樣，以不關聯的意象相連接，而是意象關聯，敘述又如行雲流水般不著痕跡，讀者只要將下片與上片重新結構一下，就得出了別前與別時的完整圖像。此詞的語言雖然明白如話，而蘊藉至深，將痛苦之感，寄託在字裡行間。

其二

人人盡說江南好，遊人只合江南老❶。春水碧於天，畫船❷聽雨眠。 爐邊人似月❸，皓腕凝雙雪❹。未老莫還鄉，還鄉須斷腸❺。

【注釋】❶遊人句　遊人，指漂泊江南的人，這裏就是作者。合，應當。張祜〈縱遊淮南〉：「人生只合揚州死。」❷畫船　彩繪之船。梁元帝〈牛渚磯碑〉：「畫船向浦，錦纜牽磯。」❸爐邊人似月　賣酒的女子很美。《史記・司馬相如列傳》：「(相如)買一酒舍酤酒，令文君當爐。」又《西京雜記》卷二說文君很美，「眉色如望遠山，臉際常若芙蓉，肌膚柔滑如脂。」此處借用文君當爐的典故，以說明江南的女子很美。爐，舊時酒店放置酒甕的土臺子，以其四周隆起，中間低，形似鍛爐，故名。❹皓腕凝雙雪　兩隻潔白的手腕就好像上面凝上了一層白雪。❺還鄉須斷腸　回到家鄉後一定十分地後悔。

【語譯】鶯飛草長春來早，人人都說江南好。山水嫵媚人嬌美，遊人應在江南老。水清映藍天，岸上柳如煙。人臥畫船上，聽雨靜靜眠。　遊人到吳越，不忍再離別。城裏賣酒女，腕白如霜雪。江南好風光，未老不還鄉。若是還了鄉，懊悔把神傷。

【賞析】江南因其地理、人文環境的優越，自古以來，就以其景美與人美為世人所傾倒。謝朓在〈入朝曲〉中讚美道：「江南佳麗地，金陵帝王物。逶迤帶綠水，迢遞起朱樓。飛甍來馳道，垂楊蔭御溝。……」嘗官蘇杭二州刺史的白居易更是對江南讚不絕口，他在〈憶江南〉一詞中毫不掩飾他對江南熱愛的感情：

江南好，風景舊曾諳：日出江花紅勝火，春來江水綠如藍。能不憶江南？

他只從江水一景，來看江南之美：旭日初昇，朝霞映照著江水，染紅了浪花。那浪花紅似火，卻又比火更紅；春天來了，一川素玉，水皆縹碧，綠如藍草。這首詞誘使過無數的人神往江南，並以終身未到江南一遊為憾。大約在白居易寫出此詞的三四十年之後，韋莊來到了江南，他因浪跡江南十數年，沉入江南人生活之中，故而他比白居易對江南的了解更深入、更透徹，其熱愛之情也更深厚。和白居易相同的是，離開江南之後，始終忘不了江南，晚年作詞憶江南，也表現了極深的眷戀之情。「人人盡說江南好，遊人只合江南老」，開頭兩句，不繞彎子，直接了當地點明題旨。「人人盡說」，不是我一個人說，令人不能置疑。而自己作為一個外鄉的江南遊子，是甚麼體會呢？「遊人只合江南老」，這一句話看似輕鬆，甚至帶有一點調侃的味道，但是，細嚼其意，它表達了「世間何物似江南」的偏愛感情。鳥戀其巢，人戀其鄉，所謂狐死首丘是也，而他竟說「遊人只合江南老」，愛江南超過了愛故鄉，其眷戀江南的感情簡直到了無以復加的程度。對於一位遊子來說，最感興趣的事，不外乎山水與美人。那麼，江南好，好在甚麼地方呢？三至六句就展示了「江南好」的具體內容。「春水碧於天，畫船聽雨眠」——山水風光美。春天裏，到處是澄澈明淨的水，碧藍碧藍的，倒映著白雲襯托著的藍天。由於在描繪水時引進了「天」，給人以水天一色，上下通明的感覺。在這樣的水晶似的世界裏，安靜地躺在畫船中，聽春雨吟唱的音韻，不知不覺中進入甜蜜的夢鄉。這種美的享受，不要說身臨其境的詞人了，就是千百年後的讀者也會產生「春水船如天上坐」，水韻雨聲有離紅塵的感受。山水景物是美的，那麼人呢？也是極美的，「爐邊人似月，皓腕凝雙雪」。由「爐邊人」使我們聯想到卓文君之美，還會聯想到李白的「胡姬貌如花，當爐笑春風」（〈前有樽酒行〉）中的胡姬之美，詞人怕讀者聯想不夠充分，又用兩個明喻來表現其美，一是用月，另一是用雪。月喻其性格嫻靜，風采照人，雪則喻其膚色潔白。通過這兩個比喻，將江南女子的美具體化、形象化，從而使讀者可感化。為甚麼只說酒家女呢？這是切合了詞人的遊子身份，因為遊人遺興、住宿都與酒家有關，在直接接觸的女子中，酒家女應是最多的。當然，她們代表著整個江南的女子。江南是如此的美，於是，詞人以「未老莫還鄉，還鄉須斷腸」作結。語雖淺易，然情感卻極不一般。作客異鄉的人總是以不能還鄉而愁緒滿懷，而詞人卻說「還鄉須斷腸」，若不是對江南有著無以復加的熱愛之情，怎會說出這樣的話。「未老莫還鄉」隱含著年老了方可還鄉的意思，這又是為甚麼呢？這是因為年華正盛的人若回到家鄉，豈不要日思夜想這旖旎的江南？豈不要深深的痛苦？而人老了，精力衰退了，遊樂的興趣也就隨之減退了，那麼即使離開了江南，也不會因想念而痛苦。這首詞層次清楚，前兩句提出詞旨，中間用景物與人應證，最後兩句作結，清新的形象性與嚴密性使意境更為深刻。

其三

如今卻憶❶江南樂，當時年少春衫薄。騎馬倚斜橋❷，滿樓紅袖❸招。翠屏金屈曲❹，醉入花叢❺宿。此度見花枝❻，白頭誓不歸。

【注釋】❶卻憶　仍憶。李白〈對酒憶賀監〉：「金龜換酒處，卻憶淚沾巾。」❷斜橋　橋斜橫水面。李世民〈賦得浮橋〉：「斜橋異七星。」❸紅袖　漂亮的女子。王建〈夜看揚州市〉：「高樓紅袖客紛紛。」❹翠屏金屈曲　鑲嵌玉翠的屏風，與屏風上有可使屏風折疊之環紐。屈曲，又說成屈膝。梁．簡文帝〈燈賦〉：「舒屈膝之屏風，掩芙蓉之行障。」❺花叢　很多的花在一起，這裏指有很多的美人。薛道衡〈宴喜賦〉：「妖姬淑媛，玉貌花叢。」❻此度見花枝　這次見到美人。花枝喻美人。

【語譯】江南風光天下甲，至今仍憶江南樂。當時年少真風流，頭髮烏黑春衣薄。騎馬倚斜橋，放眼尋嬌嬌。樓上笙歌歇，美人舉袖招。翠玉屏風綠，屏上環紐露。人美酒更美，醉後花叢宿。聞名美歌伎，豔麗如花枝。有此美人伴，到老無歸期。

【賞　析】張惠言在《詞選》上說：「上云『未老莫還鄉』，猶冀老而還鄉也。其後朱溫篡成，中原愈亂，遂決勸進之志。故曰『如今卻憶江南樂』，又曰『白頭誓不歸』。對此詞之作，其在相蜀時乎？」張氏的論說，可能有些牽強，韋莊六十六歲始仕前蜀，七十二歲助王建稱帝，七十五歲就去世了，相蜀是在他的垂暮之年，那麼大歲數的人，對「少年狂」時的風流事還能夠津津樂道？從詞的情調上看，應該是中年時期的作品。在江南浪跡的十幾年間，韋莊盡情地享受了景物與人物之美，過的是風流的快樂生活，所以，人到中年之後，他仍念念不忘在那裏生活的情景。往事對於許多人來說，不堪回首，然而對於他卻是一個多姿多彩的寶藏，當不得意之時，打開寶藏，稍作瀏覽，就能獲得許多慰藉。「當時年少春衫薄」七個字，形神畢具地描繪了他年少時的形象。年少，就是俊俏、風流、多情的同義語，不僅如此，他還著意打扮，「春衫薄」，可以想見他穿著時裝、行為輕浮、故意賣俏的神氣勁兒。這個階段的人生，自然與苦惱、憂愁、生計不著邊兒，在他的認識上，人是最快樂的靈物，社會是快樂的場所，而江南則又是天造地設的風流藪澤。三至六句具體描繪了他快樂的生活。「騎馬倚斜橋，滿樓紅袖招」，既寫了他自己的情態，又寫了青樓女子的行為。他騎馬並不是行路，招搖過市，為的是引人注目。這還不夠，還倚橋賣俏。「倚」字用得很神，一個浪蕩公子的形象借此字而得以表現。他在倚橋時，大概做些脫帽搔頭，摩玩玉鞭的動作。果然，附近春院中的妓女發現了他，到樓上爭把「紅袖招」。當時的景象一定是比較美的，綠色的世界裏，白牆青瓦的樓上出現了好幾個紅衣女子，向他搖動著玉手，……他陶醉了，欣喜若狂地扎入花叢中。「翠屏金屈曲」，說明妓家陳設華麗，同時間接地表現了這裏妓女的美麗。若妓女不美，來客很少，豈能過此豪奢的生活？詞人既入青樓，便少不得美酒與美人，「醉入花叢宿」，說明他兩美俱得。此時的他，真可謂不知人間是何年了，未入仙境，飄然如仙。「此度見花枝，白頭誓不歸」，可看作他狂喜之時對妓女的發誓語：你貌若鮮花，又依依可人，只要有你在我身邊，即使到了白髮滿頭時，我也不回家去。當然，這些話都是頂不了真的，這種形式的才子佳人的結合，終究要風流雲散。但我們至少可以看出詞人對江南美女的喜愛態度。

其　四

勸君今夜須沉醉❶，罇前莫話明朝事❷。珍重主人心，酒深情亦深。　須愁❸春漏短，莫訴❹金杯滿。遇酒且呵呵，人生能幾何？

【注　釋】❶沉醉　喝酒很多而大醉。韋莊〈雲散〉：「劉伶避世唯沉醉。」❷罇前莫話明朝事　可借杜甫〈絕句漫興九首〉「莫思身外無窮事，且盡罇前有限杯」作解。罇，又作樽，酒具。❸須愁　應愁。❹莫訴　不要推辭。

【語　譯】今夜酒飄濃香味，勸君多喝直到醉。席上不要說他事，說出愁來心會碎。我要喝幾斤，尊重主人心。酒濃不是水，滴滴是人情。　春夜時太短，喝酒用大碗。漏聲急促去，不辭金杯滿。名利不要求，喝酒如水流。醉後入仙境，人生有幾何？

【賞　析】我國古人常嘆惜人生短促，認為在有限的生命中，最好的生活方式是及時行樂。《古詩十九首》〈生年不滿百〉就集中反映了這種思想：

> 生年不滿百，常懷千歲憂。晝短夜苦長，何不秉燭遊？為樂當及時，何能待來茲？愚者愛惜費，但為後世嗤。仙人王子喬，難可與等期。

韋莊此詞亦表現了這樣的人生態度：萬事不如杯在手，百年幾見月當頭。這可能與他的經歷有關，他大半輩子求仕求食，屢試不第。如在五十八歲入京應試落第後，作〈投寄舊知〉云：「卻將憔悴入都門，自喜煙霄足故人。萬里有家留百越，十年無路到三秦。」又〈寄江南諸弟〉云：「萬里逢歸雁，鄉書忍淚封。吾身不自保，爾道各何從。」生活艱難，場屋不順，有家難歸，使他對人生產生了消極的情緒。主客對飲，兩人意合。主人「勸君今夜須沉醉，罇前莫話明朝事。」客人隨即表態：「珍重主人心，酒深情亦深。」「莫話明朝事」，留下了一個想像的空間，給讀者結合自己的人生經歷。「明朝事」一定不會是說來令人興奮的事，而是讓人煩惱與苦悶的事。俗語說得好：不如意事十八九，可人意事一二三。在漫長的人生道路中，絕大部分事情是讓人煩惱的，有的時候會讓人感到絕望。尤其是古代社會的文人，大部分人都是在逆境中度過一生。當他們感到無法與命運抗衡時，便「一酒解千愁」。所以，文人名士多與酒結緣，其實，這是他們內心苦悶的反映。「酒深情亦深」，看上去有點調侃的味道，酒與情本不相關，如何能用酒來測量情的深淺呢？而事實上，在我們這一國度，酒成了人們交往的一種工具。建立感情、表達感情都離不開酒。所謂「酒逢知己千杯少」是也。既將酒當作測量感情深淺的一把尺子，主客便放懷痛飲，一醉方休。醉後自然會忘記憂愁，忘記煩惱，飄飄然如入仙境之中。下片四句是主客在飲酒時對人生問題的討論。他們認為，人生是短促的，況且生前功業，死後名譽，都是虛無的東西。而要使人生變得有樂趣，不枉到世上走一回，就是要喝酒。酒與人生結合起來，人生才變得完美。這種要人沉湎於酒中的宣傳，對於人類社會來說，是極為有害的。儘管韋莊因自身長期落魄潦倒的經歷而得此感受，我們可以理解，但不可以認同，因為飲酒過多會使人喪志，會造成很多不可挽回的事。

其五

洛陽城裏春光好，洛陽才子❶他鄉老。柳暗魏王堤❷，此時心轉迷❸。

桃花春水淥❹，水上鴛鴦浴。凝恨❺對殘暉，憶君君不知。

【注　釋】❶洛陽才子　本指西漢之賈誼。賈誼，洛陽人，十八歲即以能誦詩書與擅長寫作而聞名於世，故世稱「洛陽才子」。潘岳〈西征賦〉：「賈生洛陽之才子。」韋莊雖非洛陽人，但客居過洛陽。故此處係韋莊自指。❷魏王堤　是洛陽遊覽勝地。唐時洛水流過洛陽皇城端門，經尚善、旌善二坊之北，向南流注成池，太宗貞觀中賜魏王泰，名魏王池，有堤與洛水相隔。白居易〈魏王堤〉：「何處未春先有思，柳條無力魏王堤。」❸心轉迷　謂此時神思恍惚，眼前出現了舊時的畫面，沉浸在對往事的回憶中。❹桃花春水淥　在春雨瀟瀟之時，桃花始發，河水猛漲，故稱桃花水。淥，水清貌。❺凝恨　積怨，或謂怨很多而無處發洩。高觀國〈獨影搖紅〉：「寥落年華將近，誤玉人高樓凝恨。」

【語　譯】洛陽城裏春光好，鳥鳴水綠花不少。洛陽才子遊他鄉，絆留難歸外鄉老。迢迢魏王堤，柳濃路不見。昔時攜手遊，情景眼前現。春水滿河綠，桃花豔不俗。堤上夫妻行，水中鴛鴦浴。日落生鄉愁，多怨君不知。深情存心中，化作無數詩。

【賞　析】張惠言說此詞有「致思唐之意」，然讀者欣賞它，並非它有政治寄託，而是得力於詞人對往事和伊人那種沉鬱深摯的懷念與婉轉暢達的情感抒發。首起二句，看似平直，感情卻極為強烈，它是積聚多時的思念之情的抒發，直接了當地表現了對洛陽的偏愛與不能回歸洛陽的遺憾。因其語言樸素平直，而顯得極為親切，讀者讀了這兩句後，就會不自覺地站到了他朋友的位置上，傾聽他對洛陽舊事的回憶。與他一起高興，一起苦惱。「春光好」與「他鄉老」是一個鮮明的對比。洛陽的春光，是那樣的令人陶醉；而洛陽的才子卻要老於他鄉，怎不令人感慨繫之？韋莊為長安人，四十七歲春離長安到洛陽，次年離開，在洛陽停留的時間並不長，但以洛陽才子自詡，一定有著與他一生相牽連的洛陽的人與事，不然，他不會平白無故地認洛陽為自己的家鄉。「柳暗魏王堤」，是直承「風光好」而來。隨著他的回憶，我們也彷彿來到了風暖煙籠的柳堤，聽到悅耳的柳浪鶯歌。詞人由於此時完全沉浸在對昔時情景的回憶中，眼前不再是外鄉之景，而完全幻化為洛陽的春光，他自己已弄不清此時此地是洛陽還是外鄉？「迷」是迷醉、迷狂，是意識暫時為情感左右的痴痴迷迷。如果不是他對洛陽魂牽夢縈，又怎會出現這樣的精神狀態？「桃花春水淥，水上鴛鴦浴」，仍是歷歷在目的「洛陽春光好」的圖像。一到春天，洛陽到處是嫣紅的桃花，到處是碧綠的春水。在蕩漾的水波上，浮著交頸相依的鴛鴦。而水邊的大堤上，紅男綠女，大轎高馬，如鯽如蟻，真是春意盎然，春韻流動。景色使詞人迷醉，遊人也使詞人迷醉，然最使詞人高興的是與伊人同遊，目送深情，心中會意，指物吟詩，興會賦詞。彼時彼地，真不知是在人間還是在天上？殘陽西墜，暮色來臨，在眼前出現的舊時情景漸漸地隱去了，詞人又回到了現實中。他清醒地意識到，往日的美好時光已一去不返，當年的伊人也無處可尋。他想請求殘暉，通過光的傳播，告訴伊人的一腔相思，然自知「憶君君不知」，所作的一切都是徒勞。他只能在這昏黃的晚照中，獨自回味著那個失落已久的夢。

歸國遙 三首

其一

春欲暮，滿地落花紅帶雨❶。惆悵玉籠鸚鵡❷，單棲無伴侶。南望去程何許❸，問花花不語。早晚得同歸去，恨無雙翠羽❹。

【注　釋】❶紅帶雨　紅花落如下雨。李賀〈將進酒〉「桃花亂落如紅雨。」❷玉籠鸚鵡　喻被鎖在深閨裏的婦人。❸何許　多少。❹翠羽　這裏作翅膀解。

【語　譯】春天要歸去，郎仍在行旅。風暖草深葉肥綠，空中落花如下雨。傷心寂寞鸚鵡，鎖入玉籠獨處。室外燕雙飛，而我無伴侶。　郎君南去迢迢路，不知途程有幾許。問人人不知，問花花不語。我願尋郎去，祇恨無雙羽。

【賞　析】全詞寫一個獨居的婦人寂寞難耐的情態。上片是客觀環境的描述與閨婦處境的說明，然客觀寓含著主觀，景語皆是情語。「春欲暮，滿地落花紅帶雨」，一開頭，就帶著讀者進入了暮春的景色中。然暮春景色特徵不惟是「滿地落花紅帶雨」，東風送暖，鶯老柳翠，蝶飛草長等等都是，何以僅用花落這一特徵呢？因為全詞是從思婦這一視角來描景抒情的，而思婦很自然地會注意到片片落紅，這是一種不自覺的行為，內在的理性原因是花兒是青春、美貌的象徵，由花的凋落自然地就會想到自己青春的徒然流逝。因此，「滿地落花紅帶雨」雖然是客觀景物的描繪，但融進了女主人翁無可奈何的自憐自惜的情緒。「惆悵玉籠鸚鵡，單棲無伴侶」，前兩句由落花聯想到了自己漸漸褪去的紅顏，這種酸楚的情緒還沒散去，又抬頭看到了吊在樑上的鎖著一隻鸚鵡的玉籠。她由眼前「單棲無伴侶」的鸚鵡想到了自己：我不就是同這隻鸚鵡一樣嗎？閨房就是關閉我的「玉籠」，她由自己「單棲無伴侶」的體會理解到鸚鵡內心的「惆悵」。如果說「落花」使她的內心滋生起酸苦的情緒，那麼，鸚鵡則將她的這種情感推向了高潮。我們可以想像她與鸚鵡對視的畫面：閨婦、鸚鵡互相無言，各自的眼裏都流露出憐惜、無奈、同情的目光。就在這對視中，閨婦看到了自己的命運，並產生了對命運反抗的心理。不！我不能像鸚鵡這樣任人擺佈，在這隻「玉籠」裏葬送一生，我要去找他，和他同飛同棲，結束這「無伴侶」的生活。她問身世與己相彷彿的花兒：「郎君所在的南方離此有多遠的路程？」可是「問花花不語」。「花不語」不是花兒無情，也不是植物非生靈而不能理解她的問話，潛在的意思是她的這種想法不為環境所理解，即使是命運相同的花兒也不支持她。舊社會要求婦女足不出戶，為遠行的丈夫侍奉公婆，哺育子女，為相思而尋夫實在是離經叛道的想法。她又問鸚鵡，鸚鵡可能深切地感受到孤獨與沒有自由的不幸，告訴了她的路程，然而路程迢迢，中間有千山萬水，她嘆了一口氣，「雖然想早晚在一起，可是我哪有你的翠羽去飛越千山萬壑呢？」這一聲嘆息，酸楚入骨，表現了她的絕望與對命運不得已的屈服。

其二

金翡翠❶，為我南飛傳我意。罨畫❷橋邊春水，幾年花下醉。　別後只知相愧，淚珠難遠寄。羅幕繡幃鴛被，舊歡如夢裏。

【注釋】❶金翡翠為我南飛傳我意　用西王母與漢武帝會晤，青鳥傳信的故事。《藝文類聚》卷九一引《漢武故事》：「七月七日，上（漢武帝）於承華殿齋，日正中，忽見有青鳥從西方來集殿前。上問東方朔，朔對曰：『西王母暮必降尊像，上宜灑掃以待之。』……是夜漏七刻，空中無雲，隱如雷聲，竟天紫色，有頃，王母至。……有二青鳥如烏，夾侍母旁。」《山海經・大荒西經》：「西有王母之山，……有三青鳥，赤首黑目。」郭璞注：「皆王母所使也。」這裏的「金翡翠」即是青鳥。❷罨畫　雜色的彩畫。白居易〈草詞畢遇芍藥初開〉：「疑香薰罨畫，似淚著燕脂。」《唐會要・內外官章服・雜錄》：

「其女人不得服黃紫為裙及銀泥罨畫錦繡等。」

【語　譯】知心知意金翡翠，知我相思心欲碎。為我南飛傳我意，萬里送信情珍貴。春水碧波起，拱橋為彩繪。心悲歡娛少，幾年花下醉。　別後獨居未成對，憶昔情深心疚愧。泣時濕紅箋，難寄相思淚。白日思念多，夜裏夢中會。羅幕繡帷裏，交頸鴛鴦被。

【賞　析】辛文房《唐才子傳》說：「黃巢亂後，韋莊益窘，移家於越，周遊南方。」從他的《浣花集》中的詩來看，他到過南方的揚州、蘇州以及浙、閩、皖、贛等地方，也像許多才子那樣，做出了許多風流事，甚至和一些女子有了真正的愛情。這首詞就是懷念江南伊人之作。往事如夢，伊人難覓，然愛卻是永遠不會忘記的。詞一開始，就用了「青鳥」傳信的神話故事。青鳥傳信，因其浪漫而神秘，常被唐代詩人們所引用。如杜甫〈麗人行〉：「楊花雪落覆白萍，青鳥飛去銜紅巾。」李商隱〈無題〉：「蓬山此去無多路，青鳥殷勤為探看。」它們都能給讀者一種瑰麗的想像，對美好感情的悠然神往。並且，產生出對難言之隱的愛情的好奇心。從「罨畫」二句起，都是請青鳥所傳的話。首先是用過去的歡樂的生活，喚起對方甜蜜的回憶。在那五彩繪色的橋邊，碧水蕩漾，春花爛漫，我們或倚橋頭，或步水邊，徜徉在嫵媚的春光中，陶醉在愛的歡樂裏。真是歡樂時光短啊，幾年時間，如眨眼而過。你記得是幾年嗎？下片仍是愛的表述。「別後只知相愧」之「愧」字，有著豐富的內容，可惜詞人沒有說出來。但不外乎這樣兩種情況：一是他辜負了女子的一片痴情，輕率地離開了她，二是又看中了別的女子，移情別戀。然而，當美好的東西失去了之後便認識到它的珍貴，但他又不好意思再去見她，只好愧恨交加，忍受著失戀的痛苦。他讓青鳥轉告女子：在別後的日子裏，我不知流下了多少相思與悔恨的淚水，若不是淚水難寄，我就把淚水捧給你看。你能原諒我的薄情，我的負心麼？為了進一步地打動對方，他又將時時作夢與夢中的情景告訴她，那時，我們的居室，羅幕春濃，繡帷生香，鴛被雙棲，這一切仍常常地出現在我夢中，仍是那樣的甜蜜，那樣的歡暢！我的愛人，我們能不能鴛夢重溫，再續前緣。答應我吧，我的愛人！該詞所寫，也是綺羅香澤，然沒有濃膩的脂粉味。它採用白描的手法，以真率坦白的語言，抒發熱烈真摯的感情。

其三

春欲晚❶，戲蝶遊蜂❷花爛漫。日落謝家池館❸，柳絲金縷斷。　睡覺綠鬟❹風亂，畫屏雲雨❺散。閒倚博山❻長歎，淚流沾皓腕。

【注釋】❶春欲晚　春將歸去。劉方平〈春怨〉：「寂寞空庭春欲晚。」❷戲蝶遊蜂　似蝶浪蜂狂，恣意撲粉採蕊。《全唐詩逸》卷下，崔十娘〈同前答張文成〉：「戲蝶扶丹萼，遊蜂入紫房。」❸謝家池館　見卷一溫庭筠〈更漏子〉其一〈柳絲長〉注❹。❹綠鬟　女子髮鬟烏黑。白居易〈閨婦〉：「斜憑繡床愁不動，紅銷帶緩綠鬟低。」❺雲雨　據《文選》宋玉〈高唐賦序〉云：戰國楚襄王與宋玉遊於雲夢之臺，望高唐之觀，其上有朝雲，王問何謂朝雲。玉曰：昔懷王遊高唐，怠而晝寢，夢見一婦人，曰：「妾巫山之女也，為高唐之客。聞君遊高唐，願薦枕席。」王因幸之。婦人去而辭曰：「妾在巫山之陽，高丘之阻，旦為朝雲，暮為行雨，朝朝暮暮，陽臺之下。」之後人們以雲雨喻男女幽合。❻博山　香爐名。《西京雜記》卷一：「丁諼又作九層博山香爐，鏤以奇禽怪獸，窮諸靈異，皆自然能動。」古樂府〈楊叛兒〉：「歡作沉水香，儂作博山爐。」

【語譯】草深花爛熳，春天要回返。浪蝶撲粉上下飛，狂蜂採花左右攬。晚霞夕照色黃昏，謝家亭閣靜悄悄。柳絲如金線，垂頭姿不展。　美人睡覺頭髮亂，四肢無力體慵懶。畫屏山水入夢中，幽會一時雲雨散。醒時郎不在，對著香爐嘆。酸苦滿心中，淚水濕玉腕。

【賞析】這闋詞寫一思婦在春暮時候的情態。詞中女主人翁可能因「謝家池閣」四字而可能會被讀者誤以為是妓女，其實不是，謝家池閣本指唐李德裕之妾謝秋娘的居所，後泛指佳人所居之豪華池閣，女子應是有夫之婦。這首詞的上片都是寫景，下片都是寫人，然上下片暗脈相連，有很密切的關係。因為上片的幾個意象既反映暮春的景色特點，又是思婦意緒在景物上的折射。蝶飛蜂舞，春花爛漫，蝶戀著花，花擁著蝶，蜂撲著粉，粉沾著蜂。多麼的浪漫喲！我就是花，郎君就是蜂蝶，可是在花兒怒放之時，蜂蝶卻不知在何方遊蕩？我這朵花，竟默默地在褪色、凋零。庭院空寂，暮色四起，夕照中的金色柳絲隱沒在煙靄之中。這景象使閨婦心情壓抑，感到生命的蒼白，同時，更加渴望夫婦和合的家庭生活。下片從夢中與醒後兩個角度寫思婦激烈的感情波動。「睡覺綠鬟風亂」，只有長時間的輾轉反側，才會使頭髮鬆散，如風吹拂。只有思念之情長時間的鬱結不解，並有強烈的性的渴望，才會與郎君在夢中相會，並作雲雨之事。夢中越纏綿，醒後越失落，想想夢中的熱烈歡會，看看眼前的屋冷床涼，她如何能不長嘆，又如何能不流淚？此詞對白日春景，夢中歡情，皆以賦體鋪敘，寫得靈動美妙。

應天長 二首

其一

綠槐陰裏黃鶯語，深院無人春晝午。畫簾垂，金鳳❶舞，寂寞繡屏香一炷❷。

碧天雲，無定處，空有夢魂來去。夜夜綠窗風雨，斷腸君信否？

【詞牌】應天長　按此調屬「夾鍾商」，俗呼「雙調」。有四十九字，五十字，九十四字，九十八字諸體。韋詞兩首，皆五十字。此調創始於何時，無考。

【注釋】❶金鳳　指屏風上的金鳳凰。❷香一炷　炷，本義為燈芯，引申為凡可點燃的柱狀物，皆可稱炷。這裏用作量詞，即一炷香。韓偓〈秋村〉：「絕粒看經香一炷。」

【語譯】槐樹綠葉碧如玉，濃蔭裏面黃鶯語。深院悄悄無聲音，春天白日正中午。無風畫簾垂，屏上鳳凰語。繡屏前面一炷香，裊裊婷婷一縷縷。　白雲飛藍天，悠悠行無邊。遊子在何處，行蹤如雲煙。年年月月不見君，空有夢中來相遇。風吹綠窗心裡亂，雨打梧桐聲聲苦。相思斷了腸，郎君可信否？

【賞 析】這闋詞是思婦懷人之作。上下兩片，分別突出動景與靜景，以「靜」寫寂寞，以「動」寫無奈。上片所描繪的是「春晝午」的景色。綠槐成蔭，風止樹靜；庭院深深，了無人跡；畫簾低垂，繡屏悄立。雖然也有動景，但它們沒有給人動感，相反，倒襯托出了靜，營造了寂靜的氣氛。黃鶯雖語，然而在萬籟無聲的中午，只能產生出幽靜悄然的效果；金鳳起舞，但牠是畫簾上的鳳凰，其「動」的姿態是凝固而不變的；沉香裊裊，然無聲無息。這是一潭死水般的寂靜，這是一個沒有活力、沒有生機的世界。一個沒有伴侶、看不到希望的人在這樣的環境裏生活，必然體會不到半點生活的樂趣，而只會感到生命的無意義。這樣的寂靜是一種無形的壓力，會壓得你透不過氣來，會使你感到孤零無助。於是，你想走出孤獨，打破這寂寞的氣氛，渴求遠行的丈夫歸來。這種精神需求佔滿了空間和時間，無時無地不被這種渴望所纏繞，然而，現實生活並不能滿足這種渴求，渴求便轉變成了深深的痛苦。下片的動景表現了一種捉摸不定的意象。浮雲飄忽，魂靈來往，風吹雨打，尤其是「夢魂來去」，言郎蹤不定，抒發了惆悵難遣的無奈情懷。「碧天雲，無定處」，是說郎蹤如雲，任意浮游，不過雲在天上，還能見到。可是郎君呢？山障水隔，不知漂泊於何方？「夜夜綠窗風雨」，春天的風雨本是有情之物，所謂如坐春風、如沐春雨，可是，此時的風雨變得冷酷無情，夜夜敲打著綠窗，讓愁苦的閨婦更加心煩意亂，面對這一切，她無力回天，只能忍受著風聲雨聲的攪擾。「空」字集中地表現了她對生活的無奈。縱然是「枕上片時春夢中，行盡江南數百里」，然而「悠悠夢裏無處尋。」夢中相會，並不能減少醒時的愁緒，相反，只會增添無數的煩惱。此詞的上下片除了靜、動之不同外，還有許多對應關係，「晝午」與「夜夜」是時間上的對應，「綠槐」與「碧天」，一在地，一在天，為空間之對應；「畫簾」與「綠窗」是閨中之物的對應，「寂寞」與「來去」為閨婦與遠人之對應。通過這些對應，把婦人之環境、心態、渴望、未來淋漓地表現了出來。我們說韋莊詞疏朗語淡，他的詞像淡茶，看似無色，然品嘗一下，就得到了清香的味道。

其 二

別來半歲音書絕❶，一寸離腸千萬結❷。難相見，易相別❸，又是玉樓花似雪。

暗相思，無處說，惆悵夜來煙月❹。想得此時情切，淚沾紅袖黦❺。

【注　釋】❶音書絕　斷了書信。羅隱〈江南別〉：「鯉魚腸斷音書絕。」❷一寸離腸千萬結　喻愁緒很多。❸難相見易相別　指戀人不能常聚。李商隱〈無題〉：「相見時難別亦難。」戴叔倫〈織女詞〉：「難得相逢易相別。」❹煙月　指薄雲遮月。❺紅袖黦　紅衣袖上淚痕斑斑。

【語　譯】一別之後六個月，消息不通信斷絕。日思夜想不安寧，一寸柔腸千萬結。相見十分難，見後一時別。玉樓之外春又來，梨花盛開白似雪。　只因思念君，時時心不悅。此情無處說，只有暗裏泣。意亂心煩睡不著，看著窗外雲遮月。夜深人靜思如麻，此時最是情切切。紅袖斑斑淚，淚盡全是血。

【賞　析】此詞寫一女子暗地裏對情郎的思戀。全詞十句，皆表現一「思」字。「別來半歲音書絕」，是思之因。半歲僅六個月，時間並不長，但女子的相思卻是銘心刻骨般的深切，說明此女子對心上人的無限傾心，如同《詩經》中的女子那樣，「一日不見，如隔三秋。」由此可見，「半歲」倒能表現出情之深，情之真。「一寸離腸千萬結」，是思之狀。一般的詩人用此意象，只說「愁腸千萬結」，而此詞說一寸離腸就打上了千萬結，可見愁多麼濃，多麼難解。「千萬結」雖然是形象地描述，然還不能讓人感受到相思的痛苦情狀，若用更通俗的語言，是否可這樣描述：郎君的形象像一個蟭蟟蟲鑽進了心裏，撓也撓不著，趕也趕不走。牠讓你坐臥不寧，寢食不安；牠讓你既不發熱，又不頭痛，但讓你渾身上下有著說不出來的難受；你想哭，想喊，卻找不出一個可以發洩的正當理由。「又是玉樓花似雪」與「惆悵夜來煙月」是思之時。前者是春日，後者是月夜，這兩個時間對於閨婦來說，是最為難受的時候，風花明月，良辰美景，然而人卻形影相弔，煢煢孑立。她會從花之豔麗想到人之紅顏易老，從月之圓想到人之缺。因此，春日季節與月下之時是思情最切、最濃，也是人最難承受的時候。「暗相思，無處說」，是思之方式。與前面「難相見，易相別」結合起來看，我們可以確定地說，這一對不是有婚姻關係的夫婦，而是一對情人。「暗」字表明了這種關係的隱秘性。有情人不在一起，已經很痛苦了，而有情人不能公開自己的感情，則更加痛苦。「淚沾紅袖黦」，是思之果。有甚麼結果呢？「思君君不知」，她熱戀的郎君無法感知她的思念，所以，不會立即回來。而相思是一種隱秘的無法啟齒的精神活動，既不能告訴別人，讓別人為自己分擔愁苦；又不能放聲嚎哭，借以排洩鬱悶的情緒。她只能悄悄地不斷地流淚，淚盡而泣血自然是誇張，但女子極端痛苦則是毫無疑問的。

荷葉杯 二首

其一

絕代佳人難得，傾國❶。花下見無期，一雙愁黛遠山眉❷，不忍更思惟。

閒掩翠屏金鳳，殘夢。羅幕畫堂空，碧天無路信難通，惆悵舊房櫳❸。

【注　釋】❶絕代佳人難得傾國　謂佳人貌美，世所罕有。傾國，一國傾心。《漢書·外戚傳》載李延年歌：「北方有佳人，絕世而獨立。一顧傾人城，再顧傾人國。寧不知傾城與傾國，佳人難再得。」❷遠山眉　眉形如遠山。杜牧〈為人題贈〉：「豪持出塞節，笑別遠山眉。」❸房櫳　房子的窗戶。

【語　譯】絕代佳人十分美，舉國上下都醉迷。靚麗世少見，猶如冬中梅。約定花下見，誰知君相違。天天等待不見君，皺起一雙遠山眉。想到來日苦，不忍再思惟。人立閨房中，掩起翠屏風。白日無事做，看著屏上鳳。倦臥錦枕上，夢中郎匆匆。夢醒郎無影，羅幕畫堂空。如同上天沒有路，天涯難覓郎行蹤。思君卻無奈，斜倚舊房櫳。

【賞　析】楊湜《古今詞話》說韋莊的寵姬被王建奪去後，曾作兩首詞，傳到宮中，姬不食而死。其中一首即是〈荷葉杯〉。夏承燾《韋莊年譜》則認為楊湜的話，近於附會，無徵難信。夏先生的推論是有道理的，因此應以抒發少女思情的主題為是。開頭劈空一句「絕代佳人難得，傾國」，表示了詞人對少女美豔的傾慕，雖然沒有對其容貌作具體的描繪，但讀者可以依據這一極高的評價，展開豐富的想像，如此佳人，不論你想像得如何美，都不過分。詞人在扣住了讀者的心弦，並讓讀者也跟著他一起驚羨女子的容貌後，立即將描述的角度轉到了女子這一邊。此時的女子愁眉頻蹙，目光黯然，其原因是「花下見無期」，與情郎約定會於花下，然郎卻無信，毀約不至，她天天候於花旁，始終不見郎的身影。「無期」，表現了希望的渺茫。如此佳人，居然受這樣感情的折磨，受人的戲弄。帶著對女子傾慕感情的讀者讀到此處，不僅僅是同情女子，而且對男子的無情憤慨不已。下片繼續寫佳人的情感狀態。白日閒暇無聊，她掩屏臥床，屏上的一對金鳳凰引起了她美好的遐想，並將她帶入與郎幽會的甜蜜的夢鄉。然好夢不長，夢醒後仍是人孤影單，屋冷床涼。剛才夢中笑語充盈的羅幕畫堂，現在依舊空空蕩蕩，死一般的沉寂。她抬眼望天，碧空如洗，寥闊恢宏，郎啊，你到底在那一塊天的底下？我想去尋你，可是你沒有留下地址，如同上天一樣，沒有道路，又怎能到達天上？她百般尋思，但沒有一個辦法是可行的。她心灰了，絕望了，站立在窗口，對著天地，一籌莫展。此詞用語雖淺，然成功地塑造了一個一往情深的女子形象。

其二

記得那年花下，深夜。初識謝娘時，水堂❶西面畫簾垂，攜手暗相期❷。　惆悵曉鶯殘月，相別。從此隔音塵❸，如今俱是異鄉人，相見更無因。

【注釋】❶水堂　臨水之廳堂。劉希夷〈北邙篇〉：「雲起清盈驕畫閣，水堂明迥弄仙舟。」❷相期　相約。溫庭筠〈贈鄭處士〉：「更有相期處，南籬一樹花。」❸音塵　消息。江總〈折楊柳〉：「萬里音塵絕。」

【語譯】記得那年花樹下，初次相逢認識她。半喜半羞袖遮臉，月光映照容貌佳。謝娘悄悄語，邀我入閨房。閨房水堂西，簾上有彩畫。親熱依偎久，同說相約話。　黃鶯叫聲清晨聞，月將落時郎出門。別時人惆悵，像是失了魂。誰知一去無消息，從此兩地斷音塵。你我分別往他鄉，如今俱是異鄉人。相互不知居住地，想要見面不可能。

【賞析】 此詞的內容多半是以作者自身的愛情經歷為基礎，所以情真意切。雖然，有很多的細節隱藏在字裏行間而沒有告知讀者，但是，仍具有強烈的感染力。上片回憶當年與意中人相識、定情的情景。花兒盛開的時節，月色溶溶之夜，他和一美麗的女子相識於水堂之畔，歡會於畫簾低垂的閨閣內。當時歡暢的情緒雖然沒有直接描摹，但我們能夠從所描繪的鮮花、皎月、畫簾等景色中間接地感受到。「攜手暗相期」之「暗」字，至少含有下述的兩層意思：一是這位謝娘非伎女，若是風塵女子，相約無須是暗地裏。二是表現出女子因初戀而害羞的樣子，「暗」是指當詞人提出下次見面的時間時，她作了無動作無話語的默然應允。可能是環境的允許，詞人竟能和女子盤桓到殘月西斜、黃鶯啼曉之時。其間千種風情，自不必說。詞的下片重在回憶別情和描寫思情。上片站在詞人自身的角度，下片則設身為對方，以女子的口吻來敘述。「曉鶯殘月」，是一淒楚的意象，它有效地傳導出了一對戀人的惆悵情緒。更能引起人同情的是「從此隔音塵」，相識就是相別，情戀就是情斷，這是多麼痛苦的人生經歷。「如今俱是異鄉人」道出了「從此隔音塵」的原因。可能兩人原是在故鄉相戀，後來勞燕分飛，各自往異鄉漂泊，以致無法互通消息。聯繫韋莊生活的時代，他們各自漂泊異鄉的原因，多半是因戰爭頻仍。「相見更無因」，一聲長長的嘆息，既有對愛情失落的惋惜，也有對那個人民生活不能安定的時代的哀怨。因此，我們是否可以這樣說，這首愛情詞蘊含著深刻的時代內容。

清平樂 四首

其一

春愁南陌，故國❶音書隔。細雨霏霏❷梨花白，燕拂畫簾金額❸。

盡日相望王孫❹，

塵滿衣上淚痕。誰向橋邊吹笛？駐馬❺西望銷魂。

【注　釋】❶故國　故鄉。❷細雨霏霏　小雨紛紛。❸畫簾金額　用銅為圖案物的簾額。❹王孫　古代貴族子弟的通稱。《楚辭・招隱士》：「王孫遊兮不歸，春草生兮萋萋。」❺駐馬　停馬。張祜〈洛陽春望〉：「遊人駐馬煙花外。」

【語　譯】春日相思向南望，歸人不見淚水出。故鄉千里遠，與郎音書隔。小雨紛紛煙濛濛，可憐梨花經雨打濕。春燕對對忙築巢，進進出出拂簾額。　整日遠望倚著門，等待王孫心上人。王孫不見心裡愁，塵滿衣上有淚痕。橋邊有人吹笛，笛聲淒楚傷神。西望有人停馬聽，像似郎君妾銷魂。

【賞　析】這闋詞似寫一女子等待著故鄉的戀人，「望」是全詞的詞眼。因南陌通向故國，故向「南陌」而望，望而不見，使人生愁。所以要望，是因為故鄉的戀人與她斷了書信。她會想：是兩人的關係起了波折，他移情別戀，有意不來信，還是他生病了，臥床不起，無法託人帶信。將整個心放在郎君身上的她會作許許多多的揣測，而揣測又往往向壞處想的多，於是，越揣測越不安，越著急，便有了日日盼望的行為。「細雨霏霏梨花白」，既是寫景，也是寫人，文學上常常將楚楚可憐的美人比喻成帶雨的梨花，她所以看上去呈現出病弱的樣子，自然是「望」造成的。除了「音書隔」而使她相思、盼望之外，燕子的飛來掠去也給她以刺激，梨花盛開，正是燕子築巢之時。而燕子總是成雙作對的，燕子與人便形成了鮮明的對比。下片仍然圍繞著「望」字著筆。說她「盡日相望」，「盡日」二字，也許我們閱讀時會一掠而過，其實，它表現了女子濃烈的思情與懸懸不安的焦慮。從日出到日落，佇立路口一直相望，非有此思情與焦慮，焉能如此？因整日站在室外，故「塵滿衣上」，又因望而不見，所以淚痕滿衣。最後兩句突起波瀾，似乎在灰暗的色調裏出現了緋紅的色彩，橋邊飄來了熟悉的笛聲，南陌出現了郎君騎馬的身影。然而，這不過是望時的幻覺，有笛聲，非郎君所吹；有駐馬者，更非郎君。虛幻消失之後，女子黯然消魂，由希望變成失望，怎能不痛苦到了極點？該詞用語如話，僅對女子的心思動作做客觀的描寫，然淒惻動人，人都願與女子同哭。

其二

野花芳草，寂寞關山道。柳吐金絲❶鶯語早，惆悵香閨暗老。羅帶悔結同心❷，獨憑朱欄思深。夢覺❸半床斜月，小窗風觸鳴琴❹。

【注釋】❶柳吐金絲　早春之時，柳枝細而呈黃色。李紳〈柳〉：「千條垂柳拂金絲。」❷結同心　同心結。舊時用錦帶打成的連環迴紋樣式的結子，用作男女相愛的象徵。❸夢覺　夢醒。❹鳴琴　琴名。陶潛〈閒情賦〉：「願在木而為桐，作膝上之鳴琴。」

【語譯】山花盛開春光好，綠滿田野是芳草。寂寞一人行，迢迢關山道。金色柳絲隨風舞，嬌軟鶯聲啼清曉。閨中相思心惆悵，不知不覺人已老。早知郎薄情，不要結同心。獨自倚著朱欄想，郎君到底何處行？夢醒不見郎影，斜月半透浮雲。小窗雙扇迎風開，風入輕輕叩鳴琴。

【賞析】詞人以一個孤身獨處的女子口吻，抒發了臨春傷懷，盛年自惜的無限惆悵。一二兩句是女子經常映現在腦海中的情人行旅的情景：在這早春的時光，野花芳草布滿了山野，那寂寂無人的驛道上，踽踽獨行著一個旅人，那就是她親愛的郎君。他神色黯然，灰塵滿面，顯出疲乏的樣子。這個畫面幾乎像浮雕一樣鐫刻在她的腦海裏，每映現一次，她就心疼一次，並不自覺地將這畫面與自己的處境作比較：自己的閨樓前後，柳絲垂金，鶯啼聲聲，沒有行腳之苦，卻可享受到宜人之風光。然而女子的實際生活並不是舒心愜意的，與日俱增的思愁悄悄地減損著她的容貌。儘管她時時關心著旅人，常為想像中的苦況坐臥不寧，然旅人長久不歸，也使她生出一些怨意，後悔當初不該與他痴結同心。當然，這怨恨的念頭只是一閃念而已，而且也是愛戀至深的表現。絕大多數的時間仍是獨倚朱欄，憶起過去在一起時的甜蜜生活，想像著郎君現在的生活狀況和回來後相依相偎的幸福情景。日有所思，夜便有所夢，然而夢中的甜蜜時光是極為短暫的，她醒來後，惟見斜月半床，閨內沉寂而清冷，全沒有半點剛才夢中熱鬧而溫馨的景象。夜風穿過窗櫺，拂響了久已擱置的鳴琴。琴聲雖然劃破了屋內的沉寂氣氛，但是，它不但沒有給閨婦帶來些許的快樂，相反，倒將她推入了更為淒清的境地。前人對「夢覺半床斜月，小窗風觸鳴琴」這兩句倍加讚賞，認為它描繪的清婉哀絕的畫面，把女子銘心刻骨的思情表現得既實在又空靈。「似直而紆」，是這首詞的特色，雖然不像飛卿詞那樣蘊藉含蓄，但是在平淡的語句中含有豐富的情感內容。

其三

何處遊女❶？蜀國多雲雨❷。雲解有情花解語❸，窣地繡羅金縷❹。

妝成不整金鈿❺，含羞待月鞦韆。住在綠槐陰裏，門臨春水橋邊。

【注釋】❶遊女　郊遊之女。《詩經・周南・漢廣》：「漢有遊女，不可求思。」梁武帝〈戲作〉：「宓妃生洛浦，遊女出漢陽。」❷雲雨　用宋玉〈高唐賦〉的故事。云楚懷王夢與神女相會於高唐，神女自謂「旦為朝雲，暮為行雨。」舊將男女行歡說成是作「雲雨」之事。這裏代指美女。❸花解語　五代・王仁裕《開元天寶遺事》卷下：「唐明皇秋八月，太液池有千葉白蓮數枝盛開，帝與貴戚宴賞焉。左右嘆羨久之。帝指貴妃示於左右曰：『爭如我解語花。』」古時因用以比喻可人意的美人。解，會意。❹窣地繡羅金縷　拖地的用金線繡邊的長袖子。❺金鈿　花鈿，古時婦女的首飾。

【語譯】春來滿天飛柳絮，不知何地郊遊女。蜀地女子美，溫柔又含蓄。情勝遊雲美勝花，可人意兒解人語。流行髮髻著時裝，拖地長裙繡金縷。　妝成宛若一天仙，花鈿隨意插鬢邊。含羞等待月昇起，斜倚樹下小鞦韆。四周有綠槐，濃陰遮住天。春水繞屋流，華屋臨橋邊。

【賞析】這闋詞以一個男子的眼光來寫他和一位女子的相識與戀愛的過程，這個男子或許就是詞人自己。我國古代仕女有遊春的習俗，一般在三月三日這一天，仕女們到水邊去以齋戒沐浴等方式方法消災求福。如杜甫的〈麗人行〉：「三月三日天氣新，長安水邊多麗人。態濃意遠淑且真，肌理細膩骨肉勻。繡羅衣裳照暮春，蹙金孔雀銀麒麟。……」此詩是對長安曲江池畔遊春女子的描寫，而韋詞所寫的是蜀地的遊春女子。「何處遊女，蜀國多雲雨」，這兩句在理解時，可以前後倒置。仕女接踵，舉袂成霞，張張笑臉，似簇簇花朵。然在這無數的美人中，竟有一位更為出色的女子，她儀態萬千，風姿綽約，一下子抓住了詞中的男主人翁的心，他迫不及待地打聽起這位女子的住處，並走上前去，主動和她交談。她的美麗，不僅在於容貌，還在於她的穿著，金線花邊的長裙拖至地面，使她顯得典雅、高貴。更可人意的是她能摸透你心裏的活動，使得談話非常投機有趣。男主人翁愛上了這位邂逅相遇的遊女，遊女同樣也愛上了他。詞的下片緊承上片的內容，如果說上片所寫的是男女的相識與相約，而下片則寫她們的幽會。「妝成不整金鈿，含羞待月鞦韆」，這是男子應約前來時所看到的女子。妝成而花鈿不整，說明愛情的不期而至使她激動不安，心慌意亂，以致不能靜下心來好好打扮。「含羞」是初戀的表現，然而，雖是初戀，卻不矜持，在約定的時間之後再姍姍而來，而是早早就來到鞦韆旁，等待「月上柳梢頭」，這又表明了她對男子的傾心，與她感情的純真。最後兩句似與詞旨關係不大，其實，以此居住環境來烘托女子的人美與心美，樹木蔥蘢，碧水環繞，畫橋凌空，這樣美的環境當然會培育出這樣聰慧而多情的女子。

其四

鶯啼殘月，繡閣香燈滅。門外馬嘶郎欲別，正是落花時節❶。　妝成不畫蛾眉❷，含愁獨倚金扉。去路香塵❸莫掃，掃即郎去歸遲。

【注釋】❶落花時節　指暮春。杜甫〈江南逢李龜年〉：「落花時節又逢君。」❷蛾眉　蠶蛾的觸鬚，彎曲而細長，如人的眉毛，故以比喻女子長而美的眉毛。《詩・衛風・碩人》：「齒如瓠犀，螓首蛾眉，巧笑倩兮，美目盼兮。」❸香塵　指香氣遺於塵中。陸游《老學庵筆記》卷一：「京師承平時，宗室戚里歲時入禁中，婦女上犢車，皆用二小鬟持香球在旁，而袖中又自持兩小球。車馳過，香煙如雲，數里不絕，塵土皆香。」

【語　譯】天將亮時墜殘月，晨風傳來鶯聲切。一夜人未眠，天亮燈才滅。馬兒急欲上征程，門外嘶叫催郎別。情人最怕分離，偏逢落花時節。　梳洗之後不畫眉，插花撲粉無心為。思緒萬千心落寞，眺望山道獨倚門。郎的身上香，散入路塵中，千萬不要掃，掃後郎遲回。

【賞　析】這闋寫離情的詞，可謂淋漓盡致。「鶯啼殘月，繡閣香燈滅」，描寫了分手時的環境。「鶯啼」，用春天具有代表性的特徵點明季節。鶯鶯的叫聲，圓潤悅耳，如美妙的歌唱，然在心情愁苦、精神頹傷的人聽來，不但添不了半點興致，反而使人覺得煩躁，似乎牠的啼叫，是一種幸災樂禍的表現。「殘月」，既是交代具體的時間，也是對有情人心境的描述。月之圓，喻親人的團圓；月之殘，則喻親人的分別，而那種意象——一鉤半明半暗的月亮，在浮雲中時隱時現，清冷的光照著仍然是沉寂的大地——又多麼形象地反映出別離之人的心情啊！第一句僅僅用了四個字，就點出了季節、時間與人物的心境。繡閣是小環境，雖然陳設華貴，但已經沒有了往日的溫馨。「香燈滅」，表面上看，是說曙光昇起，繡閣透明，於是將燈吹滅。但反過來看，是香燈一夜未滅。不用說，這漫長的夜晚，是在淚水、纏綿中度過的。一夜燈未滅，曲折的反映出他們的愛情深沉而真摯。「門外馬嘶郎欲別，正是落花時節。」天色雖明，但他們仍留戀不捨，直到門外馬嘶，才使郎從淒傷的離情中想起了上路的時間。分別的時候終於到了，「流淚眼觀流淚眼，斷腸人送斷腸人」，此情此景已經夠淒涼的了，然而，庭院外邊，風吹花落，片片落紅，憔悴不堪。上了馬的郎君與倚門送郎的閨婦可能都看到了這一幕，至少映入了閨婦的眼簾，這無疑在她愁苦的心上又增添了許多愁苦。下片四句集中寫閨婦送郎之後的情態。郎雖走了，但是，她的心仍放在郎的身上。她梳洗之後，卻不畫蛾眉。可能在她認為，親愛的人兒不在身邊，我打扮得嬌嬌滴滴的樣子又有甚麼意思呢？「獨倚金扉」，是眺望遠方的姿態。郎君已走，山迴路轉，早已不見了他的身影，但她還在痴痴地向遠處眺望。這是戀情至深之人受不理性的意識支配的表現，她企望著郎君半道回轉，策馬向她飛來。當長時間的眺望、等待破滅了她的幻想之後，她竟然又產生了這樣一個不理智的念頭：郎行過後，塵土皆香，郎會很快循著香味，回到我的繡閣。如果掃了道路，香氣散盡，郎君就會遲遲不歸。千萬不要以為她神經上有毛病，更不要譏笑她，這是情深入骨的表現，是一時的情迷心竅。這樣的至情，值得我們讚頌。

望遠行 一首

欲別無言倚畫屏，含恨暗傷情❶。謝家庭樹錦雞❷鳴，殘月落邊城。 人欲別，馬頻嘶，綠槐千里長堤。出門芳草路萋萋，雲雨別來易東西。不忍別君後，卻入舊香閨。

【詞牌】望遠行 按此調屬「夾鍾宮」，俗呼「中呂宮」。始見於《教坊記》。有五十三字，五十五字，六十字，一百零四字，一百零六字諸體。

【注釋】❶含恨暗傷情 心中的怨恨不表露出來。含恨，心中抱恨。梁·簡文帝〈擬古〉：「憶人不忍語，含恨獨吞聲。」

❷錦雞 古名鷩雉，亦名山雞、天雞，這裏指一般的公雞。

【語譯】郎君起身欲辭行，妾身默默倚畫屏。含恨不說話，吞聲自傷情。謝家庭院樹森森，清晨風中錦雞鳴。一彎牙兒月，墜落城邊林。 別時約見期，征馬頻頻嘶。綠槐夾岸長，千里直不彎。出門在外野花多，天涯芳草茂萋萋。雲情雨意一時散，歡情之後各東西。不忍與君別，低頭入香閨。君將把妾忘，妾自永相思。

【賞析】此詞題旨即是詞牌，寫一女子目送遠行的郎君。不過，此女子似是伎女。在古代社會，許多人把伎女的地位和人格看得十分卑下，認為她們水性楊花，以錢的多少作為她們愛或不愛的取向標準。但也有許多文人尤其是生活不得意的文人，因長期側身於秦樓楚館，深入地了解到她們不幸的生活遭遇，和她們對愛情和正常的婚姻生活的嚮往，同情她們被侮辱的地位。在他們的筆下，伎女同良家女子一樣，甚至比良家女子更珍惜感情。當她們在送別傾心相愛的男子時，淚水更多，痛苦更甚。韋莊此詞所寫的即是這樣。「欲別無言倚畫屏，含恨暗傷情」，逼真地表現了這位秦樓女子欲別不忍、欲留難言的情態。我傾心於他，想結百年之好，但我是一個被人推入火坑的賤民，有求愛而作人妻的資格嗎？他在感情與生理上需求的時候，也許是真心愛我的，然而，他能永遠地接納我、不嫌棄我嗎？不，不可能。想到此，她無言倚屏，暗自傷神。男子並不知道她此時的心理活動，也默然不語。此時錦雞啼曉，月落邊城。下片直接抒寫了女子在分別那一刻的情態，尤其是後四句，表現得極為淒楚。可能男子在別時說了一定還要來之類的話，可是閱歷豐富的女子哪裏會相信，便說雲情雨意，祇是一時間的。像你們這樣行旅在外的人，隨時可見野花芳草，哪能把我長時間地放在心上呢？這句話裏雖有哀怨的意思，但也是實情，表現出女子對自身地位的清楚認識。一個人想愛而沒有資格愛，眼睜睜地看著愛在面前流失，該是多麼的痛苦啊！男子上馬遠去，蕩魂傷情的女子再也無法承受住傾心之人一步步走向遠處，消失在綠槐蔭裡的情景。她轉身進入閨房，留給她的是無盡期無希望的思念。

卷三

韋莊 二十六首

謁金門 二首

其一

春漏促，金燼❶暗挑殘燭。一夜簾前風撼竹，夢魂相斷續。　有箇嬌嬈❷如玉，夜夜繡屏孤宿❸。閒抱琵琶尋舊曲，遠山眉黛綠。

【詞牌】謁金門　又名〈花自落〉、〈垂楊碧〉、〈出塞〉、〈春早湖山〉、〈空相憶〉等。屬「夾鍾商」，俗呼「雙調」，始見《教坊記》。共四十五字。

【注釋】❶金燼　燈將滅時光色昏黃，餘燼明顯露出。❷嬌嬈　形容女子的柔美嫵媚。韓偓〈意緒〉：「嬌嬈意態不勝羞。」❸孤宿　一人獨睡。

【語譯】春夜最難度，漏刻聲急促。燈光搖搖色昏黃，灰燼挑去燃殘燭。簾前整夜風，搖動庭中竹。竹聲斷好夢，聲停又相續。　有個佳人美如玉，只是心情抑鬱。夜夜渴望有人伴，卻是繡屏獨宿。無聊之時抱琵琶，抒發思情彈舊曲。心心念想郎歸，請郎畫眉遠山綠。

【賞 析】 此闋及下一闋，《草堂詩餘》均以〈春恨〉為題。寫春夜中閨婦的思情。上片前三句描述了閨婦對春夜的感受。春夜是美好的，溫潤的風傳送著花的芳香，纖細的雲輕輕地行過皎潔的月亮，河川的漲水聲、夜鶯的歌唱聲、植物的抽葉聲，組成了一曲美妙的春的韻律，令人為之陶醉。然而，對於詞中獨居的閨婦來說，春夜並沒有甚麼美好之處，因萬物的甦醒、騷動給予她生理上的刺激，在潛意識中，她對春有一種莫名的反感情緒。即如在這一個夜晚，漏刻的聲音急迫而刺耳，滴滴嗒嗒的聲響把春夜分割成無數個碎塊，給她一種亂糟糟的感覺。室內殘燭的餘光，色彩昏黃，給人一種生命萎弱的暗示，並且，這種光像是實體，包圍著你，擠壓著你，讓你有透不過氣的感覺。室外的風吹竹梢的聲音，嚓嚓沙沙，彷彿有人悄悄地不懷好意地走近你，每一陣聲音傳來，渾身上下都不由自主地戰慄，你彷彿站在危險的崖岸上，隨時都可能墜入萬丈深淵。春夜之於她，是煎熬，是苦役，是牢獄。當然，她的這種感受純粹是她自己的主觀感受，是基於她孤獨、惆悵、苦悶的情緒上的，是以我之心度春之情。「夢魂相斷續」，反映了她在春夜中乍驚乍醒的苦況，只有心緒極不安寧的人才會在溫柔的春夜中不得安眠。如果說上片是以她對春夜的感受來曲折地表現她痛苦的精神狀態，那麼，下片就以賦陳的手法說明其痛苦的原因。她「嬌嬈如玉」，卻「繡屏孤宿」，在她的心裏造成極大的不平衡。「如玉」，就應該容易獲得男性的青睞，得到愛情。並且使男子不捨得離開她，進而過著如膠似漆的恩愛的夫妻生活。可是，她枉為如玉，夜夜獨宿，受著孤零寂寞之苦，如此，她精神上能不惆悵麼？還能感受到春夜美妙和諧的韻律麼？「閒抱琵琶尋舊曲」，說明她曾經得到過愛，「舊曲」或許是她和愛人結識的媒介，或許是在那些一起生活的甜蜜的日子裏，是愛人最愛彈、最喜歡聽的曲子，她「尋舊曲」，實際上是尋找已經失落的愛情，滿心地希望舊夢重溫。事實上，她至今對找回愛情仍有信心，把眉描畫成遠山形、黛綠色就是一個證明。

其 二

空相憶，無計❶得傳消息。天上嫦娥人不識，寄書何處覓？　新睡覺❷來無力，不忍把伊書跡。滿院落花春寂寂❸，斷腸芳草碧。

【注　釋】❶無計　沒有辦法。❷新睡覺　剛剛睡醒。❸春寂寂　指春日之庭院清靜無聲，冷落寂寞。左思〈詠史〉之四：「寂寂揚子宅，門無卿相輿。」

【語　譯】自從那日別，無時不相憶。渴望來日再相聚，卻無辦法傳消息。美麗如嫦娥，深居人不識。有心寄信去，不知何處覓？　不見伊人心不悅，困睡醒來身無力。觸景會傷情，不忍觀賞你字跡。滿院是落花，清清冷冷寂寂。眺望山路空蕩蕩，傷心人只見芳草碧。

【賞　析】一般表現思情的詞都是寫閨婦或妓女思念遊子，而此詞卻寫遊子思念曾經熱戀過的女子，表現了男子的似水柔情。開頭三字「空相憶」，一下子就把思人的怨恨宣洩了出來，相憶時間不長，程度不深，期望不高，都不會有「空」字的怨念。反過來說，男子一定在相當長的時間內日思夜想、刻骨銘心，恨不得霎時見到伊人。舊時的男子雖然比女子自由，他可以去尋覓自己的意中人，而不像女子那樣，只能在家等待，然而，男女的聚合也要受許多客觀條件的限制，良家女子未嫁的受禮教的束縛，已嫁的則受婚姻的阻礙。即使是秦樓女子，也不一定再能聚首，如她們流動性較大，若被老鴇轉賣他地，又如何尋得著呢？此詞中的男子的苦惱也就在於「無計得傳消息」。「天上常娥人不識」，用神話中的嫦娥比擬女子，含有兩層意思，一是女子極美，二是不可接近。從下片來看，其不可接近不是她主觀上造成的，而是另有原因。既然是不可接近的，也就無處投書了。「寄書何處覓」緊承「無計得傳消息」，兩相呼應，強調其思念的「空」，沒有一線希望。失望使他精神萎靡，困倦疲乏。然而，過深的思念一定不會讓他睡個安穩的覺，魂縈夢繞，應是他睡時的思念形態。也正因為如此，他才會一醒來，就把玩伊人書跡。這是一種忘我的精神狀態，除了伊人，眼中、心中都不存在一切事物，並且，她在他的任何時間、任何空間上都左右他的靈魂。這種極度專心致志地「空相憶」，會磨損他的生命，甚至會使他的精神迷狂。他的內心世界如此地壓抑和痛苦，可是外部的世界不但不能化解、安慰，反而在他流血的心上撒了一把鹽。他向院子裏看，只見花兒憔悴，落英紛紛，一片狼藉；他向遠處眺望，芳草連天，遠樹含煙，那清冷的碧綠色望之心寒。這一切將他的痛苦推向了「斷腸」的地步。

江城子 二首

其一

恩重嬌多情易傷，漏更長❶，解鴛鴦❷。朱唇❸未動，先覺口脂香。緩揭繡衾抽皓腕，移鳳枕，枕潘郎❹。

【詞牌】江城子 此調又名〈江神子〉、〈水晶簾〉。屬「林鍾羽」，俗呼「高平調」，又呼「南呂調」。有三十五字、三十六字、三十七字、七十字諸體。

【注釋】❶漏更長 猶更漏長。❷解鴛鴦 解去鴛鴦帶。❸朱唇 紅唇。傅玄〈豫章行〉：「素齒結朱唇。」❹潘郎 《晉書・潘岳傳》：「岳美姿儀，尤善為哀誄之文。少時嘗挾彈出洛陽道，婦人遇之者，皆連於縈繞，投之以果，遂滿載以歸。」後世常以「潘郎」為美男子之代稱。

【語譯】恩愛如鴛鴦，感情愈深愈易傷。夜靜漏聲長，解帶上了床。還未相親吻，已聞口內香。慢慢揭開錦繡被，抽出玉腕白光光。空出鳳凰枕，與我美潘郎。

【賞析】從韋莊的這兩闋〈江城子〉的內容來看，屬於詩詞中常見的「聯章體」，即用同一詞調的兩闋以上的詞詠同一件事。此詞寫男女如膠似漆的戀情。開頭一句「恩重嬌多情易傷」，是這兩闋詞的總起，下面所有的內容都是從這一句引發而來的。此詞形象地描繪出「嬌多」二字，而下一闋詞則描述「情易傷」三字。詞中的女子朱唇皓齒，玉腕雲鬢。她的愛不是被動的，而是積極的、主動的，寬衣解帶，輕啟朱唇，舌吐丁香，揭被移枕，委身潘郎。對這樣的可人依依、風情萬種的女子，風流而多情的諸如韋莊的才子們，無一不傾心相愛的，風塵僕僕的遊子到這裡猶如長期在風浪中顛簸的小船駛進了平靜的港灣，得到休息，得到感情的慰藉，使他們暫時忘記人生的煩惱，也不再想那希望渺茫的前程。這些女子無疑是風塵中的女子，但才子們並不將她們當作低賤的人看待，而有「同是天涯淪落人」之感，尊重她們的人格，感謝她們對自己的體貼。把她們的多情看作是真心的，而不是商業性的。因是在平等的基礎上進行感情的碰撞，故而能產生出熱烈的愛情之火。從時間上說，愛情的實際經歷也許是短暫的，但它確實又是永恒的，至死也不會忘記的。

其二

髻鬟狼藉❶黛眉長，出蘭房❷，別檀郎❸。角聲嗚咽❹，星斗漸微茫❺。露冷月殘人未起，留不住，淚千行。

【注　釋】❶狼藉　散亂的樣子。《通俗編》引《蘇氏演義》：「狼藉草而臥，去則滅亂。故凡物之縱橫散亂者，謂之狼藉。」杜牧〈嘆花〉：「如今風搖花狼藉，綠葉成蔭子滿枝。」❷蘭房　猶言香閨。❸檀郎　檀，香木也。檀郎，即對所歡男子的美稱。一說潘安小字檀奴，故與上首的「潘郎」同義。李商隱〈王十二兄與畏之員外相訪見招小飲時予以悼亡日近不去因寄〉：「謝傅門庭舊未行，今朝歌管屬檀郎。」❹角聲嗚咽　角聲淒涼。❺微茫　隱約模糊。

【語　譯】蓬鬆頭髮香，黑色眉毛長又長。掩面出蘭房，門口送檀郎。星斗看不清，嗚咽角聲響。露冷月殘靜悄悄，人在夢鄉未起床。萬言留不住，淚下有千行。

【賞　析】此詞緊承上一闋的內容，側重寫「情易傷」。況周頤在《蕙風詞話》中說：「此語非於情中極有閱歷者不能道。」恩越重，嬌越多，情就越易傷。其實道理很簡單，恩愛的男女，怎忍受得了別離？他們的感情豈不受到折磨？「髻鬟狼藉」，是精神與肉體完美結合的證明，是「恩重」、「嬌多」的一點外部表現，他們相識時間雖然不長，但他們的感情通過一夜的交歡而得到了迅速的融合，各自都認為我中有你，你中有我，彼此相合才是一個整體。在這樣的情況下，無論哪一方，都不願意分離。但是，遊子因不得不走的原因，還是分離了。當時的情景淒慘酸楚，令人淚下。角聲嗚咽，星斗微茫，露冷月殘，是繪景，也是寫情。一彎月芽兒漸漸西沉，似乎在發了一夜的光芒之後，用盡了力氣，蒼白得只顯出自己的輪廓；散布天上的星星與北斗在黎明中黯然無光，即將被灰白色的天空吞噬；走出室外，會感覺到露水的清冷與凝重，讓你打起寒顫；城頭的角聲響了，低沉淒涼，在城市的上空久久地迴蕩。這情景反映出離人的心情，或者說淒涼的景致印合了離人淒涼的心。使離人見景而更加酸楚，更加惆悵，也使讀者能更透徹地品嘗到離情的苦澀滋味。女子請檀郎留下，可是「留不住」，她倚門送別時，淚下千行。「留不住」，我們不能因此而說男子薄倖，但從客觀上說，受傷害最多的還是女子。行旅而多情的遊子自然還會碰到中意的芳草香花，感情別移，這一夜的愛情也許永遠不會忘記，但也只是增添了一份值得回憶的愛情內容而已。而對於女子來說，一旦發生了真正的愛情，她就會刻骨銘心，她會讓這份愛永遠占據她的心。但是，她和這個遊子很少有或者說根本就沒有再聚合的機會，她將會在未來漫長的歲月中以無盡的相思消磨掉不再有歡樂的人生。

河傳 三首

其一

何處？煙雨❶，隋堤❷春暮。柳色蔥蘢❸，畫橈❹金縷。翠旗高颭香風❺，水光融。
青娥殿腳❻春妝媚，輕雲裏，綽約❼司花伎。江都❽宮闕❾，清淮月映迷樓❿，古今愁。

【注 釋】❶煙雨 濛濛細雨。鮑照〈贈故人〉：「煙雨交將夕，從此遂分形。」❷隋堤 《隋書・煬帝紀》：「煬帝自版渚引河，作於道，植以楊柳，名曰隋堤，一千三百里。」溫庭筠〈盬淮陰孫令之官〉：「隋堤楊柳煙，孤棹正悠然。」❸蔥蘢 草木青翠茂盛的樣子。❹畫橈 彩繪的船槳，代指裝飾華美的船。儲光羲〈江南曲〉：「為惜鴛鴦鳥，輕輕動畫橈。」❺颭香風 被香風吹拂得搖曳不定。❻青娥殿腳 據《開河記》記載：「煬帝詔造大船，泛江沿淮而下，于是吳越間取民女十五六歲者五百人，謂之殿腳女。至於龍舟御楫，即每船用采纜十條，每條用殿腳女十人，嫩羊十口，令殿腳女與羊相間而行牽之。」❼綽約 形容女子姿態柔美的樣子。《莊子・逍遙遊》：「藐姑射之山，有神人居焉，肌膚若冰雪，綽約如處子。」❽江都 今為揚州。曾是隋煬帝行宮所在地。《隋遺錄》：「煬帝在江都，昏湎滋深。」❾宮闕 古時皇宮門上兩邊有樓的叫闕，亦稱宮闕，後來遂稱帝王所居為宮闕。❿迷樓 佚名《迷樓記》略云：煬帝既築新宮，大喜，顧左右曰：「使真仙遊其中，亦當自迷，可謂之迷樓。」

【語 譯】煬帝遺跡在何處？濛濛細雨中。春深隋堤上，柳色翠如蔥。畫船裝飾美，翠旗飄拂隨香風。日照水波上，散金碎銀滿河中。 五百美女下船樓，稱作「殿腳」拉繩頭。疑是雲中仙，持花女溫柔。江都行宮遺跡在，迷樓仍被月光投。古人惋惜之，今人見了愁。

【賞 析】這是一闋即題發揮的詞作，寫大運河的故事，暗含著對統治者荒淫無道的批評。隋煬帝為加強南北交通，鞏固朝廷對全國的統治，於六〇五年至六一〇年，徵發幾百萬人，開通一條縱貫南北的大運河。大運河以洛陽為中心，北達涿郡，南至餘杭，全長四五千里。但隋朝也因此河而迅速地滅亡。隋煬帝是個虛榮心極強、貪圖享受、暴虐無道的君王。大運河開通以後，煬帝多次從洛陽乘龍舟遊江都，隨行的船隻五千餘艘，綿延兩百餘里，沿途州縣要備辦豐厚的貢品和上好的食品，迎送過往船隻。煬帝所乘的龍舟，高大寬敞，船上有四層樓，樓上的殿堂，雕琢奇麗，飾以金玉，龍舟由大量身著錦衣的縴夫在岸上牽引。整個船隊的縴夫，有八萬多人，兩岸還有護送的騎兵廿萬人。如此驕奢靡費，加之修建豪華的宮殿，三次發動對高麗的戰爭等，結果民不聊生，終於發生了變亂。六一八年煬帝在江都被部將殺死。古往今來的墨客騷人，每當經過運河，或憑弔江都的行宮遺跡時，都會對這歷史的教訓有所省思，並將自己的感受形諸於詩詞，韋莊此詞大概就是遊江南時觸景生情之作。「何處？」是詞人在尋覓煬帝在運河上的遺跡。昔時船隊雖然龐大，隨從縴夫眾多，魚貫而行，但留不下任何痕跡。詞人惟見細雨濛濛之中，隋堤巍巍，堤上柳色蔥蘢；運河之水波光鱗鱗，平靜溫柔。他於是由大堤和河水展開想像，腦海中出現了當年煬帝下江都的畫面：香風拂拂，彩旗高揚，畫船雕樓，笙歌盈耳。岸上拉縴之女娃，人人皓齒朱唇；船頭持花之宮娥，個個美若天仙。人處其中，不知在天上還是在地上，更不知今日是為何時。然而，昔日之盛景又在何處呢？江都宮殿，已頹敗成塵土；炫耀的迷樓，惟有荒草野兔。月亮是歷史的老人，它親眼看到了興盛與滅亡，然而，它見慣了興亡盛衰，你來我往，不動聲色地冷眼看著。但是，作為一個社會成員的人，他就不會無動於衷，不會不總結這一歷史的教訓，韋莊如此，韋莊之前的人也是這樣。張祜〈隋堤懷古〉就說：「那堪重問江都事，回望空悲綠樹煙。」

其二

春晚，風暖，錦城❶花滿。狂殺遊人。玉鞭金勒，尋勝❷馳驟輕塵，惜良晨。翠娥

爭勸臨邛酒❸，纖纖手，拂面垂絲柳。歸時煙裏，鐘鼓正是黃昏，暗銷魂❹。

【注釋】❶錦城　今四川成都。《益州記》：「益州城張儀所築，錦城在州南，蜀時故宮也，其處號錦里。」杜甫〈蜀相〉：「丞相祠堂何處尋，錦官城外柏森森。」錦官城就是錦城。❷尋勝　尋覓風景勝地。❸臨邛酒　《漢書・司馬相如傳》：「司馬相如與文君俱之臨邛，盡賣車騎，賣酒舍，乃令文君當爐。」❹暗銷魂　心情極度悲傷。暗，同黯，神情沮喪。韓偓〈蹤跡〉：「唯有風光與蹤跡，思量長似暗銷魂。」

【語譯】三月時光春將去，拂拂風暖人。錦城花滿街，遊人喜出門。騎馬揚玉鞭，尋覓勝景踏輕塵。好景容易過，應該惜良辰。賣酒女郎皆美人，文君之酒是香醇。伸出纖纖手，劃開拂面柳。歸時煙靄遮坊里，晚鐘暮鼓報黃昏。樂盡悲湧來，傷心斷了魂。

【賞析】這是一闋寫作者在西蜀感受的詞作，內容充滿了遊子浮浪的人生趣味。暮春時節，風暖人醉，錦城街巷，

鮮花飄香。各地遊子，奔湧街頭。騎馬揚鞭，尋幽覓勝。這是一個多麼好的良辰美景啊！更讓遊子怡悅的是酒肆上賣酒女郎都像卓文君一樣的美，一樣的多情，「纖纖手」、「爭勸」，其美、其熱情真的要讓遊子們樂而戀蜀了。然而，好景不長，佳時易逝，暮鼓晚鐘，夜幕降臨。風涼了，花隱了，勸酒的翠娥不見了。遊子馳驟輕塵一天之後，仍回到空寂的沒有親人的旅邸，回顧四壁，屋冷床涼，於是，悲傷之情油然昇起。詞中的遊子追求的是美酒與佳人，他們希望自己整日生活在酒香撲鼻、美色環繞的環境裏，這樣，就沒有了惆悵，沒有了苦惱。而失去了美酒與佳人，就覺得人生灰暗而斷腸銷魂。國家的興亡、民族的盛衰、家庭的寒暖，為子為父的責任，彷彿都與他們的人生無關。這純粹是一種浮浪子弟的人生價值觀，沒有什麼可取之處。

其三

錦浦❶，春女❷，繡衣金縷。霧薄雲輕，花深❸柳暗，時節正是清明，雨初晴。玉鞭
魂斷煙霞路，鶯鶯語，一望巫山雨❹。香塵❺隱映，遙見翠檻紅樓，黛眉愁。

【注　釋】❶錦浦　錦江之濱。薛濤〈鄉思〉：「何日片帆離錦浦，棹聲齊唱髮中流。」❷春女　春天裏的女子。《淮南子・繆稱》：「春女思，秋士悲，而知物化矣。」❸花深　花穠。溫庭筠〈春日訪李處士〉：「花深橋轉水潺潺。」❹巫山雨　指宋玉〈高唐賦〉中之巫山雲雨事。❺香塵　參見卷二韋莊〈清平樂〉其四（鶯啼殘月）注❸。

【語　譯】錦江邊上遊人行，春日女如雲。繡花金邊衣，霧薄似雲輕。花濃柳翠綠，此時節正是清明。小雨一霎過，日出又天晴。　馬上少年使人愁，目送遠處皺眉頭。滿耳鶯鶯語，如朝雲暮雨神女。香塵已消人不在，只有翠欄與紅樓。臉龐如芙蓉，只是雙眉皺。

【賞　析】這闋詞寫一思春女子心中湧動的春潮，與不得其偶的惆悵。俗話說，哪一個男子不鍾情？哪一個女子不懷春？早在《詩經・召南・摽有梅》中，古人就描述了人類共有的生理現象：

梅子落地紛紛，樹上還有七分。追求我的小伙子啊，切莫放過了良辰！
梅子落地紛紛，樹上只剩三成。追求我的小伙子啊，就在今朝切莫再等！
梅子落地紛紛，收拾到筐子中。追求我的小伙子啊，你開一開口我就答應。

一個少女，向整個男性世界尋覓、催促、呼喚著愛的到來，她向你敞開全部的心扉，讓你聽到她急於求愛的心音。然而韋詞中的女子不同，她也迫切地需求愛，但是，她並不將這種急切的心情表露出來，而只是暗自焦急，暗自生愁。在陽春三月踏青的時節，柳色如煙的錦江之濱，布滿了三三兩兩的仕女，她們身著滾著金色花邊的繡衣，一個個美若天仙。此時曉霧薄，浮雲輕，花香暗動，翠柳如蔭。細雨飄過，潤澤如酥。雲散日出，光照似金。這是在清明的季節裏，春天中最美麗的時光！正因為在萬物生長的時節裏，未婚的少女才會產生愛的渴望，「春女」中的一個尤為迫切。當她看到一位騎馬的英俊少年時，目不轉睛地直看到他消失在煙霞之中為止，少年走了，本與她沒有任何瓜葛，但她卻神情沮喪，香魂欲斷。她的思想仍沉浸在少年身上。嬌軟的鶯聲，在她眼前轉化成少年與她的雲雨之歡；微弱的馬蹄揚起的塵土，竟海市蜃樓般地顯現出少年所居的翠檻紅樓。轉眼之間，幻景消失了，只剩下錦浦與花柳。她想到這片刻的夢幻般地戀愛永遠不會成為現實時，心生憂愁，愁又躍上眉頭。

天仙子 五首

其一

悵望前回夢裏期❶，看花不語苦尋思❷。露桃宮❸裏小腰肢。眉眼細，鬢雲垂，唯有多情宋玉❹知。

【注　釋】❶悵望前回夢裏期　憂鬱地希望像前次那樣與愛人在夢中相會。❷苦尋思　反復深思。❸露桃宮　《宋書・樂志》三：「桃生露井上。」露井，指沒有蓋子的井。王昌齡〈殿前曲〉：「昨夜風開露井桃。」杜牧〈題桃花夫人廟〉：「細腰宮裏露桃新，脈脈無言幾度春？至竟息亡緣底事，可憐金谷墮樓人。」這裏借指女子的居住之處。❹宋玉　戰國時楚國辭賦家，屈原的弟子，曾作〈登徒子好色賦〉、〈神女賦〉等，極寫女子美色。這句意思是此女之美只有宋玉才能知之。

【語　譯】相思成病病難醫，夢中幽會如前次。花兒豔豔映淚臉，看花不語長深思。楚王宮裏細腰多，此女更有小腰肢。長眉鳳眼細，垂鬢如烏絲。雖有傾國傾城貌，祇有多情宋玉知。

【賞　析】這闋詞寫一女子的單相思。男女之間能夠產生愛情，需要諸多條件的具備。有時即使男子才如司馬相如、貌若潘安，也不一定會得到自己所鍾情的女子所愛，同樣，女子即使貌如西施、王嬙，巧如天上織女，卻也不一定使自己中意的男子動心。當滿腔的愛情無處投注時，只能悄悄地害著單相思，用「無緣份」的理由來安慰自己。詞中的女子是有愛的對象的，這從「前回夢裏期」與末句的哀怨可以看出，但是，她的愛卻是單方面的，落花有意，流水無情，對方好像都沒有注意過她，就更不用說愛她了。她痛苦、焦躁，然而又無可奈何，在這種情況下，她退而求其次，希望像前次夢裏相會那樣，行雲雨之歡。「前回夢裏期」，她愛得多麼深，多麼的專注啊！希望不斷地在夢中相會，又說明她對他多麼迷醉啊！她在花叢裏徘徊，鮮花與她的粉臉相映交輝。她本身也知道自己像花一樣的美，但因此也就更無法理解為甚麼不能得到對方的歡心。除了「臉際若芙蓉」，別的地方也是很美的。她的腰嬌柔纖細；她的眉翠而細長；她的目美若鳳眼；她的髮如烏雲掛垂。在這苦悶的時候，她想到了古代識美的宋玉。我要是生在楚國，生活在宋玉的周圍該多好啊，他一定能認識到我的美，並用多情的文筆熱情地謳歌我的美貌，可惜，生不逢時。此詞含有一定的寓意，反映了作者長期懷才不遇的苦悶。

其　二

深夜歸來長酩酊❶，扶入流蘇❷猶未醒。醺醺❸酒氣麝蘭和。驚睡覺，笑呵呵，長道人生能幾何？

【注釋】❶酩酊 沉醉。李賀〈將進酒〉：「勸君終日酩酊醉。」❷流蘇 這裏指結綵下垂的帳子。❸醺醺 酣醉的樣子。岑參〈送羽林長孫將軍赴歙州〉：「青門酒樓上，欲別醉醺醺。」

【語譯】夜深遲歸酒家留，酩酊大醉何所求？丫鬟扶入繡帳中，昏昏沉沉仍迷糊。酒氣熏天滿室中，麝馨蘭香與中和。睡中被驚醒，醒後笑呵呵：「能得樂處且得樂，人生歲月有幾何？」

【賞析】酒與中國古代的文士密不可分，可以說，不喝酒的文士極少。當他們得意時，會飲酒高歌，抒發豪情；當失意時，借酒澆愁，沉湎於酒中，忘記人生的痛苦。酒是前進的動力，酒是停泊人生航船的港灣，酒還是他們創作靈感的催化劑。自然，得意時與失意時的喝酒方式不同，結果也不一樣。此詞所寫的屬於失意時的狀態。留連酒家，樂而忘返。紅袖玉盞，竹肉相侑，直到大醉之後，才被人攙扶歸來。「長酩酊」、「猶未醒」，雖是到家之後的狀態，實際上反映出他在酒家的時間長與飲酒多。他為何要喝得酩酊大醉？為何要讓閨中人等至深夜？詞作沒有講，但是，肯定與他遇到甚麼不如意的事相關。因為一個得意的人，儘管也認識到人生短暫，但他決不會把寶貴的光陰虛擲到酒杯中，他要讓有限的生命通過不朽的事業得到無限的延長。只有想有所為而客觀上無法去為的人，才會用酒來消磨時光，並從酒解除了他的痛苦這一點上，感到飲酒是一個人生的樂事。

其　三

蟾彩❶霜華夜不分，天外鴻聲❷枕上聞。繡衾香冷懶重薰。人寂寂，葉紛紛❸，纔睡依前❹夢見君。

【注　釋】❶蟾彩　月光。蟾，月亮。《藝文類聚》卷一引張衡〈靈憲〉：「嫦娥奔月，是為蟾蜍。」❷天外鴻聲　遠處的高空中傳來的雁叫聲。韋莊〈贈峨眉山彈琴李處士〉：「天外鴻聲招不得。」❸葉紛紛　樹葉被夜風搖動，紛紛發出沙沙的聲音。❹依前　依然，依舊。

【語　譯】藍藍夜空綴星星，瀉月流霜光輝清。長空雁叫聲淒厲，枕上思婦不忍聽。三更天寒繡被冷，身體慵懶怕再燻。夜靜無人聲，風吹樹葉沙沙響。剛剛進入夢鄉中，又像前次見到君。

【賞　析】這闋詞寫閨婦思念遠人。月光似水，白霜流霰，在晴朗的夜空中，彼此難分。這是一個美麗的夜晚，墨藍色的天穹布滿了亮閃閃的星星，整個大地都在月光、霜華的籠罩之下，靜謐而又顯得神秘。然而，在這良辰美景之中，有一閨婦一人獨居，過著清冷的日子，佳景良宵，自然地更使她想念久別的遠人。就在她輾轉反側之時，長空中傳來鴻雁的叫聲。傳說中鴻雁有傳書的本領，但此雁一邊叫著，一邊不停留地向遠處飛去，留下的只是久久迴盪在空中的淒厲的叫聲。雁不傳書，使枕上之思婦產生了隱隱的不安，更加無法入睡。心寒加之天寒，她感覺到繡被如冰，然又慵懶得不想再燻。孤寂與被冷，使她的情緒極為消沉，不過，倒也得到了消沉的平靜，不再思念，不再屈指計算遠人離去的時間，只是無意地聽那窗外風吹樹葉發出的沙沙聲。這聲音柔和而又具有樂韻，像一支催眠曲，竟把思婦送入夢鄉。夢中，她又見到了心愛的郎君，其情景與前次夢中出現的沒有甚麼兩樣，極盡夫婦綢繆之情，一慰長久相思之苦。詞人寫到這裏，嘎然而止，夢醒後如何沒再說。但是，我們可以想像得到，思婦醒後會更惆悵，更落寞，而決不會從夢中片刻的歡樂裏得到滿足。

其四

夢覺雲屏❶依舊空，杜鵑聲咽隔簾櫳。玉郎❷薄倖❸去無蹤。一日日，恨重重，淚界蓮腮兩線紅❹。

【注　釋】❶雲屏　畫有雲彩的屏風。一說為鑲飾雲母的屏風。這裏指思婦之居室。❷玉郎　對美男子的暱稱。《上庠錄》載裴思謙〈贈伎〉：「銀紅斜背解鳴璫，小語低聲玉郎。」❸薄倖　猶言薄情，負心。杜牧〈遣懷〉：「十年一覺揚州夢，贏得青樓薄倖名。」❹淚界蓮腮兩線紅　像蓮花一樣美的臉上，流下兩行帶著胭脂的眼淚。

【語　譯】夢醒之後郎無蹤，雲彩屏風依舊空。杜鵑啼聲揪人心，如泣如訴入閨中。玉郎負心不歸來，浪跡何處信不通。日日思念君，怨恨積重重。臉如荷花粉嫩嫩，兩行淚水胭脂紅。

【賞　析】此闋直承前一闋。夢中與郎相見，夢後依然床冷屋空。夢中的歡樂與夢後的冷落形成鮮明的對比，使她更難耐寂寞，更加渴望夢幻變成現實。「依舊」二字流露了閨婦長時間內心的苦澀，和尋夢不得的失望。「杜鵑聲咽隔簾櫳」，補充交代了思婦夢醒的原因是窗外杜鵑的叫喚，同時用杜鵑的啼叫聲傳達出思婦內心的欲望與情狀。杜鵑的叫聲聽起來很像「行不得也，哥哥」，這正反映了思婦的心聲，那一聲聲的叫喚彷彿就像她在呼喚郎君。又杜鵑啼聲淒楚，杜甫〈杜鵑行〉：「聲音咽咽如有謂，號啼略與嬰兒同。」而這正與思婦內心的情狀相同，讀者由杜鵑的啼聲就能感受到思婦內心的悲傷。郎君別後，再無消息，他哪裏想到我在盼他歸來？又哪裏想到我在為他日夜流淚？薄情的人兒啊，你的心是多麼的狠哪！她一天天地想他，也一天天的恨他，思情高如大山，怨恨也如海一樣深。不過，這恨也是愛，也是情，當重新聚首的那一天到來之時，恨都將化作濃情，化作火熱的愛。但是，玉郎能夠回來嗎？即使回來，而思婦因每日以淚洗面，食不知味，寢不安眠，憔悴變老，他還會像以前那樣愛她嗎？由此詞，我們可以看到古代婦女無以逃脫的悲劇命運。

其　五

金似衣裳玉似身❶，眼如秋水鬢如雲，霞裙月帔❷一群群。來洞口，望煙分，劉阮不歸
春日曛❸。

【注　釋】❶金似衣裳玉似身　此句為衣裳似金身似玉的倒裝。形容衣服燦爛，肌膚白潤。❷霞裙月帔　裙、帔，均為婦女服裝。帔，披肩。古代后妃、貴婦穿戴的帔肩，繡花卉，長僅及膝，色彩鮮豔。這裏用霞、月形容裙、帔的美麗，說明上面分別織著朝霞、月華的圖繪。❸曛　落日的餘暉，引申為日暮。

【語　譯】皮膚如玉肌如冰，衣裳燦爛光似金。望人美目像秋水，濃鬢如雲色黑青。霞裙月帔仙女裝，美女如雲一群群。一起湧洞口，眺望人煙處。天晚劉阮不歸來，想死我的好郎君。

【賞　析】其詞即題發揮，寫劉阮回家後，仙子們久等不得的情狀。詞的前三句寫仙女的著裝與美貌。長裙短帔，繪有彩霞明月。整個著裝，燦爛奪目，金碧輝煌。而身體又婀娜多姿，膚色瑩潤如玉。更突出的是她們的眼睛，眼波俏麗，奕奕生輝。脈脈傳情，能讓你情不自禁。然而，這般美麗而多情的仙子卻得不到幸福。她們所選擇的劉晨、阮肇，被留住了半年之後，竟無情地要求離開。劉、阮走後，她們每日從早盼到晚。由於仙人相隔，她們只能在洞中眺望那煙霧繚繞的凡人居住之處，希望在遠處彎彎的山道上重新出現劉阮二人的身影。但是一直等到太陽收去最後一縷餘暉，山林染上了濃濃的翠黛色，也不見他們歸來。我國古代有很多人神戀愛的傳說，著名的劉阮入天台山採葯遇仙、董永娶七仙女、織女下嫁牛郎等，這些傳說多半是窮苦人幻想出來的，他們想從超自然界得到美妻、財富與自由的生活，後因傳說本身豐富的幻想性與傳奇性以及傳說的美感而獲得了普遍的認同。許多文人出於某種豔羨的心理，對這些傳說津津樂道。當然，此詞沒有流露出這樣的思想。詞人讚美仙子的多情與對愛情的忠貞，暗裏也譴責了劉阮的負心。

喜遷鶯 二首

其一

人洶洶，鼓鼕鼕，襟袖五更風❶。大羅天❷上月朦朧，騎馬上虛空❸。　香滿衣，雲滿路，鸞鳳繞身飛舞❹。霓旌絳節❺一群群，引見玉華君❻。

【詞牌】喜遷鶯　又名〈燕歸來〉。屬「無射宮」，俗呼「黃鍾宮」。始見《教坊記》。有四十六字，四十七字，一百零三字，一百四十字諸體。

【注釋】❶五更風　五更時之風。❷大羅天　道教以大羅為諸天之最高者，此處指京城。《雲笈七籤》卷二一〈元始經〉：「大羅之境，無復真宰，惟大梵之氣，包羅諸天下空之上。」王維〈送王尊師歸蜀中〉：「大羅天上神仙客。」❸騎馬上虛空　即是騎馬上朝。白居易〈醉後走筆酬劉五主簿長句之贈兼簡張大賈二十四先輩昆季〉：「步登龍尾上虛空，立去天顏無咫尺。」❹鸞鳳繞身飛舞　穿著繡有鸞鳳圖案的朝衣。❺霓旌絳節　手持五彩旗子的儀仗隊。❻玉華君　道教的上帝，這裏指皇帝。

【語譯】人聲喧嘩如山崩，鑼鼓齊鳴響鼕鼕。五更上朝去，襟袖滿晨風。雕欄鳳柱樓林立，月色朦朧京城中。騎馬揚玉鞭，得意進天宮。　香溢朝衣新，雲路腳步輕。鸞鳥鳳凰衣上繡，繞身飛舞討歡心。持節儀仗一隊隊，絳紅旗子御林軍。臣子上了朝，拜見萬歲君。

【賞析】韋莊的兩闋〈喜遷鶯〉皆詠登科中舉事。他困頓場屋幾十年，屢戰屢敗，每次落第，都給他的精神以沉重的打擊。五十八歲那一年，他入京應試，又遭失敗，其心情極度地頹傷，他在〈癸丑年下第獻新先輩〉詩云：「何事欲休休不得，來年公道似今年。」誰料第二年，也就是五十九歲這一年，竟時來運轉，進士及第，命為校書郎。對於他來說，了結了一生的心願，其喜悅是難以描述的。放榜多日後，遇到朋友談起此事，還激動得淚流滿面。〈與東吳生相遇〉詩云：「十年身事各如萍，白首相逢淚滿纓。」自注說：「及第後出關作。」唐代常科考試的時間是每年二月，故稱「春闈」，闈，是考場的意思。所以，詞中所寫的時間是在春天。所寫的內容好像是禮部試畢，皇帝加以殿試，故有「引見玉華君」句。袞袞諸公，齊集朝門，鼓樂齊鳴，人聲鼎沸。然而此時天才破曉，月色朦朧，清涼之風，入襟灌袖。但第一次上朝的詞人不以為苦，心中充滿了喜悅。「騎馬上虛空」，是說從寓所到朝門，騎馬而來，然亦可以看出他的心情，他好像有在空中雲遊之感，馬和人都離開了大地，飄飄然如神仙一般。進入朝門，換上朝衣，他的心情更加快活。衣上撲鼻的香氣使他陶醉，衣上鸞鳳的圖案使他感到了自身已經升起的社會地位。至金鑾殿前長長的石階路上，刻滿了浮雲的圖案，路兩邊又站著手持旌節的威嚴的儀仗隊，這一切，都使他產生出神聖的感覺，彷彿自己來到的不是人間的朝廷，而是天宮，所要朝見的也不是帝王，而是玉皇大帝。這闋詞在音節上頗有特色，三、五、七言，先是遞進，後又遞減，有規律地變化，排列上給人以美感，尤其是三五言句，節奏短促明快，如鑼鼓之聲，表現了作者的激動而快樂的心情。

其二

街鼓❶動，禁城❷開，天上探人回❸。鳳銜金榜❹出雲來，平地一聲雷。

鶯已遷❺，龍已化❻，一夜滿城車馬。家家樓上簇神仙❼，爭看鶴沖天❽。

【注釋】❶街鼓　《舊唐書・馬周傳》：「先是，京城諸街，每至晨暮，遣人傳呼以警眾。周遂奏諸街置鼓，每擊以警眾，令罷傳呼，時人便之，太宗亦加賞勞。」白居易〈醉後走筆酬劉五主簿長句之贈兼簡張大賈二十四先輩昆季〉：「咚咚街鼓紅塵暗，晚到長安無主人。」❷禁城　皇宮。❸天上探人回　為探人天上回的倒裝。謂應考舉人入朝看榜歸來。❹鳳銜金榜　內使拿著宣布新科進士名單的詔令。金榜，列有新科進士名單的榜文。❺鶯已遷　《劉賓客嘉話》：「今謂登第為遷鶯，蓋本《毛詩》『伐木丁丁，鳥鳴嚶嚶，出自幽谷，遷於喬木。』」❻龍已化　《後漢書・李膺傳》：「士有被其容接者，名曰登龍門。」注引《辛氏三秦記》云：「河津一名龍門，水險不通，桃花浪起，魚躍而上之，躍過者為龍，否則點額而已。」此指應試得中者。❼神仙　此指美麗之婦女。❽鶴沖天　指一朝登第。

【語譯】鼕鼕街鼓用勁擂，聲震長安如打雷。皇宮大門開，秀才看榜回。內使手拿金榜出，男女老幼湧過來。十年寒窗苦，一朝天下聞。　及第如喬遷，成龍在人先。高馬大轎乘進士，一夜燈火人翩翩。家家婦女樓上集，穿紅著綠似神仙。才子遊街來，爭看鶴沖天。

【賞　析】此闋緊承上一闋，寫發榜之後的情況。古代的讀書人夢寐以求的願望是「金榜題名時，洞房花燭夜」。為了金榜題名這一天，有人皓首窮經，困頓場屋數十年，仍不改初衷。一旦及第，立即身價百倍，萬人敬仰，所謂「十年窗下無人問，一舉成名天下知」。統治者為了鼓勵讀書人發憤苦讀，對中舉之人大肆宣傳，給他們披紅掛綵，騎馬遊街，所謂「春風得意馬蹄疾，一日看盡長安花」（孟郊〈登科後〉）是也。並有探花宴、曲江會、題名會等活動。發榜那兩天，舉城狂歡，自樂的，看別人樂的，因別人樂而樂的，人人都沉浸在喜悅之中。此詞即是寫全城之樂。街鼓原是用來警眾，告知大家晨起暮歇，一般只在早晚擂打。但進士放榜，是天下大事，故擂動大鼓，召喚大家來看榜。「平地一聲雷」不是對新進士言的，因為新進士已經參加過殿試，「天上探人回」句也說明他們已入朝看過榜。這是普通市民看榜時的情形：張秀才、李秀才，昨日還是普通的士子，一副寒酸的樣子，可是今日穿紅著紫，就是張老爺、李老爺了，人的命運的變化是多麼的大喲，真是平地一聲雷！俗語形象地說登第者的命運變化是「朝為田舍郎，暮登天子堂」，又說他們如鶯遷喬木，魚躍龍門。當他們的社會地位變化之後，人們對他們的態度也發生了變化，競相趨奉。詞的末三句即表現了人們對他們的態度，有錢者為他們置辦車馬，女子們則打扮得花枝招展，爭觀才郎，內心裏都懷著與進士締結婚姻的希望。中國傳統的訓子課讀的勸語中有「讀讀讀，書中自有黃金屋；讀讀讀，書中自有顏如玉」。這末三句就是這訓誡的最好的注解。

思帝鄉　二首

其一

雲髻❶墜，鳳釵❷垂。髻墜釵垂無力，枕函❸欹。翡翠屏深月落，漏依依。說盡人間天上，兩心知。

【注釋】❶雲髻　烏黑的髮髻。曹植〈洛神賦〉：「雲髻峨峨，修眉連娟。」❷鳳釵　鳳頭的釵子。馬縞《中華古今注》卷中：「(秦)始皇又以金銀作鳳頭，以玳瑁為腳，號曰鳳釵。」❸枕函　枕匣。韓偓〈聞雨〉詩：「羅帳四垂紅燭背，玉釵敲著枕函聲。」

【語譯】髮髻高聳挽烏絲，鳳形金釵插一枝。髮鬆釵墜妝不整，斜著枕頭倚。翡翠屏風靜靜立，月亮將落黎明時。漏刻聲音長，不眠人相思。即使分居天上與人間，兩心也相知。

【賞析】此詞雖然仍為閨思的題材，但與它詞稍有不同。此位閨婦相信對方和自己一樣忠於愛情。月亮西沉，漏聲已稀，時間已到下半夜了，但是閨婦仍然未睡，她髮鬆釵斜，和衣倚枕，對著一點燭火，浮想聯翩。她想她的情郎現在正漂泊何處，她尋索著他久久不來信的原因，她提出了許多問題，也想到了許多答案，但是又被她一個個否定了。就這樣在提出疑問、尋索答案、否定答案的循環中消磨著漫漫的長夜。最後，她由情郎往日的所作所為推斷出這樣的結論：不論他在哪裏，哪怕我在人間，他在天上，我們的愛是不變的，我們的心是相知的，我們的感情是永恆的。作如是想，肯定會給她惆悵寂寞的心帶來許多慰藉，很可能在天亮之前睡上一個香甜的覺。此詞雖然描寫的是思婦在夜晚的情狀，其實，也寫到了白天。將頭髮挽成雲髻，並在髻上著意插上鳳釵。白天作這樣的打扮，毫無疑問，是為了迎候情郎的歸來，她一定登高樓，倚危欄，從早望到晚。

其二

春日遊，杏花吹滿頭。陌上❶誰家年少？足風流❷。妾擬將身嫁與❸，一生休❹。縱被無情棄❺，不能羞❻。

【注　釋】❶陌上　路上。陌，田間東西方向的道路，泛指田間的道路。❷足風流　特別俊俏。❸妾擬將身嫁與　我打算嫁給他。妾，古代婦女對自己的謙稱。❹一生休　一輩子就這樣算了。休，罷。亦可作幸福解。❺縱被無情棄　即使被無情無義的人拋棄。無情，指女子所遇到的風流年少。❻不能羞　不以為羞恥，即不後悔的意思。

【語　譯】豔陽春日郊外遊，心中期望遇俊郎。風吹枝落杏花雨，滿頭花雨流。路上一少年，儒雅又清秀，不知是誰家大公子，我情不自禁眼兒往他身上溜。如若有福嫁給他，一生無他求。即使最後被他休棄了，我也不感到羞。

【賞　析】這是一闋戀情詞，寫的是一個渴望得到愛情的少女，在春遊時因遇見一中意郎君，便在心田裏激起強烈的愛情衝動。「春日遊」，總寫時間、環境與人物的活動。在一個風和日麗的春日，少女興高采烈地來到草綠如茵，花盛似錦的郊野，她穿阡度陌，縱情地欣賞著，領略著春天郊野的美麗景色。她的高興不僅僅是因為撲入她視野的景物令她感到新鮮，悅目，更主要的是離開了窒息人生氣的閨房。她在這春天到來時，心中就滋生、漫長著渴求異性的騷動，然在三尺童子都不能進的香閨裏，哪有異性可求？所以，這一次家長允許她郊遊，她心中帶著遇見如意郎君的企求，常年累月被「囚禁」，而得到了一個自由的時間與空間，她如何能不高興呢？由此也可得知，「春日遊」對於全篇的內容至關重要，它可以說是整篇內容的基石。因為只有在春日的郊野裏，才可能發生少女情欲湧動的事情。在深閨裏，在名媛的詩篇裏，都不可能出現這樣的事。「杏花吹滿頭」，是一個特寫的鏡頭，雖然只有五個字，但描繪出了一幅色彩絢麗的圖畫。和煦的風兒把滿樹的杏花搖動，粉紅色的杏花瓣兒紛紛地掉落到女子烏黑的頭髮上，杏花人面，相映成輝。「吹」字用得極好，無數的杏花瓣兒在風中飄動，成了杏花雨，構成了一個動態的可感的景象。我們還可以由「吹」字想像出女子在風中裙飄袖舞、鬢髮拂動的動人情態。「滿」字含意就更為豐富了，杏花瓣兒飄落之多僅是表面上的意思，內層裏卻有這樣兩層意思：一是她為了賞景與尋找意中人在陌上盤桓時間久；二是因思想沉浸在對美麗愛情的幻想中而沒有察覺，以致於從未拂拭一下，才使得花滿頭。上文說過，少女熱愛大自然的春天，但她更關心、更珍惜的還是自己生命的春天。她希望在她年少貌美的時候得到愛情，她重視這一次極為難得的機會。機會終於來了：在離她不遠的田間小路上，出現了一個俊俏風流的翩翩少年。一剎那間，她那本不平靜的心湖，立即掀起了感情的狂濤巨瀾。「誰家年少」一設問的語氣表現出女子急於想和這位素不相識的男子建立聯繫，「足風流」表明了少女對少年的傾心，由此三個字可透視出少女的胸中已燃起了熊熊的愛情火焰。結尾三句寫她見到少年後的心中想法：「妾擬將身嫁與，一生休。縱被無情棄，不能羞。」愛情的烈火燒去了少女的矜持與害羞，也融化了禮教的枷鎖，她讓心靈放縱地馳騁，任意去想、去描摹未來的愛情生活，她越想越幸福、越甜蜜，也越急迫，她恨不得立即飛跑過去，投入他的懷中，接受他的撫愛。她在心裏頭向他發誓：「你若娶了我，我這一輩子就滿足了，我就成了這個世上幸福的人兒。即使你日後看中了別人，薄情無義地將我休了，我也決不後悔。」這是一個純情少女的心聲，占據著她的心的是愛，流淌在她血管裏的還是愛。愛，對於她來說，是生命，是永恆，是萬事萬物中最高的精神形態，能得到它，死而無悔。清代賀裳評這闋詞時說：「小詞以含蓄為佳，亦有作決絕語而妙者，如韋莊『陌上誰家年少？足風流。妾擬將身嫁與，一生休。縱被無情棄，不能羞。』之類是也。」（《皺水軒詞筌》）韋詞不含蓄也被論家稱妙，其妙處在於用通俗明快的語言和直率的感情表達方式，為我們塑造出一個活脫脫的、大膽地追求著自己幸福愛情的少女形象。

訴衷情 二首

其一

燭燼香殘❶簾未捲，夢初驚。花欲謝，深夜，月朧明❷。何處按歌聲❸？輕輕，舞衣塵暗生❹，負春情❺。

【注釋】❶燭燼香殘　燭與香燃盡，言夜已深。燼，此處指蠟燭燃盡後的殘存物。❷月朧明　月色朦朧。❸按歌聲　這裏是指彈奏樂器。❹舞衣塵暗生　不知不覺中，舞衣落上了灰塵。❺負春情　有負春光。春情，人們因春天而引起的情感。李群玉〈感春〉：「春情不可狀，豔豔令人醉。」

【語　譯】燭光黯淡香燃盡，畫簾未捲不分明。夜靜更聲響，好夢被它驚。風起搖春花，可憐多凋零。夜空行雲遮，朦朧月不明。何處豪門深夜裏，舞不歇來歌不停。琴聲傳來心情重，我的命運真可憐。情郎不在不作舞，舞衣上面落灰塵。花香風暖人獨臥，辜負春夜一片情。

【賞　析】這是一闋寫舞女生活的詞。舊時的舞女大都是豪紳家的樂伎，她們既是藝人，又是主人的妾媵，其地位是非常低的，沒有人身的自由，更不要說追求幸福的愛情了。然而，她們年輕、美麗，感情非常豐富，內心裏從沒有停止過對愛情的渴望，因此，憂愁與苦惱始終伴隨著她們的人生。該詞即剪取了舞女夜晚生活的一個片段，來展示她們苦悶的內心世界。「燭燼香殘簾未捲，夢初驚」，首句點明時間、環境與主人翁的行為狀態。燭燼香殘，言夜已深，然其意象就不僅僅是一種時間的標誌了，它的狼藉殘亂還有著象徵的意義，即為女子的心情亂而黯淡，因其精神萎頓，沒有生活的熱情，她才會睡時連簾子也懶得放，也因其抑鬱不歡，她才會在夜半時分就被外面更、漏之類的聲音驚醒。由此可見，一二兩句，以景寫情，以景及情，向我們介紹了女主人翁的精神狀況。對於一個憂愁的人來說，醒之後就不容易再入睡了，剪不斷，理還亂的愁緒纏繞在心頭，她會想到自己的青春將要在這深宅大院裏一點點地耗乾，她也會想像著充滿了歡樂、充滿了激情的婚姻生活。由後文可見，她很可能有意中人，因此，她也會想念著遠方心愛的郎君。她輾轉反側，想再次進入夢鄉，擺脫這些煩惱，然而，睡意遠去，倒變得更加清醒，更加敏感，連風動花搖的聲音都感受到了，甚至由風聲判斷出「花欲謝」的狀況。自然，「花欲謝」僅是她的心靈感受，她的聽覺再敏感，也達不到這種程度，但為甚麼心裏有這樣的感受呢？這無疑是擔心自己這朵青春之花行將凋落的心理折射。「深夜，月朧明」，似乎與「燭燼香殘」重複，實際上以天上月的淒涼孤獨表現舞女的淒涼孤獨。這一句與「簾未捲」相聯繫，沒有「簾未捲」，閨婦也就不可能看到室外的「月朧明」。這一句還有啟下的作用，說明輕按歌聲的時間是在深夜。「何處按歌聲？輕輕」，把舞女哀怨酸楚的情感推向了高潮。遠處傳來的歌聲、琴聲，雖然悠忽渺茫，似有若無，但在舞女聽來，如重錘擊鑼，在她的心海裏掀起了狂濤巨瀾：我這裡燭暗香滅，寂靜清冷，而那裏紅燭高燒，綠酒盈杯；我這裏舞衣生塵、絃斷簫裂，而那裏輕歌曼舞，絲竹相和。這樣的強烈對比自然使舞女十分的哀傷，她發出了長長的一聲怨恨：「真是辜負了春夜的一片深情。」舞女為何久不作舞，以致舞衣生塵，詞作沒有講，但我們可以作這樣的分析：如果她滿足於燈紅酒綠，供他人娛樂的舞伎生活，就不會不登氍毹。只有心有所愛卻又不能愛，以致心灰意冷，厭惡強顏歡笑，才會舞衣生塵，舞鞋高掛。當然這種分析只能說有可能如此，而不能說必定如此。

其二

碧沼❶紅芳煙雨靜，倚欄橈❷。垂玉珮❸，交帶❹，裊纖腰❺。鴛夢❻隔星橋❼，迢迢。越羅❽香暗銷，墜花翹❾。

【注　釋】❶碧沼　清澈的湖水。唐・白元鑒〈新池〉：「何人鑿碧沼，待我照衰容。」❷欄橈　船槳。欄，應作蘭。蘭槳，用木蘭木做的槳。據梁任昉《述異記》說，木蘭洲在潯陽江中，多木蘭樹。昔吳王闔閭植木蘭於此，用構宮殿。七里洲中，有魯班刻木蘭為舟。這裏借指船的華麗。❸玉珮　玉器裝飾品。《續玉臺新詠》王容〈大堤女〉：「香羅鳴玉珮。」❹交帶　將裙腰上的帶子扣結起來。❺裊纖腰　形容女子腰肢細而柔美。晉・陸雲〈為顧彥先贈婦往返四首〉：「雅步裊纖腰。」❻鴛夢　男女歡會之夢。曹唐〈李夫人〉：「白玉帳寒鴛夢絕」。❼星橋　當指織女七夕渡河之鵲橋。❽越羅　越地織的綾羅，這裡指穿在身上的羅衣。❾花翹　古代婦女的頭飾。

【語　譯】湖水清清無浪濤，雨中紅花分外嬌。無事立船頭，寂寞真無聊。裙上掛玉珮，腰帶風中飄。體態輕盈美，扭動細細腰。夢中郎君翩翩來，歡會不成無鵲橋。醒後愁緒塞滿胸，郎的地方路迢迢。無心打扮情緒低，越地羅衣香已消。鬢髮蓬鬆眉不描，首飾不整墜花翹。

【賞　析】這是一闋思情詞，與它詞不同的是，思人的女子不是關在深閨裏相思，而是走出閨房，企求外界景色沖淡她的懊惱與思愁。「碧沼紅芳煙雨靜，倚欄橈」，首句描繪了一幅幽靜、迷離的風景畫：碧湖如鏡，清亮照人；細雨飄灑，如煙如靄；岸邊紅花鮮豔，靚麗奪目。一切是那樣的靜謐、自在。思人的女子有意划船走進這一如詩如畫的環境裏，目的是想融入這詩意般的景致中，忘記煩惱，忘記令她牽腸掛肚的遠人。那麼，她有沒有融進去呢？沒有。她倚著船欄，只是靜靜地望著眼前的一切，她仍是思情縈繞的她，景還是冷漠靜謐的景，兩不相干。為甚麼不能一個心思地欣賞美景，並從美景中獲得快樂呢？一定是相思到了刻骨銘心的程度，一時半刻難以忘懷也。「垂玉珮，交帶，裊纖腰」，從佩飾到體態，她是那樣的動人，尤其是「纖腰」二字，表明她正當風華正茂的年齡。年輕美麗，卻常年獨居，你叫她如何能忘記相思，丟掉煩惱？你又叫她如何不感到光陰虛擲，紅顏徒銷？因此，這三句表面上寫女子的外形，實際上仍寫她的精神世界，並且，為下一句作鋪墊。因其相思極深而難以忘卻，故在夜裏仍在做與相思相關的夢。「鴛夢隔星橋」，就是夢的具體內容。在生活中，一般相思之人作夢，大都作團聚歡會之夢，從春夢中得到補償。然而，她所做的卻是一個不能團聚的夢。她像織女，遠人如牛郎，但是，無鵲橋渡他們過河，他們近在咫尺，卻只能隔河相望，這種可望而不可及的折磨該使他們十分的痛苦。醒來之後，咀嚼著夢中的苦澀，想著丈夫距此路途的遙遠，她失去了與郎君再聚首的信心。從此以後，無心梳洗打扮，身上的羅衣香消，頭上的花翹墜落。在古代社會，女子的地位是極其低下的，丈夫從不尊重婦女，輕視她們的內心渴求。他們可以自由地外出，或經商，或遊學，或求仕，寂寞時，便到秦樓楚館去尋歡作樂，或置一美妾，長夜中讓其伴眠陪宿。而家中的妻子呢？則不聞不問。此詞中的少婦，原本美麗而聰慧，後由於失望，而漸漸神魂不定，她可以看作是古代千千萬萬個不幸女子的一個典型。

上行杯 二首

其一

芳草灞陵❶春岸，柳煙深❷，滿樓絃管。一曲離聲腸寸斷。

今日送君千萬❸，紅縷玉盤❹金鏤盞。須勸，珍重意，莫辭滿❺。

【詞牌】上行杯　此調屬「林鍾商」，俗呼「歌指調」。始見《教坊記》。有三十八字、三十九字、四十一字諸體。

【注釋】❶灞陵　亦名霸陵。《三輔黃圖》卷六：「（漢文帝）霸陵，在長安城東七十里，因山為藏，不復起墳，就其水名，因以為陵號。」庾信〈江南賦〉：「豈知灞陵夜獵，猶是故時將軍。」❷柳煙深　綠柳成蔭，是說春天已快結束了。❸千萬　指情意很多。一說指千萬里。❹紅縷玉盤　指玉盤中所盛之鱠。紅縷，形容鱠之形狀。縷或作鏤，應誤。朱灣〈宴楊駙馬山亭〉：「鱠下玉盤紅縷細。」又由宋・蘇轍〈送文與可知湖州〉：「香粳飯玉粒，鮮鯽鱠紅縷。」可證。❺莫辭滿　不要推辭斟滿酒。

【語譯】芳草萋萋延蔓，春深灞水兩岸。綠柳成蔭，如煙瀰漫。琴聲笛音音滿樓，惆悵依然不散。一曲別離歌，腸斷淚流乾。　今日送君遠行，妾有離情千萬。魚絲玉盤盛，美酒金杯裝。勸君多喝酒，遠行路漫漫。酒中融入情和意，不要推辭杯太滿。

【賞析】這是一闋表現離情別恨的詞，與下一闋同詠一事，為「聯章體」。「芳草灞陵春岸」，首句點明分別的時間、地點。暮春的一日，灞水邊上的漢文帝陵墓與灞水兩岸，芳草萋萋，綠肥紅瘦，人們都感到春就要逝去了。而這殘春的景致，對於少婦來說，尤為敏感。花兒飄零的景象往往使她想到青春不常，容顏易老。而在這樣的景況與心態下，心上人竟要離她而去，她豈不感到更加的痛苦？餞行送別的時刻，則是她最傷心、最酸楚的時候。「柳煙深，滿樓絃管」，從視覺與聽覺上描繪環境。灞水的堤上，柳色如煙；餞別的酒樓中，音樂盈耳。這看上去僅是描寫客觀環境，實際上是在描寫主觀感情，是用客觀反映主觀。柳色如煙，瀰漫於大堤，猶如離人心中的愁緒；音樂，不是歡快、輕鬆的旋律，而是充滿了悲涼與憂傷，所以越是盈耳，越讓人的心裏酸楚。「一曲離聲」是直接表現送別內容的歌曲，大約是〈陽關三疊〉之類的歌吧，把主人的淒苦感情推向了極頂，竟到了柔腸寸斷的地步。這與《西廂記》

第四本第三折〈長亭送別〉中的鶯鶯感受極為相似：「聽得到一聲去也，鬆了金釧；遙望見十里長亭，減了玉肌。」「今日送君千萬，紅縷玉盤金鏤盞」，這兩句雖淺白，但絲毫沒有影響女子對男子感情的表達，相反，倒顯得感情豐沛淋漓。千情萬意，祇緊縮為一句話，每一個字都有很重的份量。女子不僅僅用語言來表示，還用佳肴與美酒來表示，魚膾、玉盤、金鏤盞，決不能看作宴席的華奢，而應認識到這是女子借用這種方式來表達她的濃情。生活中不也是這樣的嗎？若客人是自己所尊重與愛戴的，會盡最大的可能款待對方。「須勸，珍重意，莫辭滿」，是席中勸酒的情形。喝吧！酒中融進了我的愛情，我的離愁，我的囑咐，我請求你日後自我珍重。這與王維的〈送元二使安西〉同義，「勸君更盡一杯酒，西出陽關無故人」，之後征途漫漫，孤館蕭條，哪裏還會碰到多少與你相知的人呢？這哪裏還是酒，滴滴是淚，滴滴是情。

其二

白馬玉鞭金轡❶，少年郎，離別容易。迢遞❷去程千萬里。惆悵異鄉雲水❸，滿酌一杯勸和淚❹。須愧，珍重意，莫辭醉。

【注釋】❶玉鞭金轡　即馬鞭與馬籠頭。❷迢遞　遠貌。❸雲水　相當於說「山水」，指一個地方。白居易〈龍門送別皇甫澤州赴任韋山人南遊〉：「惆悵香山雲水冷。」❹勸和淚　和淚相勸。倒裝是為了押韻的需要。

【語譯】白馬寶鞍金轡，玉鞭錦衣珍貴。翩翩少年郎，不知離別滋味。迢迢征途千萬里，郎上馬時妾心碎。我憂他方煙瘴地，水土不服郎受罪。斟滿一杯酒，敬時流下淚：「不能隨你走，讓你一人受苦我心中愧。聲聲珍重化作酒，請郎不要推說醉。」

【賞析】這闋詞緊接上一闋。餞別之後，終於到了分別的時刻，這闋詞所寫的就是分別的一幕。「白馬玉鞭金轡，少年郎」，在上一闋詞中，男子沒有得到具體的描寫，只寫女子的情感與行為，側重於女子。而此詞開篇就以女子的眼光，描述了即將遠行的郎君：他年輕俊雅，乘騎著一匹白馬，人與馬，相互交輝。寫男子的外貌，目的是揭示女子深深眷戀的原因，使讀者相信人世間有這樣深情的女子，當然，眷戀的原因不僅僅是郎君貌美，肯定還有其他的原因。不論女子表現出怎樣的戀戀不捨之情，少年郎還是決意要遠行，此時的女子油然地生出怨意：你為甚麼把分別看得這麼輕啊？要知道你去千萬里之外，何年才能再得聚首啊？而在別後的這段時間裏，我將日思夜想，時時刻刻地盼望著你的歸來，淚水流乾，紅顏凋盡。對我的痛苦，你就一點不在意？當然，這怨言深深地埋在閨婦的心裏，她並沒有說出來，而且，這怨恨的出發點仍是深沉而真摯的愛。正因為女子的愛深沉而真摯，她雖有怨意，但仍替郎君著想：他到千萬里外的異鄉，那裏一定是雲障霧繞，他能承受得了瘴癘之氣嗎？想到此，她憂愁的心沉甸甸的，便一次又一次地請他保重，語時竟淚流滿面。為了再次表達她的情意和祝他旅途順利、身體康健，她又一次舉杯勸酒，並求他不要以醉為理由而拒喝，因為這酒是祝福，是期待。

女冠子 二首

其一

四月十七，正是去年今日。別君時，忍淚❶佯低面，含羞半斂眉❷。　不知魂已斷，空有夢相隨。除卻天邊月，沒人知。

【注釋】❶忍淚　把淚水抑住，不讓流下來。杜甫〈送郭中丞〉：「忍淚獨含情。」❷斂眉　皺眉。庾信〈傷往〉：「花開定斂眉。」

【語譯】四月十七，正是去年今日。與你分別時，強壓淚水不讓出。故意低下頭，含羞皺眉把房入。　魂已隨你去，心中空無物。你我相距千里遠，衹在夢中親片刻。我一腔濃情有多深，除了月亮，沒有人能測。

【賞 析】 在分析溫庭筠的〈女冠子〉詞時，我們就講過，唐時以〈女冠子〉為題的詞，一般都是即題寫事，也就是說，詞中的女主人翁就是女道士。唐時許多女子入道觀，並非出於對道教的真誠信仰，而是有著這樣或那樣的原因，因此，霞帔道妝裏著的仍是一顆渴望婚姻、渴望異性的世俗的心。唐代的詩詞如實描述了她們的生活與精神世界，總不離體態色相、風月之事。韋莊的這兩闋〈女冠子〉，寫的是同一件事，這在詩詞中稱「聯章體」。此詞的內容是女冠的回憶，但時間一直延至目前。上片是回憶與情人分別的情景，下片則寫的是別後相思的情景。「四月十七，正是去年今日」，從分別的時間開頭，能充分地表現出女冠濃濃的思情。別後雖然有一年了，但她清清楚楚地記得去年分別的日期。這一定是經常地念著這一時間，始終讓這一時間占據著心頭的結果。否則，如何會在今日突然記起這一時間呢？而無時無刻地念著這一時間時，自然地會憶起分別時的情景：「別君時，忍淚佯低面，含羞半斂眉」。女子的神態不僅僅表現了她的依依不捨，還反映了處處替愛人著想的無私品質。即將作長久的分別，她一定會痛苦得肝腸欲裂，淚水會不斷湧出，但是她為了不讓對方心裏難受，強忍淚水，當淚水難忍時，她便故意低下頭去，不讓愛人看到自己淚水滿面的樣子。「含羞」則是臨別時心有所求，大概要說早點回來之類的話，但一半是出於害羞，一半則是為了不使在外的心上人牽腸掛肚，終於沒有說出口。「半斂眉」透露出她內心的矛盾和痛苦，她想不讓他走，但她又不願妨礙他的事業，她處於兩難之中，然而最後仍是默然無語。這是一個願意把自己的一切獻給愛人，並願為愛情承擔一切痛苦的人。下片寫別後的情景。從字裏行間，我們看到了女冠心裏有著隱隱的憂慮。她在想：分別已整整一年了，他還沒有回來，是不是認為我在分別時沒有表現出強烈的依依不捨之情，而誤以為我對他無情，故而不來呀？「不知魂已斷」，是女冠對心上人輕輕的埋怨與回答：你不知我其時魂已飛離了體外，痛癢全無了嗎？不僅如此，自分別之後，我哪一個夜晚不在夢中跟隨著你？不過，女冠此時的意識是清醒的，她在心裏和愛人對話後，馬上就轉念想到，和他說這些話有什麼用呢？他能在遙遠的地方聽到我這辯白的心聲嗎？若他真能了解我對他的深情，他早就該回來了。一「空」字，就表明了她意識的清醒。「除卻天邊月，沒人知」，仍是她剛才意識的流動。是啊，他不了解，別人也不了解，除非天上的月亮。因為月亮能看到去年四月十七日拂曉時「忍淚佯低面」與這三百六十五日中許多對月相思的情景。相思是很苦的，而帶著心上人不回的憂慮的相思則更苦。此詞用語樸素，且節奏感強，具有民歌的風格，想必當時歌者易記易唱，聽者也易於接受。

其　二

昨夜夜半❶，枕上分明夢見。語多時，依舊桃花面❷，頻低柳葉眉❸。半羞還半喜，欲去又依依❹。覺來知是夢，不勝悲❺。

【注　釋】❶夜半　半夜時分。唐・張繼〈楓橋夜泊〉：「夜半鐘聲到客船。」❷桃花面　據孟棨《本事詩・情感》記載：唐朝詩人崔護嘗於清明獨遊長安城南，見一莊居，有女子獨倚小桃樹佇立，而意殊厚。來歲清明，崔又往尋之，則門扃無人，因題詩於左扉曰：「去年今日此門中，人面桃花相映紅。人面不知何處去，桃花依舊笑春風。」這裡用此典故，以桃花面代指所思之女子，含有不能再見的意思。❸柳葉眉　眉形若柳葉。隋・陳子良〈新城安樂宮〉：「柳葉來眉上，桃花落臉紅。」❹依依　不忍分別的意思。❺不勝悲　承受不了悲傷的痛苦。

【語　譯】昨夜半夜，卿卿夢中又出現。與你講話好長時，美麗依舊桃花面。你仍然會害羞，柳葉眉兒低不見。貌美如天仙，羞喜神態知心願。欲要離去又留戀，依依不捨淚成線。我醒後知是一場夢，相思之外又把悲傷添。

【賞　析】上一闋是從女子的角度來寫的，而這一闋則從遠遊的郎君的角度來寫。通篇描述的是男子的夢境。「昨夜夜半，枕上分明夢見」，這「昨夜」不是泛指一般的時間，而是指昨天的四月十七日之夜。女子沒有忘記分別的日子，男子同樣也沒有忘記，而且因白天憶念，夜晚竟作起了甜蜜的團聚之夢。「分明夢見」是醒後的回憶，然其「分明」說明了夢長而美，否則，回想時不會是那樣的分明，如歷歷在目。如何的「分明」呢？「語多時，依舊桃花面，頻低柳葉眉」，分別整整一年了，多少相思之情要傾訴，多少知心的話兒要告知，所以，「語多時」雖為夢境，卻真實地反映了他們繾綣之深、相思之苦。然「依舊桃花面」卻表現了夢境的虛幻，因為生活中的女子為相思折磨，不可能容顏依舊。因此，「桃花面」只能說是男子心中的原先印象在夢境中的反映，它不是目前的女子形象。但是，「頻低柳葉眉」，則應是真實的，低眉害羞，是一種性格表現，一年前後，想必不會有多少變化。然而，不論怎樣，都表現了男子對女子情感的真誠，只有常思常想對方，才能牢牢地記住對方的音容笑貌。下片的前兩句「半羞還半喜，欲去又依依」，不再停留在外部表現上，而是通過女子的表情動作，已深入到她內心感情的複雜變化上。又羞又喜，寫出了少女有克制的歡欣，掩飾著內心情感的激動；欲去依依，寫女子表面上不在意而骨子裏卻留戀不捨的心態。這表面似寫對方，實際上仍是自身的感受，一個男子若不愛對方，沒有銘心刻骨的相思，也就不會想像出許多會面時的親熱場面，自然更不會在夢境中有這樣難捨難分的情景。這是一個完整的表現戀人別後重逢，旋即又分開的夢。從「語多時」到「欲去」，先後有序，由表及裏，由淺入深，表現得層次分明，感情則逐層深入。情人似欲離去又不願離去，男子又如何呢？當是擁抱入懷，軟語溫存，正當柔情繾綣達到高潮之時，夢忽然醒了。頓時，從幻境跌入到現實裏，剛才的一番歡樂，頃刻間化為烏有，如此，對於十分渴望與情人團聚的人，怎能不分外悲傷，甚至因悲傷過重而到了承受不起的程度。近代詞學家夏承燾先生在比較了溫、韋的詞風後說：「溫庭筠密而隱，韋莊疏而顯。」這一論斷是正確的，像這兩闋〈女冠子〉，典型地表現了韋莊的詞風，疏淡得無以復加了，所以，我們在語譯時，有些地方仍依原話原意。

更漏子 一首

鐘鼓寒❶，樓閣暝，月照古桐金井❷。深院閉，小庭空，落花香露紅。 煙柳重，春霧薄，燈背❸水窗高閣。閒倚戶，暗沾衣。待郎郎不歸。

【注釋】❶鐘鼓寒　報時的鐘聲與鼓聲，空寂孤音，聽起來使人心寒。❷古桐金井　蒼老的梧桐樹與因水照映而壁呈金黃色的水井。李白〈贈別舍人弟臺卿之江南〉：「梧桐落金井，一葉飛銀床。」❸燈背　燈光黯淡。唐・王渙〈惆悵詩〉：「覺來燈背錦屏空。」

【語　譯】夜半鐘聲到深閨，鼓聲冷冷心成灰。小樓夜色濃，閨婦不眠肝欲摧。望著窗外月，梧桐水井披月輝。院內深深被鎖閉，庭中空空蟲不鳴。落花聲音重，露水帶香飛。　柳煙濃濃遮朝暉，春晨薄霧讓人悲。窗內燈轉暗，天亮高閣明。穿衣離床倚門望，淚水濕衣把人背。一夜不眠為等郎，郎到天亮也不歸。

【賞　析】此詞寫一位女子為等待郎君，一夜不眠的情態。語淡意深，很值得玩味。上片不著一情字，全是寫景，但景中滲透著濃情，透露出思婦的孤獨、寂寞和傷感。詞的一開頭，寫鐘鼓的聲音，寫閨人的樓閣，好像閨人所處的環境是熱鬧的、舒適的，但一「寒」與一「暝」字，則把鐘鼓、樓閣與閨人的關係全部表現出來了。夜空寥寂，鐘鼓遠播，聽來是那樣的悲涼，令人不由得不打起寒顫。夜色轉濃，樓中雖有燈光，但似乎抵擋不了黑暗的重壓，而顯得幽幽的。當然，這「寒」與「暝」，多半還是閨婦的主觀感受。若夫妻同處羅帳，共度春宵，她怎可能由鐘鼓之聲而生出寒意，又怎可能感受到黑暗的重壓？因此，「寒」與「暝」表現出了她此時孤獨、感傷的精神狀態。「月照古桐金井」，仍是對夜色的描繪，但是空間從閨房轉到了室外。一輪月亮，照在蒼老的梧桐樹上和院內的井欄上，這是閨婦所看到的景象。說明夜已經很深了，但人猶未睡，由此，我們又可判斷出這位閨婦的心是不寧靜的，一件苦惱的事正攪得她不能入眠。「深院閉，小庭空，落花香露紅」，深深的院落關得緊緊的，小小的庭宇顯得空蕩蕩的，露墜了，花落了，地上一片殘紅。這院閉庭空，花落露墜，明是寫景，實際上仍在寫情。它構成了一幅孤寂、淒涼的意境。尤其是「空」字，最能反映出她的心態。就小院的實景來看，並不是很空的，有古桐、金井與春花等。空，僅是孤獨的閨婦的一種內心感受，因為她的心裏空蕩蕩的。下片將時間一下子拉到了天明之時。閨婦仍在痴痴地等待著，她原可能是解衣臥床，現在已是著衣倚戶了。因天色已明，她乾脆由等變為望，期望看到郎君風塵僕僕奔來的那一幕。「煙柳重，春霧薄」，就是她望時展現在眼前的景象，堤上的柳樹在曙光中猶如村莊的炊煙，乳白色的春霧如同飄動的薄紗。她透過春霧，向煙柳籠罩的大堤上眺望，望啊望啊，但始終見不到郎的身影。一夜的情思，一夜的等待，就這樣變得毫無意義。思婦的感情再也抑制不住了，淚水打濕了春衫。不過，一「暗」字又說明她在這種情況下，仍有所克制，沒有嚎啕大哭，其原因大概是舊時禮教不允許人們公開表達男女之情，即使是夫妻相互間的思念之情，亦不能流露，否則，會為人們嗤笑。

酒泉子 一首

月落星沉❶，樓上美人春睡。綠雲❷傾，金枕膩，畫屏深。

子規❸啼破相思夢，曙色❹東方纔動。柳煙輕，花露重，思難任❺！

【注釋】❶月落星沉　意指天色將明。馮延巳〈醉花間〉（月落霜繁深院閉）：「月落霜繁深院閉，洞房人正睡。」又李商隱〈碧城〉：「星沉海底當窗見。」❷綠雲　古人形容女子髮濃而且美麗。因其髮多如雲，烏黑又多光彩，近於墨綠色，所以用綠雲作喻。元稹〈劉阮妻〉：「芙蓉脂肉綠雲鬟。」❸子規　杜鵑鳥，又名杜宇。傳說為古代蜀帝杜宇所化。《十三州志》：「當七國稱王，獨杜宇稱帝於蜀，……望帝使鼈冷鑿巫山治水有功，望帝自以德薄，乃委國禪鼈冷，號曰開明，遂自亡去，化為子規。」❹曙色　曙光，太陽即將昇出地平線的光亮。李白〈宮中行樂詞〉：「繡戶香風暖，紗窗曙色新。」❺思難任　離別後的思念不堪承當。李煜〈虞美人〉（風回小院庭蕪綠）：「滿鬢清霜殘雪，思難任。」

【語　譯】春風起清晨，月落星已沉。樓上悄悄靜無聲，錦被繡帳伴美人。髮如綠雲美，枕膩有粉痕。床前屏上畫，雲繞山林深。　團圓夢中相互吻，杜鵑啼破心裏恨。曙光才泛起，室內仍亮燈。無奈穿衣起，滿耳鳥鳴聲。柳綠成煙，花上露沈。夢中情景記得真，相思痛苦難擔承。

【賞　析】月落星沉，曙光泛動，可是閨中的思婦還沉睡未醒。僅看這開頭兩句，許多讀者一定會以為此位閨婦的痛苦遠不如其他整夜不眠的閨婦深。若繼續往下看，看到「子規啼破相思夢」時，或許會改變這樣的看法。能作夫妻歡會之夢，沒有白日的思念，夜晚長時間的輾轉難眠，是不可能的。由此我們可以揣測到她白天與夜晚相思的苦況。她是一個美人，髮如綠雲，膚如凝脂是自不必說的了。而美人的獨處會更加寂寞難耐。我們不是說不美的女人就沒有男女情感的需要，就安於孤獨的生活，但客觀地說，美人對美滿的男女生活要求會更高。在她們看來，天賜麗質，使她們有了獲取愛情的先決條件。如果仍單身一人的生活，美麗則變得毫無意義，如同有萬貫家財的人，不讓他去支取分毫，卻迫使他過飢寒交迫的乞丐生活，他豈不比本是窮人的人更痛苦萬分？她所作的相思夢的內容是甚麼？詞沒有寫出來，但不外先是互訴相思之情，然後是交頸相偎，雲翻雨覆。總之，是很歡快的。但不作美的杜鵑聲聲啼喚，竟破了這難得的團圓之夢。她很惱怒，起床一看，「曙色東方纔動」。你叫甚麼呀，天還未全亮，就把人叫醒。接下去寫的柳煙、花露，既說明思婦起床後，看到了這些室外的景象，又讓這兩個物象含有微微的寓意：夢中的歡樂僅是片刻的歡樂，如同晨時的柳煙花露，太陽出來後，它們很快就會消失。但是，柳煙、花露留給人的美的意象，卻讓人久久地難以忘懷，就好像郎君的音容笑貌在我的心中一樣。

木蘭花　一首

獨上小樓春欲暮，愁望玉關❶芳草路。消息斷，不逢人，卻斂細眉❷歸繡戶❸。

坐看落花空歎息，羅袂❹濕斑紅淚❺滴。千山萬水不曾行，魂夢欲教何處覓？

【詞　牌】木蘭花　又名〈木蘭花令〉。屬「黃鐘商」，俗呼「大石調」。始見《教坊記》。有五十二字，五十四字，五十五字，五十六字諸體。之後又有在諸體基礎上變化而成的新詞體，如〈減字木蘭花〉、〈偷聲木蘭花〉、〈木蘭花慢〉等。此詞為五十五字體。

【注　釋】❶玉關　古時指征人戍守的邊關。參見卷一溫庭筠〈菩薩蠻〉其四（翠翹金縷雙鸂鶒）注❺。❷斂細眉　皺眉頭。❸繡戶　指閨房裝飾華美。陳後主〈舞媚娘〉：「相邀開繡戶。」❹羅袂　綢質的衣袖。曹植〈洛神賦〉：「撫羅袂以掩涕兮，淚流襟之浪浪。」❺紅淚 淚中有血，指極度傷心。趙嘏〈昔昔鹽〉：「雙雙紅淚墮，度日暗中啼。」

【語譯】獨上小樓欄杆處，花落草長春將去。玉關不見使人愁，只見迢迢草滿路。征人無消息，牽腸又掛肚。皺眉計不來，無奈入繡戶。 閑時坐著看落花，想到容貌不如故。淚珠串串濕羅袖，淚盡血湧斑無數。郎君離妾千萬里，山山水水不識路。即使夢中想尋郎，雲障霧繞怎得去？

【賞析】此詞以女子的口吻，抒發她夢縈神繞的相思之情，讀來十分感人。「獨上小樓春欲暮，愁望玉關芳草路」，這兩句話應特別注意「獨」、「春欲暮」與「愁望」這幾個詞與詞組。「獨」在這裏不僅僅指上小樓時是一人，而是含有獨處、獨居的意思。獨對於一個弱女子來說，是生活的不便，是精神的寂寞，是日常的煩惱。正因為「獨」生出種種的痛苦，所以，任何女子都不希望獨居，而渴求夫妻和合的家庭生活。詞中的女子也是如此，她上小樓望玉關就是不要「獨」的行為表現。除此之外，「春欲暮」也是她「望」的原因。花落草長，鶯去燕老，她從殘春的景象看到了自己青春的流逝，所以她希望在紅顏未凋盡之前，能瀟灑地享受一次人生，於是，她盼望郎君快點兒回來。然而，她的「望」是徒勞的，儘管她不停地望，天天望，但除了萋萋芳草之外，延伸到天邊的路始終不見人影。「愁」正是她望而不見的心情反映。「愁」是濃縮了的精神世界，近於抽象，若還原成活生生的形態，就是惆悵、苦悶、失望與眼淚，是吃不下，睡不著，坐不安，臥不寧的生活狀況。不歸來，又望不到，她就盼著他的書信，然而音信斷絕，信使不來，她整日愁眉不展，無計可施。她漸漸地由希望變為失望，不再指望於某一日從小樓上看到郎君熟悉的身影。於是，她將自己關入閨房，企圖通過「不望」獲得寧靜的心境。可這種想法是辦不到的，才下眉頭，又上心頭的相思整日纏繞著她，外界的任何刺激都會成為她苦惱的誘因。窗前的紅花謝落，本是一個自然現象，卻在她的心中激起了巨大的波瀾，她由鮮豔的花兒零落塵土上，想到了自己芳華將去，要不了多長時間，就會變成一個雞皮鶴髮的老太婆，這一生就這麼白白地在寂寞與惆悵中消耗掉了，多麼沒有意義呀！想到此，她悲傷欲絕，淚濕羅袖。淚都流盡了。望，望不見；等，等不來。於是，她想到做夢，希望用夢中的歡樂代替現實中的歡樂。可是，「千山萬水不曾行，魂夢欲教何處覓？」郎君與我相隔著千山萬水，我又從未去過，即使做夢，夢中的我又如何尋得到他呀？讀到此處，誰人還能不與她同哭？誰人還會不發出這樣的哀嘆：可憐的女子，你好薄命喲！這兩句雖從沈約

〈別范安成〉：「夢中不識路，何以慰相思」中化出，但不著痕跡，很自然地將思婦的悲哀感情推向了高潮。

小重山 一首

一閉昭陽❶春又春，夜寒宮漏永❷，夢君恩。臥思陳事❸暗銷魂。羅衣濕，紅袂❹有啼痕。

歌吹❺隔重閽，繞庭芳草綠，倚長門❻！萬般惆悵向誰論？凝情❼立，宮殿欲黃昏。

【詞　牌】 小重山　此調屬「夾鍾商」，俗呼「雙調」。《教坊記》不載此調。《宋史・樂志》但言依舊曲造新聲，亦未詳考。

【注　釋】 ❶昭陽　漢宮殿名。《三輔黃圖》卷三：「武帝時後宮八區，有昭陽、飛翔、增成、合歡、蘭林、披香、鳳凰、鴛鴦等殿。……成帝趙皇后居昭陽殿。」《文選》漢・班固〈西都賦〉：「昭陽特盛，隆乎孝成。」王昌齡〈長信宮詞〉：「玉顏不及寒鴉色，猶帶昭陽日影來。」❷宮漏永　宮中計時的漏壺聲滴答不斷，指夜已很深。❸陳事　往事，舊事。韋莊〈鄜州留別張員外〉：「十年陳事祇如風。」❹紅袂　紅袖。白居易〈五絃詩〉：「清歌且罷唱，紅袂亦停舞。」❺歌吹　歌唱與器樂演奏。江淹〈恨賦〉：「黃塵匝地，歌吹四起。」❻長門　漢宮名。竇太后獻長門園，武帝更名「長門宮」。時陳皇后失寵於武帝，別在長門宮，使人奉黃金百斤，令司馬相如為〈長門賦〉，以悟主上，陳皇后復得親幸。梁・簡文帝〈答新渝侯和詩書〉：「長門下泣，破粉成痕。」❼凝情　感情專注，除此情外，沒有任何其他雜念。

【語　譯】 昭陽宮殿深，鎖入好幾春。宮中夜寒冷，不眠聽漏聲。憶起往日歡樂事，內心感謝君的恩。倚臥床上想郎情，暗自悲傷欲斷魂。羅衣被淚沾濕，紅袖有泣痕。　歌樂喧鬧聲，飛不出宮門。春盡芳草綠，繞庭花不生。寂寞無人伴，整日倚長門。萬種愁緒有誰知，一腔心事和誰論。情專痴迷立庭中，宮殿漸漸入黃昏。

【賞　析】 韋莊有一寵姬，姿質豔麗，兼擅詞翰。王建聞之，託以教內人，強奪去，莊徒追念悲傷而已。後作〈小重山〉與〈謁金門〉，情意淒怨，人相傳播，盛行於時。姬後聞之，不食而卒。劉永濟先生在〈唐五代兩宋詞簡析〉中判斷此詞是「代其姬人抒離情也」。「一閉昭陽春又春」，是姬被王建奪去的開始幾年，受到寵愛，如同漢成帝之於趙飛燕，把她置於蜀都的「昭陽宮」。「春又春」，不僅表現一年又一年的時間，而且含有受帝寵幸，春光無限的意思。然而，這位女子是一個不貪富貴、不圖虛名，忠貞於愛情的人，她不因為得到帝王的喜歡，居住在華麗的宮中，就感到很幸福。恰恰相反，她把「昭陽宮」看作囚繫她的牢籠，把帝王看作拆散她們恩愛夫妻而為一己之欲的暴君。因此，她時時刻刻記掛著真心愛她的韋莊。後宮本是繡帳錦被，溫暖如春，但她卻在夜中感到「寒」；有帝王伴眠，本該是在盡歡之後，很快進入溫馨的夢中，但她卻長時間失眠，即使作夢，也是昔日的鴛夢重溫。夜晚如此，白天也是這樣。她悶悶懨懨，對周圍的一切都不發生興趣，「臥思陳事暗銷魂」，往事縈心，一刻也放不下。彼時，花前月下，對聯吟詩，是何等的快樂呀！現在往事雖然歷歷在目，但那美妙的令人陶醉的情景再也不會出現了。女子想到此處，悲傷欲絕。淚水打濕了羅衣，啼痕布滿了紅袖。「暗」字說明了她的不自由，儘管她心裏有痛苦，痛苦地到了難以復加的地步，但她不敢嚎啕大哭，不敢敞開自己的心懷，只能暗自傷情。這種鬱結於心的痛苦，會使她容貌迅速變老，精神懨懨不歡。是失去了昔日的風華，還是王建知道了她舊情難忘的內心秘密，不得而知，反正她被疏遠了，詞中用「長門」陳皇后的典故透露出了她被打入冷宮的消息。「昭陽」殿住進了新寵的妃子，夜闌歌盛，樂作舞起是可想而知的事，但這一切都被重重的宮門隔斷了。不過，失去這些並不使她感到遺憾，倒使她獲得了平靜的心境。但是，陳事難忘，韋郎牽心。她在滿庭芳草的白天，倚著長門宮的宮門，向外眺望。她想像著韋郎此時一定也在思念著她，不由悲從心來，淚水打溼了寫滿情詞的紅箋。但想像終歸不是現實，她無法再見到她心愛的韋郎，無由向他傾訴心中的思念。「萬般惆悵向誰論？」孤獨，絕望，眼在流淚，心在滴血。「宮殿欲黃昏」，以黯然的黃昏暮色作結，傳導出女子酸楚的感情。「黃昏」同時又是一種象徵，它形象地暗示讀者：女子雖然年華未老，但是心已經老了，她的生命因為失去了愛情的滋潤而進入了「黃昏」。

薛昭蘊 十九首

薛昭蘊，生卒年未詳，號澄州。河東（今為山西永濟蒲州鎮）人。《北夢瑣言》云：「唐薛澄州昭緯，恃才傲物，亦有父風。每入朝省，弄笏而行，旁若無人。好唱〈浣溪沙〉詞。知舉後，有一門生辭歸鄉里，臨岐獻規曰：『侍郎重德，某乃受恩。爾後，請不弄笏與唱〈浣溪沙〉，即某幸也。』時人謂之至言。」昭緯即昭蘊，仕蜀，官至侍郎。《花間集》收錄其詞十九闋。

浣溪沙 八首

其一

紅蓼❶渡頭秋正雨，印沙鷗跡自成行。整鬟飄袖野風香。

不語含嚬❷深浦裡，幾迴愁煞棹船郎❸。燕歸帆盡水茫茫❹。

【注釋】❶紅蓼　開紅花的水蓼，一種常生於水邊的草本植物。王貞白〈江上吟曉〉：「曉露滿紅蓼。」❷含嚬　愁眉不展。❸棹船郎　撐船的船夫。❹水茫茫　水闊無邊，望之浩淼。

【語譯】白帆高掛將起航，紅蓼渡口雨絲長。江鷗不飛沙岸走，陪人徘徊跡成行。風姿優雅美女子，撩鬢舉袖風帶香。　愁眉不展站水邊，深情望著遠行郎。船夫幾番要開船，不忍催發愁斷腸。燕子飛來郎離去，孤帆影盡水茫茫。

【賞　析】這闋小令寫一對戀人的離別，雖著墨不多，但別具匠心，將離情別意寫得既濃又隱，頗有欣賞的價值。上片前兩句寫景：秋雨飄忽，靜靜的渡口被水蓼的紅花點綴著。水鷗在沙灘上緩緩地走著。撇開下文，單看這兩句，無疑會認為這是一個清新幽雅的環境。然而，聯繫起下文，就會發現，這一戀人的離別之地，被詞人有意無意地染上了淒傷的色彩。鮮豔的紅花在迷濛的秋風秋雨中搖曳，可人意的水鷗似乎要分擔人的憂愁，陪人在沙灘上徘徊。到第三句，詞中的女子才綽約出現。詞人沒有對她作細緻的描述，僅是大略地說了她的外觀形象，「整鬟飄袖」暗示她是一個風姿秀逸的女子，而「野風香」則說明她遍體透香，總之，她是個很可愛的人，這為下片作了鋪墊。下片的「不語含嚬」，描寫了女子的情態，不語，表現了她的文靜、嫺淑，喜怒哀樂，不形於色。含嚬，則說明她不忍分別，有割不斷的柔情。接下去，詞人筆鋒一轉，把鏡頭對準了船夫，說他「幾迴愁煞」，岸上的戀人欲留不能、欲別不捨，依依相戀的感情深深地感染了他，他幾番為之愁煞，似乎他也在經歷著這樣感情的折磨。這種表現手法避免了直接寫離別場面，形式上富有新意。最末一句化用了李白〈送孟浩然之廣陵〉：「孤帆遠影碧空盡，惟見長江天際流」的詩句，達到了言有盡而意無窮的效果。白帆遠去，碧水茫茫，伊人站立在岸邊，直望到那白帆消失在水天一線間。此時，南飛的燕子，恰巧雙雙歸來，在她眼前掠水嬉戲，此情此景使她更加悵然。離別的男子始終沒有露面，但他卻又處處存在，沒有他，女子的不語含嚬，船郎的幾回愁煞都無從說起，尤其是末句「帆盡水茫茫」，更使他的形象隱約可見。省了筆墨，卻又寫了人，也是本詞的一個高明之處。

其　二

鈿匣菱花❶錦帶垂，靜臨蘭檻卸頭❷時。約鬟低珥❸算歸期。　茂苑❹草青湘渚❺闊，夢餘空有漏依依。二年終日損芳菲❻。

【注　釋】❶鈿匣菱花　鏡子放在嵌著珍珠寶石的匣內。唐・楊凌〈明妃怨〉：「匣中縱有菱花鏡，羞對單于照舊顏。」❷卸頭　卸去頭飾。❸約鬟低珥　約束環形的髮髻，掛一低垂的珥璫。❹茂苑　地名。在今江蘇省吳縣太湖北。❺湘渚　湘水中之陸地。❻芳菲　本指青草，這裡指青春年華。

【語　譯】傍晚卸裝動作遲，除下金簪三五枝。鑲金鏡匣垂錦帶，菱花鏡子欄上支。重新梳頭掛耳環，今日應是郎歸期。　郎行茂苑草萋萋，郎在湘水洲上棲。夢醒之後郎不見，空有漏聲長又細。別後二年未見郎，耗費青春為相思。

【賞　析】此詞寫一相思很深的閨婦，在夜晚的惆悵情狀。上片寫閨婦卸妝後隨即又上妝，看起來有點矛盾，其實，這樣的描寫正逼真地表現出閨婦因相思過深而心裡迷亂的精神狀態。「算歸期」肯定是她常做的一件事，她早已算定這一天是郎的歸期，便一早盛妝打扮，倚樓盼望，然而，從早到晚，始終不見郎的歸影。於是，她懷疑自己算錯了，不然郎一定會歸來的。想到此，她開始卸妝，可是，還沒卸完，她又否定了剛才的懷疑，不！沒錯，就是今天。於是，她重新又約鬟墜珥，等待郎歸。一片痴情，可泣鬼神。遠人到底沒有歸來，閨婦思念過深而入夢。不過她所夢的不是兩情依依，雲雨纏綿，而是郎君行旅的苦況，茂苑青草，寂寞連天；湘水浩淼，望之淒然。這樣的夢境無疑會加重她的思念，這思念裡含有替對方深深的擔憂。不要說夢醒後無法入睡，即使在以後很長的日子裡，其夢中郎君的苦況也不能釋然於懷。「二年終日損芳菲」，這是之前的情況，從今之後，其損害的程度會更甚。一個女子，為她的戀人而損害了花容月貌，而拋撇了青春年華，這在中國古代，為數不少。其原因有多種，但社會以男性為中心，該是一個主要的原因。

其　三

粉上依稀❶有淚痕，郡庭❷花落欲黃昏。遠情深恨與誰論。　記得去年寒食日，延秋門外卓金輪❸。日斜人散暗銷魂。

【注　釋】❶依稀　隱約可辨。❷郡庭　郡衙的庭院。張九齡〈臨泛東湖〉：「郡庭日休暇，湖曲邀勝踐。」❸延秋門外卓金輪　意為在延秋門外停車。延秋門，唐皇宮宮門之一。《長安志》：「禁苑中宮庭門凡二十四所，西面二門，南曰延秋門。」杜甫〈哀王孫〉：「長安城頭頭白烏，夜飛延秋門上呼。」卓金輪，指停車。

【語　譯】美麗飄逸如女神，粉臉上面有淚痕。郡衙庭院花正落，黃昏到來關院門。情比高山恨如海，一腔心事與誰論。　記得去年寒食日，風景佳地識玉人。延秋門外人攘攘，英俊少年停車輪。四目相望傳愛意，日斜人散掉了魂。

【賞　析】中國的戲曲與小說表現才子佳人的愛情，往往是一見鍾情式的，在當代人看來，這種「閃電」式的愛情是文人的杜撰，不真實。其實，這種方式有它的生活基礎，還是比較真實的。古代的少女長年累月被鎖閉在深閨裡，其住處三尺童子亦不易到，當懷春之時，一腔愁悶無由排解。當她們按照傳統的規定，在某些節日能出門時，便抓住機會在郊遊時或到寺廟裡還願時結識所中意的男子，於是便發生了才子佳人的愛情。此詞所寫即是這方面的內容。詞的上片寫女子對心上人的憶念。由全詞的內容來看，這一對男女雖然相識於去年的寒食日，然而他們的愛情未能實現，不用說肌膚之親，可能連幾句傾慕的話都沒有說。但他們一見鍾情，相愛了，尤其是女子，可謂全身心的投入。你看她站在郡衙的庭院裡，對落花而流淚，過了很久，粉臉上的淚痕還依稀可辨。可人的郎君啊，你在哪裡？我怎樣才能找到你啊？我有多少心裡的話兒要和你講啊？詞所展現的僅是她一時的相思情狀，但我們由她如此痴情的狀況推斷，她眼中流淚，心中呼喚，決不止一日兩日了，或許自去年的寒食節之後，天天如此。下片是女子的回憶。他們相識於寒食日，地點在延秋門外。女子對此記得清清楚楚，說明她多麼看重對於她有著很大意義的時地。當時遊客熙熙攘攘，他們又是第一次相識，沒有機會也沒有甚麼理由好好談一下，但是，他們都從對方的目光裡看到了傾慕，看到了愛，於是，他們盤桓不去，不時對視。「日斜人散暗銷魂」，寫分別時的凄傷。日薄西山，遊人散盡，他們再無盤桓不去的理由，可是他們多麼不想離開啊！馬車滾動了，帶著遺憾，也帶著渺茫的希望，消失在香塵之中。

其四

握手河橋柳似金❶，蜂鬚❷輕惹百花心。蕙風❸蘭思寄清琴。意滿便同春水滿，情深還似酒盃深。楚煙湘月❹兩沉沉。

【注釋】❶柳似金　初春柳絲的顏色呈金黃色。白居易〈楊柳枝〉：「一樹春風萬萬枝，嫩如金色軟於絲。」❷蜂鬚　蜜蜂頭部的觸鬚。《埤雅・釋虫》：「蜂蝶醜，皆以鬚嗅。鬚，蓋其鼻也。」杜甫〈徐步〉：「芹泥隨燕嘴，蕊粉上蜂鬚。」❸蕙風　和煦的春風。謝朓〈和王中丞聞琴〉：「蕙風入懷抱，聞君此夜琴。」❹楚煙湘月　皆淒然之景物。

【語譯】握手表達別離情，橋旁柳絲色如金。蜜蜂翩翩性輕狂，觸鬚遍採百花心。和煦春風撲面來，依依之情寄琴音。　要問情意有多少？深比春水高比雲。杯杯美酒入肚中，滴滴化作你我情。楚地煙靄使人愁，湘水月冷光不明。

【賞析】此詞似為作者送別友人之作。「握手河橋柳似金」，指出分別的地點是在橋上。握手，不能用現在的握手禮節來看。古人表示敬意多為作揖。握手，非親密的人而不用。李白〈下途歸石門舊居〉：「吳山高，越水清，握手無言傷別情。」柳永〈雨霖鈴〉：「執手相看淚眼，竟無語凝咽。」皆是送別時，為表達深情厚意而握手。「柳似金」以及下面兩句中的蜂繞花舞，蕙風和煦，一方面點明分別的季節，另一方面用此明媚的春光反襯出離別的傷感。春光融融，正應該朋友聚會，交杯換盞，吟詩作對。而各自漂零，豈不辜負了這大好的春光。「蕙風蘭思寄清琴」，化用的是謝朓〈和王中丞聞琴〉「蕙風入懷抱，聞君此夜琴」的詩句，不過其感情色彩恰好相反。意思是說，在這蕙風徐徐的時候，我彈琴抒發我們共有的依依不捨的感情。下片進一步說明他們之間有著深厚的友情，前兩句用春水、酒杯作喻，意滿同春水，情深似酒杯。友情這樣厚的人竟然分別，以後的情況又如何呢？作者用一意象來表述。「楚煙湘月兩沉沉」，一在楚地，一在湘水，煙靄籠罩著楚地，使人感到壓抑、低沉；冷月照著湘水讓人覺得空虛、無聊。

各自牢落無偶，音信不通。末句在全詞中最值得玩賞，它以極簡練的語句表達了豐富的並可作不同理解的內容，可稱妙句。

其五

簾下三間出寺牆❶，滿街垂柳綠陰長。嫩紅輕翠❷間濃妝。　瞥地見時猶可可❸，卻❹來閒處暗思量。如今情事❺隔仙鄉。

【注釋】❶寺牆　這裡指道庵。❷嫩紅輕翠　淺紅淡綠。❸可可　這裡指一般，不太引人注目。❹卻　然而。周賀〈留別南徐故人〉：「未斷卻來約，且伸臨去情。」❺情事　情愛之事。

【語譯】畫簾下面三間房，凸出道庵過寺牆。大街小巷垂楊樹，枝葉繁茂綠蔭長。穿紅著綠小女子，珠翠滿頭化濃妝。　初見之時很平常，普普通通不見強。空閒之時回想起，覺得品貌為優良。如今遺憾沒有用，可愛女子在仙鄉。

【賞析】此詞寫詞人生活中的一段飄忽而至、然又沒有實現的感情。大概是在詞人浪遊的時候，一個綠柳成蔭的暮春時節，在一所道庵旁邊的酒店或者民舍中，他看到了一位穿紅著綠，化著濃妝的女子。初見之時，覺得她只是一個平平常常的女子，雖然她目含秋水，表現出對自己有情的樣子，然當時並不在意。但是，過後回想起，越想越覺得女子可愛，風姿秀雅，更難得多情。然而，時過境遷，他已經離開了那個地方，即使回到那個地方，也不一定再見到她。她之於詞人，如同天上之仙女對紅塵之凡人，情愛之事再無實現之可能。此詞除了表現作者悵然若失的感情之外，沒有甚麼其它意義。

其六

江館❶清秋攬客船，故人相送夜開筵。麝煙蘭燄簇花鈿❷。
正是斷魂迷楚雨，不堪離恨咽湘絃❸。月高霜白水連天。

【注　釋】❶江館　臨江之館，一般為水行之人休息之處。杜荀鶴〈江下初秋寓泊〉：「江館愁人好斷魂。」❷簇花鈿　指盛妝婦女簇聚。❸不堪離恨咽湘絃　此處用湘靈鼓瑟事以喻離愁。傳說湘水之神鼓瑟以抒發哀怨之情。屈原〈遠遊〉：「使湘靈鼓瑟兮，令海若舞馮夷。」

【語　譯】天高雲淡清秋天，客船繫於江館前。友人送我到江邊，夜晚船中設酒筵。蘭麝熏煙香霧濃，美人環繞搖花鈿。此時楚地籠雨煙，景色悲涼人淒傷。琵琶女子知我心，一腔離恨流琴絃。船內船外無人聲，月高霜白水天連。

【賞　析】此詞寫友人送己之別情，與白居易〈琵琶行〉在環境和主客之心境描寫上相彷彿。上片寫友人送己之時間、地點與方式。清秋之夜，月色融融。江館之旁，繫著待發之船；客艙之內，正開餞別之宴。蘭麝熏煙，香霧繚繞，花鈿珠翠，美人簇聚。然而，良辰美景，並不能沖淡離別之愁；佳餚玉液，激發不了主客的歡樂之情。想到舟行千里煙波，連天煙雨，不禁淒然傷神。就在這時，侑酒的歌女彈撥起絲絃，一股濃濃的離情別恨在歌女的手指上流淌，主客聽後，默默無語，各自都黯然銷魂。「月高霜白水連天」，既是景語，又是情語，它用淒苦的意象傳導席上之人的心情。孤月高懸，嚴霜冰冷，煙水茫茫，這些景象所表現出的孤寂、淒冷、前途渺茫的精神正是人的內心的寫照。古人追求詩歌的含蓄意境，此句就是這類意境的典型表現吧。

其七

傾國傾城❶恨有餘，幾多紅淚泣姑蘇❷。倚風凝睇❸雪肌膚。
吳主❹山河空落日，越

王❺宮殿半平蕪。藕花菱蔓滿重湖❻。

【注釋】❶傾國傾城　謂女子絕美，一城一國之人都為之傾倒。❷姑蘇　《太平寰宇記》卷九一：「隋平陳，改吳州為蘇州，蓋因州西有姑蘇山，以為名。」又《吳越春秋》卷二：「越進西施於吳，請退師。吳得之，築姑蘇臺，遊宴其上。」❸倚風凝睇　臨風注視。❹吳主　吳王夫差。❺越王　越王名句踐。❻重湖　深湖。

【語譯】女子西施越名姝，胸中愁多難以抒。哭到淚盡流紅血，眷戀回頭望姑蘇。臨風玉樹美妖嬈，雪白肌膚胸如酥。　夫差國亡如日落，昔時宮殿無尋處。句踐舊跡雖仍在，高樓倒塌長滿樹。滄海桑田變化多，藕花菱角蓋皇都。

【賞析】此詞為即題寫事，寫西施這一浣紗女的命運。民間關於西施的傳說很多，有的說她本和范蠡相愛，後被迫進入吳宮；又有的說她主動入吳，為了國家的利益，以色惑主，致使吳國滅亡等等。不管怎麼說，平心而論，越國用她的美色作為對敵的工具，對於她個人來說，是一個極大的悲劇。越國最終勝利了，然而，犧牲了她的青春、美貌與婚姻，即使她未被越國的王后殺害，與范蠡泛舟五湖，也會在心中留下難以平復的重創。此詞的作者正是站在同情西施這一角度來寫她的不幸的命運的。「傾國傾城」不是僅僅寫她的美貌，而主要目的是要揭示出西施悲劇命運的原因。而其根本原因就是她太出眾，太美麗。《紅樓夢》中的黛玉作詠西施的詩道：「一代傾城逐浪花，吳宮空自憶兒家。效顰莫笑東村女，頭白溪邊尚浣紗」，此詩就指出了這一點。「泣姑蘇」與「凝睇」，內涵豐富。在吳國滅亡之時，西施離開了吳宮。然而，從情感上說，她是依依不捨的。吳王畢竟寵愛過她，給了她歡樂，吳宮則是她遊宴棲息的樂園。她，一個山村的女子，我們又怎能要求她從政治上考慮越勝吳亡的意義呢？她只知道昔日的歡樂不會再有了，未來的日子多半是苦難的。所以，她泣，她眷戀回顧。詞的下片雖然只講歷史的變遷，說政治舞臺上爭來奪去，你來我往，到頭來，都是繁華消逝，空留遺跡。但是，其字句的裡面隱藏著這樣一層意思：吳越相爭，勝敗交替，然而，它們在歷史的長河中只是一朵小小的浪花而已，倒是西施，芳名永存，生命不息，人們讚賞她的美麗，同情她的命運，伴隨著一代又一代的人而「生活」。西施是不幸的，但又是幸運的。作者想到此，心裡得到了些許的慰藉。

其八

越女淘金春水上，步搖❶雲鬟珮鳴璫❷。渚風❸江草又清香。不為遠山凝翠黛❹，只應含恨向斜陽。碧桃花謝❺憶劉郎。

【注　釋】❶步搖　婦女首飾的一種。《釋名・釋首飾》：「步搖，上有垂珠，步則搖動也。」初行於貴族婦女，後也行於民間，《玉臺新詠》卷二，晉・傅玄〈豔歌行〉：「頭安金步搖，耳繫明月璫。」❷鳴璫　玉珮聲。❸渚風　穿過水中陸地的風。唐・丘齊雲〈王伯固邀遊赤壁〉：「渚風吹水立，山月入窗懸。」❹凝翠黛　皺眉。❺碧桃花謝　此句化用王渙〈惆悵詩〉「晨肇重來路已迷，碧桃花謝武陵溪」句。

【語　譯】春水蕩漾河流長，越地女子淘金忙。髮上步搖隨風動，腰裡玉珮叮噹響。江中和風徐徐來，挾帶島上草青香。　郎家住在遠山外，迢迢不見情自傷。時間流逝挽不住，一腔怨恨對斜陽。碧桃花落春歸去，銘心刻骨想劉郎。

【賞　析】此詞寫淘金的越女想念意中人事。上片寫越女的容貌與生活之環境。容貌並不是直接描寫，而是用側面描寫的手法來表現。說她步搖飾其雲鬟，纖腰佩其鳴璫。由此即可想見，越女當是風姿秀雅，光彩照人。環境描寫，目的是為了進一步襯托人。春水蕩漾，渚風清涼，江草芳香，這樣幽致美麗的環境，當然會培育出容貌美麗，性情嫻淑的女子來。然而，如此美麗的女子在個人的感情上並不得意。她所中意的郎君不能與她生活在一起，遠山隔斷了他們的聯繫，斜陽帶走了她美好的時光，所以，她雖然淘金勞作，但並不能專心致志，常對遠山皺眉，對斜陽吐恨。桃花凋謝，更引起她的傷感，也更加憶念她心中的戀人。

喜遷鶯 三首

其一

殘蟾❶落，曉鐘鳴，羽化❷覺身輕。乍無春睡有餘酲❸，杏苑❹雪初晴。　紫陌❺長，襟袖冷，不是人間風景。迴看塵土似前生，休羨谷中鶯❻。

【注　釋】❶殘蟾　殘月。❷羽化　修道成仙謂之羽化。韋莊〈和薛先輩見寄初秋寓懷即事之作二十韻〉：「會隨仙羽化，香蟻且同作。」❸餘酲　餘醉。醉而未全醒。韓偓〈寄湖南從事〉：「索寞襟懷酒半醒，無人一為解餘酲。」❹杏苑　杏園。為唐代新進士遊宴之地。❺紫陌　皇城大街。❻谷中鶯　謂鶯未出谷，以喻隱居者。

【語　譯】月亮西邊落，報曉鐘聲鳴。應試得中上朝廷，如同成仙身變輕。杏園舉行探花宴，春睡不足酒未醒。雪後開始晴。皇城大道長又長，早春冷風入袖襟。處處亭榭樓臺，不是人間風景。塵土飛揚天昏暗，昨日生活即如此。看看今日榮耀，不羨隱士冷心。

【賞　析】此詞與以下二闋皆是寫詞人應舉得第時的喜悅心情。月落鐘鳴，天才破曉，但詞人早就睡不著了，今天是新進士上朝叩見帝王的日子，他們焉能不激動？他們覺得自己好像是修道成仙，即將上天的人，感到變輕了，「羽化覺身輕」將其飄飄然的神情生動地摹寫了出來。得中的消息在今日之前就知道了，故而同年朋友早已設宴相賀，「有餘酲」，意為昨日中酒，今早還未醒。此句亦說明詞人心情極為舒暢。「杏苑雪初晴」，杏苑是新進士在皇帝接見之後的賜宴之地。其時其刻，詞人與其他新科的進士一樣，心中漲滿了喜悅，他們經歷了接近九重的榮耀，他們品嘗到了苦讀後的歡樂，他們感覺到了地位在升騰，尊嚴在變得凜然而不可侵犯。此時一切的一切，在他們的眼裡都是美好的，可親的，「雪初晴」三字雖是寫景，但同時也是他們快樂心境的反映。探花宴後，詞人走在寬長的京城大道上，大道兩旁，飛檐重閣，冠蓋輳集，他由衷地感嘆道：「不是人間風景。」驀然回首，看到車輪捲起的塵土，蔽日遮天，混濁昏暗。他不禁想到，以前的未仕生活多麼像這景象啊！而今身著紫衣，坐著轎車，前有護衛，後有隨從，他心中油然生出這樣一種看法，那些與松濤、山溪相伴的隱士，並不懂得生活的意義。

其二

金門❶曉，玉京❷春，駿馬驟輕塵。樺煙深處白衫新❸，認得化龍❹身。　九陌喧，千戶啟，滿袖桂香風細❺。杏園歡宴曲江❻濱，自此占芳辰。

【注釋】❶金門　即金馬門。《三輔黃圖》卷三：「金馬門，臣者署。武帝得大宛馬，以銅鑄像，立於署門，因以為名。東方朔、主父偃、嚴安、徐樂，皆待詔金馬門，即此。」❷玉京　京城。駱賓王〈詠懷古意上裴侍郎〉：「若不犯霜雪，虛擲玉京春。」❸樺煙深處白衫新　喻朝堂上站立著許多新科進士。樺煙，樺燭之煙。白衫，白衣。皮日休〈江南書情二十韻寄秘閣韋校書貽之商洛宋先輩垂文二同年〉：「病久新烏帽，閒多著白衫。」❹化龍　喻登第。❺桂香風細　世以登科為折桂，故說桂香襲袖，而並非此時為桂花飄香的季節。❻曲江　唐・杜荀鶴〈松窗雜記〉：「曲江池，本秦時豐洲。唐開元中，疏鑿為勝境。南即紫雲樓、芙蓉園，西即杏園、慈恩寺。花卉環周，煙水明媚。」

【語譯】清早金馬門，春光滿京城，新科進士騎駿馬，舉鞭疾馳揚灰塵。朝堂昇起樺燭煙，及第舉子白衫人。化龍成大臣。　舉城在歡騰，千家打開門。寒窗苦讀折了桂，滿袖桂香存。杏園宴罷到曲江，樂壞新科進士們。從此之後戴烏紗，月月日日是良辰。

【賞析】此詞繼續寫得第之後的得意生活。京城清曉，春光駘蕩，駿馬玉鞭，急馳揚塵。詞人此時精神興奮，歡悅無比。這不僅是他個人的感受，而是歷代及第士子們的共同感受。自隋朝實行科舉制度到清末科舉的廢止，一代又一代的讀書人為了及第的目標而耗盡了心血，有的苦讀得到了回報，蟾宮折桂，躋入上流社會，但許多人終其一生，也沒取得一星半點的功名，老死茅屋，也有更不幸的是受不了落榜的打擊或中榜的喜悅，精神崩潰，成了廢人。讀書人為甚麼如此熱衷於科舉呢？因為它能給讀書人帶來許多好處。從秀才到進士，分別享有政治、經濟、法律上的種種特權。如一當上秀才，就可免服勞役，不受里胥的侵擾；可與縣官平起平坐而「無笞捶之辱」。更重要的，它是升官發財的階梯。如考上了進士，即可授部屬，任知縣，做秘書郎，真是飛黃騰達，青雲直上。這些對於讀書人，尤其是出身於中下階層的人，真是擋不住的誘惑。而一旦在千軍萬馬過獨木橋後，榜上有名，豈能掩抑得住得意的心情。「認得化龍身」，自認為是龍，即是這種心情外溢的表現。朝廷與平民也給了進士們極大的榮耀。街道喧騰，千門洞開，萬人塞路，人們爭睹進士們的風采，此時遊街的進士們是何等的風光啊！皇帝為表示對新生力量的恩寵，連續賜宴，進士們則沐浴皇恩，舉杯豪飲。他們此時沉浸在快樂之中，忘記了昔日讀書的艱辛，失利的苦惱，只是對未來作美麗的憧憬，自認為，從今之後，日日皆為芳辰。

其三

清明節，雨晴天，得意正當年。馬驕泥軟錦連乾❶，香袖半籠鞭❷。花色融，人競賞，盡是繡鞍朱鞅❸。日斜無計更留連❹，歸路草和煙。

【注釋】❶錦連乾　馬的裝飾物。韓偓〈馬上見〉：「驕馬錦連乾，乘騎是謫仙。」❷香袖半籠鞭　古人袖長，鞭握於手，似有一半在袖中。❸朱鞅　紅色的馬頸革。❹留連　因喜愛而不肯離去。梁元帝〈長歌行〉：「人生行樂爾，何處不留連。」

【語譯】清明三月天，雨後太陽圓。精神煥發遊大街，春風得意正當年。躍馬揚鞭泥土軟，駿馬又飾錦乾連。長袖半籠鞭。花兒真鮮豔，人擁街兩邊。男女老少看進士，繡鞍朱轡在眼前。太陽西斜到黃昏，無計使我再留連。垂鞭回家去，草上罩晚煙。

【賞析】唐代常科考試的時間是每年二月，而朝廷張榜公布錄取名單，一般都在清明節前。從此詞的內容來看，詞人中進士後的遊街之日恰巧就是清明節這一天。此時春光明媚，鳥語花香，曉雨洗塵之後，日光輝照大地。詞人此刻，其心情與貞元十二年中進士的孟郊一樣，「春風得意馬蹄疾」，在這人生最輝煌的時侯，他盡情地享受著命運賜予的歡樂，駿馬寶鞍，玉鞭籠袖，昂首挺胸，走馬看花。唐代科考的內容除了經典與詩賦外，還要加試「身、言、書、判」，其「身」，即看看舉子是否體貌豐偉。因此，及第士子一般都有「官相」，形體較高，五官端正。安排其遊街，也是為了讓國人看看這些未來公卿們的英俊形象。因將俊彥集中「展示」，京城市民也樂得觀賞，「人競賞」，即是指此。而對於及第者說，為了讓人們看到自己的非凡長相，盡最大可能來包裝自己，衣冠新鮮，自不必說，連坐騎也打扮得富麗堂皇。所以市民所看到的，都是「繡鞍朱鞅」。在無數敬仰、羨慕的目光中行走，自然是樂不可支的事。他多麼希望這樣的時光無限延續下去啊，可惜日薄西山，天色將晚，觀看的人逐漸地散去了。「歸路草和煙」，與之前的色彩大不相同，有點感傷，說明作者在熱鬧之後，內心由極度興奮轉向平靜與理智，認識到未來的路如同眼前煙靄籠罩的歸路，並不是燦爛光明的。

小重山 二首

其一

春到長門❶春草青，玉階❷華露滴，月朧明❸。東風吹斷紫簫❹聲。宮漏促，簾外曉啼鶯。

愁極夢難成，紅妝流宿淚，不勝情。手挼❺裙帶遶階行，思君切，羅幌❻暗塵生。

【注釋】❶長門　用漢武帝陳皇后黃金買賦事。長門，陳皇后失寵後所居的宮名。❷玉階　石階。❸月朧明　月色朦朧。

❹紫簫　用紫竹所製作的簫。❺手挼　手揉。馮延巳詞〈謁金門〉（風乍起）：「閒引鴛鴦芳徑裡，手挼紅杏蕊。」❻羅幌　綢羅質地的帷幌。

【語　譯】春到長門草青青，宮中不暖冷如冰。夜深降露水，石階滴聲輕。月亮被雲遮，朦朧光不明。東風傳來紫簫聲，嗚嗚咽咽感人心。宮中漏聲急，宮人不堪聽。窗外曙光起，啼叫是黃鶯。憂愁不能眠，做夢也不行。草草梳洗著紅妝，一直流淚不勝情。揉著裙帶繞階走，一心一意思念君。沒情沒緒身慵懶，羅幌蒙塵不再新。

【賞　析】婦女在古代社會的命運大都是不幸的，不僅是普通婦女常常遭到男子的拋棄，就是貴族女性，貴為王妃，也同樣難免愛弛失寵，置於冷宮的結局。在詩歌史上，班婕妤的〈怨歌行〉是表現這方面內容的代表作，詩云：

新裂齊紈素，鮮潔如霜雪。裁為合歡扇，團團似明月。出入君懷袖，動搖微風發。常恐秋節至，涼飆奪炎熱。棄捐篋笥中，恩情中道絕。

通過扇的意象，把女性的美麗以及受寵到失寵的經歷都表現出來，寫出了女性共有的那種唯恐遭到拋棄的淒然心境。此詞所寫的是一個已經被置於冷宮的女子，但是，她並不安於現狀，承認命運對她的安排，而是渴望重新得到君王的愛撫，以解除寂寞的生活。詞的上片寫她的徹夜難眠，而為何難眠，首句揭示了原因。春機勃發，芳草萋萋，此女子雖被置於冷宮，但從下文的「紅妝」來看，並非年老之人，她仍需要異性的撫愛，需要愛情的慰藉，春的生機使她生命的火焰燃得更旺，處於騷動不安的狀態。而燈冷床涼的長夜自然使她無法入眠。玉階滴露，其聲音極為細微；月色朧明，熟睡之人自難覺察；風斷簫聲，說明宮人曾傾耳聆聽；漏聲急促，拂曉鶯啼，則又說明她徹夜未眠。上片句句寫景，但是又句句寫人，沒有人物而人物自在。下片直接寫宮人的愁緒與相思的痴迷狀態。「夢難成」，既承接上片，又為以下「不勝情」、「思君切」張本。她雖然被打入冷宮，然而對君王的痴情未斷，時刻在等待君王的駕臨，所以，儘管仍在流淌著一夜未乾的淚水，仍然穿著紅妝。「手挼裙帶遶階行」，這一細節的描寫，形象地摹畫了宮人的等待、焦灼而又無可奈何的複雜心情。然而，君王始終沒有來，她的企盼都化作了一個個泡影。她心灰意冷，不再打掃房間，原本一塵不染的羅帷，蒙上了灰塵，失去了應有的光彩。末句「羅幌暗塵生」，暗示了她的結局是悲劇性的。

其二

秋到長門秋草黃，畫樑雙燕去，出宮牆。玉簫無復理霓裳❶。金蟬墜，鸞鏡掩休妝。

憶昔在昭陽❷，舞衣紅綬帶❸，繡鴛鴦。至今猶惹御爐❹香，魂夢斷，愁聽漏更長。

【注釋】❶玉簫無復理霓裳　玉簫不再吹奏〈霓裳羽衣曲〉。霓裳，即〈霓裳羽衣曲〉。《新唐書・玄宗紀》：「〈霓裳羽衣曲〉，本婆羅門曲，傳至西涼，明皇潤飾其詞，而易以美名。」❷昭陽　昭陽殿，漢成帝寵妃趙飛燕的住處。唐・王昌齡〈長信秋詞〉：「玉顏不及寒鴉色，猶帶昭陽日影來。」❸紅綬帶　紅色的繫於腰處的帶子，為裝飾物。❹御爐　皇帝用過的香爐。

【語譯】秋到長門草枯黃，宮中仍不見帝王。燕子雙雙飛，築巢在畫樑。西風勁吹起，依依出宮牆。玉簫不吹高掛起，宮中不再舞霓裳。髮亂金蟬墜，臉黃下巴長。不想再打扮，早把鏡子藏。憶昔在昭陽，日日見我皇。紅地毯上夜夜舞，錦繡簾上浮鴛鴦。舞衣綬帶今猶在，仍然散發御爐香。過去還能夢到君，今日惟聽漏聲長。

【賞析】此詞的內容緊承上闋，寫宮人秋天的愁思。秋天到了，草枯葉黃，一派蕭瑟的天氣！宮人從春等到夏，又從夏等到秋，始終不見君王的到來。畫樑上的燕子，進進出出，總是成雙作對，你看，牠們現在又一起到南方去避冬了。燕子的幸福生活情景，在她的心中激起了波瀾，使她感到自身命運的悲哀，自己居然不如燕子，只能孤獨地過著囚禁的生活。在此心境下，她哪裡還有心思弄絃管，舞〈霓裳〉，扮濃妝？所以，玉簫高懸，霓裳舞歇，蟬簪已墜，鸞鏡掩藏。對照上一闋春思的描寫，就可以發現，宮人的內心發生了變化。春天裡，她還有一絲重新得恩寵的渺茫的希望，而秋天裡，則已徹底地絕望了。可憐的宮人在現在及未來無聊的日子裡，靠著回憶昔日得寵時的生活而消磨時光。她回憶起在昭陽宮的日子，那時，日日歡歌，夜夜狂舞，綬帶飄逸，鴛鴦浮簾，多麼快樂和幸福的生活啊！她想到此，翻出綬帶舞衣，撫摸嗅聞，感到它們仍有皇帝用過的爐香。然而，回憶不能代替現實，只能加重現實的苦惱。往日的生活情景又勾起了她對幸福的幻想，使她死灰般的心又燃燒起欲望，輾轉反側，徹夜難眠，受著相思的煎熬。

離別難 一首

寶馬曉鞴雕鞍❶，羅幃乍別情難。那堪春景媚，送君千萬里。半妝❷珠翠落，露華寒❸。

紅蠟燭，青絲曲❹，偏能鉤引淚欄杆❺。良夜促，香塵綠。魂欲迷❻，檀眉❼半斂愁低。

未別心先咽，欲語情難說。出芳草，路東西。搖袖立，春風急，櫻花楊柳雨淒淒。

【詞牌】離別難 此調又名〈大郎神〉、〈悲切子〉等，有八十七字、一百一十二字兩體。

【注釋】❶寶馬曉鞴雕鞍 謂天亮時備馬。寶馬，良馬。鞴，《雨邨詞話》卷一：「今日呼馬加鞍轡曰鞴馬。」雕鞍，華貴的馬鞍。❷半妝 未梳好妝。《梁史・梁元帝徐妃傳》：「妃以帝眇一目，每知帝將至，必為半面妝以俟，帝見則大怒而出。」李商隱〈南朝〉：「休誇此地分天下，只得徐妃半面妝。」❸露華寒 露水寒。❹青絲曲 別離時所彈奏之曲。❺欄杆 縱橫貌。❻魂欲迷 神情恍惚狀。❼檀眉 婦女眉旁之暈色。《枕譚》：「畫家七十二色有檀色，淺赭所合，婦女眉旁暈色似之。」

【語譯】清晨寶馬加上鞍，別離心裡難。絲羅帷幙紅錦被，春濃人不歡。送君遠去千萬里，擔心君不還。梳妝未完珠翠落，屋外露水寒。一首「青絲」別離曲，蠟燭淚流乾。一對情人難分捨，臉上淚斑斑。 良宵太短促，瞬息人已度。驛道迢迢長，塵土飛揚路。魂像離了身，低頭把眉皺。還未說道別，心碎情轉迫。想說不成句，相看情脈脈。走過芳草地，小路彎彎曲。佳人東頭立，搖袖向西哭。春風帶雨雲重重，櫻花楊柳情憂鬱。

【賞　析】「多情自古傷離別」，從古到今，不知有多少人以離別為題，抒發與戀人、朋友、親人依依惜別或難捨難分的感情。此詞也是一篇描述離情的佳作。詞分上下兩片，結構清晰，上片寫將別，下片為臨別。清晨，露水寒冷，曉風穿戶。離人備好鞍馬，即將遠行。此刻最難受的是紅粉佳人，「別情難」三字，是她心境的最準確的寫照，留，留不住；分，心不甘。她想梳妝，給離人留下一個美好的印象，但妝到一半就沒心思再進行下去了。她彈上一首用於送別的「青絲」曲，然曲子未終已淚流滿面。下片重在寫臨別，「未別心先咽，欲語情難說」，把佳人那一種欲語又語不出的神態細膩而生動地表現了出來，湯顯祖評此句說：「咽心之別愈慘，難說之情轉迫，平生無淚落不灑，別離間應是看好話。」當郎君騎馬走時，佳人佇立路頭，揮動著紅袖。此時的心情如何，詞人沒有直接的描寫，而是用淒然的景色間接地傳導：櫻花在風中飄零，楊柳在雨中搖擺，它們都軟弱無力，一任外界的擺布。此詞共有八十七字，在唐末的詞作中極為罕見，屬於曼聲緩節的長調。它用層層鋪敘、處處渲染的技法，淋漓酣暢地表現難以言說的離情。

相見歡　一首

羅襦繡袂❶香紅，畫堂中。細草平沙蕃馬，小屏風。　卷羅幕，憑妝閣，思無窮❷。暮雨輕煙魂斷，隔簾櫳。

【詞　牌】相見歡　又名〈烏夜啼〉、〈上西樓〉、〈憶真妃〉、〈西樓子〉、〈月上瓜州〉、〈秋夜月〉。宮調不傳，始見《教坊記》。

【注釋】❶羅襦繡袂　繡花的絲羅短襖。❷思無窮　相思無窮盡。

【語譯】絲綢短襖紅彤彤，香氣撲鼻滿室中。畫堂陳設很雅致，青草黃沙奔蕃馬，三尺美景小屏風。捲起綢羅幕，倚靠雕花閣，郎君一去無消息，相思之情無窮盡。黃昏小雨生輕煙，淒涼景色欲斷魂。暮色使人愁，放簾關上門。

【賞析】此詞寫一個貴族女子的相思之情。女子穿的是繡花的絲羅短襖，住的是屏風畫堂，可見她過著養尊處優的生活，然而，物質的富有並不能代替精神的空虛，有時還恰恰相反，沒有中饋的工作，沒有衣食的擔憂，大量的空閒時間使人更加渴求精神上的享受。此女子即是這樣，這樣富有的家庭條件，卻孤身獨居，豈能不使她苦悶？「細草平沙蕃馬」，雖是屏上之畫，但探索一下女主人翁為何要選擇這樣的內容，即可得到兩點意思，一是它透露出這樣的消息，她的丈夫是戍關的戰士，二是透露女子的心境，她在屏風上畫出邊關風光，觸目可見，使自己彷彿和丈夫日日夜夜在一起，這一內容的選擇也可看出她對丈夫的深厚感情。「卷羅幕，憑妝閣」，是要「望」的連續動作，可是她能望到甚麼呢？暮雨瀟瀟，煙靄茫茫，一派讓人傷心的景色。邊關路遙，人在天邊，想到此，她柔腸寸斷，魂如離身。她受不了淒風苦雨，受不了暮靄沉沉，進了屋裡，放下畫簾，關上房門。可是她的那顆心能因此而平靜下來嗎？不，不可能。

醉公子　一首

慢綰青絲髮❶，光砑❷吳綾襪。床上小熏籠❸，韶州新退紅❹。　叵耐❺無端處，捻得從頭污。惱得眼慵開❻，問人閒事來。

【詞牌】醉公子　此調又名〈四換頭〉。始見《教坊記》。有四十字，一百零六字兩體。

【注釋】❶慢綰青絲髮　隨意束起烏黑的頭髮。❷光砑　即砑光，以石磨絲織之物使其發光。❸熏籠　《藝文類聚》卷七〇引《東宮舊事》：「太子納妃，有漆畫手巾熏籠二十七，大被熏籠三，衣熏籠三。」❹韶州新退紅　韶州，今之廣東省曲江縣，地產紅色顏料韶石，稱之為韶紅。即所謂「退紅」，其色為粉紅色。❺叵耐　亦作叵奈，無奈的意思。❻慵開　懶開。

【語譯】公子醉臥榻，隨意束青髮。穿著很華貴，磨光吳綾襪。床上小熏籠，香味大散發。玲瓏好顏色，粉紅色不雜。　不知何緣故，熏籠用手抹。整個髒兮兮，斑斑不可擦。公子好惱怒，眼睛懶得開。與人說閒話，雜七又雜八。

【賞析】此詞語淡意淺，是薛詞中的下乘之作。描寫了一個公子哥兒，酒醉之後的狀態。上片先寫他的富貴生活，他穿的是石磨光的吳綾襪，睡的是熏籠置放的床。下片則寫他的醉態，他無端將熏籠弄髒，醉眼朦朧，神志不清，盡與人說些無聊的事。此詞純粹是寫給伎女侑酒時歌唱的，描述公子哥兒的生活，以博得席上追歡買笑的男人們一笑。好在詞的創作沒有沿著這條路走下去，否則，絕對不會在宋代成為代表性的文學形式。任何文學作品，要想博得人們的喜愛，最起碼要做到反映人們共有的或肯定的美好感情。不然，蒼白無力，無法卒讀。

女冠子 二首

其一

求仙去也，翠鈿金篦❶盡捨。入崖巒❷，霧捲黃羅帔❸，雲雕白玉冠❹。　野煙溪洞冷，林月石橋寒。靜夜松風❺下，禮天壇❻。

【注釋】❶翠鈿金篦　均是首飾。篦，本為梳頭之用，後作為裝飾品。❷崖巒　山巒。❸黃羅帔　黃色絲羅披肩，為女道士所服。❹白玉冠　女道士所戴的冠帽。❺松風　松林之風。❻天壇　祭天的地方。李白〈寄王屋山人孟大融〉：「願隨夫子天壇上，閒與仙人掃落花。」

【語　譯】一心求仙去，入觀誓不還。翠鈿金篦好首飾，拋入山崖與深潭。霧濃風又大，捲起黃披肩。頭戴白玉冠，登山把景看。　野地煙霧濃，溪水入洞寒。林中月光照，石橋白玉欄。靜夜站松下，神清心不煩。虔誠合雙手，禮拜在天壇。

【賞　析】此詞寫一女子斬斷塵緣，捨身入道事。世上之人，出家不外乎這三種情況：一是厭煩塵世，遠避人寰，自願到宗教的環境裡修養心性。最終達到超凡脫俗以成仙的目的。二是從小因家貧或身體羸弱而被家長送入寺觀。三是精神受到打擊，覺得人生無聊，於是決定到煙嵐松溪處度過未來的生活。此女子的出家，詞中沒有詳說，但決非第二種情況所致。「求仙去也」，一聲呼叫，拔下貴重首飾拋入崖下。「求」表明她的主動性，積極性，由此可見，她出家並非逃避現實生活，而是為了追求更高的人生境界，想由人而蛻變成仙。帶著這種心境出家，是快樂的，無割捨不掉塵世的苦惱，故而，她努力美化自己的生活，黃羅披肩，白玉雲冠，在形貌上，已儼然一神仙了。既然想成仙，就要生活在有可能成仙的環境裡，於是，她選擇野煙籠罩，溪水淙淙，林中月照，石橋夜寒，洞穴幽深，常人不至之處，受日月之精，飲風露之華。然而，光從衣著與住處上努力，還不能達到羽化昇天的目的，必須有天之助，有仙人的提攜，方能成仙，於是，靜夜之中，松柏之下，在清風明月的陪伴下，拜祭天神。學道求仙，古往今來，作此事者層出不窮，然成仙得道者，未有聞也。人在世上，勤勞工作，無飢寒之虞；修養品性，不作暗室虧心之事，即有神仙之樂，又何必求仙哉？

其　二

雲羅霧縠❶，新授明威法籙❷。降真函，髻綰青絲髮❸，冠抽碧玉篸。　往來雲過五，去住島經三❹。正遇劉郎❺使，啟瑤緘❻。

【注　釋】❶雲羅霧縠　絲羅織物。隋・辛德源〈東飛伯勞歌〉：「雲羅霧縠蓮花帶。」❷新授明威法籙　新傳振神明之威的道教儀式之秘籍。❸髻綰青絲髮　意思是束髮為髻。❹雲過五島經三　為過五雲、經三島之倒裝。五雲，為五色之雲。三島，大約指蓬萊、方丈、瀛洲。❺劉郎　即上天台山採藥遇仙女之劉晨。❻啟瑤緘　打開使者所投之書信。白居易〈送蕭煉師步虛詩十首卷後二絕繼之〉：「花紙瑤緘松墨字，把將天上共誰開？」

【語　譯】身穿絲羅衣，輕盈如雲霧。新來傳授秘法籙，振起神明威風來。束起青絲髮，綰成一髮髻。戴起雲霞帽，抽去碧玉簪。　往時乘雲走，來時駕霧行。所去非蓬萊，即是方丈與瀛洲。劉晨信使途中遇，拆信閱知仙姬事。

【賞　析】此詞緊承上闋，寫女道士的求仙生活與得道之後的行蹤。「雲羅霧縠」，用衣著來暗示她即將成仙。羅縠為絲織物，質地輕柔，穿上之後，有雲飄霧行之感。女道士著此衣，從外形上看，有飄然欲仙之儀。由於禮拜天神，刻苦求仙，終於得到天神傳授明威法籙。得道之後，她乘雲駕霧，來去自由。五雲，既可解為仙子之住處，《雲笈七籤》云：「元洲有絕空之宮，在五雲中。」又白居易〈長恨歌〉：「樓閣玲瓏五雲起，其中綽約多仙子。」亦可理解為女道士所乘的五彩之雲。她訪蓬萊，遊方丈，到瀛洲，心之所嚮，身之所至，進入了一個無拘無束的境界，這也許就是女道士求仙的目的。末二句「正遇劉郎使，啟瑤緘」，說明女道士已列入仙班，和劉阮所遇之仙姬有了往來。古代文人常在詩詞中表示了對成仙得道事的羨慕，換句話說，這也是對自由王國的嚮往。在專制時代，人的自由受到極大的限制，人的尊嚴也常常受到無情地踐踏。所以，具有自我意識的文人對自由的要求特別地熱切，然而，由於他們性格的軟弱，不敢在行動上表現出來，只能借助於對羽化升仙之事的羨慕而得以流露。

謁金門　一首

春滿院，疊損羅衣金線❶。睡覺水晶簾❷未捲，簷前雙語燕。　斜掩金鋪❸一扇，滿地落花千片。早是❹相思腸欲斷，忍交❺頻夢見。

【注　釋】❶疊損羅衣金線　因輾轉反側，將用金線繡的羅衣折皺。《花草粹編》卷三，劉叔似〈菩薩蠻〉：「疊損縷金衣，是他渾不知。」❷水晶簾　一種用石英製成的透明的門簾。❸金鋪　《文選》司馬相如〈長門賦〉：「擠玉戶人撼金鋪兮，聲噌吰而似。」五臣注云：「金鋪，扉上有金花，花中作鈕鐶以貫鎖，故撼搖有聲，似鐘音也。」❹早是　已是。❺交　通「教」。

【語　譯】春風撲面，春光滿院。春情騷動睡不著，弄皺羅衣金繡線。白日困慵上床睡，透明水晶簾未捲。嘰嘰喳喳談得歡，那是簷前兩隻燕。　掩起金花門一扇，發出鐘聲響徹天。室外東風勁吹，滿地落花千片。相思痛苦欲斷腸，怎忍教夢中頻頻見？

【賞　析】此詞寫閨婦的相思之苦，從晝寢寫起，到頻夢作結，備極宛轉淒傷。春風撲面，春光滿院，這本是戀人攜手出遊，盡情歡樂的大好時光，然而，詞中的這一對戀人卻各處一方。作品僅寫了女子，她孤單寂寞，心慵意懶，白天也打不起精神，躲在閨房裡睡覺。但是她沒有解衣上床，而是和衣而臥，她並不是疲倦，而是心慵，一邊躺在床上，一邊仍思念著遠方的人兒，故而，輾轉反側，將身上用金線繡的羅衣弄得皺皺巴巴。此時檐前雙燕親熱地呢喃，她下意識地生出一種嫉妒之情，便下床掩起金花之門。就在她掩門之時，她看到了滿地落花，紅白一片。春光雖好，但難以長久，這種景象無疑給了她一種強烈的暗示，於是，相思便到了柔腸寸斷的地步。所思必然會有所夢，許多閨婦在遠人長久不歸的情況下，渴望在夢中相見，聊以補償相思之苦。但是，這位閨婦卻是另一種心態，她怕夢見，尤怕頻頻的夢見。因為夢中纏綿，夢後冷落，形成一種強烈的對比，她的精神無法承受得住這樣冷冷熱熱的變化。此詞用語頗為講究，如「雙語」隱襯人的孤單，「千片」暗示青春即將逝去。含蓄蘊藉，耐人尋味。又「早是」與「忍交」呼應，輾轉愈深；「夢見」上應「睡覺」，融成一體。

牛嶠 五首

字松卿，一字延峰，隴西（今甘肅東南方）人。生卒年均不詳，約唐昭宗大順初前後在世。唐宰相牛僧孺之後。僖宗乾符五年（八七八年）登進士第。歷官拾遺補闕、校書郎。王建鎮蜀，辟為判官。稱帝後，拜給事中。《花間集》載其詞三十二闋。

柳枝 五首

其一

解凍風❶來末上青，解垂羅袖拜卿卿❷。無端裊娜臨官路❸，舞送行人過一生。

【注釋】❶解凍風　溫暖的東風。《禮記・月令》：「孟春之月，東風解凍，蟄蟲始振。」❷解垂羅袖拜卿卿　柳枝低垂搖擺，似如婦人斂袖拜人。卿卿，對所愛之人的暱稱。《世說新語・惑解》：「王安豐婦常卿安豐。安豐曰：『婦人卿婿，於禮為不敬，後勿復爾。』婦曰：『親卿愛卿，是以卿卿；我不卿卿，誰當卿卿？』遂恆聽之。」❸官路　驛道。司空圖〈移桃栽〉：「獨臨官路易傷摧，從遺春風姿意開。」

【語譯】東風送暖融化冰，楊柳枝條色轉青。斂袖彎腰拜行人，老少俊醜皆卿卿。裊裊娜娜立道旁，儀態萬千討歡心。繁姿曼舞過一生，過往遊子皆郎君。

【賞　析】此詞即題寫柳，然而，又以柳寫人，寫歡場生活中的風塵女子。詞的前兩句寫柳的特性，春回大地，柳樹首先感應到春的溫暖，從蟄眠中甦醒過來，凍僵而變灰的身體轉為青綠色。春風駘蕩之時，它變得生動而活潑，對著過往行人親切地斂袖相拜。這雖然是寫楊柳的特性，然而，讀者會很自然地想到那些美麗、溫柔、儀態萬千的風塵女子們，她們畫山眉，貼額黃，梳雲髻，著紅妝，宛若仙子下凡。漂泊困頓的旅人乍見到真如寒冬中吹來的春風，給他們晦暗的生活增添了許多亮色。她們不就是報春的風情萬種的楊柳麼？詞人是位有良心的文人，而不是獵艷的公子哥兒，他能夠從她們歡樂的外表透視到她們內心的痛苦，「無端」可理解為「沒來由」，裊娜起舞，本應是內心快樂的形體表現，可是她們臨官路「裊娜」是「無端」的，非情感驅動使之然，而且，不是一刻、一時、一日、一年，而是「舞送行人過一生」，這種生活該是多麼的屈辱和多麼的痛苦啊！此詞的構思極具匠心，全篇無一字不關涉柳，然又無一字是柳字；全篇無一字不在寫人，卻更無一字為「人」。通過擬人化的手法，使物與人緊密地融合在一起。

其　二

吳王宮❶裡色偏深，一簇纖條萬縷金。不憤錢塘蘇小小❷，引郎松下結同心。

【注　釋】❶吳王宮　吳王夫差的王宮。❷不憤錢塘蘇小小　不怨錢塘的蘇小小。蘇小小，《樂府詩集》卷八五引《樂府廣題》：「蘇小小，錢塘名倡也，蓋南齊時人。」

【語　譯】吳王宮裡柳青青，空有宮殿不見君。一簇柳枝千萬縷，初春之時色如金。錢塘名伎蘇小小，與郎松下結同心。不怨小小不愛我，西施愛我卻不幸。

【賞　析】此詞以柳的眼光來看人事的變化，抒發對世運交替的無可奈何的情緒。吳王夫差建築宮殿時種植了許多的柳樹，而今柳色青青，特別引人注目，詩人杜牧在〈悲吳王城〉中說「吳王宮殿柳含翠」。皇甫松的詞作〈楊柳枝〉

也描寫了吳王宮殿的柳絲。初春裡的它們的確是很美的，「一簇纖條萬縷金」，遠看，柳煙青鬱；近觀，金絲飄拂。可是，當年不可一世的夫差呢？那強盛的到處征伐的吳國呢？這種物存人亡、世事變故的感傷雖然沒有寫出來，然而隱含在字裡行間中，讀者完全可以感受得到。下兩句的敘述角度已經直接轉到柳的自身了。它不怨錢塘蘇小小，「引郎松下結同心」。蘇小小事由古詩〈蘇小小歌〉而來，其歌云：「何處結同心，西陵松柏下。」牛詞的意思是柳樹不怨怪蘇小小不在柳下結同心，而是在松下結同心。這裡面含有潛臺詞，即何以不怨，筆者語譯中添了兩句，即是未說出的含意。意為，昔日西施與吳王在我柳樹之下，常發誓恩愛，永結百年之好，然最終卻是夫妻分離，國破人亡。此句語雖平常，但是讀來卻使人十分悲惋。

其三

橋北橋南千萬條，恨伊張緒❶不相饒。金羈白馬❷臨風望，認得楊家靜婉腰❸。

【注釋】❶張緒　南齊吳郡人，齊武帝時官至國之祭酒。《南史・張緒傳》：「劉悛之為益州，獻蜀柳數株，枝條甚長，狀若絲縷。時舊宮芳林苑始成，武帝以植於太昌靈和殿前，常賞玩咨嗟，曰：『此楊柳風流可愛，似張緒當年時。』」唐彥謙〈賀李昌時禁苑新令〉：「不知新到靈和殿，張緒如何柳一枝。」❷金羈白馬　套上華麗的馬絡頭的白馬。❸楊家靜婉腰　應作羊家淨婉腰。《南史・羊侃傳》：「舞人張淨婉腰圍一尺六寸，時人咸推能掌上舞。」溫庭筠〈題柳〉：「香隨淨婉歌塵起，影伴嬌嬈舞袖垂。」

【語譯】連接南北有座橋，橋畔有柳千萬條。風流裊娜惹人愛，仍比張緒差很多。華麗絡頭白駿馬，馬上少年向柳瞧。舉袖扭身頻頻舞，分明楊家美女腰。

【賞析】此詞雖有比擬，但為寫柳而寫柳，沒有甚麼深文大意。先用張緒的故事來比喻柳的風流可愛。後又用楊家舞女的舞姿來說明柳條柔若舞腰。自然界中的柳確實是非常可愛的。春天來了，柳樹芽在如細絲、如牛毛的煙雨滋潤下，漸漸地抖開了金絲，好像在向人們點頭微笑。當春姑娘的裙裾掠過柳梢，小溪帶著薄冰緩緩流去，暗青色的柳條便抖下殘存的冰珠，在和煦的春風中蕩起鞦韆。不幾天，柳條便鼓起許多米粒大的鵝黃色的嫩芽，接著便綻出點點新綠。夏日，丈餘長的柳枝，千條萬條地垂掛下來，宛如一層綠茵茵的簾子，將夏日的陽光篩漏得斑斑點點。微風輕輕一拂，這絲絲柔韌的綠柳條，飛揚起來，飄逸動人。牛詞雖讚美了柳枝，但用吊書袋的手法來寫柳，未能將柳的生動氣韻描摹出來。

其四

狂雪❶隨風撲馬飛，惹煙❷無力被春欺。莫交移入靈和殿❸，宮女三千又妒伊❹。

【注釋】❶狂雪　指似雪飛舞的柳絮。❷惹煙　擬人的手法，柳樹泛青，遠望如煙。❸靈和殿　即前闋注❶所述的南齊武帝植柳事。❹伊　指楊柳。

【語譯】柳絮如雪情依依，沾到馬上壯士衣。柳樹泛青惹青煙，柔弱無力被春欺。不要移入靈和殿，習慣悠然在郊野。宮中美女三千人，偷眼望後全妒伊。

【賞析】此詞寫柳的輕浮、柳的軟弱、柳的美麗與柳的不幸的命運。柳的輕浮是由柳絮來表現的，狂雪隨風，指柳絮隨風飛舞。杜甫〈絕句漫興九首〉云：「顛狂柳絮隨風舞。」這「顛狂」可作「狂雪」的理解，自然界中的柳絮也確實是這樣。清明時節，柳絮從枝上飄下，似雪比雪輕盈，如羽絨比羽絨放縱；時而飄蕩欲墜，時而旋轉飛升，有時，還去追逐流水落英。柳又是柔弱的，東風裡，煙雨中，它被搖來晃去，任受水淋。它沒有梅花的傲骨，在初春的飛雪中綻放；它也沒有松柏的剛勁，風吹雨打而決不低頭。它永遠彎著腰，低著頭，受風雨的擺布。它有美麗的容貌，然而，這也正是它悲劇之所在。帝王愛色，將它移入宮中，它並不想奪寵專寵，卻遭到三千宮女的嫉妒。生活在一個人人側目而視的環境裡，該是多麼的痛苦啊！真可謂如坐針氈，如立劍叢，其最終結局就可想而知了。其詞雖然寫的是柳，卻又實實在在地寫了一個人，一個有缺點的不幸的普通女子。

其五

裊翠籠煙拂暖波❶，舞裙新染麴塵羅❷。章華臺❸畔隋堤上，傍得春風爾許❹多。

【注　釋】❶暖波　春水。❷麴塵羅　深黃色的絲綢舞衣。《四聲寶蕊》：「桑蕾淺黃色，麴塵深黃色，或以指衣，或以指柳。」❸章華臺　臺名。在今湖北省潛江縣西南。《左傳》昭公七年：「楚子成章華之臺，願與諸侯落之。」杜預注：「臺今在華容城內。」《水經・沔水注》：「臺高十丈，基廣十五丈。」唐・李白《司馬將軍歌》詩有：「狂風吹古月，竊弄章華臺」句。❹爾許　猶言如許。

【語　譯】青翠柳枝萬千多，輕輕拂掠春水波。舞裙飄飄綢羅薄，深黃顏色直閃爍。章華臺畔青青色，隋堤上面鶯啼柳。舒展身體借春風，借得春風長許多。

【賞　析】這闋詞純是寫柳，詞意膚淺。春風送暖，柳枝生翠，河畔堤旁，搖漾如線。它們輕拂著水面，劃下一道淺淺的波紋，又迅速地飄向空中，看著水波向兩邊蕩漾。它頑皮而生動，樂到極處，跳起婀娜多姿的舞蹈。它的舞裙是深黃色的，在陽光下閃閃發光，具有一種美的誘惑力。章華臺畔與隋堤上的柳樹，經過一個冬天後，在春風的撫育下，枝繁葉茂，比過去更青更翠。如果一定要說出此詞的詞旨的話，大概就是敘寫其樂觀的性格與旺盛的生命力吧。不過，它顯然與前幾首詞中柳的看法不甚一致。自古到今，詠柳的文人很多，然因時代與個人學養的不同，借柳而表現的思想感情也不同。如清人常州詞人張惠言在〈木蘭花慢〉詞中借柳絮詠懷，抒發自己不為社會理解，尋不到知音的淒然情感。近人豐子愷在其散文詩〈柳〉中，說柳枝常常低下頭，去親吻生長它的根部，表現了作者熱愛祖國、熱愛家鄉的感情。

卷四

牛嶠 二十七首

女冠子 四首

其一

綠雲高髻❶，點翠勻紅時世❷。月如眉❸，淺笑含雙靨❹，低聲唱小詞。 眼看唯恐化❺，魂蕩❻欲相隨。玉趾❼迴嬌步，約佳期。

【注釋】❶綠雲高髻　烏黑的頭髮，高高的髮髻。綠雲，頭髮濃黑如雲。元稹〈劉阮妻〉：「芙蓉脂肉綠雲鬟。」❷點翠勻紅時世　謂化妝打扮很入時。白居易〈上陽白髮人〉：「小頭鞋履窄衣裳，青黛點眉眉細長。外人不見見應笑，天寶末年時世妝。」❸月如眉　為眉如月的倒裝，即眉彎如月的意思。❹淺笑含雙靨　微笑時兩頰上露出酒窩兒。❺唯恐化　唯恐羽化升仙去。❻魂蕩　精神迷狂。❼玉趾　足的美稱。《左傳》僖公二十六年：「聞君親舉玉趾，將辱於敝邑。」

【語譯】黑髮高髻美容姿，描眉搽臉妝入時。眉如彎彎月，微笑露酒窩。出家好快樂，低聲唱小詞。 奪人魂魄美仙姬，唯恐升仙失去伊。神昏意迷傾心愛，心兒跟隨怕相思。女冠停步回轉身，情意綿綿約佳期。

【賞　析】此詞寫一男子與女冠之間的愛情。唐代女冠中的許多人並非是真心為了修煉而脫離紅塵，她們入道觀出於多方面的原因。而事實上，道觀並未成為愛情的藩籬，恰恰相反，倒為青年男女之接觸提供了一個能被社會認可的公開環境。由於這些方面的原因，道觀不再是清淨之地，發生了許多風流韻事。此女冠的裝扮表現出她身在道觀，心卻留在紅塵。她挽起高高的髮髻，畫成如彎彎月亮的眉毛，描墨塗紅，美目流轉，顧盼生輝。她怕這樣還不夠吸引人，又低聲吟唱起抒情小調。這樣的女冠，自然不會給人莊嚴之感，而是比一般的女子更具有世俗的誘惑力。此一男子，或許就是詞人自己，完全被女冠吸引住了，因其美得高貴，穿著又是道服，男子眼中的女冠是位超凡脫俗的美人，似乎在剎那間就會羽化升天。他是如此傾心，以至於他擔心起她真的升天而去。他愛她已到了魂不守舍的地步，目光與心都一起跟著她在轉。女冠最終接受了他的這份愛，停玉趾，回轉身，約佳期。詞人雖然僅描述了形體上的愛，但誰又能說這種愛不銷魂蕩魄，銘心刻骨呢？

其　二

錦江❶煙水，卓女燒春濃美❷。小檀霞❸，繡帶芙蓉帳❹，金釵芍藥花❺。額黃❻侵膩髮，臂釧❼透紅紗。柳暗鶯啼處，認郎家。

【注　釋】❶錦江　岷江支流，流經成都城。《華陽國志·蜀志》：「錦江織錦濯其中則鮮明，濯他江則不好，故命曰錦里也。」❷卓女燒春濃美　卓文君所賣的燒春酒既濃又香。李肇《唐國史補》下：「酒則有郢州之富水，劍南之燒春。」❸小檀霞　指酒的顏色如檀色。❹芙蓉帳　帳名。白居易〈長恨歌〉：「雲鬢花鈿金步搖，芙蓉帳暖度春宵。」又〈成都縣志〉：「孟後主於成都城上偏種芙蓉，每至秋，四十里如錦繡，高下相照；以花染繒為帳，名芙蓉帳。」❺芍藥花　植物名。花大而美，名色繁多，供觀賞，根入藥。《詩·鄭風·溱洧》：「維士與女，伊其相謔，贈之以勺藥。」❻額黃　在額上塗黃色。❼臂釧　即鐲子。

【語　譯】錦江水波拍岸沙，錦城處處有酒家。美女賣「燒春」，檀色香味佳。一頂芙蓉帳，兩邊垂繡帶。金釵頭上插，郎贈芍藥花。額頭黃色染柔髮，手鐲閃閃透紅紗。柳樹叢中鶯鶯啼，啼處就是郎的家。

【賞　析】此詞的內容與詞牌名沒有關連，寫一個賣酒女郎的愛情。錦江之上，煙波浩淼，在陽光的反照下，片片波浪，粼光閃閃。而在江畔的錦城中，酒香飄溢。酒家很多，然祇有一家美女當爐，所賣的燒春酒，又濃又醇。酒呈檀色，又似紅霞色，十分的誘人。詞中的「卓女」並不是專指文君，而是代指一當爐的美女。該女正在熱戀之中，她和情郎感情甚篤。月光之下，贈送芍藥；芙蓉帳裡，歡度春宵。下片的內容有些迷離，大概是有較長一段時間，她沒看到情郎了。於是精心打扮，額上塗花黃，膏沐烏黑髮，臂帶金手鐲，身著紅紗衣。在密密的柳樹林裡，鶯聲嬌婉，她循著鶯聲，找到了情郎的家。將賣酒女郎的戀情，置於她所在的那個時代來認識，你就會由衷地欽佩她的直率與大膽。

其　三

星冠霞帔❶，住在蘂珠宮❷裡。佩丁當❸，明翠搖蟬翼，纖珪❹理宿妝。　醮壇❺春草綠，藥院❻杏花香。青鳥❼傳心事，寄劉郎❽。

【注　釋】❶星冠霞帔　女道士所穿戴之衣冠。星冠，綴有珠寶的冠。霞帔，霞彩披風。《通俗編・服飾》引《唐書・司馬承禎傳》：「睿宗起問道術，錫霞文帔以還，公卿賦詩送之。劉禹錫有『霞帔仙官到赤城』句。按：《太極金書》謂元始天帝被珠繡霞帔，故此衣為道家所至貴重。」❷蘂珠宮　一稱蘂宮，為道教中的天宮之一，此指女冠所居住的地方。李白〈訪道安陵遇蓋寰為余造真籙臨別留贈〉：「學道北海仙，傳書蘂珠宮。」❸佩丁當　佩帶玉珮。丁當，玉珮之聲音。❹纖珪　纖玉，喻纖細的手指。❺醮壇　道人作法求神的場所。❻藥院　長藥草的園圃。❼青鳥　神話中王母的使者。《藝文類聚》卷九一引《漢武故事》：「七月七日，上於承華殿齋，正中，忽有一青鳥從西方來，集殿前。上問東方朔，朔曰『此西王母欲來也。』有頃，王母至，有二青鳥如烏，俠（夾）侍王母旁。」❽劉郎　劉晨，代指所思之男子。

【語　譯】星冠高，霞帔長，念經煉丹日日忙。道觀像個蘂珠宮，住著女冠美仙娘。掛玉珮，響叮噹，梳蟬鬢，理殘妝，玉指動處散發香。作法醮壇春草綠，蜂蝶環繞杏花忙。藥圃苗萋萋，橫豎都成行。借用王母前青鳥，寄信給劉郎。

【賞析】此詞仍寫女道士的生活。星冠霞帔，不比佛家的緇衣黃袍，給人以一種強烈的美感，唐·尹鶚〈女冠子〉〈雙成伴侶〉：「霞帔金絲薄，花冠玉葉危」，亦說道服的美麗。不僅如此，她還掛玉珮，梳蟬翼，插翠鈿，越發美麗了。一個女子精心打扮自己，表現了她對紅塵生活的依戀，不然，她一個清心寡欲的人，何必要打扮給人看呢？既穿戴齊整，就是希望人注意她，愛她，果然，她正熱戀著一位男子，勇敢地寫信給他，將自己的一腔心事，向他表白。不論是西方的基督教、天主教，還是東方的佛教、道教，都主張禁欲，並用教規約束其教徒，然而，它們都失敗了，對性與愛的強烈欲望所激發出的巨大力量，打碎了宗教的枷鎖，開出了無數朵愛情之花，西方的《十日談》、中國的小戲《雙下山》就是對這些存在的客觀描寫。

其　四

鴛鴦排寶帳，
雙飛雙舞，春晝❶後園鶯語。卷羅幃，錦字書❷封了，銀河❸雁過遲。
荳蔻繡連枝。不語勻珠淚，落花時❹。

【注釋】❶春晝　春日。❷錦字書　《晉書·列女傳》：「竇滔妻蘇氏，始平人也，名蕙，字若蘭。善屬文。滔，苻堅時為秦州刺史，被徙流沙。蘇氏思之，織錦為迴文詩以贈滔。宛轉循環以讀之，詞甚淒惋，凡八百四十字。」李白〈久別離〉：「況有錦字書，開緘使人嗟。」這裡指妻子給丈夫的信。❸銀河　天空中由無數星星組成的星系，像河狀。❹落花時　暮春時節。

【語譯】燕子歡樂對對舞，春日園中鶯鶯語。遠人還不回，思婦捲羅帷。情書寫成後，淚水濕紙透。臨窗望天河，雁卻來遲遲。　珠寶飾帷帳，鴛鴦繡其上，又繡荳蔻花，又繡連理枝。默默不作聲，淚水暗擦拭。花落剩空枝，此為暮春時。

【賞　析】此詞內容與題無關，寫少婦的閨思。詞的開頭，描寫了春的生機勃勃的景象。矯燕凌空，成雙作對，時而穿向藍天，時而掠水而行，牠們盡情地領略春的嫵媚，盡情地享受愛情的歡樂；柔鶯嬌語，雌呼雄應。後園裡，到處蕩漾著春的聲音，展示著春的風韻。這一切，對於一般人來說，會心曠神怡，精神愉悅。然而，對於獨處的閨婦來說，卻是一種折磨。燕語鶯歌，使她感到人不如物，也使她更加渴望有伴侶的生活。寂靜的春夜，應該是垂簾憩眠，然而，此位閨婦卻點燈寫信，寫完又捲簾望空。望空既不是對晴朗的夜空作遐想，也不是欣賞皎潔的月亮，而是等待大雁飛來幫她傳書。可是，無情的大雁卻遲遲不來。她的閨房雖然是華貴的，帳子上綴著珠寶，繡著鴛鴦，並繪有荳蔻與連理枝。然而，這一切並不能使她精神上得到滿足，相反，帳上的圖飾倒給了她深深的刺激。雁等不來；覺也睡不著。鴛鴦與連理枝又引發她對遠人的思念，極度的惆悵使她淚流不止，陷入痛苦之中。「落花時」，可以作兩層理解，一層是此時為暮春時節，二層理解為一種象徵，意為女子紅顏凋落，風韻不存，失去了被人愛的條件，由此，又可以看到她未來的生活前景了。

夢江南　二首

其一

啣泥燕❶，飛到畫堂前。占得杏樑❷安穩處，體輕唯有主人憐。堪羨好因緣❸。

【注　釋】❶啣泥燕　啣泥築巢的燕子。劉禹錫〈浪淘沙〉：「含泥燕子爭歸舍。」❷杏樑　以杏木為樑。司馬相如〈長門賦〉：「刻木蘭以為榱兮，飾文杏以為樑。」❸因緣　姻緣，含有命運注定的意思。

【語　譯】含泥築巢燕，飛行如流線。飛到畫堂前，相繼入屋檐。站立杏樑安穩處，唾液將草和上泥。體輕身矯健，主人好愛憐。羨其雙雙宿，真是好姻緣。

【賞　析】此闋借詠燕以寫閨人的思情。閨人獨處，常觀燕子之舉動，生出羨慕之情。春日中，燕子於屋內外穿梭往來，啣泥叼草，忙著築巢。牠們是雌雄一雙，飛棲相隨。兩個小小的生靈卻建起了一個幸福美滿的家庭。可是人呢？單居孤棲，形影相弔，雖有家，卻沒有溫馨，也不完整。雖處於春日中，卻虛度光陰，沒有建設家庭的忙碌，沒有哺育兒女的樂趣。比起燕子，一個可憐可悲的灰暗的人生，立即被自我感受到了。因此，她能不羨慕牠們麼？

其二

紅繡被，兩兩間鴛鴦❶。不是鳥中偏愛爾❷，為緣❸交頸睡南塘。全勝薄情郎。

【注　釋】❶紅繡被兩句　指紅繡被上繡著雌雄成對的鴛鴦。薛濤〈鴛鴦草〉：「兩兩鴛鴦小。」❷愛爾　愛你。❸為緣　因為。

【語　譯】大紅繡被長，繡成對對小鴛鴦。不是鳥中偏愛你，只因你們交頸相愛睡南塘。雄的對雌恩情多，全勝那個薄情郎。

【賞　析】上闋借燕抒情，此闋則借鴛鴦而寫心中幽怨，題旨相同，但感情的抒發更直接了當。是凡獨居的閨婦，都會將自己的希望通過陳設或裝飾表現出來。溫庭筠的〈菩薩蠻〉中的女子是「新貼繡羅襦，雙雙金鷓鴣。」通過在羅襦上繡著雙雙金鷓鴣，表現了自己對孤單生活的厭倦，對偶居生活的渴望。牛詞中的女子在大紅被上繡著兩兩的鴛鴦，也是反映出這樣的心態。然而，在現實沒有滿足其精神需求的情況下，畫餅不但不能充飢，反而會激發起更強烈的欲望，引出更深刻的痛苦。因為看到被上鴛鴦，嫻靜浮水，交頸相依，平靜而幸福，這樣的圖景豈能不在她的心中激蕩起波瀾。我，一個年輕貌美的女子，卻無人陪伴，過著孤單的生活，竟然不如這對對小動物。想到此，她將一腔的怨恨拋向丈夫：全是你忍心離我而去，去後又遲遲不歸，才使我的生活如此寂寞冷清。你是多麼的薄情寡義啊！該詞篇幅短小，語言淺顯，然韻味悠長，感染力也很強。

感恩多 二首

其一

兩條紅粉淚❶，多少香閨意。強攀桃李枝，斂愁眉❷。　陌上鶯啼蝶舞，柳花飛。柳花飛，願得郎心，憶家還早歸。

【詞牌】感恩多　不知屬於何宮調。始見《教坊記》，有三十九字、四十二字二體。

【注釋】❶紅粉淚　臉上敷有脂粉，淚流臉上，故說紅粉淚。❷斂愁眉　皺起愁眉。

【語譯】臉上紅粉多，淚落一串串。多少閨中意，埋在心窩裡。愁悶為相思，強攀桃李枝。望郎望不回，深深皺起眉。　芳草小路上，鶯啼蝶舞狂。柳花飛，柳花飛，希望郎君想起妾，早日把家歸。

【賞析】湯顯祖評曰：「起語一問一答，便有無限委婉。」「多少香閨意」是問，「兩條紅粉淚」是答。香閨意，即相思情，其情多少呢？無法測量，其外在的表現就是兩條不斷頭的紅粉淚。人不到傷心或絕望處，是不會流淚的，而相思到了傷心與絕望的程度，一定是相思日久，相思極深。明知郎君不會歸來，但是，她還是帶著渺茫的希望望郎。「強」即是明知不可為而為的內心反映，結果是可想而知的，攀上桃李枝而望，始終不見郎影。但是，她看到了生機勃勃的春光：兩邊芳草萋萋的小路上，鶯兒歌唱著一掠而過，蝴蝶在花上花下快樂地撲著翅膀，如雪的柳絮在空中飛舞著，飛舞著，……春色太美了，如果夫妻漫步於陌上，聽鶯啼，觀蝶舞，捉柳花，那該是多麼浪漫的生活啊！想到此，她生出這樣的念頭：我要是能抓住郎心的話，就讓他憶念著我，早早地回家。

其二

自從南浦別，愁見丁香結❶。近來情轉深，憶鴛衾。　幾度將書託煙雁❷，淚盈襟。淚盈襟，禮月求天❸，願君知我心。

【注　釋】❶丁香結　我國所產木犀科灌木紫丁香的花蕾。李璟〈浣溪沙〉：「青鳥不傳雲外信，丁香空結雨中愁。」❷煙雁　飛雁很多如煙。《荀子・富國》：「然後飛鳥鳧雁若煙海。」注：「遠望如煙之覆海，皆言多。」❸禮月求天　祈禱月亮神與天帝的保佑。

【語　譯】自從南岸相分別，再未見面有數月。丁香花不展，愁腸深深結。近來相思情轉深，臉無笑容心不悅。回憶相聚日，鴛鴦被裡合為一。自從別後到如今，淚水天天濕衣襟。　幾次將書託與雁，卻未收到郎回音。我拜月神幫助我，我求天帝發慈悲，讓我郎君知我心。

【賞　析】此闋與上闋內容相同，寫閨婦長期獨居之怨情。南浦別後，多日未再相見。《詩經》描述戀人一日不見，如三秋兮，雖是誇張，但也生動地反映出他們渴求團聚的心理。詞中的女子不是一日，而是多日未見郎君，其相思之情就可想而知了。丁香的花蕾自有綻放之日，不關人事，然而女子卻從丁香花蕾上想到自己的愁思固結，懼怕永無開解之日，故而深深地憂愁。她曾幾次作錦字迴文，將一腔思念付諸文字，但是，經過之大雁雖然多如煙雲遮天，卻沒有一隻大雁將書信帶走。此句亦可解為大雁雖然有情，帶走了女子託付的書信，卻沒有任何回信。在這絕望的心境下，閨婦天天以淚洗面，打濕了衣襟。詞人疊寫「淚盈襟」三字，目的是表現閨人的淚水之多，相思之深。在萬般無奈的情況下，她禮月求天，希望月神與天帝給予她幫助，請他們將自己的刻骨銘心的相思之情告知郎君，讓他知道，天底下有一個痴心的女子正在為他的冷暖擔憂，為他的不歸而哭泣。

應天長 二首

其一

玉樓春望❶晴煙滅，舞衫斜卷金條脫❷。黃鸝嬌囀❸聲初歇，杏花飄盡龍山雪❹。　鳳釵低赴節❺，筵上王孫愁絕。鴛鴦對銜羅結，兩情深夜月。

【注　釋】❶春望　春天裡的凝望。徐鉉〈春夜月〉：「幽人春望本多情，況是花繁月正明。」❷金條脫　金腕釧。❸黃鸝嬌囀　黃鸝鳴聲婉轉。張說〈清明日宴寧王山池〉：「嬌囀鶯亂飛。」❹龍山雪　龍山上的雪。龍山，在湖北省江陵縣西北，相傳為晉孟嘉落帽之處。此處似泛指高山之雪。❺鳳釵低赴節　戴鳳釵者按節慢舞。

【語　譯】玉樓上面望春光，煙靄消失花芬芳。舞時春衫露玉臂，腕上金釧真華貴。一曲歌兒動人心，如同黃鸝婉轉音。杏花片片飄得急，如同龍山落大雪。　頭上插鳳釵，按拍曼舞來。席上王孫觀舞愁，儀態萬千情意投。扎上鴛鴦羅結，兩人情深意切。如膠似漆時，天上正行月。

【賞　析】此詞寫一王孫與一歌女在春天裡的熱戀。上片描景寫人交替進行。春日，從玉樓望去，天氣晴朗，沒有一絲煙靄，天上也沒有一片烏雲，芳草翠綠，柳枝蕩漾，空氣中醞釀著花粉與青草的芳香，有一股醉人的甜味兒。在這樣的良辰美景中，美麗的女子又跳起了歡快的舞蹈。春衫斜捲，皓腕如雪，臂上的金釧與瑩白的肌膚相映成輝。更有那一曲歌兒，燦爛婉轉，如同黃鸝嬌啼。生活是多麼的美好啊！這樣的感嘆沒有在詞中反映出來，但應該有此感嘆。而發出此感嘆者就是筵上的王孫。望春、觀舞、聽歌，都是王孫之所為，那麼，他又何以會愁絕呢？這「愁」不是痛苦，不是哀愁，而是對歌女極為傾心後漫溢全身的幸福感無以排遣的一種精神狀態。歌女也是愛王孫的，那生動活潑的舞姿就說明了她的態度。夜深之時，明月當空，閨閣之內，帶結鴛鴦。兩情纏綣，歡度良宵。這是一個比起白天更為美麗的夜晚。

其二

雙眉澹薄藏心事，清夜背燈❶嬌欲醉。玉釵橫，山枕膩，寶帳鴛鴦春睡美。　別經時，無限意，虛道❷相思憔悴。莫信綵牋❸書裡，賺人❹腸斷字。

【注釋】❶背燈　在燈光暗影裡。盧綸〈夢白衣婦人歌詞〉：「背燈惟暗泣。」亦可解為燈光昏暗。❷虛道　白說了。❸彩牋　與箋同。《玉臺新詠》卷七引《南史・陳後主紀》：「令八婦人襞彩箋制五言詩。大抵六朝皆用此箋也。」❹賺人　誑騙人。

【語譯】一雙淡眉未描畫，眉中藏著心裡話。背燈嬌態微微醉，閨中流蕩濃酒味。玉釵頭上橫，香枕枕美人。華麗帷帳鴛鴦睡，甜甜美美心願遂。分別時已長，今日又見郎，心中無限情，都要得補償。往日信中訴說相思，今朝不是憔悴臉龐。不要輕信彩箋文字，那會誑人離魂斷腸。

【賞析】此詞寫一婦人與情郎重新聚會時的甜美心情。這闋詞在整個《花間集》中是很少見的，多數閨情詞寫閨思，而不是寫歡會。雙眉淡薄，說明郎君突然回來，女子未來得及容妝也。淡薄，未膏沐打扮之狀也。淡薄也表現了她對愛情的忠貞，對郎君的深深思念，故而說「淡薄藏心事」，乍見心上人，能不高興？定是舉杯相慶重新聚首，歡樂之時，不覺醉也。清夜中，燈影下，美人嬌軟無力，兩頰飛花。纏綿之後，玉釵橫斜，頭飾不整，然而，卻另是一番風韻。下片的後三句是郎君的想法，他看到婦人依然美麗，容顏不減。心裡嘀咕道：她在來信中訴說自己因相思而憔悴，看來不是事實。女子的彩箋文字，不能盡信，否則，能使你離魂斷腸。男子的這一種想法，表現出他情感粗疏，既不了解女子在相思日子裡的痛苦，更不了解她對自己的深情厚意。但願他的這一想法永遠地留在心裡。

更漏子 三首

其一

星漸稀，漏頻轉❶，何處輪臺❷聲怨。香閣掩，杏花紅，月明楊柳風。　挑錦字❸，記情事，唯願兩心相似。收淚語，背燈眠，玉釵橫枕邊。

【注釋】❶漏頻轉　漏刻頻轉，天將破曉。漏頻轉，只是人的一種感覺。其實漏滴的頻率始終是一定的。❷輪臺　泛指邊塞之地。《新唐書・地理志》：「北庭大都護府有輪臺縣，大曆六年置。」故址在今新疆省庫車縣東。岑參〈白雪送武判官歸京〉：「輪臺東門送君去，去時雪滿天山路。」❸挑錦字　指錦字書也，因字為刺繡而成，故說挑字。杜甫〈江月〉：「誰家挑錦字，滅燭翠眉顰。」

【語譯】星星漸漸稀，漏刻頻頻傳。東方欲曉露晨曦，輪臺怨恨聲依依。作夢到家鄉，會見我的妻。香閨門虛掩，院中杏花紅。皎月正當空，拂人楊柳風。　閨婦繡錦字，憶念舊情事。但願郎君收到信，與我念郎心相似。擦去腮邊淚，強迫不相思。背燈閉目眠，思緒亂如絲。玉釵枕邊橫，屈指算歸期。

【賞析】此詞寫戍夫與閨婦的兩地相思。上片寫戍夫，下片寫閨婦，似今日電影的表現手法，將兩個不同的空間的畫面組接在一起。古代的中國幅員遼闊，有漫長的邊境線，需要許多男兒為國戍邊。然而，因交通不發達，路途又十分遙遠，往往被徵的壯丁離家之後，許多年才能歸家。這就造成了他們精神上的痛苦。冷月沙場，寂寞的生活使他們十分想念自己的家鄉，自己的妻兒。南朝宋詩人鮑照在其〈擬行路難〉（其十四）中曾描述他們的生活狀況：

君不見少壯從軍去，白首流離不得還。故鄉窅窅日夜隔，音塵斷絕阻河關。朔風蕭條白雲飛，胡笳哀急邊氣寒。聽此愁人兮奈何！登山遠望得留顏。將死胡馬迹，寧見妻子難。男兒生世轗軻欲何道？綿憂摧抑起長嘆。

此詩描繪了征夫邊塞生活之苦與思鄉之情，對此詞的理解有很大的幫助。輪臺聲怨，即是戍卒的思鄉表現。既思鄉梓，念親人，就會入夢，後三句就是他夢中的情景。家鄉是多麼的美啊，杏花粉紅，皎月當空，香閣虛掩，楊柳穿風。那是生我養我的地方，那裡有我的父老鄉親和妻子兒女，我甚麼時候才能回到我的家鄉啊？在家的妻子與他一樣，也在日夜思念她的郎君。她夜繡錦字書，一字字，一行行，繡進了對往日恩愛生活的回憶，繡進了她對郎君的深情厚意。她希望郎君看到此書後，也能像她一樣，將心放在對方的身上。淚盡燈殘，她倚枕而眠。詞人到此沒再寫下去，是輾轉反側，還是夢到「遼西」，給讀者留下了想像的空間。

其二

春夜闌❶，更漏促，金燼暗挑殘燭。驚夢斷，錦屏深，兩鄉明月心。　閨草❷碧，望歸客，還是不知消息。辜負我，悔憐君，告天天不聞。

【注　釋】❶夜闌　夜深。蔡琰〈胡笳十八拍〉：「更深夜闌兮，夢汝來斯。」❷閨草　疑為草名，待考。江淹〈張司空離情〉：「閨草含碧滋。」

【語　譯】春夜漸漸深，漏刻聲急促。燭光搖曳室內暗，挑去殘燼又燦爛。好夢被驚斷，心裡如絲亂。錦屏色昏昏，山水看不真。空中一輪月，兩鄉之人心在泣。　閨草青青碧，盼郎心裡急。左盼右盼不歸來，日想夜思無消息。辜負我的情，欲與君決絕。但又愛著君，告訴老天爺，老天不過問，勸我說：「世間事本來就有缺。」

【賞　析】此詞寫閨婦的相思之情。「春夜闌，更漏促」，是說寂靜的春夜，祇有聽到急促的漏刻滴水聲。夜深不眠，而聽刻漏，何也？相思攪人肺腑也。「促」是一種感覺，反映出女子煩躁的精神狀態。為驅除黑夜所帶來的恐懼，她挑燈伴己。燭燼長，燈昏暗，她又剔除燈燼。她不會對燈空坐，而是在想念她的郎君，想他現在在何處，想像他正在幹甚麼？這種因孤單而失眠的生活是極為痛苦的，在某種意義上說，它甚至比飢餓更加痛苦，它能磨損人的青春，消耗人的生命。或許是太疲勞了吧，她終於睡著了。然而，她的精神活動，也就是對郎君的思念仍在進行著，祇不過以夢的形式轉換罷了。但是，由於其精神太緊張，入夢不久，又被驚醒，驚醒者何物？大概是更漏之聲。若是，她的睡眠是多麼的淺啊！醒來後，看到了屋內模糊的畫屏，屋外皎潔的月亮。屏上所畫，多為山水，其模糊的樣子給她與丈夫距離十分遙遠的意識；空中月色，潔淨如玉，自然地又引發她對遙遠的月下之人的思念。上片是閨婦在夜晚的思人狀態，下片則寫白天的情況，閨草碧綠，小道迢迢。閨人站在路頭，盼望客歸。然而，始終不見遠人之歸影。她的心中怨情頓生，恨郎負心。她向天訴說自己的痛苦，與郎君的薄情，然而，老天無動於衷。（譯文讓老天爺說「世間事本來就有缺」，僅是增加詞的趣味而已。）在這呼天不應，叫地不靈的情況下，她的一顆本已碎了的心又會如何呢？

其三

南浦情，紅粉淚，爭奈兩人深意。低翠黛❶，卷征衣，馬嘶霜葉飛。招手別，寸腸結，還是去年時節。書託雁❷，夢歸家，覺來江月斜。

【注　釋】❶低翠黛　低眉。白居易〈武丘寺路宴留別諸妓〉：「欲語離情翠黛低。」❷書託雁　《漢書・蘇武傳》：「（漢）昭帝即位數年，匈奴與漢和親，漢求（蘇）武等，匈奴詭言武死。後漢使復至匈奴，常惠請求守者與俱，得夜見漢使，具自陳道，教使謂單于言：『天子射上林中得雁，足繫有帛書，言武等在某澤中。』使者大喜，如惠語以讓單于，單于視左右而驚，謝漢使曰：『武等實在。』乃歸武等。」從此便有了大雁傳書之典故。

【語　譯】南岸送別情依依，美人粉淚濕襟衣。淚多沒有情意多，無語相對心如愀。低下眉，心成灰。捲征袍，思淘淘。馬鳴把人摧，霜葉滿天飛。　搖手相分別，愁腸寸寸結。時間一晃已一年，還是去年時節。書信託給雁，雁去已數月。夢到郎歸家，兩人真歡樂。醒後郎無影，惟見江月斜。

【賞　析】詞從音樂上分，為上下兩片，然而從內容上分，前八句為一層，寫戀人分別時的情景；後四句為另一層，寫別後的相思。分別的地點在南浦，分別的時間是霜葉亂飛的時候。離別，已是讓人黯然銷魂的事情，而又在蕭瑟的秋天裡，更會讓人淒然惆悵。「紅粉淚」雖是對女子的痛苦描寫，其實，男子又怎能不痛苦呢？臨別的那一刻，征衣捲起，眉頭低垂，誰也不再說一句話，惟有馬嘶，惟見葉飛。「馬嘶霜葉飛」，用意象傳導出一種淒楚的情調，極富感染力，它比起用「依依不捨」等等句子更有效果。分別後的一年，對於女子來說，是漫長的一年，痛苦的一年。其間，她寄過書信，然沒有回音；她夢到郎君歸家，但醒後仍然是一個人望著窗外的冷星斜月。該詞十二句，三言的就有八句，讀來有很強的節奏感，料想昔時配上低迴委婉的音樂，一定十分動人。

望江怨　一首

東風急，惜別花時手頻執。羅幃愁獨入，馬嘶殘雨春蕪❶濕。倚門立，寄語❷薄情郎，粉香和淚泣。

【詞　牌】望江怨　宮調失傳，始見《教坊記》。

【注　釋】❶春蕪　叢生的雜草。❷寄語　帶信。梁武帝〈襄陽蹋銅蹄〉：「寄語故情人，知我心相憶。」

【語　譯】東風急，人佇立，一對戀人手握手，花開時節相分別。郎君離我去，獨自入羅帷。屋外馬叫聲震天，小雨將停濕春草。馬嘶以為郎歸來，倚門尋人無處覓。我要找人帶信去，告訴薄情郎：「整日相思，淚帶粉香聲凝咽。」

【賞析】此詞寫閨人等人不歸的哀怨。「東風急」，暮春時節也。正因為東風急，盛年的女子也才會更加惜別。因為勁吹的東風使落英紛紛，花殘枝空。她會從花的零落想到青春的短暫。「手頻執」是情深的表現，這為後面女子的相思、盼望作了鋪墊。聞馬嘶而倚門相望，表現了女子盼人的迫切心情，這樣的舉動對於她來說，可能不是一次兩次了，每一次的馬嘶聲，都給她帶來一次希望。然希望越高，失望越大。這一次的失望，使她生起了許多怨恨。她罵他是薄情郎，是個不懂得珍惜愛情的人。她要找人帶信去，讓他知道自己現在的苦況。婦女的怨恨在古代持續了數千年，其原因是因為婦女沒有獨立的經濟甚至道德上的地位，她們僅有被人愛的自由，而沒有選擇男子去愛的權利，一旦和某一位男子有了婚姻上的關係，她必須「從一而終」，當此位男子遠去後，她祇能在家苦苦地等待，等而不歸時，便悄悄地發些牢騷，說些怨恨的話。此詞的時間跨度較大，然層次清楚，「羅帷愁獨入」，承上啟下，明顯地將作品分成「分別」與「相思」兩個部分。

菩薩蠻 七首

其一

舞裙香暖金泥鳳❶，畫樑語燕驚殘夢。門外柳花飛，玉郎猶未歸。　愁勻紅粉淚，眉剪春山翠。何處是遼陽❷？錦屏春晝長。

【注釋】❶金泥鳳　謂舞裙施膠及金粉所塗之鳳。❷遼陽　遠人所在之地。崔道融〈春閨〉：「遼陽在何處？莫望寄征袍。」

【語　譯】身輕舞裙動，香暖金泥鳳。樑上燕子語，驚破閨婦夢。門外柳花飛，玉郎仍未歸。望郎倚高樓，淚濕紅粉心上愁。嘗夠相思味，眉毛未描色不翠。遼陽在何處？山高水闊難度。春日暖洋洋，錦屏人覺得白晝長。

【賞　析】此詞寫一婦女對戍守邊關的丈夫的思念。首句所寫裙上的金泥鳳，與次句的樑上之燕成一鮮明之對比，鳳凰是高貴的，然而是金粉模印在裙上的，僅是作裝飾用的圖案。樑上的燕子儘管平凡，但牠們是活潑而生動的，呢喃交頸，過著幸福的生活。對於閨婦來說，她情願作樑上平凡的燕子，而不願作裙上高貴的鳳凰。因此，她有意無意地關注著燕子的生活，即便在夢中，也會被其聲音動作所驚動。女子夢的內容大概是與郎君團聚，夢中自然是風情萬種，其樂無窮。然夢後一切依舊，屋冷床涼；向外張望，惟見柳絮飄蕩，並不見玉郎身影。一般人醒後，都有一段恍惚迷糊的時間，可這位女子，一醒後就找玉郎，由此看出她思念郎君之心切。「猶」字暗示出她有一些怨意。下片緊承上片。因郎不歸，而淚勻紅粉。「勻」字意為淚水印濕了臉上的紅粉，而非涕淚交流，沖刷紅粉，這是將痛苦強忍強咽之狀。精神頹傷，哪裡還有心思去描眉畫目，「剪」即去意，減意。此句意為眉毛不再像春山那樣呈翠黛色。「何處是遼陽」，點明玉郎所在之地，也於無限嚮往之中透露出對未來的深深失望。此句可問而不可答，故結以「錦屏春晝長」。「長」字固是春日的實寫，也是閨婦心理上的主觀感受，是相思無果、百無聊賴地精神反映。

其　二

柳花飛處鶯聲急，晴街春色香車立。金鳳小簾❶開，臉波❷和恨來。　今宵求夢想，
難到青樓❸上。贏得一場愁，鴛衾誰竝頭❹？

【注　釋】❶金鳳小簾　指繡有金鳳之香車小簾。❷臉波　神色表情。❸青樓　伎女所居之樓，古時稱伎女為青樓女子。也指豪貴之家的閨樓。《南史・齊武帝紀》：「武帝興光樓，上施青漆，世人謂之青樓。」❹竝頭　男女同枕，或兩人同眠。白居易〈醉後重贈晦叔〉：「醉并白頭眠。」

【語　譯】柳絮滿天似飛雪，枝頭鶯鶯啼聲急。晴天街上春光好，人賞春景香車立。車簾繡有金鳳，捲簾看人走動。花豔蝶舞春景勝，美人心裡生怨恨。　今夜求夢與郎歡，柔情蜜意話語多。可是夢不上青樓，空生一場掉魂愁。不知今晚郎住處，與誰鴛被相並頭。

【賞　析】此詞寫一青樓女子對意中人的思念之情。舊時的青樓女子多為逼入「火坑」之人，她們對迎新送舊的賣笑生涯極其反感，她們渴望得到受尊重的、保持人格的性愛與家庭生活。故而，她們常常和一些憐香惜玉的男子，尤其是文人學士發生真正的愛情。然而，由於社會道德觀念的約束與經濟方面的限制，這種愛情往往是短暫的，甚至是悲劇性的。此詞中的女子所戀的對象就沒有能夠娶她，惹得她整日思念。上片寫女子遊春時，由美麗的春景引起了春愁。寶馬香車，馳往郊野，捲簾四望，春光明媚。柳絮撩亂，鶯聲盈耳。自然還有無數的花兒、蝶兒、蜂兒。春光如此美麗，又為甚麼「臉波和恨來」呢？一定是此位女子看到了另一番景象，即許多來郊遊的，都是全家一起來，夫妻孩子，觀花撲蝶，其樂也融融，而她，雖然有青樓的姐妹相伴，但沒有丈夫，更沒有家，沒有孩子，看到這一光景，一股怨苦的情緒頓時漫上心頭，她怨命運的不公，她愁前程的黑暗。她雖為伎女，但她有真心相愛的人。然所愛者不在身邊。白天春遊時所見到的景象引發了她對愛人更深的思念。然而，多少個日子，連一場彩色的夢都飛不到青樓上，空有愁思。她於是對不入夢的愛人有了怨恨，不知今晚他和誰同枕共眠？這一醋意正是她愛意的表現。詞作不長，但表現了女主人翁豐富的心理活動，尋繹其心理脈絡，可看到一個不甘墮落的青樓女子對美好生活的嚮往。

其三

玉釵風動春幡❶急，交枝紅杏籠煙泣❷。樓上望卿卿，窗寒新雨❸晴。　薰爐❹蒙翠被，繡帳鴛鴦睡。何處最相知？羨他初畫眉❺。

【注　釋】❶春幡　指立春日所立之彩旗，為招春的風俗。《歲時風土記》：「立春之日，士大夫之家，剪彩為小幡，謂之春幡。或懸於家人之頭，或綴於花枝之下。」❷交枝紅杏籠煙泣　煙雨籠罩，枝條交錯的紅杏沾雨如泣。《藝文類聚》卷二引劉孝威〈望雨〉：「交枝含晚潤，雜葉帶新光。」❸新雨　剛下的雨。❹薰爐　在翠羽作飾的被子裡放著熏爐。梁‧簡文帝〈傷美人〉：「熏爐含好氣，庭樹吐華滋。」❺畫眉　《漢書‧張敞傳》：「敞無威儀，又為婦畫眉。長安中傳張京兆眉憮。有司以奏敞。上問之，對曰：『臣聞閨房之內，夫婦之私，有甚於畫眉者。』」後以畫眉者代指憐香惜玉之人。

【語　譯】頭上玉釵風中動，春幡搖搖把冬送。杏樹交枝花兒紅，被雨打濕淚滿容。上樓望郎君，不見卿身影。窗口寒風入，雨後天放晴。　擺設非常華貴，熏爐放入翠被。嘗夠相思滋味，鴛鴦帳中昏睡。相知之人真難找，羨慕張敞為婦畫眉。

【賞　析】此詞寫一閨婦對郎君的盼望之情。「風動春幡急」，點明時間是在早春時節，此時節正是引發人惆悵、相思的時候。「玉釵」與「樓上望卿卿」相呼應，「女為悅己者容」，既然等郎、盼郎、望郎，焉能不膏沐打扮？不插簪戴鈿？然等郎不歸，望郎無影，於是，心中落寞，粉淚暗流。不過作者沒有直接描寫閨婦失望的情態，而是以景寫情，「交枝紅杏籠煙泣」，即是對女子的寫照，杏花紅豔，喻女美也；花上帶雨，則喻女子悲傷哭泣也。下片寫閨婦在夜晚中的相思情景。翠被熏香，原非為己，是準備與夫君共度良宵的。夫君未回，只能是衾中獨臥。眼看著繡帳上的鴛鴦，鼻聞著爐中散發的馨香，心想著自己渺茫的前程，情緒是複雜而苦澀的。生活雖然富貴，但孤獨一身，又有甚麼意義呢？想到此，她由衷地羨慕漢代張敞的夫人，丈夫是那樣的嬌她、愛她，竟為她畫眉。那種卿卿我我的生活該是多麼的快樂啊！不過，那樣的相知相親之人，世上又有幾個啊？這一自我慰藉稍稍減輕了她心中的痛楚。

其　四

畫屏重疊巫陽❶翠，楚神❷尚有行雲意。朝暮幾般心，向他情謾深。　風流❸今古隔，虛作瞿塘❹客。山月照山花，夢迴❺燈影斜。

【注　釋】❶巫陽　巫山的南邊，此用楚王夢高唐神女事。宋玉〈高唐賦序〉：「神女去而辭曰：『妾在巫山之陽，高丘之阻。』」❷楚神　即巫山神女。❸風流　指男女之情事。王仁裕《開元天寶遺事》卷上：「長安有平康坊，妓女所居之地。京師俠少，萃集於此。兼每年新進士以紅箋名紙，遊謁其中，時人謂此坊為風流藪澤。」❹瞿塘　瞿塘峽。長江三峽之一。李益〈江南曲〉：「嫁得瞿塘客，朝朝誤妾期。」❺夢迴　夢醒。

【語　譯】畫屏上面有巫山，神女遠望淚潸潸。巫山南面青翠翠，想與楚王再歡會。楚王用情不專一，一會如火一會兒冰。神女給他很多情，巫山之上常行雲。　古今情事千年隔，古今男人情都嗇。嫁個人兒不見影，空做丈夫的是瞿塘客。山月照山花，冷冷看我家。夢醒燈影斜，想郎在天涯。

【賞　析】此詞寫一閨婦對薄情夫君的怨恨。她的怨恨是由畫屏上的畫引起的。畫的內容是重重疊疊的巫山，其神女峰聳立於群山之上。她由此畫想到了神女與楚王的故事，並作這樣的思考：神女端立於山頭上，不論是刮風或下雨，她都在等待著楚王，可是楚王呢？「朝暮幾般心」，用情不專，使得神女行雲播雨的歡樂，久久地不能實現。因情事彷彿，女子由古人聯想到了自己，我不就是那空等而痴情的神女麼？郎不就是那用情不專的楚王麼？因巫山緊鄰瞿塘峽，於是詞人又化用李益〈江南曲〉中的詩句，以女子的口吻，怨恨地說郎君又是「朝朝誤妾期」的「瞿塘客」。「虛作」，怨極深之語。你是我的丈夫麼？可是終年不見你的人影；你是無室無家，舟行於瞿塘峽上的客商麼，可是你又和我有夫妻的名分。你豈不是一個空有虛名的丈夫？你害得我有人婦之名而無人婦之實。末兩句以灰冷的意境表現婦人此時的心情，山月無情，照著夜風中搖曳的山花；夢醒之後，衣架畫屏，在燈光的照射下，斜影映壁。

其五

風簾❶燕舞鶯啼柳，妝臺約鬢低纖手。釵重髻盤珊❷，一枝紅牡丹。　門前行樂客，

白馬嘶春色。故故❸墜金鞭，迴頭應眼穿❹。

【注　釋】❶風簾　遮風的簾子。❷髻盤珊　髻因釵重而搖晃。盤珊，同蹣跚。❸故故　故意。❹眼穿　望眼欲穿。韓愈〈酒中留上襄陽李相公〉：「眼穿長訝雙魚斷，耳熱數爵頻。」

【語　譯】遮風簾外燕飛舞，楊柳樹中鶯鶯語。梳妝臺上纖纖手，慢慢梳髮釵插頭。釵重髻搖動，鬢上牡丹紅彤彤。門外有個風流客，徘徊院外想進入。白馬風中嘶鳴，觀賞美麗春色。客人故意墜金鞭，不斷回頭望美人。

【賞　析】此詞寫伎女的美麗與行樂男子的愛色。在溫暖的春天，簾外燕舞鶯啼，柳青花香。簾內的人兒，在妝臺前，用心地打扮。素手理鬢，螺髻插釵。更有那一枝粉紅的牡丹，插在鬢邊，與青春煥發的笑臉相映成輝。也許是美人對窗理妝，也許是完妝後走出了閨房，恰好被經過青樓的男子看到了，他與所乘之白馬都為眼前的美色驚住了，白馬快樂地嘶鳴，男子故意墜鞭而停留，他的眼睛一刻不停地盯在女子身上，彷彿周圍的事物一切都不復存在。舊時的伎女生活都是極為屈辱的，然而在此詞中看不到她的辛酸，倒表現出她的一種安樂的態度。舊時行樂客與伎女常常發生真正的愛情，然此詞沒有表現這樣的愛情，所寫的祇是男子的漁色。

其　六

綠雲鬢上飛金雀❶，愁眉斂翠春煙薄。香閣掩芙蓉❷，畫屏山幾重❸。　窗寒天欲曙，
猶結同心苣❹。啼粉污羅衣，問郎何日歸？

【注　釋】❶綠雲鬢上飛金雀　謂烏黑的頭髮上插有金雀釵飾。❷芙蓉　本指蓮花，此處代指閨人。❸山幾重　山有幾層。❹同心苣　同心結。《玉臺新詠》卷五，沈約〈少年新婚為之咏〉：「錦履并花紋，繡帶同心苣。」❺啼粉　啼泣時淚水漫濕了臉上的紅粉。

【語　譯】女子鬢黑如烏雲，插鬢雀釵皆金銀。眉頭皺起顏色黑，遙望郊野春煙薄。香閣人兒像芙蓉，臉龐嬌艷粉帶紅。畫屏景色多，雲山一重重。　晨曦泛起天欲曉，窗外寒風號。兩人扣起同心結，希望兩人心如一。淚落臉上

粉，紅粉污羅衣。問郎何日歸，郎兒淒傷轉過背。

【賞析】此詞描寫一對戀人的離別之情。上片重點描寫女子在分別時的精心打扮。在生活中，或者在許多作品裡，有情的男女在別離時，女子因無心打扮，出場時，都是帶著殘妝、淚水，衣衫不整，神情黯然。而此詞中的女子不同。她在天未破曉的時候就起床梳洗，經過一番打扮，煥然一新，光彩照人。烏黑的頭髮上戴著金雀釵飾；眉頭雖皺，然翠色生春。一張臉蛋，宛如一朵出水的芙蓉。她這樣做，大概出於這樣的想法，希望給郎君留下一個美好的形象，以致他遠遊後不要忘卻她，並因她的美而早早的歸來。天即將放亮，他們在說完千言萬語之後，又將雙方的羅帶結起了同心結，這是無聲的發誓：不論到了何時，也不論在何地，兩顆心將永遠地在一起。不過，誓言代替不了分離的現實，甚至也慰藉不了別離的痛苦。女子啼泣出聲，淚如泉湧，臉上剛撲的粉落到了羅衣上，她哭著問郎「君何日能歸？」郎的回答沒有寫到詞上，但估計他說不出一個日期來，漂泊的人像斷根的飛蓬，其行踪能由得了自己嗎？此詞寫離情，淋漓盡致，尤其是女在分別前的打扮描寫，比其同類詞，手法較新。

其七

玉樓冰簟❶鴛鴦錦，粉融香汗流山枕。簾外轆轤❷聲，斂眉含笑驚。　柳陰煙漠漠❸，低鬢蟬釵落。須作一生拚❹，盡君今日歡。

【注釋】❶冰簟　涼蓆。簟，竹絲做成的蓆子。李商隱〈可嘆〉：「冰簟且眠金鏤枕。」❷轆轤　井上的吸水器具。❸煙漠漠　淡煙籠罩。❹拚　拋捨。

【語譯】玉樓陳設極華貴，冰涼竹蓆鴛鴦被。夏日炎炎天氣熱，香汗不斷流山枕。簾外轆轤聲，室內熱氣蒸。井水上樓涼如冰，女子見了很開心。　淡煙籠罩是柳蔭，望後與君結同心。相擁又相親，蟬釵落下鬢。讓君今日盡情歡，願將一生拋捨。

【賞析】此詞寫一女子與一男子的歡情，寫得既含蓄又奔放。歡會的時間是在夏日，歡會的地點是在玉樓。冰簟之上，鴛鴦並枕，粉汗交流，濕了山枕。正在女子熱不可耐的時候，她聽到了簾外轆轤的提水聲。那麼，她為何「斂眉含笑驚」呢？這兩句表層的意象斷裂，須尋繹暗脈方得相續，這就是：提水之事，為男子令人所為，目的是給女子降溫。當冰涼的井水提到女子面前時，出於意料之外的她先是一驚，繼而為男子如此的體貼周到而高興，當她將手伸入水中時，較大的溫差使她下意識地皺起了眉頭。當然，這不是厭惡的表現。「柳陰煙漠漠」，點明歡會的時間從白日到傍晚，只有到了傍晚，柳林處才會有煙靄籠罩。長時間的交歡，使得女子鬢散釵落。然女子仍未流露出半點厭煩的情緒，在心中對自己說：「須作一生拚，盡君今日歡。」《金粟詞話》說：「牛嶠『須作一生拚，盡君今日歡』，是盡頭語作艷語者，無以復加。柳七亦自有唐人妙境。今人但從淺俚處求之，遂使金荃蘭畹之音，流入桂枝黃鶯之調，此學柳之過也。」

酒泉子 一首

記得去年，煙暖杏園❶，花正發。雪飄香，江草綠，柳絲長。

鈿車❷纖手卷簾望，眉學春山樣❸。鳳釵低裊翠鬟上，落梅妝❹。

【注釋】❶杏園　唐時新科進士遊宴的地方。溫庭筠〈下第寄司馬扎〉：「知有杏園無計入，馬前惆悵滿枝紅。」❷鈿車　以金玉裝飾的車子。❸春山樣　將眉毛描畫成青山樣。❹落梅妝　《太平御覽》卷三〇引《雜五行書》：「宋武帝女壽陽公主，人日臥於含章殿檐下，梅花落公主額上，成五出花，拂之不出。皇后留之，看得幾時，經三日，洗之乃落。宮女奇其異，竟效之，今之梅花妝是也。」

【語譯】記得去年，風暖煙花滿杏園。花兒如雪怒放，空中香氣濃，誘人走上前。江畔小草綠茵茵，柳絲長如線。

人在華貴香車上，玉手捲簾四處望。眉毛細細描，如同青山樣。鳳釵插鬢低，髮鬢裊裊晃。又學時人妝，額上梅花放。

【賞　析】此詞寫詞人回憶去年在杏園所遇到的女子。「記得去年」，用語通俗，一下子就將與讀者的距離拉近了，彷彿兩個朋友間在談論各自的往事。「記得」，說明此女子一直影映在作者的腦海裡，是那樣的熟悉，那樣的親切，用不著苦思冥想，就能夠完整、詳細地把舊時的情景一一數說出來。那是在煙花三月，杏園的杏花簇簇如雪，空氣中瀰漫著沁人心脾的花香；遠處江草碧綠，楊柳依依。就在這時，一輛金玉裝飾的寶車緩緩而來，經過作者面前時，馬車的簾子捲上去了，一隻纖纖的玉手，一雙秋水盈盈的眼睛，兩彎遠山般的眉毛，那是怎樣的一個美人啊！作者此時一定忘記了男女之大防，對美的傾心無意識地戰勝了本能地害羞，目不轉睛地望著女子，他又更詳細地看到了她的頭部：鳳釵低垂，髮鬢裊裊，額上點著梅花妝。馬車又緩緩地走了，但給作者留下了永遠難以忘懷的一幕。

定西番　一首

紫塞❶月明千里，金甲❷冷，戍樓❸寒，夢長安。

鄉思望中天❹闊，漏殘星亦殘。畫角❺數聲嗚咽，雪漫漫。

【注　釋】❶紫塞　長城，邊塞。崔豹《古今注》卷上：「秦築長城，土色皆紫，漢塞亦然，故稱紫塞焉。」❷金甲　鐵製鎧甲。❸戍樓　邊塞瞭望之樓。❹中天　天空。❺畫角　古代軍中或城市用於報時或報告某種情況的一種樂器。《通考・樂考》：「革角長五尺，形如竹筒，本細末大，或以竹木，或以皮，非有定製也。」

【語　譯】千里秦時古長城，明月照城也照人。戍樓霜打寒，鎧甲如冰冷。夢見自己到長安，妻子聞聲開了門。醒後無所見，帳外黃沙現。　思鄉望中天，天空無邊際。漏聲歇，星已沒，報曉畫角聲嗚咽。此時風怒吼，大雪一片片。

【賞析】《花間集》大多為剪紅刻翠之作，散發出香豔之氣，讀多了這類詞，給人一種粉膩膩的感覺。而牛嶠此詞，一轉此種詞風，豪健之氣，逼人而來。詞的上片以倒敘起，寫戍夫在戍樓寒夜夢醒後所見到的一切。蜿蜒的長城，迢迢千里，在冷白的月光下，靜靜地橫臥著。再看周圍，「金甲冷，戍樓寒」，環境極其艱苦。關於邊地的苦寒，盛唐詩人岑參在〈白雪歌送武判官歸京〉中有所描述：「將軍角弓不得控，都護鐵衣冷難著。」邊關月夜，本已極易惹起鄉愁，更何況在朔風吼、石亂走的冬夜呢？戍卒自然會想起山清水秀的家鄉，與和暖溫馨的家庭。然而，金甲雖冷，依然甲冑在身；戍樓嚴寒，猶且枕戈待旦；鄉思雖濃，仍然堅守邊關。在淒然的背景上增加了悲壯的氣氛。下片承上「夢長安」，集中抒寫望鄉之苦。夢醒之後，再難入眠，透過戍樓的寒窗，瞭望寥闊的天空。漏殘星稀，痴望中夜。驀然間，營中畫角嗚咽，聲同哀號，其聲瀰漫於天地之間。並使戍夫一夜的鄉愁愈益增濃。此時，他縱目鄉關，唯見白雪漫漫，天地昏沌。這從心理上更增加了他與家鄉的距離。詞的上片側重描寫戍卒現實環境的艱苦嚴峻，下片側重抒寫他難以遂願的思鄉懷親之情。現實與願望糾結成無法解決的問題，從而使戍卒在邊塞苦寒境地中的備邊守土之舉，顯示出一種崇高悲壯的美。

玉樓春 一首

春入橫塘❶搖淺浪，花落小園空惆悵。此情誰信為狂夫，恨翠愁紅❷流枕上。　小玉❸窗前嗔燕語，紅淚滴穿金線縷。雁歸不見報郎歸，織成錦字❹封過與。

【詞牌】玉樓春　為〈木蘭花〉之別名。明・都穆《南濠詩話》云：「昔人詞調其命名多取古詩中語……〈玉樓春〉，取白樂天詩『玉樓宴罷醉和春』。」

【注　釋】❶橫塘　地名。張敦頤《六朝事蹟・江河門》：「吳大帝時，自江口沿淮築堤，謂之橫塘。」❷恨翠愁紅　因思念遠人而蹙眉流淚。恨翠，指眉。愁紅，指淚。❸小玉　原指唐・蔣防傳奇小說〈霍小玉傳〉中的女主角霍小玉。小說云大曆中隴西李益擢進士，思得佳偶，鮑十一娘為之作伐，得遇故霍王女小玉，相處甚歡！既而李益別戀盧氏女，棄小玉。小玉思念毀形，終日悲歎。忽有一黃衫俠持李生至小玉所，小玉數其罪，一慟而絕。這裡泛指思婦。❹織成錦字　即錦字迴文，情書也見卷四牛嶠〈女冠子〉其四（雙飛雙舞）注❷。

【語　譯】春風吹入橫塘，碧水漾起波浪，花落枝上空，美人心惆悵，相思幾乎近迷狂，誰信是為薄情郎。整日皺眉流眼淚，淚水流到枕頭上。　一對燕子窗前語，思婦嫉妒心裡苦。淚水成串湧出來，滴穿繡衣金線縷。帶信大雁已歸來，飛過不停一排排。不報郎君回歸日，情書寄與無所得。

【賞　析】此詞寫一閨婦對郎君的思念之情。「橫塘」，代指江南美女，宋賀鑄〈橫塘路〉云：「凌波不過橫塘路，但目送，芳塵去。」「橫塘搖淺浪」既可看作是寫景，亦可看作是寫一婀娜多姿之妖嬈女子。她面對小園的花落枝空，十分惆悵，因為她從花謝想到了自己的青春流逝。紅顏雖存，然風韻減褪；年齡未老，但因相思而日趨憔悴。於是，她整日地盼望著郎君的歸來，那份濃情，那一種熱切的盼望，感動著周圍的人們，他們都覺得將這份深情投注在一個不甚關心自己的人身上，是否值得。結果，刻骨的相思，熱切的盼望，都未能使郎君從遠鄉回來，她只能暗自流淚，淚水流到枕上。長久獨居的婦人受盡了寂寞、淒涼之苦，任何成雙作對的景象都會給予她極深而痛苦的刺激，所以，她常常無意識地討厭起兩兩的燕子，牠們的竊竊私語會使她在不自覺地對比中痛苦地流淚。大雁成群結隊地飛過來了，她注視著牠們，希望「人」字形的雁陣中有一隻向她飛來，報告郎君的歸期，然目斷鴻影，也未有一隻大雁傳遞這樣的消息。此詞雖然意不深邃，但很注意對女主人翁內心世界的刻劃，從其內心活動中表現她多情的性格。

西溪子　一首

捍撥❶雙盤金鳳，蟬鬢玉釵搖動。畫堂前，人不語。絃解語，彈到昭君怨❷處，翠蛾愁，不抬頭。

【詞牌】西溪子　此調宮調不傳。始見《教坊記》。有三十三字、三十五字兩體。

【注釋】❶捍撥　《新唐書・禮樂志》：「高麗伎有……琵琶，以蛇皮為槽，厚寸餘，有鱗甲，楸木為面，象牙為捍撥，畫國王形。」又宋・葉廷珪《海錄碎事》卷一六〈音樂部・琵琶〉：「金捍撥在琵琶面上當弦，或以金塗為飾，所以捍護其撥也。」❷昭君怨　琵琶曲名。《樂府詩集》卷五九〈樂府解題〉：「昭君至匈奴，單于大悅，以為漢與我厚，縱酒作樂。遣使報漢，白璧一只，騵馬十匹，胡地珍寶之物。昭君恨帝始不見遇，乃作怨思之歌。」

【語譯】客人面前琵琶弄，琵琶板上繪金鳳。鬢髮梳得蟬翼薄，頭上玉釵直搖動。畫堂前面坐，默默不言語。隨意續續彈，聲聲傳心思。彈到一曲〈昭君怨〉，眉頭皺起淚如雨。想到傷心處，頭也不抬起。

【賞析】此詞與白居易的〈琵琶行〉有許多相似之處，其主要內容也是寫琵琶女內心的酸苦。詞一開頭，一位美麗的琵琶女就出現在我們面前了，然而，她外表的美麗並沒有掩蓋她精神的痛苦，「人不語」三字，使我們看到了她的臉部表情：低眉垂眼，嘴角緊閉，似有無數苦楚。琵琶彈起來了，輕攏慢撚抹復挑，「大絃嘈嘈如急雨，小絃切切如私語」，其彈奏的技巧是高超的，更使人驚訝的是她將自己的苦難的命運融進了音樂，琵琶聲悲愴、酸楚，如泣如訴，將她心中的千言萬語都化作了一個個音符從她跳躍的手指上流瀉了出來。後三句更明確地點出了她命運的不幸。漢代的王昭君被迫出赴匈奴和親，老單于死後，又下嫁給前妻的兒子。在一個風俗不同、語言不通、舉目無親的不甚文明的民族中生活，她該是多麼的不幸啊？張祜〈昭君怨〉說：「莫羨傾城色，昭君恨最多。」而此女子彈到〈昭君怨〉時，眉頭緊鎖，心中哀戚，除了同情心外，更多的是她的命運與昭君的命運有很多相通之處，不然，就不會產生如此強烈的共鳴了。至於她有甚麼樣的苦難身世，作品沒有像白居易的〈琵琶行〉那樣告知讀者，但可以想像，作為一個樂伎，處在唐末動亂的社會中，其命運只會比白詩中的琵琶女更悲慘而不會更好。此詞含蓄蘊藉，將豐富的語言潛藏在人物的言語行動之中，給讀者留下了很大的想像空間。

江城子 二首

其一

鵁鶄❶飛起郡城東，碧江空，半灘風。越王宮殿，蘋葉藕花中。簾卷水樓漁浪起，千片雪❷，雨濛濛。

【注釋】❶鵁鶄　鳥名。像野鴨，然高足，有毛冠，兩目長，似相交。❷千片雪　浪花重疊，色白如雪。

【語譯】鵁鶄飛空中，起於郡城東。江水碧藍藍，江面寬闊空。後浪推前浪，灘頭起大風。今日綠蘋荷花塘，即是昔日越王宮。水邊樓臺簾捲起，看到江浪如魚湧，浪花濺起千片雪，此時雨濛濛。

【賞析】此詞詠江城風物古蹟，在寫景狀物中寄寓了對歷史的感慨。李白的〈越中懷古〉與此詞旨意相同，詩云：

越王句踐破吳歸，義士還家盡錦衣。宮女如花滿春殿，只今惟有鷓鴣飛。

此詞的作法與李詩不同，他用現實—歷史—現實迴環映照的方式組合成詞的內容，並且，他也不像李詩那樣直接寫出作者對歷史的描述與看法，而是通過景物的比照透出弔古傷今之意。前三句寫江城東部的景色：鵁鶄飛起於江城之東，在空中自由地飛翔著，一江碧水，浩浩蕩蕩，舟楫無影，顯得極為空闊；沙灘風起，江浪相疊。無論是水鳥還是大江，都不會隨著時間而發生多少的變化，鵁鶄生生死死，但牠們每天都會飛起飛落；大江東流不息，千百年中總是那樣的態勢。可是人間社會呢？興衰更迭，一剎那而已。今日稱雄爭霸，宮殿巍峨，明日繁華盡散，霸圖消歇。於是，詞人寓感歎於寫景中說：「越王宮殿，蘋葉藕花中。」詞人在此景語中隱含著這樣的意思：人世間亂攘攘爭名奪利，權力的舞臺上你下場，我上臺，熱鬧非凡，可是到頭來，一切都不復存在，一切又歸於自然，蘋葉荷花的地方所築成的宮殿又還原成蘋葉荷花。最後三句寫詞人登樓遠眺，風吹雪浪，煙雨濛濛，由對歷史的感歎又回到了對現實的景色描繪中，然仍與弔古相關。「雨濛濛」所描繪的模糊意象表現了詞人的迷惘：人們其實都清楚你爭我奪的結果皆是一坏黃土，但是，從古到今，大部分人仍樂此不倦，可謂生命不息，爭奪不止，不知其原因何在。煙雨濛濛，一切本質的東西都隱藏在模糊的表象之內了。

其二

極浦❶煙消水鳥飛，離筵❷分首時，送金卮❸。渡口楊花，狂雪任風吹。日暮空江波浪急，芳草岸，雨如絲。

【注釋】❶極浦　極遠的水濱。❷離筵　離別的筵席。❸金卮　金質的酒杯。韋莊〈對梨華贈皇甫秀才〉：「且蠻殘陽留綺席，莫推紅袖訴金卮。」

【語譯】遠處水邊鳥起飛，煙罩江上色灰灰。離別筵席散，分手流淚用手遮。勸君再飲一杯酒，送去金杯莫要推。渡口楊花空中舞，如同大雪任風吹。晚上江面空，後浪向著前浪推。岸上草碧綠，如絲雨霏霏。

【賞析】此詞寫友人間的離別之情。自古以來，離別是一件痛苦的事情，尤其在交通不發達，彼此音訊難通的古代，更為傷情，故而古人說，黯然銷魂者，惟別而已。詞中描述的分離之地是在渡口，送者設筵餞行，當主客二人看到極遠的水濱，水鳥起飛，消失在煙靄之中時，一股淒然的情緒漫上了心頭。離別的筵席散後，客人走到了渡口，此時主人別情依依，又送去一卮酒。這與王維送別出使安西的元二時持有同樣的心情：「勸君更盡一杯酒，西出陽關無故人。」擔憂友人在旅程中寂寞，並再一次表達平安的祝願。楊花如雪，任風吹拂，既點明時間，又寓含著人的命運難以由自己把握的歎惜。暮靄沉沉，江天空闊，芳草萋萋，小雨如絲，景語中滲透著離情別恨，整體的意象反映了送者與行者惆悵、消沉與落寞的情緒。

張 泌 二十三首

泌一作佖，字子澄，常州人，一說淮南人。初官句容尉，上書陳治道。南唐後主徵為監察御史，歷考功員外郎，中書舍人，改內史舍人。後隨後主降宋，仍入史館，遷郎中，歸家毘陵，有集一卷。泌雖為南唐人，但據詞中涉及成都景物甚多的情況來看，可能宦遊過蜀。《花間集》收其詞二十七闋。

浣溪沙 十首

其一

鈿轂❶香車過柳堤，樺煙❷分處馬頻嘶。為他沉醉不成泥。

花滿驛亭❸香露細，杜鵑聲斷玉蟾❹低。含情無語倚樓西。

【注釋】❶鈿轂　車輛上飾有金屬物。轂，車輪中心之圓木，此處代指車輪。❷樺煙　以樺木之皮為燭所燃燒的煙。❸驛亭　行旅之人的止息之所。❹玉蟾　指月亮。方干〈中秋月〉：「涼宵煙靄外，三五玉蟾秋。」

【語譯】金花車輪圓又圓，香車走過楊柳堤。遠處霧靄如樺煙，馬兒叫聲就在前。紅顏一見記心上，因她飲醉軟過泥。花滿驛亭草萋萋，露水散香珠圓圓。杜鵑啼叫「歸歸歸」，月亮黯淡星星稀。妾心永遠記住郎，含情不語倚樓西。

【賞　析】此詞所寫的內容是離別之情，然又不是一般的離別，居者是男子，行者倒是女子；又男女兩人並不熟悉，祇是邂逅相遇而一見鍾情，他們相愛後沒有聚合的條件，女子祇得又乘著寶車走了。故事就是從這裡開始的。車過柳堤時，男子一定站在堤旁，目送著香車遠去，車漸漸隱入柳煙深處，看不見了，惟有聽到馬的嘶鳴。他的魂也跟著去了，他一定覺得從此以後，生命都是空的，一切都失去了意義。他返還旅邸，以酒澆愁，企圖以醉來解除精神上的痛苦。一般說深醉之人醉如泥，而他是「不成泥」，可見醉到了甚麼程度。那乘著香車的女子呢？詞人將鏡頭轉向了驛站。在車過柳堤的時候，她一定捲簾凝視，深情地望著男子。她也愛著那痴情的人兒啊！到了驛站，旅行的勞累並沒有使她悃倦，驛亭周圍的鮮花也沒有使她高興，她含情無語，倚樓相思，直到露水凝珠、杜鵑聲斷，月亮西沉，也沒有入眠，這可見她對男子是多麼的鍾情。一對男女，其情如此，卻不能歡合，詞人與讀者，都為其遺憾。

其二

馬上凝情憶舊遊，照花淹竹小溪流。鈿箏❶羅幕玉搔頭❷。　早是出門長帶月❸，可堪分袂❹又經秋。晚風斜日不勝愁。

【注　釋】❶鈿箏　嵌有珠寶的箏。箏，樂器之一種。❷玉搔頭　《西京雜記》卷二：「武帝過李夫人，就取玉簪搔頭。自此後宮人搔頭皆用玉，玉價倍貴焉。」白居易〈長恨歌〉：「花鈿委地無人收，翠翹金雀玉搔頭。」❸帶月　披月，在月光下。❹可堪分袂　哪堪分手。

【語　譯】我與行李瘦馬馱，深情回憶舊時遊。溪水碧清映照花，淹沒竹根緩緩流。美人幕中彈鈿箏，動人仙音亮溜溜。出門為了稻粱謀，披星戴月不敢留。情深最難是分手，日思夜想又經秋。晚風古道落魄人，想到前程愁如囚。

【賞 析】此詞寫一遊子對往日情事的回憶。由「不勝愁」可知此遊子相當落魄，求仕求祿都不遂心，但仍在漫漫的行遊路上踽踽獨行。他在「古道西風瘦馬」的環境中，用回憶過去的浪漫生活來打發旅途的寂寞。那是一個幽雅的環境，一灣清碧的溪流，倒映著鮮艷的花朵，溪水漫過岸灘上密密的竹林。小溪的旁邊，有一座精美的房舍，裡面布置著羅幕畫屏，而房舍裡住著一位穿著華貴的美人。我們的主人翁即在這裡和美人享受著甜蜜的愛情。美人常用鈿箏彈曲，那美妙的音樂縷縷地飛出屋外，融入到香甜而清澈的空氣中。那是一個甚麼樣的日子喲？快樂，愜意，一切是那樣的美好，那樣的無憂無慮。可是，往日那一幕幕的情景早已不復存在，披星戴月的漂泊生活取代了昔時的甜蜜生活。遊子想到此，心中泛起了酸苦的滋味，此時，晚風急，日西斜，對於前途茫茫，不知何時歸家的他來說，愁如一座大山壓來，使他不堪重負。此詞雖短，但通過今昔對比，抒發了遊子心中的愁苦之情，具有相當的感染力。

其 三

獨立寒階望月華❶，露濃香泛小庭花。繡屏愁背一燈斜。　雲雨❷自從分散後，人間無路到仙家。但憑魂夢訪天涯。

【注 釋】❶望月華　即是望月。庾信〈舟中望月〉：「舟子夜離家，開舲望月華。」❷雲雨　借用楚王夢巫山神女事代指男女的歡合。

【語 譯】獨自站在臺階下，滿腹心事望月華。露水濃濃潮氣重，香氣瀰漫庭中花。愁思不解回屋去，繡屏冷冷燈影斜。雲雨歡合情增加，從此之後未見他。他是天仙無蹤影，人間無路到仙家。深深思念魂欲斷，我願夢中訪天涯。

【賞　析】此詞寫一女子濃濃的思情。她與所愛的男子有過雲雨之歡，然而熱戀之後，男子遠離，再無音訊，害得這位多情的女子日思夜想。從「露濃香泛小庭花」來看，此時是在春天，而花發草綠的季節最易惹人愁思。女子「獨立寒階望月華」，正因為「獨」才會有「望」，望月光下那遙遠的地方。可以猜想，望之於她來說，決非是第一次，可能是夜夜立階而望。自古到今，思家鄉，念親人，都用望月的方式以解憂愁，道理可能是這樣的，在思念的人看來，不論家鄉、親人在甚麼地方，但與自己都同在一個月亮的下面，於是，在心理上感覺到家鄉、親人與自己的距離大大地縮短了，仿佛就在自己的身邊。此位女子可能也出於這樣的想法。她立於戶外，一定時間很長，因為露濃如霰，非於夜深之時不會有此自然現象的。她太怕孤獨了，繡屏冷，燈影斜，使她的心情異常落寞，她情願站在戶外，受風吹露襲，但有月亮陪伴，月光下的郎君陪伴，孤獨感就會減輕許多。但是，想像畢竟代替不了現實，她多麼想依偎在可觸摸的活生生的郎君身上啊！可是郎君漂泊不定，無處尋覓。女子於無奈之時，希望自己的魂兒在夢中遍訪天涯。此詞上下兩片，以遞進的層次性展示了女子銘心刻骨的思情，望—想—訪，構成了詞的內容。

其　四

依約❶殘眉理舊黃❷，翠鬟拋擲一簪長❸。暖風晴日罷朝妝。

閒折海棠看又撚❹，玉纖❺無力惹餘香。此情誰會倚斜陽。

【注　釋】❶依約　依稀，隱約。❷舊黃　原先塗上的額黃。❸一簪長　應為一長簪，為押韻而倒裝。❹撚　搓的意思。❺玉纖　白淨纖細的手指。韓偓〈詠柳〉：「玉纖折得遙相贈，便是觀音手裡時。」

【語　譯】整日心裡想著郎，殘眉未描舊額黃。烏髮散亂鬟鬆鬆，拋去的玉簪兩寸長。風暖日晴雖然好，妾哪有心思梳早妝。心中落寞多空閒，手撚海棠空中揚，指頭細細如玉潤，撚過海棠留花香。此情誰能理解到，愁眉皺起望斜陽。

【賞　析】此詞寫一閨婦的思情。遠人不歸，又音信杳無，閨人孤獨，愁思無處排解，於是，整日精神倦慵，對任何事情都提不起興致。早晨懶起，不想梳妝，以致眉淡僅依稀可見，額黃為前日舊妝，烏髮蓬鬆，玉簪橫枕，一副邋遢的樣子。春日風暖，陽光燦爛，本可郊遊賞春，踏青採花，可是她卻自閉深閨，不理朝妝，由此可見，她對生活、對愛情是多麼的失望。「閒折海棠看又撚」，既觀賞，又摧殘，表現了女子複雜的內心活動。時值春日，海棠盛開，她像豆蔻年華的少女，光彩照人。遲遲起床的閨婦乍一見鮮艷欲滴的海棠花，精神為之一振，於是，折上一枝，反覆觀賞。突然，豔麗的花朵變成了她容貌的對照物，試想，整天精神恍惚，思念遠人，又不理妝打扮，容貌還能和花比嗎？憔悴、萎靡，襯托出自己的醜來。她越比越氣，最後遷怒於無辜的花兒，水靈靈的花兒被她纖細的小手搓碎了，只留得一些餘香在她的手上。這種寫思婦性格的扭曲在整個《花間集》中是不多見的。「倚斜陽」三字，情多於景，暗示了女子前程的黯淡。

其　五

翡翠屏開繡幄❶紅，謝娥❷無力曉妝慵。錦帷❸鴛被宿香濃。　微雨小庭春寂寞，燕飛鶯語隔簾櫳。杏花凝恨倚東風。

【注　釋】❶繡幄　彩繡的帷帳。❷謝娥　即謝娘，此處泛指閨婦。❸錦帷　錦質帷帳。黃滔〈去扇〉：「城上風生蠟炬寒，錦帷開處露翔鸞。」

【語　譯】翡翠屏風巧玲瓏，彩繡帷帳色大紅。謝娘相思慵無力，妝臺不去懶整容。錦帳寬大掛室中，鴛鴦被裡香氣濃。　春日天空雨濛濛，庭院寂寞人孤獨。燕子飛舞一雙雙，鶯鶯話語隔簾櫳。杏花片片落枝頭，懷恨含怨對東風。

【賞　析】此詞寫閨婦等郎不歸後的失望與怨恨。郎君遠去時，可能給閨婦一個歸期，也可能是他捎信回來，告訴閨婦回家的日期，於是，閨婦在歸期到來前立起了翡翠屏，掛起了紅繡帳，熏透了鴛鴦被。室內煥然一新，整潔而華貴。婦人像迎接貴賓一樣迎接丈夫，反映出她對丈夫有著深情厚意，她要給丈夫一個驚喜，一個溫馨的家。可是，她的努力沒有得到酬報，依然是屋冷燈斜，闃然無聲。一夜不眠的謝娘，再也沒有心思去打扮了，心中充滿了對丈夫不守諾言的怨恨，「無力」正是她煎熬了一夜的外在表現。第二天，細雨濛濛，小庭寂寂，給閨婦一種沈甸甸的壓抑感，使本已痛苦的心情又增加了無滋無味的落寞。就在這時，簾櫳外燕舞鶯歌，成雙作對。閨婦見此情景，凝恨不已，恨的對象當然不是鶯鶯燕燕，而是讓她孤孤單單的丈夫。末句用擬人化的手法寫景，實際仍是寫人，她以杏花自比，而將摧殘杏花褪色、凋零的東風比作丈夫。這與雜劇《西廂記》中鶯鶯的心態一樣，鶯鶯在一次吐露心聲的唱詞中就有「無語怨東風」，東風在這裡是代指阻攔女兒自由戀愛的老夫人，因為她使「花落水流紅」，使鶯鶯「閒愁萬種」。

其六

枕障❶燻爐隔繡幃，二年終日兩相思。杏花明月始應知。
天上人間何處去，舊歡新夢覺來時。黃昏微雨畫簾垂。

【注釋】❶枕障　枕屏。立在枕前的屏風。李白〈巫山枕障〉：「巫山枕障畫高丘，白帝城邊樹色秋。」

【語譯】枕前屏風熏爐香，錦繡帷帳隔芬芬。兩年分別相思苦，日日盼望團聚期。憶昔杏花明月下，談情說愛心如痴。　上天尋郎苦無路，人間廣大無尋處。夢到往日歡合時，醒來晚風入窗戶。黃昏霧濃雨瀟瀟，畫簾垂下湧愁緒。

【賞析】詞中的一對戀人分別兩年了，但他們「終日兩相思」，這一構思極為新穎，在《花間集》所有的思情詞中，大都寫的是單相思，而從女子的嘴裡說出是「兩相思」，這是唯一的一闋詞。這說明了他們相知很深，自己忠貞於愛情，也不懷疑對方的忠貞，不因為分別兩年，而懷疑對方，怨恨對方，這種愛情已經超出了一般的性愛，而是純真的愛情了，思想交流的欲望已大於感官上的要求，在我國的詩歌史上，採用這種構思方法而表現美好的愛情也是不多見的，屈指可數的一是杜甫的〈月夜〉，「今夜鄜州月，閨中只獨看，遙憐小兒女，未解憶長安。」詩人在動亂的歲月裡懷念妻子，也想像著美麗的妻子在月下懷念著自己。另一是清代朱彝尊的〈桂殿秋〉（思往事）：「共眠一舸聽秋雨，小簟輕衾各自寒。」與相戀的女子分艙而眠，然都認為對方衾薄生寒。不心心相映，怎能如此？「天上人間何處去」，說明兩人音信隔斷，女子不知郎君在天涯何處，她只能在夢中尋覓到玉郎，靠回憶舊時的歡情來打發時光。雖然，她的生活景況猶如「黃昏微雨」，但是，她的精神沒有頹傷，因為她對郎君的忠貞堅信不疑，她相信總有一天，舊歡新續，來補償她的思念。

其七

花月香寒悄夜❶塵，綺筵❷幽會暗傷神。嬋娟❸依約畫屏人。　人不見時還暫語，今纔拋後愛微顰。越羅巴錦❹不勝春。

【注　釋】❶悄夜　即靜靜的夜。❷綺筵　華美的筵席。唐·李世民〈三層閣上置音聲〉：「綺筵移暮景，紫閣引宵煙。」❸嬋娟　喻女子形態的美好。孟郊《孟東野集》卷一〈嬋娟篇〉：「花嬋娟，泛春泉；竹嬋娟，籠曉煙；妓嬋娟，不長妍；月嬋娟，真可憐。」❹越羅巴錦　越地的綾羅，巴蜀的錦帛，皆很有名。

【語　譯】靜靜深夜出閨門，花香月冷庭無塵。華美筵席歡樂短，暗中偷情傷精神。窈窕態淑貌，美麗如同畫中人。情滿心中自言語，郎已離去聽不到。兩人分開捨不得，眉頭微蹙心中悶。楚楚柔弱風中柳，越羅巴錦不勝春。

【賞　析】此詞寫一女子與所戀男子的幽會和幽會後的神態。在我國古代，禮教森嚴，青年男女沒有戀愛的自由，更不能自主婚姻，如若他們膽敢犯規，族權、父權與道德往往會將他們置於死地。然而，愛情，這一人類最高尚、最寶貴的精神情操，並沒有因為禮教與道德的壓制而消亡，即使在最黑暗的時代，也無處不有，無時不生，他們像湧動的春潮，不怕冰凌的阻隔，悄然地在冰封的河面下流動著。詞中的這一對男女就是不懼當時的道德規範而與所愛的人幽會。首句描繪了幽會的環境：悄然無聲，塵埃不起。雖然月光冷冷，但花香暗發。總的說，不失為良辰美景。詞人作如是的描繪，目的是讓美好的愛情存在於美好的環境之中，這就表明了他歌頌愛情的態度。筵席華美，麗人如畫，歡樂的時間很快的過去了，「暗傷神」是寫歡合後的情態，又到了分別的時候了。男子悄然地走了，女子仍在訴說著情愛之類的話，待她發現自己又成為孤身一人時，眉頭頻蹙，剛才得到的稍許歡樂頃刻間不復存在，精神頹傷，連身上美麗的越羅巴錦也掩飾不了臉上的沮喪。此詞只有短短的六句，但完整地敘述了一對男女幽會的故事，表現出作者高超的剪裁材料的功夫。

其八

偏戴花冠白玉簪❶，睡容新起意沉吟❷。翠鈿金縷鎮眉心。　小檻❸日斜風悄悄，隔簾零落杏花陰。斷香輕碧鎖愁❹深。

【注釋】❶花冠白玉簪　戴花飾之冠，插白玉所製之簪。白居易〈長恨歌〉：「雲鬢半偏新睡覺，花冠不整下堂來。」又杜甫〈樓上〉：「天地空搔首，頻抽白玉簪。」❷沉吟　此處有不清醒的意思。❸小檻　小欄杆。❹鎖愁　眉頭緊鎖。

【語譯】睡覺才起大白天，白玉簪子花冠偏。睡意猶存低沈思，鏡臺面前化妝濃。玉釵明珠裝飾新，翠鈿金縷壓眉心。　欄干之外風靜寂，日影西斜心不悅。簾外杏花紛紛落，一片狼藉剩綠葉。望著春暮皺眉頭，綠肥紅瘦香散盡。

【賞析】此詞寫一個女子在暮春天氣裡的惆悵。暮春三月，日光融融，最易引起有閒人的悃慵。詞中的女子不但有閒，還十分富有，她頭上的飾品就有花冠、白玉簪、翠鈿、金縷，皆為華貴精美之物，既然如此富有，定會呼奴使婢，過著衣來伸手、飯來張口的生活。而無所事事，便會在這樣的天氣裡睏睡。日過中天之後，她午睡方起，經過一番梳洗，立於欄杆處閒望，她感到暖風暗拂，她看到杏花零落，整個世界，由紅轉綠。瀰漫於空氣中的花香斷了，象徵著生命的春天正悄悄地離去。這時，她眉頭緊鎖，一股惆悵壓上心頭，隱隱約約地感到自己的容貌正在衰老，青春年華正在消逝。此詞所寫的春愁別是一種，它不是相思之愁，也不是看不見前程的憂愁，它是真正的富貴女子的閒愁。

其九

晚逐香車入鳳城❶，東風斜揭繡簾輕。慢迴嬌眼❷笑盈盈。　消息❸未通何計是？便須❹佯醉且隨行。依稀❺聞道太狂生。

【注釋】❶鳳城　京城。沈佺期〈奉和樂遊苑迎春詩〉：「歌吹銜恩歸路晚，棲烏半下鳳城來。」❷嬌眼　眼光嬌媚，傳遞柔情。❸消息　男子對車中美人的情意。❹便須　便應。❺依稀　彷彿。

【語譯】晚隨香車入京城，香車裡面有佳人。東風掀起車窗簾，看到佳人面如粉。佳人轉臉拋媚眼，盈盈一笑讓我斷了魂。　佳人不知我是誰，無計送上詩和文。偽裝醉態跟著去，摸清她家是那座門，車中笑語夾罵語，罵我是狂生不老成。

【賞析】此詞寫一個少年對一個陌生女子的大膽追求，在整個《花間集》中，其內容顯得別致而生動。詞人捨去了這樣的內容：遊春時節，京城郊外，仕女如雲，少年惟有對香車中的女子特別愛慕，然而由於男女之界限，始終沒有機會接談等等，從「晚逐香車入鳳城」開始敘述，前面的內容留給讀者去想像，這種寫法足見作者構思上的用心。「入鳳城」是已進入城中，從郊野直追至城。入城之後，又不顧行人之注目，仍緊追不捨，表現出少年之多情，也表現出車中女子的美麗。雖然未直接寫女子，然女子之美色，已可想見了。東風揭簾，女子回顧，拋出媚眼，又含情一笑，點出了少年大膽追逐的原因所在。女子這樣的態度，表明她在郊外遇見少年時，心裡也有好感。現在看到他逐車而來，更為他對自己的這份深情所感動，於是給予他力所能及的鼓勵與暗示。風揭繡簾，決非一次，因此，女子的「慢迴嬌眼笑盈盈」也不會僅是這一次，一路鼓勵，一路追逐，所以，車到城中，少年也跟入城中。如若沒有這鼓勵，落花有意，而流水無情，少年未必作此無用之功。女子的態度使少年欣喜，也使他焦急：兩人未交一言，她不知道我是誰，我也不知道她住何處，一切情況都不清楚，現在分手，以後可能就再也見不到她了。然就這樣一直跟著去，如若她家的奴僕說我騷擾小姐，把我捉起來，重演韓翃的故事，又怎麼辦？眉頭一皺，計上心來，乾脆佯裝酒醉，逐車而行，看看她居住何處，以後再慢慢通上「消息」。靠近她家的府第了，少年隱約聽到車中的嗔罵，罵他是個狂生。但可以確定，罵聲不是出自於「小姐」之口，而是要維護小姐聲譽的丫鬟之口。短短四十二個字，刻畫出了少年直率、女子含蓄，然都是追求愛情的性格。

其十

小市❶東門欲雪天，眾中依約見神仙❷。蕊黃香畫貼金蟬❸。　飲散黃昏人草草❹，醉容無語立門前。馬嘶塵烘❺一街煙。

【注　釋】❶小市　地名。《漢書・孝景王皇后傳》：「初，皇太后微時所為金王孫生女，俗在民間，蓋諱之也。武帝始立，韓嫣白之。帝曰：『何不早言？』乃車駕自往迎之。其家住長陵小市，直至其門，使左右人求之。」❷神仙　這裡指美麗之女子。❸貼金蟬　髮上金蟬釵，如貼其上。❹草草　雜亂。❺塵烘　塵土飛揚。

【語　譯】小市東門灰色天，欲要下雪烏雲翩。一群女子走過來，其中一個美如仙。額黃點畫增麗色，金蟬簪子髻稍偏。酒席散後已黃昏，酒客奔走全不見。歪歪扭扭有醉意，望著美人立門前。美人與伴乘車去，馬蹄揚起塵飛揚。

【賞　析】此詞寫詞人對一位美麗女子的暗戀。首句點出時間與地點。時在冬日，烏雲密布，寒風凜冽，天欲飛雪，可就在這個時候，詞人的視野裡出現了一群女子，其中一位，形態姣好，宛若神仙。尤其是額上蕊黃、髻上金釵，更添風采。她像一股溫暖的春風，使這灰暗、嚴寒的冬天有了暖意，有了生機。女子的身份可能是歌伎，是來陪酒的，雖然和詞人同坐一席，但由於人多，沒有機會接談，從詞中的內容來看，女子似乎也沒有留意於他。席終人散，時近黃昏，詞人因為高興，多喝了幾盅，至席終時，已成了醉人。但他並沒有忘記所戀的「神仙」，佇立門前，用朦朧的醉眼望著離去的「神仙」，馬嘶輪轉，滿街煙塵，佳人走了，走了，……此時的詞人滿腹惆悵，一種失落感油然升起。

臨江仙　一首

煙收湘渚❶秋江靜，蕉花露泣愁紅。五雲雙鶴❷去無蹤，幾迴魂斷，凝望向長空。

翠竹暗留珠淚怨❸，閒調寶瑟波中❹。花鬟月鬢綠雲重，古祠深殿，香冷雨和風。

【詞　牌】臨江仙　又名《謝新恩》，屬「林鍾羽」，俗呼「高平調」，又呼「南呂宮」。始見《教坊記》，有很多體。

【注　釋】❶湘渚　湘江之渚。渚，水中間的小塊陸地。杜牧〈李甘詩〉：「幽蘭思楚澤，恨水啼湘渚。」❷五雲雙鶴　湘妃所乘者。五雲，五色祥雲。❸翠竹暗留珠淚怨　晉·張華《博物志》卷八：「堯之二女，舜之二妃，曰湘夫人。舜崩，二妃啼，以涕揮竹，竹盡斑。」李嘉佑〈江上曲〉：「君看峰上斑斑竹，盡是湘妃泣淚痕。」❹閒調寶瑟波中　指湘靈鼓瑟。典出屈原〈遠遊〉：「使湘靈鼓瑟兮，令海若舞馮夷。」

【語　譯】秋日湘江景幽靜，小島霧消江如鏡。蕉花顏色鮮豔紅，露水滴滴如流淚容。湘妃駕起五彩雲，又乘雙鶴天上行。來去皆無蹤，無影如同風。幾回魂欲斷，徒然望長空。　江畔根根竹子翠，斑斑盡是湘妃淚。抒發怨情為舜亡，湘靈鼓瑟在波中。鬟鬟烏黑插上花，端莊美麗是仙家。湘妃祠中香火冷，風吹雨打像不整。

【賞　析】此是詠湘妃之作。湘妃即堯之二女娥皇、女英，舜之妻。《山海經・中次十二經》云：「洞庭之山，帝之二女居之，是常遊於江淵。澧沅之風，交瀟湘之淵，是在九江之間，出入必以飄風暴雨。」又北魏・酈道元《水經注・湘水》云：「大舜之陟方也，二妃從征，溺於湘江，神遊洞庭之淵，出入瀟湘之浦。」此詞在寫湘妃的同時，表現了詞人深厚的懷念之情。前兩句寫湘妃的生活環境，湘渚因煙散而明朗，秋江因平靜而如鏡；岸邊蕉花，露珠如淚，風搖露灑，如人幽泣。由此可見，湘妃住處雖然幽雅，但由於她們是不幸的女神，故而景物呈現出悲傷的色彩。湘妃雖溺水而死，但死後列入仙班，所以她們的活動不限於水中。她們常御五色祥雲，乘千年仙鶴遨遊天空。詞人想念她們，然而仙人相隔，難以見面，他數回凝視長空，然覓不到一絲蹤影。她們都是多情的女子，當舜死時，日夜啼泣，揮淚灑竹，竹皆盡斑。這斑竹就是她們怨恨天公奪去她們丈夫的見證。她們雖然身列仙班，但並沒有忘記葬於蒼梧山的丈夫，常常打扮一新，在水波上彈瑟，以慰丈夫的寂寞。最後一句，流露出詞人的遺憾，湘妃具有如此高尚的美德，卻不為世人所重視。湘妃祠堂，塵積香冷，那美麗的塑像，正遭受著風雨的剝蝕。作者在此詞中調度了許多技法，將寫景與抒情、傳說與現實、描寫與憑弔結合在一起，並讓詞的內容始終沉浸在淒傷的氣氛中。

女冠子 一首

露花煙草，寂寞五雲三島❶。正春深，貌減潛銷玉❷，香殘尚惹襟。　竹疏虛檻靜，
松密醮壇陰。何事劉郎去？信沉沉❸。

【注　釋】❶五雲三島　三島，女冠修道之所，為蓬萊、方丈、瀛洲。五雲，即五色祥雲，來往三島之間的所乘之物。

❷貌減潛銷玉　容貌衰老，紅顏褪色。❸沉沉　渺茫不見。

【語譯】春天清早，露水沾花草。五雲不再飛，寂寞在三島。春來已多日，美貌暗暗衰老，花落綠葉長，殘香尚存襟襖。翠竹疏疏有石徑，道觀堂內清淨。松柏密密無空隙，醮壇經場涼蔭。不知為何劉郎去，至今沒有回個信？

【賞析】此詞描寫一女道士失戀的精神生活。是凡宗教，都是禁欲的，其教規嚴格禁止教徒有戀愛生活，但是，這種違反人性，壓抑人之本能的戒條又無一不受到許多教徒的嘲弄。他們身在寺院、道觀，心卻嚮往紅塵中的婚姻生活，有的乾脆將教規拋到一邊，與愛人密約幽期，偷情取樂，《十日談》、《雙下山》即是這方面生活的真實反映。此詞中的女冠亦是教規的反叛者，不同的是在她剛剛嘗到了愛情的歡樂之後，所愛之人即離她而去，使得她在惹人愁思的春天裡，「貌減潛銷玉」。女冠生活的環境是極為幽雅的，竹疏松密，檻靜壇蔭，露花煙草，遠隔紅塵，但是，這一切並沒有能夠使她息心修煉，塞耳誦經，她所念念不忘的是「何事劉郎去，信沉沉」，她日思夜盼的是劉郎回來。詞作形象地說明，情愛生活在人們的生活中是不可缺少的，任何力量也阻止不了人們對她的追求。此詞在描繪道觀環境上很有特點，用精煉的語言概括地描寫了道觀的景色，營造出一種寂靜的氣氛，讓讀者產生身臨其境之感。

河傳 二首

其一

渺莽❶雲水，惆悵暮帆，去程❷迢遞。夕陽芳草，千里萬里，雁聲無限起。　　夢魂悄斷煙波裡❸，心如醉。相見何處是？錦屏香冷無睡，被頭多少淚。

【注釋】❶渺莽　渺茫，遼闊的樣子。❷去程　將去的旅程。❸夢魂悄斷煙波裡　閨人作夢，夢到茫茫煙波之處，為雁聲驚斷。

【語　譯】水茫茫，闊無邊，傍晚帆船駛向水連天，征程千萬里，遠望隔雲煙。夕陽照芳草，金輝映柳堤。雁過空中聲聲起，生生把妾好夢剪。　夢到郎船在煙波裡，醒後妾心如同醉。不知何處再能見到郎？想到此處心中都是苦滋味。錦屏無情香爐冷，千頭萬緒無法睡。未來的日子沒希望，被頭濕透多少淚。

【賞　析】此詞寫一女子的相思之情。上片整個是女子的夢境。她夢見了郎君，但是沒有接談，夢境只是縮短了他們的距離，彷彿給了她一架望遠鏡，讓她看到了郎君的行踪。在那寬闊的水面上，一片白帆正緩緩地駛向水天相接的地方，沉沉的暮色給天與水都染上了一層淒迷的色彩，從雲縫中漏下的夕陽的光輝灑在岸邊的芳草上，似乎給畫面帶來一絲亮色，但仍然沒有減淡多少幽傷的氣氛。「惆悵」並非帆的表現，而是船上郎君的表現，他之所以惆悵，當然是因為不能與心上人團聚。正在女子隨著帆船駛向遠方的時候，長空中一群大雁飛過，淒厲的叫聲把女子從夢中驚醒。帆，隱去了；郎，不見了。女子的心中漫溢著失落的情緒，昏昏如醉。夢中相見，雖屬畫餅，然仍能聊以慰藉。夢也不是輕易能做到的，從今以後，不知何時何處再能相見。女子想到自己的未來，真是看不到一絲亮色，環顧四周，錦屏無情，香爐冰冷，心中的痛苦化作了滴滴的淚水，打濕了被頭。

其二

紅杏，交枝相映，密密濛濛❶。一庭濃豔❷倚東風。香融，透簾櫳。

斜陽似共春光語，蝶爭舞，更引流鶯❸妒。魂銷千片玉尊❹前，神仙，瑤池❺醉暮天。

【注　釋】❶濛濛　原用來比喻小雨細密，此處意為花朵紛雜的樣子。❷濃豔　代指繁盛美麗的杏花。❸流鶯　飛速極快的鶯。❹玉尊　玉製酒杯。❺瑤池　神仙遊樂之地。

【語　譯】滿院紅杏，枝枝繁花相映。簇簇花兒密匝匝，朵朵笑著倚東風。香氣濃，透過簾櫳。　萬里晴空日過午，融融陽光與春光語，蜂蝶繞著花兒舞。鶯鶯飛過見此景，恨蜂怨蝶心嫉妒。魂銷千片酒杯前，嘴不離酒杯相連。酒量如海一神仙，傍晚醉在瑤池邊。

【賞　析】此詞讚美春光的美好與描寫作者在春日裡的快樂。詞人所在的庭院，是春天的縮影。這裡，紅杏滿枝，紛紛繁繁，東風吹來，流光溢彩，更有那花香，在空氣中流溢著，沁人心脾，使你感到周身的暢快。簾櫳雖厚，但擋不住花香的滲透，使室內也瀰漫著香氣。斜陽的光輝，柔和美麗，與悅人的春色融合在一起，使得景色更加迷人。杏花上下，蜂狂蝶舞，引起了流鶯的嫉妒。詞人用此擬人化的手法，目的是寫出春天的多彩多姿與生動活潑。在這賞心悅目的日子裡，詞人開懷暢飲，瓊漿玉液入肚，恍若神仙。末三句寫自己賞春、樂春，表達了自己對春天的熱愛，暗點了題意。

酒泉子 二首

其一

春雨打窗，驚夢覺來天氣曉。畫堂深，紅焰小，背蘭釭❶。

酒香噴鼻❷懶開釭，惆悵更無人共醉。舊巢中，新燕子，語雙雙。

【注　釋】❶背蘭釭　蘭膏所燃的火焰漸次熄滅了。❷酒香噴鼻　酒香撲鼻。

【語　譯】瀟瀟春雨撲打窗，好夢被驚神暗傷。轉身望窗外，東方有亮光。畫堂深幽幽，燭火漸昏黃，最後熄滅在蘭釭。屋內瀰漫著酒香，沒情沒緒懶開釭。一人喝酒愁更愁，沒人作伴進醉鄉。樑上舊巢中，來的新燕子，竊竊私語，一雙雙。

【賞　析】此詞寫一閨婦因獨居而產生的春愁。天將破曉，春雨打窗。女子正在作夢，雨擊窗戶的聲音將她驚醒。

夢的甚麼？詞人沒有說，但可料定到是男歡女愛的內容。日有所思，夜有所夢，若非好夢，何必作驚？好夢剪斷，心情一定悵然。但詞人沒有直說，而是融情入景，用形象來表現：畫堂暗幽幽的，燭火如豆，在搖曳中漸漸熄滅，此三句似乎在不經意中傳導出一種淒涼的情緒。此時春醪正熟，香溢缸外，然女子卻懶去開缸。酒能解愁，但女子連解愁的事情也懶得去做了，可見她的精神是多麼的頹喪！燕有對語，人無共醉，兩相對比，人不如燕，這無疑在她有創傷的心靈上又打上了一層霜。大多數詞調中間經常換韻，而此詞一韻到底，讀時有很強的音樂感。不過，因採用江陽韻，聲音脆亮，減淡了本應很濃的淒苦色彩。

其　二

紫陌青門❶，三十六宮❷春色。御溝輦路❸暗相通，杏園風。　咸陽❹沽酒寶釵空。笑指未央❺歸去，插花走馬❻落殘紅，月明中。

【注　釋】❶青門　唐時長安城門之一。《三輔黃圖》卷一：「長安城東出南頭第一門霸城門，民見門色青，名曰青城門，或曰青門。」❷三十六宮　泛指宮室之多。溫庭筠〈郭處士擊甌歌〉：「吾聞三十六宮花離離，軟風吹春星斗稀。」❸御溝輦路　皇宮外的環牆河，帝王車駕所行之路。《三輔黃圖》卷六：「長安御溝，謂之楊溝，謂植高楊於其上也。」❹咸陽　地名。今陝西省咸陽市。❺未央　漢宮殿名。故址在長安故城西北角。❻走馬　跑馬。陳鴻〈東城老父傳〉：「生兒不用識文字，鬥雞走馬勝讀書。」

【語　譯】寬寬長安路，巍巍青城門。三十六宮春色濃，三千宮娥皆麗人。御溝濺濺繞皇宮，輦路與宮都相通。新科進士樂陶陶，沐浴杏園風。　都城買醉酒店中，陪酒麗人一搶空。醉眼朦朧回家去，笑說指著未央宮。胸前掛花鞭快馬，花瓣半落剩殘紅。天上一輪月，賀我成功。

【賞　析】此詞寫新科進士的得意心情。張泌的生平不詳，沒有進士及第的記載，但是如果沒有親身經歷過那樣的喜悅，怕不能寫出這樣的詞作，亦不會有閒情設想別人得第的喜悅。上片描寫皇城的氣派。紫陌，帝都的道路。李白〈南都行〉云：「高樓對紫陌，甲第連青山。」再看城門巍峨高聳，肅穆威嚴。而三十六宮，皆是玉宇瓊樓，那陽光下閃閃發光的琉璃瓦，那純淨潔白的玉欄干，那婀娜多姿的楊柳，更有那盡皆國色的麗人。作者用一半的篇幅描寫這些內容的目的何在呢？是潛在地表現自己的得意心情。過去，皇城對於我，是那樣的遙遠，是一個不易作的夢，今日，我來了！它就在我的眼前，我的身邊，它已成了我生活的一部分。下片直接寫新科進士在放榜日子裡的快樂生活。酒家買醉，紅袖作陪，戴花走馬，笑談皇宮。喜悅之情洋溢於字裡行間。此詞為表現出快樂的情調，有意識地用不同顏色的字或物體錯雜其間，如紫、青、杏（紅）、酒（碧）、月（白），達到五色繽紛的效果。

生查子 一首

相見稀，喜相見，相見還相遠。檀畫荔枝紅❶，金蔓蜻蜓軟❷。　魚雁疏，芳信斷，
花落庭陰晚。可惜玉肌膚，銷瘦成慵懶。

【注　釋】❶檀畫荔枝紅　臉上塗著荔枝紅的顏色。❷金蔓蜻蜓軟　蜻蜓狀的金首飾。溫庭筠〈夜宴謠〉：「長釵墜髮雙蜻蜓。」

【語　譯】兩人不常見，高興見了面。見後卻生疏，因為長期斷音訊。臉上塗著荔枝紅，一副美麗嬌面容。蜻蜓金釵軟，烏髮鬢髻鬆。　魚雁不傳書，佳人仍單孤。春深花掉落，庭院晚風起。可憐玉肌膚，消瘦皮如榆。整日沒精神，怕與人話語。

【賞　析】此詞寫一女子的相思之情。上片整個是一夢境：她與日思夜想的郎君終於又見面了，她是多麼的高興哪！她想擁抱他，親撫他，可是，到了他身邊的時候，卻感覺到兩人之間的生疏，他默默無語，好像想不出甚麼話來說。

而她，也把到了嘴邊的話咽了回去。他是那樣的冷漠，那樣的陌生，根本沒有久別後的熱情。難道我變老變醜了嗎？為了這次見面，我可是作了精心打扮的呀，臉上塗了荔枝紅的胭脂，使得面容青春煥發；髮髻上插上蜻蜓狀的金釵，在風中搖搖顫顫，更添風采。望著對方冷漠的臉，她悲慟欲絕。夢，也就到此結束了。她醒來之後，並不因為剛才的情景是夢境而不放在心上，反而，增加了她的憂愁。她由此懷疑起男子對自己的感情：如若他心中還有我，為何不來信？春天將去，花落枝空，女子在相思、憂慮中損耗著自己的青春與生命，光潔的肌膚變得乾枯鬆弛，美麗的面容已憔悴不堪。一個可憐的女子，追求她的婚姻生活，付出了如此大的代價，卻仍不可得。

思越人 一首

燕雙飛，鶯百囀，越波堤❶下長橋。鬬鈿花筐❷金匣恰，舞衣羅薄纖腰。

東風澹蕩❸慵無力，黛眉愁聚春碧。滿地落花無消息，月明腸斷空憶。

【詞牌】思越人　此調宮調不傳，《教坊記》中載有〈思友人〉調，不知是否即此調。

【注釋】❶越波堤　可能是月波堤之誤。宋‧王欽若《冊府元龜》：「後唐同光二年，雒京奏朱殷修築月波堤，畢工，新水入新開河。」❷鬬鈿花筐　皆為首飾。❸東風澹蕩　猶東風蕩漾。鮑照〈代白紵曲之二〉：「春風澹蕩俠思多，天色淨綠氣妍和。」

【語譯】燕子雙雙空中舞，鶯鶯柳中歌百囀。月波堤下長橋，一位佳人妖嬈。首飾漂亮神態嬌，薄羅舞衣裹瘦腰。

東風蕩漾弱無力，四邊無聲空寂寂。眉頭緊皺起，色深如翠碧。春去花落滿地紅，伊人一去無消息。明月懸空中，腸斷空相憶。

【賞析】此詞寫一位女子在春日中的思情。上片寫女子白日裡在郊野賞春。燕子成雙作對，在空中飛舞，你追我逐，親親愛愛；鶯鶯在柳浪中鳴啼，放開喉嚨，盡情地歡唱；月波堤內河水，碧波蕩漾；月波堤下長橋，與春光輝照。女子是極為美麗的，鬥鈿花筐，纖腰羅衣，她在郊野裡，無疑增添了春光。然而，賞春並沒有給她帶來多少歡樂，雙燕反襯出她的孤單，鶯歌使她感到自己生活的單調。面對春光，她愈發思念遠人，若是在這融融的春光中，攜手同遊，該是多好啊！白天的愁思化作夜晚的不眠，她立於小庭院中，面對滿地的落花，黛眉緊蹙：再豔麗的花朵，都有凋謝的時候，那麼，再美麗的人兒也有衰老的日子。可是我的郎君卻無一點消息，他何日歸來，實在是渺茫得很，我每日的月下相思，是徒勞的，得不到任何的回報。本詞上片寫郊野賞春，下片寫月下相思，層次十分清楚。

滿宮花 一首

花正芳，樓似綺，寂寞上陽宮❶裡。鈿籠金鎖❷睡鴛鴦，簾冷露華珠翠。

嬌豔輕盈香雪膩❸，細雨黃鶯雙起。東風惆悵欲清明，公子❹橋邊沉醉。

【詞牌】滿宮花　此調宮調不傳。《教坊記》曲名中載有〈滿堂花〉而無〈滿宮花〉。《詞譜》、《詞律》、《歷代詩餘》諸書中有〈滿宮花〉，而無〈滿堂花〉，可能是同一調。

【注釋】❶上陽宮　宮名。唐高宗時建。《樂府詩集》卷九六引〈白居易傳〉：「天寶五載已後，楊貴妃專寵，後宮無復進幸。六宮有美色者，輒置別所，上陽其一也。貞元中尚存焉。」❷鈿籠金鎖　門上之物。籠、鎖，意同。❸香雪膩　指佳人的肌膚雪白香膩。❹公子　對豪門貴族子弟的通稱。

【語譯】宮外花正開，樓美如錦繡。上陽宮裡寂寞，每天生活依舊。華貴箱籠雕鴛鴦，美女卻無人陪伴。簾外露水冷，葉上水珠滴溜溜。宮女面龐嬌豔，香頸雪腕外現。東風裡，細雨中，黃鶯對對飛離地。清明時節人惆悵，公子沉醉在橋邊。

【賞　析】此詞從兩個視角寫冷宮中的美女。上片是美女自己看自己，下片是公子眼中的宮女。宮雖然為冷宮，但春天並沒有冷落它，也是春光明媚。宮外五顏六色的花朵絢麗奪目，爭芳鬥豔，而樓宇在花的映襯下，如同錦繡一般的秀美。但是，春愈濃，宮女的心越冷，越難受。因為春天的美麗，不是一個無偶之人所能領略到的，或者說，只有在精神上，尤其是在情愛生活上得到滿足的人，才能有這份心境去欣賞春天的美，相反，春的明媚，春的歡樂反襯出她生活的寂寞與淒苦。更何況宮中一些裝飾物也給予她們刺激，鴛鴦交頸而睡的畫面使得她們無法入眠，佇立院中，承受著冷露的侵襲。一個偶然的機會，一個公子在郊野處看到了宮女，在他的眼裡，她們個個美麗絕倫，神態嫻雅，臉龐嬌豔，肌膚香膩雪白。此日是清明節，她們出宮可能是祭掃先帝的陵墓。細雨霏霏，黃鶯雙起，宮女們用羨慕的目光默默地望著牠們，公子由此知道她們的心是苦悶的。然而，有甚麼辦法呢？她們希望得到愛情，他也傾心於她們，可是，能越過那高高的宮牆嗎？無奈的公子只有以酒消憂，沉醉在青草蔓生的橋邊。

柳枝 一首

膩粉瓊妝❶透碧紗，雪休誇。金鳳釵頭❷墜鬢斜，髮交加。倚著雲屏新睡覺❸，思夢笑。紅腮隱出枕函❹花，有些些❺。

【注　釋】❶膩粉瓊妝　指女子臉上因塗上了滑潤的粉而顯得像玉一樣瑩潤。❷金鳳釵頭　鳳頭釵。❸新睡覺　剛剛睡醒。❹枕函　枕套。❺些些　少許。

【語　譯】塗抹粉後容貌佳，潔白瑩潤的樣子透碧紗。與她相比，白雪休誇。鳳頭釵子，鬢邊墜斜。烏髮淩亂，無以復加。倚雲屏，睡過覺，想剛才夢景，開心笑。睡後精神爽，臉色紅如花。腮沒枕頭內，只露一些些。

【賞析】此詞寫一位美貌女子睡過覺後的神態與情態。這位女子雖然是單身獨居，並且也有心上人，但她的相思較淺，一場男女交歡的好夢就能使她得到滿足。所以，從神態上看，她並沒有因孤獨寂寞而顯得病懨懨的樣子。當我們看到她時，她就以光彩照人的外表吸引住我們。儘管她是剛剛醒來，釵墜髮亂，衣衫不整，但這些沒有減少她的美麗，她膚勝雪，潔白瑩潤；腮如花，鮮豔欲滴。「思夢笑」三字，是了解她現在生活與透視她內心世界的關鍵性描寫。若郎君與她同床共枕，肌膚相接，日歡夜樂，何需要作夢？既作夢，現實缺少也，這說明她為獨居。回憶夢中情景而笑，其夢一定甜美，且使她相當快樂，而對於一個古代單身的女子來說，甚麼樣的夢能使她快樂，就可想而知了。相思很深的女子，夢的「畫餅」對於她們來說，並不能「充飢」，醒後郎君無影的境地，倒使她們倍覺淒涼，而詞中的這位女子，思夢而笑，夢使她得到極大的滿足，又可見她的相思還未到刻骨銘心的地步。當然，我們不能因此而責怪女子不多情，相反，我們倒為她慶幸，因為她沒有用青春與生命去追求一個虛幻的愛情。該詞語句平淡，為詞評家讚賞。賀裳《皺水軒詞筌》云：「詞雖以險麗為工，實不及本色語之妙。如張泌『紅腮隱出枕函花』是也。」

南歌子 三首

其一

柳色❶遮樓暗，桐花❷落砌香。畫堂開處遠風涼。高卷水晶簾額，襯斜陽。

【注釋】❶柳色 翠綠色。❷桐花 李德裕〈畫桐花鳳扇賦序〉：「成都夾岷江，磯岸多植紫桐。……有靈禽五色，來集桐花，以飲朝露。及華落則煙飛雨散，不知其所往。」

【語譯】柳樹高出小樓房，樓被柳遮色青黃。桐花紛紛落，階上散花香。畫堂迎風開，遠風送清涼。水晶簾額高捲起，畫屏映斜陽。

【賞　析】在多數內容為剪紅刻翠的《花間集》中，此詞無疑能給人一種另一樣的感覺。它所描繪的蜀地閨閣景色，給人一種清幽的美感。從「水晶簾」、「畫堂」等物品判斷，這是一座小小的閨樓，樓掩映在濃密高大的柳樹中，柳的翠綠給白色的樓房映染成青黃色，當然，白色是我們的一種想像，因為這種顏色表現純潔，實際的顏色沒有講，詞的本身就留下了給讀者想像的空間。除了楊柳，還有門前的桐花，此時桐花謝落，布滿了石階上，人踏階上，香氣撲鼻。桐花雖落，然香氣濃郁，詞人也重在寫香，所以沒有感傷的情調。畫堂迎風而開，人立堂中，風入懷裡，涼爽入骨。此時斜陽發出溫柔的光芒，大地覆蓋了一層金色，小樓的主人捲起簾額，讓這美麗的光輝進入畫堂內，使帷帳、屏風、妝臺，都因明亮而熠熠生輝。全詞五句話，都是寫景，但是從這些景色中，我們看到了女子樂觀、開朗的性格。我們還可以從小樓的環境之美、樓內的陳設之雅推斷出她是一個很美的人，至少內心是很美的。

其　二

岸柳拖煙綠❶，庭花照日紅❷。數聲蜀魄❸入簾櫳。驚斷碧窗殘夢，畫屏空。

【注　釋】❶岸柳拖煙綠　岸柳沿河逶迤，如橫拖一柱綠煙。❷庭花照日紅　庭中的鮮花與日輝映。❸蜀魄　亦稱杜魄，杜鵑鳥之別名。左思〈蜀都賦〉：「鳥生杜宇之魄。」韋莊〈題李斯傳〉：「蜀魄湘魂萬古悲。」

【語　譯】逶迤岸柳色翠綠，遠望如煙橫溢。院中花正豔，日照更加紅。數聲杜鵑啼叫，淒苦的叫聲入窗簾。閨人正與郎君纏綿，綠窗外的叫聲驚殘夢。醒後郎君不見，只有畫屏空。

【賞　析】此詞寫閨思。前兩句描寫濃濃的春意。岸柳沿河而植，翠色映天，遠望如煙；庭中鮮花怒放，絢麗奪目。一遠一近，構製了明媚的春景圖。然而，閨人因相思、因遠人未有歸期而無心賞春。在這陽光燦爛的白天，應該在綠茵茵的草地上漫步，在香馥馥的花園裡撲蝶，在碧清的河水中蕩槳，而詞中的女主人翁卻在碧紗窗內睏睡，用深閨將春與自己隔斷開來。這是為甚麼呢？其根本原因是她懼春，厭春。因為春花襯出了她容顏的衰老，鶯歌燕舞，成雙作對，又比照出她的孤單寂寞。與其受那些刺激，還不如睡覺作夢，與遠人在夢中相會。可惜的是，她剛入夢，就被簾外的杜鵑淒苦的啼叫聲驚醒。傳說中的杜宇被人奪去了帝位，死後化為子規鳥，叫聲淒惻，閨婦可能在醒後由杜宇的叫聲，想到了杜宇的命運，產生同是天涯淪落人的感受，從而悲酸漫上心頭。由此可見，春，對於思婦來說，是一個折磨人的季節，它與秋之於文士一樣，讓人感傷，讓人痛苦。

其　三

錦薦紅鸂鶒❶，羅衣繡鳳凰。綺疏❷飄雪北風狂。簾幕盡垂無事，鬱金香❸。

【注　釋】❶錦薦紅鸂鶒　錦褥上繡有紅色的鸂鶒鳥。鸂鶒，又名紫鴛鴦，水鳥，形如小鴨，毛有五色。❷綺疏　指窗。《文選》孫綽〈遊天台山賦〉：「皦日炯晃於綺疏。」李善注：「綺疏，窗也。」❸鬱金香　《本草綱目》卷一四：「鬱金香生大秦國，二月、三月有花，狀如紅藍，四月、五月採花，即香也。」此花可作黃色顏料。

【語　譯】床上有錦褥，鸂鶒繡中間，身上著羅衣，刺有金鳳凰。窗外大雪紛紛揚，搖樹折草北風狂。閨人苦悶無限多，簾幕盡日遮住窗。閨內香爐燒，瀰漫鬱金香。

【賞　析】此詞寫一位閨婦在冬日中的思念。許多閨思詞都把人物活動的時間定在春天，很少寫閨人的夏思、秋思與冬思。春天生機勃勃的景象易於引發人的憂思，激發人對偶居生活的渴望，但不能由此認為在其他三個季節裡，閨婦們便自然地清心寡欲，不再渴望夫婦生活，不再憶念遠方的心上人。事實上，對於一個重感情、生生死死都戀著對方的人來說，她的思念是不分空間與時間的，更不要說季節會給她帶來情感上的甚麼變化了。從這一個角度上說，此調在構思上是脫出窠臼的。冬天，大雪紛飛，朔風怒吼，然而，在這天寒地凍的時候，詞中的女子卻有一顆火熱的心，她正在為愛情而騰騰地燃燒著。錦薦與羅衣上或繡著鴛鴦，或刺著鳳凰，鴛鴦與鳳凰都是成雙作對的鳥兒。女子繡著牠們，其目的是再清楚不過了，那是她心中願望的外在表現，那是她對生活的一種追求。「簾幕盡垂無事」說明閨中的寂寞已非一日了，沒有人來捎信，沒有人來探訪，此室彷彿沒人住似的，悄無聲息。其實這是一種表象，細細地觀察就會發現，閨內存在著生機，那濃郁的鬱金香正表現出女子對生活的信心與對命運的樂觀態度。詞人始終沒讓我們看見女主人的形象，但其形象又確實存在於字裡行間，並且還能看到她內心世界的一部分。

卷五

張泌 四首

江城子 二首

其一

碧欄杆外小中庭❶，雨初晴，曉鶯聲。飛絮落花，時節近清明。睡起卷簾無一事❷，勻面❸了，沒心情。

【注釋】❶中庭 院中。白居易〈宿楊家〉：「夜深不語中庭立，月照庭花影上階。」❷無一事 無事可做。韋應物〈閒居寄諸弟〉：「盡日高齋無一事。」❸勻面 用粉搽臉。

【語譯】碧玉欄杆色如銀，人立幽雅小院庭。雲開陽光照，雨後天放晴。清早柳浪裡，鶯歌聲如鈴。柳絮飄舞落花飛，時節近清明。睡覺起來無所事，先捲簾子後勻面，都沒心情。

【賞析】此詞寫一位女子的春思。幾百年後的明代湯顯祖在其著名傳奇作品《牡丹亭》〈驚夢〉中，所描寫的杜麗娘苦悶心情與此詞如出一轍，湯作云：「夢回鶯囀，亂煞年光遍。人立小庭深院。」又云：「裊晴絲吹來閒庭院，搖漾春如線。停半晌，整花鈿。」一春日勃發的生機引起了少女心理上的變化，她們潛意識地渴望著異性的愛撫，內心裡千思萬緒，剪不斷，理還亂。這種青春的騷動往往使她們對與異性相愛之外的任何事情都提不起興致，整日被說不出道不明的苦悶情緒籠罩著。此詞中的女子大概就屬於這一種類型。時近清明，雨後初晴，曉鶯百囀，飛絮飄零。春天已經往回走了，但是，它帶給女子對異性的渴望並沒有帶走，而是深深地印在女子的心上。當她看到陪她一春的鮮花紛紛凋落時，不禁黯然神傷，她從花自然地想到了自己：其命運說不定還不如花呢？花還有人欣賞，而我呢？默默地美，也默默地醜。「無一事，勻面了，沒心情」，湯顯祖對此評論道：「無一事，不消勻面。勻面了，沒心情，連勻面也是多的」，這種看法過於麤疏，其實，詞人這樣寫，正準確地反映了女子複雜而又矛盾的心理，「無一事」、「沒心情」，表現出她看不到美好前景的心灰意冷的精神狀態，勻面，又表現出她對愛情的追求，雖然還沒有目標，但在積極地努力。

其二

浣花溪❶上見卿卿，臉波秋水明❷，黛眉輕。綠雲高綰❸，金簇小蜻蜓。好是❹問他來得麼？和笑道，莫多情。

【注釋】❶浣花溪　在成都之西。這裡指某一處浣衣之溪，不一定指成都之西的浣花溪。❷臉波秋水明　意為臉龐明潔如同秋水。臉波或作「眼波」。❸綠雲高綰　烏髮綰成高高的髻。綰，把長形的東西盤繞起來打成結。❹好是　好好，這裡指態度。戎昱〈移家別湖上亭〉：「好是春風湖上亭，柳條藤繫離別情。」

【語譯】浣花溪水清又清，浣花溪畔見卿卿。臉龐瑩潤潤，如同秋水明。眉毛輕輕描，黛色恰恰好。烏髮高高盤成髻，金釵狀如小蜻蜓。柔聲問她「來得麼？」佳人臉紅帶笑道：「不要多情。」

【賞析】此詞描寫的是一個情愛故事，後人附會成作者的故事。《古今詞話》卷上：「張子澄以〈江城子〉二闋得名。亡國仕宋。少與鄰女浣衣者善，經年不見，夜必夢之。女別字，泌寄以詩云：『別夢依稀到謝家，小廊回合曲欄斜。多情只有春庭月，猶為離人照落花。』浣衣（女）流涕而已。」即使與張泌生活相關，說前一闋〈江城子〉亦敘此事，實在牽強。我們不妨就詞論詞，看看他能給我們帶來什麼美的愉悅。這首詞以男子的口吻敘述了他和一位浣衣女的愛情。首句直接敘事，說在浣花溪上遇到了一個姑娘。「卿卿」是對心上人之暱稱。一開口即稱卿卿，可見他對姑娘是多麼的傾心。下面四句緊承首句「見」字，寫從男子眼中看到的女子的美麗形象。臉龐如玉如脂，又如秋水那樣的明潔。「黛」是女子畫眉用的青黑色顏料。「黛眉輕」意思不是說眉毛顏色淺，而是恰到好處，給人以美的感覺。她的頭髮如烏雲般黑，綰成高高的髮髻，髻上又簪著蜻蜓狀的金釵。她的神采丰姿完全把男子迷住了，他不禁心旌搖蕩，迫切地希望同姑娘約會。好是，唐時俗語，有誠心、好好的意思，這裡不妨作柔聲解。女子的答話表面是拒絕，實際並沒有拒絕，「和笑道」，說明她並未氣惱男子的提議。而對一個剛見面的男子持這樣的態度，若不動心，是決不會這樣的。清・陳廷焯在《白雨齋詞評》中說最後六字很妙，妙在寫出了女子「若會意，若不會意之間」。這個故事的最後結果怎樣，詞人沒有寫，但根據男有情、女有心的情況來看，應該是美好的。

河瀆神　一首

古樹噪寒鴉❶，滿庭楓葉蘆花。晝燈❷當午隔輕紗，畫閣珠簾影斜。

門外往來祈賽❸客，翩翩❹帆落天涯。迴首隔江煙火，渡頭❺三兩人家。

【注　釋】❶寒鴉　秋冬時節的鴉。❷晝燈　神像前的燭火。唐・孫魴〈甘露寺〉：「晝燈籠雁塔。」❸祈賽　祈神賽社。鄉村祭祀神靈的一種活動。《舊唐書・張嘉貞傳》：「嘉貞自為文，乃書於石。先是岳廟，為遠近祈賽，有錢數百萬。嘉貞自以為頌文之功，納其數萬。」❹翩翩　往來的樣子。《詩經・小雅・蒼伯》：「緝緝翩翩。」《傳》：「往來貌。」❺渡頭渡口。

【語　譯】古樹有寒鴉，叫聲「哇哇哇」。庭中楓葉紅，江畔飛蘆花。燈燭白天仍在燃，火光不明隔輕紗。畫閣之中神像多，日照珠簾影子斜。　寺門外面人很多，三三兩兩燒香客。拜過河神離寺去，片片船帆駛天涯。過江回頭看，煙火濃濃旺。渡口浪大拍岸，只有三兩人家。

【賞　析】此詞即題寫意，描寫河瀆神廟的狀況。上片描繪廟外的景色與廟內的布置。河瀆神不知是專指某一河之神，還是泛指一般的江河之神，但不論是何地水神，都能受到中國古人的奉祀。因為在古代，人們的生活與河水密切相關。河水可以給人們載舟運輸、吸洪灌溉之利，也可以發起淫威，翻舟潰堤，使人入魚鱉之腹，家沒泥沙之下。故而，人們對那些管理河流的神祇，總是小心翼翼，誠惶誠恐。據古代的資料表明，秦晉一帶，因黃河為災，威不可測，兩岸居民，有沉少女為河伯妻之俗。此亦可見古人對河神之態度了。「古樹」二字說明廟之歷史悠久，廟能經久而不廢，說明其奉祀的香火一直未斷。寒鴉、楓葉、蘆花，不僅是為了渲染寺廟蕭瑟的氣氛，更是為了反襯第三句的香火之盛。秋冬季節，天氣寒冷，鴉伏老樹，花落蘆葦，但廟內仍是燈火隱約，香煙繚繞。由此看出河瀆神之靈驗。下片重點寫香客，人很多，寺門外來來往往。他們不全是附近的，有的揚帆乘船來自於很遠的地方，燒香還願後又駛向天涯。中國人對神的信仰大多數出於功利的目的，所以，神祇極多，都是各行各業、各色各樣的人出於自身利益的需要而豎立的，求子的拜送子觀音，想發財的拜趙公老爺，要六畜興旺的求牛欄神、豬圈神，出海打魚、運輸的拜媽祖，……等等。「平時不燒香，臨時抱佛腳」，去除諷刺的意味，倒相當深刻地反映了中國人民對神祇的態度。可以這樣說，寺廟香火盛時，天災人禍的事情一定很多，故而，人們頻頻地到寺廟燒香，以求神祇的保佑。由此，可以揣測，作者寫作此詞時，人民的生活是很不安寧的。末兩句實際上也透出了一點消息，作者過江回首，看到本應繁華的渡口，只有冷冷落落的三兩人家。面對江那邊煙霧繚繞的香火，他不禁陷入了沈思，難道河瀆神真能救助這些可憐的百姓？

蝴蝶兒 一首

蝴蝶兒，晚春時。阿嬌❶初著淡黃衣，倚窗學畫伊❷。

還似花間見，雙雙對對飛。無端和淚❸拭燕脂，惹教雙翅垂。

【詞牌】蝴蝶兒　此調宮調不傳，不知創始於何時。唐宋作者，很少用此調填詞。

【注釋】❶阿嬌　用漢時長公主之女名，此處代指畫蝴蝶之美人。《漢武故事》：「（漢武帝）為膠東王，數歲，長公主抱問曰：『兒欲得婦否？』曰：『欲得。』末指其女問曰：『阿嬌好否？』於是乃笑對曰：『好。若得阿嬌作婦，當作金屋貯之。』」❷畫伊　伊指蝴蝶。❸和淚　帶淚。

【語譯】蝴蝶戀花飛，春天要回歸。一個少女叫阿嬌，穿著黃衣細細腰。蝴蝶翩翩姿，她倚窗學畫伊。　紙上蝴蝶形未變，如同花間見。好似雙雙要飛離，一隻戀著另一隻。阿嬌無端落下淚，帶著淚水調胭脂，卻使蝴蝶雙翅垂。

【賞析】此詞描寫一位少女在畫蝴蝶時的心態變化。晚春時節，蝴蝶兒成雙作對，翩翩飛舞，把明媚的春光，裝點得更加美麗。當牠們繞著花枝上下翻飛時，美麗的身影同花枝相映，分不清哪是鮮花，哪是蝴蝶，景象迷人。這景象是以少女的視角來看的，是她眼中的美景，表現出她心中對蝶戀花之景的讚美。為了使這一美的瞬間成為永恆，她倚在窗口，畫起了蝴蝶。「初著淡黃衣」，表明了她對蝴蝶喜愛之甚，因為鮮麗的淡黃衣，使人聯想起蝴蝶美麗的顏色。下片詞意緊承上片，「還似花間見，雙雙對對飛」，具體介紹畫中的蝴蝶。畫中的蝴蝶「還似」在花叢中見到的蝴蝶，這說明她畫的逼真生動，雙雙對對，則補充了她觀賞到的真實的蝴蝶狀況，並且流露出她的羨慕與對生活的嚮往。她端詳著自己所畫的蝴蝶，越看越傷心：蟲兒都能夠成雙作對，而我，一個美麗的人兒，卻還單身，沒人陪伴。最後，都傷心得落下淚來，不巧，淚又落到了畫上。她趕忙拭淚，誰知淚與作顏料的胭脂融和在一起，用手一拭，致使展翅飛翔的蝶兒的翅膀，看上去像垂落了下來。此詞的構思可謂別出心裁，以作畫為線，寫少女在春日中的內心活動。

毛文錫 三十一首

毛文錫，字平珪，約西元九一三年前後在世，南陽（今屬河南省）人。十四歲即登唐末進士第，到成都，從前蜀王建，累官至翰林學士承旨、禮部尚書、司徒等職，以事貶茂州司馬。蜀亡即隨後主王衍降後唐。復事孟蜀，和歐陽炯、韓琮、閻選、鹿虔扆，以小詞供後蜀主孟昶欣賞，被人稱為「五鬼」。所著有《前蜀紀事》二卷，《茶譜》一卷。

虞美人 二首

其一

鴛鴦對浴銀塘❶暖，水面蒲梢短。垂楊低拂麴塵波❷，蚊絲結網露珠多，滴圓荷。

遙思桃葉❸吳江碧，便是天河❹隔。錦鱗紅鬣❺影沉沉，相思空有夢相尋，意難任❻。

【詞牌】虞美人　此調屬「夾中羽」，俗呼「中呂宮」，或屬「黃鍾宮」，《教坊記》中載有此調。有說此調演虞姬故事，或說以草而得名。有五十六字，五十八字兩體。

【注釋】❶銀塘　《初學記》卷七引伏滔〈登姑蘇臺詩序〉：「夫差姑蘇臺，東有丹湖萬頃，內有金銀塘。」❷麴塵波　淡黃色的水波。❸桃葉　晉・王獻之愛妾名。《隋書・五行志》云：「陳時江南盛歌王獻之〈桃葉〉詩云：『桃葉復桃葉，渡江不用楫。但渡無所苦，我自迎接汝。』」此代指所思念的人。❹天河　銀河。❺錦鱗紅鬣　彩鱗紅鰭之魚。❻意難任　相思的痛苦到了難以承擔的地步。

【語　譯】對對鴛鴦水塘浴，春來冰融水已暖。蒲草已發芽，露出水面短。水拍岸沙色呈黃，楊柳低垂掠水波。柳枝上面結蛛網，網上露珠多。東風徐徐來，露珠滴圓荷。　遙思美人名桃葉，那裡吳江江水碧。有情不相聚，如同牛郎織女天河隔。傳書之魚不見影，空有相思面對月。想作好夢夢難做，昔日歡情反復憶。相思太傷神，離愁重難承。

【賞　析】此詞寫作者對一女子的深切思念。上片描摹春日銀塘的美景，鴛鴦梟水對浴，蒲草露出嫩綠。楊柳低垂拂波，蛛絲結網甚多。露珠瑩潤，綠荷田田。看上去，作者在純客觀地寫景，其實，景中反映出他情感的波動。鴛鴦對浴，反襯出他的孤單，並由此而使他情不自禁地想起了心上人，以及和心上人在一起的日子。銀塘與吳江皆為水，作者便由銀塘之水的黃想到了吳江之水的碧，更加思念那山青水秀的地方。蛛絲之絲與相思之「思」為諧音，他把眼光落在並不顯眼的蛛絲上，表現出他的情感。下片毫不隱諱地抒發了作者對遠方女子的思念之情，用桃葉代指所思之人，說明那人與歷史上之桃葉一樣的可人，這也是他不能忘懷的原因。用牛郎織女的故事則說明他們的愛情無法實現，後面三句並由此而衍生出來。由於無法實現，不用說見面，即使傳書亦不可能。愛情實現無望，便使得相思更為痛苦。「意難任」，可謂是作者在離愁重壓下的呻吟。

其二

寶檀❶金縷鴛鴦枕，綬帶❷盤宮錦。夕陽低映小窗明，南園綠樹語鶯鶯，夢難成。

玉爐香暖頻添炷❸，滿地飄輕絮。珠簾不捲度沉煙❹，庭前閒立畫鞦韆，豔陽天❺。

【注　釋】❶寶檀　作枕架的檀木。因檀木珍貴，故稱寶。❷綬帶　官員所佩的禮帶，這裡指一般的絲帶。《新唐書·東服志》：「賜節度使時服，以雕銜綬帶。」白居易〈訪陳二〉：「曉垂朱綬帶，晚著白綸巾。」❸添炷　添香炷。❹沉煙　沉香之煙，以沉香木為原料。❺豔陽天　陽光燦爛的天氣。

【語　譯】香氣撲鼻鴛鴦枕，枕套繡上雙鴛鴦。絲帶腰上垂，錦衣有花紋。夕陽有情傍小窗，霞輝照耀閨中人。南園樹木綠蔭蔭，鶯鶯歌唱聲聲聞。想做好夢，夢難成。　香爐暖氣頻頻添，炷香繚繞冒青煙。地上白如雪，柳絮飛翩翩。珠簾不捲煙氣濃，人在閨中心煩悶。無聊起身到庭中，空費一架畫鞦韆。辜負一片，豔陽天。

【賞　析】此詞寫一閨婦在春日間的思愁。全詞上下片反覆描述女主人翁淩亂的心緒，不解的愁結。她的物質生活是極為富有的，寶檀香枕，綬帶宮錦，玉爐暖香，珠簾鞦韆，但是，她的精神生活卻是極為貧乏的，枕上之鴛鴦襯托出她的孤單，樹上之鳴鶯說出她的寂寞，夕陽的光輝並不能使她看到未來的前程，玉爐的暖香也溫暖不了她的一顆冰冷的心。她對生活是極為失望的，她想做個與遠人的團圓之夢，居然也難實現。於是，她心灰意懶，珠簾不捲，鞦韆不蕩，閨室不出，整日臥床。讓柳絮自個兒去輕狂吧，讓豔陽獨自兒去多情吧。一個青春年紀的女子，若生活不是對她十分的吝嗇，心理上何以會到了這種地步。《花草蒙拾》云：「詞中佳語，多從詩出，如毛司徒『夕陽低映小窗明』，顧太尉『蟬吟人靜，斜日傍晚窗明』，皆本黃奴『夕陽如有意，偏傍小窗明。』」不過文錫化用此句，上下穩貼，與他句融為一體了。

酒泉子　一首

綠樹春深，燕語鶯啼聲斷續。蕙風飄蕩入芳叢❶，惹殘紅❷。　柳絲無力裊煙空，金盞❸不辭須滿酌，海棠花下思朦朧，醉香風。

【注　釋】❶蕙風飄蕩入芳叢　香風飄入花叢。❷殘紅　落花。❸金盞　金杯。

【語　譯】春已深，樹碧綠，燕語鶯啼聲，斷斷續續。香風拂拂在花叢，吹落殘紅。柳絲柔弱無力，慢舞向著煙空。金杯請斟滿，喝得醉眼惺忪。倒在海棠花下睡，腦中模糊。人生能得幾回樂，沐浴春風。

【賞　析】此詞寫作者醉眠花間的情態。晚唐時期，社會板蕩，唯有蜀地，偏處一隅，戰火未及。前後蜀之貴族豪閥，日日歌舞，夜夜元宵。綺筵之上，玉指拍檀，嬌喉放歌；文人學士，樽前暢飲，花間心醉。這首詞就是他們在這一時期的生活寫照。此時為春暮時節，綠肥紅瘦。燕語鶯啼，在暖融融的天氣裡，顯得嬌弱無力。和風蕩蕩，穿行於花叢，惹下一片片落花。柳絲柔軟，在煙空中蕩來晃去。一切都是那樣的沈悶，那樣的沒有活力。其實，這種心態不是自然景色給予的，而是社會現狀造成的，作為一個士人，作為少年得志者，他一定有治國安民的設想，建功立業的抱負，而決不會滿足於為蜀主寫上幾首小詞以供其欣賞的生活，但是，戰爭、動亂、國家政權的瓦解使他的政治理想與名芳千古的願望無法實現，於是，他惆悵、苦悶，為了解愁，他整日混跡於脂粉隊中，醉入花叢裡。「金盞不辭」，是其內心苦悶的外部表現。「醉香風」，表面上看，似乎十分滿足於這樣的生活，其實是一種自我的安慰。

喜遷鶯　一首

芳春景❶，曖晴煙，喬木❷見鶯遷。傳枝隈葉語關關❸，飛過綺叢間。　錦翼❹鮮，金毳❺軟，百囀千嬌相喚。碧紗窗曉怕聞聲，驚破鴛鴦暖。

【注　釋】❶芳春　春之美稱。《初學記》卷三引梁元帝《纂要》：「春曰青陽，亦曰發生、芳春、青春、陽春、三春、九春。」❷喬木　高大的樹。從植物學上定義，即樹幹和樹枝有明顯區別的大樹。《詩經・小雅・伐木》：「出自幽谷，遷於喬木。」❸關關　鶯的鳴叫聲。❹錦翼　錦色的翅膀。❺金毳　鳥之金色腹毛。

【語　譯】美景在春天，晴日遠處生暖煙，喬木樹幹高，鶯鶯往上遷。枝上跳躍樹葉密，歌聲甜圓圓。那邊氣味香，飛過花叢間。　翅膀顏色如錦繡，腹部金色細毛軟。相互呼喚，千嬌百囀。碧紗窗外天已亮，佳人沉睡垂帷帳，怕聞鶯啼聲，驚破鴛鴦夢鄉。

【賞　析】此詞十句，有八句寫鶯，然而詞意卻落在末兩句上，寫閨婦的相思之情。前八句寫鶯鶯在風和日暖的春日中的行為、情態以及牠們的形體。牠們遷移到高大的喬木上，快樂地在樹枝上跳來跳去，寬大的綠葉在風中作響，其聲音如同牠們的歌唱。那邊的田野裡盛開著五顏六色的鮮花，花的芬芳使空氣都香膩膩的，對，去看一看！牠們呼朋引伴，向花叢飛去。牠們的羽翼像錦緞一樣美麗，腹部的細毛像金子一樣閃光，尤其是牠們的歌喉，千嬌百囀，永遠是清脆悅耳。總之，鶯鶯是美麗的鳥兒，牠們是春天的一景，給人們帶來許多的快樂。然而，一位閨婦卻怕聽到牠們的聲音，因為她正在夢中與遠人歡會，像鴛鴦那樣交頸相親，她怕鶯鶯的叫聲驚破難得的美夢。詞人就這樣通過鳥與人的對比，寫出了閨婦生活的寂寞與痛苦，後者雖然是萬物之靈的人，卻沒有鳥的歡樂，鳥的自由，僅靠夢境來打發生命，該是多麼的可悲，可憐！

贊成功　一首

海棠未坼❶，萬點深紅。香包緘結一重重❷。似含羞態，邀勒❸春風。蜂來蝶去，任遶芳叢。

昨夜微雨，飄灑庭中。忽聞聲滴井邊桐，美人驚起，坐聽晨鐘。快教折取，戴玉瓏璁❹。

【詞　牌】贊成功　此調宮調無傳，創始無考。

【注　釋】❶未坼　花未開放。❷香包緘結一重重　意為花蕚為花瓣一層層包裹著。香包，花苞。❸邀勒　招邀強留。《敦煌變文集・燕子賦》：「不相苦死相邀勒，送飯人來定有釵。」❹瓏璁 首飾名。溫庭筠〈屈拓詞〉：「花髻玉瓏璁。」

【語 譯】海棠還未展花容，萬點花朵深深紅。花苞尖尖大，被裹一重重。風來轉頭嬌含羞，依傍春風不放鬆。來去狂蜂浪蝶，一任牠飛繞花叢。 昨天夜裡雨濛濛，飄飄零零灑庭中。忽然聽見井邊「滴答」聲，仔細辨聽，那是雨打桐。美人不眠驚坐起，直到清風送晨鐘。快教丫鬟折取海棠花，又教人給她戴上玉瓏璁。

【賞 析】此詞上片寫海棠，下片寫美人，不過，寫海棠仍是寫美人。因為在作者的筆下，海棠是美人化的海棠。花園中，所植的皆是海棠。花容未展，含苞欲放。襯著碧綠的葉子，萬點深紅，十分醒目。那花蕾，被重重的花衣包裹著，尖尖堅挺，顯得活潑而調皮，東風徐來，欲撫弄它，它卻扭來擺去，含嬌帶羞；東風要走了，它又挽留牽扯，十分地依戀。它雖然還未綻開花蕊，然微微的香氣已經引來狂蜂浪蝶，它不但不氣惱，還有點小小的得意，一任牠們上下飛繞。這是含苞欲放的花朵，也是無憂無慮、荳蔻年華的少女，因為它們有少女的性格，也有少女的芳心。詞中的少女已知人事，並正在為渴望異性的情緒所困擾著。深夜靜謐，應正是熟睡的時候，可是這位少女卻未睡著，那飄零的細雨落入庭中若有若無的聲音，她居然也能聽到。對於一個少女來說，能使她失眠的，不外乎「思春」二字。雨滴梧桐，為何會使少女驚起呢？因為她由此想到花園中的海棠花開了。由雨滴梧桐到想到海棠花開，意識中有幾轉。一轉是桐葉未長大，雨擊樹幹樹枝，是不會發出甚麼聲音的，更不會從遠處的井邊傳過來，這說明樹葉長大了。二轉是樹葉既長大，那麼海棠花就不應該是深紅萬點，而應該盛開怒放，紅彤彤的一片。三轉是雨潤鮮花，一定是分外妖嬈。她興奮不已，再也無法入眠了，她要等天亮去觀賞那一片紅的海棠花。晨鐘剛響，她就先讓人去折一枝來。這樣的心態說明她盼望自己成熟，因為只有被人認為成熟了，才能得到愛情的歡悅。至於「戴玉瓏璁」，是欲與花比美的潛意識心態所致。

西溪子 一首

昨日西溪❶遊賞，芳樹奇花千樣。鎖春光，金罇滿，聽絃管❷。嬌伎❸舞衫香暖。不覺到斜暉，馬馱歸。

【注　釋】❶西溪　地名失考。這裡泛指遊賞之地。❷絃管　絲絃樂器與管樂器，如琵琶與簫笛。❸嬌伎　嬌媚之歌伎。

【語　譯】西溪碧水流淌，昨日到此遊賞。奇花異草蓋地，珍奇樹木千樣。天下美景聚集，彷彿鎖定春光。面對秀色暢飲，金杯斟滿瓊漿。歌女奏出妙音，琵琶簫笛交響。舞女春衫艷麗，跳時陣陣發香。快樂的一天度過，樹林已掛斜陽。醉意朦朧馬馱歸，東南西北不知向。

【賞　析】此詞就題發揮，寫西溪的美景。首句直接說明自己於昨日遊賞了西溪，以下便是寫在西溪的所見所樂。作者眼中的西溪，是極美之所在，芳樹森森，奇花遍地，碧水流淌，鳥鳴山幽。彷彿天下的春光都被鎖集在這裡。面對這罕見的秀色，作者心賞目悅，遍體輕爽。他鋪茵草地，設筵款客，又讓嬌伎美女，環繞周圍，令她們奏絃管，舞翩躚，妙音響徹青雲，舞衫陣陣香暖。此時此刻，席上之人，無不開懷暢飲，無不快樂無比。俗話說：歡娛時間短，飢寒覺日長。良辰美景，佳人玉液，誰還會覺得時間難挨呢？夕陽西下的景色，彷彿來得太快太急。他們留戀於此，但是，四起的暮色催促他們歸家，一個個醉意朦朧，不得不由馬馱去。本詞採用倒敘的手法，用三言兩語將西溪一日遊的過程描述出來，然又不顯得簡單平淡，既有景色的臨摹，又有遊者心情的反映。

中興樂　一首

荳蔻花繁煙豔❶深，丁香軟結同心❷。翠鬟女，相與，共淘金。　紅蕉❸葉裡猩猩語，鴛鴦浦❹。鏡中鸞舞❺，絲雨隔，荔枝陰。

【詞牌】中興樂 此調宮調不傳，創始無考。有四十一字、四十二字、八十四字諸體。

【注釋】❶煙豔 謂晴天的煙靄在陽光的照射下，顯得豔麗多姿。❷丁香軟結同心 以丁香結喻同心結。韋莊〈悼亡姬三首〉：「丁香空解結同心。」❸紅蕉 宋祁《益部方物略記》：「紅蕉於芭蕉蓋自一種，其花鮮明可喜。蜀人語染深紅者，謂之蕉紅。」又《嶺南雜記》：「紅蕉，中抽一花，如蓮蕊，葉葉遞開，紅赤奪目，久而不謝，名百日紅。」❹鴛鴦浦 《明一統志》：「鴛鴦浦在慈利縣治北。昔人詩：『桃花浪大鴛鴦浦，柳絮風輕燕子岩。』」❺鏡中鸞舞 鏡上有鸞舞的圖案。李群玉〈傷柘枝妓〉：「曾見雙鸞舞鏡中，聯飛接影對春風。」

【語譯】荳蔻盛開花繽紛，晴天煙靄色彩深。丁香結比同心結，男女相戀同一心，烏髮女，美鬟鬟，攜手相與共淘金。紅蕉茂盛葉密密，裡面猩猩在說話。一灣水清碧，平靜鴛鴦浦。鏡背有圖紋，雙鸞展翅舞。絲絲小雨不斷下，荔枝葉濃蔭深深。

【賞析】此詞寫一對淘金男女的愛情。在《花間集》中，充斥著歡情、離情、別情、思情，然大都發生在遊子與閨婦、士子與伎女之間，很少寫到因工作而萌生的青年男女的愛情，從這個角度上說，此詞的取材就值得讚賞。平心而論，有閒階層人的愛情含有更多性愛的成份，他們的相思與歡合，首先是為了滿足生理上的需求。而一般從事勞力工作者的愛情，則較為樸實、率意，除了肉體上的需求之外，更多的卻是感情上真誠的融合。此詞中的男女是從事淘金工作的人。《雨邨詞話》卷一云：「古淘金多婦女，大約出於兩粵土俗。毛文錫〈中興樂〉詞云……皆粵中俗也。今楚蜀多有之，然皆用男子矣。」又劉禹錫〈浪淘沙〉（日照澄洲江霧開）云：「日照澄洲江霧開，淘金女伴滿江隈。」可見詞所寫的女子淘金事有依據。她們也做多為男子做的淘金重活，於是，就有了和男子接觸相愛的機會。詞中的這一對淘金男女相愛於荳蔻花開的季節。用荳蔻花點明季節，也說明女子如荳蔻般的嬌嫩。他們結同心，發誓言，一起歡樂，一起工作。女子是美麗的，她的翠鬟並不比貴族女子梳得差，但她並沒有嬌嬌滴滴，而是和戀人一起在水中淘沙揀金。他們有萌生愛情的美好環境，在他們居住的地方，紅蕉葉裡，雌雄猩猩親熱地交談；清水河邊，鴛鴦依偎著浮在水上，連他們用的鏡子，都繪著雙鸞歡舞的圖畫。觸景焉能不生情？更何況細雨瀟瀟，荔枝蔭蔭，有著迷離而浪漫的風景。在這一幅因工作而戀愛的畫面裡，你看不到淒惻的表情，聽不到絕望的呻吟，卻能分享到男女主人翁工作的歡樂與愛情的甜蜜。

更漏子 一首

春夜闌❶，春恨切❷，花外子規啼月。人不見，夢難憑，紅紗一點燈❸。

偏怨別，是芳節❹，庭下丁香千結。宵霧❺散，曉霞輝，樑間雙燕飛。

【注　釋】❶春夜闌　春夜將盡。❷春恨切　春恨很深。❸一點燈　猶一盞燈。❹芳節　芳春時節。❺宵霧　夜中之霧。成公綏〈隸書體詩〉：「仰而望之，鬱若宵霧朝升。」

【語　譯】春夜將要盡，春恨深切切。花外子規啼，對著空中月。長時未相見，自從相分別。想做甜美夢，夢欺我孤立。一點紗籠燈，看我傷心泣。　芳春美時節，更怨相離別。我的愁思不得解，如同庭中丁香千千結。夜霧清早散，朝霞放光輝。樑間雙燕子，出門空中飛。

【賞　析】此是一般的春思詞，但在作法上明顯地看出了作者曾精心構思過。首先在時間上，有一夜的跨度。春夜闌，是春夜將盡的意思，閨婦的相思決不會自此時才開始，她的心中累積起很深的春恨，說明她自倚枕之後就開始了她的愁思。因此，在理解時要將「春夜闌」的時間點向前延伸。一夜不眠，千翻百轉，其萬狀痛苦，詞人雖然沒有寫，但讀者自可以想像。詞人就這樣用黑夜、紅燈、皎月、宵霧、朝輝等具有時間特徵的景物，動態地表現了時間的流動。其次用子規、丁香、雙燕的物象補充反映了閨婦的精神狀態。詞中有直接描寫她心理活動的句子，如「春恨切」、「夢難憑」、「偏怨別」等，但是，由於是抽象性的簡單描述，讀者很難理解其恨與怨的程度，而用這三個物象，讀者即可根據自己的知識、閱歷，想像其愁思與怨恨的精神狀態。「子規」即蜀帝杜宇所變，牠的怨恨真可謂天高海深，因為他的帝位被鱉靈所奪，弄得他國破人亡。讀者可由杜宇之恨想到閨婦的怨恨是多大多深了。丁香花的花苞堅硬結實，被一重重的花衣密密地包裹著，所謂有千千結，用這樣的物象作喻，又可以使我們理解到，閨婦的愁思不是清風朗月、鮮花芳草所能化解開的。至於「雙燕」凌空的畫面，我們可以與閨婦調換一下位置，來看這一物象，心裡能不生起酸苦之滋味麼？此詞音節短促，吻合了女子急切地抒發悲苦之情的需要。

接賢賓 一首

香韉鏤襜五花驄❶，值春景初融。流珠噴沫躞蹀❷，汗血流紅❸。

少年公子能乘馭，金鑣❹玉轡瓏璁。為惜珊瑚鞭❺不下，驕生❻百步千蹤。信穿花，從拂柳，向九陌追風。

【詞牌】接賢賓　即〈集賢賓〉。屬「夷則商」，俗稱「林鍾商」，又呼「南調」。創始無考。

【注釋】❶香韉鏤襜五花驄　毛色斑駁的駿馬上配有美麗的鞍墊子。❷流珠噴沫躞蹀　馬在行走時噴湧唾沫。躞蹀，馬行貌。❸汗血流紅　謂馬汗如血。《史記・大宛列傳》：「大宛在漢正西，去漢可萬里。多善馬，馬汗血，其先天馬子也。」❹金鑣　飾金之馬勒。《隋書・禮志》：「綴馬勒兩金鑣之上。」❺珊瑚鞭　華貴的馬鞭。❻驕生　嬌慣，有捨不得之意。

【語譯】華貴鞍墊五花馬，雄姿煥發像條龍。時在春天裡，陽光暖融融。流珠噴沫奔跑時，昂揚奮發蹄騰空。奔馳一身汗，汗如血樣紅。　少年公子能駕馭，金勒玉轡不放鬆。珍惜華貴珊瑚鞭，揚起不打令不從。嬌慣任性隨己意，百步距離緩緩走。為顯自己是千里馬，穿花叢，馳柳堤，在大道上追風。

【賞析】此詞詠寶馬也。馬在古代人們的生活中占據著很重要的位置，人們加速行走，往往是借助於馬的力量。所以，日行千里的駿馬就成了人們讚美的對象。古代很多的文人常以八駿、大宛的汗血馬等名馬為題而進行歌詠。俗話說，人靠衣，馬靠鞍。意思是說，良馬需要好的裝飾。此馬確實如此，香韉鏤襜，金鑣玉轡，而鞍上少年英俊的公子，更使五花驄生輝。美少年騎駿馬的形象，梁元帝就曾作過描摹，他在〈紫騮馬〉一詩中道：「長安美少年，金絡錦連錢。宛轉青絲鞚，照耀珊瑚鞭。」詞人筆下的馬，不僅寫出了牠的外形，而且還麤麤地寫了牠的性格，牠有時因得寵而嬌，「百步千蹤」；有時則為了顯示自己的本領，疾馳柳堤，追風九陌。也正因為詞人在馬的性格上著了一兩筆，使得五花驄不再是紙上、畫上之馬，而是一匹有血有肉、充滿了靈性的活生生的馬。

贊浦子 一首

錦帳添香睡，金爐換夕薰。懶結芙蓉帶❶，慵拖翡翠裙。正是桃夭柳媚，那堪暮雨朝雲❷。宋玉高唐意，裁瓊❸欲贈君。

【詞　牌】贊浦子　《教坊記》中寫為〈贊普子〉。宮調不傳。其調之存者，僅有毛文錫這一首。

【注　釋】❶芙蓉帶　色如荷花的衣帶。梁元帝〈烏棲曲〉：「芙蓉為帶石榴裙。」❷暮雨朝雲　化用〈高唐賦序〉的句子：「妾在巫山之陽，高丘之阻，旦為朝雲，暮為行雨。」此處有孤獨寂寞意。❸裁瓊　寄信。《文選》江淹〈謝法曹贈別〉：「未嚮寄瓊瑤。」注：「瓊瑤，謂玉音也。報之瓊瑤，謂書也。」劉禹錫〈酬太原令狐相公見寄〉：「書信來天外，瓊瑤滿匣中。」

【語　譯】閨內陳設華貴，錦帳添香沈睡。金爐換下裝香，傍晚被內熏暖。懶散無心梳妝，芙蓉衣帶不結。心緒亂如麻絲，翡翠裙子拖地。　面如桃花豔麗，腰如楊柳嫵媚。正是妙齡時候，飽嘗寂寞滋味。神女暮雨朝雲，深得宋玉同情。書信寄給郎君，能否得到君心？

【賞　析】此詞是閨思題材的作品。但在作法上卻比較新穎，細細的咀嚼，能獲得許多藝術上的美感。如詞的內容存在著一種潛在的對比，即，生活環境的富麗堂皇與精神世界的寂寞荒涼形成對比。詞中許多物品都是極華貴的，錦帳、金爐、芙蓉帶、翡翠裙，以及瓊瑤，作者並且有意識地用色彩鮮豔的物象去形容它們，除此之外，在描述抽象的形態如年齡、寂寞時，也用可感的形象去描繪，像「桃夭柳媚」、「朝雲暮雨」，這樣，使得全詞流光溢彩，使物質的世界以富麗堂皇的形態出現在讀者的面前。然而，詞中的女主人翁的精神世界又是如何呢？她衣帶懶結，長裙不束，白日慵睡，怨恨深切。物質生活與精神生活的對比，愈顯得女子精神的蒼白與痛苦。「那堪」即是不堪，不能承受的意思，又可見其痛苦之深了。下片在平和的語氣中含有很深的怨意。我如灼灼然之桃花，情依依之媚柳，正需要愛情的滋潤，怎麼能承受得了像神女那樣整日盼望、等待的痛苦？與神女沒有關係的宋玉在〈高唐賦〉中都表現出一片憐香惜玉之心，你與我曾相愛過，竟然把我撇在一旁，久久不歸，我將宋玉〈高唐賦〉中所表現的對愛情的態度，寫信告訴你，不知能否觸動你的心？

甘州遍　二首

其一

春光好，公子愛閒遊，足風流。金鞍白馬，雕弓寶劍，紅纓錦襜出長楸❶。花蔽膝❷，玉銜頭❸。尋芳逐勝歡宴，絲竹不曾休。美人唱，揭調❹是〈甘州〉，醉紅樓。堯年舜日❺，樂聖❻永無憂。

【詞牌】甘州遍　有關甘州的曲調很多，有〈甘州曲〉、〈甘州子〉、〈甘州遍〉、〈甘州令〉、〈八聲甘州〉等。《教坊記》僅載為〈甘州〉。《新唐書·禮樂志》云：「天寶間樂曲，皆以邊地為名。若〈涼州〉、〈伊州〉、〈甘州〉之類。」

【注釋】❶紅纓錦襜出長楸　馬兒走在長著楸樹的大道上。紅纓，馬首的裝飾物。襜，應借為韂，馬鞍下面的墊子。紅纓錦襜，代指馬。長楸，高大的楸樹。曹植〈名都篇〉云：「鬥雞東郊道，走馬長楸間。」❷花蔽膝　繡花的護腿布。❸玉銜

頭　冠上之玉簪。❹揭調　明・楊慎《升庵集》卷五七〈揭調〉：「樂府家謂揭調者，高調也。」❺堯年舜日　指太平盛世。❻樂聖　《三國志・徐邈傳》：「平日醉客謂酒清者為聖人，濁者為賢人。」李適之〈罷相作〉：「避賢初罷相，樂聖具銜杯。」

【語譯】春光真美好，花開鶯啼早。公子無事喜郊遊，打扮不凡足風流。金鞍配白馬，雕弓寶劍拿。紅纓錦韉雄糾糾，揚鞭躍馬出長楸。　繡花護膝將腿裹，碧玉簪子插上冠。尋芳秦樓楚館，逐勝池林宴歡。美人侑酒歌唱，絲竹不曾停休。所唱是〈甘州〉，聲高遏雲霄。興高呼朋伴，酒杯不住端。朝朝日日醉紅樓，太平盛世，酒客永無憂。

【賞析】此詞描寫一公子哥兒的享樂生活，意旨不高。在風景明媚的春日裡，一個無所事事的公子哥兒，喜歡郊遊。他外表不凡，打扮得也不俗，金鞍寶馬，雕弓寶劍，可是他沒有理想，沒有志向，他的日常工作就是尋芳逐勝、追歡買笑。聲色之樂，使他陶醉。他希望永遠地處在這太平盛世中，過著無憂無慮的日子。由這首詞使我們想起了曹植的〈白馬篇〉。在曹詩裡，也寫到一位騎馬少年，可是那是怎樣的一個少年呀！「白馬飾金羈，連篇西北馳。借問誰家子？幽并游俠兒。少小去鄉邑，揚聲沙漠垂。……長驅蹈匈奴，左顧陵鮮卑。棄身鋒刃端，性命安可懷？父母且不顧，何言子與妻？名在壯士籍，不得中顧私。捐軀赴國難，視死忽如歸。」他有精絕的射技，非凡的武藝，更有一顆拳拳報國之心。他不是將生命虛擲在酒色之中，而是要獻給祖國。兩個時代，培育出完全不同的兩種人生價值觀。這又可見西蜀其時生活的靡爛與道德的墮落。

其二

秋風緊，平磧❶雁行低。陣雲❷齊。蕭蕭颯颯，邊聲四起，愁聞戍角與征鼙❸。　青塚❹北，黑山❺西。沙飛聚散無定，往往路人迷。鐵衣❻冷，戰馬血沾蹄，破蕃奚❼。鳳凰詔❽下，步步躡丹梯❾。

【注　釋】❶平磧　沙漠。❷陣雲　如戰陣之雲。❸戍角與征鼙　號角與戰鼓。❹青塚　漢．王昭君之墓，在今內蒙呼和浩特市南。《大同府志》：「塞草皆白，惟此塚草青，故名。」❺黑山　又名殺虎山，在今內蒙境內。❻鐵衣　鎧甲。❼蕃奚　我國古代北方的少數民族。《舊唐書．北狄傳．奚》：「奚國，蓋匈奴之別種也，所居亦鮮卑故地，即東胡之界也，在京師東北四千餘里。」❽鳳凰詔　一稱鳳詔，即皇帝之詔書。李白〈還山留別金門知己〉：「恭承鳳凰詔，欻起雲夢中。」❾丹梯　宮殿前面的石階。

【語　譯】秋風呼呼吹，秋草被折摧。荒涼沙地上，大雁低低向南飛。烏雲如陣齊，蕭颯一片風搖旗。邊地聲音四面起，不忍聽戍角與征鼙。　青塚北，黑山西，沙塵飛揚天朦朦，行人往往路不識。鐵衣冷冰冰，馬蹄沾血腥。打敗蕃奚國，捷報傳佳音。皇帝詔書下，步上丹階朝見君。

【賞　析】此詞描寫了艱苦的邊塞生活。隋唐以來，由於邊境戰爭的頻繁，疆土的擴大，以及民族經濟、文化的交流，人們對邊塞生活漸漸關心，對邊塞的知識也豐富了。一些文人懷著報效祖國的願望，加入了戍邊的行列。另一些文人雖然沒有到過邊疆，但熱中於搜集邊地生活以及那裏的風土人情的資料，這兩種人都創作了大量邊塞詩，在唐代的詩歌寶庫中，占有顯要的位置。他們所創作的邊塞詩有一個共同點，即是充滿了樂觀主義的情緒。儘管也寫了邊地艱苦的生活環境，但洋溢土著豪邁的不畏艱苦的氣慨。典型的作家是高適與岑參，如岑參的〈白雪歌送武判官歸京〉：「北風卷地白草折，胡天八月即飛雪。忽如一夜春風來，千樹萬樹梨花開。散入珠簾濕羅幕，狐裘不暖錦衾薄。將軍角弓不得控，都護鐵衣冷難著。」這樣的詩歌創作一直延續至唐末。此詞即是邊塞詩的內容。他用大部分的篇幅描述了邊塞風景與將士的艱苦生活。北風勁吹，沙漠無際，雁陣低飛，烏雲壓城，邊聲四起，角鼙悲鳴。上片所述，是廣闊視野中的邊地生活，下片則將視角移到青塚北、黑山西一個具體的營地。這裡沙土飛揚，聚散無定，天色朦朦而不見路徑，許多行人因此而迷路。更為惡劣的是天氣極為寒冷，「五花連錢旋作冰，幕中草檄硯水凝。」（岑參〈走馬川行〉）然而，將士們並未被困難所嚇倒，鐵衣雖冷，但披掛上陣；戰馬流血，仍奔馳沙場，他們就是在這樣惡劣的環境中，打敗了蕃奚，取得了勝利。詞人以先抑後揚的手法歌頌了邊地將士藐視艱苦、勇往直前的浪漫主義精神，末幾句是詞旨之所在。

紗窗恨　二首

其一

新春燕子還來至，一雙飛。壘巢❶泥濕時時墜，涴人衣❷。　後園裡看百花發，香風拂，繡戶金扉❸。月照紗窗，恨依依。

【詞　牌】紗窗恨　宮調不傳，始見《教坊記》。

【注　釋】❶壘巢　築巢。❷涴人衣　污人衣。❸繡戶金扉　華美的門窗。

【語　譯】燕子隨著新春來，雙雙飛時有神采。築巢啣來河中泥，泥濕時時往下墜，髒了主人衣。　後花園裡百花栽，來到這裡看花開。風吹香拂拂，香從門窗入。月照碧紗窗，恨多神暗傷。

【賞　析】此詞描寫閨婦之怨。她的怨恨，無疑是因遠人不歸，使她長期獨居而引起的。她的怨與恨的對象，應該是把她置於家中而不問的丈夫，然而相思日久，美夢難憑，難免情緒變壞，便無意識地遷怒於刺激她的鶯鶯燕燕、花花草草。此詞即展示了一閨婦這樣的心理狀態。燕子本是令人喜愛的小精靈，牠外形美觀，著黑氅，露白衣，一副紳士的打扮。牠嬌小靈活，穿花掠水，動作很美。更可愛的是牠們很重舊情，春日歸來，不忘故人，依然在往年所居的人家築巢。可這些優點，閨婦一概不見，她只看到燕子啣來的濕泥，時時墜下來，污了她的衣服。其實，她從心底裡厭惡燕子，是因為看到了燕子「一雙飛」，她心生嫉妒，並更加感到自己的孤寂。後花園裡盛開的百花，也曾引起過她觀賞的興趣，她也享受著拂拂的香風。但是，月照紗窗時，她又恨起了花朵，認為它們撩亂了她的心緒，使她不能成眠。自然，我們不能責怪她性格的乖僻，而應該對這樣的表現進行思考，尋找她心理何以如此的原因。

其二

雙雙蝶翅塗鉛粉❶，咂花心❷。綺窗繡戶飛來穩，畫堂陰。　二三月愛隨飄絮，伴落花，來拂衣襟。更剪輕羅片，傳黃金❸。

【注釋】❶鉛粉　也叫鉛白，為婦女塗面所用。❷咂花心　指蝴蝶在花蕊上吮吸花粉。❸傳黃金　指蝴蝶的翅膀為金黃色。

【語譯】雙雙蝴蝶翅膀輕，沾上花粉吸花心。穿窗入戶來，穩立盆花上，畫堂好涼蔭。　春天二三月，隨著飛絮飄。還喜伴落花，來拂少女衣襟。蝶翅膀輕如羅片，顏色亮如黃金。

【賞析】在生物界中，蝴蝶是一個令人喜愛的小昆蟲，牠們外觀美麗，形體輕盈，其性又高雅清潔，不喜污濁，故祇在花間草叢上飛行。蝴蝶是我國古代文學作品裡經常寫到的題材。早在《莊子・齊物論》中就有莊周夢蝶之事的描寫，以後出現的梁山伯與祝英臺死後化蝶的傳說更是家喻戶曉。不過，在詩人的筆下，牠往往成為輕狂男子的象徵。如歐陽修的〈望江南〉：

江南蝶，斜日一雙雙。身似何郎全傳粉，心如韓壽愛偷香，天賦與輕狂。　微雨後，薄翅膩煙光。才伴遊蜂來小院，又隨飛絮過東牆。長是為花忙。

借蝶詠人，在牠的形象上，集中了風流浪子眠花宿柳、尋歡作樂的種種屬性。毛文錫的這首詞是為詠蝶而詠蝶，無比興之意，純粹寫蝶的生物屬性。說牠們的翅膀上沾上了像鉛粉似的花粉，用尖尖的小嘴在花蕊中咂著花心。牠有時把綺窗繡戶當作花叢，竟穿窗入戶，飛到畫堂中。下片的前三句雖然仍是寫實，但言語生動，傳影傳神，說牠「隨飄絮，伴落花，來拂衣襟」，表現出活潑調皮的性格。最後，我們藉這一談蝶的話題，再介紹元代王和卿的散曲名作

〈詠大蝴蝶〉：「掙破莊周夢，兩翅駕東風。三百座名園一採一個空。難道風流種，諕殺尋芳的蜜蜂。輕輕飛動，把賣花人搧過橋東。」作品以奇特的想像，狂放的氣魄，誇張的手法，滑稽詼諧的語言，描述了一隻象徵著放蕩不羈的文人的大蝴蝶。

柳含煙 四首

其一

隋堤柳，汴河旁❶。夾岸綠陰千里，龍舟鳳舸木蘭香❷。錦帆❸張。

因夢江南春景好，一路流蘇羽葆❹。笙歌未盡起，橫流鎖春愁。

【詞牌】柳含煙　此調屬「夾鍾商」，俗稱「雙調」，始見《教坊記》。共四十五字。

【注釋】❶汴河旁　「旁」舊刻皆作「春」，不叶韻。依《詞律》改為旁。❷龍舟鳳舸木蘭香　帝妃所乘之舟為木蘭樹製成。《隋遺錄》：「煬帝幸江都，至汴，帝御龍舟，蕭妃乘鳳舸。」❸錦帆　帆為錦所製。《開河記》：「煬帝御龍舟幸江都，……錦帆過處，香聞十里。」❹流蘇羽葆　皇帝儀仗中的華蓋。

【語譯】隋時運河堤上柳，汴水岸邊處處有。種柳成行夾流水，綠蔭遷透迤數千里。龍舟鳳船幾十丈，木蘭製成氣味芳。河寬水清碧，錦帆片片張。　因為夢見江南春景好，水鄉三月鶯飛燕舞到處是綠草。便詔令經運河，幸江都，一路流蘇羽葆。笙歌未唱盡，蒼海橫流，天下大亂，山河火中烤。國已破，僅剩柳，密密匝匝把春愁鎖。

【賞析】毛文錫〈柳含煙〉四闋皆為詠柳之作，他選擇為人們熟知的四處柳為吟詠對象，並借以抒情寫意。此章寫的是隋堤柳，憑今弔古，抒發了對國家興亡的感慨。煬帝開運河，客觀上加強了華北與江南的聯繫，便利了運輸，即使在今天，仍為人們提供了許多便利。但是他的主觀動機卻是為了奢侈享受。他下江南時，動用了數百萬的民力，極其鋪張浪費，最終導致了民怨，天下洶洶，他也落得身死行宮的下場。毛文錫站在夾岸綠蔭千里的隋堤上，發古之幽思，探索了隋亡與運河之間的關係。他認為，煬帝耗盡民力，鑿河流，築御道，植楊柳，僅是因為他夢見了江南春景好，他要帶著妃子們乘龍舟鳳舸從水路下江南。河通了，柳綠了，通濟渠（即運河）上，千舟競發，萬帆爭流；綠柳堤上，護騎雲集，縴夫如蟻。可是，笙歌未盡，天下大亂，最後江山易主，人死江都。詞人雖然對煬帝所為，未作一字譏責，但字裡行間，含有君不愛民，自取滅亡的思想。又全詞用了很多筆墨鋪寫堤柳的美麗與煬帝下江南時的豪侈景象，然「鎖春愁」三字將前面的錦繡畫面一筆勾銷，化為烏有，這裡形象地表明了詞人的富貴榮華，皆是過眼煙雲的看法。

其　二

河橋柳❶，占芳春。映水含煙拂路，幾迴攀折贈行人。暗傷神。

樂府吹為橫笛曲❷，能使離腸斷續。不如移植在金門，近天恩❸。

【注　釋】❶河橋柳　此處柳出於宋之問〈度大庾嶺〉詩中之柳。詩云：「來日河橋柳，春條幾寸生。」❷樂府吹為橫笛曲　所謂樂府，可歌之詩也。橫笛曲，指樂府橫吹辭中的〈折楊柳曲〉。❸不如移植在金門近天恩　用唐宣宗取永豐坊柳枝植禁中事。《樂府詩集》卷八一，白居易〈楊柳枝〉郭茂倩序引〈本事詩〉：「白尚書有妓樊素善歌，小蠻善舞。嘗為詩曰：『櫻桃樊素口，楊柳小蠻腰。』年既高邁，而小蠻方豐豔，乃作〈楊柳枝〉辭以託意曰：『永豐西角荒園裡，盡日無人屬阿誰？』及宣宗朝，國樂唱是辭。帝問誰辭，永豐在何處，左右具以對。時永豐坊西南角園中有垂柳一株，柔條極茂，因東使命取兩枝植於禁。」所以說「近天恩」。金門，指宮禁。

【語　譯】河畔橋旁柳，春光盡占有。翠綠生煙倒映水，柳絲低垂拂路上。主人折柳送行人，被折無數次，淒然暗神傷。樂府橫吹辭，奏〈折楊柳曲〉，哀傷不忍聽，聽後人斷腸。不忍多次受折磨，不如移植到宮中，受到皇帝恩寵。

【賞　析】此詞中的「河橋柳」，即是日常所見之柳。在詞人的筆下具有象徵的意義，它們代表著那些有才華而得不到擢拔，流落於草野的文士。「河橋柳」，因處境的關係，並沒有受到人們的重視，但是，它們確實是美麗的，映水含煙，使春野生色。如果沒有婀娜多姿的楊柳，春天的景色還能如此明媚嗎？可是，人們並沒有認識到它們的美與它們在春天裡的價值。當與親友餞行送別時，就攀樹折枝，贈與行人，而不管它們的風姿。受著無數次這樣的折磨，柳兒欲哭無淚，魂斷心碎。更使柳痛苦的是它們聽夠了樂府橫吹辭中的〈折楊柳曲〉。那些離別的人們在分別的最後一刻，或是在夕陽古道上寂寞的旅人，他們都會彈奏、歌唱這一支曲子，並且一邊唱著，一邊摧殘柳的肢體，彷彿這樣做了，就能減輕他們離別或失意的痛苦，可他們不知道，肢斷身殘與哀傷樂曲給柳造成的是多麼大的痛苦啊！沒有人理睬，沒有人關心，柳的命運該是怎樣的不幸啊！郊野的楊柳羨慕永豐園裡的垂柳，彼處的柳幸運地被皇帝發現，並移植於禁中，從此擺脫了被壓迫、被蹂躪、被歧視的命運，用自己的神姿丰采增添皇苑的風光。郊野的柳在想，如果我也能夠移入宮中，沐浴著陽光雨露，受著浩蕩的皇恩，那該是多麼的美好啊！這是一個不得意的文士，在命運的重壓下的呻吟。詞借柳詠人，詠物而不滯於物，正因為有如此高超的作法，使得本詞有相當的藝術價值。

其三

章臺柳❶，近垂旒❷。低拂往來冠蓋❸，朧朧春色滿皇州❹。瑞煙浮。　直與路邊江畔別，免被離人攀折。最憐京兆畫蛾眉❺，葉纖時。

【注　釋】❶章臺柳　章臺街上的柳。《古今詩話》：「漢張敞為京兆尹，走馬章臺街。街有柳，終唐世曰章臺柳。」❷垂旒　帝王冠冕之裝飾，以絲繩貫玉下垂。❸冠蓋　仕宦之人戴的帽子與乘的車輛。班固〈兩都賦〉：「冠蓋如雲，七相五公。」❹皇州　帝都。謝朓〈和徐都曹出新亭渚〉：「半嶺通佳氣，中峰繞瑞煙。」❺京兆畫娥眉　用漢京兆尹張敞為其妻畫眉事。

【語譯】依依章臺柳，如帝冕垂旒。迎送皆仕宦，舞腰多婀娜。煙柳生春色，帝都風景秀。 祥瑞紫氣浮。離開路邊與江畔，向著長安章臺搬。媚色邀人欣賞，免被離人折攀。京都多人像張敞，憐香惜玉畫眉長。

【賞析】此詞所詠之章臺柳，實為商女之象徵。寫她們的美貌與對生活的追求。章臺柳，雖然地位低賤，但在詞人的眼裡，卻是美麗而高尚的，他有意將柳絲與帝王冠冕上之垂旒相比，即可看出它們在詞人心目中之地位。它們交接的都是京華之冠蓋，若為污濁之物，又如何得到他們的欣賞？再說皇都的秀麗春色，還不是它們帶來的，若去除了柳的風景，帝京還會有這迷人的風光麼？也正是它們的存在，京城的上空才浮現紫色的祥瑞之氣。它們雖然出身賤微，但決不沉淪，它們對生活有著美好的追求，希望得到別人的珍重與愛惜。它們特別欣賞漢代為婦畫眉的京兆尹張敞，它們也想在京城中尋覓到那樣憐香惜玉的人，而不願被人們隨意的攀折，所以，它們從路邊、江畔移到京城裡來。作者這樣寫伎女，將她們寫得這樣的純潔、這樣的自珍，若不是出於對風塵女子透徹的了解和真誠的珍重，是寫不出來的。

其四

御溝柳❶，占春多。半出宮墻婀娜，有時倒影蘸輕羅。麴塵波❷。 昨日金鑾❸巡上苑，
風亞舞腰❹纖軟。栽培得地近皇宮，瑞煙濃。

【注釋】❶御溝柳 皇宮外的護城河畔之柳，柳植在宮牆內。❷麴塵波 水波呈黃色。❸金鑾 金鑾殿，這裡代指皇帝。❹風亞舞腰 風吹裊娜如舞腰的柳條。

【語譯】青青御溝柳，占取春光多。一半出宮牆，宮牆外面的更婀娜。有時倩影映水中，有時調皮俯身蘸輕羅，戲弄溝中黃水波。 昨日天子來，遊賞皇家園。垂柳隨風舞纖腰，博得天子笑。只因栽培近皇宮，籠罩著紫煙濃。

【賞析】此詞所詠的御溝柳，象徵著宮女們。寫她們在皇宮中生活的歡樂。詞人認為御溝柳是最美麗的，春光很

多是它們生成的。它們不但美麗，而且生動活潑，常常俯著穿輕羅的身體，去蘸那御溝之水，讓那黃色的水波蕩起一圈圈的漣漪。它們因栽培在御溝畔，地近皇宮，所以常承受著皇帝的恩澤。昨日皇帝遊覽上苑，親眼目睹了它們纖軟的舞腰，使它們感到十分的榮幸，彷彿不再植根於大地，而是漂浮在紫雲之上。詞人這樣寫宮女，顯然不了解宮女痛苦而寂寞的生活，與白居易的〈上陽白髮人〉相比，無疑有天壤之別。

醉花間 二首

其一

休相問，怕相問，相問還添恨。春水滿塘生，鸂鶒❶還相趁❷。

昨夜雨霏霏，臨明寒一陣。偏憶戍樓人，久絕邊庭❸信。

【詞牌】醉花間　此調屬「夾鍾商」，俗呼「雙調」。始見《教坊記》。有四十一字、五十一字諸體。

【注釋】❶鸂鶒　水鳥名，又名紫鴛鴦。❷相趁　相宜。❸邊庭　邊塞。朱琳〈開緘怨〉：「夫婿邊庭久，幽閨恨幾重。」

【語譯】不要問，怕你問，夫婿未回來，一問就添恨。春光映綠波，滿塘碧水生。一對紫鴛鴦，得意浮水不相分。

昨夜三更下小雨，臨到天亮冷一陣。寂寞睡不著，總是憶念戍邊人。邊塞久無音信心裡悶。

【賞析】此詞寫閨婦對戍卒的思念。「休相問，怕相問，相問還添恨」，只有相思極深、愁緒紛雜的人才會有此精神狀態。她怕自己孤獨，更怕別人帶著憐惜的目光說自己孤獨。一個人默默地相思，心情還能夠處於一種平靜的狀態，被人一提，落寞、惱恨的情緒會立即把心裡攪得如亂麻一般。可是，能平靜下來麼？人可以不問，然而，紫鴛鴦像故意炫耀自己生活幸福似的，在滿塘的春水中交頸相偎。人不如鳥，這種刺激能不在她的心裡激起波浪麼？相思已到了不能自禁的程度，「偏憶」就是對這一精神活動的實寫。霏霏細雨，潤物無聲，非極敏感之人感覺不到；臨明寒意，睡意正濃之人很難察覺，而察覺者一定是不眠之人。閨婦之相思，達到銘心刻骨的程度，全是因為「久絕邊庭信」，她的相思裡伴有對夫婿安全的深深擔憂。

其二

深相憶，莫相憶，相憶情難極❶。銀漢是紅墻❷，一帶遙相隔❸。金盤珠露滴❹，兩岸榆花白。風搖玉珮清❺，今夕為何夕。

【注釋】❶情難極　即情難盡。❷銀漢是紅墻　化用李商隱〈代應〉詩句：「本來銀漢是紅墻，隔得盧家白玉堂。」❸一帶遙相隔　用銀河隔斷牛郎織女相會事。❹金盤珠露滴　《漢書・郊祀志》注引《三輔故事》：「建章宮承露盤高二十丈，大七圍，以銅為之，上有仙人掌，承露和玉屑飲之。」❺玉珮清　玉珮碰撞的清脆之音。

【語譯】深相憶，怕相憶，相憶痛苦多，感情何時盡？銀河波浪洶，牛郎織女遙相隔。　承露盤上珠露滴，天氣涼爽已七月。兩岸榆花白燦燦，未見郎君心裡急。風搖玉珮發清音，今夕是何夕？

【賞　析】此詞詠牛郎織女的故事，並且給予了不能成眷屬的有情人深深的同情。民間盛行牛郎織女的傳說，言織女為天帝孫女，王母娘娘之外孫女，於織紝之暇，常與諸仙女於銀河澡浴。牛郎為人間一貧苦孤兒，常受兄嫂虐待，分與一老牛，令其自立門戶。其時天地相去未遠，銀河與凡間相連。牛郎遵老牛囑，去銀河竊得織女天衣，織女不能去，遂為牛郎妻。經數年，生兒女各一，男耕女織，生活幸福。不意天帝查明此事，非常震怒，立遣天神往逮織女。王母娘娘慮天神疏虞，亦偕同去。織女被捕上天，牛郎不得上，與兒女仰天號哭。時老牛垂死，囑牛郎於其死後剝皮衣之，便可登天。牛郎如其言，果偕兒女上天。差已追及織女，王母娘娘忽拔頭上金簪，憑空畫之，頓成波濤滾滾之天河。牛郎織女隔河相望，無由得過，只有悲泣。後終於感動天帝，許其一年一度於七月七日鵲橋相會。

詞中的相思者似是織女，因她與牛郎隔著銀河，故而整日相思，然由於相思造成了精神上的許多痛苦，她又很怕相思。這是將整個心交給對方的戀人才有的矛盾心理，這是真正感受到相思為世上最苦之事的人才有的認識。其實，相思到了這種程度，已經由不得她了。所愛之人時時刻刻都放在心上，所盼望的見面的日期念念不忘。一年一度的鵲橋相會的日子終於要到了，這七月七日是織女天天盼、天天等才姍姍而至的，珠露滴，榆花白，是織女細心觀察時間變化所看到的物象，秋天的到來，對於她是多麼的高興啊！她擦去了淚水，換上了新衣，戴上了玉珮，心情激動地等待著鵲橋相會的那一刻。玉珮的清脆悅耳的聲音無疑就是她快樂的心聲。儘管團聚的日子將近，但她還是忍不住打聽那時間是在甚麼時候，「今夕為何夕」即是她向別人打聽的詢問語。

浣溪沙 二首

其一

春水輕波浸綠苔，枇杷洲❶上紫檀開。晴日眠沙鸂鶒穩，暖相隈。

羅襪生塵游女過，有人逢著弄珠迴。蘭麝飄香初解珮❷，忘歸來。

【詞牌】 浣溪沙　此調又名〈南唐浣溪沙〉、〈添字浣溪沙〉、〈攤破浣溪沙〉等，宮調不傳。始見《教坊記》，共四十八字，本以〈浣溪沙〉原調前後闋結句，改作仄起句，並破七字為十字。

【注釋】 ❶枇杷洲　即琵琶洲。吳雪《能改齋漫錄》卷〈琵琶洲〉：「饒州水口有洲，其形如琵琶，謂之琵琶洲。」

❷蘭麝飄香初解珮　《列仙傳》卷上：「江妃二女者，不知何所人也。出遊於江漢之湄，逢鄭交甫。見而悅之，不知其神人也。謂其僕曰：『我欲下請其珮。』僕曰：『此間之人皆習於辭，不得，恐罹悔焉。』交甫不聽，遂下，與之言曰：『二女

勞矣。』二女曰：『客子有勞，妾何勞之有？』交甫曰：『桔是柚也，我盛之以，筥令浮漢水，將流而下，我遵其傍，採其芝而茹之，以知吾為不遜也，願請子之珮。』二女曰：『桔是柚也，我盛之以筥，令浮漢水，將流而下，我遵其傍，采其芝而茹之。』遂手解珮與交甫。悅受而懷之中當心，趨走數十步視珮，空懷無珮，顧二女，忽然不見。」

【語　譯】風吹碧水波浪來，水浸岸上翠綠苔。饒州水口琵琶洲，洲上紫檀正盛開。晴朗日子沙灘白，鴛鴦眠沙一排排。對對相依偎。　神女出遊江漢來，步履輕盈態和藹。男子一見心生愛，弄回珍珠賣弄才。蘭味麝香飄拂拂，神女欣然把珮解。男子忘了把家回。

【賞　析】此詞詠〈列仙傳〉上所記載的鄭交甫遇到江妃二女事。上片著重環境的描寫，詞人筆下的江畔既是仙境，又是俗境。碧波蕩漾，蘚苔翠綠，紫檀花開，岸沙潔白。風景如畫！遠離了世俗的塵囂，不見人工的痕跡，如同傳說中之仙境。而鸂鶒眠沙，交頸相偎，又是世俗生活的反映。仙境正吻合江妃二女出入之處所，俗景又是生成人神戀愛之環境。因此說，上片的景色描寫，為下片神女的出場作了極妙的渲染。下片首句以簡練的筆法寫神女之美。「羅襪生塵」化用曹植〈洛神賦〉中之詩句，寫江妃之儀態，雖然只寫到行走之姿態，但可由此而見其全貌。以下三句寫一男子與江妃一見鍾情。在詞人的描寫中，江妃沒有世俗女子的矜持與疑慮，愛則傾心，贈珠解珮。男子在其態度的感染下，也全心投入，忘記歸家。作者將傳說的結局作了改變，將作愛情遊戲的神女改作真誠地追求愛情的神女，這樣，在意義上有了提升。

其二

七夕年年信不違，銀河清淺❶白雲微。蟾光鵲影❷伯勞飛。　每恨蟪蛄憐婺女❸，幾迴嬌妒下鴛機❹。今宵嘉會兩依依。

【注　釋】❶銀河清淺　化用枚乘〈雜詩〉句：「河漢清且淺，相去復幾許？」❷鵲影　喜鵲飛過之影。❸婺女　二十八宿之一。《左傳》昭公十年：「有星出於婺女。」此處代指織女。❹下鴛機　織著鴛鴦圖案的織機。

【語　譯】每年一度鵲橋會，七月七日從不違。銀河此時清且淺，天空墨藍白雲微。月光照下鵲橋影，性好孤獨的伯勞飛。　常常怨蟬好悲鳴，怨給織女多同情。又恨唧唧織布機，恨它織出鴛鴦錦，今日無怨又無恨，依依與郎良宵會。

【賞　析】此詞可與〈醉花間〉第二闋聯起來讀，因為〈醉花間〉第二闋寫織女等待著七夕，而此闋則寫七夕相會的這一夜。主人翁仍然是織女，說她「年年信不違」，始終不因為分居而減少了對牛郎的感情，相反，感情更為深厚。今晚，美好的愛情又得以實現了，銀河、月光、鵲橋成人之美，盡心盡力地營造出一個美麗的環境。銀河沒有洶湧的浪濤，變得清澈且淺；天空墨藍，只有幾朵白雲緩緩地飄動，月光分外皎潔，讓相思一年的有情人兒都能將對方看得清清楚楚；喜鵲，見義勇為的鵲鳥，今晚把橋搭得結結實實，銀河的河面上留下了一彎美麗的橋影。如此良辰美景，就連性喜孤獨的伯勞鳥也感受到了愛情的美好，牠在巢中也待不住了，飛出去尋找伴侶。今晚的織女呢？抑制不住內心的喜悅。平常，她怨蟬為婺女悲鳴，而不給她更多的同情。她恨織機寡義，居然織出相親相愛的鴛鴦來嘲笑她的孤獨，氣得她幾回下機罷織。而今晚她怨恨的情緒一掃而光，與牛郎情依依、意脈脈，相聚在一起。

月宮春　一首

水晶宮❶裡桂花開，神仙探幾迴。紅芳金蕊繡重臺❷，低傾瑪瑙杯❸。　玉兔❹銀蟾爭守護，姮娥姹女❺戲相隈。遙聽鈞天九奏❻，玉皇親看來。

【詞　牌】月宮春　此調屬「中呂閏」，俗呼「小石調」。創始無考。

【注　釋】❶水晶宮　即月宮。段成式《酉陽雜俎》前集卷一：「舊言月中有桂、有蟾蜍，故異書言月桂高五百丈，下有一人常斫之，樹創隨合。人姓吳名剛，西河人，學仙有過，謫令伐樹。」❷紅芳金蕊繡重臺　紅色的花，黃色的花蕊與重重疊疊之花瓣。❸瑪瑙杯　瑪瑙製成的酒杯。❹玉兔　傳說月裡有兔。傅咸〈擬天問〉：「月中何有？玉兔搗藥。」❺姹女　少女。張九齡〈翦綵詩〉：「姹女矜容色，為花不讓春。」❻鈞天九奏　天上之仙樂。潘岳〈閒居賦〉：「張鈞天之廣樂，備千乘之萬騎。」

【語　譯】皎潔透明月宮，桂花盛開其中。神仙常往來，相互訊息通。黃蕊紅花一片，到處飄滿香風。神仙低傾瑪瑙杯，個個喝得醉眼惺忪。　一棵高高桂花樹，玉兔蛤蟆爭看護。嫦娥常住廣寒宮，寂寞時與宮女戲。美妙仙樂飛出戶，鈞天廣樂常常奏。引動玉皇來，誇說音樂能延壽。

【賞　析】此詞就題發揮，描寫月宮景色與嫦娥的生活。月亮皎潔圓通，形體美麗，月色之中，如夢如幻。所以，月亮在我國人民的心目中，始終是美麗、純潔、高雅的象徵。並創造了許多關於它的神話，使人們生出無限的神往之心。《漁樵閒話錄》上篇引《逸史》云：「羅公遠引明皇遊月宮，擲一竹枝於空中，為大橋，色如金。行十數里，至一大城闕。羅曰：『此乃月宮也。』仙女數百，素衣飄然，舞於廣庭中。」此詞即是這類神話的敷衍。月宮中，晶瑩剔透，清潔無瑕，一株高大的桂花樹，正盛開著桂花。宮之周圍，則是鮮紅的花朵，一片片的，空氣裡，瀰漫著濃濃的花香。月宮中常常設筵款待來訪問的各路神仙，席上，擺滿了美味佳餚，瓊漿玉液，神仙們都開懷暢飲。宮中有玉兔蟾蜍，牠們常常爭著看護桂樹；還有嫦娥宮女，常作歌舞遊戲。宮中常奏鈞天廣樂，那美妙的仙音傳到玉帝那裡，竟引動他親自來聽，並陶醉其中。詞人用心描述這美麗的仙境，表現了他對理想生活的嚮往，從這個角度上說，有相當的現實意義。

戀情深 二首

其　一

滴滴銅壺寒漏❶咽，醉紅樓月。宴餘香殿❷會鴛衾，蕩春心。　真珠簾❸下曉光侵，鶯語隔瓊林❹。寶帳欲開慵起，戀情深。

【詞　牌】戀情深　此調宮調不傳。始見《教坊記》，共四十二字。

【注　釋】❶銅壺寒漏　古代用銅壺盛水滴漏以計時刻。❷香殿　華貴的居室。❸真珠簾　穿綴珍珠為簾，或飾有珍珠的簾子。❹瓊林　對樹林的美稱。

【語　譯】深夜滴滴壺漏聲，聽來淒涼聲哽咽。酒醉在紅樓，朦朧空中月。宴後夜宿香室，與佳人共眠鴛被。被中春意暖，漾起兩顆心。　晨曦已起天將曉，曙光映下珠簾影。閨外小樹林，林中啼鶯鶯。想要起床勾寶帳，身體倦慵懶得起，依依有深情。

【賞　析】此詞典型地表現了花間派詞人的風格，寫文士與歌伎的歡情、戀情。夜深人靜，銅壺滴漏。詞人酒醉紅樓，眠宿香殿。擁抱嬌娃，盡情歡樂，一幅夜宴歡樂圖！然詞人為何在這熱烈的色彩上用一「咽」字呢？聯繫末句「戀情深」三字，可以料知，他們的愛情中隱含著不和諧音，歡娛是短暫的，分別或永遠地不能結合將是不可避免的事實。在古代，士子由於生活的漂泊不定與沒有固定的經濟收入，與伎女的戀愛往往沒有花好月圓的結局，因此，即使在他們熱戀如火的時候，心頭也有一塊驅除不盡的陰影。曉光普照，真珠簾明，瓊林幽靜，鶯鶯啼語，這美的環境實是他們快樂心境的外化。然而，這樣美好的愛情卻不能隨人心願的持續，他們所能做的，僅是寶帳緩勾，身慵懶起，盡可能將這美好的時光延長一些。

其　二

玉殿春濃花爛漫，簇神仙伴❶。羅裙窣地❷縷黃金，奏清音❸。　酒闌歌罷❹兩沉沉，一笑動君心。永願作鴛鴦伴，戀情深。

【注釋】❶簇神仙伴　筵席周圍有許多侍酒之宮娥。❷羅裙窣地　長長的羅裙拖在地上。❸清音　音樂聲清脆悅耳。左思〈招隱〉：「非必絲與竹，山水有清音。」❹酒闌歌罷　酒席將散，歌聲消歇。《史記・高祖本紀》：「酒闌，呂公因目固留高祖。」《集解》：「闌，言希也。謂飲酒者半罷半在，謂之闌。」

【語譯】宮殿春光無限好，爛漫春花開得早。宮中夜開宴，伴酒宮娥似神仙。美人羅裙拖地，裙上金色繡線。一曲清越妙音，響遏雲天。酒殘飲多頭已暈，歌停舞歇步履輕。一笑值千金，甜甜動君心。永作鴛鴦伴，兩兩永有深情。

【賞析】此詞寫宮妃與君王的戀情。上片寫宮中瑰麗的春景與豪侈的生活。玉殿即皇宮，在宮禁裡，春花爛漫，如錦似霞，自然還有詞中沒有寫到的依依楊柳、茵茵綠草。宮娥們都如天仙般美麗，侑酒作樂，可人依依。在這美麗的環境裡，君王與他所寵愛的妃子設宴飲酒。酒殘歌罷，神志沉沉。妃子燦然一笑，君王魂魄俱散，他們攜手入帳，共作鴛鴦。作者這樣描述宮中的君王與妃子的婚姻生活，沒有什麼意義。宮中的哀怨之聲，為爭寵而流的血淚，都被這溫馨的愛情所掩沒了。

訴衷情 二首

其一

桃花流水❶漾縱橫，春晝彩霞明。劉郎去，阮郎行，惆悵恨難平。　愁坐對雲屏❷，算歸程。何時攜手洞邊❸迎？訴衷情。

【注　釋】❶桃花流水　桃花盛開時節，河水溢漲流動。《禮記・月令》：「仲春之月，始雨水，桃始華。蓋桃方華時，既有雨水，川谷冰泮，眾流猥集，波瀾盛長，故謂之桃華水耳。」王維〈桃源行〉：「春來遍是桃花水，不辨仙源何處尋。」❷雲屏　畫有雲彩的屏風。❸洞邊　神仙所居洞穴的出入處。《一統志》：「劉阮洞在天台縣西北二十里，又名桃源洞。」

【語　譯】三月花開桃樹林，小河流動水碧清。白日天晴朗，花如彩霞明。劉郎回家去，阮郎離洞行，無故撇下我們倆，怨恨實難平。　愁坐洞中憶舊情，寂寞對雲屏。屈指算歸期，看看何時攜手洞邊迎，若能重見郎，定向他倆訴衷情。

【賞　析】此詞寫天台山之仙女在劉、阮走後，對他們深切的思念。借此傳說替天下獨守空閨的婦女抒發心中的哀怨之情。上片前兩句描繪了仙女居處的秀麗景色：桃花盛開，燦若錦霞；流水淙淙，清碧可鑒；日光朗照，雲霞七彩。這裡沒有人間的煙火氣，也聽不到車馬的喧鬧聲，一個世外的桃源。可是生活在這裡的兩位仙子卻長吁短嘆，悵甚難平，因為所愛的劉晨、阮肇兩位郎君走了。儘管這裡風景如畫，儘管仙子容顏妙絕，儘管她們情意綿綿，為他們行酒作樂，但仍然沒有贏得他們的心。想到此，兩個仙子的心中充滿了惆悵與怨恨。下片進一步描寫了仙子們思念劉、阮的心情。她們對雲屏而愁坐，為何對雲屏呢？因為屏上所畫的繞山障峰的雲霧給她們提供了想像的空間，彷彿看到了戀人正在返程中，跋涉於雲水之間。她們屈指算著歸期，並想到團聚之日，一定攜手相偎，向郎君傾訴心中的思念之情。傳說中的仙女是不存的，但她們心中的那份濃濃的相思之情，卻是每個閨婦都有的。

其二

鴛鴦交頸繡衣❶輕，碧沼藕花馨❷。隈藻荇❸，映蘭汀❹。和雨浴浮萍。　思婦對心驚，想邊庭。何時解珮❺掩雲屏，訴衷情。

【注　釋】❶繡衣　指鴛鴦的羽毛。因鴛鴦的羽毛色彩絢麗，如同錦繡，故喻為繡衣。❷碧沼藕花馨　碧清的池塘內荷花散發著馨香。❸藻荇　皆水草。❹蘭汀　長著蘭花的水中小陸地。❺解珮　指解下征人身上之珮飾，喻征人還家。

【語　譯】鴛鴦交頸兩相親，錦繡般的羽毛著身輕。池中水清清，荷花氣味香。依偎著藻荇，輝映著蘭汀。雨中盡情沐浴，水中戲浮綠萍。　思婦窗內看此景，心痛如刀絞。想到萬里關山外，夫婿戍邊庭。何時回家解玉珮，做帳內鴛鴦掩雲屏。那時候，向他訴說心中思念情。

【賞　析】此詞描寫一征人之婦在見到塘中鴛鴦後的感想。鴛鴦是一對雌雄恩愛的鳥兒，人們見到牠們，心中便生起對美好婚姻的渴望，尤其對孤男寡女來說，更是一種強烈的刺激。此詞中的女主人翁本來就在相思的痛苦中生活，這樣的畫面，無疑使她夫妻團聚的渴望更加迫切。從「和雨」得知，閨婦是通過窗子看到荷塘中的景象的。她觀察得很細，幾乎注意到了每一個細節：在離她閨房不遠的池塘中，池水碧清，荷花紅豔，池塘中的荷香向四面流溢著。在池塘裡，一對鴛鴦，身著錦繡般的羽毛，正靜靜地交頸相偎，享受著愛情的甜蜜。在牠們周圍，浮著青萍綠藻，增添了畫面的色彩。此時，雨絲如線，池塘裏濺起一朵朵水花，牠們也不為所驚，倒安閒地沐浴著。閨婦看得如此細，即反映出她對鴛鴦恩愛生活的迷戀與嚮往。她看到此畫面之後，反映強烈，「心驚」不是恐懼意，而是內心深為所動。她想到戍守邊關的丈夫，渴望他早日歸來，並且想像在團聚的日子裡，也要像鴛鴦那樣，相依相偎。此詞的作法是依據「觸景生情」的心理而構思內容，層次十分清楚。

應天長　一首

平江❶波暖鴛鴦語，兩兩釣船歸極浦❷。蘆洲❸一夜風和雨，飛起淺沙翹雪鷺❹。漁燈明遠渚，蘭棹今宵何處？羅袂從風輕舉❺，愁殺採蓮女。

【注　釋】❶平江　水名。❷極浦　水濱的盡頭處。❸蘆洲　長滿了蘆葦的小島。❹翹雪鷺　伸長脖子的白鷺。《埤雅・釋鳥》：「鷺步於淺水，好自低昂，色雪白，頭上有絲毿毿然，高尺七八寸，善翹捕魚。」❺從風輕舉　隨風飄揚。

【語　譯】平江水波溫暖，波上鴛鴦竊竊語。兩兩釣船傍晚歸，緩緩駛來江岸的盡頭。蘆洲不平靜，一夜風和雨。岸邊沙子飛揚起，白鷺翹頸挺起胸脯。　雨夜天黑有漁燈，照亮遠處小島嶼。佇立岸邊望長河，不知郎船今日在何處。羅袖隨風飄，愁殺採蓮女。

【賞　析】此詞寫一採蓮女在水邊望郎的情形。採蓮女，即閨閣中的婦女，採蓮，僅是她們的一種遊戲活動。詞中的女主人翁之所以在水濱望郎，當是其郎乘帆楫而去，也會乘帆楫而歸。她等郎不知起於一天的何時，但黑幕降臨時也未歸去。她在江濱所看到的是鴛鴦私語，兩兩船歸，不但未看到郎的歸帆，倒看到了加重相思痛苦的景象。鴛鴦、歸舟都反襯出她的孤獨。外界的刺激使她的盼望到了堅執的程度，暮色四起，她不走；風雨交加，浪湧沙飛，她還是不走。她的痴情感動了岸邊的白鷺，牠們伸長脖子，幫著閨婦向遠處眺望。江面完全隱藏在黑夜中，只有遠處島嶼上漁火明明滅滅著，她由漁火想到郎君的船今晚會漂泊何處呢？離這裡是近還是遠？可是這個問題又有誰能來回答她呢？勁吹的江風飄揚起她的羅袖，冷澀的苦雨撲打著她的面頰，她仍立江邊，心中塞滿了愁思。詞論家非常讚賞詞中「漁燈明遠渚，蘭棹今宵何處」這一句，認為柳永的「今宵酒醒何處，楊柳岸曉風殘月」為其翻版，卻不如該詞語「簡直而情景俱足」。（《餐櫻廡詞話》）

河滿子　一首

紅粉樓❶前月照，碧紗窗外鶯啼。夢斷遼陽❷音信，那堪獨守空閨。恨對百花時節，王孫綠草萋萋。

【詞　牌】河滿子　應為〈何滿子〉，屬「夾鍾商」，俗呼「雙調」。《教坊記》載此調。何滿，原是人名。元稹〈何滿子歌〉云：「何滿能歌聲宛轉，天寶年中世稱罕。嬰刑繫在囹圄間，下調哀音歌憤懣。梨園弟子奏元宗，一唱承恩羈網緩。便將何滿為曲名，御府親題樂府纂。」有三十六字、三十七字諸體。

【注釋】❶紅粉樓 閨婦之妝樓。❷遼陽 泛指征人所在的地方。皎然〈隴頭水〉：「旅魂聲擾亂，無夢到遼陽。」

【語譯】晨曦泛起天將曉，紅粉樓前斜月照。碧紗窗外光撩亂，楊柳樹上鶯聲吵。夢中到了遼陽，鶯啼夢斷，郎君無處找。正是如花年月，那堪獨守空閨。春光惹人愁思，最怕見的是那鮮豔的百花，萋萋的芳草。

【賞析】此詞寫閨人對戍夫的思念。閨婦望人不歸，只得以作夢來自慰，然沈浸在夢鄉的纏綿中時，又被打斷。那麼是甚麼使其「夢斷」的呢？一是月照，二是鶯啼。鶯啼有聲，還好理解，怎麼月照也會攪斷她的好夢呢？這是一個相思極深而弄得神經脆弱的人，怕聲也怕光，任何聲音、任何光照都會使她睡不好覺，都會使她從夢中醒來。夢醒之後，夢中的甜蜜與纏綿頓然失去，又讓她回到冷寂的現實中來。「那堪」二字，是嘗夠了寂寞滋味、無法再忍受下去的血淚之言。更何況此時是最撩人愁思的綠草萋萋、百花盛開的時節呢？詞人用〈何滿子〉的曲調抒寫了閨婦的怨懷，一定極為動人，因為〈何滿子〉音色悲愴，唐代有〈宮詞〉云：「故國三千里，深宮二十年。一聲〈何滿子〉，雙淚落君前。」

巫山一段雲 一首

雨霽❶巫山上，雲輕映碧天。遠風吹散又相連，十二晚峰❷前。

暗濕啼猿樹，高籠過客船。朝朝暮暮楚江邊，幾度降神仙。

【詞牌】巫山一段雲 此調屬「夾鍾商」，俗呼「雙調」。始見《教坊記》。有四十四字、四十六字兩體。

【注釋】❶雨霽 雨停日晴。宋玉〈高唐賦〉：「風止雨霽，雲無處所。」❷十二晚峰 即巫山十二峰。明．陳耀文《天中記》：「巫山十二峰，曰：望霞、翠屏、朝雲、松巒、集仙、聚鶴、淨壇、上昇、起雲、飛鳳、登龍、聖泉。」

【語　譯】雨停風吹煙，巫山立女仙。碧空浮白雲，雲絮映藍天。風吹峰間雲和霧，吹走復來峰相連。巫山之上十二峰，隱隱約約在眼前。　林中暗濕猿啼喧，白雲籠江，客帆江上翩翩。朝為雨，暮為雲，天天遊蕩在楚江邊。幾次迎來神仙。

【賞　析】傳說炎帝女名瑤姬，葬於巫山之陽，故曰巫山之女。楚懷王遊於高唐，晝寢，夢與其遇。自稱是巫山之女，王因幸之。遂為置觀於巫山之南。五代蜀・杜光庭《墉城集仙錄》卷三略云：「瑤姬受回風混合萬景煉神飛化之道。嘗由東海游還，過江上，有巫山焉，峰崖挺拔，林壑幽麗，巨石如壇，留連久之。……倏然飛騰，散為青雲；油然而止，聚為夕雨。或化遊龍，或為翔鶴，千態萬狀，不可親也。」不過，人們都依宋玉〈高唐賦〉的說法，巫山神女的外現形態主要是朝雲暮雨。這闋詞即是寫以巫山一段雲形象出現的神女。神女化作雲時美麗而神秘，當雨過天晴時，巫山之上，一朵如絮的輕雲飄浮在藍藍的天空，這意象多麼的美啊！它使我們聯想到高雅、純潔，甚至高貴。忽然間，它飄然而下，繚繞於遠處的群峰，風吹聚散，時濃時淡，使得十二峰時隱時現，變幻莫測。它的行踪是不定的，時而覆蓋於密密的樹林之上，只聞猿啼而不見樹林；時而籠罩在大江的上空，客帆彷彿是在封閉的籠內航行。但它始終不遠行，朝朝暮暮，離不開楚江邊。其實，她是個有情的人兒，在巫山上、楚江畔，不停地遊動，只是在等待、尋找那讓她神縈夢繞的楚王。這闋詞的最大特色在於調動了高山、白雲、碧天、遠峰之形，猿啼、雨注之聲，創造了一個虛無飄渺的幻覺，又將神話傳說之幻象和追尋期待的心情流注其中，構成了一個深邃、幽美、充滿了神秘色彩的意境。

臨江仙　一首

暮蟬❶聲盡落斜陽，銀蟾影挂瀟湘。黃陵廟❷側水茫茫。楚山紅樹，煙雨隔高唐。

岸泊漁燈風颭碎❸，白蘋❹遠散濃香。靈娥❺鼓瑟韻清商，朱絃淒切，雲散碧天長。

【注　釋】❶暮蟬　傍晚時的蟬。❷黃陵廟　《水經注・湘水》：「湘水又北，逕黃陵亭西，右合於黃陵水口，其水上承大湖，湘水西流，逕二妃廟南，世謂之黃陵廟也。」❸風颭碎　風搖漁燈，其光或明或暗，如同物碎。颭，風吹物動。柳宗元〈登柳州城樓〉：「驚風亂颭芙蓉水，密雨斜侵薜荔墻。」❹白蘋　亦稱四葉菜、田字草，屬蕨類植物。❺靈娥　指湘水之神。

【語　譯】傍晚蟬聲不再響，暮靄四起落斜陽。皎潔月亮高懸，玉盤倒映瀟湘。黃陵古廟歷千年，廟前一片水茫茫。楚山紅樹多，煙雨隔高唐。　岸邊漁燈風飄蕩，燈光破碎影晃晃。江畔白蘋開，四處散濃香。湘神怨恨積胸中，鼓瑟扣絃發清商。絃聲淒切切，雲飛無影碧空長。

【賞　析】此詞詠湘神即舜之二妃事。上片寓情於景，寫湘妃所居之處的淒清與精神之孤獨。傍晚聲寂，連喜歡噪鳴不停的蟬也閉住了嘴巴；夜幕降臨，斜陽帶走了最後一抹霞輝；月生寒光，灑在瀟湘的水波之上；黃陵廟前，有著令人惆悵的煙水茫茫。這就是二妃所在的湘水，清冷淒寂。詞人欲通過此景的描寫曲折地反映二妃的心境。「楚山」二句引用楚王與神女事，來喻舜與二妃事，表現她們對愛情的失望。酈道元《水經注・湘水》云：「大舜之陟方也，二妃從征，溺於湘江，神遊洞庭之淵，出入瀟湘之浦。」此種神話說明二妃溺後成仙，出入瀟湘。她們橫遭水禍，中斷了與舜的婚姻，既列仙班，神魄不散，她們便希望再續姻緣，重新享受愛的歡樂，然而，楚山樹遠，高唐夢斷，舜再也沒有出現過，於是，二妃心涼意冷，又如同風中搖動之漁火，幽暗破碎。她們鼓瑟扣絃，抒寫心中之怨恨。弦聲清越，淒涼如泣，不忍聞聽。天上的雲朵亦為之感動，飛向遠方，給忠貞於愛情的湘妃留下一片明麗的天空。

牛希濟 十一首

生卒年不詳，詞人牛嶠之侄。蜀後主王衍時，累官至起居郎、翰林學士、御史中丞。後降後唐李嗣源，拜雍州節度副使。他的詞僅存十一闋，其中〈臨江仙〉詠頌神話傳說中神女的故事，為時人所稱道。詞風在飛卿與韋莊之間，既樸素又有修飾，既簡潔又意味深長。

臨江仙 七首

其一

峭碧❶參差十二峰，冷煙寒樹重重。瑤姬❷宮殿是仙蹤。金爐珠帳，香靄晝偏濃。

一自楚王驚夢斷，人間無路相逢。至今雲雨帶愁容。月斜江上，征棹❸動晨鐘。

【注釋】❶峭碧　喻山峰陡峭翠碧。❷瑤姬　神話中炎帝之女，後成巫山神女。❸征棹　旅行之舟。

【語譯】陡峭青翠十二峰，高低不同插天空。冷風山谷來，煙樹一重重。神女身影今不見，留下宮殿遺仙蹤。金爐暖，寶帳空，香火煙多白日濃。　自從楚王夢驚斷，人間無緣再相逢。朝為行雲暮化雨，尋尋覓覓帶愁容。斜月映江上，冷光灑水中。征舟搖蘭槳，祠中響晨鐘。

【賞析】此詞是詞人遊巫山神女祠時所作，將所見之景色與對神女故事之感想融成了一體。巫山十二峰，雖高低不一，然皆陡峭青碧，雲繚霧障。冷煙寒樹，重重疊疊。上片前兩句費字極少，但成功地描繪了一個空靈、原始的境界，它使人們相信，這裡是神仙出沒之地，於是和作者一起尋覓仙蹤。宮殿還存，金爐寶帳仍在，這一切讓人對神女的存在確信無疑，甚至會認為神女仍生活在周圍。作者為達到這樣的效果，在構思上頗費了心力，他先用前兩句營造了神仙生活其間的大環境，然後又用後三句描述了傳說中神女曾居住過的廟宇。層層皴染，從而使讀者認同作者的看法。下片敘述的角度沒有轉換，仍然是作者自己，通過自己的耳聞目睹來進一步寫神女。他想像自己和神女會面了，神女將他當作知己，向他傾訴了命運的不幸，說自從在楚王的夢中與他相會了以後，再沒有在人間遇見過他，她忘不了那一段柔情蜜意，在江畔、峰巒處尋尋覓覓，然而，始終找不到他。詞人發現，神女由於感情鬱積，至今仍愁眉苦臉，但詞人卻無能為力，他帶著遺憾甚至是歉疚的心情，在殘月映江、晨鐘迴蕩的拂曉時光，又揚起了征帆。此詞在實與虛的處理上，很見技巧。煙、樹本是平常之物，但抹上了作者的「冷」與「寒」的主觀色彩，實景就顯得虛幻。美夢驚斷、無路相逢、面帶愁容，原是作者的想像，但作者卻當作實事來寫，於是讀者竟信以為真。

其二

謝家仙觀寄雲岑❶，巖蘿❷拂地成陰。洞房不閉白雲深。當時丹竈❸，一粒化黃金❹。

石壁霞衣猶半挂，松風長似鳴琴。時聞唳鶴起前林。十洲❺高會，何處許相尋？

【注釋】❶謝家仙觀寄雲岑　謝女得道之地的謝女峽（又名仙女澳），在雲峰之上。謝女峽，在今廣東省中山縣南海中。❷巖蘿　生於石巖之蘿。蘿，莪蒿，一種草。❸丹竈　指謝女煉丹的爐子。❹一粒化黃金　意為煉丹已成。❺十洲　為神仙之居處。《海內十洲記》：「漢武帝既聞西王母說，八方巨海之中，有祖洲、瀛洲、玄洲、炎洲、長洲、元洲、流洲、生洲、鳳麟洲、聚窟洲，有此十洲，乃人跡所稀絕處。」

【語　譯】謝女峽在南海中，仙觀築在白雲峰。山巖之上生蘿草，伏地密密綠成陰。洞房不閉白雲入，滿洞白雲幽邃深。煉丹爐灶火正紅，丹砂化成一粒金。　謝女霞衣如彩雲，掛在石壁遠處行。風吹松林響，清越似琴鳴。仙鶴相思翹首望，啼聲淒涼在前林。神仙所居十洲地，不知何處可相尋？

【賞　析】此詞詠謝女煉丹得道事。上片寫仙境景色與煉丹情況。謝家仙觀指的謝女峽，在詞人的筆下，其處風景幽美，天然佳萃。巖蘿拂地，不見泥土；白雲繚繞，飄入洞中。更有那洞前爐灶，火紅映天，丹沙些許，可煉成金。謝女得道之後，雲遊天地之間，給仙觀留下的，僅是掛在石壁上的霞衣。松風彈起鳴琴，抒發自己的思念之情；白鶴淒啼，徘徊林中，盼望著謝女的歸來。她常與各路神仙相會，可是十洲仙路彩雲深，又到哪裡去尋找她呢？一個神話故事，卻被寫得如此富有人情味，作者如非多情者斷不會如此。有了人情，便淡化了仙氣，縮短了她與讀者之間的距離，從而可親可近。

其　三

渭闕宮城❶秦樹凋，玉樓獨上無聊。含情不語自吹簫❷。調清和恨，天路逐風飄。

何事乘龍❸人忽降，似知深意相招。三清❹攜手路非遙。世間屏障，彩筆畫嬌嬈。

【注　釋】❶渭闕宮城　秦的宮殿近渭水，故稱「渭闕宮城」。❷吹簫　指弄玉吹簫事。❸乘龍　《太平廣記》卷四引《神仙傳拾遺》略云：「蕭史者，秦穆公時人也。善吹簫，能致孔雀白鶴於庭。穆公有女字弄玉，好之。公遂以女妻焉。日教弄玉作鳳鳴。居數年，吹似鳳聲，鳳凰來止其屋，公作鳳凰臺，夫婦止其上，不飲不食，不下數年。一旦，弄玉乘鳳，蕭史乘龍，升天而去。」❹三清　指神仙所居之最高仙境。《道教義樞》卷七引《太真科》：「大羅生玄元始三炁，化為三清天：一曰清微天玉清境，始氣所成；二曰禹餘天上清境，元氣所成；三曰大赤天太清境，玄氣所成。」

【語　譯】秦時宮闕入雲霄，渭水邊上樹葉凋。心裡寂寞上玉樓，無所事事人無聊。含情默默不語，獨自橫吹玉簫。聲音清越響，抒發了心中幽恨。簫聲飛樓外，隨風逐雲舞。　不知為何乘龍來，專把寂寞女子找。似乎已知弄玉心，滿懷深意把手招。神仙所居三清地，攜手前往路不遙。從此仙人相隔斷，只能彩筆畫嬌嬈。

【賞　析】此詞詠弄玉與蕭史戀愛而後成仙事。此詞所述與神話相比，有兩點不同。一是弄玉貴為公主，但極為寂寞。宮殿華麗，卻無人相伴，她只能獨自上樓。她的吹簫不是為藝術上的享受，而是為了借此抒發幽懷。含情而不語，說明宮中無知己；調清和恨，反映出她嚮往著愛情卻無從追求，故而胸中積滿了怨恨。二是蕭史本來就是仙人。由於弄玉的簫聲「天路逐風飄」，使他得知弄玉心中含怨，便乘龍而降，攜弄玉一起上天。這兩點內容的變化，使這一神話有了新的內涵，即地位再高貴的人，沒有愛，心中也一樣會充滿痛苦；只有愛情才會治癒心中的創傷。

其　四

江繞黃陵春廟❶閒，嬌鶯獨語關關。滿庭重疊綠苔班。陰雲無事，四散自歸山❷。
簫鼓聲稀香燼冷，月娥斂盡彎環。風流皆道勝人間。須知狂客❸，判死為紅顏。

【注　釋】❶黃陵春廟　即黃陵廟。湘水經其旁。❷歸山　回山。❸狂客　指屈原。

【語　譯】江水環繞黃陵廟，悠悠東流浮白帆。廟旁松柏翠碧，嬌鶯語聲關關。廟裡寂靜無人，庭中綠苔斑斑。天上烏雲閒度，四散飛回深山。　祭祀簫鼓停歇，香冷煙盡殿荒涼。湘妃愁思皺蛾眉，風動頭上美髮鬟。人道仙子會風流，世間女子無法比。江畔行吟狂客，拼死為了紅顏。

【賞　析】此詞詠湘妃事。上片描寫湘妃居處的景色：黃陵古廟，湘水環繞，廟旁松柏蒼翠，樹中鶯語嬌嬌。院中人跡罕至，綠苔疊疊斑斑。烏雲悠閒無事，四散飛回深山。詞人通過一系列的意象，創造了一個冷寂的環境，從而說明湘妃生活的淒涼，沒有愛、沒有知己。嬌鶯情願自個兒說話，「獨語關關」，也不與湘神說話兒；雲在空中遊蕩，無事而歸山，卻不來陪伴湘神。下片前兩句進一步說明二妃生活的淒涼。湘神廟內，簫鼓停歇，香爐早冷。湘神面對苦況，皺起了蛾眉。幸運的是，騷人屈原為湘靈風流所迷，拼卻一死，願隨之入波。詞人作如是構想，新穎別致，且有依據。屈原〈湘夫人〉云：「聞佳人兮召予，將駕兮偕逝。」；「捐余袂兮江中，遺余褋兮醴浦。」

其五

素洛❶春光瀲灩平，千重媚臉❷初生。凌波羅襪勢輕輕❸。煙籠日照，珠翠半分明。　風引寶衣疑欲舞，鸞迴鳳翥堪驚。也知心許恐無成。陳王辭賦❹，千載有聲名。

【注釋】❶素洛　說洛水清澈。素，水的顏色。❷媚臉　嫵媚的容貌，此處指洛神。❸凌波羅襪勢輕輕　指洛神步履輕盈。曹植〈洛神賦〉云：「凌波微步，羅襪生塵。」❹陳王辭賦　指陳思王曹植所作之〈洛神賦〉。《三國志・陳思王植傳》：「植字子建，善屬文。黃初六年，以陳四縣封植為陳王。」諡曰思，故又稱陳思王。又〈洛神賦序〉：「黃初三年，余朝京師，還濟洛川。古人有言，斯水之神，名曰宓妃，感宋玉對楚王說神女之事，遂作斯賦。」

【語譯】清清洛水水波平，春光融融晝日晴。容貌嫵媚傾國色，初見人皆驚。儀態萬千凌波上，盈盈步履輕。雲遮日照光不定，洛神首飾半暗又半明。　綾紈之衣風吹輕，翩翩欲舞人娉婷。鸞飛鳳翔眾仙降，見其姿容皆生情。陳王有意神傾心，卻因無緣事不成。不過一篇〈洛神賦〉，千載有聲名。

【賞析】此詞詠洛水之神的事。洛神，傳說為宓妃，伏羲氏之女，溺死洛水，而為神。曹植過洛水時，曾作〈洛神賦〉，述其形體姿態之美云：

> 其形也翩若驚鴻，婉若游龍，榮曜秋菊，華茂春松，彷彿兮若輕雲之蔽月，飄颻兮若流風之迴雪。遠而望之，皎若太陽升朝霞；迫而察之，灼若芙蕖出淥波。襛纖得衷，修短合度。肩若削成，腰如約素；延頸秀

項，皓質呈露，芳澤無加，鉛華弗御。雲髻峨峨，修眉連娟，丹唇外朗，皓齒內鮮，明眸善睞，靨輔承權。瓌姿豔逸，儀靜體閒；柔情綽態，媚於語言；奇服曠世，骨相應圖。

其描述生動細膩，如見其人；其美姿麗質，令讀者生無限嚮往之心。希濟此詞寫洛神，也寫洛神與曹植的情愛事，在蘊藉含蓄上自有其特色。上片既寫景，也寫神，美景麗神，交替描寫，產生相互輝映的效果。洛水清碧，水光瀲灩，而洛神臉際，嫵媚百生；凌波步履，輕輕盈盈。日光燦爛，浮雲輕蔽，光時昏時明。而洛神頭上之珠翠，在其陽光的照射下，時閃時滅，遠望神秘而迷離。詞人通過這樣的描寫，使我們遠遠看到了一個美麗的水神，她的形象既清晰又模糊，但散發出誘人的魅力。她的綽約仙姿，都使駕鸞御鳳的神仙們感到吃驚，自然也吸引了多情的陳思王。陳思王風流俊雅，騎著白馬，也深深地打動了洛神的心。可是，儘管兩心相許，卻終不能歡合。不過曹植為此寫下了一篇千年不朽的〈洛神賦〉，寫下洛神的美貌與心中的情感，這或許給洛神一些慰藉吧。

其　六

柳帶搖風漢水❶濱，平蕪兩岸爭勻。鴛鴦對浴浪痕新。弄珠遊女❷，微笑自含春。

輕步暗移蟬鬢動，羅裙風惹輕塵。水晶宮殿❸豈無因。空勞纖手，解珮贈情人。

【注　釋】❶漢水　即漢江，在今之湖北省。❷弄珠遊女　指漢皋神女戲鄭交甫事，詳見卷五毛文錫〈浣溪沙〉其一（春水輕波浸綠苔）注❷。遊，亦作游。❸水晶宮殿　指神女的居所。

【語　譯】一帶柳林色翠青，風搖柳舞漢水濱。平蕪兩岸爭風光，欲將楊柳風韻勻。鴛鴦波中對對浴，風吹水面浪浪新。遊女弄珠來，笑中含著情。　裙子暗動腳步輕，微風吹顫蟬翼鬢。移步起微塵，風擺舞羅裙。出遊漢水解寂寞，水晶宮殿豈無因？枉勞纖纖玉手，解珮贈送情人。

【賞　析】此詞詠江漢神女的事。在《列仙傳》中，出遊於江漢的神女雖解珮與風流公子鄭交甫，但她們只是作愛情的遊戲，並未真心的將感情交給對方。然希濟筆下的江漢遊女，卻是渴望愛情並追求愛情的女子。前兩句以柳、田野、堤岸點明時間，柳絲嬝娜，隨風搖漾，平野泛青，兩岸生綠，這都是春天的徵象，而春天對於盛年獨處的女子來說，正是春情勃發的時節。更何況浴浪的鴛鴦，對對相偎，刺激著她們對異性的渴望。於是，遊女走出水宮，漫步江漢。「微笑自含春」，這是少女求偶時的自然的表現。由此分析可得，上片五句，可分三個層次，一層是春光引發了江漢二女的春思，二層是鴛鴦對浴刺激著她們對異性的渴望，三層寫她們出宮尋覓愛情。層層膠接，環環相扣。下片前兩句描繪她們綽約的風姿，輕步移動，風吹鬢顫，羅裙飄擺，微塵生起。這樣美麗的仙子不安心於水晶宮裡，而到江漢遊觀，豈能無因？作者作此心理上的透視，目的是探索仙子外出的原因，其實，他的答案已在上片中自己說了出來，這裡重提，衹不過強調了他猜測的正確性。江漢二女終於尋覓到了自己所中意的男子，然而，人神相隔，他們不能夠享受甜蜜的愛情。「空勞」二字，該是說出了心中多少的遺憾。

其七

洞庭❶波浪颭晴天，君山❷一點凝煙。此中真境屬神仙。玉樓珠殿，相映月輪邊。

萬里平湖秋色冷，星辰垂影參然。橘林霜重更紅鮮。羅浮山❸下，有路暗相連。

【注　釋】❶洞庭　指洞庭湖。裴駰注《史記・孫子吳起列傳》云：「今大湖中苞山，有石穴，有深洞無知其極者，名洞庭。洞庭對彭蠡，則知此穴之名，通呼洞庭。」❷君山　亦稱洞庭山，在洞庭湖中。《水經注・湘水》：「(洞庭)湖中有君山、編山，山有石穴，潛通吳之包山，郭景純所謂巴陵地道者也。是山湘君之所遊處，故曰君山矣。」❸羅浮山　《元和郡縣志》卷三四：「循州博羅縣羅浮山，在縣西北二十八里。羅山之西有浮山，蓋蓬萊之一阜，浮海而至，與羅山并體，故曰羅浮。高三百六十丈，周迴三百二十七里，峻天之峰四百三十有二。」

【語　譯】洞庭湖寬浪淘天，晴日風起帆翩翩。湖中有君山，遙望如一點凝煙。山上有靈洞，洞內真景屬神仙。玉砌樓，珠綴殿，相映於一輪月亮邊。萬里湖水如鏡平，秋光冷冷色透明。空中星漢燦爛，水裡皎月浮雲。九月霜葉紅豔豔，那是一片橘樹林。羅浮山下，有路與茅山相連。

【賞　析】牛希濟的七闋〈臨江仙〉皆是即題詠事之作，所詠的都是江濱仙子之傳說，前六闋有巫山雲雨，謝家仙觀，渭闕秦樓，黃陵江廟，素洛春光，漢濱解珮，此闋所寫的則是洞庭山下的仙女居所。《拾遺記》卷一〇〈洞庭山〉：

洞庭山浮於水上，其下有金堂數百間，帝女居之。四時聞金石絲竹之聲，徹於山頂。楚懷王之時，舉賢才賦詩於水湄，故云瀟湘洞庭之樂，聽者令人難忘，雖〈咸池〉、〈九韶〉不得比焉。……其山又有靈洞，入中常如有燭於前。中有異香芳馥，泉石明朗。採藥石之人入中，如行十里，迥然天清霞耀，花芳柳暗，丹樓瓊宇，宮觀異常。乃見眾女，霓裳冰顏，豔質與世人殊別。

這闋詞同其他幾首同調作品在作法上相似，都是以寫實融合幻想，由塵寰通向仙境，詩情畫意，引人不勝遐想。上片先總括洞庭湖景，「颭晴天」，意為湖水在燦爛的秋陽下，裊裊的秋風中微微蕩漾。次寫君山，「一點凝煙」，似有似無，這四字既展示了洞庭湖之闊大，也表現出君山縹緲神秘。作者緊接著把讀者的思路引向神仙境界，以虛中見實的手法，幻化出明月映照下的百尺樓臺，玉宇珠殿，使讀者對此美麗的仙境油然神往，並產生出莫大的美感。下片再由虛返實，對萬里平湖的秋色，作進一步的描繪，在一望無際的湖面上，籠罩著一片清冷的秋色，參差錯落的繁星，倒映在靜靜的水中。這是抹的一層冷色，但作者按照自然的面目，有意無意地又在畫面上塗上了一層暖色，岸邊經霜的橘林，如火如荼的鮮紅。冷暖相間，使得畫面色彩豐富，也使得境界寥廓恢宏，末兩句，作者將筆輕輕一轉，把寫實的人寰又引向去路飄渺的洞穴。傳說羅浮山下有穴，能通延陵之茅山，晉代得道之葛洪，曾由此道，往來於兩山之間。這神秘虛幻的傳說無疑使結尾有餘音繞樑的效果。

酒泉子 一首

枕轉簟涼❶，清曉遠鐘殘夢。月光斜，簾影動，舊爐香❷。

夢中說盡相思事，纖手勻❸雙淚。去年書，今日意，斷離腸。

【注釋】❶枕轉簟涼　枕移席冷。❷舊爐香　燃著的仍是原來的那炷香。❸勻　拭；擦。

【語譯】枕移動，竹席涼，清早遠處鐘聲長，驚斷美夢鄉。晨風拂簾影動，月光斜照畫堂。爐內燃的還是那炷香。

夢中美，見了郎，相思事兒訴說詳。纖纖白玉手，臉上拭淚忙。去年雁傳書，今日綿綿意，不見郎歸讓妾斷了腸。

【賞　析】此詞以清新淺白的語言，抒發了閨婦深苦的相思之情。全詞分上下兩片，上片為閨婦夢醒後之所見，下片則為夢醒後之所思。閨婦整日相思，神經脆弱，往往不能入眠，即使入眠也不深沈。她的殘夢被驚，不僅僅是清曉遠鐘，還有枕轉簟涼。但驚夢的因素都是微弱的，鐘聲雖宏亮，但從遠處傳來，就變細變弱了；簟席雖涼，然在香閨之內，亦不可能到致使體冷的程度。而閨婦之夢卻能被驚斷，則說明相思之深了。接著三句用斜照之月光，擺動之簾影，閃滅的舊香，渲染一種清冷淒寂的氣氛，將閨婦醒後落寞的情緒通過這些物象而得以外化。下片是夢醒後的內心活動。閨婦首先回憶了剛剛夢中的情景，咀嚼著團聚的甜蜜。她撲在郎君的懷裡，訴說著相思之情。她為重新見面而激動得淚水迸流，纖纖玉手，不停地擦拭著臉上串串的淚珠。然而，這銷魂的歡樂時刻祇是一瞬間而已，現在仍然屋冷床涼，孤影相伴。「去年書，今日意」，說明她對郎君的思念、盼望，一日一時也沒有停止過，而是濃濃的情意，愈積愈深。「斷離腸」，是情感自然發展的結果，左盼右望，日思夜想，郎君卻不歸，能不斷腸麼？本詞音節短促，讀來即能體會到閨婦氣咽喉堵的哀傷。

生查子 一首

春山煙欲收，天澹❶星稀小。殘月臉邊明，別淚臨清曉。　語已多，情未了，迴首猶重道。記得綠羅裙，處處憐芳草❷。

【注　釋】❶天澹　天將亮。❷記得綠羅裙處處憐芳草　羅裙為綠色，與草色相同。不忘懷舊情，自會處處憐惜芳草。

【語　譯】青山之上煙霧少，林木漸露天將曉。東方魚肚白，星星稀又小。殘月掛西邊，臉龐明皎皎。此時相分別，淚水返光照。　話語不住說，情卻未盡了，想起重要話，轉身往回跑。「看到羅裙綠，處處愛芳草。」

【賞　析】此詞淺切蘊藉，在整部《花間集》中，屬於上乘之作。發端兩句，交代了人物活動的時間與環境。山嵐欲收，星星在晨曦中變暗變小。然而，殘月未落，白冷的月光照在女子玉脂般的臉龐上，瑩潤光潔，同時也讓掛在臉上的清淚如玉珠般閃爍發光。悲傷淒清的離別場面，在詞人的筆下，竟變得有如此多的悲哀情思，讀者既感染上濃厚的離情別緒，同時也得到了美的感受。星月本是無情之物，但詞人賦予了它們很多的情感，使它們成了有情之物。星星不忍見情人分別，悄然隱去。月亮為使戀人在分別時刻更清楚地看到對方，有意地將光輝灑在他們的臉龐上，尤其讓男子看到女子臉上的別淚，了解她對自己的一片深情。有情人的離別，彼此總是有說不完的話，道不盡的情，但詞人對所說的話一概捨去，僅記下了行人走後又回頭所說的兩句話：「記得綠羅裙，處處憐芳草」，放心吧，我會永遠地將你放在心上的，只要見到翠綠的芳草，我就會想起你來。甚至因為愛你，而處處憐惜芳草。既是留戀，也是慰藉，它包涵了所有的未了之情。此詞特點之一為淺切，主要是詞人將景與情非常巧妙地切合在一起，情因景生，景為情現。即以綠羅裙與芳草為例，來說明這一特點。江總在〈賦春草〉中也曾將芳草比作羅裙，詩云：「雨過草芊芊，連雲鎖南陌。門外君試看，是妾羅裙色。」但草色與綠裙沒有「情」的聯繫，只是一個簡單的比照，而該詞用「記得」與「處處憐」相連接，頓時將感情的表現推向了極頂。

中興樂 一首

池塘暖碧浸晴暉❶，濛濛柳絮❷輕飛。紅蕊凋來，醉夢還稀。 春雲空有雁歸，珠簾垂。東風寂寞，恨郎拋擲❸，淚濕羅衣。

【注釋】❶晴暉 陽光。❷濛濛柳絮 謂飛絮如濛濛細雨。❸拋擲 拋撇；拋棄。

【語譯】清清池塘水溫暖，波光粼粼映朝霞。柳絮濛濛如細雨，空中漫捲輕飛。紅花紛紛落，花蕊被風摧。好夢近來少，常醉心傷悲。 春雲有情等雁歸，雁來無信心意灰。閉門不出戶，整日珠簾垂。寂寞深閨裡，任憑東風吹。恨郎無情將妾拋，淚濕羅衣心如錐。

【賞析】一位獨守空閨的婦人，臨窗望著戶外的暮春景色：碧清的池塘在陽光下泛起粼粼的波光，蒸騰起一縷縷的水氣；飄轉的柳絮拂拂揚揚，如同濛濛的細雨；花落了，地上亂紅一片。春天就這樣匆匆地走了，可我在這一個如詩如畫的春天裡，仍然是形單影隻，辜負了這大好的春光。郎不但不歸來，連在夢中出現的次數也少了。閨婦由景觸發，悲從心來。為減少愁思帶來的痛苦，或者說催促自己入眠而得到更多的作夢機會，她以喝酒的方式來使自己忘憂、入眠，可是，酒能化解愁麼？白雲有情，主動在空中等待南歸的大雁，希望得到一封家書，替閨婦解愁。可是，「空有雁歸」。夢，做不到；雁，不帶書。閨婦心灰意冷，垂珠簾，閉門戶。她罵郎薄情，將自己拋擲。怨恨的淚水隨著感情的失控奔流；放縱，濕了羅衣。此詞語言淺白而情思婉轉曲折，「春雲空有雁歸」，六字造意很新，寫出了雲的多情與女子的失望。

謁金門 一首

秋已暮，重疊關山岐路❶。嘶馬搖鞭何處去，曉禽❷霜滿樹。　夢斷禁城鐘鼓，淚滴枕檀❸無數。一點凝紅❹和薄霧，翠蛾❺愁不語。

【注　釋】❶重疊關山岐路　意為重重的關隘之岔道。岐路，岔道。❷曉禽　啼曉的公雞，或啼曉的鳥兒。❸枕檀　檀枕。❹凝紅　指紅燭。❺翠蛾　原指翠黛色的蛾眉，這裡代指思婦。

【語　譯】晚秋降霜露，飄蓬如柳絮。郎君停馬徘徊處，正逢關隘重疊岔口路。馬鳴蹄刨土，搖鞭不知向何處。公雞報曉啼，霜白蓋滿樹。　正作夢夢卻醒，全怪禁城鐘鼓。想起郎君困苦，淚滴檀枕無數。對著一點紅燭，迷離室內薄霧。想到郎未歸，思婦愁思不語。

【賞　析】全詞分上下兩片，上片為夢境，下片為夢後之所思。所夢者誰，閨婦也。夢境是行人在路上的一個片段。晚秋的清晨，行人已奔走在旅途上。現在他駐馬徘徊，遲疑於岐路之間。馬的嘶鳴，淒淚而聲長，久久的在谷間迴蕩。行人四處張望，徬徨而不知去向。此時，金雞報曉，天色放亮，已看到滿樹濃霜。下片的淚無數，愁不語，是承上片夢境而來。由夢境來看，她的丈夫不是一個薄倖的遊子，而是生活中不得意之人，他極可能為衣食而奔波，不然，怎可能在公雞報曉前就行路，她從夢中感受到丈夫勞頓辛苦，所以，她的淚水就不是相思的痛苦所致，而是對丈夫身體的擔憂。室內煙霧繚繞，昏暗迷離，僅有一點紅燭在煙霧中搖曳。這一意象象徵著前程茫茫，看不到多少希望，故而，在生活憂愁重壓下的閨婦，默默不語。由上述可見，這是另一種類型的閨愁，在對遠人思念的同時，對困苦的生活也有深深的擔憂。

歐陽炯 四首

歐陽炯（八九六～九七一年），益州華陽（今四川成都）人。事前蜀王衍，為中書舍人，後事後蜀孟昶，累官翰林學士，進門下侍郎，同平章事。從孟昶降宋，為左散騎常侍。曾為《花間集》作序。他的詞，現存四十八闋。為人稱道者，有〈南鄉子〉八闋。

浣溪沙 三首

其一

落絮殘鶯❶半日天，玉柔花醉❷只思眠。惹窗映竹滿爐煙。

獨掩畫屏愁不語，斜攲瑤枕髻鬟偏。此時心在阿誰邊❸？

【注　釋】❶殘鶯　春暮之鶯。春暮而鶯啼稀少，故稱殘鶯。❷玉柔花醉　美人的嬌媚柔弱之態。❸阿誰邊　猶誰邊。《三國志・龐統傳》：「向者之論，阿誰為失？」

【語　譯】柳絮落盡暮春天，鶯老聲稀無力喧。美人嬌媚似玉柔，身軟如醉只想眠。窗前翠竹簌簌響，招引香爐嬝嬝煙。愁思不盡長綿綿，掩屏不語心生怨。斜倚玉枕身慵懶，髻鬟被壓偏一邊。此時心裡想著誰，郎應知道，為何言不宣？

【賞析】一個如花豔麗的女子，卻未婚配。在禮教的束縛之下，又不能大膽地去尋覓愛情與婚姻，只能在鶯老花殘的暮春天氣裡生著綿綿不盡的愁思。這就是本詞所描寫的內容。上片的第二句緊承第一句而來，第一句是因，第二句是果。柳絮非花，但亦是青春的象徵；鶯喉妙囀，表現出生命的活力。然而，前者飄零殆盡，後者不再歌唱。女子從這兩個物象中模糊地意識到青春在悄悄地流逝。可是，梅已熟，卻無人摘；花正香，然蝶不採。在這樣的情形下，女子還能朝氣蓬勃嗎，「玉柔花醉只思眠」，是精神萎靡的表現。通常來說，引起獨身女子遐思的有鴛鴦浮水，對燕斜飛或蜂蝶戀花，然此女子因對偶居生活有強烈的渴求，故而，在別人眼裡極平常的與婚姻愛情根本不搭邊的事物，都能刺激她的神經。窗與竹，都是無情之物，香煙裊裊飛向它們，本是空氣流動使然，但在女子看來，這是異性的擁抱與合歡，於是，便生出人不如物的哀嘆。她也有心上人，但由於外界的阻礙，他們不能夠相愛，或者說由於環境的限制，她還沒有機會向對方剖明自己的愛心，只是單相思。加之受暮春等因素的刺激，她的情緒極為低沈，整日愁眉不展，掩屏不語，斜臥枕上，宿妝不整。她的心想著對方，也怨著對方：我心既繫著你，為何你不大膽地來約會？此詞意象含蓄，耐人尋味。末句似吐又收，給讀者留下了許多的想像。

其二

天碧羅衣❶拂地垂，美人初著更相宜。宛風❷如舞透香肌。獨坐含嚬❸吹鳳竹，園中緩步折花枝。有情無力泥❹人時。

【注釋】❶天碧羅衣　天藍色的羅衣。《宋史·南唐李煜世家》：「煜之妓妾嘗染碧，經夕未收，會露下，其色愈鮮明，煜愛之。自是宮中競收露水，染碧以衣之，謂之天水碧。」❷宛風　微風。❸含嚬　嚬與顰通。皺眉頭。❹泥　軟磨，軟求。元稹〈遣悲懷〉：「顧我無衣搜畫篋，泥他沽酒拔金釵。」

【語　譯】風流嫵媚歌舞伎，身著時尚碧羅衣。衣輕腰軟不勝力，美人穿起更相宜。微風吹拂衣裙飄，時常露出香玉肌。　獨坐皺眉有所思，簫管橫吹聲清淒。園中花徑慢慢走，時常停下折花枝。小鳥依人情意多，軟磨情郎不要走。

【賞　析】此詞寫詞人與一美人的交往。美人可能是伎院中的伎女，亦可能是貴族士紳家的藝伎，她在和詞人的交往中，發生了戀情。全詞分上下兩片，上片靜態地描寫美人的衣著形體，下片動態地摹繪她的活動。不論上下片，都是從詞人的視角來看的。她的風姿美貌是很誘人的：一副高挑挑的身材，穿著拂地的天碧羅衣，顯得修長、莊重與高貴。在微風中，羅衣常常被掀起一角，露出了雪白的肌膚，透出了迷人的體香。這樣的描寫雖無多少精彩之處，但表現出詞人對女子的傾心，姣好的體態與相宜的衣著完全攫住了他的心。客觀中含有主觀，上片無疑是美的頌歌。下片的動態描寫透示了女子內在的精神狀態。獨坐、含嚬、吹簫，都說明她內心的苦悶，簫聲是淒涼之音，自覺用簫管來吹奏，無疑是用來抒發自己的苦悶心情。她苦悶甚麼呢？聯繫下一句的「折花枝」來看，當是人處盛年，卻婚姻無望。女子一旦成了伎女或藝伎，就變成了男子的玩物，她便不再享有人的尊嚴、人的生活權利，哪裡還有婚姻可言，至少根本沒有自主的婚姻，只能聽從老鴇或主人的擺布。「折花枝」是一種無奈與嫉妒的心理表現。當她看到了風流俊雅的詞人時，心中下意識地升騰起一種希望，似乎終身有託，因為她了解到他愛著自己，便軟求他不要將自己拋擲。可是，在非常重視門閥地位的社會裡，詞人能娶她為妻嗎？即使他不作負心的李益，但社會環境是不允許霍小玉式的人物進入上流社會的。

其三

相見休言有淚珠，酒闌重得敘歡娛。鳳屏鴛枕宿金鋪❶。　蘭麝細香❷聞喘息，綺羅纖縷見肌膚。此時還恨薄情無？

【注釋】❶金鋪　即鋪首。門上用以銜環的底盤，作獸形，或飾以金銀。此處代指閨房。❷蘭麝細香　女子身上所發出的香味。

【語譯】久別相逢流淚珠，不要傷心將情訴。燈昏酒盡重聚首，相依相偎歡娛殊。酒後攜手掩鳳屏，鴛鴦枕上情無數。蘭氣麝香來自姝，嬌喘微微不停住。綺羅透明見肌膚，雪白玉潤不忍撫。魄散魂銷心滿足，此時還恨薄情否？

【賞析】此詞寫一對久別之後的戀人相歡的情景，雖趨於俗氣，但在心理描寫上較為準確生動。長久的相思，情感壓抑，在失望之際，情人突然出現在面前，女子怎能不流下激動的淚水？「休言」是安慰，是打趣。雖流淚，但閨內氣氛熱烈，昔日的淒涼一掃而光。他們舉杯相慶，盡情歡娛。以下三句寫他們的合歡，似太顯露。清代況周頤《蕙風詞話》：「《花間集》歐陽炯〈浣溪沙〉云：『蘭麝細香聞喘息，綺羅纖縷見肌膚。此時還恨薄情無？』自有豔詞以來，殆莫豔於此矣。半塘僧鶩曰：『奚翅豔而已？直是大且重。』苟無花間詞筆，孰敢為斯語者？」末句雖為調笑之語，但道出了戀人間複雜的關係，恨非真恨，怨亦非怨，恨怨愈深，情愛愈真。

三字令　一首

春欲盡，日遲遲❶，牡丹時。羅幌卷，翠簾垂。彩牋書，紅粉淚，兩心知。　人不在，燕空歸，負佳期。香燼落，枕函❷欹。月分明，花澹薄，惹相思。

【詞牌】三字令　此調宮調不傳，創始無考。有四十八字，五十四字兩體。

【注釋】❶日遲遲　意為春日很長。❷枕函　枕套。

【語譯】已到暮春時，日影慢慢移。牡丹正開放，百花已空枝。室內帷帳捲，窗上翠簾垂。寄去彩箋書，粉淚斑斑遺。雖不能聚首，我你心相知。　閨內不見伊，燕來很驚疑。注目同情我，空負一佳期。香冷爐掉落，不眠將枕倚。窗外月分明，月照花無儀。春花一時豔，零落惹相思。

【賞　析】全詞皆為三字，在叮噹作響的節奏中，敘述了一閨婦一年間的苦悶心情。在漫長的白日裡，女子因春暮而心煩意亂，行人不歸，春花凋零，又一個美麗的春天就這樣白白地逝去了。她垂簾捲帷，在閨房內寫信，那彩箋上滴滿了紅粉淚。郎君啊，你看到了這淚斑，應該知道我的思情是多麼的濃，多麼的深！雖然我們不能聚首，但我知道你是愛我的。「兩心知」，是對對方的信任，也是自我的安慰。下片在時間上轉到了又一個春天之始。燕子歸來了，但仍沒有看到男主人。牠們注目佳人，深深地為她的孤獨、寂寞、沒能盡情享受佳期而遺憾。緊接著，敘述的視角又轉到了女子這一邊。一年的等待使她心灰意冷，情緒低沉，她不再有信心作彩箋之書，也沒有淚水再為之流淌。香冷爐落，她倚床而臥。夜靜無聲，她卻無法入眠。望著窗外，月光冷白，豔麗的花兒在光下黯然失色。這情景撥動了她的心絃：花兒再豔，也有零落之時；人兒再美，也有變老的日子。然而，花兒可以再落再開，可是人呢？青春祇有一度。想到此，她多麼希望遠人早日歸來，與她共享青春的歡樂啊！時間的跨度有一年之長，但用「人不在，燕空歸」巧妙地接轉，使上下銜接無縫。又上片寫白天，下片寫夜晚，也縮短了讀者的時間距離。

卷六

歐陽炯 十三首

南鄉子 八首

其一

嫩草如煙，石榴花發海南天❶。日暮江亭春影❷淥，鴛鴦浴，水遠山長看不足。

【注釋】❶石榴花發海南天　南方盛開著石榴花。石榴，果樹名。由漢朝張騫從西域引進，後遍植南北各地。海南，泛指南方。❷春影　即春光。

【語譯】綠草碧連天，遠望如青煙。南國石榴遍地開，色如胭脂態嫣然。江亭四周暮色起，媚人春光色暗綠。春水起微波，水中鴛鴦浴。水遠山長如仙境，橫豎看不足。

【賞析】花間派作者譜寫南方風物的鄉土詞，在豔麗旖旎的香軟作品中，自成一格，給人以異常的新鮮感。此闋〈南鄉子〉純是描摹南國的自然景色，在詞人的筆下，其景色如詩如畫，令人陶醉。碧草如煙，與遠天相接，如茵如海。首起一句，用潑墨構圖法描繪了一個綠色的世界。在這一片綠色的天地中，到處盛開著石榴花，那紅豔豔的石榴花在這綠色的「背景」之上，如同墨藍的夜空中燦爛的星辰，又好像黑夜裡的萬家燈火，登高遠眺，給你無限的遐思。傍晚時分，霞光漸隱，一個亭子獨立江頭，靜靜地等待著夜色的到來，山轉黛色，水變深綠，一切是那樣的平靜，卻又在不斷的變化。腳下的江水蕩起一圈圈的漣漪，仔細一看，是一對鴛鴦正在快樂地洗浴。太美了！這造化是多麼的偉大啊！作者從心底裡感嘆著。遠水近山，景觀無限，作者左右環顧，但都看不足，若不是黑幕降臨，遮住了一切，他還要看下去。作者雖然僅是描寫了自然景色，但字裡行間流露出對和樂生活的讚美與對生活的熱愛。

其　二

畫舸停橈❶，槿❷花籬外竹橫橋。水上遊人❸沙上女，迴顧，笑指芭蕉林裏住。

【注　釋】❶畫舸停橈　彩飾大船停止了划槳。舸，大船。橈，船槳。❷槿　木槿，落葉灌木。花有紅、白、紫等色。南方人多植於屋舍前後，代替籬笆。❸水上遊人　指詞人自己。

【語　譯】彩繪大船水上搖，欲觀佳景令停船。木槿樹密作籬笆，槿花伸向橫竹橋。水上風流客，沙灘美嬌嬌。含情脈脈視，回頭一臉笑。「我家就在芭蕉林裡住。」說完就往林裡跑。

【賞　析】此詞仍寫山青水秀的南方風物，但在描繪景色的同時，又敘述了純樸的愛情故事。這闋詞中的南國風光依然使人心醉：船行靠岸，從堤上望去，只見一條小路，從渡口蜿蜒地伸向遠處濃蔭密布的芭蕉林裡，林中露出了別緻的竹樓。而在芭蕉林外，圍植著一圈木槿樹，那一朵朵紅、白、紫的木槿花在綠色的世界裡增添了許多的嫵媚。這裡不但景色美，人也美，蠻鄉的女孩子是那樣的自然、純樸、大方。其中一個女子見到俊雅的詞人，心生愛慕，雖然也有少女的羞澀神情，但不矜持，大膽地「迴顧，笑指芭蕉林裡住」。坦率真誠，純出自然。此詞清新明麗，既寫出了南國水、橋、花、樹組合成的風景特色，同時，以一簡單的愛情故事寫出了文化上的特色，即蠻地的人民，很少受禮教的束縛，顯得開朗、活潑、自由、真誠。短短的二十七個字，既描繪了自然的景色，又融入了社會文化的內涵，不是大手筆，焉能如此？

其三

岸遠沙平，日斜歸路晚霞明。孔雀自憐金翠尾❶，臨水。認得行人驚不起。

【注釋】❶孔雀自憐金翠尾　指孔雀臨水照羽而自憐。《說苑・雜言》：「君子愛口，孔雀愛羽。」

【語譯】傍晚旅船停，岸遠沙灘平。斜暉脈脈照歸路，傍晚西天霞光明。臨水孔雀展翠尾，靜水映照自愛憐。行人來時正陶醉，驚後不起態安寧。

【賞析】這闋〈南鄉子〉重點在吟詠南方的珍禽孔雀。傍晚時分，旅船在碼頭停泊，詞人先佇立船頭，只見堤岸遙望，兩邊沙灘鬆軟而平坦。此時殘陽西斜，日光柔和而美麗，太陽漸漸地下山了，只剩下一天五彩的晚霞，霞光映在雲上，像燃燒的火焰，像紫絳色的瑪瑙，像燦爛的錦繡，像棗紅色的戰馬，都是火熱的、明豔豔的色彩。五彩雲霞倒映在波光閃閃的水面，致使棲於溪邊的孔雀頻展翠尾，與之欲比高下。孔雀羽毛絢麗，以翠綠、亮綠、青藍、紫褐等色為主，閃耀著金屬般的光彩，雄孔雀還長有一根根美麗的翠尾，上面有五色錢眼似的圖案，見到色彩斑斕的事物，則炫耀般地開屏，形成一張半圓形的大彩屏。旅行的人，穿著當是很華麗的。故而，孔雀雖然驚於人來，但為了展示自己的彩屏，仍然佇立不動。另一解是人來時，孔雀正從如鏡面般的水中看到了自己的身姿，十分陶醉，稍稍驚恐後，又忙著顧影自憐了。通過此詞，我們看到了另一方天地：安謐、恬靜，沒有名利的爭奪，沒有車馬的喧嗔，人與動物互不相擾。這不正是長期生活於喧囂的塵世中的人們所嚮往的嗎？現在的人們雖不能尋找到這樣的淨土，但此詞傳達了人們心裡的渴望，這也就是此詞為何至今仍受到人們喜愛的原因。

其四

洞口誰家，木蘭船❶繫木蘭花。紅袖女郎相引❷去，遊南浦，笑倚春風❸相對語。

【注　釋】❶木蘭船　用木蘭樹打造的船。任昉《述異記》下：「木蘭洲在潯陽江中。多木蘭樹。昔吳王闔閭植木蘭於此，用構宮殿也。」李商隱〈木蘭花〉：「幾度木蘭舟上望，不知元是此身花。」❷相引　帶領。❸笑倚春風　猶笑立於春風之中。

【語　譯】我問女嬌娃，洞口是誰家？女娃不語笑盈盈，木蘭船繫木蘭花。風中女郎紅袖飄，領我下船踏岸沙。走向南水濱，風景真不差。兩人相依親密語，春風傳送笑哈哈。

【賞　析】此詞寫作者與南國女子的戀情。他們蕩槳而行，來到一洞口前，詞人以為是女子的家，要把他帶到家中，便詢問此洞是誰家。女子未答，把船繫到木蘭樹上，領著他，踏著沙灘，行遊南浦。我們可以想像這樣的一幅浪漫的畫面：江水輕輕地拍著沙灘，細白無垠的沙土柔軟平坦，留下兩行淺淺的腳印。春風駘蕩，長長的紅袖在風中飄舞，藍的水、白的沙、紅的袖，色彩對比鮮明。一串朗朗的笑聲與一串銀鈴般的話語交融在一起，變成一支美妙動人的歌。作者如果僅僅是為了表現戀愛男女的歡樂，那麼就和別的歡情詞沒有甚麼兩樣了，作者的真正用意並不是為了描寫浪漫的戀情故事，而是通過南方的人寫出南方的特點。他們的戀愛地點不是在園林裡，不是在帷帳中，而是在大自然中。南國的女子開朗、大方，她不是被動地愛，而是站在和男子平等的地位上去追求愛情，因此，她不是嫻靜不語，低眉含笑，而是生動活潑，大膽主動。木蘭船是南方之物，划槳的自然是她，引去遊南浦的也是她，笑語於春風中肯定也少不了她。她是那樣的純樸，多情，她的言語行為一點不矯揉造作，皆出於自然，這就是南國人的特點。

其　五

二八❶花鈿，胸前如雪臉如蓮❷。耳墜金鐶穿瑟瑟❸，霞衣❹窄，笑倚江頭招遠客。

【注　釋】❶二八　喻少女。❷臉如蓮　臉如荷花般嬌媚。❸穿瑟瑟　耳朵上穿著寶石。❹霞衣　泛指少女所穿的美麗的衣服。

【語　譯】少女美如仙，頭上插花鈿。胸前肌膚白如雪，臉龐嬌媚嫩如蓮。左耳墜金環，右耳穿寶石。雲衣霞裳正合適，袖長腰部窄。立在江邊笑盈盈，玉手招遠客。

【賞　析】此詞在八闋〈南鄉子〉中，意境最差。它只是描寫了南方一小伎的美麗與風騷。女子確實是美麗的，肌膚如雪般的潔白，臉如蓮花般粉嫩，但她小小的年齡，卻不再以清純面目出現，而是打扮得珠光寶氣，兩只耳朵，墜金環，穿寶石，又身著彩衣。「笑倚江頭招遠客」，不是出於愛與熱情，而是商業性的行為。乍一看，我們會為她外表美的光暈所吸引，但稍作分析，美感立即會從我們的心裡消失。我們不能責怪這個迎新送舊的女子，倒是了解到了作者趣味的低下。他不去挖掘荳蔻年華的少女作小伎的原因，也不去了解「笑倚江頭」背後的辛酸，而是把文人的浮浪習氣強加給讀者，給狎伎生活套上了美麗的外衣。所以，我們在讀這首詞時，要作理性的分析，而不要為作者的審美趣味所左右。

其　六

路入南中❶，桄榔❷葉暗蓼花紅。兩岸人家微雨後，收紅豆❸，樹底纖纖抬素手。

【注　釋】❶南中　指南方地區。謝朓〈酬王晉安〉：「南中榮桔柚，寧知鴻雁飛。」❷桄榔　果樹名。唐・劉恂《嶺表錄異》卷中：「桄榔樹生廣南山谷，枝葉香茂，與棗、檳榔等樹小異。……此樹皮中有屑如麵，並為餅食之。」又段成式《酉陽雜俎・續集》卷一〇：「古南海縣有桄榔樹，峰頭生葉，有麵，大者出麵百斛，以牛乳啖之，甚美。」❸紅豆　產於嶺南，秋日開花，其實成莢，子大略小於豌豆，色鮮紅，故名紅豆。

【語　譯】旅行到南方，美景處處有。桄榔葉密林中暗，蓼花紅豔正開放。一場小雨下過後，兩岸人家收紅豆。樹下女子舉玉手，採摘紅豆不停住。

【賞　析】由一組〈南鄉子〉詞的內容來看，作者旅行南方，走的是水路，因此，「路入南中」之路，應指水道，又因下文有「兩岸人家」，故而可以看出，此詞所描述的南國風景是作者站立船頭看到的。首先進入作者視野的，是高高的桄榔樹，它們挺拔矯健，聳入雲霄。羽葉紛披，蒼翠暗綠。由第四句的「收紅豆」來看，天氣已屆秋天，然一「暗」字又說明樹木仍很蔥蘢。桄榔樹的下面，正盛開著蓼花，在少花的季節，它那鮮紅欲滴的色彩顯得格外引人注目。一場秋雨之後，天氣分外涼爽。勤勞美麗的南方姑娘，趁著雨後新涼，三五成群地來到紅豆樹下，邊說邊笑地採摘一顆顆紅豔圓潤的傳說中的相思子。雖然樹葉樹枝遮掩了她們紅潤的臉龐和健美的身段，但仍能看到忙上忙下的一雙雙白嫩靈巧的手。王維在〈相思〉詩中寫道：「紅豆生南國，春來發幾枝？願君多採擷，此物最相思。」王維此詩在唐代，皆為文人所熟知。紅豆生於南國，日常不易見到，現在目睹採摘的情景，能無幾多聯想？相思子、美麗的姑娘、寂寞的旅途，能不使詞人怦然心動？

其七

袖斂鮫綃❶，採香❷深洞笑相邀。藤杖枝頭蘆酒❸滴，鋪葵蓆❹，荳蔻花間趖晚日❺。

【注　釋】❶鮫綃　傳說中鮫人所織之綃。《述異記》卷上：「南海出鮫綃紗，泉室潛織，一名龍紗。其價百餘金。以為服，入水不濡。」❷採香　《佩文韻府》卷二二上引《水經注》：「朱吾以南有文郎人，野居無室宅，依樹止宿，採香為業，與人交市，若上皇之民矣。」❸蘆酒　濁酒。又莊綽《雞肋篇》卷中云：「夷人造酒，以蘆吸於瓶中。」❹葵蓆　葵草所編織的蓆子。❺趖晚日　傍晚的陽光慢慢的移動。

【語　譯】身上穿鮫綃，採香人俊俏。深洞採香回，對我笑相邀。藤杖枝頭掛酒壺，蘆酒傾杯配野肴。葵席上面坐，奇事談不少。荳蔻花間醉後眠，夕陽慢行不快跑。

【賞　析】此闋是〈南鄉子〉組詞中的第七闋，南國風物、風俗的特點在詞中有突出的表現。此處比起詞人在前面幾闋中介紹的地方更遠，更南。無論在工作方式、生活方式上都迥異於內地。這裡的人們以到深洞中採香為業，穿的是不濕水的鮫綃紗製成的衣服。因他們野居無室宅，依樹止宿，故而邀人喝酒，都在野外進行。醉酒之後，即眠於荳蔻花間，大地為床，又讓柔和燦爛的陽光作被。他們和自然一體，從未分離過。從詞的內容來看，令詞人喜悅的，不僅僅是罕見的風物：鮫綃、藤枝、蘆酒、葵席、荳蔻花，更多的是土人的熱情好客，他們和他素昧平生，但把他當作朋友來款待，「笑相邀」給漂泊異鄉、羈旅寂寞的人，該是多少的溫暖與安慰啊！詞中所表現的人與人之間純樸、友愛的關係使我們想起了陶淵明筆下的桃花源中的人。這種關係是現代社會中缺少的，然而卻是人們所企盼的。因此，這首詞所表現的思想能引起古今讀者的共鳴。

其八

翡翠鵁鶄❶，白蘋香裡小沙汀❷。島上陰陰秋雨色，蘆花撲。數隻魚船何處宿？

【注釋】❶鵁鶄　水鳥名，目長似相交。❷沙汀　即沙洲。杜牧〈鴛鴦〉：「兩兩戲沙汀，長凝畫不成。」

【語譯】靜立沙灘數鵁鶄，翡翠羽毛雨中淋。小洲上面白蘋開，香味彌漫空氣新。島上秋雨不停下，濃雲密布色冥冥。風吹蘆花飛，雨打水中萍。數隻漁船水中飄，不知今晚何處停？

【賞析】此詞是一幅秋雨江上圖。寥寥五句，卻逼真地描摹了秋雨江上之景象，並且蘊含著詞人淒冷的心緒。翡翠與鵁鶄這兩種鳥兒，在江上隨浪起伏，並不起眼，為何詞人首先注意到了牠們呢？那是因為詞人由牠們想到了漂泊天涯的自己。詞人不自覺地將自己的境遇與鳥兒的境遇作了對比：鳥兒在這風吹雨打的江面上，無巢可棲，而我此時不也一樣嗎？觸景生情，心裡剎時灰暗而幽傷。儘管小沙汀上飄來白蘋的清香，然而驅除不了湧上心頭的愁緒。這時詞人抬頭遠眺，衹見前面島上秋雨如織，陰晦模糊。這一切似乎在他的心上壓上了一塊石頭，沉甸甸的。當他把目光收至近處時，所見的是江畔的蘆花在風中亂撲，紛紛揚揚，一派蕭瑟的秋色！結拍「數隻漁船何處宿」，意象淒涼，給人一種前途茫茫，不知何向之感。名為寫漁船，實為寫自己，並激發出讀者的淒涼心緒。

獻衷心　一首

見好花顏色，爭笑東風。雙臉❶上，晚妝同。閉小樓深閣，春景重重。三五夜❷，偏有恨，月明中。　情未已，信曾通，滿衣猶自染檀紅❸。恨不如雙燕，飛舞簾櫳。春欲暮，殘絮盡，柳條空。

【詞牌】獻衷心　此調屬「夾鍾商」，俗呼「雙調」。《教坊記》收此調。有六十四字、六十九字兩體。

【注釋】❶雙臉　左右兩腮，即整個臉龐。❷三五夜　十五的晚上。❸檀紅　湯顯祖《花間集評》：「畫家七十二色中有檀色，淺赭所合。婦女暈眉色似之，唐人詩詞慣喜用此。」

【語譯】鮮花盛開爭豔，笑臉迎著東風。美人精心整晚妝，面龐生光與花同。關上小樓深閨，隔斷春景重重。十五之夜，生起怨恨。月如玉盤，愁望空中。　日去情積深，音信也曾通。為迎郎歸來，滿衣染檀紅。郎君卻不歸，希望一場空。恨已不如雙燕樂，前飛後逐出窗戶。春天欲歸去，腳步已匆匆。殘絮飄零盡，楊柳翠如蔥。

【賞析】盛春時節，百花爭豔，一個閨婦，臨窗迎風。但是，嫵媚的春光、濃郁的花香，並沒有使她快樂起來，相反，因這大好的時光而無人相伴，感到十分的惆悵。暮色來臨，女子同以前一樣，又是一番整妝，使得疲憊的臉色容光煥發。她這樣的行為表明了她對遠人的深切盼望，等了整整一個白天沒有等到，但她並不灰心，又把希望寄託在晚上，周而復始，天天如此。如果沒有對遠人的深厚感情，如果沒有見到遠人的迫切要求，怎能會做到這一步？可惜的是，直等到夜深人靜時，郎君也沒有歸來，於是她失望地回到閨內。對於她來說，樓閣本可以不閉，明月自可以欣賞，但是對於這一顆孤獨的心來說，百花爭豔，似乎有意識地擺出一副占取了春光的驕態；明月皎皎，又似有意識地用自己的圓比照她家庭的缺。她之所以等待，是因為他來信告知他的歸期。「信曾通」既是對上片的補充交代，也為下一句「滿衣猶自染檀紅」作原因上的敘述。可是一個春天過去了，郎君至今也沒有歸來。殘絮飄零已盡，柳枝已長滿了如剪的綠葉。她在這漫長的日日夜夜的等待中，希望一點一點的化成失望，化成怨恨，最後怨恨塞喉，脫口而出：「恨不如雙燕，飛舞簾櫳。」此詞在時間的變化上，利用物象表示。從「好花顏色」的盛春到「柳條空」的暮春，脈絡分明，使讀者看到了閨婦完整的心路歷程。

賀明朝 二首

其一

憶昔花間初識面，紅袖半遮，妝臉輕轉。石榴裙帶，故將纖纖玉指偷撚❶，雙鳳金線。

碧梧桐鎖深深院，誰料得❷兩情，何日教繾綣❸。羨春來雙燕，飛到玉樓，朝暮相見。

【詞牌】賀明朝　此調又名〈賀聖朝〉。《詞譜》列此調為〈賀熙朝〉。屬「夾鍾商」，俗呼「雙調」。始見《教坊記》，有四十七字、四十八字、四十九字、六十一字諸體。

【注釋】❶偷撚　暗中用手捏弄。❷誰料得　謂誰能預料得到。杜甫〈杜鵑行〉：「蒼天變化誰料得，萬事反復何所無。」❸繾綣　纏綿。形容情意深厚，難捨難分。白居易〈寄元九詩〉：「豈是貪衣食，感君心繾綣。」

【語譯】回憶昔時那一天，花叢中間認識你。害羞不敢向人，紅袖半遮粉面。腳步輕盈款款走，長裙顏色石榴豔。我知你已愛上我，徘徊不前相留戀。伸出纖纖白玉手，暗中拈動雙鳳金線。自從識君心中怨，碧梧桐鎖深深院。怨我命薄沒有緣，從此不能把君見。誰能猜度我和君，何日聚首相纏綿？獨自寂寞愁苦，羨慕春來雙燕。牠們住在玉樓上，朝朝暮暮都相見。

【賞析】詞分上下兩片，上片是男子的訴說，下片是女子的表白。詞人運用近似於現代電影中的蒙太奇手法，將處於不同空間的人剪輯在一起，讓他們在沒有距離感的情況下，自由地對話。上片中男子說：想起過去那一天，在鮮花盛開的地方遇到你，我完全被你的美豔所傾倒，目不轉睛地看著你。你嬌羞怯怯，舉起紅袖遮住了臉。但是我看得出來，你也是情動於衷，身體輕轉，鮮紅的石榴花般的裙子微微地擺動，那長長的裙帶則在風中飄蕩。真是儀態萬千啊！你不但下意識地展示著自己迷人的風韻，還有意識地用纖纖玉指，悄悄地拈著用金線繡成的雙鳳。這無疑是在向我作婚姻的暗示，希望我們能像鳳凰那樣成雙作對。我當時的心啊，喜悅又激動。下片中女子說：郎君與我真是心心相印，你所說的完全符合我當時的心境。不幸的是，自從別後，再也沒有郊遊的機會，而被鎖在深深的梧桐蔭蔭的大院裡。我想我們的合歡之日是不可能有了。但我是多麼渴望有這麼一天啊！兩人相依相偎，相親相愛。有誰能夠給我們猜度一下，這一天何時能夠到來呢？我有時坐在窗前，看到隨春而來的燕子，牠們是多麼的幸福啊，一雙雙，一對對，住在玉樓內，朝繾暮綣。郎啊！為甚麼我們的命運連燕子都不如呢？現實生活中的空間距離是消除不了的，禮教的高牆，將永遠地橫亙在他們的中間，超越空間祇能是一種藝術手法，而減少不了他們的相思，但我們不得不欽佩詞人匠心獨運，採用這種手法，讓曠男怨女進行思想上的交流，從而展示出他們痛苦的心靈。

其二

憶昔花間相見後，只憑纖手，暗抛紅豆❶。人前不解，巧傳心事，別來依舊，辜負春晝。

碧羅衣上蹙金繡❷，覩對對鴛鴦，空裛❸淚痕透。想韶顏❹非久，終是為伊，只憑偷瘦。

【注釋】❶暗抛紅豆　暗中抛擲紅豆以表愛慕之情。❷蹙金繡　刺繡之一種。杜甫〈麗人行〉：「繡羅衣裳照暮春，蹙金孔雀銀麒麟。」❸空裛　猶空沾。❹韶顏　美麗的面容。

【語　譯】自從那天相見後，花間戀情日積厚。忘不了結識的情景，抽出纖手，暗拋紅豆。你人前佯裝不解，目光卻巧傳心事。可是自從分別後，我的日子依舊糟透。寂寞之時你不來，辜負了明媚春天。　碧羅衣服臥後皺，對對鴛鴦金線繡。人不如鳥心悲傷，淚水滴滴衣濕透。想到美麗容顏不長久，應該保養不讓皮膚皺。可是為了你，仍漸漸在消瘦。

【賞　析】這一闋〈賀明朝〉雖然與上闋同調，且首句也相似，但應該是兩個不相同的愛情故事，此闋以女子的角度來訴說愛情的挫折與心中的苦惱。她時常回憶起與所愛的人相識的那一幕：熙熙攘攘的人群之中，她一眼看中了一位風流標緻的年輕男子。他長得多麼俊俏啊！若能和他做夫妻，也不枉活了這一世。愛情的火焰消融了羞澀，滋生起勇氣和力量。她大膽地向他拋擲了表示愛慕之情的紅豆。年輕公子由紅豆而注意到了她，亦心生愛慕，然這位男子遠不如女子大膽潑辣，可能是害羞，也可能是對愛情的到來毫無準備，一時竟手足無措，除了目許之外，再沒有任何親昵的表示。但這足夠了，愛是心的交流，目光的傳送，任何語言動作都沒有目許所具有的意義。可是愛又是實實在在的事情，互相不知道住址，姓甚名誰，又怎麼愛呢？所以，郊遊之後，女子的生活又如以前那樣，孤獨、寂寞，明媚的春光好像與她無關。既然打開了愛的心扉，哪能再隨意地關上？這位年輕男子闖進了她的生活，就無法再忘記。她雖然找不到他，或者說即使知道，也因環境的關係，無法和他作進一步的接觸，但她心中的愛一刻也沒有停止。她在碧羅衣上繡著一對鴛鴦，以表達與他結成夫妻的渴望。除此之外，她對心上人日思夜想，使得韶顏褪紅，腰肢瘦損，然而，只要是為了他，「衣帶漸寬終不悔」。

江城子　一首

晚日金陵❶岸草平，落霞❷明，水無情。六代❸繁華，暗逐逝波聲。空有姑蘇臺❹上月，如西子鏡，照江城❺。

【注釋】❶金陵 今南京。《新唐書・地理志》：「江南道升州縣上元本江寧，武德三年，更江寧曰歸化，八年更歸化曰金陵。」謝朓〈鼓吹曲〉：「江南佳麗地，金陵帝王州。」❷落霞 晚霞。王勃〈滕王閣序〉：「落霞與孤鶩齊飛，秋水共長天一色。」❸六代 指東吳、東晉、宋、齊、梁、陳。魏萬〈金陵酬李翰林〉：「金陵六萬戶，六代帝王都。」❹姑蘇臺《吳地記》：「吳王闔閭十一年，起臺於姑蘇山，因山為名。」❺江城 金陵。

【語譯】西山夕陽照金陵，河邊青草與岸平。霞光布滿天，映照城廓明。不盡東流水，冷冷沒有情，金陵六代繁華，隨著波聲銷盡。如同月照姑蘇臺，空有吳宮楊柳林。西子鏡明照江城，王謝堂中住平民。

【賞析】金陵舊都，六代繁華，然時過境遷，朱樓頹敗，英雄作古，禾黍荒丘，兔竄豕行。許多騷人墨客經過南京時，都慨歎人世之巨大的變化，並留下了帶有哲理性的詩句，如劉禹錫〈烏衣巷〉：「舊時王謝堂前燕，飛入尋常百姓家。」詞人作此詞，當也是經過古都，憑高而望，已少佳致，便寫下了此詞。金陵的傍晚，夕陽的餘暉覆蓋其上，仿佛穿上了一件燦爛的衣裳。但是，表面的美麗掩蓋不了古都的殘破。沒有花，沒有柳，所看到的稍有風韻的景致，僅是秦淮河兩岸與堤平齊的碧草。詞人帶著惋惜的心情，責怪滔滔不盡的江水，認為是它帶走了六代的繁華。夜幕降臨了，月滿秦淮，煙籠寒水，淒淒慘慘，冷冷清清，詞人由此聯想到一代霸主吳王闔閭，征伐弔問，何其威風，然不多時，人亡宮空。古都金陵不也是這樣麼？作者在此詞中除了惋惜繁華消逝之外，還流露出人事無常之意。這些內容都與唐末大亂，社會遭到極大破壞的時代背景有關。

鳳樓春 一首

鳳髻❶綠雲叢，深掩房櫳❷。錦書❸通，夢中相見覺來慵。勻面淚，臉珠融。因想玉郎何處去，對淑景❹誰同？ 小樓中，春思無窮。倚欄顒望❺，闇牽愁緒，柳花飛趁東風。斜日照簾，羅幌香冷粉屏❻空。海棠零落，鶯語殘紅。

【詞　牌】鳳樓春　此詞屬「夾鍾商」，俗呼「雙調」。始見《教坊記》。

【注　釋】❶鳳髻　梳成鳳型的髮髻。《溫飛卿詩集》卷四注引《炙轂子》：「高髻名鳳髻。」❷房櫳　窗戶。❸錦書　即錦字書。❹淑景　春日之美景。❺顒望　謂舉頭仰望。顒，仰也。❻粉屏　塗成白色的屏。

【語　譯】長髮黑又濃，梳髻型像鳳。心情不舒暢，獨自閉閨中。錦字書寄去，夢見音信通。郎君笑相迎，醒後身懶慵。傷心垂珠淚，勻淚在面容。想像郎君何處去，此時與誰在花叢。　人在小樓中，春思多無窮。倚欄舉頭望，心思一重重。柳絮滿天舞，上下隨東風。斜陽照門簾，羅帷不香粉屏空。綠肥紅瘦是海棠，鶯啼哀哀為落紅。

【賞　析】此詞反復吟詠一位閨婦的夢、望、思的相思動作與精神活動。開篇首先表現一「望」字，雖無「望」之動作，也無「望」的神態，但「望」融入於「鳳髻綠雲叢」中。若不在等待，若不是想到郎君會突然到家，何以要把頭髮精心地梳成鳳髻？「深掩房櫳」，說明「望」經歷了漫長的時間，望而不見歸人，便變成了失望，於是自閉閨中，情緒消沉。但她的相思並沒有停止，現實的快樂幻滅，即轉變成甜蜜的夢境：錦字書寄到了郎處，體貼人的郎君立即趕了回來。可是好夢不長，醒來後發覺是南柯一夢，心裡愈發悲傷。珠淚滴滴，濕了面龐。便生起怨意：郎君長期不歸，定然愛上閑花野草，今日不知又同甚女子在一起欣賞春景呢？閉在閨中久了，無端又昇起了希望。她倚欄遠眺，希望能在彎彎的小路上看到郎的歸影，然而，除了在東風中上下飛舞的柳絮外，一無所有。不望則罷了，一望倒增添了愁緒，因為她的眼前，到處是一片暮春的景象，殘照裡，落花片片，鶯聲哀哀。這樣的意象與閨內的羅幌香冷、粉屏一空組合在一起，怎能不增加她的惆悵與苦悶呢？

和凝 二十首

和凝（八九八～九五五），字成績，鄆州須昌（今山東東平）人。十七歲舉明經，十九歲進士及第。歷事梁、唐、晉、漢、周等朝，累官翰林學士知制誥、中書侍郎、平章事、太子太傅，在晉封國公，終於周。有集百餘卷，其詞名《紅葉稿》。因他長於短歌豔曲，故號為「曲子相公」。

小重山 二首

其一

春入神京❶萬木芳。禁林❷鶯語滑，蝶飛狂。曉花擎露妬啼妝❸。紅日永，風和百花香。
煙鎖柳絲長。御溝澄碧水❹，轉池塘。時時微雨洗風光。天衢遠❺，到處引笙簧❻。

【注釋】❶神京　帝都。❷禁林　禁苑之園林。王涯〈思君恩〉：「雞鳴天漢曉，鶯語禁林春。」❸曉花擎露妬啼妝　早晨的花朵帶著露水，比起帶淚的美人還要哀豔。一說「啼妝」為一種妝樣，古代婦女以粉拭目下，有似啼痕，故稱為啼妝。❹澄碧水　清澈碧綠之水。❺天衢遠　通往京師的路很長。❻笙簧　樂器。

【語譯】首都處處有春光，萬紫千紅爭芬芳。皇家園林遍地綠，鶯歌流利蝶舞狂。早晨鮮花帶露水，嬌豔勝過啼樣妝。春晝白日長，風傳百花香。　翠柳密密生青煙，柳絲嬝嬝風中蕩。宮牆外面御溝水，清澈碧綠入池塘。牛毛細雨時時下，萬物被洗面貌新。天街道路長，到處聞笙簧。

【賞　析】此詞描繪了春日帝都的秀麗景色，洋溢著作者的喜悅心情。春來神都，萬木爭榮。草綠了，柳翠了，百花開了。到處聽到圓潤流利的鶯啼，到處聞到花的芬芳。在悠長的白晝裡，向你展示的是帶露的鮮花，它們比化成啼樣妝姑娘的臉龐還美，繼是百花在燦爛的陽光裡你不讓我，我不讓你的爭豔，最令人喜愛的還是蝴蝶兒也知愛美，繞著花兒飛來飛去，不時撲向花蕊，舔上一口粉兒。都城翠柳蔭蔭，遠望如青煙籠罩。在這綠色的世界裡，連水也清澈碧綠，它們迴流在御溝內，然後轉向池塘，變成一面面天然的鏡子，映著天上的白雲與藍天。春天的風會揚起塵沙，將綠草、綠樹染成黃色，但是，不要擔憂，時常下起的微雨會把它們洗刷一新，重新以嬌媚的姿色展示在人們面前。自然景色裝點著皇都，愛美的人們不甘落後，他們以人的智慧營造出與春光相融的文化氣氛。長長的天街兩旁，鱗次櫛比的茶館酒樓，笙歌盈耳，絲絃飄蕩。作者寫到此，心中一定生起這樣的讚歎。美哉！我的皇都。

其　二

正是神京爛漫❶時，群仙初折得，郄詵枝❷。烏犀❸白紵最相宜。精神出，御陌袖鞭垂。

柳色展愁眉，管絃分響亮，探花期❹。光陰占斷曲江池。新牓上，名姓徹丹墀❺。

【注　釋】❶爛漫　春光嫵媚，桃紅柳綠。❷群仙初折得郄詵枝　《晉書・郄詵傳》：「武帝於東堂會送，問詵曰：『卿自以為如何？』詵對曰：『臣舉賢良對策，為天下第一，猶桂林之一枝，昆山之片玉。』」後以折桂喻科舉及第。群仙，指新科進士。❸烏犀　犀之一種。此處指以烏犀角為飾之腰帶。❹探花期　指進士及第後之集中期。魏泰《車軒筆錄》卷六：「進士及第後，例期集一月，……又選最年少者二人為探花，使賦詩，世謂之探花郎。自唐以來，榜榜有之。」❺丹墀　古代宮殿前的石階漆成紅色，故名。此處代指皇宮。

【語　譯】京城春光明媚時，柳葉如剪花滿枝。新科進士上金榜，折桂名揚天下知。官服皆是白紵織，腰帶角飾出烏犀。生氣勃勃精神抖，騎馬天街美容儀。翠柳葉如眉，管絃響徹天。京城樂陶陶，正是探花期。人說春天景最美，美景又集曲江池。榜上姓和名，報聲傳丹墀。

【賞　析】此詞寫新科進士蟾宮折桂時的歡樂。和凝少年得志，十九歲即中進士。所以，他及第時，不會有那種長期困頓場屋而今金榜題名時的狂喜，只有志滿意得的喜悅，故而，內容較為平和。在春光爛漫的時候，春闈開，舉子來，經過幾番拼搏，金榜出，姓名題。士子們像魚躍龍門化為龍，立即改變了身份，似由人而成了仙。犀帶紗冠，紅紫蟒服，穿戴在年輕的士子身上，十分的相宜。頓時，精神煥發，威風八面。他們垂玉鞭、戴鮮花，騎馬遊街。兩旁的觀眾注目著他們，無不露出羨慕的神色。天街柳枝拂地，碧葉如剪；街的兩旁，仙音神曲，響徹雲天。此時是探花期，全部士子都沈浸在得中的幸福之中。曲江池畔，留下了徘徊於花間的身影；杏園林中，迴蕩著在御宴上的笑聲。更令他們激動並榮耀的是，他們這些人叩見過皇帝，姓名也為皇帝所知。這闋詞與韋莊的〈喜遷鶯〉相同，雖然意境不高，但流露出作者心中的真情。

臨江仙 二首

其一

海棠香老春江晚，小樓霧縠❶空濛。翠鬟初出繡簾中，麝煙鸞珮惹蘋風❷。碾玉釵

搖鸂鶒戰❸，雪肌雲鬢將融。含情遙指碧波東，越王臺殿蓼花紅❹。

【注　釋】❶霧縠　霧薄如縠。❷蘋風　指微風。宋玉〈風賦〉：「夫風生於地，起於青蘋之末。」❸碾玉釵搖鸂鶒戰　意為玉質的鸂鶒形首飾在頭上晃動。❹蓼花紅　蓼，草本植物，花淡紅色或白色，呈穗狀花序。

【語　譯】海棠香淡落殘花，晚霞映水滿江紅。霧薄如輕羅，細雨空濛濛。美人烏髮挽成鬟，走出小樓繡簾中。麝香襲人香拂拂，鸞珮叮噹引微風。　紫鴛釵飾頭上插，風搖顫顫動。烏髮漫到雪肌膚，黑白分明卻相融。含情遠處指，碧水再向東。蓼花紅處越王臺，而今霸業皆成空。

【賞　析】暮春時節，海棠葉碧，花香已淡，花朵凋零。傍晚時分，細雨濛濛，江面煙霧飄蕩，小樓已掩在雨幕之中。此時美人晚妝已畢，走出繡簾。只見她光彩照人，翠鬟高聳。麝香拂拂，鸞珮玎鈴，淩波微步，裙帶起風。詞人又由遠及近，進一步地細看：鴛鴦玉釵隨著腳步而搖顫，那種風韻簡直不可言說。臉龐、頸脖像雪一樣的潔白，鬢髮又像烏雲一般的墨黑，但黑與白卻是那樣的和諧，那樣的交融。從以上六句關於美人的描寫中，可以看出美人心情頗佳，愁、淚等字眼沒有與她相聯繫，這全是因為她並非獨居閨樓也，她的郎君就在她的身邊。若不是這樣，又給誰「遙指」呢？「越王臺殿蓼花紅」，是她開導丈夫的話，其全部的內容大概如下：你不要出去遊仕遊學了，官做得再大，又有甚麼用呢？君不見越王臺上，現今正開著蓼花嗎？功業名利，隨時而逝。夫妻團聚，共享青春，共浴愛河，這才是人生最有價值的東西。

其二

披袍窣地❶紅宮錦，鶯語時轉輕音。碧羅冠子❷穩犀簪，鳳凰雙颭步搖❸金。　肌骨細勻紅玉❹軟，臉波微送春心。嬌羞不肯入鴛衾，蘭膏光裡兩情深。

【注　釋】❶窣地　披袍拂地而發出的細微的聲音。❷碧羅冠子　《中華古今注》卷中：「冠子者，秦始皇之制也。令三妃九嬪，當暑戴芙蓉冠子，以碧羅為之，插五色通草蘇朵子。」❸步搖　首飾，隨步而搖顫。❹紅玉　形容女子之膚色。《西京雜記》卷一：「趙后體輕腰弱，善行步進退，女弟昭儀不能及也；但昭儀弱骨丰姿，尤工笑語。二人并色如紅玉。」

【語　譯】紅袍料子是宮錦，長長拂地人娉婷。說話如鶯歌，婉轉聲音輕。芙蓉冠子碧藍色，犀角簪子插髮鬟。頭上首飾有步搖，鳳凰形狀金做成。美人肌豐骨細勻，膚色如同紅玉明。臉上笑盈盈，看似蕩春心。嬌怯又害羞，不肯入鴛衾。紅色燭光裡，蘭香氣味中，對視傳深情。

【賞　析】此詞寫作者與一女子的戀情。全詞從內容上看，是一體的，而不能依據音樂單元分成上下兩層，皆寫女子的體貌與嬌羞的神態。此女子穿著質地名貴的紅色長袍，從肩部一直拖到地上，越發顯示出她身材的修長與風度之高雅。她對人說話，輕聲慢語，聲音圓潤流轉得像鶯鶯的歌唱。她頭上的飾物很多，有碧羅冠子、犀簪、鳳凰狀的步搖，琳琅滿目，配上她高貴氣質，真是儀態萬千。她不僅打扮得漂亮，人長得也很美。你看她肌骨細勻，膚如紅玉，身體發出誘人的魅力。以上皆是詞人眼中的女子體態，美豔雅淑，無以復加。詞人這樣寫，說明了他的傾心與迷戀，高度的讚美融注到了字裡行間。女子豔而不冷，也美而不俗。當詞人表達了自己的傾慕時，她笑臉盈盈，從她笑的神情中，看出她也有心於詞人。然當詞人進一步提出共入鴛衾的要求時，她卻嬌羞不肯，表現出女子應有的莊重。他們二人，只在以蘭膏點燃的燈光裡，談情說愛。「嬌羞不肯入鴛衾」，實為點睛之筆，由此一句，我們看到了女子的與美色相稱的光彩的人格。

菩薩蠻　一首

越梅半坼輕寒裡❶，冰清澹薄籠藍水❷。暖覺杏梢紅，遊絲狂惹風。閒堦莎徑❸碧，
遠夢猶堪惜。離恨又逢春，相思難重陳❹。

【注　釋】❶越梅半坼輕寒裡　梅花在微寒的天氣裡開始綻放。越，發語辭，無意義。❷藍水　一名藍谷水、藍溪，源出陝西藍田東藍田谷，西經藍天、藍橋，入灞水。杜甫〈九日藍田崔氏莊〉：「藍水遠從千澗落，玉山高并兩峰寒。」❸莎徑　長滿青草的小路。❹難重陳　難以再次具陳。

【語　譯】春寒料峭北風吹，梅花半開正月裡。薄冰一層清如無，「玻璃」片片蓋藍水。氣溫稍覺暖，杏樹梢頭紅。春來東風起，遊絲把風惹。　閒時步出閨，小路草青翠。醒後覺人遠，夢中郎已歸。離恨一重重，春思把心摧。相思到了骨，陳述難開口。

【賞　析】此詞寫閨婦對初春的感受。春天，對於思婦來說，是一個痛苦的季節，因為許多的物象會使她們聯想到青春、婚姻、家庭，她們有時想迴避，躲在閨樓裡，似要把自己和春景隔斷，然而，這是無法做到的，從初春到暮春，她們始終聽到春的行進的腳步聲，而且比起一般人更為敏感。此詞所寫的女子，就早早看到了春的到來。春天伊始，寒風料峭，但是，報春的梅花綻放了。它的開放，宛如雄雞報曉的第一聲，雖然天仍黑暗，但要不了多長，天就會放亮。於是，天轉東風，冰融了，水動了，杏紅了，草青了，遊絲在風中飄蕩。春天加添了閨婦的愁思，使她作夢不斷，然夢醒後更為惆悵。她不由得怨起春來：我的離情別恨已經使我很痛苦了，你又來增多我的思念。我的一腔相思之情因太多而無從說起了。一般的春思詞都以暮春為背景，而此詞卻從初春寫起，來鋪敘閨婦的思情。構思上不謂不新穎。

山花子　二首

其一

鶯錦蟬縠馥麝臍❶，輕裾❷花草曉煙迷。鸂鶒顫金紅掌墜❸，翠雲低。　星靨❹笑隈霞臉畔，蹙金開襜襯銀泥❺。春思半和芳草嫩，綠萋萋。

【注　釋】❶蟬縠馥麝臍　如蟬翼薄的絲縠散發出麝香味。❷輕裾　輕袖。❸鸂鶒顫金紅掌墜　紫鴛鴦狀的金釵飾物在風中顫動斜墜。❹星靨　面妝。段成式《酉陽雜俎》前集卷八：「近代妝尚靨，如射月曰黃星靨。」杜審言〈七夕〉：「斂淚開星靨，微步動雲衣。」❺蹙金開襜襯銀泥　護膝上的金繡線與銀泥服飾相映。

【語　譯】衣色如鶯配玉肌，薄綢發出麝香味。風吹長袖輕輕舞，春曉鮮花籠煙氣。鴛鴦首飾風中搖，「紅掌」下墜與鬢齊。烏髮低垂一美姬。　星靨面妝正尚時，粉裡透紅臉如玉。護膝的花紋金線繡，相映衣上的銀泥飾。春愁猶如芳草多，一望無際碧萋萋。

【賞　析】此詞描寫一個美女的春思。詞人帶著傾慕的態度，不厭其煩地鋪寫她的衣著、首飾、頭髮、肌膚、服飾等等，給讀者一幅工筆畫就的美女圖：她穿的錦衣顏色清麗得像鶯鶯的羽毛，薄得則像蟬翼，穿在美人的身上，散發出好聞的麝香味。她清早走到花園中，盛開的鮮花籠罩在曉煙之中，晨風拂拂，蕩起她長長的輕袖。她的頭飾是一支碩大的紫鴛鴦金釵，在風中搖顫，後墜至鬢邊。她的臉，粉裡透紅，如霞一般，星靨的面飾使美麗的面龐更為生動可愛。她的衣服上有許多花飾，金線銀泥，相互輝映。總之，她簡直到了完美無缺的地步。然而，她的生活並不遂心如意，至今還沒有如意的郎君。春情、春思使她心中一刻也閒不下來，要問那情思有多少，猶如繁茂的芳草，一望無際。此詞在美人的體態服飾的描寫上，十分詳盡，但沒有生動的內心描寫，讀者面前的美人也僅是畫上的而已，沒有生氣。

其　二

銀字❶笙寒調正長，水紋簟❷冷畫屏涼。玉腕重因金扼臂，澹梳妝。　幾度試香纖手暖，一迴嘗酒絳脣光。佯弄紅絲蠅拂子❸，打檀郎。

【注　釋】❶銀字　樂器名，管笛之類。《新唐書・禮樂志》：「信四本屬清樂，形類雅言有銀字之名，中管之格，皆前代應律之器也。」❷水紋簟　水紋席。❸蠅拂子　拂蠅之具。《南史・陳顯達傳》：「麈尾，蠅拂，是王、謝家物。」

【語　譯】美人吹笙聲遠揚，音色淒然調悠長。水紋竹席覺得冷，看著畫屏心生涼。手腕如玉肌香膩，金釧道道圈臂膀。早晨起來梳淡妝。　閨內燃起幾炷香，試香手暖前後忙。嘴唇發紫臉飛紅，全是因為把酒嘗。假裝玩弄蠅拂子，實是為了打檀郎。

【賞　析】「笙寒」為女子吹笙，其聲悲涼，而音為心聲，定是女子有不愉快之事，借笙抒愁。然又與末句的「打檀郎」相矛盾，檀郎既在，愁苦何出？為了更易於理解其詞，我們不妨根據內容，想像出這樣一個故事：久別的一對戀人又重新聚首了，然而，女子正沈浸在重逢的歡樂之中時，男子又提出遠行。他只不過是把她的住處當成一個驛站，是出於生活的無奈，還是薄情，不得而知，但無疑給女子的心靈極大的傷害，她悲傷萬分，借笙抒愁，淒涼的笙音在空中久久地飄蕩。郎君走的那一天早晨，她早早地起了床，自以為是「水紋簟冷畫屏涼」，而無法入睡，實是心涼也。她戴金釧，梳淡妝，目的是給郎臨行時留下一個美好的印象，使他因想念自己而早日歸家也。分別，是她最怕經歷的事情，她心慌意亂，手足無措。香試一次即可知其氣味，然她幾度試香，竟致手暖，可見其心緒的不寧。送別的餞席上，她強顏作歡，陪郎喝酒，但為第一次嘗酒，唇絳面紅。這時，酒的力量改變了往日逆來順受的性格，佯弄蠅拂，敲打檀郎，表示出對他不重感情的強烈不滿。不過，即使是借酒打郎，也不會打得太重，因為從心底裡她是捨不得打的。稱郎為「檀郎」，就說明她對郎君的愛意是多麼的深厚。此詞寫人物的心理與動作超過對其體態的描寫，所以，她活生生地站到了讀者的面前。賀裳《皺水軒詞筌》說：「詞家須使讀者身履其地，親見其人，方為蓬山頂上。如和魯公：『幾度試香纖手暖，一回嘗酒絳唇光。佯弄紅絲蠅拂子，打檀郎。』真覺儼然如在目前，疑於化工之筆。」

河滿子 二首

其一

正是破瓜年幾❶，含情慣得人饒❷。桃李精神❸鸚鵡舌，可堪虛度良宵。卻愛藍羅裙子，羨他長束纖腰。

【注釋】❶破瓜年幾 《通俗編・婦女》：「宋謝幼槃詞：『破瓜年紀小腰身。』按俗以女子破身為破瓜，非也。瓜字破之為二八字，言其二八十六歲耳。」❷得人饒 得人嬌慣。本意是得人相讓與寬容，俗語云得饒人處且饒人。❸桃李精神 喻人的面貌如灼灼桃李之花。

【語譯】一個姑娘模樣俏，十六年紀正年少。含情帶笑慣撒嬌，卻能讓人喜歡她。臉龐如同桃李豔，小嘴好似鸚鵡叨。可惜無人相陪伴，弄得虛度了良宵。藍羅裙子好風采，然卻不解長束腰。求之不得無奈何，我的心中如火燒。

【賞析】此詞寫一男子對一少女的愛慕。由描寫來看，詞人不僅僅愛她的年輕貌美，更重要的是生動的氣質、活潑的性格深深地吸引了他。她的眼睛是一泓清水，總是充滿了深情。目光落在你的身上，似乎要將你融化掉。她生性活潑，常做一些調皮的動作，但你看到她的嬌憨之態，誰還會不饒她呢？她像豔麗的花朵，當來到你的面前時，就宛如春天的景象從天而降，灼灼桃花，夭夭李英，你不能不為這一景色所迷醉。她的櫻桃小口不僅美，言語也特別圓潤流利，不停地說話，像一隻會說話的鸚鵡。可惜她還未懂男女之事，虛度了無數良宵。她的羅裙束腰不解，向她求愛她卻不睬。作者在後幾句中流露出的惋惜之情，並不能打動人，因為在他惋惜的口氣裡有浮浪的味道，整篇詞中也沒有流露出半點他欲娶她為妻的想法。

其二

寫得魚牋❶無限，其如花鎖春輝。目斷❷巫山雲雨，空教殘夢依依。卻愛薰香小鴨，羨他長在屏幃。

【注 釋】❶魚牋 信箋。產於蜀地。羊山諤〈寄江陵韓山君〉：「蜀國魚牋數行字，憶君秋夢過南塘。」❷目斷 所望之物在視野中消失，或沒有出現在視野中。丘為〈登潤州城〉：「鄉山何處是?目斷廣陵西。」一為「自斷」，從文意來看，「自斷」當是。

【語 譯】飽嘗相思滋味，書信無數寄千里。自閉小樓發遐想，隔斷門外春光。巫山雲飛雨不斷，雙眼久久望那裡。教我如何不想他，只有作夢來自慰。閨中有只鴨形爐，此物多情陪我睡。不像郎君拋擲我，日日夜夜在屏帷。

【賞 析】此詞寫一閨婦的愁思。她夫君與她分別很長時間了，光書信就寫了不計其數，但遠人仍沒有歸來。春天使她傷感，所以，她乾脆關門鎖戶，把自己與春暉隔離開來。她不斷地一遍又一遍地回憶昔時雲情雨意時的情景，也想像未來見面時的纏綿景象，但時間長了，她失去了重聚的信心，並認為這種回憶與想像沒有任何益處，只會使自己更加痛苦。於是「自斷」相思。然而，情感上的活動是「剪不斷，理還亂」，有意識的控制，在夜晚的夢中又被釋放出來。夢境是甜蜜的，可惜它不是現實，只落得依依不斷的惆悵。不相思還是相思，不想痛苦，然痛苦自來，在這種情況下，一股怨意頓然生起：郎啊，你作丈夫的，居然還不如鴨形香爐，它多有情，長年不離閨房，臥在屏帷之旁。有的論家說此章與上章，內容上相聯繫，從男子的角度，寫他對女子求之不得的心境，亦能解說得通。

薄命女 一首

天欲曉，宮漏穿花聲繚繞。窗裡星光少。冷霞❶寒侵帳額，殘月光沉樹杪❷。夢斷錦幃空悄悄，強起愁眉小。

【詞 牌】薄命女 宋紹興十八年刻本注一名〈長命女〉，其實，兩名雖異而調實一也。屬「夷則羽」，俗呼「仙呂調」，或屬「中呂商」。始見《教坊記》。

【注　釋】❶冷霞　《詞律》卷二：「霞字疑是露字。霞不可言冷，亦不可言侵帳也。」❷樹杪　樹梢。

【語　譯】晨風來得早，東方天將曉。漏刻聲急促，穿過花叢細繚繞。天空顏色澹，窗裡星光少。露冷起寒氣，入帳侵姣姣。斜月往西沈，沒有樹杪高。錦帳之中夢境斷，閨內空寂靜悄悄。掙扎下了床，愁眉皺後小。

【賞　析】此詞在理解時可把倒數第二句置於前面，這樣，時間上的順序即變得由前到後，井然有序，理解時就不會有甚麼阻礙了。閨婦正處在甜美的夢鄉中時，清晨的寒氣穿窗入室，錦衾抵禦不住，生生的把閨婦從夢中冷醒。她的目光穿窗望外，只見雲淡星稀，曦光已將樹木從黑暗中顯示了出來。此時，一切仍是靜悄悄的，只聽到刻漏的滴答聲繞過花叢，在晨風中遊蕩。月亮已西沈，這一時間與空間可由三個字作一概括，即為空、冷、寂，毫無疑問，它給本已背著沉重的情感枷鎖的閨婦又一個巨大而無形的壓力，會使她感到極為苦悶、壓抑。這是一個普通的清晨，對於閨婦來說，夢被驚醒，醒後望天聽漏，可能天天如此，若真是這樣，她的精神每天都要受到一次折磨。

望梅花　一首

春草全無消息，臘雪猶餘蹤跡。越嶺❶寒枝香自坼，冷艷奇芳堪惜。何事壽陽❷無處覓，

吹入誰家橫笛❸？

【詞　牌】望梅花　此調宮調不傳。始見《教坊記》。

【注　釋】❶越嶺　即越城嶺。嶺上梅花甚多。《水經注・灕水》：「此嶺綿亘於本省東北隅，向稱險要。漢時周竈伐南越，趙佗踞險築城，竈遂不能越嶺。」此泛指多梅之五嶺。羅鄴〈梅花〉：「繁如瑞雪壓枝開，越嶺吳溪不用栽。」❷壽陽　《太平御覽》卷九七〇引《宋書》：「宋武帝女壽陽公主，人日臥含章殿簷下，梅花飄著其額，成五出之花，拂之不去。」❸橫笛　指橫吹曲。漢時橫吹曲中有〈梅花落〉。

【語　譯】北風吼，地凍裂，春草全無消息。山頭白，臘月雪，仍留嚴寒蹤跡。越嶺上下梅樹多，頂風冒雪開不歇。香氣瀰漫風中揚，冷艷品格堪愛惜。梅花有意妝壽陽，如今此事何處覓？橫吹歌曲〈梅花落〉，迴蕩梅海來自笛。

【賞　析】梅花由於在嚴寒的季節裡開放，又香徹入骨，多為人們喜愛與讚美，借花以喻人格的高潔。和詞似為客觀描寫，實際仍注入了作者主觀上的思想觀念。「春草全無消息」，這一句寫梅花不怕寂寞。在梅花綻放的時候，天寒地凍，一片沈寂，樹木仍穿著灰鐵色的外衣，在凜冽的寒風中瑟瑟發抖。小草躲在地下，縮著頭，借地熱延伸著自己脆弱的生命。很少有頂風冒雪的東西與梅花相伴，而梅花不怕寂寞，勇敢地與嚴寒抵抗。「臘雪猶餘蹤跡」，是說明梅花的勇敢。對於許多的花來說，它們都嬌嫩不堪，不用說嚴寒，就是東風強勁一點，都會紛紛零落。即使是不怕霜打的菊花，也不敢和梅花同時開放。梅花比它花還香還嫩，但它更有傲然不屈的氣質。它藐視一切艱難困苦，嘲笑打擊它、摧殘它的朔風與大雪，向大自然展示它那燦爛的笑容。品性高潔，在花類中，沒有哪一種能與之相匹。作者由衷地喜歡它，並用「冷艷奇芳」來對它進行高度的評價。詞人多麼希望自己能得到壽陽公主那樣的幸運啊，讓梅花也能眷顧自己。「無處覓」，是覓而欲得的表現。「吹入誰家橫笛」，指橫吹曲〈梅花落〉。白居易〈楊柳枝〉云：「〈六么〉、〈水調〉家家唱，〈白雪〉、〈梅花〉處處吹」，詩中說到的樂曲有梅花曲。這個樂曲的音色是很悲傷的，皮日休〈夜會問答〉詩說，聽〈梅花落〉曲，「三曲未終頭已白」。樂曲三段吹奏未完，而聽者愁得頭髮都白了。作者用此曲名的意思是，梅花的飄落引出了〈梅花落〉的樂曲，而此樂曲又引出對梅花落去的惋惜。此詞在意境上應該說比陸游的〈卜算子〉（詠梅）和姜夔的〈暗香〉、〈疏影〉要高。因為和凝在梅花的形象中融入了不怕艱難、百折不屈的精神。

天仙子 二首

其一

柳色❶披衫金縷鳳，纖手輕拈紅豆弄❷。翠蛾雙臉正含情，桃花洞❸，瑤臺❹夢，一片春愁誰與共？

【注釋】❶柳色　衫衣碧翠，如同柳葉之色。❷紅豆弄　即弄紅豆。在手中搓捏。❸桃花洞　即劉晨、阮肇在天台山遇仙女之桃源洞。❹瑤臺　仙境中之臺閣。《拾遺記》之卷一〇：「崑崙山者，西方曰須彌，……旁有瑤臺十二，各廣五千步，皆五色玉為臺基。」

【語譯】衣衫翠綠很合身，長裙金線繡成鳳。皓腕玉手無處放，輕輕只把紅豆弄。蛾眉皺起默不語，含情脈脈把劉阮送。入仙境，桃花洞，天仙樂，瑤臺夢。從此以後又孤身，一片春愁誰與共？

【賞析】劉晨、阮肇採藥遇仙的故事，在唐代詩人的筆下，反復地被吟詠著，然而，大多是把女子當作天仙來描寫，她們給劉、阮的愛，似乎是賜予的，而不是因碰撞而產生的愛情火花。此詞卻不同，它首先把天仙當成一個凡人女子來寫。「纖手輕拈紅豆弄」，寫出了天仙遇見所中意的男子的羞怯之態，她想表明愛慕之情，但又說不出口，只是纖纖玉手，拈著紅豆。這與歐陽炯〈賀明朝〉（憶昔花間相見後）「祇憑纖手，暗拋紅豆」所描寫的南國女子不是一樣麼？劉、阮因為思念家鄉回去了，天仙如同人間的女子一樣多情，她們捨不得他們的離開，眉雙斂，臉含情。而且，對未來充滿了惆悵的情緒，預料自己在以後的日子將獨自與愁相伴，這又可以看出她們對於愛情的忠貞了。

其二

洞口春紅飛蔌蔌❶，仙子含愁眉黛綠。阮郎何事不歸來？懶燒金，慵篆玉❷，流水桃花空斷續。

【注釋】❶蔌蔌　花落貌。元稹〈連昌宮詞〉：「又有牆頭千葉桃，風動落花紅蔌蔌。」❷懶燒金慵篆玉　懶於燒香。金、玉皆是香爐，燒香謂之燒金。篆意為香煙縷縷，如同篆文也。

【語　譯】桃花洞口處，落花飛無數。仙子害相思，愁眉翠黛綠。阮郎不歸來，不知為何故。懶燒香，身懶慵，郎如流水無情去，妾似桃花空凋謝。

【賞　析】此章與上章為「聯章體」，接著寫天仙對劉、阮的盼望。劉阮走時，桃花盛開，而如今落花片片，他們還沒有歸來。仙子整日佇立洞口，含愁盼望，心裡不斷地猜測著他們不歸來的原因。與上首一樣，詞人仍是把仙子當作凡女來描寫，情郎不歸，她們便無情無緒，懶於燒香，只是望著洞外的流水桃花的淒然景色而發愣。她可能把郎君比為不肯駐足的流水，任憑桃花片片飛向它的胸懷；而用桃花比擬自己，雖然情意無限，接連不斷地主動地向流水傳意，然都沒有得到回報。仙子是不會老的，但因為詞人只是借天仙而寫俗婦，所以，在開頭與結尾，都描寫落花景象，含有美人遲暮的意思。

春光好 二首

其一

紗窗暖，畫屏閒，嚲雲鬟❶。睡起四肢無力，半春間。　玉指剪裁羅勝❷，金盤點綴酥山❸。窺宋❹深心無限事，小眉彎。

【詞　牌】春光好　又名〈愁倚闌令〉。屬「夾鍾宮」，俗呼「中呂宮」。《羯鼓錄》云：「春雨始晴，景色明麗。明皇命取羯鼓，臨軒縱擊，曲名〈春光好〉。回顧柳杏皆已微拆，上曰：『此一事不喚我作天公可乎？』」此調載於《教坊記》，有四十字、四十一字、四十二字諸體。

【注 釋】❶鞞雲鬟 髮鬟下垂。❷羅勝 以綺羅所作之服飾也。王建〈長安春早〉：「暖催衣上縫羅勝，晴報窗中拋彩球。」❸酥山 謂酥酪堆積如小山。❹窺宋 宋玉〈登徒子好色賦〉：「臣東家之子，增一分則太長，減一分則太短，著粉則太白，施朱則太赤，眉如翠羽，肌如白雪，腰如素束，齒如含貝，嫣然一笑，惑陽城，迷下蔡。然此女登墻窺臣三年，至今未許也。」

【語 譯】紗窗風送暖，畫屏陽光燦。枕上不安眠，髮烏垂下鬟。睡起四肢無力，坐著不想動彈。春已一半過去，愛情仍然未沾。 玉指剪裁羅勝，鏡前精心打扮。梳洗完畢早餐，盤中酥酪成山。鄰家有個小伙子，深深愛著沒大膽，整日皺眉想，我該如何辦？

【賞 析】一個少女到了思春的年齡，恰好鄰居家又有一個小伙子，長得英俊瀟灑，她深深地愛上了他。但是她羞於啟齒，只是常常偷眼看著他，弄得精神恍惚，寢食不安。前兩句說她起得很晚，紗窗已被太陽曬得暖融融的，或者是風將室外的暖氣送了進來，又陽光照到了畫屏之上，斑斑駁駁，這都說明太陽不是剛剛昇起。下兩句緊承前文。遲遲不起，都是心慵意懶的表現，而此表現又由於心願未能滿足也。心裡有事，自然會輾轉反側，不能安眠，於是雲鬟下垂，四肢無力。「半春間」，是說春天已過去一半了，她都是在無所事事，心緒不寧的情況下度過的，對愛的渴望已經折磨她數十個日日夜夜了。下片的前兩句，不能僅看到她生活的富有，還應該認識到詞人這樣寫，是曲折地表現出她對愛的追求。在衣飾上精心打扮，目的是吸引所愛之人的注意；食用許多酥酪，是為了保持美麗的容貌。末兩句點明女子有如此心態、神態的原因，同時也設下韻味無窮的結局。如此「窺宋」，一句話，是為了愛情的實現。會持續多長時間呢？一直是單相思嗎？還是男子了解了她的渴望之後，主動求愛呢？

其 二

蘋葉軟，杏花明，畫船輕。雙浴鴛鴦出淥汀❶，棹歌❷聲。春水無風無浪，春天半雨半晴。紅粉相隨南浦晚，幾含情。

【注　釋】❶淥汀　綠色的水中小洲。淥同綠。❷棹歌　船家行船所唱之歌。張志和〈漁父歌〉：「青草湖中月正圓，巴陵漁夫棹歌連。」

【語　譯】葉軟水中蘋，岸上杏花明。按約一起來，畫船翩翩輕，如同兩隻鴛鴦鳥，划起槳來出淥汀。水清柳綠景幽靜，棹歌傳來入神聽。　春水無風無浪，平平如同明鏡。景色變幻莫測，春天半雨半晴。美人快樂不想家，跟郎直到南水濱。攜手相依偎，脈脈含溫情。

【賞　析】此章與上章同詠一事。上章末說到女子「窺宋」而不能挑明，此章則寫他們的第一次約會。如何從「窺宋」到「得宋」，其過程如何，不得而知，反正女子追求到了自己的愛情。前三句由景色的描寫來展示女子快樂的心情，與「窺宋」時的心慵意懶截然不同，她的身上充滿了活力，洋溢著快樂的情緒，並且，又將自己的快樂施及到所見到的物體上，故而在她的眼裡，橫臥在淺水裡的蘋草，葉子是那樣的柔軟，那樣的可愛。兩岸的杏花如霞如錦，燦爛明麗，它們把春天裝點得如詩如畫。畫船也似乎變成有情之物了，在水面上輕輕地滑行，彷彿它因為載著一對戀人而分外快樂。遠處，一聲聲悠揚的棹歌不停地傳來，在碧藍的天空，在茂盛的柳叢，在空闊的水面上久久地迴蕩。生活是多麼的美好啊！她和他，像一對浴水的鴛鴦，游出了綠島。水面更空闊了，天水相接，一望無際，無風無浪，平滑如鏡。清澈的水，倒映著藍天白雲，人彷彿處於上下一空的水晶世界裡。不過，景色也隨著天氣的變化而變化，晴朗時是這樣，下雨時則是另一番景象了：細雨濛濛，河面被時濃時淡的煙霧籠罩著，顯示出一種神秘的美。近處，雨灑在水面上，濺起千萬朵白花，船兒則在水面上輕輕地飄動，人在艙裡聽那瀟瀟灑灑的雨聲。雨，營造出一種天然的浪漫情調。美景、愛情，兩者俱得，女子完全陶醉於其中了，她隨著男子一起將船蕩到南水濱，她的眼睛不時地注視著她的心上人，將一往深情傳遞給他。由「窺」而正視，可以想見，她是多麼的高興啊！此詞的特點在於用景色來表達女子的歡樂。景是女子眼中之景，也就是她的心中之情。

採桑子　一首

蝤蠐領上訶梨子❶，繡帶雙垂。椒戶❷閒時，競學樗蒲❸賭荔枝。

叢頭鞋子❹紅編細，裙窣金絲。無事嚬眉，春思翻教❺阿母疑。

【詞　牌】採桑子　此調又名〈醜奴兒〉、〈羅敷媚〉、〈羅敷豔歌〉。屬「夾鍾商」，俗呼「雙調」，或屬「黃鍾商」。載於《教坊記》。

【注　釋】❶蝤蠐領上訶梨子　女子潔白的頸上繫著青黃色的披巾。蝤蠐，蟲名。《本草綱目》卷四一：「蝤蠐，有在糞聚中，或在腐木中。其在腐柳中者，內外潔白。」訶梨子，天竺果名。《本草綱目》卷三五：「今嶺南皆有而廣州最盛。樹似木槵，花白。子形似巵子、橄欖，青黃色，皮肉相著。」❷椒戶　閨房為使香暖，用椒泥塗之。❸樗蒲　古代的一種博采之遊戲。❹叢頭鞋子　指鞋頭作花叢狀。❺翻教　反使。

【語　譯】頸脖潔白如蝤蠐，圍著披巾美風姿。腰帶綉上花，兩邊雙垂齊。閨房椒泥塗，整日閒無事。學會樗蒲競相博，與姐妹們賭荔枝。　花狀鞋頭紅繩繫，長裙下擺金線細。沒事頻皺眉，露出有心事。春日煩人作春思，寢食不安，反使阿母疑。

【賞　析】一個女子，螓首蛾眉，領如蝤蠐，正是鮮花盛開的年齡，但是禮教卻將她緊緊地束縛在家裡，儘管她用心地打扮自己，繡帶雙垂、叢頭鞋子為紅繩所繫，又穿著金線下擺的長裙，但在深閨裡，這些打扮又有甚麼用呢？她閒得無聊，便和姐妹們做樗蒲的博采遊戲。然而春思是擺脫不了的，才下眉頭，又上心頭，整個人被一種落寞的情緒籠罩著，頻頻皺眉，引起母親的疑慮。作為過來人，她知道這種非病非痛的神態一定和愛情婚姻的事有關，是不是她已經背著人做下了甚麼，於是旁敲側擊的審問起來。末一句真為妙語，從口語入詞，卻又十分含蓄，並在題意上有畫龍點睛的作用。

柳　枝　三首

其一

軟碧搖煙似送人，映花時把翠娥顰。青青自是風流主❶，慢颭❷金絲待洛神。

【注釋】❶青青自是風流主　青青的楊柳就是風流可愛的張緒。《南史・張緒傳》：「武帝以（柳）植於太昌靈和殿前，常賞玩咨嗟，曰：『此楊柳風流可愛，似張緒當年時』。」張緒，南朝齊吳郡人，美風姿。❷慢颭　柳絲在風中輕輕的搖動。

【語譯】翠綠輕軟似長藤，青煙搖動如送人。與花比較花自羞，美人美色不如它永恆。人說張緒風流種，青柳都是緒變成。風中慢擺金色絲，儀態萬千等洛神。

【賞析】這是一支楊柳的讚歌！在詞人的筆下，楊柳具有了人的品性，它美麗高雅，風流可愛。它對人是那樣的熱情，那樣的可人心意，每當人將行時，它拂人衣裳，依依不捨。你走遠了，回顧它，它變成了一溜青煙，在風中搖擺，似乎在向你揮手致意。它美麗，而且永恆，春天裡，與花相互輝映，共同裝點著春天。但不多久，花褪色了，凋零了，只有它還是那樣的翠碧，那樣的風姿綽約。即使是光彩照人的佳人，見了它也頻皺眉頭，認為不如其雅潔風流，不如其嫋娜可人。它雖然長於河畔、植於橋邊，但它決不是俗物，而是風流紳士張緒的化身，和它相伴的也不是普通之物，而是色絕人寰的洛妃。它是植物，但它又是精靈。雖觸目可見，卻高不可攀。

其二

瑟瑟❶羅裙金縷腰，黛眉偎破未重描。醉來咬損新花子❷，拽住仙郎儘放嬌。

【注釋】❶瑟瑟　碧綠貌。白居易〈暮江吟〉：「一道殘陽鋪水中，半江瑟瑟半江紅。」❷花子　面飾。《中華古今注》卷中：「秦始皇好神仙，常令宮人梳仙髻，帖五色花子，畫為雲鳳龍飛昇。」

【語譯】碧綠羅裙風中飄，金絲繡帶束細腰。偎郎之時郎弄破，只顧相親未重描。與郎飲酒直到醉，郎醉即把面飾咬。面飾破損要郎賠，拽住仙郎盡撒嬌。

【賞析】此詞寫一個女子與郎相歡時的情態。她長得很美，至少說打扮得很美，她穿著碧綠的長裙，一根金絲帶束著纖腰，可以想見，一定如春天裡一株婷婷而立的小樹。因為和郎君在一起，沒有愁苦的神態，笑臉也一定如花朵一般燦爛。她可能是未婚，這一次是與郎約會。所以，兩人見面後，相親相偎，兩相纏綿。把她的黛眉也弄破了，原來眉毛或如遠山，或如新月，但是，欲仙欲死的此時，哪裡顧得上再去重新描畫呢？他們飲酒助興，至醉方罷，然郎君醉後，又把女子的花飾也親破了，可能是花子不易作妝吧，女子拽住仙郎，要讓他自己重新化妝。末句也可以理解為女子不放郎行，讓他多陪自己一會。短短四句，卻讓一個撒嬌活潑的女子活生生地站在你面前。

其三

鵲橋❶初就咽銀河，今夜仙郎自姓和❷。不是昔年攀桂樹，豈能月裡索恆娥❸。

【注釋】❶鵲橋　傳說牛郎與織女七夕相會時，鵲自搭成橋。❷自姓和　和凝自指。唐進士及第後多冶遊，以為是文士風流，故己不以為恥。❸恆娥　指有美色的伎女。亦作姮娥。

【語譯】往日欲渡沒有船，今日鵲橋跨銀河。往夜無緣識玉女，今夜仙郎自姓和。不是及第魚化龍，哪能月宮任我遊。憑得本領折桂樹，月裡才能得嫦娥。

【賞析】此詞寫作者自己冶遊時的得意心情，意境不高。我國古人重視讀書，最大的人生理想是科舉及第，蟾宮折桂。但是讀書的目的是為功利。俗語說：「書中自有顏如玉，書中自有黃金屋。」認為讀書考取功名，不但有錢，有權，還可能光宗耀祖，名傳千古。和凝這闋詞，典型地表現了這種名利觀念。前兩句表現出自得意滿的心情，後兩句則是上述民間俗語的翻版。他的攀桂樹，不是出於治國安民的偉大理想，甚至也不是為了光耀門楣，而是為了聲色的享受。趣味之低下，不打自招。

漁父　一首

白芷❶汀寒立鷺鷥，蘋風❷輕剪浪花時。煙冪冪❸，日遲遲，香引芙蓉惹釣絲❹。

【詞牌】漁父　此調又名〈漁歌子〉。屬「無射宮」，俗呼「黃鍾宮」。始見《教坊記》。

【注釋】❶白芷　香草。《本草綱目》卷一四：「初生根干為芷，則白芷之義取乎此也。」❷蘋風　微風。❸煙冪冪　煙很濃，如一道道幕簾垂掛。❹釣絲　釣魚線。

【語譯】水中小島長白芷，寒氣之中立鷺鷥。微風吹拂江浪起，後浪追逐前浪時。霧濃濃，一幕幕。雲又遮，日出遲。荷花香氣撲面來，吸引釣魚絲。

【賞析】〈漁父〉一調，當取自民間，原為漁歌之類，唐肅宗時的張志和以〈漁歌子〉一詞而名傳千古，詞云：「西塞山前白鷺飛，桃花流水鱖魚肥。青箬笠，綠蓑衣，斜風細雨不須歸。」既描述了新鮮、清麗、秀潤的景物，又刻畫出一個熱愛山水、內心翛然自得的漁父。自然，這個漁父是文人式的漁父，〈漁歌子〉則是漁父式的文人之歌，所表現的現實意義遠大於對自然美景的讚頌。和凝此詞與張志和的同調，然它更多的還是景色描繪。作者信手拈來地捕捉了水中小洲中的一段景象：小洲之上，長滿了白芷，一隻鷺鷥靜靜地立在水邊，悠閒自在；水面上，微風吹起了浪花，它們歡快地跳躍著，追逐著。向東方看，煙靄如重重的簾幕，使得遠處模糊不清，雖然早已泛出了魚肚白，但太陽卻遲遲沒有升起。一陣風來，夾帶著沁人心脾的荷花的清香，釣絲抖動，似乎它也因荷花香而快樂。和凝雖然沒有像張志和那樣說出「不須歸」的話，但他熱愛自然的態度還是從詞中得到表現的，不過，他到底是俗中人，我們無法從他所寫的山林閒適之趣中找到一點漁父的澹泊心境與迴避現實的內容。

顧夐 十八首

生卒字里均不詳。在前蜀王建通正（西元九一六年）年間，以小臣給事內庭。後擢茂州刺史。後蜀建國，累官至太尉。清·況周頤《蕙風詞話》評曰：「顧夐詞，全唐詩五十首，皆豔詞也。濃淡疏密，一歸於豔，五代豔詞之上駟矣。」

虞美人 六首

其一

曉鶯啼破相思夢，簾卷金泥鳳❶。宿妝猶在酒初醒，翠翹慵整倚雲屏，轉娉婷❷。

香檀細畫侵桃臉❸，羅袂輕輕斂。佳期堪恨再難尋，綠蕪❹滿院柳成陰，負春心。

【注釋】❶金泥鳳　簾上用金線繡成的鳳凰。❷娉婷　風姿綽約。❸香檀細畫侵桃臉　用淺紅色的顏料在桃花似的臉上化妝。香檀，淺紅色的化妝品。❹綠蕪　青草。

【語譯】清晨啼鳴是黃鶯，閨婦相思夢被驚。簾上繡金鳳，捲起窗外明。髻鬟偏斜妝猶在，昨晚醉酒剛剛醒。走到鏡前整翠翹，整好妝後倚雲屏。一副嬌模樣，美麗又娉婷。　淺紅顏色擦了臉，燦若桃花笑盈盈。羅袖長，輕輕捲，可恨郎君不歸來，歡樂佳期難再尋。青草蔓蔓長滿院，圍牆柳樹已成蔭。薄情郎，負春心。

【賞 析】一個閨婦，長期獨居，好不容易在夢中與郎君相會，又被清曉的鶯啼叫破。正在著惱處，又看到簾上有一對鳳凰，人不如物的念頭油然生起。她不願聽到令她煩躁的鶯鶯的啼叫，但無可奈何。簾上的金鳳則可以捲起來，不要讓牠們與我比照。她的相思很深，也很痛苦，已到了借酒澆愁的地步，昨晚的酒現在才醒，醒後也才意識到酒醉到不省人事的程度，晚妝未卸，就臥床睡著了。她走到妝臺前梳妝，整理了歪斜的翠翹，但落寞的心情使她動作緩慢，提不起精神。當她用淺紅的顏色給自己化妝好後，發現自己竟是這樣的美麗，一張臉龐，猶如盛開的桃花那般鮮豔，她情不自禁地在鏡前旋轉起苗條的身體，又把羅袖輕輕地收起，整個是一個美人兒。但這種自得的心情很快就被淒苦的惆悵代替了。美又有甚麼用呢？行人一去，至今不歸，佳期不再，光陰虛度。更何況美不是永恆的，只是短暫的片刻，君不見百花競放的明媚春光，轉眼間，就變成青草滿院，楊柳成蔭。薄情的郎啊，你辜負了我，也辜負了春光。以動作見內心，是此詞的特點。

其 二

觸簾風送景陽鐘❶，鴛被繡花重。曉幃初卷冷煙濃，翠勻粉黛❷好儀容，思嬌慵❸。

起來無語理朝妝，寶匣鏡凝光。綠荷相倚滿池塘，露清枕簟藕花香，恨悠揚。

【注 釋】❶觸簾風送景陽鐘 掀開簾子時，風送來了景陽樓上的鐘聲。景陽鐘，《南齊書・武穆裴皇后傳》云：齊武帝以宮內深隱，「不聞端門鼓漏聲，置鐘於景陽樓上，宮人聞鐘聲，早起妝飾。」❷粉黛 白粉與黛螺兩種化妝品。❸嬌慵 懶散。

【語 譯】掀簾吹來一陣風，恰巧送來景陽鐘。蓋的鴛鴦被，繡花一重重。天亮捲起錦帷帳，遠處模糊煙靄濃。先搽白粉後描眉，百媚神態好儀容。相思病又添，體嬌心懶慵。 起床默默在閨房，走到鏡前梳早妝，寶匣鏡，泛銀光，田田荷葉相互倚，綠荷碧水滿池塘。露濃枕席覺清涼，窗外傳入荷花香。良辰辜負，恨滿胸膛。

【賞　析】因用景陽鐘之事，我們可以將詞中的女主人翁看作是一宮婦，此詞即寫她的苦悶孤獨的生活。觸簾在先，風送鐘聲在後，可見宮婦不是在夢中被鐘聲驚醒，而是難以沈睡，很早就起了床，何以如此，心緒不寧也。對於宮婦來說，痛苦又多是從不得寵幸而起。繡被上的鴛鴦，看過了不知多少遍，但只要睜開眼來，就會被這一圖案所吸引，並久久地凝視著牠們，這一動作表現了對正常的婚姻生活的嚮往，也表現出她對生活的信心，故而她起床後，就著手打扮，脂澤粉黛，用心勻拭。妝扮之後，儀態容貌，煥然一新，詞人無以描述，只用一「好」字概之。宮中冷寂，她走到荷塘邊賞荷，只見綠荷相倚，碧玉田田，清香的荷花素潔高雅，在風中搖曳，多美的世界！可是我呢，生活中寂寞、孤獨，沒有半點色彩，她無法再看下去了，又躲回室內。然荷花似乎知人心意，為減輕她的痛苦，特意將清香送入房中。可是，怨恨堆積的她心中如何再能平靜下來。

其　三

翠屏閒掩垂珠箔❶，絲雨籠池閣。露沾紅藕咽清香，謝娘嬌極不成狂，罷朝妝。

小金鸂鶒❷沉煙細，膩枕堆雲髻。淺眉微斂注檀❸輕，舊懽時有夢魂驚，悔多情。

【注　釋】❶珠箔　用珍珠綴聯而成的簾箔。❷小金鸂鶒　金的紫鴛鴦形的香爐。❸注檀　胭脂塗面。

【語　譯】白日無事掩翠屏，珠簾垂下閨內靜。簾外雨瀟瀟，煙霧罩池亭。雨水遍遍淋荷花，清香由淡再到盡。臨窗謝娘心憐惜，無可奈何淚沾巾。心緒亂糟糟，即把早妝停。鴛鴦香爐金做成，沉香細細空中飄。倚香枕，堆雲鬢。腦中又現別離景，雙眉微皺胭脂輕塗面。舊歡常在夢裡現，剎那時刻夢又驚。情多人自傷，後悔太多情。

【賞　析】此詞仍是寫女子的相思。這位女子長期孤獨，性格也變得孤僻，怕見別人，尤其怕見人家男歡女笑的情景，所以，天亮後也是翠屏緊閉，珠簾低垂。此時外面淒風苦雨，籠罩池閣。她關心著池中荷花的處境。在她認為，花質嬌柔，不能自己把握命運，如同我們這些女子一樣，於是，帶著一種自我憐惜的心情臨窗去看荷花，只見嬌嫩的荷花在風雨中掙扎、呻吟，尤不忍去看的，是那無情的雨水一遍遍地淋著花蕊，使荷花消盡了清香。詞中「露沾紅藕咽清香」，惟作此解，方符合詞中的環境。女子看到此處，「嬌極不成狂」，意思是憐惜而無可奈何，心情極為不安，在這亂糟糟的心緒下，她也不再梳妝打扮了，重新倚枕而臥。閨內的香爐沉煙繚繞，一切又歸於平靜，然而，女子的心裡卻像滾水似的，怎麼也平靜不下來，她回憶起過去，也想到了未來，然總是有佳期不再、前程茫茫的悲哀，於是眉頭微皺，臉色變淡，心情的不好引起她身體的不適。她很後悔自己的多情、痴情，我將整個的心交給他，可得到了甚麼呢？歡聚的日子短而又短，分別的日子卻長而又長，即使常做些歡會的夢，但也不能作到底，不是雁叫、鶯啼，就是為不美好的結局所打斷。但是，可以料想，她後悔，卻不會絕情，因為後悔正是多情的表現。

其四

碧梧桐映紗窗晚，花謝鶯聲懶。小屏屈曲❶掩青山，翠幃香粉玉爐寒，兩蛾攢❷。

顛狂❸年少輕離別，辜負春時節。畫羅紅袂有啼痕，魂銷無語倚閨門，欲黃昏。

【注釋】❶屈曲　屏風上用以摺疊之環鈕。❷兩蛾攢　兩眉愁聚。❸顛狂　輕佻。這裡指不重感情。

【語譯】翠綠梧桐影斑斑，霞映紗窗天傍晚。春花凋謝盡，鶯啼聲懶懶。屏風扇扇屈曲立，圖畫不展遮青山。翠飾帷帳有粉香，玉爐不燒人覺寒。心事重沉沉，兩道愁眉聚。

少年薄情輕離別，害得妾身日日盼。春時節，卻虛度，羅衣紅袖有啼痕，時時刻刻淚潸潸。精神頹傷斷了魂，默默倚門向外看。黑暗要來臨，不見郎君心淒慘。

【賞析】春暮，又是傍晚，這兩個時間的疊合給人沉重的壓抑感，它會使多愁善感的思婦想到生命的沒落，想到前程的黯澹，會使她們的相思更為沉重。此詞中的女子即是在春暮與黃昏的背景下經受著感情的折磨的。前兩句交代了時間。梧桐翠碧，樹蔭森森，花兒謝落，鶯聲稀少，無疑為暮春時節。閨房內雖然陳設很多，有小屏、翠帷、玉爐等等，但屏是折疊的，玉爐是寒冷的，翠帷雖散發出香粉味，但是靜靜地懸著。總之，閨內的特點是冷、靜、空。這正是女子心態的外在表現，與「兩蛾攢」是相一致的。「掩青山」別有深意，「青山」是屏上之畫，何以要掩？這也表現出女子的心態，孤獨的女子總是將自己鎖於閨中，與生機勃勃的春光隔離起來，因為花豔蝶狂，往往引起她們傷感，而此位女子敏感過甚，連屏上的春光亦要掩起。盼而不見，自然會心生怨恨。她怪年少的郎君不重感情，說別就別，而且長時不歸，辜負了美麗的春光。現在還有一點殘春，然而仍是無影無蹤，女子每想到此，總是淚水潸潸，濕了畫羅與紅袖。可是她仍不絕望，倚門遠眺。黃昏之時，夜幕漸漸遮掩了道路，此時的女子「魂消無語」，少不得又是淚水伴著長夜。人讀至此，心無戚戚？

其五

深閨春色勞思想，恨共春蕪❶長。黃鸝嬌囀泥❷芳妍，杏枝如畫倚輕煙，瑣窗前。

憑欄愁立雙蛾細，柳影斜搖砌❸。玉郎還是不還家，教人魂夢逐楊花，繞天涯。

【注釋】❶春蕪　春草。❷泥　央求；留戀。也作泥。❸搖砌　搖動於臺階上。

【語譯】春心蕩漾在閨房。常把郎君放心上。怨恨深，同草長。黃鸝啼聲嬌怯怯，留戀春色花正芳。杏枝花滿紅艷艷，倚著輕煙映春光。美人臨窗看，景在小窗旁。　樓上憑欄望天涯，愁眉雙鎖一嬌娃。日已西，柳影斜。炊煙已起鳥回巢，玉郎還是不還家。消息杳無何處覓，我願魂夢逐楊花，飛遍天和地，定要找到他。

【賞析】閨人獨居，寂寞至極，在明媚的春天裡，更加想念遠行的丈夫。然日思夜想，卻不見郎歸，於是心生怨恨，與春草共長。此時正是春光爛漫的時候，黃鸝對著盛開的鮮花盡情地歌唱，而不肯飛去；杏枝綴滿了繁花，在霧氣的籠罩下如詩如畫。閨婦多麼希望丈夫在春天裡趕回來，與她共享春光啊。春天彷彿專門是為成雙作對的生靈而來的，鶯鶯燕燕，是成雙的，花開蝶繞也是成雙的，至於春水中浮著的鴛鴦，更是成雙的。一個孤獨的人，春光是不歡迎的，不但讓你看不到美妙之處，反而會刺激你，讓你愈加痛苦。因此，她整日站在閨樓上，憑欄遠眺，從日出到黃昏，然而，「玉郎還是不還家」。此時的她沒有氣餒，而是希望老天爺幫助她，讓她的夢魂跟著楊花飛行，飛遍天涯海角，去尋找心上人。

其六

少年豔質勝瓊英❶，早晚別三清❷。蓮冠穩簪❸鈿篦橫，飄飄羅袖碧雲輕，畫難成。　遲遲少轉腰身裊，翠靨眉心小。醮壇風急杏枝香，此時恨不駕鸞凰，訪劉郎。

【注　釋】❶少年豔質勝瓊英　少年豔麗之質勝過美玉。瓊英，美玉。❷三清　神仙居住的仙境，有玉清、太清、上清。❸簪　插意。

【語　譯】年少美豔勝過玉，雖為女冠，卻慕凡人。春情蕩於心，早晚別三清。穩穩戴著蓮花帽，簪髮小櫛質為金。羅袖飄飄長裙擺，如同一朵碧雲輕。美麗如同畫，然卻畫不成。　苗條身材纖細腰，慢慢扭動更加俏。臉上貼翠靨，點紅眉心小。醮壇之上風急揚，到處瀰漫杏花香。美景難覓不常來，此時恨不駕鸞鳳，出山到人間，遍地尋劉郎。

【賞　析】此詞寫一女冠的思凡。人的愛情既是精神上的，又是生理上的，它與人俱生，只要是人，他就會有愛的欲望，同時也有愛的力量。任何道德、法律、宗教，在它的面前都會束手無策。此詞中的女冠就是一個為了愛情敢於叛逆宗教的一個女子。她長得很漂亮，比玉還要雅潔、秀潤，可她卻被宗教的戒律束縛在道觀裡。她的心並沒有屈服於宗教，而是早就蕩起了春心，她暗暗發誓道「早晚別三清」。她因愛的萌發，與凡間思春的姑娘一樣，很注重打扮自己，戴花冠，插鈿篦，著羅衣，貼翠靨，點眉心，一個完美的女子，「畫不成」是因美到極致，使得畫家們無能為力。醮壇，是禮拜念經的地方，氣氛肅穆，可這位女冠神不守舍，她聞到了杏花香，由此又作遐想，如果此時能和一心上人徜徉於杏園中，該是多好啊！想到此，「恨不駕鸞鳳，訪劉郎」，劉郎不一定確指某人，女冠此時屬於無對象的思春階段，因此，劉郎代表著某一個可女冠心意的男人。這是一首愛情的贊歌，它歌頌人性的偉大，愛情的偉大，一切束縛愛情發展的宗教則是作者的譴責對象。

河傳 三首

其一

燕颺❶，晴景。小窗屏暖，鴛鴦交頸。菱花掩卻翠鬟欹❷，慵整，海棠簾外影。繡幃香斷金鸂鶒❸，無消息，心事空相憶。倚東風，春正濃，愁紅，淚痕衣上重。

【注　釋】❶燕颺　燕飛也。韋應物〈長安憶馮著〉：「颺颺燕新乳。」❷翠鬟欹　髮鬟偏斜。❸金鸂鶒　紫鴛鴦香爐。

【語　譯】燕子空中行，朗朗晴天景。風入小窗屏風暖，屏上鴛鴦交頸。菱花鏡子照後掩，因為髮亂偏雲鬟。不想整殘妝，沒有好心情。臨窗隨意看，海棠影子映簾上。繡帳高懸室內靜，鴛鴦香爐煙飄盡。郎行一去無消息，妾在家中空相憶。拂拂和煦東風，花紅柳綠春濃。妾愁花兒要凋零，衣上淚痕一重重。

【賞　析】一個晴朗的春天的早晨，思婦臨窗看到了空中飛翔著的對對燕子，傷感地轉過頭來，然而，又看到室內屏風上的一對交頸的鴛鴦，她的心情壞透了，殘妝慵整，意緒不寧。她的郎君離家已經很長時間了，但是從未捎過一個信回來，她不知道他現在漂泊於何處，又何時能歸來。時下正逢春光明媚的時候，她渴望他回來，共享春光，但她認識到這是沒有希望的，倒是為花的命運而憂愁，擔心它們的零落，其實是擔心自己的青春逝去。她知道一旦人老珠黃，失去花一般的風韻，愛情會更加無望。想到此，憂愁化作滴滴的淚水，一次次打濕了衣衫。以上所述，即是本詞的內容詮解。就作法而言，本詞有兩個特點，一是將秀麗的春景與思婦內心的愁苦作一對比，以說明思由春而來；二是注意煉字，「颺」，隨風而飛，輕盈，快速，用來描寫燕子是再恰當不過的了。「倚」東風者，思婦也。風非有形之物，如何能倚？而能倚者，一定比風更輕更柔，一「倚」字寫出了思婦的嬌怯之態。

其二

曲檻❶，春晚。碧流紋細❷，綠楊絲軟。露花鮮，杏枝繁，鶯囀，野蕪平似剪。直是人間到天上，堪遊賞，醉眼疑屏障。對池塘，惜韶光，斷腸，為花須盡狂❸。

【注釋】❶曲檻　曲折之欄檻。❷碧流紋細　狀水之清澈流緩。❸盡狂　盡情放蕩。

【語譯】曲折欄檻長，春日傍晚時。小溪清水緩緩流，枝條如絲是綠楊。花沾露水鮮，杏花綴滿枝。鶯歌聲流利，歌聲隨風揚。郊野青草平如剪，蝶粘青草上下忙。　疑此不是在人間，已隨輕風到天上，景色真怡人，實在可遊賞。酒醉眼朦朧，疑是屏上畫。風吹蘋泛綠，佇立看池塘，年華如流水，應惜好時光。美人在天涯，想此痛斷腸。好花不常有，為它可以盡情狂放。

【賞析】詞人由春景想到美人，抒發了自己對美人的感情。春日之傍晚，景色如畫。曲檻悠長，清水下流。溪之兩旁，植滿綠楊。鮮花沾露，杏紅枝頭。楊柳梢頭，鶯鶯婉囀。放眼望遠，草平如剪。此時詞人因中酒而醉眼朦朧，他懷疑自己不在人間，而到了天上，不然，眼前的景色為何像屏上的畫一樣的美麗呢？然而，有美景，卻無美人，詞人的心緒有些惆悵。他面對流動著的池塘，想到了「逝者如斯」的古訓，是啊，人的一生，韶華能有多少，若不珍惜，豈不是白白地浪費了青春。可是，美人遠在天涯，青春又怎能去珍惜？他想到此處，魂已飛，腸欲斷。但他轉念一想，身邊的花不就是我的美人麼？我應該去憐惜她，欣賞她，為她盡情地放蕩。詞人構思此詞時頗動了腦筋，首先在描繪春天的畫面上，精心地選擇了最能代表春天特徵的物象，羅列其上，如碧水、綠楊、鮮花、杏枝、啼鶯、青草，以不同的色彩，組合成一幅絢麗奪目的春景圖。這是上片的構造法。下片按照詞人意識的流動自然地由美景過渡到情感的世界，表達自己對人生的看法。跳躍雖大，但並不顯得突兀。

其三

棹舉，舟去。波光渺渺❶，不知何處。岸花汀草❷共依依，雨微，鷓鴣相逐飛。　天涯離恨江聲咽，啼猿切，此意向誰說？艤蘭橈❸，獨無憀，魂銷，小爐香欲焦❹。

【注　釋】❶渺渺　很遠的樣子。❷岸花汀草　水邊之小草。❸蘭橈　蘭木所作之舟。❹香欲焦　香煙欲消。

【語　譯】輕輕舉起槳，船在水上漂。天水相接煙籠罩，遙望遠處波渺渺。彼地不知是何處，惟見風急浪淘淘。水邊花草相依依，小雨滋潤更覺嬌。兩隻鷓鴣前後飛，如在風中飄。　天涯相隔恨如潮，江水嗚咽淚滔滔。岸邊猿有情，傷心為我嚎。此後無故人，此情向誰說。望遠倚畫船，寂寞自無聊。相思魂欲斷，小爐香已消。

【賞　析】從詞意來看，此詞寫的是離者與妻子或戀人的分別。詞從「棹舉」開船時寫起，省去了分別時的戀戀不捨的場景，這樣便可以集中筆力描寫離人惆悵的心情，而不需再寫到送別的女子了。「波光渺渺，不知何處」，行人佇立船頭，向前眺望，惟見煙水茫茫。這與柳永的「今宵酒醒何處，楊柳岸曉風殘月」（〈雨霖鈴〉）有著同樣的意緒，即對未來十分茫然。此時岸花汀草相互依偎，雖然在風雨中，但它們的神態是那樣的寧靜；遠處的水草中飛起了一對鷓鴣，一前一後，緊緊相隨。離人看到這一切，益增愁緒。上片以景抒情，景是實的，情含其中。下片則借物抒情，離情別恨使無情的江水、兩岸的猿猴亦為之動容，牠們深深地受到感染，自覺地為離人分擔痛苦，江水嗚咽，猿猴哀啼。這一悲傷的畫面，使離人心情格外沉重，他轉身入艙，思緒萬千。從此以後，相隔天涯，再無知心的人兒，我濃濃的思情，向誰訴說？心潮難捺，他只得又走出艙外，斜倚蘭橈，獨自出神。就這樣茫無目的地望著水、望著天，而腦中別情縈繞，久久難已。末句以「小爐香欲焦」作結，以沉寂的意象說明離人因魂斷而精神處於空白的狀態。本詞所寫之景貼切環境，所寫之情，雖樸素卻豐厚，具有較強的感染力。

甘州子 五首

其一

一爐龍麝❶錦帷旁，屏掩映，燭熒煌❷。禁樓刁斗❸喜初長，羅薦繡鴛鴦。山枕上，私語口脂香。

【注釋】❶龍麝　龍腦香與麝香。關於龍腦香，《酉陽雜俎》曰：「出波律國，樹高八九丈，可六七尺圍，葉圓而背白，其樹有肥瘦，形似松，肥作杉木氣，乾肥謂之龍腦香。」❷燭熒煌　燭光明亮輝煌。❸禁樓刁斗　宮樓中響起傳夜的鈴聲。

【語譯】玉爐放在錦帳旁，燃起龍腦與麝香。畫屏摺掩映，燈明燭輝煌。宮樓報更鈴聲響，宮婦暗喜聲初長。錦褥上面繡鴛鴦，絲綢被子翻紅浪。山形枕頭上，說話張口香。

【賞析】此詞寫一宮婦受幸的情景。在皇宮裡，每夜不知有多少婦女獨睡空床，淚濕紅被。所以，古代的文人都寫她們的怨恨，寫她們情感世界中的主要方面。顧敻此詞不同，寫一受寵之宮婦。然亦從幸的方面，透視出她們內含的不幸。從其擺設、裝飾與化妝上可以看出，她在邀寵上做了許多努力，所熏的香為龍腦香與麝香，所睡的被褥繡的是鴛鴦，點燃起輝煌的燭火，口裡又含著香片。她這樣做，全源於作宮婦的不幸命運，宮中有三千粉黛，都競爭受寵，若不這樣去努力，何時可得寵？又如何能長期受寵？「喜初長」，更是透露了她長期受冷遇的狀況，若是朝雲暮雨，又何必為夜不匆匆而喜？即使現在在山枕上依偎著，她的心裡仍未消除能否長期受寵的擔憂。此詞內容全係作者想像，但給讀者以真實的感受。

其二

每逢清夜與良晨❶，多悵望，足傷神。雲迷水隔意中人❷，寂寞繡羅茵❸。山枕上，幾點淚痕新。

【注釋】❶良晨　應為良辰。❷意中人　心念之人。❸羅茵　綾羅褥子。

【語譯】每逢清夜與良辰，心緒不寧倚著門。悵然遠處望，思深足傷神。雲遮水隔影依稀，模模糊糊意中人。臥在羅褥上，寂寞獨受承。山枕上，又有新淚痕。

【賞析】此詞以白描手法直敘思情，語淡而情濃，很容易引起讀者的共鳴。「每逢」二字，說明時間久，心之誠，在她的生活中，郎君始終置於首位，任何事情也干擾不了她對郎君的思念與盼望。然「多悵望」，很少有幾次能望而得見，使得她空望後十分的悵然。思而望，望又不見其人，使她的精神受到極大的損傷。許多時候，她在精神恍惚之時，看到了自己的意中人，然而雲迷水隔，影影綽綽，轉眼之間，又不復存在。更多的時間內，她只能一人承受著寂寞的煎熬。想到未來，她毫無把握，仿佛是風雨中的一隻小船，不知港灣在何方。每想到此，淒然神傷，山枕上，又添上了新的淚痕。該詞雖短，然逐層展示了人物的感情，從望到落淚，幾經轉折。

其三

曾如劉阮訪仙蹤❶，深洞客，此時逢。綺筵散後繡衾同，款曲見韶容❷。山枕上，長是怯晨鐘。

【注釋】❶曾如劉阮訪仙蹤　指劉晨、阮肇採藥遇仙女事。❷款曲見韶容　在情意綿綿中呈現出美好的儀容。

【語　譯】劉阮採藥遇仙女，人間仙境兩相通。作客桃花洞，人仙兩相逢。鋪下綺筵款待客，席散同入繡衾中。情意綿綿時，呈現美儀容。山枕上，總是怕響晨鐘。

【賞　析】從詞意來看，這是寫一個男子的夢境。「曾如」就緲緲地暗示是一種假設，而對方是一仙子，需要劉阮那樣去尋訪，這又說明所戀之對象，與之難通消息也，高樓深院，不要說見面，帶一句話亦不可能。無奈中，魂隨夢去，在夢中與之相會。他夢見女子熱情地接待他，鋪下華貴的綺褥作席，又擺列出許多美味佳餚，席後，兩人共入繡衾，顛鸞倒鳳，在綿綿的情意中，她的面容更為美麗、生動。枕膩發香，使他進入了一個美妙的境界。但他又擔憂晨鐘響起，驚醒他的美夢。就常理上而言，既「怯晨鐘」，即為清醒之人，又如何在夢境？然對相思刻骨的人來說，整日心繫對方，精神恍惚，幻想與夢境常常攪在一起，很難分清，因而，有這樣的心理活動也就不奇怪了。

其四

露桃花裡小樓深，持玉盞❶，聽瑤琴❷。醉歸青瑣❸入鴛衾，月色照衣襟。山枕上，翠鈿鎮眉心。

【注　釋】❶玉盞　玉製的小酒杯。❷瑤琴　玉飾的琴。鮑照〈擬古〉：「明鏡塵匣中，瑤琴生網羅。」❸青瑣　小窗。此處代指閨房。

【語　譯】露水暗暗把花浸，桃花深處小樓靜。手端小玉杯，喝酒聽瑤琴。醉後進入閨房內，攜手入鴛被。窗外一輪月，月光照衣襟。山枕上，翠鈿壓著眉心。

【賞　析】此詞寫一對戀人的歡情。首句給我們描繪了一個美麗而幽雅的環境。整片的桃林，盛開著桃花，月光如霜，灑在桃花之上，泛著白色的光，真所謂「月散花林皆似霰」。在桃花深處，有一座小樓，樓頂稍稍露出了花梢，空氣中流動著濃鬱的花香。由這美的環境，我們自然想到樓中的人，一定也會有美的容貌，美的情趣，因為主人營造這樣雅致的環境，應該說，是她的自然化的表現。今晚帶給她快樂不僅是桃花與月色，還有更重要的是戀人的來臨。她擺列佳餚美酒，又彈起了瑤琴。此時此刻，美，已經到了極致，桃花、月色、美酒、美人，更有音樂，那歡樂的音符融著花的芬芳在室內外迴蕩，即使酒不醉人，人也自醉。酒闌燈暗，他們攜手進入閨房。有情的月光照著他們未解的衣襟，似給他們深深的祝福。山枕上，翠鈿鎮壓著女子的眉心，更加楚楚動人，她已經帶著喜悅的心情進入甜蜜的夢鄉。詞中的男子始終沒有正面描寫，但從「持玉盞，聽瑤琴」說明了他的存在，不然，女子獨守閨房，那來的興致飲酒作樂，若說借酒澆愁，借琴解悶，而不應是「聽」，而是「彈」，更何況「持」與「聽」是同時的動作，這就非女子一人所能為了。由此可見，詞人在用盡可能少的字包容盡可能多的內容，有其高超的技法。另外，本詞很注重細節的真實。雙方既醉，搖搖晃晃地進入閨房後，自然不會解衣，也不會卸去晚妝，故而，月能照其衣襟，翠鈿仍鎮在眉心。

其五

紅爐❶深夜醉調笙，敲拍處，玉纖輕。小屏古畫岸低平，煙月滿閒庭。山枕上，燈背臉波橫❷。

【注釋】❶紅爐　正在燃燒著的溫酒的火爐。王轂〈留題王秀才別墅〉：「門前積雪深三尺，火滿紅爐酒滿瓢。」❷臉波橫　面容姣好的睡態。

【語譯】溫酒爐紅夜已深，醉至昏沉仍吹笙。檀板輕輕敲，纖手玉佳人。小屏畫著一河流，水與岸平清澄澄。月色朦朧煙滿庭，為了賞月倚著門。山枕上，燈暗美人睡得沉。

【賞析】此詞仍是寫一對戀人的歡情。詞人未從點燈時寫起，而直接從深夜切入，由「舉燭夜遊」說明這一對戀人聚首不易也，若日日相依，夜夜交頸，又何必樂至深夜？夜已深，人也醉，但他們仍在珍惜這寶貴的相聚在一起的時間，一在吹笙，一在敲板。然人已困倦，酒已上頭，故笙須調，方成音；手無力，板敲輕。最後笙板停歇，無意識地看著小屏上的古畫，河水清澄，岸堤低平。這幅古樸的郊野圖使人的心情與室內的氣氛歸於平靜。女子上床睡了，男子帶著餘興倚門賞月。月色朦朧，月輝與霧靄交融在一起，形成薄薄的煙，在庭院中流蕩。多麼美好的夜晚啊！他回到房內，見美人正在沈睡，那美麗的面容是那樣的安祥。

玉樓春　四首

其一

月照玉樓春漏促，颯颯風搖庭砌❶竹。夢驚鴛被覺來時，何處管絃聲斷續。　惆悵少

年遊冶❷去，枕上兩蛾攢細綠❸。曉鶯簾外語花枝，背帳猶殘紅蠟燭。

【注釋】❶庭砌　庭前砌階。❷遊冶　到煙花之地尋求聲色的娛樂。❸攢細綠　皺起細而黑的眉毛。

【語譯】月亮照著玉樓處，春夜刻漏聲急促。風來颯颯有聲響，搖動石階邊上竹。人在鴛被作美夢，卻被驚醒見空屋。外面飄來管絃聲，隨著風兒斷又續。　想起郎君心惆悵，他去冶遊妾自哭。這種日子何時了，皺起眉頭細又黑。輾轉反側天已亮，簾外曉鶯與花語。蠟燭替妾流盡淚，靜立窗前是帷幕。

【賞析】此詞的題材雖然仍為閨怨，但在表現手法上較它詞出色。其手法主要是描寫視角不斷地變化。絕大多數閨怨詞都是以閨婦的視角來敘事抒情，詞的內容實是閨婦眼中之景與內心之獨白。然此詞不同，除了閨婦的視角外，還有詞人的視角。如上片前兩句，此時閨婦未醒，自然看不到照在玉樓上的月光，也聽不到刻漏聲與夜風搖動庭院竹子而發出的颯颯聲。那麼，這光與聲無疑是詞人所見，詞人所聞，是站在詞人的視角上來寫的。下兩句則將視角

切換到閨婦這一邊，寫她聽到了從遠處飄來的時有時無的渺茫的管絃聲，而從好夢中驚醒。兩個視角，形成了潛在的對比，前者說明思婦夢很深，皎潔的月光，急促的漏聲與颯颯的風聲都未能將她驚醒，驚醒她的倒是或有或無細微的管絃聲。這一對比反映出她對管絃的敏感，而深夜有管絃聲處多是秦樓楚館，那正是丈夫行樂之處。管絃在她的腦子裡，是經常想到而又極為深惡的聲音，在她認為，它就是造成她們夫妻分離的醜惡之物。因為如此，她才會如此地敏感。由此可見，詞人變化視角是為了更深刻地展示人物的內心世界。上片在描寫了夜景與女子被驚醒的緣由後，自然地導入了她的心理活動，所以，下片與上片脈絡相連。當然，下片的視角仍然在切換，「枕上兩蛾攢細綠」，顯然是從第三人稱的角度寫的。這樣，使淒苦的心理與淒苦的神情結合起來，淋漓盡致地表現了她的惆悵。

其二

柳映玉樓春日晚，雨細風輕煙草軟。畫堂鸚鵡語雕籠❶，金粉小屏猶半掩。

香滅繡幃人寂寂❷，倚檻無言愁思遠。恨郎何處縱疏狂❸？長使含啼眉不展。

【注釋】❶語雕籠　在雕籠中啼也。❷人寂寂　室內無人語聲。❸疏狂　狂放不羈。白居易〈代書詩百韻寄微之〉：「疏狂屬年少，閑散為官卑。」

【語譯】楊柳掩映小玉樓，春天傍晚使人愁。輕風拂拂草柔軟，牛毛細雨密密稠。畫堂鸚鵡身被鎖，獨自言語對雕籠。金色小屏屈曲立，屏山畫面半遮掩。　繡帳旁邊香爐滅，閨內悄悄聲寂寂。倚著欄檻不作語，遐想遠方思深切。狂放不羈讓我恨，長守空房苦了妾。眉頭不展月連月，傷心至極常哭泣。

【賞析】此詞描寫閨婦對薄情郎的怨恨。在表現上層次十分分明，由外到內，由景到人，感情則由淺入深。上片前兩句寫室外之景，傍晚時分，暮色漸起，掩映於小樓四周的柳林使室內光線更為暗澹，透過柳隙，祇見煙雨濛濛，隨著輕風掃過那青嫩的草地，景色淒迷，給人鬱悶的感受。後兩句寫室內之景，畫堂內悄無人聲，只有鎖在雕籠裡的鸚鵡為解寂寞，自言自語；畫屏摺疊地立著，閃爍出金粉的光亮，屏上的畫面被半遮半掩著。室內雖然有鸚鵡之聲，也有畫屏，然而，非但不熱鬧，反而顯得更加空寂與沉悶，彷彿這裡已沒有了生命，時間也像凝固了一樣。這樣的描寫，形象地表現了女主人翁孤獨得難以忍受的精神狀態。在上片濃墨渲染了淒寂的氣氛之後，女主人翁在下片出場了。爐香已滅，但懶於再燃；斜倚欄檻，默默無言。望而不見，愁思遐遠。她的情感活動到此沒有停頓，而是愁積變恨，恨郎薄情，怨他疏狂。恨積則又轉為黛眉不展，轉為啼哭不止。詞人僅是剪輯了一個傍晚時的情況，毫無疑問，在此之前後，女子不會不愁苦，不會不啼泣，詞人所描寫的畫面衹是無數幅畫面中之一而已。故「長使」含有在時間上並非一點的意思。

其三

月皎露華窗影細，風送菊香粘繡袂。博山爐冷水沉微❶，惆悵金閨❷終日閉。

懶展羅衾垂玉箸❸，羞對菱花簪寶髻。良宵好事枉教休，無計那他❹狂耍壻。

【注釋】❶博山爐冷水沉微　博山爐內的沉香已燃盡。博山爐，爐名。《西京雜記》卷一：「丁諼又作九層博山香爐，鏤以奇禽怪獸，窮諸靈異，皆自然能動。」水沉，即沉香。古樂府〈楊叛兒〉：「歡作沉水香，儂作博山爐。」❷金閨　閨閣之美稱。❸玉箸　女子的淚水。❹無計那他　對他無可奈何。

【語譯】明月皎皎露細細，月映人影窗未閉。菊花香濃風送來，沾上袖子不離姬。博山爐冷香已盡，空閒無聊不作事。整天坐在閨房內，悵然若失情迷痴。　獨自一人懶放被，想郎傷心垂珠淚。為郎消得人憔悴，簪髻不敢將鏡對。虛度一夜又一夜，良宵比那黃金貴。無可奈何浪蕩婿，不知他在何處醉。

【賞析】此詞寫閨婦的秋夜之思。春花、秋月，皆能增人愁思。秋夜的月亮，皎潔如銀，尤其是在十五之夜，圓似玉盤，它自然地會觸發人想念在同一輪明月之下的家鄉、親友，並且從月之圓想到人之團圓。此詞中的閨婦即是在月下思人的。首句點明了時間，在皓月當空的晚上，露水如霜，美人臨窗。「細」字，我們在語譯時作露細解，也可解為窗影、人影細，若這樣解，即可定出時間為月亮初昇之時，祇有月華斜照，影子才長。既在秋天，自然就有盛開的菊花。此時風送花香，襲人衣袖。閨婦此時定會想，若郎君在家，即可一壺酒、幾隻蟹，夫妻月下對黃花。那該是多麼愜意的生活啊！可是現在人單影孤，良辰與我何干？她的相思與等待已經有無數個日日夜夜了，弄得她心慵意懶，對生活失去了興趣，香爐冷，不再續香；心落寞，不出閨門；夜已深，懶放羅衾；簪髮髻，怕對明鏡。以淚洗面，思情深積。她多麼希望在良辰美景中，有人陪伴她，而不致良宵虛度。可是那浪蕩的郎君，我真是無可奈何啊！由末句可知，女子的丈夫行遊在外，既不是遊學，也不是行商，更不是戍邊，而是冶遊。作品通過描寫獨居女子的精神痛苦，可以看出古代舊婚姻制度的不平。

其四

話別

拂水雙飛來去燕，曲檻小屏山六扇❶。春愁凝思結眉心，綠綺❷懶調紅錦薦。
情多聲欲顫❸，玉筯❹痕留紅粉面。鎮長❺獨立到黃昏，卻怕良宵頻夢見。

【注釋】❶山六扇　即六扇屏風。《舊唐書・憲宗記》：「元和四年，御制前代君臣十四篇，書於六扇屏風。」❷綠綺　琴名，相傳為司馬相如所彈之琴。❸聲欲顫　聲音顫抖。❹玉筯　女子的淚水。❺鎮長　長久。韓愈〈杏花〉：「浮花浪蕊鎮長有，才開還落瘴霧中。」

【語譯】掠水飛行對對燕，來來去去疾如電。九曲欄檻連閨房，房內屏風有六扇。春日相思情無限，深愁凝結眉頭現。名琴綠綺懶得彈，淒然端坐紅錦墊。　別時說話聲堵咽，郎君離去心不願。淚珠滾滾不停斷，淚痕留在紅粉面。長久站立到黃昏，直到人遠看不見。不願與郎夢中會，我怕郎在夢中現。

【賞析】此詞寫一對戀人的別時之情。上片先描寫別時的情況。燕子飛行的情景為女子所見，雖然寫燕，但怨意融入其中。她在想，燕子都知道成雙作對，形影不離，可是人卻要在這明媚的春天裡分開。第二句用唐憲宗御寫六扇屏風事為典，較為晦澀。意為我們的恩恩愛愛，屏風可以作證，那一件事它不清清楚楚地記著，怎麼能說走就走呢？她情緒低沈，眉頭緊鎖，琴弦怕挑。下片寫分別時的情狀。女子有很多話要說，然聲堵氣咽，泣不成聲。不過，語未說出，情已表達。那顫顫的聲音，那滿面的淚水，都是情的具象。人已離去，她卻佇立不動，直到黃昏，聽不見馬嘶，看不見人影。在回去的路上，她擔憂在以後的良宵裡，頻頻地見到他。其實，她又何嘗不願像別人一樣，在夢中見到心上人呢，祇是怕那樣更添思情，自己的精神承擔不了。

卷七

顧敻 三十七首

浣溪沙 八首

其一

春色迷人恨正賒❶，可堪❷蕩子不還家。細風輕露著梨花。

簾外有情雙燕颺，檻前無力綠楊斜。小屏狂夢❸極天涯。

【注釋】❶恨正賒　恨正長。賒，延期付款的意思，這裡轉為長意。❷可堪　那堪。❸狂夢　夢之無約束。

【語譯】春天景色很迷人，卻恨浪子不進門。冶遊秦樓戀野花，哪裡還會想到家。梨花沐風沾輕露，良辰美景不見他。　簾外燕子真有情，對對雙雙風中行。倚欄無力軟如紗，綠楊影長太陽斜。屏邊床上作了夢，夢已尋郎走天涯。

【賞析】此詞以平白如話的語言，寫春日中閨婦的怨恨與對行樂在外的丈夫的盼望。中國舊時的婚姻制度對婦女是極不公平的，既有「七出」的法律，又有「三從四德」的道德要求，婦女結婚之後，不論丈夫是好是壞，都要從一而終。道德、法律對婦女的貞操有嚴格的要求，卻允許丈夫狎伎納妾，浪蕩不歸，在數千年的舊社會裡，不知有多少婦女在精神與肉體上受其戕害。此詞中的婦人即是千千萬萬個受害者中之一個。春天來了，迷人的春光使閨婦想到了人生的樂趣，然而，她獨守空房，有何樂趣可言呢？她恨浪蕩的丈夫整天戀著閒花野草而不歸，使得「細風輕露著梨花」的春天一天天白白的過去。她不知道丈夫現在人在何處，家庭的牽累也不可能讓她去尋覓，她所能做的就是倚門相望，「望」從何時起沒有說，但到了「綠楊斜」，也就是說夕照將綠楊的樹影映得斜而長時，還沒有停止。然而，她沒有看到郎的歸影，所看到的卻是恩恩愛愛的數對燕子在風中飛行，人不如燕，這景象不能不給她極大的刺激。夜深入眠，但是她的相思仍沒有停止，她夢見自己走遍天涯海角，尋覓郎君。丈夫冶遊不顧家，閨人雖然恨長，但還要盼著他回來，還在夢中去尋覓他，在今天看來，是不可理解的。然而，這正是古代婦女的悲哀。我們不能說她們這樣做是出於愛情，從而責怪她們是不可理喻的痴心。而應該認識到這是可惡的婚姻制度逼使她們這樣做的。盼望丈夫回家，是她們的唯一選擇。回了家，還能得到一些做女人的樂趣，還能解除一些寂寞，否則，只能獨居終生。

其　二

紅藕香寒翠渚❶平，月籠虛閣夜蛩❷清。塞鴻驚夢兩牽情。　寶帳玉爐殘麝冷，羅衣金縷暗塵生。小窗孤燭淚縱橫❸。

【注　釋】❶翠渚　翠綠的小島。❷夜蛩　夜中鳴叫的蟋蟀。《埤雅・釋蟲》：「蟋蟀之蟲，隨陰迎陽，一名迎蛩，初秋生，得秋乃鳴。」❸小窗孤燭淚縱橫　紹興本注：「舊前作『天際鴻，枕上夢，兩牽情。』後作『小窗深，孤燭背，淚縱橫。』」

【語　譯】荷花餘香飄水濱，小島翠綠田野平。月光籠罩空樓閣，秋夜蟋蟀鳴聲清。邊塞來雁啼長空，驚醒妾夢兩牽情。　寶帳靜懸玉爐冷，閨內悄悄麝香盡。飛塵落上錦羅衣，衣上金線不分明。窗邊一枝紅蠟燭，獨自傷心淚盈盈。

【賞析】此詞寫秋夜閨婦的思情。前兩句描繪了閨婦所在的環境：她生活在一個四面環水的小洲上，水裡開著荷花。雖然粉紅色的花兒散發著香味，但香氣是寒冷的。月光如乳白色的煙霧，籠罩著樓閣，周圍的蟋蟀此起彼伏地叫喚著，聲音長而淒清。這一環境是幽雅的，但色調偏冷雨，闇用「虛」來形容，就反映了閨婦怕冷怕靜而鬱悶的精神狀態。上片的第三句讓女主人翁出場。夢驚、牽情，透露了她的生活。由邊塞來雁的啼聲而驚醒，說明她與夫君音信未通，盼望來信，不然對長空雁叫怎會如此的敏感？兩牽情，不易解。她牽情於邊遠之人，由盼信可知，對方牽情於她，是她的猜測，由此反映出她對丈夫的信任。「兩」字表明了她和戍夫之間有著真正相知的愛情。天涯一方，戍人為軍紀所羈絆而不得歸，使得閨人空度著青春。她理解其不歸的原因，所以無怨無恨。但寂寞破壞了她的情緒，她無法打起精神來獨自將生活過好，祇能是得過且過。故而，玉爐香冷，羅衣塵生。羅衣句還表現出悅己者既不在，又何必為容的對愛情忠貞的態度。末句以紅燭流淚來寫她的心苦。

其三

荷芰❶風輕簾幕香，繡衣鸂鶒❷泳迴塘。小屏閒掩舊瀟湘。

恨入空幃鸞影獨，淚凝雙臉渚蓮光❸。薄情年少悔思量。

【注釋】❶荷芰　這裡指荷與菱的花。❷繡衣鸂鶒　紫鴛鴦的羽毛如錦繡似的美麗。❸淚凝雙臉渚蓮光　意為淚掛在臉上猶如水珠在荷花之上，閃閃發光。

【語譯】荷花菱花散芬芳，輕風傳來簾幕香。鴛鴦羽毛如錦繡，來來去去游水塘。屏風幾扇曲摺立，被掩畫面是瀟湘。　獨在空帷怨恨多，像隻孤鸞神自傷。淚水串串掛臉滿，如同水沾荷花上。我對郎君情無限，郎君薄情不思量。

【賞　析】此詞亦是寫閨婦的思情。閨婦所在的環境是十分美麗的，粉紅的荷花在田田綠葉的襯托下，顯示出冰清玉潔般的高雅；白色的小菱花如同墨藍的夜空中的星星，調皮地眨著眼睛。更可愛的是，它們散發出誘人的清香，輕風徐來，香氣隨風襲上了簾幕。荷塘裡，還有雙雙對對的紫鴛鴦，並列地游來游去。然而，這美麗的景致非但沒有給閨婦帶來快樂，倒增添了她的惆悵。如此美景，又當盛年，應當是與郎攜手小亭中，飲酒賞荷對輕風。然而，現在身單影隻，人不如鳥，辜負青春，浪費美景。閨婦愈想愈悶，索性轉身不再看室外之景，然室內屏風上的畫更使她不自在，畫面上的內容大概是瀟湘二妃行於水畔之類的內容，她由此聯想到二妃為舜帝哭泣盡哀、投水殉情的事，一種苦澀的滋味從心頭生起。她下意識地將屏風摺疊，將畫面掩去。室內外的景象使她的情緒紊亂如麻，她像一隻孤獨的鸞鳥在空帷中徘徊，悲傷，淚水在她荷花般粉嫩的臉上流淌，恨意也隨著悲傷而來，薄情的郎啊，我真好後悔。末句只有這樣解才符合詞意，而不是郎君為薄情而後悔。全詞寫閨婦情意宛轉，哀傷之至。

其　四

惆悵經年❶別謝娘，月窗❷花院好風光。此時相望最情傷。　青鳥❸不來傳錦字，瑤姬❹何處鎖蘭房。忍教魂夢兩茫茫。

【注　釋】❶經年　經過一年或數年。❷月窗　楊慎《藝林伐山》卷九〈星牖窗穴〉：「凡山洞巖穴，有竅通明，小者曰星牖，大者曰月窗。」❸青鳥　神話中西王母前傳信的使者。❹瑤姬　巫山神女。

【語　譯】多年以來心惆悵，因為未見美謝娘。月光皎潔照進窗，院內花開好風光。此時翹首望佳人，魂斷情迷最傷神。　青鳥不來送錦書，佳人消息不得聞。朝不行雲暮不雨，瑤姬何處自閉門。夢中茫茫魂難尋，怎忍你我兩處分？

【賞　析】此詞寫一男子對一分別很久、無處尋覓的女子的懷念。首句點明題意，經年惆悵，因別謝娘。「經年」二字，說明相思時間之久，並概括了以前的內容。緊接著，視角移到今天晚上。月華似水，院內花開，真可謂良辰美景。正因為如此，此時相望才最情傷。因為良宵有了美人，才會一刻值千金，沒有了美人，孤獨會因景而生，尤其是盼望不到，會焦躁、煩惱、悵惘，給心靈以創傷。這樣的情緒很容易產生抱怨，此男子也一樣，他怪女子長時間不給他通一點消息，以致他不知道她在何處。這兩句連續用兩個神仙來比喻她，說明她在男子心中有著至高無上的地位。除此之外，還表明她容貌美麗和行踪神秘。末句反問，加重了語氣，表現出男子的執著與純情。古往今來，怨婦題材的作品很多，怨郎的卻很少。我們承認，由於社會的、性格上的原因，婦女怨恨的確實很多，但也不能否認，男子中確實也有許多忠貞於愛情的人。從這個角度上說，此詞反映了生活的真實。

其五

庭菊飄黃❶玉露濃，冷莎偎砌隱鳴蛩❷。何期良夜得相逢。

背帳風搖紅蠟滴，惹香暖夢❸繡衾重。覺來枕上怯晨鐘。

【注　釋】❶菊飄黃　菊花謝落。黃，菊花之色。劉禹錫〈白菊〉：「家家菊盡黃。」❷冷莎偎砌隱鳴蛩　莎草偎倚庭階而長，裡面躲藏著鳴叫的蟋蟀。❸惹香暖夢　夢中與郎相會，精神愉悅也，此為香暖之意。

【語　譯】庭中黃菊一叢叢，秋深花落露水濃。莎草傍階仍生長，躲在裡面是鳴蛩。玉郎不知在何處，何時良夜得相逢。　帷帳背後燭光紅，蠟淚縱橫室有風。夢中沾香身覺暖，繡被似乎變沉重。醒後好事一場空，倚在枕上怕晨鐘。

【賞　析】此詞寫閨思。前兩句寫景，點出閨思之時間，閨室之環境。時間是在秋天的夜裡。由第三句「良夜」得知，天空一定有一輪玉盤似的月亮，不然，怎稱得上是「良夜」呢？院子裡菊花已殘，微風飄起了片片黃色的花瓣。階旁的草叢裡躲著幾隻蟋蟀，在悲傷地哀鳴。這又可見，這兩句還有烘托悲涼氣氛的作用。「何期良夜得相逢」，一聲自問語，使讀者了解到她長期獨居，現在渴望郎君能回來和她共度良宵的狀況。下片首句描寫室內之環境，同樣渲染出一種淒苦的情調，在這樣的氣氛下，她的相思會越發沉重。思積而成夢。在夢中，她與郎君相逢，纏綿百端，可正在全身心投入的時候，晨鐘驚醒了她。「怯晨鐘」有兩層意思，一是當時香濃夢暖，不知是夢，晨鐘一響，夢境突然消失，一時不可理解而心驚肉顫，現在想起，還有點怕。二是怕以後再作好夢時，晨鐘又來驚破。一個柔弱無奈的女子形象，由「怯」字而出。

其六

雲澹風高葉亂飛，小庭寒雨綠苔微。深閨人靜掩屏幃。　粉黛暗愁金帶枕❶，鴛鴦❷空繞畫羅衣。那堪❸辜負不思歸？

【注釋】❶金帶枕　原為甄氏贈曹植之枕。見卷二溫庭筠〈訴衷情〉（鶯語，花舞）注❸。❷鴛鴦　是指羅衣上之刺繡的圖案，而非真鴛鴦也。❸那堪　怎堪，怎麼能。

【語譯】天高雲淡風急吹，樹葉飄零到處飛。千絲萬線雨水寒，小庭石階綠苔微。閨房深深無人語，佳人心悶掩屏帷。　眉頭皺起心如摧，金帶枕橫不想睡。鴛鴦繡在羅衣上，卻是空忙心不遂。我對郎君情似海，怎可辜負不思歸？

【賞　析】此詞寫閨婦的秋思。前兩句仍是景色描寫，起始有點明時間、介紹環境、渲染氣氛的作用。一、二兩句不是同時出現的景色，但在時間上是前後相連的。本是晴朗的秋日，天高雲澹，突然起風了，黃黃綠綠的樹葉在風中上下飄舞。雨下了，千絲萬線，灑在小庭的綠苔之上。這淒風苦雨烘托著閨中女子的心境。「人靜」說明無人，郎君未歸，「掩屏帷」，自我封閉，是苦悶而至孤僻的表現。下片首句用金帶枕事暗含著這樣的意思：我有心荐枕，卻無人應承，比起甄氏，命運更悲也。第二句真可謂血淚之語，女子為盼來郎君，費盡了心事，她在羅衣上繡上了一對前後相隨的鴛鴦，企望以此帶來好的兆頭，就像想發財的人在衣服上印著許多錢形的圖案一樣，可是，她所做的一切都是徒勞的，郎君並沒有因此而回來。想到望而不歸，努力又失敗，她憤激地喊道：郎君啊，我對你情深無限，你怎忍心辜負我而不歸。這哭訴融入到風雨之聲中，變得淒厲、悠長，會一直在讀者的耳畔響起。

其七

雁響遙天玉漏❶清，小紗窗外月朧明。翠幃金鴨炷香平❷。何處不歸音信斷，良宵空使夢魂驚。簟涼枕冷不勝情❸。

【注釋】❶玉漏 玉製的漏刻。❷炷香平 炷香，猶焚香。有謂古人將香料平鋪於爐中，然後點燃，故曰「炷香平」。❸不勝情 精神上承受不了很多情。

【語譯】遙遠天空雁長鳴，近處玉漏聲脆清。悄無人聲紗窗外，朦朧夜色月不明。錦羅帷帳翠羽飾，金鴨爐子香細勻。郎在何處不歸來，又不報來平安信。雁鳴過後不傳書，良夜空使夢魂驚。竹席冰涼山枕冷，輾轉反側不勝情。

【賞析】此詞將月夜的自然景色與閨人的情感世界巧妙地結合一起，創造出一個淒清而動人的境界。上片三句從不同的角度描繪了月夜的自然景色。首先是聲響，浩渺的長空，傳來淒厲的雁叫聲，而近處則有滴答滴答的漏刻聲。遠與近的聲響似乎表明該夜聲音紛亂，其實不然，讀者由此感受到的不是鬧，而是靜，因為只有在靜寂的情況下，才能聽到遠空的雁叫與細微的漏刻聲。次句寫月光，如水如霧，再次寫鴨爐吐香，嬝嬝如篆，由通感的作用，月光與煙絲又轉化成靜，總之，上片三句從不同的角度寫月夜之靜之寂。作者為甚麼會這樣寫呢？這可以用心理學的知識來解析。夜之靜，對於常人來說，可以帶來閒適、愉悅，而對於一個孤獨的人來說，則是一種不可抗拒的壓力與折磨，他會感到恐懼，他因要擺脫這種折磨而強烈渴望人的陪伴。由此可見，作者這樣寫，是為下片作厚實的鋪墊。

正因為對靜的恐懼，她怨恨丈夫既不歸來也不來信。而在別人聽來為渺茫的雁叫聲，在她卻是那樣的響，即使在夢中，也能把她驚醒，因為她希望大雁能給她捎來書信。簟涼枕冷，是失望與恐懼的心對物的感受，對周圍環境甚至人間的感受。「不勝情」三字有些抽象，但有這方面人生體驗的人又會覺得用這三字描述這一種精神狀態再確切不過了。這是一種迫切想得到而又無法得到所產生的痛苦，它能讓你搥胸頓足，它能讓你感到生不如死。可見，此詞在平澹的語言下，潛藏著豐富的內容，在看似平常的作法裡包蘊著高超的技法。

其八

露白蟾明❶又到秋，佳期幽會兩悠悠。夢牽情役❷幾時休。　記得泥人❸微斂黛，無言斜倚小書樓。暗思前事不勝愁。

【注釋】❶蟾明　月明。❷夢牽情役　為夢魂牽繫，情感役使。❸泥人　即粘人，用軟的方法纏住對方，使之答應要求。

【語譯】日去夜來時如梭，露白月明又到秋。相約幽會極不易，別後時間長悠悠。夢魂牽繫心上人，我被情感役使幾時休。　記得那次相聚首，粘人答應皺眉頭。我說不知下次何時見，你無言斜倚小書樓。暗地憶起以前事，我的心承受不了那麼多的愁。

【賞析】此詞雖以男子的口吻，抒發情思，敘述故事，但寫得婉轉淒清，表現了男子的似水柔情。上片寫沒有機會見面的無奈。轉眼之間，霜露白，月明潔，又到秋天。按理講，一日不見，如隔三秋。他為何倒覺得時間過得快了呢？這是從另一個角度來理解時間的：日月如梭，人生幾何，可是我們卻不能幽會，時間在眼前飛快地流逝。第二句交代恨時間走得飛快的原因，「兩悠悠」既可理解為時間上的距離，亦可理解成同時有較遠闊的空間距離。時間雖長，距離雖遠，但他從沒有一時一刻忘記她，夢牽情役，人不在身邊，整個的精神活動卻圍繞著她轉。「幾時休」，含有這份相思的濃情已到了不堪承擔的程度，希望快快地見面。下片是回憶最後一次的幽會。大約在臨分手前，女子粘住他，要他答應盡快地再和她見面。他可能以無法預料的實言相告，女子眉頭微皺，「無言斜倚小書樓」，那一哀哀的神情始終映在男子的腦海中。末句以暗思前事，不勝其愁作結，餘味不盡，能讓讀者久久地將其事擱在心裡，並對結局作種種的猜測。

酒泉子 七首

其一

楊柳舞風，輕惹春煙殘雨❶。杏花愁，鶯正語，畫樓東。

錦屏寂寞思無窮，還是不知消息。鏡塵生❷，珠淚滴，損儀容❸。

【注釋】❶殘雨　將要停止的雨。❷鏡塵生　棄鏡不用故生塵也。❸損儀容　面容變老。

【語譯】楊柳裊裊風中舞，抖落枝上滴滴雨。遠望柳林如青煙，鶯鶯正在相互語。殘敗杏花獨自愁，畫樓東面春正去。　閨人寂寞錦屏中，思念郎君情無窮。四處打聽郎行處，還是不知新消息。鏡子不照已生塵，衣袖淚痕一重重。寢食不安人憔悴，皺紋爬上我面容。

【賞析】一個女子，獨居畫樓，她臨窗看景，以打發時光，但是她所看到的是殘春景象：東風中，楊柳褪去了金黃色，而換上了翠綠的外衣；杏花在雨中早失去了往日的嬌豔，留在枝上的花，神情黯淡，似在發愁，而地上落英一片，沾滿了塵埃；鶯已老了，不再用嘹亮的歌聲引人注意，祇是躲在柳枝上相互間回憶往日的風采。女子在想，這景象不就是我的寫照嗎？盛年將逝，精神頹傷，我生命的春天也快結束了。但她仍想在餘春中得到一些人生的歡樂，便又想念起行旅不歸的丈夫，並用各種方法打聽他的消息，然而，「還是不知消息」。春去的腳步已經匆匆，任何人也不可能挽留，但到此時還音信杳無，女子怎能不徹底地失望。後三句則是失望後的結果。不再梳妝而鏡自生塵，淚水洗面而容貌憔悴。最後一句又是前兩句的結果。後三句字少而節奏快，給人以「一夜白了頭」的感覺。

其二

羅帶縷金❶，蘭麝煙凝❷魂斷。畫屏欹，雲鬢亂，恨難任❸。幾迴垂淚滴鴛衾，薄情何處去？月臨窗，花滿樹，信沉沉❹。

【注釋】❶縷金　用金線刺繡。❷蘭麝煙凝　所燃之蘭麝之煙聚集而上昇。❸恨難任　怨恨傷神而不堪其苦。❹信沉沉　音信杳無。

【語譯】羅帶金線繡，寂寞魂欲斷。玉爐香不散，蘭麝之煙一長溜。默默倚畫屏，頭上鬢髮亂。怨恨積已多，人苦心如揪。記不清楚多少回，不眠垂淚滴鴛被。不知人到何處去，我的郎君真薄情。明月臨窗照，花滿小樹林。郎君自別後，從不來封信。

【賞析】詞人在此詞中著重描寫了婦人淒傷的思情，但在刻劃其內心活動的同時，也注意用外在的面貌衣飾來透視其情感。首句「羅帶縷金」，用部分衣飾代其整個衣飾，以見其華麗精緻，然作者這樣寫，並不是單純為了介紹其衣著，而是以此說明她對美好生活的追求，至少她沒有到鏡生塵，羅衣舊的地步。但是對於不允許涉足戶外的婦女來說，對生活的追求又祇能是消極的，唯一可做的就是思念與盼望。詞中的婦人在靜夜之時，對著蘭麝之煙，遐思至魂斷。魂斷在這裡是痴迷、神情恍惚的意思。她的遐思極為豐富，也極為複雜，連她本人怕也說不清楚，但總的內容是對未來失望與迷茫，因為從最後一句來看，她們已經音信斷絕了，在這種情形下，沒有理由能使她樂觀起來，故而，身無力而倚畫屏，痛苦在心頭而使鬢髮凌亂。聯繫下文來看，其難任之「恨」是真恨，她恨他薄情不來信。不過，恨的背後還是愛。下片是以女子的口吻、女子的視角來寫的，「幾回垂淚」句是帶著怨氣的訴說，「薄情」則是對郎的直接指責。「月臨窗」兩句揭示了她如此相思，如此渴望的原因，她想郎君回來，不辜負了這良辰美景。末句「信沉沉」以冷的色調沖淡了前兩句美景所帶來的愉悅，說明女子重新陷入了痛苦之中。

其三

小檻❶日斜，風度❷綠窗人悄悄。翠幃閒掩舞雙鸞，舊香寒❸。

別來情緒❹轉難拚，韶顏❺看卻老。依稀粉上有啼痕，暗銷魂。

【注釋】❶小檻　短的欄檻。❷風度　風吹過。❸舊香寒　以前燃的香已滅。❹情緒　纏綿之情意如絲如緒。❺韶顏　美麗的容顏。

【語譯】斜日照檻欄，時光近傍晚。微風吹過綠紗窗，悄然無聲人慵懶。翠帷上面繡雙鸞，閨人無事盯著看，舊香滅，玉爐寒。　如絲如緒別後情，魂牽夢縈自難禁。紅顏看著老，身材不娉婷。對鏡臉上有淚痕，那是傷心想遠人。想人人不歸，如同失了魂。

【賞析】日影西斜，點明時間。小檻則為人物活動之場所。檻即欄，閨人倚欄而望也，望至傍晚，仍不見郎歸，便入綠窗內，默默無語，暗自傷懷。「人悄悄」還有獨居、孤獨的意思。伴著她的僅有度入綠窗的清風。這就是上片前兩句的內容，似寫景，實為寫人。接著兩句寫室內之景，實際亦是以景寫人也。雙鸞寄託著她對生活的希望，閒掩是為了展示出完整的雙鸞圖像，以慰己心。「舊香寒」，則為希望不得實現而疏懶的表現。下片以賦式的語言直陳心中的苦悶，女子彷彿把讀者當作知心的朋友，一一訴說著她的不幸，她告訴我們：別後的情意有增無減，而根本沒辦法擺脫。弄得她韶顏憔悴，人漸變老。以粉塗臉，欲駐韶顏，誰知粉才撲畢，即布淚痕。不相思也得相思，不銷魂也得銷魂。詞末沒有寫其結局，但其結局可想而知。

其四

黛薄紅深，約掠❶綠鬟雲膩。小鴛鴦，金翡翠❷，稱人心❸。　錦鱗❹無處傳幽意，海燕蘭堂春又去。隔年書，千點淚，恨難任。

【注釋】❶約掠　纏束。❷小鴛鴦金翡翠　指首飾。❸稱人心　討人喜歡。❹錦鱗　魚傳書信的意思。古人寄信，把書信結成雙鯉形寄遞。古樂府〈飲馬長城窟行〉：「客從遠方來，遺我雙鯉魚。呼兒烹鯉魚，中有尺素書。」

【語譯】眉毛淺淺黑，嘴唇深深紅。烏黑髮鬟紮起來，一副姣好美面容。插著鴛鴦玉鈿，簪起翡翠金釵，讓人真喜歡，風情有萬種。不知佳人在何處，有情雙鯉難傳書。海燕無意戀蘭堂，隨春來後隨春去。捧讀舊時信，落下千點淚。愁怨如山重，如何承受住。

【賞析】以上三闋〈酒泉子〉在內容上非常相似，而此闋不同，它寫一個男子對一位佳人的憶念。上片是常在男子腦海中映現的佳人形象：眉黛澹，唇脂紅，而束起來的髮鬟烏黑光膩。髮上的首飾金亮玉潤，造形生動，有鴛鴦與翡翠，整個是一個完美無缺的佳人兒！這個男子對女子的傾心是真誠的，相別長久，卻歷歷在目，可見男子無一時忘記心上人也。世上的事總是存在著許多缺憾，相愛卻不一定成為眷屬。本詞中的戀人即是如此。而且分手之後，一度曾有書信來往，後音信斷絕，不知何往。以致多情的男子現在有書難投，有人難覓，祇能捧讀舊書，遙憶往事，思情無限，淚落千行。我以為天底下的薄倖男子，讀此詞應該慚愧耳。有評家說此詞為閨人之傷春懷人，此解錯誤，若是說成立，閨人之妝飾，應作如何解釋？

其五

難卻菱花，收拾翠鈿休上面❶。金蟲玉燕❷，鎖香奩，恨厭厭。　雲鬟半墜懶重篸❸，淚侵山枕濕，銀燈背帳夢方酣，雁飛南。

【注釋】❶休上面　不戴面妝和頭飾。❷金蟲玉燕　皆釵飾之名。金蟲，《益州方物略記》：「金蟲出利州山中，蜂體綠色，光若金星，里人取以佐婦釵釧之飾。」後成為釵名。玉燕，郭憲《洞冥記》卷二：「神女留玉釵以贈帝，帝以賜趙婕妤，至昭帝元鳳中，……既發匣，有白燕飛昇天，後宮人學作此釵，因名玉燕釵，言吉祥也。」❸篸　插住。白居易〈同諸客嘲雪中馬上伎〉：「銀篦穩篸烏羅帽。」

【語譯】藏起菱花鏡，首飾都收盡。面妝不再戴，花也不插鬢。「金蟲」「玉燕」雖華貴，也讓它們在鏡妝盒中眠。精神已頹喪，全因相思病。半墜髮髻密如雲，懶得重簪歪於頸。山枕已潮濕，淚水仍淋淋。帷帳背面燈光暗，美夢方酣在鴛衾。長空雁南飛，淒厲數聲鳴。

【賞析】此詞中的女子因盼郎不歸而「恨厭厭」，對生活失去了興趣，掩鏡收鈿，把一切能讓她更漂亮的首飾全部鎖入鏡粉盒中。這樣做，與「女為悅己者容」無關，因為收鏡鈿，不化妝不是在分別之後，而是在思念郎君的日子裡不化妝，透視她的內心，大概出於這樣的想法：郎去不歸，久等不回，把自己打扮得再漂亮又有甚麼意義呢？失去了愛，也就失去了生活的價值，還要這些首飾幹甚麼呢？然而，人祇要活著，就不會對渴望的東西心如死灰，仍然想得到它，而愛情更是如此，不管是外界的力量還是自身的力量都抑制不住對它的渴求。淚濕山枕、帷中作夢，都是渴求的表現形態。不過，這位閨婦連能慰藉自己的好夢都不能作完，被南飛之雁驚醒，她會更加厭倦生活的。

其六

水碧風清❶，入檻細香❷紅藕膩。謝娘斂翠，恨無涯，小屏斜。　堪憎蕩子不還家，
謾留❸羅帶結，帳深枕膩❹炷沈煙，負當年。

【注　釋】❶風清　清涼的風。❷細香　微香。❸謾留　用好言欺騙，以留羅帶結為憑。❹枕膩　枕頭滑膩。

【語　譯】清風吹碧水，荷葉色綠翠。花紅香微膩，隨風入閨闈。謝娘怨恨無限多，想起遠人皺起眉。室內靜無聲，小小屏風斜。　浪子失諾自相違，留戀野花家不回。好話來哄我，留下羅結相安慰。當年帳中枕滑膩，燃起沉香一處睡。辜負當年情，拋家不想歸。

【賞　析】前兩句寫良辰美景，荷塘水碧，微風清爽，風將澹而膩的荷花香帶到了閨內。然到了第三句，突然一個轉折，「謝娘斂翠，恨無涯」，設下一個懸念，這就不能不引起讀者的思考。景色宜人，她卻愁恨無限，這又為何呢？急著看下文，噢，丈夫冶遊在外，她獨守空閨。在這難得的良辰美景中，本應該在水閣之中，夫妻對酌，享用風送的荷香。有景而無人，怎不皺眉，怎不氣惱？下片是閨婦對郎君的怨責，其語氣嚴厲，近於斥罵。可恨哪，你這個浪子，有家卻不回家，把妾棄之一邊。當年你要走時，我就不願意，可是你用好話哄我，和我用羅帶結成同心結，並將羅帶結留下來，說看到羅帶結，就如同看到了你。可是你卻一去不回，那裡還記得你說過的話，做過的事。可是我記得，一幕幕，歷歷在目。在那些日子裡，帳帷深，枕滑膩，沉香燃，我們共浴愛河，可是你現在完全辜負了當年的情意。這一大段內心的話語未必句句與閨婦的相吻合，但應該說，大體相似。由此可見，此詞中的女子既有多情的一面，還有敢於表現意念的一面。

其七

黛怨紅羞❶，掩映畫堂春欲暮。殘花微雨，隔青樓❷，思悠悠❸。　芳菲時節❹看將度，
寂寞無人還獨語。畫羅襦，香粉污，不勝愁。

【注　釋】❶黛怨紅羞　意為佳人惱恨。黛、紅，本是女子化妝的顏色，這裡代指女子。❷青樓　這裡指華貴的居室。❸思悠悠　憂思不盡。❹芳菲時節　明媚的春天。

【語　譯】佳人多怨恨，寂寞無人問。天氣漸暖春將去，掩映畫堂樹森森。雨中花已殘，青樓閉上門。憂思無盡頭，除非歸期聞。　美好春光不永恆，即如年少成老人。閨內悄悄沒聲音，自說自話靜難忍。羅襦畫不成，臉上污香粉。心亂不在焉，愁多怎能承？

【賞　析】本詞首句就點出佳人愁怨，表層原因是枝繁葉茂，花殘草穠，春將歸去。「掩映畫堂」與「隔青樓」說明暮春景色與青樓、畫堂中的人之關係。僅僅是一種傷春的情緒嗎？不，上片的末句揭示了深層的原因：「思悠悠」。她為著行人不歸而憂思不盡。暮春是觸發她愁怨的引子，行人不歸才是愁怨的原因。下片首句補充交代了何以見暮春而愁怨的原因，因為她從即將過去的芳菲時節看到了青春美貌的去向，從而有時不我待之感，然郎君在外，珍惜青春又無從做起，便怨從心生。長期的寂寞孤獨使她無法忍受，她便用自說自話的方式來抗禦寂寞。「還獨語」，語雖平淡，但浸透著閨婦精神上的痛苦。「畫羅襦，香粉污」，表明她對生活的追求。可是一個深閨中的婦人如何追求呢？她只能在羅襦上畫鷓鴣，在臉上塗香粉，前者圖一個吉兆，後者是為了挽留住美貌，不至於丈夫回家後見了厭惡。然而心緒不寧，鷓鴣未畫成，香粉為淚污。詞中未說在羅襦上畫甚麼，也沒說畫成沒畫成，說她畫鷓鴣，是由溫飛卿詞「新貼繡羅襦，雙雙金鷓鴣」推斷而來，即使不是鷓鴣，也一定是鴛鴦、鳳凰之類。至於說她沒畫成，則由「香粉污」而來，塗臉未成，畫羅襦也一定未成。盼望而不見歸影，追求又屢屢失敗，在此情況下，她的愁還能承當得了嗎？

楊柳枝　一首

秋夜香閨思寂寥❶，漏迢迢。鴛幃羅幌麝煙銷❷，燭光搖。

正憶玉郎游蕩去，無尋處。更聞簾外雨瀟瀟，滴芭蕉❸。

【注　釋】❶寂寥　感覺上寂寞、空虛。枚乘〈柳賦〉：「瑲瑝啾唧，蕭條寂寥。」❷麝煙銷　麝香燃盡，煙已散滅。❸滴芭蕉　其聲較響，令人煩惱。

【語　譯】秋夜閨中睡不好，寂寞空虛愁如湧。夜裡很安靜，漏聲遠迢迢。羅帷上面繡鴛鴦，麝香燃盡煙已銷。夜風入窗來，燭暗光搖搖。　玉郎走時打扮俏，不知何處在逍遙。想尋他回家，不知走哪條道。聽到簾外雨瀟瀟，一點一點滴芭蕉。

【賞　析】此詞寫一閨婦的秋夜之思。「秋夜香閨思寂寥」，點明時間、人物活動的環境與人物的精神狀態。「思寂寥」，若將其具象，可看到這樣的情景，閨婦閉目遐思後，彷彿一個人來到了廣袤無垠的空間，她像轉蓬一樣在風中飄颻，她感到渺小、恐懼，可是又無處求援，不知道身在何處，又飛向哪裡？……這種寂寥的感覺，能長時間地持續著，它無法讓人入眠。以下三句寫夜之靜謐，迢遠之處的漏刻聲清晰地傳來，玉爐內的麝香已經燃盡，黯淡的燭光在微微的夜風中搖曳。夜已極深，人仍未睡，說明相思的程度與相思的痛苦。如果說剛才的情緒祇是一種悵惘，那麼，現在的憂思便有了具體的內容，即對玉郎的憶念與盼望。她的憶念是痛苦的，因為所回憶的內容是離家的情景，更何況他離家不是去作正經事，而是去冶遊，去煙花之地。她盼望的心態等同於失望的心態，因為郎去後，無影無蹤，不知道他現在人在何處，即使派人去找，或者在夢中去尋，都無從著手。痛苦與失望疊加在一起，其精神的損傷則可想而知了，然而，偏偏在這時，「更聞簾外雨瀟瀟」，一點一點滴芭蕉，更令她無限煩惱。詞人在末句加上苦雨的意象，更能引起讀者的同情，也使得全詞言有盡而意無窮。

遐方怨　一首

簾影❶細，簟❷紋平。象紗❸籠玉指，縷金羅扇❹輕。嫩紅雙臉似花明，兩條眉黛遠山橫。

鳳簫❺歇，鏡塵生。遼塞❻音書絕，夢魂長暗驚。玉郎經歲負娉婷❼，教人爭不恨無情？

【注 釋】❶簾影 簾幕之影。❷簟 竹席。❸象紗 紗名。❹羅扇 以絲絹所製之扇。❺鳳簫 《初學記》卷一六引《風俗通》：「舜作簫，其形參差，以象鳳翼。」❻遼塞 遼陽邊塞。❼娉婷 本指儀態，這裡代指姣好的女子。

【語 譯】明月照簾映細影，清涼竹席花紋平。美人玉指象紗罩，金線繡成羅扇輕。臉龐嬌嫩紅豔豔，如同鮮花月照明。兩道眉毛遠山樣，更比遠山顏色青。 鳳簫妙音停，塵滿菱花鏡。遼陽戍人音信斷，夢兆不吉魂長驚。玉郎去後已一年，青春空費負娉婷。日思夜想郎不歸，教人怎不恨無情？

【賞 析】上片寫美人之姣好。她不但長得美，有紅豔豔的雙臉，有遠山狀的黛眉，而且，很會裝飾打扮，玉手用象紗罩住，羅扇用金線繡起。這好像不是一個哀傷的婦人，倒是個生活得非常充實，精神較為愉悅的女子。上片所寫，應是丈夫在家時的情景。詞人寫昔日之風姿秀雅是為了與今日精神頹傷相比較。今日狀況如何呢？鳳簫不吹，菱花塵封，可以想見，面容因沒有膏沐而漸老，精神因長期壓抑而恍惚。所以如此，是因為「遼塞音書絕」。她的丈夫是一個守衛疆土之軍人，因此，「音書絕」就格外令她擔心，她在夢中魂驚，不是為甚麼聲音驚醒，而是因夢見丈夫不祥而驚。相思伴著擔心，她自然沒有了那番倚欄吹簫、對鏡理妝的情致了。儘管她知道丈夫的行動沒有自由，他的不歸不是他的原因，但相思刻骨、痛苦至極而又無處發洩的她，祇有以責怪對方來平衡自己的情緒了。正確理解此詞的關鍵在於將上下片的時間分成先後，否則，會迷惑不解或誤解。

獻衷心 一首

繡鴛鴦帳暖，畫孔雀屏❶欹。人悄悄，月明時。想昔年懽笑，恨今日分離。銀釭❷背，銅漏永❸，阻佳期。

小爐煙細，虛閣簾垂。幾多❹心事，暗地思惟。被嫦娥❺牽役，魂夢如癡。金閨裡，山枕上，始應知。

【注　釋】❶孔雀屏　繪有孔雀之屏風。❷銀釭　銀燈。❸銅漏永　銅漏刻的聲音很長。❹幾多　幾許。❺嬌娥　貌美之女子。

【語　譯】鴛鴦帳裡暖洋洋，孔雀畫屏在床旁。悄悄無人語，惟有明月光。昔年相聚多歡樂，今日分離人惆悵。銀燈暗，漏聲長，幽會真不易，想死我那郎。　玉爐煙細如絲，空閣簾幕低垂。心中許多事，暗地將人思。我的心已被你牽，我的魂如醉如痴。你的閨閣裡，正是夜深時。錦繡山枕上，我心你應知。

【賞　析】此詞係男子思念佳人之作。上片分為兩個層次，前四句是回憶舊時歡樂的情景，鴛鴦帳暖，孔雀屏斜，他們在明月的光照中，靜靜地享受著愛情的溫馨。面對眼前的淒涼——銀燈暗，漏聲長，男子不由得發出一聲恨意很深的嘆息。「阻佳期」之「阻」字，主語不明，但肯定不是對方，由前四句得知，男女情投意合，感情交融。這「阻」力只能來自於他人。若這樣，「恨今日分離」之「恨」字也就有了很深的意蘊。下片的內容仍是男子心理活動的描寫。前四句是想像著女子此時如何。閨閣內，玉爐煙細，簾幕低垂。閣前用「虛」來形容，從實的方面來理解，因是一人所居，顯得空蕩。從意的方面來理解，則可看作是女子的心理感受，因愛情受阻而又無望，感到空寂，茫然。她默默躺在床上，也正在想著我。這種想像，更增加了與對方相見的渴望。她如此多情，如此痛苦，我應該到她的身旁。然而阻力未除，他又怎往？他就是在這渴望去卻又去不了的矛盾裡苦思，做不成事，吃不好飯，也睡不了覺，他在心裡對她說，我現在為你夢牽情役，如醉如痴，你可知道麼？全詞以男子的內心活動為線索，展示了他的思念與痛苦的內心世界，而詞人不著一句評語，這在當時的作法上，是比較少的。

應天長　一首

瑟瑟❶羅裙金線縷，輕透鵝黃香畫袴❷。垂交帶，盤鸚鵡❸。裊翠翹，移玉步。背人匀檀注，慢轉橫波偷覷❹。斂黛春情❺暗許，倚屏慵不語❻。

【注　釋】❶瑟瑟　羅裙拖地的聲音。❷畫袴　即花褲。❸盤鸚鵡　帶上所繡的圖案。❹偷覰　偷看。❺春情　騷動於心中的對異性的嚮往之情。❻慵不語　懶散而不語。

【語　譯】穿起羅裙來走路，瑟瑟作響金線露。裙裡是鵝黃花褲，誘人馨香輕輕透。腰上交帶垂，帶上繡鸚鵡。烏髮上面插翠翹，一搖一搖隨玉步。　背著人兒將胭脂塗，秋波暗轉把人看。一個青年約佳期，稍皺眉頭暗暗許。故意裝作沒事兒，倚著畫屏懶不語。

【賞　析】此詞寫了一個思春女子。該女子為了吸引異性的注意，著意地打扮自己：在羅裙上用金線繡花，在畫褲裡灑著香水。腰上垂著交帶，頭上插著翠翹，凌波微步，風韻萬種。「盤鸚鵡」，既是為了帶子的美麗，也是給鍾情自己的年輕人一種暗示。當看到了一個稱心的年輕人後，為了讓他愛上自己，她背地裡又在臉上搽了胭脂，並不時悄悄地送去秋波。年輕人注意到了她，並動了心，主動走上來和她約會。然矜持與害羞，沒有立即答應，而是眉頭輕皺後默默頷首。她這時該神采飛揚才是，然而，她沒有這樣，相反，「倚屏慵不語」，好像沒有發生甚麼喜人的事情，倒似乎心中有些不快。她這樣做，大概是怕引起家長的注意。若真如分析的這樣，她不但美麗，還很聰明。

訴衷情 二首

其一

香滅簾垂春漏永❶，整鴛衾。羅帶重，雙鳳，縷黃金。窗外月光臨沉沉❷。斷腸❸無處尋，負春心。

【注　釋】❶春漏永　春夜的漏聲很長。❷沉沉　夜深的樣子。❸斷腸　使我斷腸的人。

【語譯】簾幕低垂香已盡，漏聲長長春夜靜。天已黑，理鴛被。羅帶上面繡雙鳳，重量不輕色如金。夜深已沉沉，窗外月光臨。斷腸人兒在哪裡，叫我沒處尋。去後不歸來，辜負我的心。

【賞析】這是一闋抒寫獨守空閨、思念情人之女子的怨苦情緒的小令。詞人將畫面切入深夜。香滅漏永，既點出時間，也說明女子獨坐香閨而不眠，在苦思也。「永」有愁苦綿綿的意思，因為漏聲的長度是一定的，所以感覺到長，那是與女子的愁緒長相應合才會如此。「鴛衾」應是成雙作對共枕同眠所用，可是現在卻是一人，所以，鴛衾雖整，卻不能入眠。她又摩摸著羅帶同心結，久久地注視著上面用金線繡成的雙鳳。羅帶在她手裏似乎很重，是啊，不但有雙鳳，還凝聚著愛情。不過，她並不因為摸著象徵愛情的信物，而減少心中的愁苦，相反，孤獨的情緒愈來愈濃。同心結在，人卻分成兩處；雙鳳依偎，人倒孤苦零丁。時間在延續著，愁思仍縈繞著她，此時月光臨窗，照著無眠之人。她的思緒由月光又轉到了郎君身上。你我同在這月光下，可是你人在哪兒呢？你一個音信都不捎來，害得我想你想得斷腸。薄情的人哪，你辜負了我對你的一片心。末兩句以女子的口吻，訴說著她的怨意，也反映出她苦澀的心境。

其二

永夜❶拋人何處去？絕來音❷。香閣掩，眉斂，月將沉❸。爭忍不相尋，怨孤衾。換我心為你心，始知相憶深。

【注釋】❶永夜　長夜。❷來音　來信。❸月將沉　意為天將亮。

【語譯】長夜漫漫不得眠，郎君棄我何處行？別後去無蹤，不傳半點音。我緊閉香閣，整日鎖眉心。月將落下去，天色將要明。日日夜夜等著君，怎麼能夠不相尋？情緒不安寧，無辜怨錦被。換我心為你心，方能知道我的似海深情。

【賞　析】這闋寫一個痴心女子在長夜中獨守空閨，思念卻又怨恨將她棄之一旁而去冶遊的丈夫。「永夜拋人何處去，絕來音」，開頭即將主人翁的焦急、孤寂難挨的情態凸現了出來，我們還未見到人，就聽到了一聲長長的怨恨，酸楚入骨。「永夜」似乎指這長長的一夜，然而下面一個「拋」，一個「絕」，表明這「永夜」已不是一個單位的數量，而是包含著相當長的時間長度，是一夜又一夜的連接。正因為有這樣的「永」，「絕」才顯得真實可信，「拋」也才含有無限的悲哀。若僅是一夜之「永」，「拋」又何從談起，「絕」則未免顯得虛飾。「何處去」、「絕來音」，音節短促而有力，似為切齒之聲。此又可見女子怨恨之深之烈了。「香閣掩，眉斂」，從動作、情態等角度繼續寫女子的怨情。人既拋家而去，等待則毫無意義，於是她只得掩了房門。然被遺棄的屈辱感蕩漾在心頭，無論如何也平息不下去，流露於臉上的便是眉頭緊鎖。「月將沉」，則寫怨之時間，一夜就在這「怨恨」中度過了，又是一個永夜！我們若設身處地，再以自己為某事苦惱而一夜不眠的經歷去體驗她的愁苦，我們就會透視到那種無情無緒、意興闌珊、失望至極的怨苦心態，從而予以更深切的同情。一夜不眠，愁思百結，怨已在心中，然而未自我意識到，或未作明顯的表現。天將亮時，寂寥、悵惘、無望的情緒積注太多，忍無可忍，終於噴發而出。但是，無情人不在眼前，發洩沒有直接的對象，便將「怨」全部瀉注在令她孤眠的錦衾上。或許是善良、痴情的性格所致，或許是舊時的婚姻制度決定，儘管丈夫如此負情，她仍在盼望、等待著他，「換我心為你心，始知相憶深」，表現出一種近乎固執的迷戀和近乎無望的痴情。情相戀者，心自可換，所謂「心心相映」是也。然而，此女子面對的是一個不愛她的丈夫，心又能換麼？湯顯祖評說得好：「要到換心田地，換與他也未必好。」此詞最顯著的特點是以純白描手法來表現口語式的內心獨白，從而使一個痴情女子的複雜的心緒躍然紙上。

荷葉杯 九首

其一

春盡小庭花落，寂寞。憑檻斂雙眉❶，忍教❷成病憶佳期。知摩知❸？知摩知？

【注釋】❶斂雙眉　皺雙眉。❷忍教　怎麼忍心讓。❸知摩知　摩即麼，疑問助詞。意為知道不知道。以下九闋末句皆此句式。

【語譯】天暖樹綠春歸時，小庭花落剩空枝。閨中人寂寞，整日在愁思。倚欄向遠望，皺眉心如刺。別後斷絕音和信，你怎忍心讓我抱病憶佳期。我的心你知不知？知不知？

【賞析】此詞與以下八闋的同調詞，都具有鮮明的口語特色，作者在此詞中讓女子用第一人稱的口吻，直接與男子對話，顯得親切、深情，保持了民間曲子詞的質樸風格。此詞寫春盡之時閨婦的思怨。首句用六字寫暮春景色。「小庭花落」，說明了閨婦的活動範圍的狹窄，她祇有通過小庭景色的變化了解到春來春去的消息。這種不易和外界接觸的人最易於多愁善感。花的零落，於她不可能無動於衷，她一定從花落枝空的殘敗景象想到青春年華的流逝。「寂寞」，過去有這感受，但是，現在這種感受更為強烈，這似乎像時間的凝定，無所事事，甚麼事也不發生，人的生命在此時就是一段空白，沒有任何色彩。在此情形下，她對完美的家庭生活能不企盼麼？「憑檻」而望，即是對生活企盼的具體表現。然左盼右盼，郎仍不歸，她雙眉斂起，愁思百結。向著遠方，在心裏喊道：薄情的郎君啊，你一去不歸，害得我相思成病，在病中一遍遍回憶昔時歡樂的時光。「我的心，你知不知？知不知？」讀過此詞後，女子那哀怨的呼喊聲仍不絕於耳，我們深深地為她的不幸與痴情所震撼。同時，我們也不得不佩服詞人的寫作技巧，用極小的篇幅、極簡潔的手法表現極濃的思情。

其二

歌發誰家筵上？寥亮❶。別恨正悠悠，蘭釭背帳月當樓。愁摩愁？愁摩愁？

【注釋】❶寥亮　聲音宏亮。王儉〈褚淵碑文〉：「金聲玉振，寥亮於區宇。」

【語譯】深夜失眠在閨房，聽到遠處歌聲揚。誰家筵席上，歌聲如此寥亮？閨人心愁苦，別恨悠悠長。明月當空照閨樓，蘭膏燈暗背帷帳。我的愁塞滿胸膛，塞滿胸膛。

【賞析】此詞雖短，僅剪輯了思婦相思活動中的一個片斷，但包含了豐富的內容。她的丈夫一定常冶遊於秦樓楚館，所以她對於煙花之地的事非常敏感。明月中天，才會當樓，說明此時已至深夜。而此時仍設筵作歌，多是伎家所為。歌聲從遠處傳至深閨，一定斷斷續續，十分的渺茫，而說「寥亮」，應是她的感受，因為這聲音觸動了她最敏感的神經：那裏脂香粉膩，絲竹相和，佳餚美酒，浪聲淫笑，而我的丈夫可能廁身其中，正在左擁右抱，與謝娘相謔。如此情形，能不敏感麼？由「別恨」之「別」來看，她的丈夫其實遠離家鄉，不在筵上，但在閨婦看來，他一定是珠環翠繞，樂不思家。當地伎家的歌聲使閨婦聯想到了丈夫溺於聲色的情形。「別恨正悠悠」，便由此而來。「悠悠」表示了「恨」的時間的延續性，在聽到歌聲之前已有恨，聽到之後更有恨。末兩句連用「愁麼愁」、「愁麼愁」，形象地表現出愁苦之多之深。歌聲與愁與恨本不相干，但詞人將它們聯繫在一起，然又不揭示其原因，留給讀者去探索，使得詞字少而意豐。我們由此不能不承認顧敻是一位作詞高手。

其三

弱柳好花盡拆❶，晴陌。陌上少年郎，滿身蘭麝❷撲人香。狂麼狂？狂麼狂？

【注釋】❶盡拆　全部開放。拆應為坼。坼，裂開。❷蘭麝　香氣。

【語譯】柳絲嫋娜風中揚，郊野鮮花盡開放。太陽暖洋洋，春天小路上，風流又俊雅，一個少年郎。滿身是蘭麝氣味，經過時撲人衣香。你說你狂不狂？狂不狂？

【賞析】此詞寫一個少女愛情的萌動。前兩句點明時間與環境，更大的作用是渲染了能生成愛情的美好景象：和風送暖，柳絲飄蕩，鮮花盛開，陽光燦爛，這景象使遊春的少女心曠神怡，神清氣爽。而就在這時，小路上走來一個少年，他風流俊雅，神采飛揚，經過他的身邊時，滿身的蘭麝香味襲人衣袖。她心裏嗔怪道：你「狂麼狂？狂麼狂？」本來心裏就充滿了快樂，而又遇見一個翩翩少年郎，她的心能不動麼？嗔怪，正是讚賞的表現。此詞在愛情的描寫上，有生理與心理學上的依據。詞中的女子深深地被陌上少年郎所吸引，其重要的原因是少年郎「滿身蘭麝撲人香」。香味能給予對方有效的刺激，激發出一種能引起性吸引的費洛蒙(pheromone)的物質，於是女子對男子有了強烈的好感，愛情的花朵便在心中綻放了。這是喜劇性的一幕，在整個《花間集》哭哭啼啼的氣氛裏，令人耳目一新。

其四

記得那時相見，膽顫❶。鬢亂四肢柔❷，泥人無語不抬頭。羞麼羞？羞麼羞？

【注釋】❶膽顫　謂因驚喜激動而戰慄。❷鬢亂四肢柔　男女纏綿之後鬢亂身懶的神態。

【語譯】記得那年初相見，扭扭捏捏低著面。驚喜又激動，身體抖又戰。相偎鬢髮亂，四肢軟無力。默默無語不抬頭，要再相會把人泥。女孩兒家羞不羞？羞不羞？

【賞析】此詞是男子與女子一起回憶初次約會時的情景，寫得真切動人，使人如臨其境。首句是回憶，說明內容是相見。以下三句是一個少女初次約會時的情態。「膽顫」不是害怕，而是過分驚喜激動而全身戰慄。這種表現說明她早已傾心於男子，但對這一愛情的實現並無多少信心，當喜從天驚，突然有了幽會的機會時，她因沒有準備，而過於激動。這樣的描寫非常符合少女的心理，有著生活的依據。因為她傾心於對方，甚至崇拜對方，所以在幽會時，並沒有矜持矯飾，而是無條件把自己交給對方。「鬢亂四肢柔」即是雲散雨歇的狀態。此句寫得非常含蓄，但稍作分析，即可知道，他們的愛是靈與肉的結合，是雨暴風狂。臨分手時，女子「泥人無語不抬頭」，「泥人」是軟磨人答應其要求，那麼，她的要求是甚麼呢？無非是要男子娶她為妻或安排再次幽會，由初次見面的情況推測，後者的可能性較大。男子回憶至此，對女子說：「你羞不羞？羞不羞？」全詞二十六個字，卻描寫了這麼豐富的內容，且栩栩如生，全得力於作者做到了兩點，一是按照時間的順序描寫，二是抓住人物最關鍵的情態。

其五

夜久歌聲怨咽❶，殘月。菊冷露微微❷，看看濕透縷金衣❸。歸摩歸？歸摩歸？

【注　釋】❶怨咽　嗚咽之聲哀哀怨怨。梁武帝〈七夕〉：「怨咽雙念斷，淒悼兩情懸。」❷菊冷露微微　意為菊寒并沾微露。❸縷金衣　衣為金線所繡。

【語　譯】寂寂無聲是深夜，歌聲哀怨如嗚咽。空中朦朧色，西天弔殘月。菊花香氣淡，露水沾上葉。看看濕透金繡衣，還在戶外立。我問郎君你歸不歸？歸不歸？

【賞　析】這是一闋抒發閨婦哀怨之情的小令，寫得酸楚入骨，讀後為之哀泣。此詞中的婦人同其他相思的女子不同，她的思念方式是在深夜中唱歌，以低吟淺唱來打發寂寞的時光。歌為心之聲，在愁苦萬端的時候唱歌，其歌聲當然是如泣如訴，如怨如咽了。可以想像，在萬籟俱寂的夜裏，一縷縷幽幽哀傷的歌聲隨夜風飄蕩，該是多麼的淒楚，祇要聽到其聲的人，無不為之心酸，也無不同情她的不幸。詞人用冷冷的色調所描繪出的夜思圖，一下子就死死地抓住了讀者的心。「夜久」到「殘月」時，就有了確定的時間，那就是說，女子的歌聲一直到殘月西沉時也未停歇。由此可見，她的相思是多麼的深，多麼的苦，已到了廢寢的地步。「菊冷露微微」，是戶外的環境，菊不知冷，而是夜風使人感到冷。露沾菊葉，露珠的光在月照下閃動。露水自然也沾著人。這一景色的描寫，目的是渲染出淒冷的環境，從而對女子愁苦的心境予以烘托。更重要的，是突出她近乎固執的痴迷。風寒露重，「看看濕透金縷衣」，然仍不入室。她在心底裏亦或是在歌唱中，對郎君說道：我如此想你，你歸不歸呀？歸不歸呀？言已盡，然哀怨之聲卻不絕於耳。此詞的特點在於用悲哀的歌聲、心聲，產生強烈的感染力。

其六

我憶君詩最苦，知否？字字盡關心❶，紅箋❷寫寄表情深。吟摩吟？吟摩吟？

【注釋】❶關心　關情，充滿了感情。❷紅箋　精美的小信紙。王仁裕《開元天寶遺事》卷上：「長安有平康坊，妓女所居之地，京都俠少，萃集於此。兼每年新進士以紅箋名紙，遊謁其中。」

【語譯】君詩最動我的心，每當憶起淚盈盈。不知君知否？字字皆關情。精美紅箋寫華章，言有盡時情不盡。你說妾身吟不吟？吟不吟？

【賞析】此詞寫一位女子吟詠情人之詩時的感受。在古代上層社會，青年男女相愛時，往往以詩代信，用來表情傳意。古代的小說戲曲常常反映這樣的生活。如《清平山堂話本》卷二〈藍橋記〉云：「裴航下第，遊於鄂渚，買舟歸襄漢。同舟有樊夫人者，國色也。雖聞其言語，而無計一面，因賄侍婢裊煙，而求達詩一章曰：『同舟胡越猶懷思，況遇天妃隔錦屏？倘若玉京朝會去，願隨鸞鶴入京冥。』」此詞中的女子在得了男子之詩後，銘記在心。每當憶起，便心生愁苦。何以如此？因字字皆關心。可以想見，男子的詩充滿了憐愛、嚮往的無限深情，撥動了女子的心絃。女子每吟詠一次，就彷彿看到了他的心靈，也給予自己莫大的慰藉，以致到了不能不時時吟哦的地步。詩與愛情，自古以來，總是密不可分的，愛情是詩的源泉、詩的土壤，詩則是愛情的信使，愛情的花朵。有了詩，愛情才變得浪漫，芬芳。詩能使對方測試到自己愛的深度，並且憑藉詩的內容與形式看到自己的才華與性格。此詞再一次證明了詩對於愛情的魔力。「吟摩吟，吟摩吟？」是一反問句，她一定是要吟的，因為君的詩已經變成了她的精神支柱。

其七

金鴨❶香濃鴛被，枕膩。小髻❷簇花鈿，腰如細柳臉如蓮。憐摩憐？憐摩憐？

【注　釋】❶金鴨　鴨形香爐。❷小髻　小髮髻。羅虬〈比紅兒〉：「輕梳小髻號慵來，巧中君心不用媒。」

【語　譯】金鴨香爐煙縈縈，天寒室冷熏鴛衾。枕頭脂粉膩，夜深不想眠。頭梳烏髮髻，髻上簪花鈿。腰如楊柳嬝嫋細，嫩臉如同盛開的蓮。我問你愛憐不愛憐，愛憐不愛憐？

【賞　析】此詞無論在意象還是在表現方法上，都沒有甚麼特色。它祇是寫一個女子在等待戀人時顧影自憐的情態。金爐濃香熏過的鴛被與粉膩的山枕，本是用來與心上人同枕共眠，雲翻雨覆的，現在被枕雖全，人卻未來，她又如何能獨自入睡呢？被香枕膩是她特意為迎候戀人而準備的，她的準備不僅於此，她還梳起時尚的小髮髻，並插上朵朵的花鈿。這些表明，她對戀人的愛是真摯的，祇要對方高興，她願意為他做一切事情。可是，夜已深，月西沈，人仍未至。她在徬徨無奈中，懷疑起自己失去了魅力，便用鏡子照自己。沒有啊，仍是腰柔如柳，臉嬌如花。於是，在百思不得其解之後，充滿怨意地在心裏喊道：「你到底愛我不愛我呀？愛我不愛我呀？」詞中雖然沒有男子的直接描寫，但時時表現出他的存在，並且與女子形成了對比，一個薄倖，一個痴情。

其八

曲砌❶蝶飛煙暖，春半❷。花發柳垂條，花如雙臉❸柳如腰。嬌摩嬌？嬌摩嬌？

【注　釋】❶曲砌　曲折之臺階。❷春半　盛春時節。❸雙臉　左右面龐。

【語　譯】曲折石徑蝴蝶飄，和風送暖煙氣罩。時節已盛春，明媚春光好。百花競相開，楊柳垂枝條。粉臉如同花怒放，風中擺柳恰如腰。你說我嬌不嬌？嬌不嬌？

【賞　析】此詞寫的是一個自知美麗的女子自得的心態。前三句描寫了煙花正發的盛春時節，目的是用以襯托出女子的美麗。在彎彎曲曲的石頭鋪砌的小徑上，蝴蝶飛舞，牠們像風中飄著的花兒。園中百花盛開，柳條嬝娜。在陽光的照射下，升騰起如煙如霧的水氣。一派明媚的春光！一個暖洋洋的天氣！在這樣的背景下，女子出場了，她的臉龐紅豔嬌嫩，如同盛開的鮮花；她的腰纖小柔軟，好似風中的楊柳。其實，她就是花，就是柳，就是春天的一部分。她知道自己的美，為此自得而驕傲，當然，她並不在他人面前誇耀，而只是問丈夫，「你看我嬌不嬌？嬌不嬌」？這是撒嬌，不但不使人厭惡，反而更添她的嫵媚與活力。末兩句如同畫龍點睛。前四句都是平面的、靜態的描寫，而加上後兩句，整個詞所描繪的畫面立即便有了生氣，如臨其境，如聞其聲。

其九

一去又乖期信❶，春盡。滿院長莓苔❷，手挼裙帶獨徘徊。來麼來？來麼來？

【注　釋】❶乖期信　違背了約會的時間。❷莓苔　即青苔，隱花植物的一類，根、莖、葉的區別不明顯，常貼在陰濕的地方生長。

【語　譯】這次去後又不來，失約違期真不該。春日已經盡，花落塵土埋。院子陰潮濕，到處長青苔。一天一天又一天，手捻裙帶獨徘徊。我要問你來不來？來不來？

【賞　析】有人認為詞是一種「心緒文學」，它妙在能寫出內心的難言之情，纏綿悱惻，卻終不肯一語道破。若以這一標準衡量此詞，它是算不得好詞的，然讀了此詞後，你會感到它形象生動，情景宛然在目，並將憐惜的情感毫無保留地傾注在女子身上，這說明好詞的標準並非一個，含蓄蘊藉好，淺顯明達也好，關鍵要有真情。「一去又乖期信」，是女子的怨責語。點明了女子愁苦的原因。「又」，說明愁苦不是這一次，至少有兩次。「又」字飽含著她的不滿，表現出她的不安的情緒。自古以來，女子總是對愛情十分的執著與認真，而許多男子卻是隨意的。唐張彪的〈古別離〉也反映了這一情況：「去日忘寄信，來日乖前期」。於是給痴情女子的情感極大的傷害。她們雖有怨意，但更多的是替對方著想，擔心他因發生了不吉的事情而不能前來。在等待的日子裏，她們會心神不寧，寢食不安，一直等到他來了為止。她們喜歡傳說中守約的尾生。「乖期」後過去的時間，不是一日兩日，而是有相當長的時間，這從「春盡」二字可知。時間愈長，女子的愁苦愈多，痛苦愈大。「滿院長莓苔」，似寫女子生活，尤其是思人的環境，實際是寫女子落寞不安的心緒。青苔長滿了院子，說明院子潮濕蕪雜，而這又是不常灑掃所致。杜甫〈陪鄭廣文遊何將軍山林〉指出了不灑掃的原因：「興移無灑掃，隨意坐莓苔。」「興移」放在此詞中理解則是興致失落。「手挼裙帶獨徘徊」寫出了她的焦灼，她的無奈。這樣的日子久了，怨意自然更濃，忍耐到了極限的時候，便在心中喊道：「你來不來？來不來？」湯顯祖評「手挼裙帶獨徘徊」說：「盡得嬌痴」，似不準確。此時女子淒楚萬端，哪有嬌痴情態？

漁歌子 一首

曉風清，幽沼❶綠，倚欄凝望❷珍禽浴。畫簾垂，翠屏曲，滿袖荷香馥郁❸。好攄懷❹，堪寓目❺。身閑心靜平生❻足。酒杯深，光影❼促，名利無心較逐❽。

【注釋】❶幽沼　幽靜的沼池。陸龜蒙〈和襲美江南書情寄韋校書貽商洛二同年〉：「雨餘幽沼靜，霞散遠峰巉。」❷凝望　凝神而望。❸馥郁　香味濃烈。❹攄懷　抒發懷抱。班固〈西都賦〉：「願賓攄懷舊之蓄念，發思古之幽情。」❺寓目　過目。❻平生　一輩子。❼光影　光景，歲月。❽較逐　角逐，爭相取勝意。

【語譯】曉風徐徐來，幽靜池水綠。倚欄凝神望池塘，珍貴禽鳥正沐浴。畫簾臨窗垂，翠屏掩折曲。池中荷香隨風來，襲人滿袖香味濃。解襟好抒懷，美景值得賞。身閒心靜離塵世，這樣日子平生足。酒杯不離手，匆匆歲月促。古來名利如浮雲，沒有興趣去角逐。

【賞析】此詞寫作者厭惡塵世、看破名利，追求自然閒適生活的情懷。上片寫景。此景是一閒適之景，人處於景中，即可澹泊名利，不思紅塵。曉風撲面，清爽宜人，解襟受之，心曠神怡。詞人居室的前面是一方幽靜的池塘，許多珍貴的禽鳥正在水中盡情地沐浴。池塘裏還盛開著粉紅素雅的荷花，那花香濃烈，隨風襲來，沾滿了他的衣袖。他「倚欄凝望」著這一切，得到了無限的美的享受。「凝望」是聚精會神地望。由此神態可知，作者已經忘記了世間的煩惱，與清純美麗的大自然融為一體，他的心已經到了浴水的珍禽中，忘記了自己的存在。下片緊承上片，寫自己身處於大自然的感受。他說，迎風可以抒懷，排除心中的雜念；對景可以飲酒，不再思慮世間的俗事。身在山林中，不受名韁利鎖的束縛，身閒心靜，六根不煩，如此生活，平生滿足。從積極的角度來看，它表現出作者對於名利的超脫，與那些爭名奪利者有天壤之別。然而從消極的角度看，它可能會給讀者以誤導，讓人們不再奮鬥，而隱居於山林，遠避紅塵。其實，若像詞人這樣的做法，必須有豐裕的物質條件作基礎，否則，是做不了隱士的，因為衣食美酒還需要塵世中人供給。

臨江仙 三首

其一

碧染長空池似鏡，倚樓閒望凝情❶。滿衣紅藕細香清。象床❷珍簟，山障❸掩，玉琴橫。

暗想昔時歡笑事，如今贏得愁生。博山爐❹暖澹煙輕，蟬吟人靜，殘日傍，小窗明。

【注釋】❶凝情　聚精會神而望，油然生起憐愛之情也。❷象床　以象牙為飾之床。《初學記》卷二五引《戰國策》：「孟嘗君出行五國，至楚，獻象牙床。」❸山障　畫有山嶺的屏風。❹博山爐　爐名。

【語　譯】長空無雲天青青，池水澄明好似鏡。無事倚樓望著景，聚精會神心歡喜。池中荷花粉紅色，花香襲衣人爽清。象牙床上鋪涼席，上畫山嶺是立屏。室內無他人，床上橫玉琴。　暗自回憶往日事，那時歡樂真開心。現在愁苦伴著我，寂寞淒苦言難盡。博山香爐燃後暖，淡淡裊裊煙絲輕。人靜知了叫，日斜霞如金。小窗迎落暉，裡裡外外明。

【賞　析】此詞寫女子的秋愁。她曾經有過歡樂的戀愛時光，現在，這一切雖已結束，但留在她記憶中的美好印象卻不能忘記，使得她的心總是不能完全平靜下來。她的生活表面上顯得閒適而平靜，長空千里，一碧如洗；池塘澄清，明亮如鏡；荷香清細，沾人滿衣。這些景象都反映了這一點，然而在悠然澹泊的背後，卻是深深的悵然與落寞。「玉琴橫」已經作了一些透露。玉琴曾伴著戀人的歌聲，釀造出愛情的甜蜜。而今琴在人去，原想撫琴追憶，然情緒索然，只得橫棄一邊。下片直接敘述了她心中的愁苦。她忘不了昔日的纏綿，昔日的歡笑，也正因為忘不了，便有了今日之淒苦愁思。愈忘不了，愁苦愈生，愁苦愈生，愈忘不了。愁苦是實在的，但很難實寫，弄不好就會非常單調、非常淺薄，給讀者以沒愁強說愁的感覺。此詞採用的是間接表現法，不直接說怎樣怎樣的愁，而是用景渲染愁的意象，對讀者予以有力的感染。爐煙在寂靜的閨內似有似無的飄動，石階旁的草叢裏的知了，在哀鳴著涼秋的到來；夕陽西沉，一抹霞輝照在小窗上，雖美，但是是最後的。詞中的女子並沒有等待誰，也不指望舊日歡笑的情景重現，她只是忘不了。這也算是閨怨中之一種情態吧。

其二

幽閨小檻春光晚，柳濃花澹鶯稀。舊歡思想❶尚依依。翠顰紅斂❷，終日損芳菲❸。

何事狂夫❹音信斷？不如梁燕猶歸，畫堂深處麝煙微。屏虛❺枕冷，風細雨霏霏。

【注　釋】❶舊歡思想　昔日之歡樂情景。思想，思念。❷翠顰紅斂　皺眉拭淚。❸芳菲　本指盛春時節的花草，這裏指女子的紅顏。❹狂夫　不重感情的丈夫。❺屏虛　屏空。

【語　譯】幽深閨房小欄杆，三月風暖春光晚。柳翠生煙花落枝，鶯鶯已老語聲稀。留戀不捨舊時情，常將歡樂景況憶。皺眉頭，拭紅淚，紅顏衰老，韶光易逝。浪蕩夫君到處遊，不知何事音信斷。終日等待心如摧，不如樑燕猶知歸。畫堂深處無人語，玉爐麝香煙微微。屏上空，枕頭冷，淒風細細，苦雨霏霏。

【賞　析】此詞寫閨婦的暮春之思，題材並不新鮮，也沒有甚麼重大的思想意義，但寫得細緻流麗，頗有特色。詞的上片寫暮春的景色使人觸目傷情，女子對去而不歸的丈夫，產生了深深的思念。前兩句由景點明節令，並點明心緒。一人在家，可以用賞景的方式消遣寂寞的時光，可是，當在幽閨裏倚著欄杆賞景時，所見到的祇是一片零落殘敗的晚春景象，「柳濃花澹鶯稀」，春天要去了，它將帶走芳菲的季節，帶走美麗的景象。於是，愁思由此而生。由望春而引起閨人感情變化的作品很多，例如王昌齡的〈閨怨〉：「閨中少婦不知愁，春日凝妝上翠樓。忽見陌頭楊柳色，悔教夫婿覓封侯。」當然，王詩中的少婦與顧詞中的閨人，其心理狀態不一定完全一樣，很可能愁思在顧詞的閨人心中早已存在，只不過殘春景色使之更愁罷了。思念刻骨，人卻不歸，自然地對精神與身體有極大的損害。「終日」，說明愁思占據了她的整個時間與空間，痴情至極。「損芳菲」，紅顏衰老，便是「終日」之結果。這一結果她是知道的，於是，便又有了對未來生活的擔憂。由下文的「狂夫」的稱呼來看，她的丈夫並不愛她，其興趣更多的放在閒花野草的身上，這樣「終日損芳菲」，即使他有一天回來，面對憔悴不堪的她，其結果又如何呢？這一方面的心理活動，詞雖然沒有寫，但閨婦的憂愁應該說是客觀存在的。於是，她更加焦急地盼望「狂夫」歸來，並猜測著他不寄書信的原因。她很可能朝好的方面想，如無人捎來，或有事纏身而無閒，這樣能獲得慰藉，但這樣的日子不是一天兩天，時間長了，一切幻想與慰藉的理由皆隨之而去，怨意便漸漸生起，說狂夫人不如燕，燕子還知道歸來。這是愁苦忍耐到了極限的表現。末三句如同上一首，用景色表現思婦孤獨淒楚之意象，用以感染讀者。

其　三

月色穿簾風入竹，倚屏雙黛❶愁時。砌花❷含露兩三枝。如啼恨臉❸，魂斷損容儀❹。

香爐暗銷金鴨冷，可堪辜負前期，繡襦❺不整鬢鬟欹。幾多惆悵，情緒在天涯。

【注　釋】❶雙黛　兩道眉毛。❷砌花　指植於階前的花。❸啼恨臉　淚水滿面，哀愁不解的臉。❹容儀　本指容貌儀表，這裏只指面龐。❺繡襦　錦繡短襖。

【語　譯】月光穿過錦簾，夜風搖動竹園。佳人愁眉不展，無語倚立屏前。階前小花沾露，如同美人嗚咽。兩枝三枝破損，憔悴好像閨婦。　香爐不冒煙絲，金鴨冷灰深積。郎君違約不來，辜負良辰佳期。繡襖不整凌亂，鬢鬟蓬鬆斜偏。心中無限惆悵，天涯玉郎讓人思。

【賞　析】全詞反覆吟詠的是一個「愁」字。首句「月色穿簾風入竹」，既點明時間，又用月色與竹風之聲渲染愁的環境。在閨人看來，月色慘白，竹聲如泣，整個空間都充滿了愁。這當然是愁眼看物。不僅是月色、竹風如此，階旁兩三枝含露的花兒，在她的眼裏，也是有著深深的愁苦，把它們比作淚水滿面、恨意難消、魂斷憔悴的女子。其實，她眼中的花兒就是她自己，一張憔悴的臉，一顆破碎的心！由此看出她的愁是多麼的深、多麼的苦，並持久了很長時間。下片則正面直接地寫她的愁。「香爐暗銷金鴨冷」，說明夜已很深，但因愁而不得入眠。「繡襦不整鬢鬟欹」，說明了愁的程度，到了沒情緒理妝的地步，並且暗示著聚首希望的渺茫，若處於等待之中，她就會整鬢嚴妝，以備行人之突然歸來。「可堪」句與末句則點明愁的原因，即行人違期不歸與遠在天涯。從環境、情態的角度寫愁，用間接、直接的方法表現愁，故而，抽象的捉摸不定的愁變成形象的、可惑的愁。

醉公子 二首

其一

漠漠秋雲澹，紅藕香侵檻。枕倚小山屏，金鋪向晚扃❶。　睡起橫波慢❷，獨望情何限。衰柳數聲蟬，魂銷似去年。

【注釋】❶金鋪向晚扃　意為晚間關閉房門。金鋪，門上獸面形銅製環鈕，用以銜環。又稱「鋪首」。這裏代指門。扃，關也。❷橫波慢　睡眼朦朧的樣子。橫波，目光。

【語譯】獨自倚欄向遠看，秋空廣闊雲澹澹。粉紅荷花門前開，清香隨風入欄檻。枕頭斜靠小山屏，房門閉時天已晚。一覺醒來懶睜眼，精神不振身懶散。登樓獨自望，思情多無限。衰柳葉飛落，哀鳴數聲蟬。魂斷像去年，愁苦心已滿。

【賞析】此詞抒發了閨人的秋思。在上下片，都含有「望」，下片之「望」，作了明確的介紹，上片之「望」則暗含在景色的描寫中。「漠漠秋雲澹」，漠漠，是廣布的樣子。杜甫〈秦州雜詩二十首〉：「漠漠秋雲低。」此景象應為閨人所見，並由「漠漠」可知，為眺望而得。此又由下句的「檻」得到了證實。「檻」即欄也。荷花的香氣侵欄，說明人在欄旁，不然如何感受到「香侵檻」呢？人在欄旁何為？定是倚欄而望也。下兩句，按照時間的順序，寫其望至天晚，不見歸人而閉門入室，又含有主人翁失望、惆悵的意思。下片沒有接著寫天黑以後的情態，而是轉到了第二天，但是，「橫波慢」又多少補充交代了一夜的情況。「橫波慢」，為目光呆板、無生氣的意思。這說明一夜睡眠不熟不深，思人難眠也。行人之於她，魂縈夢繞，只要意識處於清醒的狀態，她就想念著他。這會她又獨自憑欄而望，然而，依然人跡全無，所見到的衹是衰柳，所聽到的衹是哀秋的蟬鳴。這種景況能不令她斷魂麼？「似去年」，筆力非凡，一下子將愁苦的時間拉長，使讀者了解到閨婦之望人，不止於昨天、今天，而是從去年始，月復一月，日復一日。

其二

岸柳垂金線❶，雨晴鶯百囀。家住綠楊邊，往來多少年。　馬嘶芳草遠，高樓簾半捲。斂袖翠蛾攢❷，相逢爾許❸難。

【注釋】❶金線　謂岸邊之柳色如金，細如線。施肩吾〈新柳〉：「萬條金線帶春煙。」❷翠蛾攢　皺起眉頭。❸爾許　這樣。

【語譯】岸邊柳條萬萬千，色如黃金細如線。雨後天放晴，鶯鶯歌百遍。家住春水畔，樓在綠楊邊。行人與我好，往來多少年。　馬嘶聲漸遠，芳草粘連天。佳人舉目望，高樓簾半捲。眉頭緊皺起，拭淚長袖捲。相見就相別，不如不相見。

【賞析】詞的題材雖然為男女之別離，但語言通俗，情景宛然。上片前兩句所寫之景色，表現出歡樂的情調。柳枝如線，在和風中飄蕩；色彩如金，在陽光下閃閃發光。新雨之後，碧空如洗，萬物無塵。鶯鶯在柳林中千歌百囀，燕燕在和風中斜飛滑翔。這樣的景色決非是愁人眼中之景，它表現出賞景者內心的歡欣，由下文得知，此時戀人正來到了她的身邊。三四兩句，表現出對愛情的滿足，意為戀人與我相愛多少年了，每次經過，都要到綠楊林中的我的家。「往來」既表現出相會的頻繁，但也說明他們並沒有在一起生活，仍然有相思、盼望與等待。下片四句寫他們的離別。馬兒帶著他走遠了。她在高樓上捲簾目送，漸漸地，人馬消失在天草相連之處，惟有似有似無的馬鳴聲傳來。此時的她，心情的愁苦，可以想知，而聯繫「往來多少年」，則可知她經過多少次別離的折磨啊！「黯然消魂者，惟別而已。」她卻是一別再別，以至無數次。這就難怪她有「相逢爾許難」的怨恨了。

更漏子 一首

舊歡娛❶，新悵望，擁鼻❷含嚬樓上。濃柳翠，晚霞微，江鷗❸接翼飛。　簾半捲，屏斜掩，遠岫❹參差迷眼。歌滿耳，酒盈樽，前非不要論。

【注釋】❶歡娛　猶歡樂。❷擁鼻　悲戚鼻酸，擁鼻揩涕也。❸江鷗　一名海鷗。在江海上飛翔。❹遠岫　遠處的峰巒。謝朓〈郡內高齋閑望答呂法曹〉：「窗中列遠岫，庭際俯喬林。」

【語譯】舊時歡娛早逝去，今日惆悵向遠望。鼻酸涕淚下，皺眉在樓上。柳密色碧翠，傍晚彩霞飛。江上白鷗多，搏風展翅飛。窗上簾半捲，閨內屏斜掩。遠處列群山，高低迷人眼。妙歌耳盈滿，美酒杯杯乾。且顧眼前樂，過去的事情不要論談。

【賞析】此詞的內容比較迷離。上片寫戀人已去，歡娛不再，然下片又寫到歌聲盈耳，美酒滿杯，看似矛盾。要正確的解析此詞，必須用一個新的思路，來考慮人的性格與生活方式的複雜性、多樣化。有的人愛情受挫之後，哀怨、等待，希望戀人回心轉意，破鏡重圓；有的人一蹶不振，從此失去了生活的信心與勇氣，以眼淚與愁苦伴著餘生；而有的人則在痛苦之後，重新振奮精神，以豁達的態度對待人生。《花間集》中的愛情詞在表現愛情的挫折時，大部分都是持前兩種態度。而此詞中的女子所持的似乎是第三種。當歡娛成為過去時，她也有過悲傷，鼻酸眉蹙，登樓悵望。她的戀人大概是乘帆走的，並沒有依依不捨，徘徊江上。她所看到的是離帆漸漸遠去，空留下濃柳、晚霞、飛鷗。儘管戀人捨她而去，然她仍常常在江樓上捲簾而望，或掩屏默默的思念。很長時間裏，她始終放不下他。末三句描寫她思想與行為上的根本變化，「歌滿耳，酒盈樽，前非不要論」，不悲傷、不愁苦，喝酒行樂，使人生充滿快意，與前面判若兩人。其變化的契機，詞中沒有說，但一定是有的。不過，也有長歌當哭的情況。愛，對於女子來說是永遠不會忘記的，當失去了愛時，哀傷至極，但發洩的方式不是眼淚，而是喝酒唱歌。用酒與歌使自己忘掉痛苦。若詞中的女子是這樣的話，她的內心比起前兩種人更為痛苦。

孫光憲 十三首

孫光憲（約八九五～九六八年），字孟文，自號葆光子。陵州貴平（今四川省仁壽縣）人。唐末為陵州判官，後唐明宗天成初，避地江陵，在高季興幕下掌書記。歷事三世，累官至節度副使，檢校秘書少監。入宋後，授黃州刺史，並擬用為學士，未及而卒。他博通經史，著述甚豐。現僅存《北夢瑣言》一書。《花間集》、《尊前集》錄存他的詞作凡八十四闋，是唐五代詞人中存詞最多者。

浣溪沙 九首

其一

蓼岸風多橘柚香❶，江邊一望楚天長。片帆❷煙際閃孤光。
目送征鴻飛杳杳❸，思隨流水去茫茫。蘭❹紅波碧憶瀟湘。

【注釋】❶蓼岸風多橘柚香　陣陣的風吹過長著蓼草的岸邊，傳來橘柚的香味。蓼，一年生或多年生草本植物，花小，白色或淺紅色，生長在水邊或水中。柚，又名文旦、欒、拋，秋天果實成熟時呈橙黃色。王昌齡〈送別魏三〉：「醉別江樓橘柚香，江風引雨入船涼。」❷片帆　孤舟。❸杳杳　深遠幽暗。形容鴻鳥遠去不見蹤影。此處鴻鳥即遠帆。❹蘭　紅蘭。《述異記》：「紫述香一名紅蘭香，出蒼梧桂林上郡界。」

【語 譯】蓼草岸邊秋風爽，傳來果園橘柚香。江面空闊水連天，岸邊一望楚天長。孤帆遠去煙際裏，閃閃滅滅一點光。碧水行船如飛鴻，目送飛鴻無影蹤。魂隨流水去追郎，水闊無際渺茫茫。蘭紅波碧美如畫，此時憶念那瀟湘。

【賞 析】此詞為送人之作。由景物來看，似是作者羈旅荊南時的作品。詞作飽含著純真的友情，給讀者一定的感染力。上片前兩句點出了送別的時間與地點，秋高氣爽，金風宜人，蓼草滿岸，橘柚飄香。光是單獨地看這一句，你會從這宜人的風光中感受到歡樂，然而，當你連續地讀下去後，心裏則浸透了淒傷的情調，就能理解到詞人首句寫美景的目的在於突出表現出送者與行者依依不捨的感情。此時風景如畫，正應是與友人歡遊的時機，友人因不得不走的原因走了，能不淒然傷懷嗎？「江邊一望楚天長」，楚，在古代指湖北湖南一帶。望者，詞人也。詞人佇立江邊，極目遙望，兩湖一帶的天地是那樣遼闊，不禁使人聯想起柳永「念去去，千里煙波，暮靄沉沉楚天闊」的名句，「楚天長」，有前程茫茫，不知何處停泊的人生寫照之意。歇拍「片帆煙際閃孤光」，以細膩的觀察、精確的表達，描寫友人離去的情景：白帆漸走漸小，最後消融於煙霧迷濛的江天，不時又閃著一點光亮。這一句當脫胎於李白的「孤帆遠影碧山盡，惟見長江天際流」，然似有超越之處。陳廷焯在《白雨齋詞評》中說：「片帆七字壓遍古今詞人。」下片抒情重於寫景。他將友人之舟比作征鴻，在岸邊目送飛鴻至不見之處，轉眼面前，祇見茫茫的江水向東奔流。「茫茫」在此既指江水，也指思緒。這思緒就像那滔滔不盡、茫然無涯的流水。同時，詞人希望自己的思念，或者魂靈隨著流水去追逐或陪伴那遠帆，這裏表現了濃厚而純潔的友情。末一句，可謂筆力神妙，在表達友情的作法上更進了一層。友人還未到瀟湘，他的心已飛去等待了，「憶」在這裏可解為「念」。此詞情景交融，妙合無間，既得唐詩之技法，又開宋人豪放詞風之先河。

其二

桃杏風香簾幕閒，謝家門戶約花關❶。畫樑幽語❷燕初還。

繡閣數行題了壁❸，曉屏

一枕酒醒❹山。卻疑身是夢魂間。

【注　釋】❶約花關　花兒繞著門戶開放，然門攔花而閉也。❷幽語　燕子竊竊私語。幽語一本作雙語。❸題了壁　題完壁。❹一枕酒醒　酒醒於山枕之上。

【語　譯】桃樹杏樹花燦爛，花香隨風入簾幕。初春時節繞戶開，主人傷感把門關。畫樑上面竊竊語，那是燕子剛飛還。　錦繡閨中把人盼，題壁數行酒已酣。一覺天亮人初醒，惟見屏上列群山。是夢是魂弄不清，剛才戀人面前站。

【賞　析】此詞雖然表現的是春思題材，但由於內容比較隱晦，不易解讀。首句點明時間與人物之心態。桃杏爭春，花兒盛開，可以想見，一定是如火如霞，花的香氣到處飄蕩，儘管有簾幕遮擋，但仍然透了進來。在這芳菲的季節，人應忙碌才是，忙著去踏青，忙著去賞花，可是詞中的女子卻很閒，這「閒」說明她生活的寂寞與無聊，踏青賞花，一個人是無論如何也提不起這份情致的，相反，怕因花紅柳綠而傷感。詞中的女子恰恰就帶有這樣的心態，她怕見花而將門戶關了起來。第二句使得「閒」得到落實，並具有了可感性。第三句在前兩句描寫女子寂寞惆悵的心態上更上了一層，將她的愁苦拓寬挖深。她想把春擋在門外，然燕子又將春帶了進來，並成雙作對，竊竊私語。女子面對此景，心境如何，則可想而知了。愁到極處，就要抒發，就要宣洩。下片即寫女子愁到極處的狀態，她題詩於壁，詩的內容大概是表達愁苦與怨郎不歸之類。然這樣做了之後，愁仍縈繞於胸間，於是，又借酒澆愁。在酒的作用下，這一夜不再是輾轉反側的難眠之夜，而一覺睡到天亮，並且有甜蜜的夢鄉。當她醒來之後，睜眼見到了屏上逶迤的群山，恍惚中，自己不在閨中，彷彿仍與郎跋涉在旅途上。她甚至懷疑現在仍然在夢中。全詞無一字不關「愁」字，卻又無一「愁」字，這正是作者的高明之處。

其三

花漸凋疏不耐風❶，畫簾垂地曉堂空。墮堦縈蘚❷舞愁紅。　膩粉半粘金靨子❸，殘香猶暖繡熏籠❹。蕙心❺無處與人同。

【注釋】❶不耐風　經受不了風的吹打。❷縈蘚　落花在苔蘚上飄拂。❸膩粉半粘金靨子　落花的花粉有的粘在美人的臉龐上。❹殘香猶暖繡熏籠　意思是落花的餘香猶能比之於熏暖的香籠。❺蕙心　如蕙蘭之心。蕙，蕙蘭，多年生草本植物，開淡黃綠色花，氣味很香。這裏泛指香花。

【語譯】花漸零落不再濃，嬌柔如何經受風。錦繡畫簾落地垂，春晚堂上蕩蕩空。墜落階上拂蘚苔，愁苦滿面為殘紅。　花粉香膩飄閨中，猶沾佳人美面容。花兒雖謝香仍存，可比取暖繡熏籠。為人著想高尚心，世間無人能與同。

【賞析】這是一曲花的讚歌，一曲對高尚人格的讚歌！這首詞的內容不僅僅是憐香惜玉，也具有很高的境界。花兒雖美，但它是柔弱的，在強勁的東風面前，它沒有任何抵禦的能力。它不想凋謝，而想保持青春的美麗。它想躲入閨內，可是簾幕低垂，阻止它入內；它想進入畫堂內，卻又無物隱蔽其身。無可奈何、無人救援的它就這樣凋零了，帶著一臉的愁容，墜落到臺階上，零落到蘚苔中。可是，它的心並沒有隨著身體的墜落而墮落，它在凋謝前仍然想著他人。用殘剩的膩粉去沾美人的面龐，使她更為美麗動人，用剩餘的香氣去暖閨人的衣衾，以發揮最後的作用。於是作者由衷地感嘆道：蘭蕙之心，世人誰與相同。詞人雖是歌頌花的品格，但含有對世人冷漠自私的批評。由此可見，這首詞不同於一般的淺斟低唱的歌曲，它有著富有生命力的內涵。

其　四

攬鏡❶無言淚欲流，凝情❷半日懶梳頭。一庭疏雨濕春愁。　楊柳祇知傷怨別，杏花應信損嬌羞❸。淚沾魂斷軫❹離憂。

【注　釋】❶攬鏡　把鏡，用鏡自照。盧綸〈雪謗後上書事皇甫大夫〉：「攬鏡愁將老。」❷凝情　情思聚在一點上而不作他想，不作他事。❸損嬌羞　花為雨損。❹軫　痛也。《楚辭・九章・哀郢》：「出國門而軫懷兮。」

【語　譯】把鏡自照知消瘦，淚水欲流默默愁。情思凝聚郎身上，半日慵懶不梳頭。春思隨雨濕滿庭，全因獨居在高樓。　楊柳祇因人攀折，知道離別最傷心。杏花不慣經風雨，應信美貌容易老。淚水沾衣魂已斷，別離情景使人憂。

【賞　析】人們總是讚美著春天，因為春天是青春的象徵，春天帶來美的景色，春天又是播種的季節，春天讓人們寄託著希望。但在此詞中，詞人站在閨婦的角度，以另一種眼光來看待春天，認為春天給她們帶來了憂傷，帶來了痛苦。「攬鏡無言淚欲流」，說明閨人因春思而瘦損。春帶來了濃鬱的思情，然人不歸，淚空流，一天天的憔悴下去。不僅如此，春還使人「凝情半日懶梳頭」，讓人沒情沒緒，身體疏懶。要問春愁有多少，如同沾濕滿庭的雨水那麼多。這第三句與李後主的「問君能有幾多愁？恰似一江春水向東流」同義。下片前兩句由人轉向物。人們常說，春風梳理著絲絲楊柳，使它們變得嬌媚可愛；春風使杏花如錦如霞般地開放，使它們的生命變得燦爛輝煌。然在詞人看來，春天是行旅的季節，每次送行，都折柳相別，讓柳一次次經歷著別離的淒楚場面，「祇知」意為它忘記了歡樂，因受別情離緒的感染，而祇知傷心。杏花是美麗的，但它的美麗並不能維持很久，很快就花容破損，玉貌不存，而這一切恰恰就是春風春雨造成的。這兩句寫柳與杏花在春天中的際遇，仍然是以多愁善感的閨婦這一角度來看的。末句從物又轉到了人，以結論性的語氣總括全篇。因春天有離別的傷痛，盼望的憂愁，故而，它是一個流淚的季節，一個斷魂的季節。

其五

半踏長裾宛約行❶，晚簾疏處見分明。此時堪恨昧平生❷。

早是銷魂殘燭影，更愁聞著品絃聲❸。杳無消息若為情❹。

【注　釋】❶半踏長裾宛約行　穿著長裙，邁著碎步。半踏，半步。長裾，長衣，這裏指長裙子。宛約，端莊嫻淑的樣子。❷昧平生　彼此素來不認識。❸品絃聲　高雅優美的絃樂曲調。❹若為情　何以為情，或難以為情也。

【語　譯】柔順女子著長裙，踏著微步慢慢行。傍晚窗口垂竹簾，簾縫隙處見分明。素昧平生真遺憾，不能與玉郎相親近。　不能忘懷對燭影，斷了魂兒淚盈盈。此時心中更愁苦，祇因玉郎彈起琴。從此以後無消息，叫我如何忘此情。

【賞　析】這是一個令人酸心的愛情故事，它抒發了一位女子想愛卻又無法愛的那份焦灼卻又無奈的情緒。這是一位淑女型的女孩子，身著長裾，行不動裙，言行舉止，都合乎禮教的規範。但她作為一個成熟的少女，必然有愛的欲望，和思春引起的苦悶，所以，人在室內，卻常「半踏」徘徊。她雖然處於深閨，但密切注意戶外的動靜。她心有所待，雖然是茫無目的的。這一次，她聽到了一個男子的聲音，便忙從簾子的縫隙處向外張望。多麼英俊的一個青年啊！她的心激動不安，燃燒起愛的火焰，但是，禮教的枷鎖牢牢地繫住了她的雙腳，一個女子怎麼能主動與素昧平生的男子結識呢？她恨自己從來不認識他，若以前就相識，不就可以有了見面的藉口了嗎？這表現出她對男子的傾心與無由認識的可惜。傍晚的一幕攪得她六神無主。燭影搖曳，夜已很深，但她卻無法入眠。就在這時，夜風傳來了琴聲，琴聲中含有愛的渴望與對佳人的傾慕。可是閨中的女子並無卓文君的勇氣，她無法掙脫禮教的束縛，除了哀聲嘆氣之外，她不敢有一點逾越的舉動。琴聲停了，一切又歸於沉寂。從此以後，關於那男子的消息再無一點點傳來，而她，仍然不能忘懷，情深到了難以承受的地步。此詞在作法上，有意將故事發生的時間安排在晚上到夜裏，使得內容緊湊，線索清晰。

其六

蘭沐❶初休曲檻前，暖風遲日❷洗頭天。濕雲❸新斂未梳蟬。　翠袂半將遮粉臆❹，寶釵長欲墜香肩。此時模樣不禁憐❺。

【注釋】❶蘭沐　用香湯洗髮。《說文解字》：「沐，濯髮也。」❷遲日　指春天，因為春天日長。❸濕雲　潮濕的濃髮。❹翠袂半將遮粉臆　綠色的袖子半遮白嫩的胸脯。❺不禁憐　禁不住要憐愛。

【語譯】香湯洗髮欄檻前，洗完姣容更美麗。東風徐徐暖洋洋，春日長長洗頭天。潮濕濃髮新束起，蟬鬢未梳髮遮面。　綠袖半遮粉胸前，胸脯白嫩露又掩。長長寶釵髮上插，半掛半落墜香肩，一枝芙蓉出水來，此時模樣人愛憐。

【賞析】此詞主要的內容就是寫一個剛剛洗髮的女子那楚楚動人的模樣。在和風送暖，白晝很長的春天，女子於曲折的欄檻前洗髮，「初休」，剛剛結束，但我們可以想像沐髮時的畫面：瀑布般的黑髮從香湯中出浴，在陽光的照耀下，發出黑緞子般的光澤，而在黑髮的映襯下，那脖子、臉龐，如雪如脂，粉白光潔。她抬起頭，綰束起頭髮，悠閑地望天，看景，等待著髮乾理妝。下片寫髮乾梳妝後的嬌態。蟬鬢梳成後，她從鏡子中看到粉胸太露，便下意識地舉起綠袖遮擋。寶釵很長，在還有點潮濕的頭髮上，簪插不穩，半掛半落，似乎要墜到香肩上。這份嬌羞之態，真是風情無限，誰見到誰能不愛憐呢？本詞沒有什麼意義可言，祇不過是畫了一幅美人沐髮圖而已。好在這樣的詞不多，不然，孫光憲在詞史上就無地位可言了。

其七

風遞❶殘香出繡簾，團窠金鳳舞襜襜❷。落花微雨恨相兼。　何處去來狂太甚，空推宿酒❸睡無厭。爭教人不別猜嫌。

【注釋】❶風遞　風送。❷團窠金鳳舞襜襜　錦簾上所繡的金鳳隨風而舞。團窠，錦緞的名稱。襜襜，搖動的樣子。❸宿酒　隔夜酒。白居易〈早春即事〉：「眼重朝眠足，頭輕宿酒醒。」

【語譯】風吹玉爐嬝嬝煙，殘香隨風出繡簾。錦簾上面繡金鳳，風搖簾動鳳翩翩。瀟瀟細雨花零落，獨守空閨恨又怨。　冤家何處逛伎院，風流浪蕩太過分。推說昨晚多喝酒，直到天亮還在眠。深夜回來不理我，叫人不疑如上天。

【賞析】此詞描寫一段不和諧的夫妻生活，對女子充滿了同情。「風遞殘香出繡簾」，這一句有一石三鳥之功，首先是描寫了閨閣之景，其次說明女子未眠，門未閉而等待。若門閉簾垂，風從何來？三是由「殘香」說明夜已很深。二三句則曲折地反映出閨中女子的渴望與煩惱的心情，動物都知雌雄相配，共同生活，可是郎君卻不歸家。更何況人如暮春，花落雨注，若不再珍惜這最後的青春時間，虛廢則更多。下片寫丈夫回來之後，因醉酒沉睡，並未歡合，良宵仍然空度。女子便生出許多惱意，責問丈夫在何處尋歡作樂，可是丈夫推說昨晚酒喝得太多，並無浪蕩之事。她不相信，然而，面對「睡無懨」的丈夫，又如之奈何。詞所寫的雖然是一件普通的家庭小事，但它是古代家庭生活的一個縮影，它反映出不公平的婚姻制度與婦女在婚姻生活中的不幸。

其八

輕打銀箏❶墜燕泥，斷絲高罥❷畫樓西。花冠❸閒上午牆啼。　粉籜❹半開新竹逕，紅苞盡落舊桃蹊❺。不堪終日閉深閨。

【注　釋】❶銀箏　絃樂器中之一種。初為五絃，後來增加到十三絃。❷高罥　高掛。唐・呂溫〈衡州登樓望南館臨水花呈房戴段李諸公〉：「罥掛青絲柳，零落綠錢地。」❸花冠　此指公雞。❹粉籜　竹筍之殼也。❺紅苞盡落舊桃蹊　紅花全部落在原有的桃樹下的小路上。

【語　譯】銀箏輕彈聲潤圓，屋樑上面墜燕泥。春日游絲隨風蕩，高掛樓西不相連。公雞悠閒上午牆，放開喉嚨喔喔啼。竹筍殼落竹箭鮮，竹林小路彎彎線。春去桃花已落盡，小路花瓣萬萬千。終日關在深閨中，身體慵懶心生怨。

【賞　析】此詞寫一深閨女子在春日中不甘寂寞的情緒。上片寫初春之景象。樑上舊燕歸來，忙於補巢，泥草不時地從樑上落下；晴空中的游絲，沾滿了露珠，掛在畫樓的西檐上，在晨風中飄蕩。一隻雄雞在午牆上，高昂著花冠，喔喔地啼叫。一切都充滿了蓬勃的生機，一切都令人精神振奮，此詞中的女子對未來也充滿了憧憬，對愛情寄予希望。然而，閨訓牢牢地把她鎖在深閨裏，沒有機會接近外面精彩的世界，想愛卻無對象去愛。這使我們想起了湯顯祖的《牡丹亭》中大家閨秀杜麗娘，她和此詞中的女子一樣，春天使心中滋生出騷動不安的情緒，然而，無法走出深閨，只好哀嘆「恰三春好處無人見」。詞中的女子則以彈箏來抒發自己思春的情緒。下片的時間已轉到了暮春。竹筍在雨後紛紛鑽出了地面，漸漸剝落了筍衣，長成鮮嫩的竹箭，之後一天一節的向上長著，轉眼便形成新的竹林，原有的小路又出現了，彎彎細細，隱沒在碧綠的竹海中。再看如錦如霞的桃花，在東風中零落已盡，花片鋪滿了桃樹下的小路。面對這殘春景象，女子怨憤地喊道，一個春天就這樣白白地過去了，可我的愛情，我的婚姻依舊沒有任何希望，我怎麼能一直被鎖閉於深閨中啊！全詞六句，有四句是寫景，但讀者感受到的更多的還是女子的悵惘之情。

其九

烏帽斜欹倒佩魚❶，靜街偷步訪仙居❷。隔牆應認打門❸初。

將見客時微掩斂❹，得人憐處且生疏。低頭羞問壁邊書。

【注釋】❶烏帽斜欹倒佩魚　歪戴著烏紗帽，倒佩著金魚袋。烏帽，烏紗帽，隋唐貴者多服之，其後不限於貴賤者。又漸廢為折上巾，烏紗成為閒居的常服。魚，魚形飾品，佩於腰帶上。《新唐書・車服志》：「中宗初罷龜袋，復給以魚，郡王、嗣王亦佩金魚袋。景龍中，令特進佩魚，散官佩魚自此始也。」❷偷步訪仙居　閒步到伎家過訪。❸打門　叩門，敲門。❹掩斂　斂袖掩面的樣子。

【語譯】烏紗帽子斜戴著，腰帶上面倒佩魚。悄悄街上閒步走，去訪美仙之居處。來到居前輕叩門，院內人應聽聲熟。美人見客仍如初，舉袖掩臉狀甚羞。風姿綽約讓人愛，靦腆膽怯見人疏。低下紅臉問問題，玉手指著壁邊書。

【賞析】此詞寫一男子去訪伎家一個小女子的情形。「烏帽斜欹倒佩魚」，一個浪蕩的男子形象由此句得以充分的表現，他穿著時髦，生性風流，不拘禮節，無羈狂放。祇有這樣的人才會冶遊於秦樓楚館。於是第二句緊承其上。「隔牆應認打門初」，說明他來訪已經不止一次兩次，而是無數次，以致於伎家都已經熟悉了他的叩門聲。這一句似乎可有可無，實際上很重要，它為下片塑造女子形象作了有力的鋪墊。下片重點寫男子所鍾情的那個女子。由內容來看，此女子雖然生活於風月場中，但仍保持著女子的清純、害羞的特性，可以猜測出來，她是個從未接過客的雛伎。男子雖然來過多次，她也一定與他相識，但她並沒有撒嬌賣笑，打情罵俏，而是斂袖掩面，靦腆害羞。正是因為這一份清純，保持著她人格的尊嚴，使男子不但不敢猥褻，反而因此憐愛她，尊重她，「且生疏」，從某種意義上說，就是尊重的表現。但女子並不是一個不懂得愛的人，她對於這個風流男子也有所鍾情，「低頭羞問壁邊書」，就是一種積極的態度，然媚而不妖，莊中有情。短短的六句，卻敘述了一個有相當長度的完整的愛情故事，且刻畫出一個清純的少女形象，這無疑顯示出作者高明的剪裁技巧。

河傳 四首

其一

太平天子❶，等閒❷遊戲，疏河千里❸。柳如絲，隈倚，綠波春水，長淮❹風不起。如花殿腳❺三千女，爭雲雨，何處留人住？錦帆風，煙際紅，燒空，魂迷大業❻中。

【注釋】❶太平天子　指隋煬帝。❷等閒　隨意。❸疏河千里　《開河記》：「大業十二年，開邗溝成，長二千餘里。」❹長淮　淮河。❺殿腳　參見卷三韋莊〈河傳〉（何處，煙雨）注❻。❻大業　隋煬帝年號，為西元六〇五～六一八年。

【語譯】太平天子隋煬帝，鑿河千里如遊戲。兩岸柳如絲，密密相偎倚。春水波清碧，長長淮河風不起。牽羊挽舟殿腳女，臉嫩如花膚如玉。人人想得寵，個個爭雲雨。何處留人住，開船往江都。龍舟浮綠水，錦帆兜滿風。一場熊熊火，煙沖映天紅，揚州大行宮，成灰揚向空。淒然弔舊跡，傷心大業中。

【賞析】此闋與下一闋均寫隋煬帝荒淫無度，不恤民力，致使國家破亡。關於這方面的內容，我們在卷三韋莊〈河傳〉的賞析中作了比較詳細的討論，這裏祇講如何看待帝王的歷史功績的問題。隋時，江南的經濟發達，盛產米、茶、棉、鹽等物資，京城以及軍隊供給大多仰靠江南，然陸路運輸極為不便，且耗費大量人力物力，所以煬帝決定開鑿運河，連接江、淮、河等河流，歷史證明，這一決斷，功及千秋，即使在現代化的今天，大運河仍然是一重要的交通命脈，舳艫千里，萬帆連翩。然而，我們不能脫離歷史來評論這一事蹟，把它重新放回到當時來考察，這一決斷又不完全正確，因為當時國家的經濟實力還沒有達到承受這一巨大工程的地步。結果，使得千千萬萬的民眾傾家蕩產，民不聊生。更何況煬帝在運河啟用以後，乘龍舟，下揚州，浩浩蕩蕩，極度奢侈，無疑將殘敗的國民經濟推向崩潰的邊緣，使民力完全窮竭，激發了民憤，葬送了國家。由此可得，說開鑿運河造成了國家的滅亡，是對的，但是，將開鑿運河這一決定完全否定，則是錯誤的，如果像此詞所說，隋煬帝開鑿運河，祇是一場隨意的遊戲，根本的目的在於滿足自己的荒淫取樂，則算不上一種歷史的評價。

其二

柳拖金縷❶，著煙籠霧，濛濛❷落絮。鳳凰舟上楚女❸，妙舞❹，雷喧波上鼓。龍爭虎戰分中土❺，人無主❻。桃葉江南渡❼，襞花牋❽，豔思牽，成篇，宮娥相與傳。

【注釋】❶金縷　金絲線。❷濛濛　原形容小雨細密，此處形容飛絮密布。❸楚女　這裏指殿腳女。❹妙舞　美妙的舞蹈。❺中土　中原之江山，亦可理解為中國之國土。❻人無主　指天下紛爭，百姓無主。❼桃葉江南渡　《六朝事典》：「桃葉渡，《圖經》云：在縣南一里秦淮口。桃葉者，晉王獻之愛妾名也，其妹曰桃根。獻之詩曰：『桃葉復桃葉，渡江不用楫。但渡無所苦，我自迎接汝。』嘗臨此渡歌送之。」故址在今江蘇南京秦淮河畔。❽襞花牋　折疊花紙以作書。劉禹錫〈樂天寄憶舊送因作報白君以答〉：「酒酣襞箋飛逸韻，至今傳在人人口。」

【語譯】柳色如金細如縷，籠著青煙罩著霧。拂拂東風吹，滿天飛柳絮。鳳凰舟上殿腳女，輕歌又曼舞。河裏後波逐前波，雷般擊大鼓。　中原相爭龍與虎，血流千里為了土。亂世英雄多，百姓沒了主。宮女向南逃，經過桃葉渡。魂牽舊時樂，花紙折成書。寫成回憶錄，宮女相互傳。

【賞析】此詞上下兩片，層次分明。上片寫煬帝下江都時的歡樂情景，詞人以輕快的筆調予以描述：運河兩岸，楊柳如煙。春風駘蕩，飛絮滿天。可謂風景如畫，令人賞心悅目。煬帝所乘坐的鳳凰舟上，一群妙齡女子正在和著音樂輕歌曼舞，立部伎中，鼓手們正在用力擂著大鼓。那如雷似的鼓聲似乎激起了水波，它們也和著鼓點而跳躍著。如果說上片所述的是因，那麼下片所述的就是果，上下兩片，成一因果關係。起因與結局的必然律形成了全詞嚴密的內在邏輯性。因為煬帝的荒淫無度，濫用民力，造成了天下大亂，山河破碎，自己身死於江都，中原成了龍爭虎鬥的戰場。詞人寫到這裏，另闢蹊徑，把鏡頭轉向了殿腳女們的命運。她們紛紛南逃，經過桃葉渡。詞人在這裏用桃葉渡的故事反襯她們命運的悲慘。她們在這落魄逃難的時候，不可能像桃葉那樣有人迎接，得到愛憐。在之後的日子裏，散落民間的她們，祇能以回憶舊事吟詠昔時的歡樂來打發餘下的時光。以〈河傳〉的曲調來填詞，寫煬帝鑿河事的詞人很多，但以殿腳女的命運來表現隋末動亂局面的，孫光憲則為第一人。

其三

花落，煙薄，謝家池閣。寂寞春深，翠娥輕斂意沉吟。沾襟，無人知此心。

玉爐香斷霜灰❶冷，簾鋪影。樑燕歸紅杏，曉來天，空悄然❷。孤眠，枕檀雲髻偏。

【注釋】❶霜灰　香灰如霜。❷悄然　憂愁的樣子。白居易〈長恨歌〉：「夕殿螢飛思悄然，孤燈挑盡未成眠。」

【語譯】春花已落盡，柳林煙散清。謝家水中閣，春深真寂靜。佳人輕輕皺起眉，意緒落寞低聲吟。長大未出閣，想起淚沾襟。心思不好說，無人知此心。　玉爐不燃冷如冰，如霜顏色是香燼。月光照窗簾，閨內投簾影。燕子歸樑上，夜風搖紅杏。天空靜悄悄，獨睡鴛被輕。檀香枕頭上，雪腮掩雲鬢。

【賞析】此詞寫待字閨中之女子在暮春中的情思。由詞的內容來看，她的情思是茫然的，無具體的對象，是一種對異性嚮往而產生的苦悶情緒。上片寫白天的情狀。「花落，煙薄」，既點明時間，又說明了女子寂寞苦悶的原因。花的凋零，煙的淡薄，在她的眼裏，不再是自然景色的變化，而是人的青春年華的流逝。這種聯想純粹是無意識的，但一旦有了這樣的聯想，便產生出化解不開的苦惱與焦躁，並且越積越濃，能到寢食全廢的地步。然而，渴望異性的想法又不好意思告訴別人，祇能暗自落淚。白天苦悶的情緒不會因為夜幕降臨而結束，相反，祇會增加而不會減少。她身慵而不點香爐，難眠而對月徘徊。樑上燕子歸來，雌雄竊竊私語，更添她的煩惱；院內一枝紅杏搖曳，孤苦無伴，她看成是自身的寫照。夜色沉靜，天空悄然，她孤身獨眠，這一夜的愁苦滋味則可想而知了。意象表現出明顯的情感特徵，是此詞的特點，然題材陳舊，內容沒有新意。

其　四

風颭❶，波斂❷，團荷閃閃，珠傾露點。木蘭舟上，何處吳娃越豔❸，藕花紅照臉。

大堤狂殺襄陽客❹，煙波隔，渺渺湖光白。身已歸，心不歸，斜暉，遠汀鸂鶒飛。

【注　釋】❶風颭　被風搖動。❷波斂　水波泛動。斂，即瀲。❸吳娃越豔　吳越之地的美女。❹大堤狂殺襄陽客　大堤之美女使襄陽客狂放。《樂府詩集》卷四八引《古今樂錄》：「〈襄陽樂〉者，宋隨王誕之所作也。誕始為襄陽郡，元嘉二十六年仍為雍州刺史，夜聞諸女歌謠，因而作之。所以歌和中有『襄陽來夜樂』之語也。」〈襄陽樂〉詩云：「朝發襄陽城，暮至大堤宿。大堤諸女兒，花豔驚郎目。」

【語　譯】風吹湖水面，碧波光瀲灩。團團荷上露，玉潤似珠圓。木蘭大舟上，那裏來的吳娃越豔。翠荷襯綠裙，紅蓮映粉臉。　這些女子真美麗，襄陽遊子心為醉。可惜船已去，浩淼煙波遮。湖面白茫茫，不見眾花魁。人已歸，心未歸，悵然若失對斜暉。身單影隻心淒涼，遠處水洲鴛鴦飛。

【賞　析】此詞寫一個遊子見到一群美女的情態。上片出現美女的環境與美女的嬌豔。其環境是：春風搖動著湖面，碧波反射著陽光，荷葉滾動著水珠，紅蓮散發著清香。在這如詩如畫的景色中，駛來一隻木蘭舟，上面有許多女子，每人都有一張粉紅的臉龐。蘭舟滑行於碧波之上，撒下一串串銀鈴般的笑聲。下片寫遊子見到美女後的情狀。「狂殺」，表現出他的驚喜與極度的興奮。這些女子的美麗與風情在他的心中激起了狂濤巨瀾，他始是如痴如醉，繼而生起許多渴望與美好的遐想。當木蘭舟漸漸遠去時，心中又漲滿了悵然若失的情緒。他站立堤上，望著煙波浩淼的水面，目送著木蘭舟消失在水天一線之間，「身已歸，心不歸」表現出他的萬分留戀。「斜暉，遠汀鸂鶒飛」，以景傳情，反映出他內心的失望。

卷八

孫光憲 四十八首

菩薩蠻 五首

其一

月華如水籠香砌，金鐶❶碎撼門初閉。寒影❷墮高簷，鉤垂一面簾。　碧煙輕裊裊，紅顫燈花笑❸。即此是高唐❹，掩屏秋夢長。

【注釋】❶金鐶　門上用來掛鎖的鈕鐶。❷寒影　寒夜中的物影。❸紅顫燈花笑　古人以為爆出紅色之燈花，是一喜兆。杜甫〈獨酌成詩〉：「燈花何太喜？酒綠正相親。」❹高唐　即楚王遊高唐夢神女事。

【語譯】月光如水又如煙，籠罩石階閨房前。夜深人靜關上門，金鐶碰撞響震天。月照寒夜物，物影落高檐。開窗看月亮，鉤起一面簾。　青煙裊裊長，不眠想著郎，紅色燈花跳，喜兆不平常。夫妻能團圓，楚王來高唐。掩屏上床睡，但願好夢香。

【賞析】詞的上片以夜景寫閨人的夜思。月光如水，籠罩香階，這是閨人之所見。夜靜人寂，佇立戶外，是望月而思人也。月華光潔，可謂良宵，然伊人不在，又有何樂？處良宵而思人，與見春發而生情一樣，都是易生相思之情的環境。望而不歸，衹好閉戶入室。金鐶碰撞的聲音本不多大，但在神經脆弱的閨人聽來，卻甚受震撼，詞人由此說明她的相思已致使她身心俱損。入室之後，孤獨感使她不自覺地邀月相伴，故而，她鉤起一面簾子，讓月光通過窗子進入室內。下片以燈花爆出引起的心理變化來說明她對美好生活的渴望。對於一個相思至極的人來說，心中常會產生一些不理智的想法，如一些閨婦想到，如果我整天倚欄或佇立山頭，就能把行人盼回來，而不這樣做，丈夫就有可能永遠不回來，於是，就按照想像的方法去做。此詞中閨婦也是如此，當她看到爆出紅色的燈花後，高興不已，「笑」既是燈花，也是她。因為按照民間的說法，這是一個喜兆。於是，她認定丈夫要歸來。詞人這樣寫，不是要說她迷信，而是說明她相思已到了刻骨的程度，任何在別人不經意的事情，都會使她聯想到郎君的歸來。「掩屏秋夢長」，在由燈花而得到慰藉之後，她的心獲得了暫時的平靜，上床睡眠，並希望自己做一個長長的美夢。通過景色來透視女主人變化的心理，此詞寫得相當出色。

其二

花冠❶頻鼓墻頭翼，東方澹白連窗色。門外早鶯聲，背樓殘月明。　薄寒❷籠醉態，依舊鉛華❸在。握手送人歸，半拖金縷衣。

【注釋】❶花冠　指雄雞。❷薄寒　稍有一點冷。❸鉛華　擦臉之粉。曹植〈洛神賦〉：「芳澤無加，鉛華弗御。」

【語譯】公雞站立牆頭上，頻頻扇翅不住鳴。東方出現魚肚白，曙光穿窗照閨房。早上門外鬧，屋前有啼鶯。樓後懸殘月，仍然有光明。　清晨冷颼颼，醉中出帳帷。臉上粉仍在，眉黛亦未褪。情郎不能留，握手送他歸。睡衣拖到地，從此心又碎。

【賞析】此詞描寫一女子送別情郎的情景。上片描寫送別的時間。黎明時分，公雞昂頭報曉，東方的雲海中泛起了淡白色的光亮，門前樹上的鶯鶯早早就開始啼叫，樓後殘月泛著無力的光芒。四句中，兩次描寫了聲音，先是公雞，後是鶯鶯，女子聽來，十分的煩惱，因為報曉的聲音使他們相聚的時間無法再延長，所以，對雞用「頻」字，對鶯用「早」字，反映出女子對牠們叫得太多、叫得太早而不滿。下片寫送別的情景，「籠醉態」補寫了昨晚的情景。臨別的晚上，其纏綿之情可以料知，他們一杯一杯的喝酒，深情厚意通過酒而得到了表達。因酒喝得太多，才使得女子在一夜之後仍有醉態。「依舊鉛華在」是女子照鏡所得。為了表示尊重與臨別時給情郎留下一個美的印象，她不想帶著殘妝送郎，當看到鉛華猶在時，才出帳送人。「歸」說明行人不是女子的丈夫，這裏不是他的家，他們之間的關係是情人的關係。「握手」不是像現代人，表示一種禮節，而是執手，深情的表現。「拖」說明人走後之精神狀態。金縷衣本是很輕之物，但分別使她神慵意懶，連舉衣的力氣都沒有了。

其三

小庭花落無人掃，疏香❶滿地東風老。春晚信沉沉❷，天涯何處尋？

曉堂❸屏六扇❹，眉共湘山遠❺。爭奈別離心，近來尤不禁。

【注釋】❶疏香　清淡的芳香。❷信沉沉　音信杳無。❸屏六扇　參見卷七顧夐〈玉樓春〉其四（拂水雙飛來去燕）注❶。❹眉共湘山遠　眉色如遠望之湘山。

【語譯】小庭花落到處飄，滿地厚積無人掃。清淡香氣日日減，東風無力漸漸老。春天將歸去，音信全沒了。天涯何處尋，郎蹤不知曉。　清晨看堂廳，屏風六扇新。眉色重描畫，如同湘山青。主動親冤家，無奈浪蕩心。近來常外出，妾身無法禁。

【賞析】此詞寫一女子對丈夫常常外出的愁苦與無奈。上片說春已至暮，但丈夫仍沒有歸來。「無人掃」既說明女子因心裏愁苦而疏懶，但也含有女子對花同病相憐的意思。她不想將落花掃去，與塵埃攪在一起。落花仍然是花，有花的姿容，有花的餘香，然一旦掃去，成為垃圾，就不再是花了。她想以此延長花的青春，花的生命，這實際上是盛年女子自我憐惜之心態的反映。「信沉沉」，音信杳無，說明丈夫並不關心妻子，他對妻子的感情毫不在乎，他浪跡遠方，但並不捎信來告知自己的情況，彷彿家裏的妻子不存在似的。閨人既愁苦春天裏的孤獨，更愁苦郎君對自己的冷淡。閨人為此作出過努力，她將畫堂布置得整潔雅致，她將自己打扮得更加美麗，然而，不論怎麼努力，都禁止不了他遠遊的行為，收不攏他別離的心。「屏六扇」，原是唐憲宗御製前代君臣事跡，書於六扇屏風之事。此詞用此典，含有女子曾向丈夫訴說著過去情愛熱烈的事，欲以此喚回丈夫的愛心。「近來」，不是目前，因丈夫至春暮還未歸來，說明「近來」有相當的時間。花落春歸，人別家而去，這些對於女子來說，都是無可奈何的事，她的愁苦與春俱來，但又未隨春而去。

其四

青巖碧洞經朝雨，隔花相喚南溪去。一隻木蘭船，波平遠浸天。　扣舷❶驚翡翠，嫩玉❷抬香臂。紅日欲沉西，煙中遙解觿❸。

【注釋】❶扣舷　敲擊船邊作節拍，以和棹歌。❷嫩玉　喻美人膀臂如同玉嫩。❸解觿　猶言解珮。觿，錐也，以象骨為之。

【語譯】青碧巖洞林中露，早晨風捲雨如注。雨停隔花呼喚郎，乘船觀景南溪去。一隻木蘭船，兩人把情抒。水闊波平，連天相接處。　叩船響如鼓，翠鳥起驚呼。佳人舉香臂，膚色嫩如玉。夕陽將西下，似乎掛在樹。暮色生晚靄，解珮相贈予。

【賞　析】此詞寫一對相戀之男女在戀愛生活中的一個片段。畫面清新，語言雅致。青山碧洞，樹木蔥蘢，鮮花紅豔，溪水淙淙，這環境是自然的，又是美麗的。因其自然，才會有不受禮教束縛的自由戀愛；因其美麗，陶冶了人們的性情，人們才會追求美的愛情，欣賞美的景色。「相喚」，既是男子約女子，也是女子主動約男子，這裏真是一片自由、純潔的天地！祇要有愛情的種子，就可以綻放出絢麗的花朵。到了南溪，彼處便成了兩人的世界。他們扣著船舷，盡情地放歌。水草中的翡翠鳥被驚起，呼喚著飛向遠處。女子隨意地划著木槳，優美的膀臂是那樣的好看，肌膚如同嫩玉一般。他們盤桓著不肯離去，直到夕陽西下，遠處生起了晚煙。這一次約會使他們的愛情又得到了昇華，女子將小觿解下，當作定情的信物贈予男子。此詞向讀者展示了人的美、愛情的美、風景的美，它會讓你對所展示的畫面生出無限嚮往之心。

其五

木綿花❶映叢祠小，越禽❷聲裏春光曉。銅鼓❸與蠻歌，南人❹祈賽多。　客帆風正急，茜袖❺偎檣立。極浦幾回頭，煙波無限愁。

【注　釋】❶木綿花　亦作木棉花。楊慎《丹鉛雜錄・木綿》：「張勃《吳錄》云：『安定縣有木綿樹，實如酒杯，口有綿可作布。』」❷越禽　此處泛指南方禽鳥。❸銅鼓　賽神祭祀用的樂器。許渾〈送客南歸有懷〉：「瓦尊迎海客，銅鼓賽江神。」❹南人　指荊楚吳越之人。彼地人自古好淫祀。❺茜袖　絳色衣袖。

【語　譯】木棉花開紅彤彤，輝映叢林祠堂小。南方禽鳥啼聲裏，春光明媚在清早。銅鼓用力捶，震天吼蠻歌。南人喜祭祀，祈賽人眾多。　我與佳人別，揚帆風正急。身著絳色衣，舉袖倚檣立。船行數回頭，佳人正搖手。煙波千里路，心生無限愁。

【賞　析】此詞的上下兩片，似無內在聯繫，上片寫南方之風景，下片寫離別之情景。其實，上下兩片，有依戀不捨之感情線將它們聯在一起。詞中所寫之景物風俗，帶有鮮明的荊楚之地的特色。木綿花燦爛如霞，火紅的一片，它們輝映著叢林中的祠堂。由於樹木茂密蔥鬱，棲息著許多禽鳥兒，清早之時，無數鳥兒盡情地歌唱，奏響了動人的春之曲，增濃了明媚的春光。更吸引人的是南人喜歡祈神賽社，動輒舉辦祈賽活動。他們用力地擂著銅鼓，盡情地唱著土歌，鼓聲、歌聲，混合在一起，如同鼎沸。每一個旁觀者都會為這鮮明的風俗畫面而心情激奮，留戀不捨。除了這些之外，對於詞中的男子而言，更使他留戀的是一個美麗多情的女子。由於不得不走的原因，男子還是走了。但是，這片土地上的風景、風俗與心愛的女子卻又使他無法捨棄。在這不走不能、走又不捨的矛盾的心境下，離別的情感是多麼的悽愴！船離開了港灣，風鼓起了白帆。男子依檣而立，幾番回頭看站在水邊目送他的女子。「煙波無限愁」，形象地描述了他心中的愁之廣，愁之長，愁之濃。現在回過頭來再看上片，我們理解到了作者的用心，他是為下片作有力的鋪墊，俾能更好地表現濃烈的離情別緒。

河瀆神 二首

其一

汾水❶碧依依，黃雲落葉初飛。翠華❷一去不言歸，廟門空掩斜暉。　四壁陰森❸排古畫，依舊瓊輪羽駕❹。小殿沉沉清夜，銀燈飄落香灺❺。

【注　釋】❶汾水　又稱汾河，在今山西省境內。❷翠華　旗幟名。司馬相如〈上林賦〉：「建翠華之旗，樹靈鼉之鼓。」❸陰森　幽暗的樣子。❹瓊輪羽駕　河神所乘之車駕以玉、翠鳥之羽毛為飾。❺香灺　燭的殘餘。

【語　譯】汾河水，碧清清，彎彎曲曲數百里。秋天來，雲色黃，北風勁吹落葉飛。翠華旗，不再飄，河神一去不回歸。神不在，廟門空，淒涼孤寂落斜暉。　四壁上，陰森森，畫有天神與眾鬼。畫面上，車駕行，玉輪滾滾蓋飾翠。小殿裏，寂寂夜，清風徐徐穿堂吹。銀燈暗，香燭殘，河神幾時才能回。

【賞　析】此詞即題發揮，寫河瀆之神。這裏所寫的是汾河之神。寫他的不歸與祠廟的冷落。「汾水碧依依，黃雲落葉初飛」，指明河水之名稱與時間，「依依」，既形容長而彎曲的汾河，也含有依依不捨的意思，與「翠華一去不言歸」相呼應。黃雲，汾河在黃土高原，大地色黃，天上之雲也被映黃了。「落葉初飛」，一派蕭瑟的秋天景象，這與神廟無主的情形相一致，或者說以此渲染悲傷的情調。河神去後，再未歸來，廟宇冷落，斜暉殘照。詞人因汾河無神主沉浮，而為之惆悵。上片所寫的內容是由廟前之汾河，廟上之行雲，再到覆蓋斜暉的廟門，描寫了廟之外的環境。下片詞人進入廟內，寫廟之四壁、小殿。四壁排列著陰森可怖的關於鬼神故事的壁畫，汾河神威風凜凜出巡時，高車大馬，儀仗鮮明。再看小殿內冷冷清清，黑暗中，一盞銀燈因燭將燒盡而黯淡無光。上片寫廟外，寫白天，下片寫廟內，寫夜晚。詞人從不同的角度描繪了河神廟的殘敗景象。

其　二

江上草芊芊❶，春晚湘妃廟❷前。一方卵色❸楚南天，數行征雁聯翩❹。　獨倚朱欄情不極，魂斷終朝相憶。兩槳不知消息，遠汀時起鸂鶒。

【注　釋】❶草芊芊　草茂盛的樣子。❷湘妃廟　祭祀湘妃而立的廟宇，在湘水邊上。杜甫〈湘夫人祠〉：「肅肅湘妃廟，空牆碧水春。」❸卵色　「卵」紹興本注云：「作夘。夘，古柳字。」此注非。《逸老堂詩話》卷上：「唐詩云：『殘霞蹙水魚鱗浪，薄日烘雲卵色天。』東坡詩云：『笑把鴟夷一尊酒，相逢卵色五湖天。』正用其語。《花間集》詞云：『一方卵色楚南天。』注以卵為夘，非也。注東坡詩者，亦改卵色為柳色。」卵色，青白色。❹聯翩　鳥飛的樣子。

【語　譯】江岸草，蔓無邊，江水藍藍與草連。春將去，天氣暖，眺望到湘妃廟前。青白色，無邊際，南國一方晴朗天。人字形，向北征，一行一行雁聯翩。　一個人，倚朱欄，相思之情無法抑。魂已斷，夢常縈，我將郎君終日憶。音信杳，人無蹤，漂泊天涯無消息。望遠處，江水邊，一對鴛鴦正飛起。

【賞析】上片為閨中人倚欄眺望所見到的景色。突出暮春時的特點。江岸上的草長得青翠而茂盛，數行大雁在青白色的天空中向北飛去。她倚欄並不是為了看景，而是望人。但映入眼簾的景色卻觸動了她的情感。水草茂盛，說明春將歸去，然遊子還未歸來，使她的「望」充滿了焦灼不安的情緒。看到大雁北飛，自認為她的「望」有了希望，她在心裏懇求牠們將自己的思念帶給遊子。下片直接寫女子的心中之情。「獨倚朱欄」緊承上片之景，補充說明所寫之景是閨人倚欄眺望之所得。「情不極」是說相思之情滔滔不絕，永遠到不了極處。這是女子為相思所苦而生出的怨言，然這正是情深的表現。「終朝相憶」是「情不極」的具體表現，「魂斷」則是「情不極」的結果，「兩槳」是浪跡天涯的遊子的代稱，由此也可知，遊子是乘船離家的。末句又寫了閨人望到的景色，但這一景象淒楚至極，它既是客觀之景，也是女子的內心之情，表現出她對生活的渴望。賀裳《皺水軒詞筌》：「傷離念遠之詞，無如查荎〈透碧宵〉詞：『斜陽影裏，寒煙明處，雙槳去悠悠。』令人不能釋懷。然尚不如孫光憲『兩槳不知消息，遠汀時起鸂鶒。』尤為黯然。」

虞美人 二首

其一

紅窗寂寂無人語，暗澹梨花雨❶。繡羅紋地粉新描，博山❷香炷旋抽條，暗魂銷。

天涯一去無消息，終日長相憶。教人相憶幾時休，不堪悵觸❸別離愁，淚還流。

【注釋】❶梨花雨　梨花紛紛謝落，如同下雨。另一解為梨花開時之雨。❷博山　香爐名。❸悵觸　接觸。

【語譯】閨內悄悄無人語，美人臨窗把頭梳。梨花紛紛落，昏暗如下雨。羅衣上面繡花紋，嫩臉如玉粉新塗。煙絲裊裊一條條，用的博山名香爐。寂寞無人伴，魂消亂心緒。郎去一去數個月，浪跡天涯無消息。渴望郎歸來，終日長相憶。你究竟要到何時歸？我的思念何時歇？我不敢去惹那離愁，愁卻纏身不作別。淚還流，總是泣。

【賞　析】此詞寫一女子的相思之情。詞人運用多種表現手法，把女子的盼望、怨恨、無奈等豐富而雜亂的情緒生動地反映了出來。首兩句既寫環境，也間接地寫了人。通過暗示的手法，使我們看到了女子的形象，她愁苦萬端，默默無語，容貌因相思而受損，如同凋零的梨花，失去了鮮豔與光澤。但她並沒有灰心，仍在積極地等待，她繡了羅衣，塗了新粉，燃了香爐，熏了鴛衾。「暗魂消」，意為無論她如何努力，最後都成了徒勞。等待、盼望成了精神上的折磨。下片以女子的口吻訴說了行人不歸家的情況和她自己的痛苦。「天涯一去無消息」不僅是客觀情況的陳述，還含有女子的怨責，與「教人相憶幾時休」，一樣的語氣。「一去無消息」，說明了男子的薄情，如果他真心的愛著妻子，又怎麼會不捎回一個平安的信兒？如果他戀著這個家，又怎麼會這麼長時間而不歸？由於他的「無消息」，使得女子「長相憶」，「淚還流」。下片每一句都流露出女子的哀怨，她將丈夫與自己成一對比，從而說明自己的痛苦完全是丈夫造成的。然而，句句是怨，句句又表現出她的癡情。

其二

好風微揭簾旌起，金翼鸞❶相倚。翠簷❷愁聽乳禽聲，此時春態暗關情，獨難平。

畫堂流水空相翳❸，一穗香遙曳❹。教人無處寄相思，落花芳草過前期，沒人知。

【注　釋】❶金翼鸞　金色翅膀的鸞鳥。鸞，舊時傳說中鳳凰一類的鳥。這裏指簾上繡的圖案。❷翠簷　翠色的屋簷。❸翳　掩蔽。❹一穗香遙曳　謂煙如穀穗，在風中搖曳。遙，即搖。

【語　譯】一陣清風從院來，吹起繡簾微開啟。兩隻金鸞鳥，交頸相偎倚。屋簷雛燕嘰嘰聲，佳人窗前不堪聽。春天已經呈老態，年華空度愁苦多。孤獨無人伴，心裏實難平。　屏被屈曲流水掩，畫堂佳人想的遠。煙如穀穗樣，風中輕搖曳。玉郎一去無消息，教人何處寄相思。花落草青春去也，早已過了約定期。日日相思情，沒有一人知。

【賞析】此詞寫一未嫁女子的思情。由內容來看，她已經有了心上人，並約定在春天裏相會，可是到了春暮時節，他也沒有來。上片所說的「此時春態」，就是暮春景象，在詞中具體的表現則是「乳禽聲」，雌雄交配，生下卵來，孵出小鳥，小鳥又已長大，啼叫著來回穿行於屋檐，此時春天豈不是已近尾聲。佳人對牠們的啼聲，能不愁苦?引起愁苦的，除了耳聞的之外，還有目視的，那就是簾旌上依偎著的鸞鳥，鳥都知雌雄歡合，何況人乎。一聞、一視，孤獨的心情，自然難以平靜。下片繼續描寫女子由景而觸發的情思。流水自不會經過畫堂，當是畫堂屏上之流水。因屏折疊而立，故說「相翳」。孔子曾在川上感嘆說：「逝者如斯夫！」時間、人的生命就像這流水一樣，不斷地流淌，並一去而不復返啊！女子見此流水，也會有年華流逝的感嘆。其畫面雖因折疊而不完整，但已經引起了她的慨嘆，所以，用一「空」字。三四兩句抒發了她對郎君的不滿之情。她的不滿有兩點，一是他不告訴行蹤，使她「無處寄相思」，二是不守諾言，「落花芳草過前期」。這不滿不會使她在感情上疏遠他，相反，會使她的思情更濃更烈。「沒人知」，透露出她為未嫁之閨女的身份，他們的約會，她的相思，都是背著人進行的，這意味著相思的痛苦只有她一人承擔。

後庭花 二首

其一

景陽鐘❶動宮鶯轉，露涼金殿。輕飆吹起瓊花綻❷，玉葉如剪。晚來高閣上，珠簾卷，見墜香❸千片。修蛾慢臉❹陪雕輦，後庭新宴。

【詞　牌】後庭花　即〈玉樹後庭花〉。《南史・陳後主本紀》云：後主每引賓客遊宴，使諸貴人及女學士與狎客共賦新詩相贈答，採其尤絕麗者為曲調，其曲有〈玉樹後庭花〉。此調有四十四字，四十六字諸體。

【注　釋】❶景陽鐘　參見卷六顧夐〈虞美人〉其二（觸簾風送景陽鐘）注❶。❷輕飆吹起瓊花旋　微風吹起瓊花，花在空中飛旋。輕飆，微風。瓊花，花名，與聚八仙相似。周密《齊東野語》卷一七：「揚州後土祠瓊花天下無二本，絕類聚八仙，色微黃而有香。」❸墜香　此處指瓊花墜落。❹修蛾慢臉　謂長眉嬌臉。白居易〈憶舊游〉：「修蛾慢臉燈下醉，急管繁絃頭上催。」

【語　譯】景陽樓上鐘聲響，宮外鶯鶯正歌唱。金鑾殿上冷，早晨露水涼。微風吹過百花園，瓊花片片空中舞。葉綠如碧玉，如剪一個樣。　黃昏高閣上，珠簾捲窗旁。臨窗見瓊花，千片盡落光。長眉粉臉宮女美，許許多多陪帝王。後庭開新宴，一派喜洋洋。

【賞　析】光憲二闋〈後庭花〉，皆即題寫陳後主事。此闋描寫國未破時宮中生活的歡樂。上片寫宮中的晨景，拂曉之時，景陽樓上的鐘聲喚醒了沉寂的宮苑。露珠在晨曦中閃耀，發出冷冷的寒光。輕風拂拂，吹旋起零落的瓊花。春天要去了，瓊樹上枝葉碧翠如剪。景色雖好，但無疑帶有淒涼的色彩。露珠圓，但有寒意；瓊花美，卻已落盡。興盛中隱藏著衰敗，繁華中預示著冷落。然而，作為國君的陳後主，並沒有憂患的意識，政治不修，武力不備，只圖享樂。後宮的夜晚，修蛾慢臉，環繞左右；珍饈佳餚，陳列其前。詞人選取了後主宮廷裏一天的生活，形象地揭示其亡國的原因。語言雖然華麗，但字字流露出悲涼之感。

其二

石城❶依舊空江國，故宮春色。七尺青絲❷芳草綠，絕世難得。　玉英❸凋落盡，更何人識。野棠❹如織，只是教人添怨憶，悵望無極。

【注　釋】❶石城　即石頭城。故址在今江蘇省南京市石頭山後。❷七尺青絲　《南史·張貴妃傳》：「張貴妃，髮長七尺，鬒黑如漆，其光可鑑。」❸玉英　花的美稱。❹野棠　野棠梨，落葉喬木，果實圓而小，味澀可食，俗叫杜梨。

【語　譯】圍城依舊是長江，金陵空在陳朝亡。故宮春色在，卻無人去賞。張妃烏髮有七尺，而今不存芳草長。一代絕色女，千年難再得。瓊花不再芳，枝上凋落光。化作泥與土，何人識其香。密密如絲織，青青是野棠。山河雖存人事改，哀愁教人塞胸膛。舊國遺跡，無限悵望。

【賞　析】此詞寫詞人憑弔陳朝遺跡時的無限惋惜之情。石城依舊，江城仍存，然人事已改，換了主人。「空」表現出詞人對國破家亡的悲傷，對昔日繁華盛世的哀悼。「空」也反映出盛衰的無常，滄桑變化的迅速。詞人佇立故宮，他惋惜春色仍然明媚，卻無人欣賞；他惋惜張貴妃七尺青絲，絕世面容，而今卻埋於地下，上面長滿了萋萋青草；他惋惜玉樹瓊花，凋零至盡，今日不再有人認識，代之而起的卻是原長在荒山野嶺上的杜梨，它們肆意蔓延，密密如織。風華絕代，過去了；軟玉溫香，消損了。詞人面對這一切，祇能興起無限的愁怨，無極的悵望。憑弔六朝遺跡的詩歌很多，著名者有劉禹錫的〈烏衣巷〉、〈石頭城〉，王安石的〈桂枝香·金陵懷古〉，薩都剌的〈滿江紅·金陵懷古〉等，孫光憲此詞若列於此中，毫不遜色。

生查子　三首

其一

寂寞掩朱門，正是天將暮。暗澹小庭中，滴滴梧桐雨。　繡工夫❶，牽心緒。配盡❷鴛鴦縷，待得沒人時，偎倚論私語。

【注　釋】❶繡工夫　指刺繡的工作。歐陽修〈南柯子〉：「等閒妨了繡工夫，雙鴛鴦字怎生書。」❷配盡鴛鴦縷　鴛鴦羽色多彩，故需各種彩線。

【語　譯】寂寞無人相伴，關起朱門獨坐。四周天色昏暗，正在降下夜幕。庭院樹木看不清，漸漸一片模糊。梧桐滴滴答答，那是瀟瀟夜雨。　刺繡小小工夫，線線是妾情緒。鴛鴦羽毛五色，配齊各種線縷。繡成生動活潑，成了我的伴侶，等到沒得人時，與牠偎倚私語。

【賞　析】此詞以生動的內容，描述了一個女子急切的求偶心情。自古以來，男大當婚，女大該嫁，然而由於經濟的、道德的、風俗的等多方面原因，許多人到了適婚的年齡，卻不能婚嫁，使他們十分的苦惱。尤其是女子，憂心如焚，卻又不好開口求人，甚至對自己的親人也不好說。於是，在閨房中，坐立不安，愁思百結。此詞中的女子就是這樣一個不幸的人。上片，詞人以同情的筆調描述了她的心境與環境。她寂寞無聊，渴望有人與她相伴，那怕同性的女伴也可以，所以，在白天一直將朱門開著，直到晚上才掩門。然而，無人前來，更不要說青年男子了。在古代，閨深似海，三尺童子亦不許其入閨。女子的這種渴望無法變成現實。白天寂寞，已經難受，可是偏偏天黑之後，下起了雨，點點滴滴，打在梧桐葉上，這聲音使得夜晚空寂可怕，使愁苦憂思的人難以入眠。所謂「梧桐樹，三更雨，點點滴滴到天明」是也。無人來求愛，女子愈來愈寂寞，在此情況下，她繡起了鴛鴦，因為鴛鴦是一個多情之物，牠懂得愛，了解孤獨的痛苦，於是，配齊了各色線縷，一針一線注入了她的感情，繡成了鴛鴦。這鴛鴦應該是一隻，並且是雄的。這樣，方可與她配對。從此之後，她常把自己想像成一隻雌鴛鴦，或者將那隻繡的鴛鴦想像成一個英俊的青年，沒人時，與牠盡情地說著悄悄話，吐露自己對愛的渴望。渴望愛已經到了變態的地步。我們讀後不但不會譏笑她，只會覺得心酸，並由此深深的思考，這一切是誰之罪？

其　二

暖日策花驄❶，嚲鞚❷垂楊陌。芳草惹煙青，落絮隨風白。

誰家繡轂❸動香塵，隱映

神仙客❹。狂殺玉鞭郎，咫尺音容隔❺。

【注　釋】❶策花驄　鞭打著花驄馬。❷嚲鞚　鬆弛馬韁。❸繡轂　對車的美稱。沈亞之〈春色滿皇州〉：「繡轂盈香陌。」❹神仙客　指車中美人。❺咫尺音容隔　佳人在車中，男子在馬上，雖近在咫尺，卻不能相互見面。

【語　譯】天氣暖洋洋，騎馬少年郎。鬆韁花驄馬，路邊長垂楊。芳草若青煙，蔓延生得長。柳絮紛紛落，隨風滿天揚。誰家一馬車，飛塵何處往。隱約車中人，是個美仙娘。喜煞騎馬人，鞭馬追趕上。雖然近咫尺，不能把話講。

【賞　析】此詞寫一男子在春遊時遇見一女子而動心的事。上片用工筆畫的手法細緻地描述了明媚的春光。遠遠望去，芳草連天，青青如煙；柳絮滿天，隨風飄蕩。在這風和日暖的天氣裏，男子騎著花驄馬，徜徉在通往郊外的路上。在這樣的環境裏，一個單身男子，自然地會渴望發生愛情這樣浪漫的事情，或許他來郊遊就帶著尋找愛情的目的。因為在古代社會，郊遊是男女接觸的一個難得的機會。果然，有女子乘坐的繡車來了。男子通過捲起的車簾，看到裏面坐著一位美麗的女子，他把她比作「神仙客」，可見其是絕色的了。「狂殺」，即激動，狂喜，躍馬上前，然而，他並沒能遂心如願，女子見其「狂」，又放下了窗簾。雖近在咫尺，卻不能再睹仙容，不能與之說話。放下窗簾，由「隔」可知。原先能見到「神仙客」，說明簾子是捲起的。有美人而不能接近，自然會使男子懊惱，會生出悵然若失的情緒。但作為讀者的我們，沒必要像作者那樣，予以同情。因為他對女子的動心還算不上甚麼愛情。

其　三

金井❶墮高桐，玉殿籠斜月。永巷❷寂無人，斂態愁堪絕。　玉爐寒，香燼滅，還似君恩歇❸。翠輦❹不歸來，幽恨❺將誰說。

【注　釋】❶金井　井之美稱。與下文之玉殿、永巷、翠輦等，皆是宮中景物。❷永巷　《三輔黃圖》卷六：「永巷，永，長也，宮中之長巷，幽閉宮女有罪者。」❸君恩歇　君王不再寵幸她。❹翠輦　天子所乘之車，飾以翠羽。❺幽恨　鬱結於心的怨恨。

【語　譯】高高梧桐樹，葉落金井上。夜空月西斜，月光照大殿。長巷靜悄悄，無人在身旁。愁眉緊鎖起，苦悶要斷腸。　香爐早已冷，屋內不再香。爐冷像君恩，寵幸再不想。寶輦不再來，無緣見帝王。心事與誰說，怨恨綿綿長。

【賞　析】這闋詞寫一位宮女被打入冷宮後的孤淒與絕望的心情。上下兩片的前兩句都是寫環境。上面描述的是屋外景色：枯黃的梧桐樹葉掉落在孤獨的井架上，寒夜的斜月籠罩著大殿。這蕭瑟的秋天景色既傳導宮女悲涼的心境，又間接地寫出了她在夜晚的活動。她在夜深之時，仍未入睡，望著君王住處的「玉殿」。下片前兩句則描述了屋內的景色，「玉爐寒，香燼滅」，此景也不惟是描寫屋內之環境，它還說明夜的深度與宮女愁苦的程度。其他幾句大都是直接描寫宮女的愁苦，她雖然被打入冷宮，也明知君恩已歇，但仍然渴望翠輦能來，再得恩寵。末句「幽恨將誰說」，將愁苦推入到無以復加的地步。她不但得不到恩寵，享受不到快樂，連訴說怨恨的人也找不到一個。

臨江仙 二首

其一

霜拍❶井梧乾葉墮，翠幃雕檻初寒。薄鉛殘黛稱花冠，含情無語，延佇倚欄杆❷。

杳杳征輪❸何處去？離愁別恨千般❹。不堪心緒正多端❺，鏡奩長掩，無意對孤鸞。

【注　釋】❶霜拍　霜擊；霜打。❷延佇倚欄杆　倚欄久立。❸征輪　行旅之車輪。❹千般　形容愁恨很多。❺多端　多頭；多種。

【語　譯】霜打井邊梧桐樹，樹葉乾枯飄零去。翠飾帷幕玉雕欄，秋風來後覺初寒。雄雞一唱天下白，臉上脂粉畫眉殘。含情舉首向遠望，久久無語立欄杆。　郎君車輪向何處？欲尋茫茫不知路。離愁別恨無限多，剪不斷的亂心緒。紅顏已褪臉憔悴，妝奩長鎖鏡不露。鏡背鸞鳥僅一隻，不願看牠怕傷心。

【賞　析】這闋詞寫閨婦的秋思。詞人祇是選擇了秋日早晨的一個畫面，來表現閨婦愁苦的心情。「霜拍井梧乾葉墮，翠幃雕檻初寒」，描繪了秋日的景色與閨婦倚欄望人的起始時間。霜落而擊葉，這是深秋的氣候表現。霜白而未化，這又是日未出時的景象。「翠幃」與「雕檻」相連，說明女子出帳帷就到欄檻，表現出她「望」之心情的急不可待，這從第三句「薄鉛殘黛」得到了證實，她沒有梳洗，就倚欄而望。我們由此又可進一步地看到她在漫漫長夜中的情況，一定是寢不安寧，輾轉反側。天亮之後的「望」是夜間「思」的延續，祇不過是方式上有所變化而已。「花冠」，這裏解作「公雞」，孫光憲〈菩薩蠻〉中就有「花冠頻鼓墻頭翼」句。這一句的意思就是公雞啼曉，宿妝未整。「含情無語，延佇倚欄杆」，無限情意，在臉上隱隱流露，稱為「含情」。延佇，久立而待。由下片的內容得知，女子的丈夫自離別之後，並沒有捎信回來說近日要歸，而且浪跡無蹤，女子又何以會「含情」與「延佇」呢？按常情來推測，大半是她夢見了丈夫，夢中的丈夫溫柔纏綿，並說一些決不負情之類的話。而在醒後，她將夢作為吉兆，認定丈夫很快會回家，於是含情等待。下片所寫的內容是女子「延佇」而不見行人歸來後的心情。前三句都是女子怨責的話，也是精神痛苦狀態的真實寫照，「千般」、「多端」同義，即是「剪不斷，理還亂」的愁緒。後兩句由精神轉到體貌，敘述相思不僅造成她精神上痛苦，還直接損害了她的容貌，鏡奩長掩，明為怕見鏡後的孤鸞圖紋，實際上是不忍看自己憔悴的面龐。

其　二

暮雨淒淒❶深院閉，燈前凝坐初更。玉釵低壓鬢雲橫，半垂羅幕，相映燭光明。終是有心投漢珮❷，低頭但理秦箏❸。燕雙鸞耦❹不勝情。只愁明發❺，將逐楚雲行。

【注　釋】❶淒淒　寒冷的樣子。❷漢珮　指漢皋神女解珮事。❸秦箏　箏為秦人蒙恬所造，故曰秦箏。箏形如瑟，絃樂器之一種。❹鸞耦　即鸞雙、鸞對。❺明發　天亮而光明輝照。

【語　譯】天晚昏暗雨淋淋，深院閉門臨窗聽。兩人燈前攜手坐，直到一更未入眠。臥床倚枕玉釵低，烏髮掩腮橫鬢雲。半垂半捲錦羅幕，與燭相映室光明。　如同神女解玉珮，要郎永遠記住情。低頭敲擊箏上絃，高山流水酬知音。相依相偎情無限，如同兩隻燕子一雙鸞。祇愁夜去光明來，郎君遠行去逐雲。

【賞　析】在一個淒風苦雨的夜晚，一對戀人閉門而坐，直至初更。這是他們分別的前夜，離愁別緒縈繞心中，他們在痛苦中享受著愛情的歡樂。這就是本詞所要表現的內容。上片以無聲的場景表現那濃鬱的離情別緒。屋外，小雨淒淒；屋內，燈火昏昏。一切都是無聲的。一對戀人在燈前凝坐著。凝坐，意為一動不動地坐著。他們誰也不講話，誰也不知道該講甚麼話，都被沉重的離別情緒壓抑著。然而，此時無聲勝有聲，他們在進行著心與心的交流，都在想著未來，想著讓這朵愛情之花永遠保持著它的芬香。下片以有聲的場景表現這一對戀人的濃情蜜意。女子終於打破了沉寂，她將自己珍貴的玉珮贈給男子，目的自然是希望男子睹物思人，不要忘記這一段情緣。她還調箏擊絃，讓她的一腔柔情通過音樂而流洩出來。「低頭」，說明女子強忍其愁。既贈信物，又理秦箏，所做的這一切深深的打動了男子，他們親熱地擁抱、交歡，用愛情的火焰將他們燃燒在一起，融化在一起。即使在這種情況下，女子的心仍然被離情別緒纏繞著，她擔心天亮之後，那斷魂的離別時刻的到來。此詞含蓄蘊藉，句句平淡，但句句又含有深意，不費一番由表及裏的透視工夫，很難得其真意。

酒泉子 三首

其一

空磧❶無邊，萬里陽關道路❷。馬蕭蕭❸，人去去❹，隴❺雲愁。

香貂❻舊製戎衣窄，胡霜❼千里白。綺羅❽心，魂夢隔。上高樓。

【注　釋】❶空磧　廣闊的大沙漠。❷陽關道路　原指經過陽關通往西北地區的大道，這裏泛指通往邊塞的道路。陽關，古關名，在今甘肅省敦煌縣西南一百三十里處，為古時出塞要地。❸蕭蕭　馬鳴聲。❹人去去　人快速而不斷地向前走。❺隴　隴山。這裏當指隴山以西地區，在今甘肅省以西，黃河以東，唐時曾在這一帶設道和鎮，是防禦外敵入侵的要塞。❻香貂　這裏指用貂皮縫製的戰袍。❼胡霜　北國之霜。胡，古時北方和西方各民族的泛稱。❽綺羅　有花紋或圖案的絲織品。這裏指穿著用綺羅縫製的衣服的人，即征人之妻。

【語　譯】廣袤沙漠闊無邊，陽關離家萬里遠。長征道路上，戍卒萬萬千。蕭蕭戰馬鳴，急行人相連。抬頭望隴山，愁雲如濃煙。　貂皮製成窄戎衣，由衣想到家中妻。北國之霜千里白，寒氣襲人把家思。閨中思人苦，日日瘦玉肌。魂欲飛陽關，卻被大漠隔。無奈上高樓，不見我的夫。

【賞　析】這闋詞以征戍生活為題材，反映了征夫戍卒與他們的妻子分居兩地的痛苦生活。這樣的題材，在《花間集》中是相當少的。上片寫征人出征途中的愁苦。「空磧無邊，萬里陽關道路」，用濃墨潑灑出一幅長征萬里的圖畫。空曠的大漠，浩瀚無垠，抬頭遠望，不見人煙。而一支戍守邊防的隊伍就艱難地跋涉在這大漠裏。「萬里」雖非確指，然極言其遠，是戍卒在漫長的行軍中的感受。「陽關道路」，一是點明征戍的地點是在西北邊塞，二是巧用王維的「西出陽關無故人」的詩句，反映出征夫孤寂悲涼的心情。下面三個短句仍然描寫行軍路上的情景，而且以征夫的視角來觀照的。萬里征途，別無所聞，但聞戰馬悲愴的嘶鳴聲；別無所見，但見那疲於奔命的行軍隊伍本身，向著陽關一程一程的趕去。那淒涼的情景使得隴山之雲也為之哀愁。當然，雲不會愁，是征人愁眼看雲的結果。下片寫征夫對閨人的懷念。「香貂舊製戎衣窄」，意為征夫身上的戰衣是妻子舊時所做，它非常緊身，穿起來動作俐落，反映出妻子心靈手巧。貂衣雖然是舊時做的，穿在身上又有了很長時間，但是仍然聞到貂皮上妻子的香味。這當然是主觀上感受，表現出他對妻子的想念。「胡霜千里白」緊承上句，表面意思為貂皮雖然是禦寒之物，然仍抵不住北方的寒冷。「千里白」，茫茫無際的白霜，形象地表現出其寒冷的程度。在這樣的環境下，征人便油然生出懷鄉思親之情。末尾三句，是征夫想像的情景。自己來邊關戍守，生死難卜，家裏的妻子該是多麼擔心自己啊！她的一顆心一定整日繫於邊塞，愁苦不堪，她定然想在夢中見到自己，魂兒飛來邊關，然而，她的夢、她的魂被萬里關山、無邊的空磧阻隔住了。於是她「上高樓」，倚欄望，然而，她又能望到甚麼呢？這裏詞人不是直接地寫戍夫想念家裏的妻子，而是通過戍夫想像著家裏的妻子如何想念他，曲折地表達他的思親之情，同時，也表現出他們夫妻間的互相了解，感情深厚。從藝術上看，這闋詞境界開闊，蒼涼中帶有纏綿之情。

其二

曲檻小樓，正是鶯花二月。思無憀❶，愁欲絕，鬱離襟。　展屏空對瀟湘水❷，眼前千萬里。淚掩紅，眉斂翠❸，恨沉沉。

【注釋】❶無憀　精神無所寄託。憀，即聊。漢・王逸《九思・逢尤》：「心煩憒兮意無聊，嚴載駕兮出戲游。」❷瀟湘水　為屏上所畫者。❸眉斂翠　即皺眉頭。

【語譯】小樓曲欄杆，佇立把景看。鶯啼花正發，二月春燦爛。精神無寄託，心情總淒慘。愁得柔腸斷，悶鬱胸外泛。　回到閨房把屏展，屏上瀟湘水彎彎。雖在眼面前，實距千萬里。擦淚污紅粉，皺眉把郎盼，怨恨無限多，何日見歸帆。

【賞析】這闋詞描寫一個女子的思春念遠之情。上片主要寫春愁。開首兩句寫景：「曲檻小樓，正是鶯花二月。」

為我們描繪了一幅春光爛漫圖。紅樓玉欄是一景，但更多地起著介紹女子之活動場所的作用。循著她的視聽方向，我們看到了怒放的鮮花、聽到了圓潤鶯啼。詞人不是用平面的構圖手法來描寫春天，而是既喚起我們的視覺印象，還溝通我們的聽覺印象，從而引起我們更多的對於春的聯想。春天如此生機勃勃，必然會給女子心理與生理上帶來變化。她希望郎君能與她一起觀賞如詩如畫的美景，與她一起度過一刻值千金的春宵。然而，郎君遠行不歸，思念無所投寄，在這樣的情況下，生起春愁就是自然的了。以下二句描寫春愁之烈之多。「愁欲絕」，它使人的精神到了崩潰的程度，它是迴腸蕩胸，要生不能生，要死不能死的一種狀態。「鬱離襟」，愁緒多到要擠破了胸膛。這種直接抒發的痛苦感受，給予讀者強烈的感染力。下片主要寫懷人。換頭兩句通過看屏上之瀟湘圖畫，來表現主人翁對遠人的思念。瀟湘，當是行人漂泊之處，見圖而生出許多遐想，是自然的事。幻覺中，彷彿郎君就在眼前。然而這種遐想與幻覺，倏忽而過，很快又回到現實中來，瀟湘圖並不是真正的瀟湘水，它與自己相隔著千萬里，於是，感覺到是「空對」畫屏，不能給自己帶來任何實際意義上的慰藉。結拍三句「淚淹紅，眉斂翠，恨沉沉」，通過描寫主人翁珠淚潸潸、眉頭緊鎖的愁苦情態，把她那無法解脫、無可遏止的思親念遠的哀怨之情，形象而具體地展示了出來。詞到這裏雖然結束了，但詞人為我們描繪的這幅思婦圖卻深深地鐫刻在我們的腦海中。本詞將情與景的關係處理得既自然又貼切，而且，層次清楚，結構嚴密。

其三

斂態窗前，裊裊雀釵❶拋頸。燕成雙，鸞對影，耦新知❷。玉纖❸澹拂眉山小，鏡中嗔共照❹。翠連娟❺，紅縹緲，早妝時。

【注釋】❶雀釵　雀形的釵飾。李端〈襄陽曲〉：「雀釵翠羽動明璫。」❷耦新知　耦即兩也。兩新知。❸玉纖　玉指。❹共照　與新知共同照鏡。❺連娟　形容眉毛細曲的樣子。

【語　譯】天亮才睡醒，惺忪窗前站。雀釵髮上掛，似要拋向頸。我與郎君如雙燕，相親相愛一對鸞。玉郎是新知，倆心又相映。　玉指輕畫遠山眉，臉上搽粉整雲鬢。郎來妝臺入鏡中，佯嗔共照笑盈盈。眉毛細又長，衣服紅羅錦。早晨梳妝後，煥然面貌新。

【賞　析】這闋詞寫一對剛剛戀愛的男女之歡情。上片寫醒後鬆散之態與意足心滿的情態。開首兩句描寫女子宿妝未整的形象，斂態，是人剛睡醒後呆滯的表情，說明覺未睡足。而雀釵拋頸，則又說明昨晚頭飾未來得及卸即進入依偎纏綿之情境。這兩句都是在表現他們狂熱的歡情。以下兩句則以對燕、雙鸞作喻，點明男女的相歡，並補充交代了「斂態窗前」與「雀釵拋頸」之原因。何以如此狂熱，何以如此歡樂？上片的末句又作了說明：「耦新知」。《楚辭・九歌・少司命》云：「樂莫樂兮新相知。」王逸注云：「言天下之樂，莫大於男女始相知之時也。」上片所寫，洋溢著快樂的情緒。以舒緩的筆調表現出戀人在經歷過愛的風暴之後的心滿意足。下片寫兩人在梳妝時的歡情。髮亂釵斜的女子當然不想讓亂糟糟的殘妝影響他們愛情的歡樂，於是，很快就盥洗打扮。玉指輕描遠山眉，身穿錦羅紅縹緲。此時，男子走到妝臺前，亦將自己照入鏡中，女子佯作怒嗔，怪男子打擾，卻早又兩臉依偎，鏡中共照。纏綿情意，不言自明。此詞語言平易，描寫細膩，一掃《花間集》淒迷哀傷的情調，給人歡樂明快的美感。

清平樂 二首

其一

愁腸欲斷，正是青春半。連理❶分枝鸞失伴，又是一場離散。　掩鏡無語眉低，思隨芳草萋萋。憑仗❷東風吹夢，與郎終日東西。

【注　釋】❶連理　兩棵樹的枝幹相連生長在一起。唐·孫長史女〈別焦封〉：「今日送君處，羞言連理枝。」❷憑仗　憑著；憑藉。

【語　譯】盼來又離別，愁腸斷幾截。常年獨守閨房，正是青春歲月。連理枝分開淒涼，情鸞鳥失伴孤立。又是一回離散，每次離散心滴血。　掩起鏡子把郎思，無語低眉心如撕。千頭萬緒無限多，亦如郊野草萋萋。我願東風吹我夢，吹到郎處作郎妻。郎到東來我到東，郎到西來我到西。

【賞　析】此詞寫一女子的別情與思情。上片寫別離。首句首字之「愁」，揭示了女子在離別時的心境。「愁」的程度是柔腸欲斷。以下三句是說明愁的原因，其原因是正處於青春歲月，卻經常「連理分枝鸞失伴」。青春也可以理解為春天，「青春半」即春光最明媚的時候。「又是」說明他們的離別已不止一次了。人生自古傷離別，而女子卻常常要受到離別的折磨，能無怨言？「又是」，分明是埋怨的語氣。下片寫別後的相思。「掩鏡無語眉低」，描摹了閨婦相思時的愁苦之態：自郎君去後，她終日沒精打采，低頭無語悶坐閨房，以致不事梳洗，鸞鏡蒙塵。次句寫她的思緒。思緒是一種精神形態的東西，看不見，也摸不著，直接說出，流於平實，於是詞人付諸於形象，用「芳草萋萋」表現其多。由於相思日久，相思過深，不禁產生痴想：請東風將我的相思之夢吹到郎君的身邊，伴隨他走東逐西。雖為痴想，但這正是真情深情的表現。

其二

等閒無語，春恨如何去！終是疏狂❶留不住，花暗柳濃何處？　盡日目斷魂飛，晚窗斜界❷殘暉。長恨朱門薄暮，繡鞍驄馬空歸。

【注　釋】❶疏狂　狂放不羈。❷斜界　謂夕陽的光輝照入窗內，窗影成了劃定有光無光之界線。

【語　譯】獨自默默無語，心中常是愁苦。春光引出春恨，無計如何消去。丈夫狂放不羈，始終無法留住。出入秦樓楚館，花暗柳濃何處？ 整日盼望郎歸，直至目斷霞飛。傍晚夕陽照窗，窗子遮住斜輝。長恨夜幕降臨，朱門敲打郎回。歪歪斜斜馬上，喝得如泥爛醉。

【賞　析】 此詞寫一閨婦對郎君冶遊的怨恨。上片寫閨婦的怨恨。「等閒無語」，等閒，尋常的意思。整日無語，悶悶不樂。詞的一開頭就告訴我們這位抒情主人翁是位落落寡歡的女子，心情極度的憂鬱。第二句說她的性格並非如此，她倒很希望排除掉心中的憂悶，快樂活潑地生活著，可是，「春恨如何去？」性格自非孤僻，憂悶又無法排除，一定有其他的原因，於是，三、四兩句緊承其上，作了揭示：「終是疏狂留不住，花暗柳濃何處」，噢，原來她的丈夫是個尋花問柳的風流郎君，終日不歸家，致使閨婦無人與語。這三、四兩句實是以女子的口吻來說的，充滿了怨恨的語氣。「留不住」，不聽勸說，棄她一人在家，她能不恨？下片主要寫丈夫傍晚歸來時的情景。前兩句既寫閨婦痛苦的精神生活——目斷魂飛，也為下面兩句作鋪墊。她終日翹首眺望，到了喪魂落魄的痴迷程度，可是盼回來的是甚麼人呢？「繡鞍驄馬空歸」。這一句寫得不甚明確，我們可用卷二韋莊〈浣溪沙〉（綠樹藏鶯鶯正啼）來作解，韋詞云：「日暮飲歸何處客，繡鞍驄馬一聲嘶。滿身蘭麝醉如泥。」薄暮歸來，爛醉如泥，這個樣子，又如何與語，所以言「空歸」也。中國古代的婦女是極為不幸的，眼睜睜地看著丈夫負心、薄情，卻無能為力，還必須忍耐著，並默默地接受這一切。在今天看來，近乎殘忍。而在彼時，則是許多婦女常常經歷的事情。有些婦女在不公平的婚姻制度下，產生了不正常的心理，竟然從丈夫醉歸的行為中尋求安慰。無名氏〈醉公子〉云：「門外猧兒吠，知是蕭郎至。剗襪下香階，冤家今夜醉。扶得入羅幃，不肯脫羅衣。醉則由他醉，還勝獨睡時。」

更漏子 二首

其一

聽寒更❶，聞遠雁，半夜蕭娘❷深院。扃繡戶，下珠簾，滿庭噴玉蟾❸。

人語靜，香閨冷，紅幕半垂清影。雲雨態❹，蕙蘭心❺，此情江海深。

【注　釋】❶寒更　寒夜之更聲。❷蕭娘　為女子的泛稱，如同稱謝娘一樣。唐·楊巨源〈崔娘詩〉：「風流才子多春思，腸斷蕭娘一紙書。」❸玉蟾　月光。❹雲雨態　狀女子貌之美。❺蕙蘭心　高尚的品性。蕙、蘭皆為香草。

【語　譯】寒夜更聲靜聽，遠處雁叫驚心。半夜蕭娘深院，沒有人聲寂靜。大門緊緊閂起，珠簾垂下安寧。天上一輪皎月，月光灑滿院庭。　夜靜不能入眠，閨內寒冷如冰。紅色簾幕半垂，月光投射留影。體態妖嬈美麗，更有高尚品性。時刻想著郎君，如江海般深情。

【賞　析】這闋詞寫一女子在深夜中對郎君的思念。寒夜的更聲，聲聲入耳；長空的雁叫，叫聲驚心。這都說明夜深而人未睡也。惟其夜深，任何聲音才會變得清晰，並能從遠處傳至閨內；惟其未睡，才能聽清各種聲音。半夜、扃戶、下簾，則是反復強調院之靜，夜之深。這樣，讀者必然會生出疑問，夜如此深，住處又如此安靜，蕭娘為何不睡？詞人並沒有急著回答這個問題，卻以閒筆又描寫了院內的景色：「滿庭噴玉蟾。」戶已鎖，簾已下，女子還能感受到院內灑滿了月光，說明她不但沒睡，意識還相當的清醒。下片仍沒有急著揭開未睡的謎底，而是繼續寫女子的感覺與視覺。「香閨冷」與首句「寒更」相呼應，更主要的是表現她的心寒，以心之寒感覺到天之寒。「紅幕半垂清影」與上片「下珠簾」相聯繫，珠簾雖下，但月光皎潔，仍透過簾幕投下清影。通過寫她的感覺與視覺，仍然寫她的未眠。直到結拍三句，才回答讀者的問題，原來有「江海深」的思情。「雲雨態，蘭蕙心」是對她的容貌與心靈的直接描寫。目的是讓讀者對女子有一個完整的認識。當我們知道了答案之後，反過來，則會更深切地理解她為何對遠處的雁叫、對院外的月光會如此的敏感。聽到近處的更聲，是很自然的事，而「遠雁」能「聞」，則可知她盼望著鴻雁傳書，故對其聲音特別注意。見到透過簾幕而進入閨內的月影，也是很自然的事，然感受到戶外的月光，則可知她正在想像著遠人在月下做甚麼，故對月光特別的敏感。

其二

今夜期，來日別，相對祇堪愁絕。偎粉面，撚瑤簪❶，無言淚滿襟。　銀箭❷落，霜華薄，墻外曉雞咿喔❸。聽付囑，惡情悰❹，斷腸西復東。

【注　釋】❶瑤簪　玉簪。❷銀箭　銀製漏箭，為古代之計時器。❸咿喔　雄雞啼鳴聲。❹情悰　情緒。

【語　譯】今日剛剛相會，明天又要離別。兩人默默相對，各自愁腸斷絕。依偎著嫩粉面，拈著玉簪一葉。淚水灑滿胸襟，吞聲悲傷飲泣。　漏箭落下斜月，薄霜鋪滿石階。牆外公雞報曉，喔喔啼聲急切。數聲囑咐保重，連連點頭凝咽。郎東西南北行旅，痛苦不堪的是妾。

【賞　析】這闋詞寫離情別緒，主人翁是一女子。由詞的內容來看，這一對相戀的男女不是夫妻的關係，但也不是客人與伎女的關係，用舊時的話說，是一對「相好的」。男子大概是一商人或船夫，常為生活而到處奔波。女子的住處大約是他來往的必經之地，每隔一年半載經過此處時，就相會一次，然而，匆匆的來，又匆匆的去。他把這裏作為一個港灣，到這裏祇是暫時的停泊。他對女子是真心的相愛，但是，由於家庭的責任與經濟的壓力，他不可能永遠地與所愛的女子廝守在一起。於是，「相見時難別亦難」，尤其是女子，每一次分別都經受著痛苦的折磨。她銘心刻骨的相思，已經使她不堪忍受，好不容易盼來了郎君，倏忽間卻又要離別。這一次的相會時間比以往哪一次都短，「今夜期，來日別」，祇有一夜的時間。還沒有嘗夠重新聚首的歡樂，就已經生出了濃濃的愁緒。所以上片末句的「淚滿襟」之淚，既是重新聚首歡欣的淚，也是別前憂思愁苦的淚。「偎粉面，撚瑤簪」，表現了他們的深情，他們相互的憐愛。這也正是「愁絕」的原因，沒有熱烈的愛，也就沒有深深的愁。祇有一夜的時間，當然是十分的珍惜。他們希望刻漏永遠不停地滴，公雞則永遠地不啼鳴。然而時間仍然不停地運行著，銀箭落，公雞鳴，分別的時刻迅速地到來了。「霜華薄」，既寫分別時的景色，也反映出這一對戀人淒冷的心境。多情的男子一遍遍地說「珍重」，女子的心情則是酸楚而沉重。「惡情悰」，就是壞情緒，愁苦的情緒。男子走了，留下了佇立目送的女子。經歷過無數次分別痛苦的她，此時有了怨意：你東西南北的跑，讓我一次次的相思、送別，苦得我要斷腸呀！這闋詞寫得情真意切，尤其是女主人翁的感情真率坦露，使人物形象躍然紙上。

女冠子 二首

其一

蕙風芝露❶，壇際❷殘香輕度。蕊珠宮❸，苔點❹分圓碧，桃花踐破紅。品流❺巫峽外，名籍紫微❻中。真侶墉城❼會，夢魂通。

【注釋】❶芝露　花上的露珠。❷壇際　祭壇的邊上。❸蕊珠宮　神仙的居所。❹苔點　點狀之苔。白居易〈游悟真寺〉：「冷華無人跡，苔點如花箋。」❺品流　等級；人品高下之類別。❻紫微　天帝所居。❼墉城　神仙所居之地。《水經注・河水》：「承淵山又有墉城，金臺玉樓，相似如一，……西王母之所治，真官仙靈之所宗。」

【語譯】拂拂和風，花上珠露。祭壇旁邊，餘香微散。蕊珠宮殿，神仙居住。庭院之中，點點苔綠。桃花落地，踏為泥土。　借問仙家，名籍何處？品在我下，巫山神女。名字記在，紫微帝居。墉城會上，多為友侶。四海神仙，魂夢來去。

【賞析】此詞描寫一修煉得道的女冠。上片描寫道觀之景色。和風拂拂，露珠圓圓，苔翠桃紅，玉壇蕊宮。在這簡單的描述的基礎上，我們再用想像加以豐富，一定還會有奇花瑞草，修竹喬松；幽鳥啼鳴，源泉淙淙。在這重重谷壑芝蘭繞，處處巉巖苔蘚生的環境裏，當然會使女冠修煉成仙了。詞人不惜筆墨，渲染這秀麗幽雅的環境，目的就是讓讀者對女冠的成仙事堅信不疑，為下片的敘述作鋪墊。下片是女冠自述她的身份地位。她說自己的等級在巫山神女之上，名籍存於天帝所居的紫微宮中，與墉城會上的神仙皆是朋友，與四海的神仙，能在夢魂中來往。這痴人說夢類的內容，大概是詞人為討好某一女冠而寫給她的，曲意吹捧的態度洋溢於字裏行間，沒有任何思想意義。

其二

澹花瘦玉❶，依約神仙妝束。佩瓊文❷，瑞露通宵貯，幽香盡日焚。碧煙籠絳節❸，

黃藕❹冠濃雲。勿以吹簫伴❺，不同群。

【注　釋】❶澹花瘦玉　是形容女冠相貌清癯。❷瓊文　帶有花紋的美玉。❸碧煙籠絳節　祭拜的殿內香煙很濃，籠罩著作法用的紅色符節。❹黃藕　指冠的色彩。❺吹簫伴　指弄玉和蕭史。

【語　譯】相貌清瘦，好似淡花瘦玉。儀態飄逸，一副神仙妝束。佩的美玉上有紋，隨身攜帶不離身。室外放金盤，通宵承甘露。寶香整日燃，一炷又一炷。　殿內煙罩籠，作法符節紅。冠帽黃白色，髮如烏雲濃。弄玉和蕭史，品性不相同。不讓他們來作伴，相遊的是雲與松。

【賞　析】此詞仍是即題描寫女道士。上一闋寫她學道的環境，與學道的成績。此闋則是對她形貌裝束與她日常焚香禮拜生活的描寫。由於清心寡欲、食物節制，又整日打懺，她的面龐肌膚不豐腴，如同褪色的花，枯瘦的玉。由此相貌可知，她的修煉是真誠的，一心一意的。她的裝束如同神仙的模樣，「佩瓊文」，持拂塵。「依約」，這裏是「好似」的意思。這一詞語用在這裏，隱隱露出了詞人對她學道成績的懷疑，若真的已經成了神仙，又何必用「依約」二字呢？上片的末兩句描寫她日常的修持生活。承貯甘露是為了飲用，好使自己超凡脫俗。焚香則是為了清心，驅除世俗的雜念。下片在內容結構上同於上片，前兩句仍描摹她的裝束，後兩句則寫她的生活原則。殿內香煙瀰漫，她整個人都被籠罩著。她戴著黃白色的冠帽，手持絳紅色的符節。整日念經打懺，閉目塞聽。或許她認為生生死死

相愛的蕭史、弄玉仍為塵俗中人，故藐視他們，不願與他們為伍。由此又可見她對道教教條的堅守態度了。

風流子 三首

其一

茅舍槿籬❶溪曲，雞犬自南自北。菰葉❷長，水葓❸開，門外春波漲淥。聽織，聲促，軋軋❹鳴梭穿屋。

【詞　牌】風流子　又名〈內家嬌〉。此調屬「黃鍾商」，俗呼「大石調」，始見《教坊記》，有三十四字、一百一十一字兩體。

【注　釋】❶槿籬　槿花樹密植，可作籬笆用。槿，木槿，落葉灌木，花有紅、白、紫等色。❷菰葉　菰米葉。水沼處所生長的一種菜蔬。高五六尺，葉如蒲葦，又名茭白，至秋結實，實如米，謂之菰米，亦稱之為雕胡米。唐・儲光羲〈田家雜興詩〉：「夏來菰米飯，秋至菊花酒。」❸水葓　生於水邊之草。❹軋軋　織機的聲音。

【語　譯】傍著小溪一茅舍，木槿籬笆前後圍。雞啼狗叫到處跑，相互追逐喝不退。菰葉如蒲長，葓花散香味。門外河水已漲滿，春風吹拂波碧綠。聽見織布聲，急促聲細碎。農家生活樸素美，軋軋梭鳴讓人醉。

【賞　析】《栩莊漫記》評此詞說：「《花間集》中忽有此澹樸詠田家耕織之詞，誠為異采，蓋詞境至此，已擴放多矣。」這幾句話有兩層意思，一是孫光憲的這闋〈風流子〉，把筆觸伸到了其他花間詞人沒有到過的地方。二是這闋以農村生活為題材的作品，衝出了當時剪紅刻翠的詞的內容，為後來詞境的擴大做了探索的工作。詞人所展現在我們面前的，是一幅富有特徵的鄉村農家圖。幾間茅舍築在一條彎彎曲曲的小溪旁。茅舍的周圍是一圈木槿樹密密排植而成的籬笆。據「菰葉長，水葒開」所提供的季節特徵來判斷，此時木槿樹應該是盛開著鮮花，那麼，我們可以想像，這一圈籬笆，實際上是由粉紅、絳紅、淺藍的花組成的一個大花圈。而在院子內，雞鳴狗吠，互相追逐。春天早已到來了，溪邊的淺水中，菰葉長，水葒開，春波蕩漾。詞人可能是路經此地，目睹了這一悠閒秀美的景象，正當他被這一景象吸引時，從茅舍裏又傳出來軋軋的織機聲，更增添了農家生活的氣氛。詞人雖然是一個旁觀者，但一定十分陶醉。全詞筆墨經濟，色調簡淡，動靜搭配得也十分協調。

其二

樓倚長衢❶欲暮，瞥見❷神仙伴侶。微傅粉❸，攏❹梳頭，隱映畫簾開處。無語，無緒❺，
慢曳羅裙歸去。

【注釋】❶長衢　大街。衢，原指大路。❷瞥見　目光一掠而過，或者說所見之物一掠而過，此詞指後者。❸傅粉　搽粉。❹攏　將淩亂的頭髮稍加梳理。❺無緒　情緒低沉。

【語譯】閨中女子倚樓望，夜幕已降大街上。一個玉郎一掠過，風流俊雅真漂亮。傅粉臉龐白，梳頭髮烏光。從畫簾縫隙見到他，情不自禁心蕩漾。皺眉不言語，精神不歡暢。玉郎不知何處去，提起羅裙倒上床。

【賞析】這闋詞描寫了閨中女子心中泛起的一朵愛情的浪花。這個女子是個思春少女，她在急切地尋找意中人。她的閨樓緊鄰大街，每天她都站在窗口處，垂下畫簾，從簾子的縫隙處觀望大街上來來往往的行人。「欲暮」，點明時間是次要的，表現她求偶的急切心情才是主要的。你看她望大街望到天將黑，還沒有停止，可謂有一股「鍥而不捨」的精神。突然，有一個英俊青年在視野中出現了，他是多麼的漂亮啊！臉龐敷粉而白，頭髮梳攏而光。舉手投足，是那樣的有風度。可惜，他很快隱入人群之中，無論如何尋覓，也找不到他。女子好不容易見到一個可意的郎君，可是衹有一剎那的工夫，又從視野中消失了，其時的心緒如何，則可想而知，她是「無語，無緒，慢曳羅裙歸

去」，消沉、頹傷，悵然若失。她是不會忘記那一閃即逝的傳粉玉郎的，這一瞥而得的畫面有可能伴隨她漫長的一生。這一片刻的閨中生活的客觀描寫，給我們留下了真實的古代女子生活材料，使我們了解到在不允許女子參與任何社會活動、不允許自由戀愛的古代社會，少女在思春時期是如何的苦悶。

其三

金絡玉銜❶嘶馬，繫向綠楊陰下。朱戶掩，繡簾垂，曲院❷水流花謝。歡罷，歸也，猶在九衢❸深夜。

【注釋】❶金絡玉銜　金飾的絡頭，玉飾的馬銜。❷曲院　院落之間有曲欄相連。❸九衢　四通八達的大路。

【語譯】絡頭為金銜飾玉，騎馬來到秦樓處。綠蔭下面駐了馬，將馬繫住楊柳樹。窗口垂繡簾，紅門閉起戶。亭閣小院曲欄連，水流花落石鋪路。一晌歡樂罷，騎馬又歸去。今夜走在大道上，人醉馬疲不停住。

【賞析】此詞即題寫事，描寫了一風流浪子的冶遊過程。在中國古代社會裏，狎伎是被法律與道德允許的，它體現了男子在社會中的特權，正因為它是一件司空見慣，並且不為任何人懷疑其罪惡的事情，故而，讀書人亦常行其事，並將其看作與詩酒並列的雅事，經常在詩詞中歌詠。此詞即是寫一風流子，或許就是詞人自己的行樂過程。詞的內容是從到伎院至離開伎院的時間與空間的移動來敘述。其中在伎院的內容「朱戶掩，繡簾垂，曲院水流花謝」，含蓄不露，用語雙關，表現環境的幽靜，與男女的狂歡。詞人顯然是以一種欣賞的態度來敘述此事的，而沒有看到男子冶遊給許多婦女（伎女與他們的妻子）帶來不幸。這是今天的讀者所要注意的。

定西番　二首

其一

雞祿山前游騎❶，邊草❷白，朔天❸明，馬蹄輕。
鵲面弓離短韔❹，彎來月欲成。一隻鳴髇❺雲外，曉鴻驚。

【注釋】❶雞祿山前游騎　雞祿山前的游擊機動的騎兵。雞祿山，疑即雞祿塞，在今內蒙古邊塞地。❷邊草　邊塞之草。❸朔天　北方的天。❹鵲面弓離短韔　名為鵲面的弓離開短的箭袋。韔，弓袋。❺鳴髇　響箭。出自嬀州嬀川郡。

【語譯】巍巍雞祿山，騎兵巡邏看。邊塞草枯白，北國朝霞燦。荒漠撒馬蹄，蹄印淺留沙灘。袋中拿出鵲面弓，拉成如同新月彎。一枝響箭穿雲天，清早飛鴻膽驚顫。

【賞析】此詞描寫邊防戰士清早巡邏的情景。上片寫騎馬奔馳。起首一句「雞祿山前遊騎」，一下子就把一隊騎兵戰士推到了畫面中，我們彷彿看到了在巍巍的雞祿山前，騎兵們正飛馬向我們奔來，戰馬與人都披上了火紅的朝霞，白草鋪滿大地，如同厚厚的白雪。在「白雪」的映襯下，「遊騎」更加醒目、突出。「馬蹄輕」，形容騎馬的速度快疾，快得似乎馬蹄祇是輕輕地點了一下地面。下片寫騎兵戰士高超的射技。當騎兵中一位戰士見到天上一隻飛雁時，拿出鵲面弓，此弓很硬，非有大力氣而不能開，但他卻把它拉成像新月一樣彎曲。一枝響箭鳴叫著，直插雲空。清早飛行的大雁想不到有人會有這麼大的本領，十分驚恐。自然地，牠會在驚恐中應聲落地。此詞以讚美的語氣表現戰士們戍守邊防的豪邁氣概，洋溢著樂觀的精神。雖然環境惡劣，生活艱苦，但他們沒有絲毫的愁苦之狀。

其二

帝子❶枕前秋夜，霜幄❷冷，月華明，正三更。
何處戍樓❸寒笛，夢殘聞一聲。遙想

漢關萬里，淚縱橫。

【注釋】❶帝子　對皇帝子女的通稱。王勃〈滕王閣序〉：「閣中帝子今何在，檻外長江空自流。」❷霜幄　帳篷。❸戍樓　邊防軍之瞭望樓。

【語譯】北國秋夜長，公主想家鄉。霜打帳篷冷，空中懸月亮。此時已三更，思緒亂心房。羌笛一聲震天響，戍樓傳來痛斷腸。夢已到鄉關，醒後心惆悵。大漢離此有萬里，何日才能返家邦。遙想我爹娘，淚水縱橫淌。

【賞析】此詞詠烏孫公主事，描寫她在萬里之外的異域想念家鄉的淒苦心情。詞人選取了半夜三更時夜思景況，來看公主痛苦的精神生活。胡地的秋夜，是相當寒冷的，岑參在〈白雪歌送武判官歸京〉說：「北風捲地白草折，胡天八月即飛雪。」更何況居住的又是不甚遮寒帳篷，在這樣的氣候下，寒氣襲身的公主如何不想她的家鄉。她的家在江都，八月裏仍然是草綠柳長，鮮花飄香。一個荒涼，一個秀美，這種比較是經常性的，而今晚更為強烈。由「月華明」聯繫「秋夜」來看，這個晚上很可能是中秋之夜。她本是一個年輕快樂的公主，漢元封中，皇帝為了國家的利益，派遣她到萬里之外的烏孫國，與國王昆莫結婚，昆莫年老，她又言語不通，身邊除了帶來的侍女外，沒有一個親人，於是，她憂國思家，悲愁不已。在這中秋之夜，她一定想到，若在家時，應該和父母兄妹團坐在月下，吃著新米做成的糕點，欣賞著皎潔的月色。可現在孤身異地，零丁淒苦。她越想越愁，到三更時，也不能入眠。正當她剛剛夢見自己的家鄉時，一聲淒涼的羌笛把她從夢中驚醒。羌笛，羌族發明的樂器，其聲色悲涼淒楚，戍卒常吹此笛以抒發心中的愁苦，古代詩歌中常有此反映，「羌笛何須怨楊柳，春風不度玉門關」（王之渙〈涼州詞〉）、「更吹羌笛『關山月』，無那金閨萬里愁」（王昌齡〈從軍行〉）。公主夢醒後，家鄉不見，心裏已經很悲愁了，更那堪酸楚入骨的羌笛聲呢？她的痛苦簡直到了無法承受的地步，她多麼渴望立即飛向自己的故鄉啊！據史料記載，她曾經作過一首思念家鄉的歌，歌云：「我家嫁我兮天一方，遠託異邦兮烏孫王。願為黃鵠兮歸故鄉。」黃鵠既不可變，漢關又相距萬里，回家是不可能的事。想到此處，心頭襲上了絕望的情緒，淚水縱橫地流淌。此詞沉鬱幽怨之情，表現得淋漓盡致，聯繫其背景來讀，令人酸鼻。

河滿子 一首

冠劍❶不隨君去，江河還共恩深。歌袖❷半遮眉黛慘，淚珠旋滴衣襟。惆悵雲愁雨怨，斷魂何處相尋？

【注釋】❶冠劍　冠與劍。《初學記》卷二二引《賈子》：「古者，天子二十而冠，帶劍；諸侯三十而冠，帶劍；大夫四十而冠，帶劍；隸人不得冠；庶人有事得帶劍，無事不得帶劍。」❷歌袖　歌姬之衣袖。

【語譯】冠劍不帶君離去，當作信物留我處。恩深比作江與河，綿長又如江河流。歌姬舉袖半遮眉，愁眉不展心喪頹。淚珠串串滴衣襟，君要離去好傷心。愁多如同滿天雲，怨長好似雨不停。你浪跡天涯無定處，讓妾斷魂何處覓尋？

【賞析】這是一首表現別情與思情的詞。前四句是分別，後兩句是相思。「冠劍不隨君去，江河還共恩深」，寫戀人的依依不捨之情。他們的感情極為深厚，自以江河作比，不但有江河的深，還如同東流不息的江河的長。男子為了減弱女子思念的痛苦，主動將冠劍留下，物在就好像人在，讓女子從中得到慰藉。冠與劍，皆是男子重要的佩物，在某種意義上說，它們是男子的象徵物，甚至是博取功名的工具。戴冠，才顯示出一個成熟男子的莊重，增加人們的信任度。佩劍，表現出男子漢的威嚴。行旅之人可用於防身，戰士則可以用來殺敵。現在，男子將這兩個物件當作信物留下，這表明他對女子的感情是多麼的真誠，多麼的深厚啊！「歌袖半遮眉黛慘，珠淚旋滴衣襟」，著重寫女子的離情別緒。她神色憂傷，愁眉不展，然而，為了減輕對方離別的痛苦，不讓他看到自己的愁容，有意用袖子把臉遮住。但是當離別的時刻到來時，她還是無法控制住自己的感情，「淚珠旋滴衣襟。」由此可見，這一對男女都是有情之人，而不是一方依戀著另一方。末兩句寫男子走後，女子相思的情態。用密布的烏雲形容愁之濃，用連綿不斷的苦雨形容怨之長。相思日久，痛苦不堪，如同掉了魂一樣，她想尋找，可是對方漂泊不定，又往哪兒去尋找呢？全詞雖短，但婉轉淒涼之感，漫溢於詞外。

玉蝴蝶　一首

春欲盡，景仍長，滿園花正黃。粉翅❶兩悠颺，翩翩過短牆❷。　鮮飆❸暖，牽遊伴，飛去立殘芳。無語對蕭娘，舞衫沉麝香。

【注　釋】❶粉翅　飛蝶類之薄翅。❷短牆　矮牆。❸鮮飆　清新乾淨之風。

【語　譯】春天快要盡，景色仍可賞，黃花正開放，滿園都飄香。一隻花蝴蝶，悠然撲翅膀。翩翩花中來，飛過矮土牆。東風暖洋洋，新鮮又清爽。呼朋喚伙伴，來到殘花旁。花雖褪顏色，花蕊猶芬芳。美人對此景，無語心暗傷。舞衫未脫去，卻無蘭麝香。

【賞　析】這闋詞寫蝴蝶，但根本目的是寫一位歌伎內心的憂傷。除了最後兩句外，前面的春景皆是歌伎所見。春天雖然快到尾聲了，但是仍然有可觀的春光。那遲開的黃花現在正盛開著，鋪滿了花園，空氣中流蕩著新鮮的花香。一隻美麗的大蝴蝶，正悠然地撲著粉翅，風姿綽約地飛來了。牠這邊停停，那邊嗅嗅，在尋覓著甚麼，最後，越過了矮牆。不多時，牠乘著新鮮清潔的暖風，又飛了回來，並且帶來了許多伙伴。牠們站在褪色將謝的花上，親吻著花蕊，吸著殘剩的芬芳。這樣的景色，在歌伎看來，不再純粹是自然之景了，而含有象徵的意義。她想，我不就是那暮春中的花兒嗎？風韻雖存，青春雖在，但都不會保持多長時間了，轉眼間就會花落枝空。可是，我並不如殘花幸運。它們還有蝴蝶環繞周圍，陪伴它們走完最後的歲月。可我呢？煢煢孑立，形影相弔沒有一個男子來陪伴我。

穿著沒有麝香氣味的舞衫而觀春景，自然不是在紅氍毹上跳舞，她穿舞衫，衹是回味過去的「五陵年少爭纏頭，一曲紅綃不知數」的盛時生活，但這種回味不但得不到些許慰藉，相反，更襯托出現在境況的淒涼。故而，面對蝶「立殘芳」的景色，淒然「無語」，暗自傷神。全篇大半寫景，卻落腳於寫人，又用景與人作對比，暗襯悲情，足見作者構思的巧妙。

八拍蠻 一首

孔雀尾拖金線長，怕人飛起入丁香。越女沙頭爭拾翠❶，相呼歸去背斜陽。

【詞　牌】八拍蠻　此調宮調不傳，始見《教坊記》，共二十八字，即七言絕句。

【注　釋】❶拾翠　拾取孔雀的羽毛。

【語　譯】孔雀開屏真漂亮，金線羽尾長又長。怕人偷襲忙飛起，鑽入丁香把身藏。南國女子來沙頭，爭拾翠羽飾閨房。相互招呼回家去，走向村莊背斜陽。

【賞　析】這闋詞以明快的語調，歌詠南國的風物人情，讓讀者看到了一幅清新罕見的畫面。孔雀生活於亞熱帶與熱帶地區，我國的古人最早把牠看作是鳳凰類的神鳥，南方的土司常把牠們當作貢品獻給皇帝。所以如此看重牠，是因為雄性的孔雀長著漂亮的羽毛，並經常展開牠那金光燦爛的尾屏。南方的女子常取其羽尾作為閨房的裝飾物。此詞所描寫的就是女子拾取翠尾的畫面。姑娘們三五成群地走向孔雀經常出沒的沙頭。她們還沒到達，就遠遠地看見了孔雀，有的正在開屏，顧影自憐；有的拖著金線尾巴，左右徘徊。可能看到姑娘們了吧，個個驚恐地豎起了頭。按照一般情況，牠們會歡迎她們，和穿著豔麗的姑娘們比一比美。可是這些孔雀知道她們的來意，所以，很快便飛起，鑽入一片密密的丁香樹林中。姑娘們其實很愛牠們，並不想直接從牠們身上拔下羽尾，衹拾取掉到地上的羽尾就足夠了。所以，孔雀的逃跑並不影響她們的收穫。沙頭上，她們笑著、叫著，爭搶翠色的尾羽。當每人都揀取了許多根之後，她們又互相呼喚著，走向村莊。此時，太陽快要落山，每人的背上都披滿金黃色的夕陽的光輝。此詞的畫面雖然樸素簡單，但非常符合生活的真實，即如孔雀藏身的樹林，作者沒有隨意寫一種樹木，而是畫的丁香樹。丁香樹，是一種衹生長於熱帶的常綠喬木。由此可見，作者非常尊重生活的真實。

竹枝 二首

其一

門前春水竹枝白蘋花女兒，岸上無人竹枝小艇斜女兒。商女❶經過竹枝江欲暮女兒，散拋殘食竹枝飼神鴉❷女兒。

【詞牌】竹枝　又名〈巴愉辭〉。屬「黃鍾羽」，俗呼「般涉調」。《樂府詩集》云：「竹枝本出於巴愉。唐貞元中，劉禹錫在沅湘，以俚歌鄙陋，乃依騷人〈九歌〉，作〈竹枝〉新詞九章，教里中兒歌之，由是盛於貞元、元和之間。」相似於卷二皇甫松的〈採蓮子〉曲調。

【注釋】❶商女　歌女。杜牧〈泊秦淮〉：「商女不知亡國恨，隔江猶唱〈後庭花〉。」❷神鴉　烏鴉。巴陵土人認為鴉有神性，故稱神鴉。

【語譯】碧綠春水經我家，竹枝！水邊開滿白蘋花。女兒！岸上無人靜悄悄，竹枝！碼頭停泊小艇斜。女兒！歌女畫舫水上行，竹枝！天晚船工用力划。女兒！殘羹剩飯拋空中，竹枝！走出門來餵神鴉。女兒！

【賞析】這首〈竹枝〉詞，描繪了巴渝地方的風景與人們的生活，寫得古樸典雅，清新自然。詞人把鏡頭對準一戶人家，描繪他們居住的環境，與部分生活內容。這裏是一水鄉，到了春天，冰雪消融，更是處處見水。這一戶人家的門前，橫著一條大河，碧波蕩漾，緩緩東流。水邊白蘋盛開，鮮花點點，門前的碼頭，斜泊著小艇，這小艇是他們出行的交通工具。門前的河邊繫著小舟，在任何水鄉，都能見到這一景象，極具生活的氣息。「小艇斜」之「斜」字，用得頗生動，頗貼切，祇此一字，就把江水平靜，小船一動不動地浮於水面的景象，逼真地描繪了出來。「岸上無人」是靜，「小艇斜」還是表現靜，水中水上之靜就把淡雅素樸、靜謐恬適的農家生活表現了出來。門前的河流是繁忙的，商船客舟，官艫畫舫，往來不斷，帆檣相連。一艘畫舫駛過來了，艙裏的歌女正在唱著歌。此時，暮色降臨，船上掛滿了燈籠。或許是畫舫的歌聲吸引了屋內的人，他們出門聽歌、看人，這時他們也才知道天已傍晚，趕緊做他們每日必做的事，用殘羹剩飯餵烏鴉。「散拋」這一動作說明不是把「殘食」放在一處，而是拋散開來，由此又可見烏鴉不是一隻，而是眾多的一片。把烏鴉當作神來供養，以求平安，自然是一種迷信的做法，但也反映出巴渝老百姓的樸實和對美好生活的追求。這闋詞純厚質樸，加以一唱眾和的「竹枝」、「女兒」的和聲，有著濃鬱的民歌特色。

其二

亂繩千結竹枝絆人深女兒，越羅萬丈竹枝表長尋❶女兒。
楊柳在身竹枝垂意緒❷女兒，藕花落盡竹枝見蓮心女兒。

【注釋】❶表長尋　意為越地綾羅雖有萬丈之多，然而裁作外衣的，不過八尺長而已。尋，八尺長。表，外衣。❷楊柳在身垂意緒　謂思緒纏身，如同千萬條柳絲那樣多。

【語譯】心如亂繩千千結，竹枝！鬱悶不解胸中積。女兒！雖有越羅一萬丈，竹枝！祇裁八尺作外衣。女兒！不盡思緒纏住身，竹枝！如同無數楊柳絲。女兒！粉紅荷花零落盡，竹枝！蓮心可見不相欺。女兒！

【賞　析】這闋詞替女主人翁訴說著不見情郎的愁苦之情。她的心啊鬱結不解，如同亂繩打上了千千結。繩亂已不可解，又打上千千結，更不可解。這說明她不見情郎已非一日兩日了，其愁悶憂思積累到了令她絕望的程度。她心中的情啊如同萬丈綾羅那樣長，但是，不論是語言，還是行為，對愛情的表述都是極為有限的，就好像做外衣僅用八尺布一樣。郎既見不到，情又無法全部表述，在這無奈的情況下，她的思緒啊，綿綿不盡，如同無數條楊柳絲。她等不到郎，但她的愛始終不變，她願意拼著一生去等待，當她的生命像藕花一樣落盡時，她的心終歸會被郎看清的。一個堅定地追求理想的人！一個願為愛而犧牲一切的純情少女！通過這四句詩，她的形象像雕塑一樣矗立在我們讀者的面前。此詞熟練地運用了民歌的比擬與諧音手法，強化了民歌特色，將其摻入民歌中，亦不易識別出來。

思帝鄉　一首

如何？遣情❶情更多。永日❷水堂簾下，斂羞蛾。六幅羅裙窣地，微行❸曳碧波。看盡滿池疏雨，打團荷。

【注　釋】❶遣情　排遣愁緒。❷永日　整日，盡日。❸微行　小步行走。

【語　譯】我該如何辦，遣去想思情。越遣情越多，相思不斷停。整日呆在水閣簾下，蛾眉皺起愁苦難禁。六幅羅裙拖地上，裙像綠浪小步行。緊緊盯著荷塘看，直到雨停不打荷。

【賞　析】這闋詞抒寫閨婦的相思之情。她的愁思使她不堪痛苦，所以，首句就是她的問話，「如何，遣情情更多」，為甚麼啊，我的相思不但不斷頭，反而越來越濃烈？這呼喊流露出她深深的痛苦，也表現了她的無法沖淡的痴情。接下四句從她的容貌舉止上來摹寫她的愁苦。她整日自閉在水閣內，站在錦簾下，皺起蛾眉。她無情無緒，對甚麼事情也不感興趣，所以足不出戶。當心裏特別煩躁不安時，就拖著六幅羅裙，在水閣內來回徘徊，碧綠的羅裙就如同清碧的波浪，在微微地搖動。最後兩句以雨打荷葉的景象間接地表現她的心境。疏疏的斜雨，連接著昏暗的天與地。滿池塘都是雨泡，雨聲猶如人的哀泣。最不忍心看的是那團團的荷葉，雨打得它們東搖西擺，雨水積多了，不堪重負，有的竟沉入水中，一會兒又艱難地站起來，再承受著雨的打擊。女子帶著同病相憐的心情關注著它們的命運，直到雨停了才為止。她意識到命運不就是這雨麼？而我不就是這荷麼？面對著命運的打擊，我也一樣無能為力。末兩句通過景色來表現人物的心理活動，自然、貼切，真可謂「化工」之筆。

上行杯 二首

其一

草草❶離亭鞍馬。從遠道❷，此地分襟。燕宋秦吳❸千萬里。

無辭一醉。野棠開，江草濕。佇立，沾泣。征騎駸駸❹。

【注釋】❶草草　匆匆；急遽。❷從遠道此地分襟　意為行遠道，在此分別。從，行也。分襟，分別。❸燕宋秦吳　皆古諸侯國名。❹駸駸　馬兒快速地奔跑。

【語譯】匆匆忙忙離長亭，征人上馬從此行。自古以來傷離別，主客兩人淚潸潸。迢迢路程千萬里，是古國燕宋與吳秦。　再飲一杯酒，不要推說醉。友人騎馬去，滿心愁滋味。野棠開白花，江邊草碧翠。久立目送人，臉上布滿淚。馬在征途上，疾馳用鞭催。

【賞析】此詞寫作者送別友人時的情景。開頭捨去了在長亭內餞別的場景，而直接從「離亭」寫起。「草草」說明行人要急著趕路，沒有時間逗留，而作為送者的詞人，則希望他滯留的時間長一些。這樣，必然增加了別離的悵惘。

行人任務在身，勢難再留，於是，「從遠道，此地分襟」，「遠道」含有今後相聚不易、相憶深苦的意思，「此地分襟」，直接抒發依依不捨之情，「分襟」一詞化用了駱賓王〈秋日別侯〉四中的詩句：「歧路分襟易，風雲促膝難」，自然也含有駱詩的擔憂日後見面很難的意思。上片的末句則是對「遠道」的具體化，友人要到燕宋秦吳等許多地方，當然是迢迢遠道了。臨要分手的那一刻，詞人又殷勤勸酒。「無辭一醉」，這是對友人說的話。請接受我的最後一杯酒，這清醇的美酒，象徵著我們純潔的友誼。當時那動人的場面通過這四個字得到了反映。臨別勸飲，唐人有此習慣，他們想借助酒或表達自己的情感，或預酬友人行旅的艱辛，或沖淡主客心中的離愁。王維〈送元二使安西〉：「勸君更盡一杯酒，西出陽關無故人」，賈至〈送李侍郎赴常州〉：「今日送君須盡醉，明朝相憶路漫漫。」友人走了，由於事情較急，催馬馳騁。詞人佇立良久，泣下沾襟。為了充分展示自己此時愁苦的心境，詞人於此處又描繪了景色：山野上，到處開著白色的野棠梨花；江水邊，布滿了濕淋淋的水草。白色，在古代代表著悲傷。而江草的形象，則使人聯想到滿面的淚水。送別的詩詞大部分都染上了哀傷的色彩，然也有一些送別詩，用豪邁的語調表現出送者開朗的胸襟，並且鼓勵友人也把心放得寬一些。如高適的〈別董大〉：「莫愁前路無知己，天下誰人不識君?」王勃〈送杜少府之任蜀川〉：「海內存知己，天涯若比鄰。」

其二

離棹逡巡❶欲動。臨極浦，故人相送。去住❷心情知不共。金船❸滿捧。綺羅愁，絲管咽，迴別，帆影滅。江浪如雪。

【注釋】❶逡巡　徘徊的樣子。❷去住　聚會與離散。原意是離去與留止。❸金船　船形的銅酒器。《事物異名錄・器用・杯》：「《山堂肆考》：酒杯名金船。唐詩：『醉把金船倒。』」

【語譯】船夫已經划動槳，催著友人上客舫。我送友人到水邊，依依不捨心悵惘。人生聚少離別多，聚歡離悲不一樣。美酒一杯滿蕩蕩，恭恭敬敬手捧上。友人皺眉滿面愁，閣在眼裏淚汪汪。琵琶簫管聲嗚咽，替人盡情吐悲傷。分別時刻終於到，客船扯帆向遠航。佇立目送帆不見，惟見長江雪白浪。

【賞析】上一闋〈上行杯〉寫在陸路送別友人，這一闋則寫水路的送別，當然，送別的不是一個人。首句交代環境，點明題旨。「離棹」，即將或正在離去的船。「逡巡欲動」，是說舟子已經解開了纜繩，蕩著槳在水邊徘徊，以這樣的動作來催促客人上船。詞人為送故人，而臨極浦。「浦」，水邊，「極浦」，指河岸盡頭處。可以想見，詞人將故人送了一程又一程，一直送到不能再送的河邊。「極」字，寫出了深厚的友情。「故人相送」，是相送故人的倒裝，出於押韻的需要。詞人此時體會到聚散的心情是完全不同的，聚時歡樂，離時悲傷，而且離散的滋味十分的難受。下片主要抒發別離時的愁苦情緒。別離之時，詞人又滿滿地斟上一杯酒敬給遠行者，祝願他一路平安。「捧」，雙手拿著，以示尊重之意。「綺羅」是指遠行者。送者依依不捨，行者也是難捨難分。「愁」，在形貌上的表現，是愁眉不展；在精神上的表現，則是默默不語。船上可能坐著藝伎，此時，她奏起絲管，淒傷的曲調如泣如咽，替主客二人吐露了心中的幽傷。征船終於起帆遠航了。「帆影滅，江浪如雪」，畫面由近而遠漸漸地淡化，最後帆影消失在水天一線，祇留下白浪如雪的滔滔江水。這一鏡頭的推移說明詞人在岸上佇立很久，戀戀不捨之情得到了更豐富的表現。詞的上片用上聲和去聲韻，下片則用入聲韻，這樣安排，能與別前較為舒緩，別時劇烈的愁苦情緒相一致。

謁金門 一首

留不得，留得也應無益。白紵❶春衫如雪色，揚州❷初去日。

輕別離❸，甘拋擲，江上滿帆風疾。卻羨彩鴛三十六❹，孤鸞還一隻。

【注釋】❶白紵　用白紵麻絲所織的布。❷揚州　故址在今江蘇省揚州市。❸輕別離　把別離事看得很輕。❹彩鴛三十六

《玉臺新詠》卷一引《謝氏詩源》：「霍光園中鑿大池，植五色睡蓮，養鴛鴦三十六對，望之燦若披錦。」

【語　譯】千方百計留他住，他卻堅持揚州去。即使留得也無益，留得人住心不住。記得那日去揚州，白紵春衫衣外露。冤家輕別離，讓妾守門戶。江上風正疾，滿帆駛上揚州路。我羨人家夫妻生活美，如同對對鴛鴦三十六。而我孤苦零丁一個人，好像一隻鸞鳥沙灘住。

【賞　析】這一闋別離詞，寫得哀怨婉轉，表現出女主人翁既愛又恨的複雜感情。首句一聲「留不得，留得也應無益」，哀怨至極，懊恨百端。她在丈夫離家前，曾想盡辦法要留住他，然而卻沒有奏效，這使她十分的懊惱。有的論者把「留不得」理解為決絕之語，不符合實際情況，應是「留不住」的意思。人走了，孤獨寂寞的痛苦日甚一日，她先怨丈夫薄情，決然要離家，使自己空守閨房，後又寬慰自己，即使留得他在家，也沒有甚麼益處，因為人不走，心也飛走了。這一句似將夫妻之情斷然割捨，但實際上又難以忘懷。她不禁又回想起了丈夫初往揚州時的情景：白雪般的紵麻春衫在春風中飄動，更增添了他的翩翩風度。「白紵春衫如雪色」，七個字，刻畫出一個年輕貌美、風流輕浮的浪子形象，然而，這一形象在妻子的腦海裏映現，說明她從心底裏喜歡這一形象。「輕別離，甘拋擲」，與上片開頭呼應，感情又轉變為怨恨。一個「輕」字，一個「甘」字，寫盡了對方的薄倖之心。然而，這怨恨的情緒還沒有淡去，她又憶起了丈夫往揚州時的情景。「江上滿帆風疾」，說明她對「初去日」留著深深的記憶，愛與怨，希冀與絕望交織於心中。當然，不論是「白紵春衫如雪色」，還是「江上滿帆風疾」的憶念情景，怨多於愛。丈夫穿雪白的春衫，打扮得漂漂亮亮，是為了到煙花之地去冶遊；而「滿帆風疾」則表現出他狎遊心情的急切。對這樣的做法，她能不怨麼？結末兩句，用比興手法，寫情郎走後，自己孤棲的淒涼。她羡慕眾人都像鴛鴦那樣，成雙成對，朝夕伴守，而自己卻似孤鸞，形單影隻，景況慘然。

思越人　二首

其一

古臺❶平，芳草遠，館娃宮❷外春深。翠黛空留千載恨❸，教人何處相尋？

綺羅無復當時事，露花點滴香淚。惆悵遙天❹橫淥水，鴛鴦對對飛起。

【注　釋】❶古臺　指姑蘇臺。《史記・吳世家》：「吳王夫差破越，越進西施請退軍，吳王許之。既得西施，甚寵之，為築姑蘇臺，高三百丈，遊宴其上。」❷館娃宮　吳宮，西施所住。❸千載恨　千年恨。怨恨綿綿不息。❹遙天　遙遠的天邊。

【語　譯】姑蘇臺上地面平，春草連天翠青青。西施宮前花滿枝，宮前楊柳有啼鶯。一代名姬何處去，千年遺憾無音信。離開吳宮失蹤跡，教人何處去相尋。　美人當年穿綺羅，綺羅上面沒痕印。鮮花上面露千點，點點皆是淚珠凝。遠望天邊人惆悵，汪洋大水色碧清。或是西施泛舟處，對對鴛鴦飛不停。

【賞　析】這闋詞即題抒情，抒寫人們對一代美女西施的懷念之情。上片寫物在人空的感慨。姑蘇臺雖在，但是吳王與西施宴遊其中的亭閣早已被夷為平地。站在臺上，放眼望去，青草連天，原先輝煌的連片宮殿不存在了。館娃宮前的花依然開放，柳也照樣清翠，可是館娃宮蕩然無存。末兩句由西施歸宿的傳說而來，有說吳國被破後，西施不知去向；有說與范蠡舊情重續，泛舟五湖。總之，沒有一個確切的說法。這一代名姬，其去向成了一個不解之謎，千百年來，一直成為人們心中的遺憾。人們想尋找她，讓她的美色重放光彩，可是到那裏去找她呢？下片寫人們對她蹤跡的尋索。西施在日，遍體綾羅，故而，綺羅便成了人們關注的對象，可是綺羅上沒有留下任何當日的痕跡。館娃宮前的花朵上，有點點的露珠，可能是吳國破滅時西施灑下的淚水，就算是西施的淚水，也無法據此了解到她的芳踪啊。人們眺望著遠處汪洋的湖水，或許西施在那裏，可是仔細的搜索，仍然找不到她和范蠡泛湖的小舟，或許他們早已不再為人了，而化成了對對飛起的鴛鴦。找不到西施，人們心裏十分的惆悵。全詞緊扣「思」與「尋」。本是極空虛的事，寫來卻筆筆落實。末兩句不禁令人心情淒惻。

其二

渚蓮❶枯，宮樹老，長洲廢苑❷蕭條。想像玉人❸空處所，月明獨上溪橋。　經春❹初敗秋風起，紅蘭綠蕙❺愁死。一片風流傷心地，魂銷目斷西子。

【注釋】❶渚蓮　生長於渚畔的蓮。渚，水中間的小塊陸地。趙嘏〈長安晚秋〉：「紫豔半開籬菊淨，紅衣落盡渚蓮愁。」❷長洲廢苑　《吳郡志》：「長洲苑，在姑蘇南，太湖北。」吳王闔閭遊獵處。❸玉人　西施。❹經春　經過了春天。❺紅蘭綠蕙　紅色蘭草，綠色蕙草。互文見義。

【語譯】島邊蓮花早枯凋，環宮柳樹已衰老。吳王闔閭遊獵處，長洲苑空很蕭條。館娃美宮雖不存，想像西施多俊俏。而今不知何處去，月夜獨上小溪橋。　春天過後秋風掃，殘敗凋零香花草。無人救助得生存，紅蘭綠蕙愁死了。香銷玉損風流人，讓人傷心心如絞。上下四方尋西子，美人不見魂暗銷。

【賞析】這闋詞抒發了對西施的惋惜、懷念之情。上片寫吳宮景物零落，佳人不在。前三句從蓮、樹、宮苑上，看其蕭條景象。池塘中的蓮花花落枝枯，環繞宮室的柳樹皆呈病老之態。本是風景秀麗的長洲苑也十分的冷落蕭條。昔時的熱鬧繁華都已不存，祇能憑其殘跡作些想像。遙想當年，西施住在館娃宮，光彩照人，香溢四方。可是如今香消玉殞，宮室不存。詩人思想至此，淒傷的感慨油然生起，獨上溪橋，思接千載，徘徊於月光之下。此詞一上來就寫吳宮的殘破，長洲苑的荒涼，而人事的變化，興廢的無常，自在其中。末後憑弔古跡的感慨則強化了淒涼的情調。下片寫國破家亡的變故造成了西施的不幸，詞人對此深為惋惜。句踐滅吳，如同刺骨的北風掃來，如同蘭花蕙草般香豔的西施成了這場風暴的犧牲品。一種民間傳說云西施後被越國王后裝在布袋中沈入湖水，原因是王后怕句踐移情於西施。不管是西施被人殺死，還是逃難於民間，她的命運都是不幸的。詞人走在這塊曾為風流佳人生活過的地方，不禁悲從心來，淚水潸潸。他的憐香惜玉之心使他相信了西施泛舟五湖的傳說。登高遠望，四處尋覓，他想找到美人的芳蹤，然目斷於茫茫遠水，無處可尋，於是黯然魂銷。這一闋與上一闋題意相同，然感情更加淒惻。

楊柳枝 四首

其一

閶門❶風暖落花乾，飛遍江城雪不寒。獨有晚來臨水驛❷，閒人多憑赤欄杆❸。

【注釋】❶閶門　原吳國的一城門，為吳王闔閭所建。《吳越春秋・闔閭內傳》：「閶門者，以象天門，通閶闔風也；立蛇門者，以象地戶也。闔閭欲西破楚，楚在西北，故立閶門以通天氣，因復名之破楚門。」❷臨水驛　臨水之驛站，為官船停泊之所。❸赤欄杆　赤欄橋上欄杆。赤欄橋，靠近洛陽城。

【語譯】春日風暖柳絮飛，落上閶門花已乾。吳縣上空滿天「雪」，拂拂揚揚卻不寒。臨水驛站客船多，獨自飄來天已晚。閑人多到赤欄橋，倚著欄干將「花」看。

【賞析】此詞詠柳絮。三月吳縣，風和日暖，柳絮紛紛從樹上飛向天空。它們飛到閶門，滋潤它們的露水已經被陽光吸乾；它們飛遍全城，宛如拂拂揚揚的大雪，然而，沒有半點雪時的寒氣。這兩句寫柳絮命運淒涼，不為人們所賞識。說它是花吧，卻無花的鮮潤，很快就憔悴乾枯。說它是雪吧，又無雪的特質與風韻。無人欣賞，無人收留，它衹好從江南飛向江北。它飄呀飄呀，一直到天晚，才來到了臨水的驛站。「獨」，踽踽獨行，沒有陪伴的朋友，一直孤獨地飄來。它似乎在這裏找到了知音，「閒人多憑赤欄杆」，許多人倚著橋的欄杆在看它。它得到了稍許的慰藉，但很快就意識到，這些人都是漂泊天涯的遊子，看我衹不過是同病相憐呀。自然地，它又陷入被冷落的痛苦之中。這闋詞毫無疑問是帶有寓意的，柳絮象徵著懷才不遇、處處遭到冷遇的遊子。柳絮的形象或許就是詞人自己。

其二

有池有榭❶即濛濛，浸潤翻成長養❷功。恰似有人長點檢，著行❸排立向春風。

【注　釋】❶榭　臺上的屋子。❷長養　猶言養育。❸著行　猶成行。杜甫〈鄴城西原送人赴成都府〉：「野花隨處發，官行著行新。」

【語　譯】池榭四周楊柳叢，春來抽葉綠濛濛。碧水浸潤養育柳，漸漸養育生長成。橫豎成行筆直立，如同被人檢閱中。柳絲萬千條條垂，面容端莊向春風。

【賞　析】這闋詞詠池邊的楊柳。詞人所詠的楊柳是幸運的化身，它們不孤獨，不寂寞，生來就有池、榭陪伴著。每逢春天，受著春風的沐浴，即披上綠裝，遠望如濛濛青煙。池水關心著它們的成長，用碧清的汁液浸潤著它們，給它們提供營養，柳樹漸漸地長大了，威武雄壯，橫豎成行，彷彿是正在受著檢閱的直立的士兵。「向春風」，說它們的本性並不呆板，而是風流瀟灑，它們等候春風來與它們共舞。顯然，這闋詞的色彩與上一首完全不同，表現出作者抑制不住的得意心情。如果說，上一首是懷才不遇的呻吟，那麼這一闋則是對提攜人才者的頌歌。

其三

根柢雖然傍濁河❶，無妨終日近笙歌。驂驂金帶❷誰堪比，還共黃鶯不校多。

【注　釋】❶濁河　渾濁的河流。楊炯〈送鄭州周司空〉：「漢國臨清渭，京城枕濁河。」❷驂驂金帶　謂隨風飛舞的金黃色柳條。驂驂，馬兒急行的樣子。

【語　譯】水邊柳樹一棵棵，根子雖然靠濁河，形貌卻是不邋遢，靠近秦樓聽笙歌。隨風飄舞金絲長，哪個能與比風流？無數黃鶯愛它來，敞開懷抱不嫌多。

【賞　析】這闋詞明為詠柳，實是以調侃的態度詠那風流浪子。前兩句是說柳樹雖然札根於泥土，又靠近污濁的河流，但是並不妨礙它的風流本性。污濁的生活環境並沒有使它外形邋遢，精神猥瑣，相反，英俊瀟灑，風度翩翩。憑藉著這樣的條件，它得以靠近秦樓楚館，終日聽笙聞歌。第一句，詞人似有所指，譏諷那些出身寒微的浪子。三四兩句是說柳樹不滿足於做一個僅僅「近笙歌」的旁觀者，而要參與其中。它常常顯示自己的美麗風貌：千絲萬縷，金光閃閃。「誰堪比」，是自得之語。由於它的魅力，也確實吸引了不少愛慕者，如黃鶯整日在其懷抱裏與之纏綿，高興時還放聲歌唱。而作為浪子的它，並不專情於一個，帶著多多益善的態度，與眾多的鶯兒交往。寫柳，但又處處與人的特性相吻合，然而又沒有離開柳的形態。此詞雖然沒有甚麼特別意義，但是在託物喻人的表現方法上，是很值得學習的。

其　四

萬株枯槁❶怨亡隋，似弔吳臺❷各自垂。好是淮陰❸明月裏，酒樓橫笛不勝吹。

【注　釋】❶枯槁　指楊柳枯萎。❷吳臺　姑蘇臺。❸淮陰　地名，洪澤湖東，大運河的邊上，今之江蘇省淮陰市。

【語　譯】萬株柳樹遭橫摧，枯死之時怨亡隋。如同姑蘇臺邊柳，為弔主人將頭垂。運河經過淮陰市，明月皎皎灑光輝。用酒解憂酒樓中，橫笛淒傷不堪吹。

【賞　析】這闋詞借隋堤楊柳衰敗之事，抒發人世變化無常的慨嘆。當年的隋堤之柳，裊翠籠煙，輕拂暖波，傍著溫柔的春風，沾取恩澤很多。可是在經歷了人事更迭之後，因缺少關心與愛護，萬株楊柳，皆已枯槁。風中搖曳的它們，似乎怨恨朝廷將它們忘卻了，可是它們哪裏知道，隋朝早已滅亡，寵愛它們的煬帝身首異處。當詞人將這一切告訴它們時，株株皆垂立默哀，表示傷心之情。這一動人的景象使詞人想起了姑蘇臺前的老柳，它們也喈然垂首，悼念自己的故國。物都如此多情，人焉能無動於衷？詞人徘徊於月光底下，躑躅於古城淮陰街頭，他問月亮與古城，你們皆是歷史的見證，發生了這一切，到底是因為甚麼。可是，月亮不語，古城沉默，詞人憂思不得解，便上酒家喝酒吹笛，以解憂愁。可是酒入肚中更添愁，淒傷的曲子不忍吹。「明月裏」，「不勝吹」，寫到這裏，嘎然而止，留下一片淒涼的畫面，令讀者回味無窮。本詞給柳人格化，使所繪描的畫面具有動感，柳愁人憂，加濃了淒傷的氣氛。

望梅花　一首

數枝開與短牆平，見雪萼紅跗❶相映，引起誰人邊塞情？　簾外欲三更，吹斷離愁月正明，空聽隔江聲❷。

【注釋】❶雪萼紅跗　外白內紅的花。雪，說明色為白。萼，即花萼，位於花的外輪，由若干萼片組成。跗，亦作「柎」，花萼房，位於花的內層。❷隔江聲　江那邊的笛聲。

【語譯】春天未到有寒冰，梅花開與短牆平。數枝靜立月光中，外白內紅相輝映。去年折梅送征人，今夜見梅引起邊塞情。　三更之時快接近，簾外悄悄寒氣凝。遠處笛聲含離愁，不吹之時月正明。思婦不眠久久等，江的那邊，卻再無聲音。

【賞析】這一詞調，和凝曾用過，載於卷六。不過，和凝的是單調，仄聲韻，此詞雙調，用的是平聲韻。孫詞借梅花而抒發閨婦的思情。上片首句點明梅花，與題相切。梅開數枝高與牆齊，在寒夜中靜立，除了閨婦透過窗子觀賞外，別無他人觀看，這一筆，就定下了淒冷的基調。這一句雖然沒有寫明「望」，但「望」在其中。第二句仍寫「望」，寫閨婦細心望到的梅花：紅白相映，然而，並不嬌豔。這一句並非閒筆，它是為下句由景入情作準備的。閨婦由這幾枝梅花想到了去年與征人相別的情景。她折梅贈別，願他平安，也希望他早日歸來。而今梅花又開，征人卻仍沒有回來，她的心兒飛到了邊塞，流淌著滔滔不盡的思情。末句便這樣很自然地由望梅花而轉入思情的抒發。

下片直接抒發閨婦的思情。「簾外欲三更」，中有一「欲」字，說明了閨婦對時間處於夜裏何時十分清楚，這表明她因思人而沒有睡。正當她輾轉反側時，萬籟無聲的夜空裏從江那邊飛來了笛聲。那笛聲如泣如訴，抒發著吹笛人的愁懷，閨婦靜靜地聽著，笛聲似替自己排洩心中的苦悶情緒，並且，她為天底下孤獨者不是她一個而得到一絲慰藉。正當她想繼續聽下去時，笛聲又突然中止。此時，明月當窗，孤衾夜寒，梅花無言，更聲淒清，怨哀、悵恨，不可遏止，浸透了她的心靈。由對下片的分析可見，這三句寫離愁，濃墨重彩，大筆揮灑。缺點是與梅花沒有再相扣。

漁歌子 二首

其一

草芊芊❶，波漾漾❷，湖邊草色連波漲。沿蓼岸，泊楓汀❸，天際玉輪❹初上。扣舷歌，聯極望，槳聲伊軋❺知何向？黃鵠❻叫，白鷗眠，誰似儂家❼疏曠？

【注釋】❶芊芊　茂盛的樣子。❷波漾漾　水波蕩漾。❸楓汀　植有楓樹的小島。❹玉輪　皎潔的月亮。❺伊軋　船槳划動的聲音。❻黃鵠　黃色的天鵝。鵠，水鳥名，俗稱天鵝，形狀像家鵝，比鵝大，頸長，嘴上有黃色瘤狀突起，鳴聲宏亮。❼儂家　我家。司空圖〈白菊雜書〉：「侯印幾人封萬戶，儂家祇辦買孤峰。」

【語譯】草密而且長，水碧波蕩漾。湖邊水草色青青，並且隨著水波漲。船沿湖邊行，蓼草鋪岸上。繫船停小島，楓樹長得旺。此時夜空乳白色，東邊升起一月亮。　擊舷唱漁歌，四面到處望。解纜放船隨意行，槳聲伊呀不知何處往。黃色天鵝叫，白鷗正睡覺。不求世上名與利，哪一個有我疏曠？

【賞析】這闋詞與張志和的五首〈漁夫〉題旨相似，表現其不與世俗同流的高潔情懷。上片著重寫景，以景托人。湖水浩淼，墨藍色的水波在風中蕩漾。湖邊的水草連成一片，極為茂盛。第三句的「連波漲」，不是指「草色」隨著波水的漲起而增色，而是指水草本身，水位雖然隨著水漲而越來越高，但沒有將水草淹沒掉，因為水草原本很長，浮在水面上，水位高了後，它們仍然能夠伸出水面。這一句表現出作者曾對景色作過細心的觀察。以下兩句既寫景，也寫人，說詞人沿著生長著蓼草的水邊划船，最後停泊在長滿了楓樹的小島旁。此時，東邊的天地相接之處升起了一輪月亮，皎潔的月輝布滿了湖面，祇見原先蕩漾的波浪粼粼如同銀片，閃閃發光。上片的景色描寫突出了靜的特點，從幽靜中表現出詞人離開喧囂塵世所具有的閒適心態。下片著重寫詞人融身於大自然中的歡樂。他解纜放舟，擊舷歌唱。又佇立船頭，向四處眺望，望的目的是尋覓更幽美的風景，然而到處是醉人的景致，詞人划著船槳，真不知往何方向了。他於是隨意划舟，隨船所至。這時，一群天鵝翩翩起舞，一邊舞著，還一邊歡樂地唱著。而數隻白鷗則又是一種形態，安詳地睡在沙灘上，其白色羽衣在夜色中顯得分外醒目。面對著眼前的景色，詞人著實心醉了。他認為人在大自然中，沒有禮法的拘束，身心自由，此時的人才算得上是一個快樂、幸福的人。他情不自禁地問起世俗中受著名繮利鎖束縛的人們，你們中哪一個有我快樂？比我疏曠？下片所寫，突出了一個「動」字，而又以各種聲音表現其動態：人的歌唱、槳的欸乃、鵠的鳴叫，以這些聲音表現詞人自己抑制不住的歡樂。這闋詞是一篇同調詞中的佳構，反覆吟詠，讀者即可體會到大自然的美好與寧靜，似有洗心滌腑的快感。

其二

泛流螢❶，明又滅，夜涼水冷東灣闊。風浩浩❷，笛寥寥❸，萬頃金波❹澄澈。杜若❺洲，香郁烈，一聲宿雁霜時節。經霅水❻，過松江❼，盡屬儂家日月。

【注釋】❶流螢　飛行中的螢火蟲。❷浩浩　浩蕩。❸寥寥　廣大空虛的樣子。❹金波　月光灑在波浪上的樣子。❺杜若香草。❻霅水　又名霅川、霅溪水，在今浙江省吳興縣南，東北流入太湖。❼松江　即吳淞江，在今上海市境內。

【語　譯】飛著小小螢火蟲，一閃一閃在夜空。深夜天寒水變冷，東部水灣遼闊宏。悠揚笛聲響，清涼浩蕩風。萬頃湖水清見底，月光灑落水波動。　島上杜若長萋萋，香草氣味很濃烈。島上宿雁一聲叫，似是不堪寒霜擊。經過霅溪水，松江又渡越，天底下面好風景，全是我家的日月。

【賞　析】這闋詞寫秋夜中的太湖景色，謳歌大自然的美麗。「東灣」，是霅溪經湖州流入太湖的入口處。上片所寫即是作者在東灣所見。秋夜裏，湖邊螢火點點，明滅閃爍。秋意已濃，夜涼水冷。然作者仍未入艙睡覺，而是貪戀這美麗的夜景。放眼望去，祇見東灣的水域遼闊而沈寂。在這寂靜的秋夜裏，寥遠的空中傳來陣陣悠揚的笛聲，隨著蕭蕭的秋風在金波粼粼的湖面上飄蕩。上片寫景，明顯地看出詞人運用了許多藝術技巧。首先是按照人的觀景情況，由近及遠。如同向讀者慢慢地展開一軸畫卷，使得畫面不凌亂。其次是從視角、聽覺、感覺等多個角度，描繪出太湖立體的而不是平面的夜景。下片寫詞人行舟往太湖時所見到的景色，並即景抒懷。「杜若洲，香郁烈」，從屈原《九歌・湘君》中「採芳洲兮杜若」句化來，既實寫杜若草散發出濃郁的香氣，又表現了詞人志趣的高潔。宿雁的一聲啼叫與空中流霜，不免給這美麗的景色抹上了一些幽傷的色彩，但並沒有影響詞人豪興的勃發。他經由霅水，穿過松江，最後進入碧波萬頃的太湖。一進入太湖，旖旎的湖光使他的情致更為高漲。此時漁舟入港，商船收帆，一望無際的湖面，彷彿盡歸詞人所有。「盡屬」，有山河之主人的感覺，在這一時刻，他與自然完全化合在一起了。

魏承班 二首

魏承班，生卒年和字里不詳。《歷代詩餘》說其父宏夫為前蜀王建養子，賜姓王，易名宗弼，封齊王。承班為駙馬都尉，官至太尉。今存詞二十一闋，有王國維輯《魏太尉詞》一卷。《花間集》收其詞十五闋。

菩薩蠻 二首

其一

羅裾薄薄秋波染❶，眉間畫得山兩點。相見綺筵時，深情暗共知。　翠翹雲鬢動，斂態彈金鳳❷。宴罷入蘭房，邀人解珮璫❸。

【注釋】❶羅裾薄薄秋波染　意為羅裙之色如秋波碧藍。羅裾，絲織的裙子。❷金鳳　此處指琵琶一類的樂器。❸珮璫　環珮之類的飾物。

【語譯】絲羅裙子色碧藍，佳人穿起美如仙。粉白黛翠梳烏髮，遠山眉樣畫兩點。華美筵席上，與她初相見。目光傳深情，兩心已相連。　翠翹首飾隨步搖，烏黑鬢髮風吹鬆。一臉莊重樣，指在琴上攏。宴會過後進蘭房，見我跟來展笑容。讓我給她解珮璫，相互語久情漸濃。

【賞　析】這闋詞寫詞人與一藝伎的戀情。通篇以詞人的視角，按照時間的順序，寫他們從相識到相愛的過程。藝伎是很美麗的，剛一露面，就深深地吸引了詞人。他目不轉睛地打量著她。她穿著一件顏色如秋波碧藍的長裙，一襲到地，顯示出她端莊的儀表與苗條的身材。她的眉樣如遠山，特別的好看。總之，藝伎的美麗已經深深地打動了詞人的心，他的胸中已經燃起了愛情的火焰。好在藝伎出來，是到華美的筵席上彈琴侑酒的，使他有很多的機會與她接近。「深情暗共知」之「共」字，說明其動心不是一人，而是兩人，一個愛其美貌，一個愛其風流。愛，將兩顆陌生的心緊緊地聯繫在一起。這一句仍是從詞人的角度來看的，這說明詞人從她的目光裏看到了對自己的情意。「共」是他的體驗與認識。筵席間，詞人自然是不斷地看著她，而且比剛見面時更仔細。她頭上的翠翹、烏黑的鬢髮都隨著她的動作而微微地顫動，顯示出一種無可比擬的風韻。她彈琴時，態度是那樣的嚴肅，那樣的投入，美妙的音樂就從她纖細的玉指間不斷地流淌。美的音樂反過來又增加了她人的美。宴會終於在他們雙方焦急的等待中結束了，愛的默契使他們走到了一起。「入」，是兩人之「入」，是心的碰撞後的自然結果。在此之前的描寫中，並沒有說女子有甚麼媚人之態，相反，倒是端莊嚴肅，這含有對她出污泥而不染的讚許。但她不是一個冰冷的美人，而是有一顆火熱的心，不過，祇有對她所愛的人才會如此。「邀人解珮璫」即是態度熱情的表現。元遺山曾經說：「魏承班詞俱為言情之作，大旨明淨，不更苦心刻意以競勝者。」從這闋詞來看，其所寫感情深摯而健美，語調清朗而明快，堪配「大旨明淨」之譽。

其　二

羅衣隱約金泥❶畫，玳筵❷一曲當秋夜。聲戰覷人嬌，雲鬟裊翠翹。　酒醺紅玉軟❸，

眉翠秋山遠。繡幌麝煙沈，誰人知兩心？

【注　釋】❶金泥　即泥金。在羅衣上塗膠，然後施上金粉。❷玳筵　玳瑁筵，華美的筵席。❸酒醺紅玉軟　形容美人酒後

泛力的醉態。

【語 譯】身穿輕薄羅衣裙，彩繪顏色是泥金。華美筵席在秋夜，放歌一曲傾耳聽。音色燦爛聲音顫，媚眼看人傳深情。烏黑髮鬟高高聳，翠翹搖搖不住停。　不勝酒力醉熏熏，粉紅玉體軟欲眠。眉毛顏色深如翠，狀似遠山非常美。錦繡帷帳放下來，麝煙沈沈燈不明。美人臥床我離去，誰人能知兩顆心？

【賞 析】這闋詞寫詞人對一歌伎的愛戀與愛情不能實現的悵然之情。像魏承班這樣出身貴族、成人後又身居要職的人，是能夠接觸到其他豪紳貴族家的歌姬舞妾的，他們並且會發生愛情。然而，他人的姬妾豈能輕易放棄。所以，這樣的愛情大多沒有結局，各自只能帶著悵然的心情分手。宋人晏幾道〈臨江仙〉：「記得小蘋初見，兩重心字羅衣」，記敘的就是這一類的愛情故事，此詞則比晏詞更詳細。首句「羅衣隱約金泥畫」，不僅寫歌女的衣著，更主要地通過「金泥畫」表現了她內心的追求。「金泥畫」的內容是甚麼，我們由牛嶠〈菩薩蠻〉「舞裙香暖金泥鳳」得知，大約是鳳凰、鷓鴣、鴛鴦之類，而且是成雙作對的，這樣的繪圖很明顯地流露出她們對愛情的追求。在這樣的心態下，與年輕的文士發生愛情故事，就是很自然的事情了。第二句指出她的歌女身份，並點明愛情故事的發生地點與時間。三四兩句則是詞人眼中的歌伎，她對愛情的主動追求與她的動人容貌。「覷人嬌」，一邊歌唱，一邊偷偷地看著詞人，目光中傳送著無限柔情，「覷」，既寫出了少女的羞澀，也反映出她失去人身自由的處境。末句從她的頭髮與首飾上，來表現她的風韻與美麗。愛的渺茫使他們心中十分苦悶，「酒醺紅玉軟」，明寫人在燈盡酒闌時的狀態，實際上曲折地表現了歌伎心中的愁苦，她借酒澆愁，醺醺欲醉，後被人扶入麝煙沈沈的繡幌內。詞人自己在彼時的表現如何，沒有明寫，但從末句「誰人知兩心」中透出了他的無奈。末句既表現出愛情是在悄悄中發生的，又反映出不可能為他人理解的實際情況。

卷九

魏承班 十三首

滿宮花 一首

雪霏霏❶，風凜凜❷，玉郎何處狂飲？醉時想得縱風流，羅帳香幃鴛寢。

春朝秋夜❸思君甚，愁見繡屏孤枕。少年何事負初心❹？淚滴縷金雙衽❺。

【注釋】❶霏霏　下雨雪的樣子。《詩經・小雅・采薇》：「雨雪霏霏。」❷凜凜　寒冷的樣子。❸春朝秋夜　喻一年四季。❹初心　起初的心願。❺雙衽　雙袖。

【語譯】大雪紛紛揚，寒風刺骨涼。今夜玉郎在何處，飲酒秦樓正歡狂。酩酊大醉進羅帳，風流之事仍不忘。鴛鴦雙睡帷帳內，甜甜蜜蜜入夢鄉。　春天白日把郎想，秋夜不眠思緒長。床上孤枕冷難挨，怕見屏上繡鴛鴦。當年你說不變心，為何今日做了負心郎。淚水拭濕金絲袖，想郎恨郎痛斷腸。

【賞　析】這一闋詞描寫了閨婦的相思之情。上片寫在一個風雪之夜裏閨婦的怨恨與孤獨。「雪霏霏，風凜凜」，開首兩句描繪出了一個天寒地凍、雪壓風吼的環境，而女主人翁的生活困境與精神之痛苦已隱約地通過這景色表現了出來。在這樣的夜晚，沒有一個閨婦不思念在外的丈夫，如果丈夫是遊學、行商、戍邊，那麼，她們會為對方的身體深深的擔憂，對丈夫的關懷勝過對團聚的渴望。而如果男子冶遊在外，這樣的風雪之夜祇會激發起閨婦更多的怨恨。你左擁右抱，羊羔美酒，而把我棄於家中，守著空幃寒衾。此位閨婦正懷帶著這樣的怨憤心情坐在閨內。「狂飲」與以下兩句都是她想像的畫面，由這畫面則可以想見她的憤慨程度。一個在冰冷的屋子裏，形單影隻，一個在香帷暖帳裏，鴛衾雙宿，這樣的對比雖然是潛意識的，但一定是存在的，它造成了閨婦心理極度的不平衡，從而經歷著不堪承受的痛苦。在這不眠之夜，她回憶了自分別之後的日日夜夜，無時無刻不在相思的情景，她想到了自己「愁見繡屏孤枕」的無法承受下去的精神狀態，愈回憶則愈痛苦，愈思想則愈怨恨。她恨少年丈夫的薄情，辜負了她的一片心意，也違反了他自己當初的誓言。丈夫不在身邊，恨又何用？末句以「淚滴縷金雙衽」來收束全篇，表明閨婦的痛苦將延長下去，讓讀者帶著苦澀的心情想像閨婦的未來生活。

木蘭花　一首

小芙蓉，香旖旎❶，碧玉堂深清似水。閉寶匣，掩金鋪，倚屏拖袖愁如醉。遲遲好景煙花媚，曲渚❷鴛鴦眠錦翅。凝然❸愁望靜相思，一雙笑靨嚬香蕊❹。

【注　釋】❶旖旎　盛、濃的樣子。❷曲渚　彎曲的水中陸地。❸凝然　神情集中的樣子。❹一雙笑靨嚬香蕊　女子臉龐上貼著靨飾，一笑兩個酒窩，表現出嬌憨之態。

【語　譯】屏上芙蓉花，濃香正散發。碧玉畫堂很寬敞，清靜如同一池水。鎖起梳妝盒，關起雕花門。倚著畫屏垂著袖，愁心昏昏如同醉。　春日長長景明媚，鮮花競放皆名貴。小島一彎水中間，鴛鴦收翅水上睡。聚精會神望鴛鴦，憶起往日初相會。我倆也像鴛鴦鳥，嘗過愛情美滋味。

【賞　析】此詞描寫閨婦的思情。上片著重表現久守空閨的愁苦。前三句描寫室內的環境，屏上的芙蓉花，正在開放，散發出濃烈的香味。其實，屏上的花不會發出香味，出香味者，定是玉爐也。閨婦所在的碧玉堂深曠清靜，如同無風而晴朗的天氣裏一池不動的碧水。這三句告知讀者女主人翁整日與畫屏為伴，孤獨而寂寞。後三句直接描寫其生活與愁苦的精神狀態。她閉起妝盒，不再打扮；掩起朱門，不走出閨房。「倚屏拖袖」，將精神頹傷，慵懶乏力的閨婦逼真地描摹了出來，彷彿她就站在我們面前一樣。「愁如醉」，則將無形的精神狀態轉換成有形的精神狀態，使讀者能夠直接地看到其愁苦的模樣。下片著重表現其觸景生情的心理活動。她臨窗望著室外之景，見到花兒正發，春景明媚。「遲遲」有兩解，一解是春天日長，二解是她佇立良久。她不僅向近處看，還向遠處望。衹見遠處小島的水邊上，浮著鴛鴦，正夾著漂亮的翅膀，相偎著睡覺。這一幅「鴛鴦春睡圖」深深地吸引了她，她凝神注視，始而因人與動物的對照而生出許多愁恨，繼而由鴛鴦的相親相愛回想起往日與郎君的歡樂生活。「一雙笑靨嚬香蕊」即是回憶的舊時情景，她那時整日含笑，酒窩不離臉龐，那是怎樣的快樂生活啊！詞的內容到此結束，但是讀者並不會因為女主人翁進入甜蜜的回憶而心境寬鬆，相反，仍然給予她深深的同情。因為回憶衹是短暫的片刻，她不幸的命運並沒有得到任何的改變。

玉樓春 二首

其一

寂寂畫堂樑上燕，高卷翠簾橫數扇❶。一庭春色惱人來❷，滿地落花紅幾片。愁倚錦屏低雪面❸，淚滴繡羅金縷線。好天涼月❹盡傷心，為是❺玉郎長不見。

【注釋】❶數扇　數扇屏風。❷一庭春色惱人來　謂一庭春色惹人煩惱。❸雪面　雪白的面龐。❹涼月　清涼的月光。

❺為是　因是。

【語　譯】畫堂寂靜無人喧，祇有樑上燕呢喃。橫放屏風有數扇，門口高高捲翠簾。滿庭花發春正濃，媚人景色惹人怨。日長風暖春將去，一地落花紅幾片？　愁苦無力倚屏邊，低垂雪樣白臉面。淚水潸潸不停流，打濕繡羅金絲線。晴朗夜空月清涼，傷心人兒不團圓。淚水不乾人憔悴，因為郎君久不見。

【賞　析】全詞寫一位女子因思念「玉郎」而興起的縷縷不盡的春愁。上片描繪了春日裏，女子獨處畫堂所見到的情景。「寂寂」，兩個「寂」字重疊，極寫畫堂的靜謐。因其靜謐，樑上燕子親熱呢喃的聲音越發清晰，而對於孤獨的閨婦來說，這無疑是一種惱人的刺激。於是，她高捲翠簾，目光越過數扇屏風，望著室外的院子，又誰知院內繁花似錦，更為惱人。她不看花，看地上，卻是「滿地落花紅幾片」，她又從落花中看到了自己的不幸命運。燕的呢喃與花開花落，並沒有想惱她的意思，是她自己以煩惱之心看物，似乎物皆令她煩惱。詞人以這樣的心態摹寫來表現她極度愁苦的精神狀態。下片直接描寫女子的愁態與愁情：她倚著錦屏，低垂著頭，淚水滴落在金縷線所繡的羅帕上。倚、低，是慵懶無力與極傷心的表現。那麼，她在「好天涼月」即良辰美景中「盡傷心」的原因是甚麼呢？噢，原來「是玉郎長不見」。這闋詞在作法上是以美好的春景反襯女子的愁苦，符合多愁善感女子的心理活動的實際情況，因而所寫的愁情真實可信，具有感染力。

其　二

輕斂翠蛾呈皓齒❶，鶯囀❷一枝花影裏。聲聲清迥❸遏行雲，寂寂畫樑塵暗起❹。　玉斝❺滿斟情未已，促坐❻王孫公子醉。春風筵上貫珠❼勻，豔色韶顏嬌旖旎。

【注　釋】❶皓齒　潔白的牙齒。❷鶯囀　此處謂女子的歌唱如同鶯鳴百囀。❸清迥　清越高吭。❹畫樑塵暗起　畫樑上的塵土暗暗揚起。劉向《別錄》云：「有麗人歌賦，漢興以來，善雅歌者，魯人虞公，發聲清哀，蓋動樑塵。」❺玉斝　玉杯。

❻促坐　迫近而坐。❼貫珠　歌聲圓潤如同珠玉成串。

【語　譯】黑色眉毛輕皺起，櫻桃小口露牙齒。婷婷玉立一枝花，如同鶯鶯歌唱時。一聲更比一聲高，響震天空行雲止。歌聲嘹亮音清脆，畫樑塵土暗飛移。　玉杯斟滿敬知己，深情綿綿無盡期。靠近王孫公子坐，公子喝醉有興致。華美筵席春風來，歌聲圓潤如珠璣。美麗面容綽約態，嬌憨可人一仙姬。

【賞　析】全詞吟詠一歌伎的美貌、歌藝與風情。上片描寫她的歌唱，並順帶寫了她的姿色。她站在紅氍毹上時，「輕斂翠蛾」，翠蛾，蠶蛾的青黑色的觸角，用來比喻女子黑而長的眉毛。輕斂，不是不愉快的表現，而是有意作此態，以顯此美，如同西施之顰。當她開口唱歌時，露出了兩排潔白的牙齒。這一句實是《詩經》中「齒如瓠犀，螓首蛾眉」的演述。歌聲飛起，如同黃鶯在花枝上歌唱，婉轉流麗。這裏又把女子整個人比作一枝盛開的花。以下兩句用「響遏青雲」、「畫樑塵起」兩典故具體描寫她的歌聲，清越高亢，燦爛嘹亮。下片著重寫她的風情與美貌。筵席之上，她常常斟滿玉斝，敬奉王孫公子，還依偎在他們的身邊，使得王孫公子們心花怒放，連杯暢飲，以至醺醺欲醉。她還不斷地歌唱，那圓潤的歌聲如同珠璣串在一起，令人美不勝收，配上她那「豔色韶顏」、嬌憨可人之態，真讓人以為是與仙姬在一起，無不為之陶醉。此詞以狎伎的心態，誇讚歌伎之色藝，其他並無特別可取之處。

訴衷情　五首

其一

高歌宴罷月初盈，詩情❶引恨情。煙露冷，水流輕，思想夢難成。　羅帳裊香平❷，

恨頻生。思君無計睡還醒，隔層城❸。

【注釋】❶詩情　作詩的情致。❷裊香平　香煙繚繞平和。❸層城　仙人所居。傳說崑崙山有層城九重。

【語譯】高歌一曲宴會停，明月初昇笑盈盈。詩情湧進懷，卻又引出怨恨情。如煙霧露冷，潺潺流水輕。想念遠行人，要做夢兒夢不成。　羅帳垂地閨內靜，香煙繚繞柔軟形。郎君不歸來，常恨他薄倖。想念郎君沒辦法，寢不安眠睡還醒。音信已斷聞，郎君隔層城。

【賞析】這闋詞抒寫閨婦思念遠人的悠悠情思。在情境意脈方面，極盡激宕翻騰、迷離惝恍之致。這是一個鐘鳴鼎食的貴族之家，由所描寫的生活方式來看，晚餐時美酒佳肴自不必說，還有歌兒舞女，作樂侑酒。不然，若由閨婦的心境來看，她不會一人在家而舉辦宴會，也無興致去放聲高歌。當宴會結束時，明月初昇，玉盤盈盈，夜色如霧如紗。此時的閨婦，詩情大發，她要用詩歌描繪這如畫美景。然而，還未作成半句詩，就突然想到，如此良辰，應該是夫妻作伴，贈答唱和。可惜郎君遠行，不能成此樂事，想到這裏，詩興頓消。再看景色，也沒有先前那樣美了，「煙露寒冷侵人，水聲如同嗚咽」，這是閨婦情感的第一次波折。作詩不成，思緒難抑。她渴望在今晚的夢中能與郎君纏綿，以稍寬愁懷，然而，輾轉反側，不能入眠。倚在枕上，兩眼望著羅帳內的香煙繚繞舒和，感到孤獨寂寞，於是恨意「頻生」，恨郎君寡情薄義，竟忍心將她棄之於家。這是閨婦情感的第二次波折。恨是恨的郎君不歸，實際上還是愛。她的思念祇不過以恨的形式表現出來罷了。然而，思君卻並不能使君歸來，她的思念無法傳導給遙遠的郎君。無可奈何的苦悶鬱結於心中，使她「睡還醒」。由恨又到愛，這是其感情的第三次波折。思與恨交織在一起，難折難分；情感的一波三折，環繞縈迴，本是很難用文字表現出來的，然此詞寫來卻開合自如，游刃有餘。

其二

春深花簇小樓臺，風飄錦繡❶開。新睡覺，步香階❷，山枕印紅腮。　鬢亂墜金釵，語檀偎❸。臨行執手重重囑，幾千迴。

【注　釋】❶錦繡　此處指錦繡之帷簾。❷香階　臺階的美稱。❸語檀偎　香腮相偎著說親暱的話。

【語　譯】深春時節百花開，鮮花圍著小樓臺。繡簾微飄起，清風入戶來。睡覺剛剛醒，走下石臺階。睡時臉龐挨山枕，醒後枕印留紅腮。　蓬亂頭髮一邊歪，首飾不整墜金釵。兩臉相依偎，說話頭不抬。臨行握手反復說，千萬千萬不斷來。

【賞　析】這闋詞描寫了一對戀人的歡情。語言活潑生動，讀來如見其境。首句點明女子居住的環境，也就是他們歡合的地點。小樓四周，花團錦簇。這不僅僅描寫了環境的美麗，還以繁花盛開的環境暗示他們愛情的美麗。詞人沒有寫他們纏綿歡合的場景，而是從歡後起床開始。「步香階，山枕印紅腮」，湯顯祖評曰：「得意之情景可思。」枕上之紋，印上紅腮，說明酣睡時腮長時未離枕，而把覺睡得如此深沉，如此香甜，定然與和戀人同眠有很大的關係，由此可以想見他們同枕的甜蜜。下片的「鬢亂墜金釵，語檀偎」，補充描述了歡合時的情景。檀口吐香，雲翻雨覆，其情景從這隱隱約約的介紹中可見其大概。最能表現其柔情蜜意的是末兩句：「臨行執手重重囑，幾千迴」，「重重」，已是很多，又以「幾千迴」來強調，說明女子的傾心與擔心。嘗到了愛情甜蜜滋味的女子不僅把身體給了對方，還把心也毫無保留地獻給了對方，她不敢想像沒有了所愛的人將會是甚麼樣的生活，故而是千叮嚀，萬囑咐。這十個字，字字是濃情。

其　三

銀漢雲晴玉漏長，蛩聲悄畫堂。筠簟❶冷，碧窗涼，紅蠟淚❷飄香。　皓月瀉寒光，割人腸。那堪獨自步池塘，對鴛鴦。

【注　釋】❶筠簟　竹席。❷紅蠟淚　流淌的紅蠟油。

【語　譯】銀河燦爛雲飛揚，夜深刻漏聲音長。秋蛩唧唧叫，幽靜深畫堂。竹席覺得冷，風透紗窗涼。紅蠟將燒盡，蠟淚散芳香。 一輪皓月射寒光，寒光銳利割人腸。孤身一人心愁苦，散步最怕去池塘。觸景會傷情，塘中有鴛鴦。

【賞　析】這闋詞描寫一個閨婦的秋夜愁思。詞一開始，就展示了一幅寂靜的深夜圖。空中，銀河燦爛，纖雲飛渡。地上，秋蛩哀鳴，畫堂無聲。這似是客觀的景色描寫，實際上滲透了閨人的主觀感受。「銀漢雲晴」，定是閨婦通過窗戶而見到的景象，說明她難眠。玉漏的每一滴都是相等的，「長」祇是閨人對漫漫長夜生厭而折射到玉漏上的感覺。秋蛩悲涼的聲音與閨人的心聲產生了共鳴，故而，她聽來親切，聲聲入耳。以下三句寫景，更與閨人發生了密切的聯繫。冷，是她肌膚直接的觸覺；涼，是她接受了由窗口飄來的風後的感覺；香，則是由嗅覺而得。她體察入微，說明她在深夜中清醒不眠。讀者讀至此處，不禁要問，她為何到深夜還不眠呢？下片緊承上片，寫她不但不眠，反而因心緒不寧走到了室外。誰知，室外的景色對她的情緒更為不利。她感到月光如同寒光閃閃的利刃，似要割斷人的腸子，人在月光下，不禁顫慄。她欲去池塘邊上散散步，但想到池中有對對鴛鴦依偎著入眠，便卻步不前。到了最後，詞人才透露出她深夜不眠的原因，原來是思念戀人。到了這時，讀者也才豁然開朗，了解了為甚麼紅蠟燃燒時的氣味在她聞來是香的，為甚麼在別人看來如水溫柔的月光，在她看來，卻似鋒利的刀劍。原來紅蠟替她流淚，她以感激之心聞其氣味，故認為是香的。圓圓的月亮，似乎在嘲笑她的孤獨，她如萬箭穿心，故認為月光如刃。詞寫閨人的相思，卻又始終不肯說破，使得詞境清幽邈遠，有含蓄朦朧之美。另外，「皓月瀉寒光，割人腸」，語句尖新，且有巧致。

其　四

金風❶輕透碧窗紗，銀釭焰影斜。攲枕臥，恨何賒，山掩小屏霞。雲雨別吳娃❷，
想容華❸。夢成幾度遶天涯，到君家。

【注　釋】❶金風　秋風。《文選》張協〈雜詩〉：「金風扇素節。」李善注：「西方為秋，而主金，故秋風曰金風。」

❷吳娃　吳地的美女。吳地人俗稱美女為娃。今仍呼女子為女娃。❸容華　容貌風姿。

【語　譯】金秋天氣風蕩漾，輕輕透過碧紗窗。銀燈燭高燒，物影斜映墻。獨自倚枕臥，幽恨何其長。屏上畫著山，晚霞放光芒。　歡後別了他，從此孤獨伴吳娃。整日茶不思飯不想，念著他絕代風華。多少夜裏做著夢，夢見自己到天涯。終於尋到郎住處，歡歡喜喜到他家。

【賞　析】這闋詞抒發了女子在秋夜裏的思情。上片寫眼前的思念情態。首句點明時間與環境。金風，即秋風，秋風蕭瑟，帶有寒冷之氣，透過碧紗窗而吹了進來，襲上閨內之人，更添她的愁苦。由此可見，這一句既是寫景，也是寫情。上片末句的「山掩小屏霞」在作法上與首句同，也是寓情於景。她想念遠人，看到屏上之山水，便遐想遠人正跋涉於霞光覆蓋的山水之間，懷人念遠之情便愈發濃厚。下片倒敘往日的相思。語言樸素，彷彿向你娓娓道來。她說，自從離別之後，她無時不在想念著他風流英俊的樣子，幾度作夢，尋遍了天涯海角，終於找到了情人的家。這往日思念情景的回憶，仍然是在這秋夜裏夢見「到君家」的情景，當時、現在，一定給了她許多慰藉，自然地，她想在今夜再一次夢到君家。有人說魏承班的詞近似溫庭筠，然此詞與溫詞相距甚遠，倒與韋莊詞相彷彿，語淺情深，言淡意濃。

其　五

春情滿眼臉紅銷❶，嬌妒❷索人饒。星靨❸小，玉璫❹搖，幾共醉春朝。　別後憶纖腰，夢魂勞。如今風葉又蕭蕭，恨迢迢。

【注　釋】❶臉紅銷　一作「臉紅綃」，據詞意來看，「綃」是謂臉滑膩紅潤如薄綢。❷嬌妒　嬌媚而妒嫉。❸星靨　面妝，星狀物貼在臉頰處。❹玉璫　玉製之耳璫。

【語　譯】溫情脈脈媚眼拋，滑膩紅潤臉如綃。嬌媚卻妒嫉，惹人生氣討人饒。星靨面妝玲瓏小，耳上環璫隨步搖。

幾次與我共同醉，相依相偎度春朝。別後時間長，憶念纖細腰。常常夢中見，魂兒奔波勞。而今秋日又來到，風吹落葉聲蕭蕭。恨悠長，淚滔滔。

【賞　析】這闋詞描寫一個男子對所愛女子的憶念。上片所寫的是經常映現在男子腦海中的女子形象。「春情滿眼」，美目盼兮，巧笑倩兮。她的眼睛裏總是流溢著春情，你和她對視時，會無法控制住心旌搖蕩，會在她的盈盈秋波中融化。她的臉龐，也是男子所珍愛的，它是那樣的滑膩紅潤，撫摸其上，猶如在薄綢上滑動。天生麗質，已經使她超凡脫眾了，然而，她又給自己作了恰當的裝飾，小小的星靨貼在面頰上，燦爛的笑容似乎永遠掛在臉上；玉製的瑲環墜在耳朵上，行步而搖動，儀態萬方，表現出奪人心魄的風韻。她嬌媚，但也會耍些小心眼兒，可是當你真的生氣時，她則會撒嬌討饒。她是一個美麗的精靈，一個可人依依的小鳥兒。「嬌妒索人饒」一句，動態立體地描寫了女子，立即使整個畫面充滿了生氣，女子的形象則變得栩栩如生。末句既是美好的回憶，又是對好事不再來的遺憾。「幾共醉春朝」，把朝夕相處的甜蜜生活，草草作了概括，也有不堪回首的意思。下片直接抒發了行人對女子的憶念之情。「纖腰」既代指女子，也是對上片未說到的美貌的補充。「夢魂勞」，是「憶」的方式，「勞」，說明魂在夢中，常常飛越山山水水去相會，故說「勞」。夢雖然經常做，但畢竟不是現實，「勞」也有「徒勞」的意思。「如今風葉又蕭蕭」，意為人生易老，一年一度的秋風又已經吹起。「蕭蕭」，風吹葉落的聲音，暗喻著年華的流逝。然而，年華因沒有愛情而成了虛度。「如今」二字，包含了深深的感喟。「恨迢迢」，則是具體惆悵情感的抒發，這三個字語調悠長，我們讀後，似乎聽到了他的一聲長長的嘆息。這闋詞整體風格比較輕豔，浪漫的情緒流露於字裏行間。內容架構也較為流暢，末兩句韻味雋永。

生查子 二首

其　一

琴韻對薰風❶，有恨和情撫。煙雨晚晴天，零落花無語。難話此時心，樑燕雙來去。腸斷斷絃頻❷，淚滴黃金縷❸。

【注　釋】❶琴韻對薰風　面臨東南風而撫琴，欲解其愁。琴韻，猶琴音。薰風，即東南風。❷腸斷斷絃頻　愁腸本已寸斷，奈何琴絃又頻頻斷也。❸淚滴黃金縷　淚水打濕了金線繡的衣服。

【語　譯】春雨瀟瀟細如煙，雨過之後變晴天。花兒紛紛落，見此無一語。心中無限情，難以說出來。梁上一雙燕，來去過屋檐。臨風彈著琴，欲解愁和怨。指上帶著恨，琴聲如哭啼。愁腸本已斷，絃斷不相連。淚珠滴滴下，打濕繡衣上的金線。

【賞　析】這闋詞抒寫了女子由花落燕飛而引起的一種無法排遣、難以措置的閨思之情。上片共四句，三句是景語，用來烘托思婦的心情。先是寫春雨濛濛，傍晚時分，忽然晴朗起來，但是女子心頭的愁緒並沒有像煙雲一樣消散，而是因雨後之景添濃增厚。雨後落英繽紛，滿地殘紅，觸目之處倍覺傷情。情又如何，詞人先退後一步，寫主人翁怕說、難說，然後用「樑燕雙來去」的畫面，委婉含蓄地把女子鬱結難言的心緒點託了出來。樑上燕子，雌雄成雙，同棲共飛，呢喃呼應，牠們是多麼的幸福、快樂啊！而人卻形單影隻，孤苦零丁。這就是欲吐難言的心緒。下片採用託物寄意的手法，借琴曲寫心曲。既然情思纏綣而又無法用言語表述，女子便想到用琴聲來抒發內心的苦悶。「琴韻對薰風」，單看這一句，它無疑是一幅美麗而和諧的畫面，似表現出人的閒適與高雅。然而，由於撫琴人心情愁苦，愛恨交織，和諧的樂音中時時跳出不和諧的音符，甚至一而再、再而三地絃絲斷絕。詞人將兩個斷字巧妙地連在一起，以有形的琴絃之斷狀寫出了無形的柔腸寸斷的痛苦，手法巧妙至極。結尾一句「淚滴黃金縷」，寫主人翁的心終於托不住愁思的痛苦而傷心落淚了，以致於濕透黃金縷繡成的衣服。這闋詞寫思婦的念人之情，極有層次，「無語」、「難話」、「撫琴」寫恨，最後到淚水潸潸，反覆纏綿，然而，始終不肯一語道破。

其二

寂寞畫堂空，深夜垂羅幕。燈暗錦屏欹❶，月冷珠簾薄。　愁恨夢難成，何處貪歡樂？看看又春來，還是長蕭索❷。

【注釋】❶錦屏欹　錦屏斜立。❷蕭索　冷落。

【語譯】寂寞悄無聲，畫堂空無人。羅幕垂到地，漫漫夜已深。錦繡屏風斜，搖搖昏暗燈。透光珠簾薄，慘白月色冷。　心裏愁又恨，想夢夢難成。風流浪蕩子，歡樂哪一城？看看春又來，還是冷冷落落門。

【賞析】這一闋詞描寫一位閨中少婦，因為丈夫冶遊在外，而倍感煩悶與傷心。詞的前四句句句寫景，然又句句寫情。詞人用空、靜、暗、冷的環境來烘托閨婦孤寂淒苦的心情。畫堂雖然擺設華美，但空無一人，寂寞得使人感到壓抑與沉悶。閨內羅幕低垂，悄然靜立，更增加了肅穆的氣氛。數扇錦屏，一盞殘燈，光穿珠簾，月色冷冷。這一切既可理解為詞人將女子的愁苦心境外化為冷落的環境，讓讀者直觀地感受到女子愁苦的程度，也可以由此分析出，在這樣冰冷寂寥的環境中生活，女子該有一種甚麼樣的心情。下片由景轉至人，直接抒寫她內心的思怨之情。「愁恨夢難成」，直承上片而來。既認識到夜深，又看到燈暗、月色，一定是未眠，故下片用「夢難成」承其意。深夜念丈夫之不歸，嘆青春之易逝，恨便油然而生。「何處貪歡樂」，即是心中對浪蕩丈夫的責問。結拍兩句「看看又春來，還是長蕭索」，表現出閨婦思念的徒勞，對薄倖丈夫的無奈與對青春將過的焦急，樸實無華，但包含著豐富的內容。

黃鍾樂　一首

池塘煙暖草萋萋，惆悵閒宵❶含恨，愁坐思堪迷。遙想玉人情事遠，音容渾似❷隔桃溪。

偏記同歡秋月低，簾外論心❸花畔，和醉暗相攜。何事春來君不見？夢魂長在錦江❹西。

【詞牌】黃鍾樂　此調宮調不傳。始見《教坊記》。共六十四字。

【注釋】❶閒宵　長夜。❷渾似　猶絕似。❸論心　即談心。❹錦江　一名府河，在蜀成都。

【語譯】池塘水暖煙縈縈，岸邊水草翠青青。寂寞閨中人惆悵，漫漫長夜恨難平。滿面愁容錦欖坐，往事如煙已不明。遙憶玉郎昔時態，彷彿過去多少年。音容笑貌已模糊，如同隔著桃花源。　偏偏記得那晚上，共度秋夜月明亮。錦簾外面竊竊語，花樹旁邊偎臉龐。不勝酒力帶醉意，偷偷攜手膀靠膀。為何春來君不來，仍留錦江之西的地方。害得妾身整天想，夜晚夢到君身旁。

【賞析】這闋詞細膩委婉地描寫了一女子見不到戀人的抑鬱愁怨。上片概寫女子的相思情態，下片通過女子對往日印象最深之一幕的回憶，表現其刻骨的思情。首句點明時間是在春暮，池塘煙暖，春草萋萋，是典型的暮春特徵。可以想見，三春的每一個日夜，女子一定都在盼望戀人來與她共度良宵，同賞春景，可是，她始終沒有等來心上人。今天這一個夜晚，她又在等待。然而，由於空等的時間太長，希望已經被惆悵所替代，灼熱的愛也漸漸地化成了怨和恨。以下三句寫久別之人的思念極為細膩、真實。她在相思中，早已將過去歡聚時幕幕情景在腦海裏印了千萬遍，一遍遍咀嚼，一遍遍回味。然而，想得多了，景象並不會越來越清晰，而是隨著時間的拉長，還是漸漸地模糊。「思堪迷」，正是這一種情況。玉郎與自己相歡的往事彷彿發生於多年之前，現在祇留下了淺淺的痕跡。玉郎的音容笑貌也不太清晰了，好像他站在遙遠的地方，祇能看到他一個大概的輪廓。他與自己的距離如同桃花源內之人與桃花源外之人的距離。但是，初次見面時的情景她是永遠也不會忘記的。「偏記」二字，承上啟下，由一般轉為個別，由抽象轉到具體。這也符合記憶的規律，人們對第一次見面的印象總是很深刻的，更何況是一見鍾情的初會呢？她對此情景的不能忘懷，也說明她的愛刻骨銘心。她記得那天夜裏，秋月快要西沉了，但他們仍然待在一起，簾外談心，花畔飲酒，偷相偎，暗攜手，他們沉浸在愛情的歡樂之中，忘記了時間，也忘記了身外的一切。至少是這女子，她將那一晚上看成最可寶貴的夜晚，故而深深地鐫刻在腦海裏。結拍兩句寫她從遐思中又回到了現實。仍然是「閒宵含恨」，恨的內容即是「何事春來君不見，夢魂長在錦江西」。這闋詞圍繞女子的心境來寫，寫景、寫情、寫往事、寫現在，意境連貫，使得全詞渾然一體。

漁歌子 一首

柳如眉，雲似髮，蛟綃❶霧縠籠香雪。夢魂驚，鐘漏歇❷，窗外曉鶯殘月。　幾多情，無處說，落花飛絮清明節。少年郎，容易別，一去音書斷絕。

【注　釋】❶蛟綃　即鮫綃。傳說中鮫人所織之綃，裁作衣服，入水不濕。❷鐘漏歇　鐘與漏刻皆已不響，意為天亮。

【語　譯】眉如柳葉，髮似雲積。薄薄綾羅裁作衣，佳人肌膚如香雪。魂兒夢中驚，鐘停漏聲歇。窗外曉鶯不停叫，西邊樹林掛殘月。　心中情蕩急，無處訴說暗哭泣。落花滿地柳飛絮，此時正是清明節。風流少年郎，薄倖輕離別。一去之後不來信，不知他何處浪跡。

【賞　析】作者在這闋詞中抒寫了一位美麗女子的怨恨之情。前三句描繪了女子的美麗。她的眉毛又細又長像柳葉，她的頭髮濃密得像團積的烏雲。那身幾乎是透明了的皺紗內衣，緊緊地裹著她那又白又香的肉體，顯得豐滿而迷人。作者這樣寫的目的，是要讓這位女子迅速地在讀者的心中占據位置，生出憐愛之心。如此美的女子，應該得到別人的愛，應該得到幸福。然而，她的處境相當的淒涼，她因有重重心事縈繞於心，夢中常常被驚醒。如此反覆，一直折騰到鐘歇漏停的時候也沒有睡著。接著，窗外傳來了黃鶯兒的叫聲，一彎殘月漸漸地被晨曦掩去。這樣的整夜不得安眠的樣子是為那般呢？作者在下片作了揭示。她的不眠與痛苦是為了懷人，在舊時，懷人念遠是說不出口的，會被人識為耐不住寂寞而「想男人」，屬於不賢淑的行為。所以，懷著滿腹的思情，卻無處去傾訴，獨自承受著相思的折磨。又遇上這暮春時節，花落枝空，柳絮飄揚。「落花」使她暗傷青春消逝，「飛絮」使她有身世飄零、無依無靠之感。清明節，正是踏青修禊的日子，別人家都是夫妻同遊，可是她的少年丈夫，卻拋家外出，並把離別之事看得很輕。更不可堪的是他根本不關心你相思、寂寞的痛苦，一去之後，連個音信也沒有。結拍三句，怨恨之情，溢於言表。

鹿虔扆　六首

虔扆又作虔扆。字、里和生卒年均不詳。事後蜀後主孟昶為永泰軍節度使，進檢校太尉，加太保。初，讀書古廟，視壁上有周公輔成王圖，即立輔佐之志。他與歐陽炯、韓琮、閻選、毛文錫等俱以工小詞而供奉後主，時人忌之，號稱「五鬼」。今存詞六闋，皆為《花間集》收錄。

臨江仙　二首

其一

金鎖重門荒苑❶靜，綺窗愁對秋空。翠華❷一去寂無蹤，玉樓歌吹，聲斷已隨風。

煙月不知人事改，夜闌還照深宮。藕花相向野塘中，暗傷亡國，清露泣香紅❸。

【注釋】❶苑　古代種植樹木、畜養禽獸的園囿，供帝王遊樂打獵之用。❷翠華　用鳥類翠羽作裝飾的旌旗，古代帝王儀仗常用之。此代指帝王的車駕。❸香紅　此指幽香的荷花。

【語譯】宮門被鎖一重重，寂靜皇苑成荒叢。當年華美雕花窗，而今默默對秋空。御駕一去無消息，帝王后妃不見蹤。玉樓蕭條歌聲斷，歌兒舞女皆散去。　薄雲罩月度夜空，月兒不知人事動。夜深還是當頭照，如紗如霧籠殘宮。有知荷花相對看，搖搖晃晃野塘中。國破家亡暗哀傷，淚如清露臉香紅。

【賞　析】這是一闋抒寫亡國之痛的詞作，然傷悼何朝之亡有爭論。歷來論者認為是傷悼後蜀之亡，然王國維指出：《花間集》輯於蜀廣政三年，集中已載此詞。此時後蜀尚未亡，何得言傷蜀？我們讀此詞時，不必拘泥於前蜀還是後蜀，祇把它當作一首傷時感世、憑弔荒宮廢苑的詞作來看。上片通過今昔對比，以往昔的繁華映襯今日的蕭條。詞中的金鎖、重門、皇苑、綺窗、玉樓、歌吹，無不記錄著往日帝王生活的繁華與熱鬧，然而，這些都已屬於過去。「鎖」，把人去樓空的蕭索、冷落兜底說了出來，「荒」，同樣將昔日林秀溪清的園林，今日已成廢墟的景象全部描繪了出來。「綺窗愁對秋空」，因有了主觀上的「愁」字，就不僅表現精雕彩繪的窗戶現在洞開著面對秋空，還融入了作者懷念故國的主觀情懷。以下三句從景轉到了人，景物的蕭索、殘破，是亡國的一個徵象，更重要的徵象則是帝王被擄，後宮被侮，歌兒舞女都飄零於民間。從此，玉樓沉寂，歌吹斷響。作者通過景與人的淒涼景況的描述，流露出黍離之痛。下片借助於月亮與荷花的態度，進一步抒發自己對亡國的哀傷。「煙月不知人事改，夜闌還照深宮」，高懸秋宮的明月，不知道人間世事的改換，仍同以往一樣用它的光輝照著深深的宮苑。「煙月」是擬人化了的自然，帶著作者的主觀感情，「還照」，表明了它對故國的深情。過去，它一定用如紗如霧的光輝籠罩著宮室，使它們似瓊樓玉閣般的美麗，現在「不知人事改」而照，但可以斷言，它知道了「人事改」，還會照，會用它輕柔的手撫摸傷痕累累的深宮。池塘中的荷花本是帝后的寵物，它們直接經受了家國之變，所以，它們的悼念是積極而主動的，相對飲泣，不勝哀傷。塘本有主，國破家亡，「翠華一去寂無蹤」，失去了主人，故稱「野塘」。天上的月亮，地上的荷花，皆為有情之物，或無意，或有意，都在傷悼故國，使亡國之思充溢於天地之間。這闋詞所選取的景物均符合亡國故宮的特點，宏麗中含著淒冷。

其　二

無賴❶曉鶯驚夢斷，起來殘酒❷初醒。映窗絲柳裊煙青。翠簾慵卷，約砌❸杏花零。一自玉郎遊冶去，蓮凋月慘❹儀形。暮天微雨灑閒庭，手挼裙帶，無語倚雲屏。

【注釋】❶無賴　本指奸詐、刁鑽、強橫之徒，這裏的意思是女子對鶯鶯毫無辦法，故罵牠為「無賴」。❷殘酒　帶有微許的酒意。❸約砌　猶欄砌。❹蓮凋月慘　意為如同蓮花、明月美麗的容顏已經不存。

【語譯】無可奈何對曉鶯，好夢啼斷人被驚。起床還有微微醉，眼睛難睜人初醒。裊裊柳絲映著窗，遠望生煙翠青青。翠飾錦簾懶捲起，欄砌上面杏花零。　郎君浪蕩離家行，尋花問柳太薄情。自他走後妾憂愁，花容月貌變了形。傍晚小雨瀟瀟下，晦暗淒涼濕院庭。手撚裙帶心躊躇，默默無語倚雲屏。

【賞析】這闋詞選取清晨與傍晚時閨婦的思人情態，表現她精神的抑鬱。上下片的內容十分清晰，一寫清晨，一寫傍晚。罵曉鶯「無賴」，說明她十分著惱。惱鶯鶯將美夢驚斷。驚斷的可能不止一次，無法恢復，才說牠是「無賴」。依憑夢而得到慰藉，說明行人久已不歸，思念也已經到了入骨的地步。第二句「殘酒初醒」，進一步介紹了她在今晨以前的相思情況，那就是她必須借酒才能解愁，而且，酒喝得很多，經過一夜的時間，仍有醉意。第三句是對春景的描繪，柳絲飄拂，青翠生煙，美得如詩如畫，然而，對於心情愁苦的閨婦來說，並沒有讓她賞心悅目，她仍然是身倦體慵，以致於翠簾不捲。這又可見抑鬱之甚了。末拍「約砌杏花零」，在她的愁緒裏又添進了一些愁。杏花零落於石階上，春欲歸也，這無疑給予青春流逝的暗示。下片前兩句，是人在傍晚時的內心描寫，是臨門或臨窗看「暮天微雨灑閒庭」時的所想，花容月貌，就在這等待與思念中凋零殆盡，如果丈夫是去遊學、遊仕、行商、戍邊，也就罷了，可他是去尋花問柳而把妾拋撇於家的呀。字裏行間充滿了怨恨。天色晦暗，暮雨瀟瀟，既是寫景，也反映了她這時苦澀的心境與對未來生活的茫然。末兩句，九個字，細膩地描繪了她的形象：渴望卻又無奈，痛苦但又無處訴說。這一柔弱無助的形象會長久地留在讀者的心裏，而寄予深切的同情。

女冠子　二首

其一

鳳樓❶琪樹，惆悵劉郎❷一去。正春深，洞裏愁空結，人間信莫尋。　竹疏齋殿迥，松密醮壇❸陰。倚雲低首望，可知心。

【注釋】❶鳳樓　指女冠的居處。❷劉郎　劉晨。由於押韻的原因，捨了阮肇，一般劉阮聯名。❸醮壇　皆是念經、懺禮的地方。

【語譯】美麗女冠鳳樓住，潔白苗條似玉樹。獨自遙望人惆悵，傷心劉郎別離去。草青花正發，正是春深處。桃花洞裏愁心結，欲到人間尋無路。　道觀周圍翠竹疏，竹隙之處齋殿露。密密生長千年松，醮壇被遮光不透。倚雲低頭望，可知她憂思心不舒。

【賞析】女冠應該是清心寡欲，不談情愛的，然而，在《花間集》中，女冠大多是情感豐富，因相思而痛苦的女子。這是唐朝特有的宗教現象。唐代的女道士是個情況很複雜的階層，這衹要想一想武則天和著名的女道士魚玄機奇特的生活經歷就不難揣想到其中的大概了。她們中許多人其實與紅塵女子沒有甚麼兩樣，她們的居處也往往是一些詩人文士尋覓紅粉知己的場所。此詞將女冠說成天台山中的女仙，男子說成是採藥的劉郎，不過是假託而已。上片的前兩句，既介紹女冠的美麗，又說明她為劉郎離去而惆悵。「琪樹」，玉樹臨風於鳳樓之前，引發讀者作豐富的想像，你可以想見她香雪玉體，著一身輕薄如紗的白裙。可是這樣美麗的女子，卻在草青花發的春深時節，在「洞裏愁空結」，受著情人別離，欲尋無路的痛苦。詞人的同情態度是很明顯的，他為女冠的孤獨而難過。下片通過環境之寂靜的描寫，表現女冠的寂寞。竹疏松密，殿冷壇靜，環境的空寂給孤獨的心靈一無形的壓力，造成她難以承受的痛苦。「低首」與「望」是矛盾的，抬頭才能望，如何「低首望」呢？這正表現出她悲傷至極。掩面、垂首，是常見的十分痛苦的神態。「可知心」，正是承這一句而來，意謂我們由此神態可知女冠心裏的哀傷。此詞肯定了女冠對美好生活的追求，從人道主義的角度看，是有相當意義的。

其二

步虛壇上，絳節霓旌❶相向。引真仙❷，玉珮搖蟾影❸，金爐裊麝煙。　露濃霜簡❹濕，風緊羽衣❺偏。欲留難得住，卻歸天。

【注釋】❶絳節霓旌　指壇上花花綠綠的旗幡。❷真仙　天上之神仙。❸蟾影　月影。❹霜簡　霜牒，道士作法時所用。❺羽衣　對道士衣服的雅稱。道士修煉的目的是羽化昇天，稱羽衣，取其神仙飛翔之意。

【語譯】行步虛壇上，作法將經唱。齋殿掛滿彩旗幡，神像紙馬列醮堂。祈求神仙來，給人降吉祥。月下跳舞搖玉珮，金爐嫋嫋麝煙香。　夜深濃露降，打濕長竹牒。冷風呼呼吹，羽衣風中揚。欲留神仙住下來，卻乘雲霧上天堂。

【賞析】這闋詞描寫女道士作法降仙的法事過程。前片寫作法迎仙。「步虛壇上」，是道士迎仙的一個重要儀式，即踩罡步斗。她看上去像在跳舞，步履輕盈，胡旋婀娜，裙帶生風，長袖飛揚。一邊舞著，一邊念著經文。「絳節霓旌相向」，是靈堂上的布置。為了製造出一種天人可以交流對話的神秘環境，道士們在堂內排列著神祇的牌位，貼著紙馬，掛滿了花花綠綠的旗幡。桌上還供著令牌、神卦、司刀、玉印、牌帶、頭扎、牛角、馬鞭等法物。在一系列繁瑣的程式以後，天上的神仙在月光下，在裊裊的香煙中由天而降，他們或駕雲，或乘鸞，玉珮的響聲組合成一曲動聽的音樂。下片寫女道士們送仙上天。夜空中降著華露，把手執的霜簡都打濕了。夜風習習，身上的羽衣隨風擺動。她們本欲將神仙們留下來，然他們皆不肯住在人間，仍要回到他們的天堂。該詞將一個虛幻的事情當作實事來寫，描繪出一個本不存在卻令人相信的環境。又由於運用了幾個道教中的名詞術語，頗有宗教的氣氛。

思越人 一首

翠屏欹❶，銀燭背❷，漏殘清夜迢迢。雙帶繡窠盤錦薦❸，淚侵花暗香銷。

珊瑚枕❹膩鴉鬟亂，玉纖慵整雲散。苦是適來新夢見，離腸爭不千斷。

【注　釋】❶欹　傾側；斜。❷背　本是日暈外圍部分的名稱，這裏借指燭光的昏暗。❸雙帶繡窠盤錦薦　在錦繡的臥席上，擺著兩條有花紋的帶子。❹珊瑚枕　以珊瑚為飾之枕。

【語　譯】翠玉屏風欲歪倒，蠟燭一枝將燒了。長夜漫漫睡不著，屋外刻漏聲漸小。人臥錦繡席子上，兩條花帶仔細瞧。淚水把帶打濕了，帶上香氣漸漸消。　珊瑚枕頭兩頭翹，雙髻烏髮亂糟糟。一雙玉手纖細細，懶整亂髮任它飄。剛才美人夢中見，風姿綽約性憨嬌。夢醒之後人不見，離腸如同割千刀。

【賞　析】這是一闋思人的詞，曾受到湯顯祖的高度評價，說江文通、潘安仁〈悼亡〉詩不過如此。詞中的主人翁是男子抒寫他對所愛女子的思念之情。上片通過諸物的描寫傳導男子心中悲淒惋惻的情緒。屏風的擺置，應該是端正的，詞人以屏風之傾斜，暗示人物無心於生活的料理，初步寫出了人物的愁緒。以下兩句又以燭光的昏暗、長夜的漫漫描繪出主人翁居處的冷冷清清與主人翁不眠的精神狀態。「雙帶繡窠盤錦薦」，意為一雙繡花帶子放在所臥躺的錦席上。「雙帶」，寓有成雙成對、永不分離的吉利含意，昔時有情男女作為信物贈送給對方。男子深夜不眠仍手玩此物，一定為女子所贈。睹物思人，相思的愁緒愈發濃鬱，不禁淚水縱流，滴到了帶上，花紋漸暗，香氣銷損。《十國春秋》卷五六〈鹿虔扆傳〉說這兩句，「詞家推為絕唱」。下片寫夢中的歡情和醒後的痛苦。「珊瑚枕膩鴉鬟亂，玉纖慵整雲散」，是夢中的情景。詞中以女子鴉鬟的散亂，暗指雲翻雨覆的男女之事。而玉纖小手懶整雲髮，使女子的嬌容躍然而出。夢境既寫出了女子的美麗嬌婉，更寫出了二人感情的濃厚。女子如此可愛，二人感情又如此篤厚，怎能不使人思情縈繞？這兩句也為下兩句作了鋪墊。醒後尋人人不見，怎能不苦，怎能不使離腸千斷？夢境呈現出柔情脈脈的溫馨，但這溫馨卻是虛幻的，它帶來更為強烈的別愁。詞人在下片採用了欲進先退的方法，多層次地展示了主人翁愁苦的內心世界。

虞美人 一首

卷荷❶香澹浮煙渚，綠嫩❷擎新雨。瑣窗疏透曉風清，象床珍簟冷光輕，水紋❸平。九疑❹黛色屏斜掩，枕上眉心斂。不堪相望病將成，鈿昏檀粉淚縱橫❺，不勝情。

【注釋】❶卷荷 尚未張開的荷花。❷綠嫩 指荷葉。❸水紋 指席上的花紋。❹九疑 亦作九嶷，山名。《漢書・五帝紀》：「望祀虞舜於九疑。」注：「九疑山，半在蒼梧，半在零陵，其山九峰，形勢相似，故名九疑山。」❺鈿昏檀粉淚縱橫 臉上的淚水污了脂粉，金鈿亦昏暗失去光澤。

【語譯】荷花未開淡淡香，薄煙浮動小島上。碧綠嫩荷葉，承接新雨降。清曉微風很清爽，透過雕花疏格窗。竹席光滑冰冷冷，輕輕鋪上象牙床。席上有花紋，整齊又大方。　九嶷風景繪上屏，斜掩床頭山青青。倚枕朝上看，不禁皺眉心。相思日久不堪苦，望人不歸將成病。淚水縱橫污脂粉，金鈿昏昏看不清。精神已耗盡，無力承思情。

【賞析】這闋詞抒發了一閨婦的思人念遠之情。上片通過戶外晨景的描寫，折射出女主人翁的愁緒。卷荷，即未開放之荷花，綠嫩，新生長的荷葉，都是柔弱的象徵，它們代表著閨婦，它們經受著風吹雨打，即表示閨婦正承受著離情的痛苦折磨。輕煙浮游於小島，一個淒迷的景色，它形象地表現了閨婦愁苦而茫然的心境。至於風涼簟冷，既是寫景，也是寫情，寫閨婦住處環境的淒冷與心情的淒冷。下片直接描寫她的相思情態。她的生活內容大半為相思，相思的方式是看屏上之畫。畫的內容是青翠的九嶷山。那雲障霧繚的九嶷山常常在閨婦眼前幻化為行人正在跋涉的山水，在那片刻的幻覺中，她似乎與他一起行旅，同甘共苦。然而，幻覺過後，面前仍是一畫屏而已。於是，愁緒又襲上心頭，「眉心斂」。日日夜夜，幻覺到現實，現實又轉至幻覺，她不堪其苦，心力交瘁，漸成病痾。人病之時，愈發想念自己的親人，並會生出許多不祥的念頭，這樣，思更濃，愁更苦，以淚洗面，脂粉被污，精神到了崩潰的地步。「不勝情」，是女子的心聲，它是一聲無助的呼救，一聲絕望的哀嚎！它會長久地在讀者的耳際迴響。

閻選 八首

字里生卒和生平事蹟均無考，為前蜀布衣。工詞，尤善小詞。多寫思婦閨情、美女容顏，格調不高。與歐陽炯、鹿虔扆、毛文錫、韓琮稱為五鬼。

虞美人 二首

其一

粉融紅膩蓮房綻❶，臉動雙波❷慢。小魚銜玉❸鬢釵橫，石榴裙染象紗輕，轉娉婷。

偷期❹錦浪荷深處，一夢雲兼雨。臂留檀印❺齒痕香，深秋不寐漏初長，盡思量❻。

【注釋】❶蓮房綻　即蓮花初放。❷雙波　一雙眼睛的眼波。❸小魚銜玉　此處指魚形玉製釵飾。❹偷期　暗中約會；幽會。❺檀印　檀口印痕，即唇紅之痕。❻盡思量　一作「儘思量」。儘，極、最的意思。

【語譯】荷花初開紅豔豔，嬌嫩如同美人臉。美人神情真動人，眼波盈盈情綿綿。釵是小魚銜玉樣，鬢髮烏黑如墨染。裙如石榴紅彤彤，薄如輕紗掩玉體。身材高條條，娉婷如美仙。　暗自約定去看蓮，碧波深處荷田田。雲翻雨覆情歡洽，如醉如夢人繾綣。嘴上口紅留在臂，美人齒痕猶能見。深秋之夜睡不著，初聽漏聲長如線。心上人兒看不到，思緒萬萬千。

【賞析】這一闋詞描寫一男子對所戀女子的想念。上片五句皆是寫女子之美。既有比擬，也有直接的描摹。說她的臉龐如同蓮花初綻，新豔、粉嫩。臉上的表情也非常生動，那一雙會說話的眼睛顧盼生輝，情意綿綿。頭上的釵子是小魚銜玉形狀的，橫簪於鬢髮上，熠熠生輝。那裙子是石榴紅的顏色，薄如輕紗，裏住她那隱約可見的玉體。她行走的姿勢，真是娉娉婷婷，風姿萬千。總之，他腦海裏不斷映現的女子形象，是個無可挑剔的絕色美人。也可能此女子確實美，也可能是「情人眼裏出西施」的結果，但不論是那一種情況，都表明了男子的傾心。女子整個人兒，或一個神情動作，或一件小小的飾物，他都無不憐愛。下片回憶他們密約幽期的情景與抒發佳人不見的惆悵。他們曾約會於荷塘深處，「雲兼雨」，用含蓄的詞語描寫他們的歡情。「一夢」，不是偷期的情景為夢境，而是當時歡樂的感覺，如同夢中，不敢相信是真的。當看到臂上的口紅印與齒痕時，才確信美人是活生生的，而不是夢幻中的美人。回憶往事會給予自己許多慰藉，但也增加了不少愁緒，使得更加想念心上人。深秋之夜，久久不眠，其情態大概像《西廂記》裏面張生想鶯鶯那樣：「睡不著如翻掌，少可有一萬聲長吁短嘆，五千遍搗枕捶床。」閻選詞工致麗密，無論是寫人的形象，還是人的感情，都能讓人深深的感受。

其二

楚腰蠐領❶團香玉，鬢疊深深綠。月蛾星眼笑微頻❷，柳夭桃豔不勝春，晚妝勻。

水紋簟映青紗帳，霧罩秋波上。一枝嬌臥醉芙蓉❸，良宵不得與君同，恨忡忡❹。

【注釋】❶楚腰蠐領　細腰白頸。楚腰，楚宮裏的細腰女子。《韓非子・二柄》：「楚靈王好細腰，而國中多餓人。」蠐領，潔白的頸項。❷月蛾星眼笑微頻　眉如初月，眼如星星，常作淺笑狀。笑微頻，一作「笑和顰」。❸醉芙蓉　嬌媚之荷花，此處喻美人。《甌江逸志》：「溫州芙蓉，……最妙者名醉芙蓉，晨起白色，午後淡紅，晚則變為深紅。」❹忡忡　憂心的樣子。

【語譯】柔腰纖細白頸露，肌膚香潤如同玉。髮多像烏雲，色澤為深綠。眉彎如月眼如星，常作微笑神色舒。嬝娜多姿似弱柳，濃豔如同桃花樹。傍晚整晚妝，妝後步出戶。　竹席水紋在蕩漾，青色薄紗作帷帳。入帳燭光如同霧，水紋被照成波浪。一枝嬌媚芙蓉花，閒適臥在竹席上。惱恨不能共良宵，憂心忡忡人惆悵。

【賞析】這一闋詞描寫所愛女子的美麗與對她的思念。上片用工筆畫般的筆觸細緻地描摹女子的美。先後寫了其腰、其頸、其髮、其目。腰柔弱而細，如楚王宮裏的美女。頸脖如同蝤蠐，色白豐潔而長。「團香玉」，意為美女的身體香而溫潤，好像是美玉做成。以上是第一句，既寫出體形的娉婷窈窕，又寫出了膚色白潤，氣香如蘭。第二句寫美女的鬢髮，雖未說其濃密，但由「深深綠」的色澤中，可見其黑且濃，毫無疑問，此髮極美。再下，由髮轉到臉上。她的眉，彎如初月；眼，晶亮如星星；臉龐，還帶著淺淺的微笑，「笑微頻」，美麗而又不失莊重。第四句則用嬝嬝多姿的柳絲與灼灼盛開的桃花概寫她整個人的妖嬈與美豔。回過頭來，再來看詞人對美人的描寫，循著整體—部分—整體的方法來摹寫，而且兩句整體的描寫也各不相同，第一句用鋪陳的手法作具體地描寫，第四句則用比擬的手法作形象地描寫。末句「晚妝勻」，道明上片所寫的是美女晚妝的模樣。下片先寫美女的臥態。在未寫臥態之前，又先寫美女的臥具，竹席與青紗帳。這兩樣物件是平常的東西，但在詞人的筆下顯得很美，透過紗帳的朦朧燭光如同霧一樣，而在這「霧」的籠罩下，竹席上的水紋就像蕩漾著的碧波。這為第三句中美女的醉臥，創造了一種宛如仙境的縹緲氣氛。接著用紅豔嬌娜的芙蓉比喻女子，使女子的美到了一種撩人心動的地步。於是，男子為不能與她共度良宵而苦惱，心中塞滿了愁緒。本詞運用粗細描寫並相結合等等手法，使詞中的美人呼之欲出。

臨江仙 二首

其一

雨停荷芰❶逗濃香，岸邊蟬噪❷垂楊。物華❸空有舊池塘。不逢仙子，何處夢襄王❹？
珍簟對欹鴛枕冷，此來塵暗淒涼。欲憑危檻❺恨偏長。藕花珠綴❻，猶似汗凝妝。

【注　釋】❶荷芰　荷與菱。❷蟬噪　蟬鳴。❸物華　指美好的自然景物。❹不逢仙子何處夢襄王　用楚襄王夢神女事。❺危檻　高樓的欄檻。❻珠綴　露珠連綴。

【語　譯】雨停之後天晴朗，荷花菱花都吐香。岸上知了聲聲叫，牠們在垂楊上。美麗景物空生長，相伴唯有舊池塘。仙子不逢時，何處再能夢見楚襄王？　珍貴竹席鋪床上，鴛枕冷落在一旁。自從郎君分別後，灰塵暗封人淒涼。登樓倚欄向遠望，心中怨恨偏偏長。藕花上面露珠連，猶如汗水凝面妝。

【賞　析】這一闋詞描寫女子的念人思遠之情。在題材與內容上，沒有甚麼特色，惟在藝術表現手法上，有值得肯定之處。上片前兩句描繪了一幅美麗的夏日雨後圖：雨過之後，萬物清新，荷花菱花，競吐芬芳。池塘四周，柳樹如幕。蟬聲起伏，聲清喧天。可是，第三句突然一轉，「物華空有舊池塘」，景物再美，無人欣賞又有甚麼意義呢？荷芰、垂楊，所伴的卻是一舊池塘。很顯然，詞中的女主人翁將自己比作物華，訴說著生活的不如意。為了更清楚地表達這一種心緒，又將自己比作不幸的仙子，不能與風流的楚襄王相會，連夢都不知向何處去做。兩個連續的比擬，把自己心中落寞的情緒淋漓盡致地表現了出來。下片通過閨內環境與登高望遠的描寫，直接抒寫女子淒冷愁苦的心境。「珍簟對欹鴛枕冷」之「冷」字，是從屬於簟與枕二物的，即簟冷枕也冷。珍簟、鴛枕，本是供有情人共眠的，然現在祇有閨婦一人，自然是冷的了，並且由於身慵體懶，無心打掃，自別後，塵暗生，滿目淒涼。這兩句都以「冷」、「涼」收束，目的不僅是寫環境的冷寂與淒涼，更是要透出她心境的冷與涼。第三句寫她憑欄遠望，直接抒發她心中綿綿的怨恨。末兩句又是採用由物及人的寫法，不過，疑「汗凝妝」為「淚凝妝」，荷花似女子的粉臉，花上的露珠連綴，猶如淚水掛在女子的臉龐上。「汗凝妝」，則與表現女子的思愁主題不切合了。

其　二

十二高峰❶天外寒，竹梢輕拂仙壇。寶衣❷行雨在雲端。畫簾深殿，香霧冷風殘。

欲問楚王何處去？翠屏猶掩金鸞❸。猿啼明月照空灘，孤舟行客，驚夢亦艱難。

【注　釋】❶十二高峰　即巫山十二峰。原祇言巫山群峰之多，並無確指，後人據「十二」之數，一一坐實，但具體名稱又代有不同。陸游《入蜀記》卷六言：「十二峰者，不可悉見。所見八九峰，惟神女峰最為纖麗奇峭，宜為仁真所托。」❷寶衣　神女的衣服，借指神女其人。❸翠屏猶掩金鸞　翠屏峰掩住了金鸞峰。翠屏，在元代劉壎的《隱居通義》中，為十二峰名之一。從對應的修辭方法上來看，「金鸞」當為五代時十二峰名之一。

【語　譯】十二高峰矗巫山，聳入雲天分外寒。翠竹婆娑如鳳尾，隨風輕輕拂仙壇。神女傍晚播細雨，早晨站立雲端看。深深大殿畫簾垂，香霧飄蕩冷風微。　高唐別後日夜盼，楚王去路長漫漫。欲尋楚王之蹤跡，翠屏金鸞皆遮掩。兩岸猿聲啼不住，一輪明月照空灘。孤舟艙中行旅人，被驚的夢幻亦艱難。

【賞　析】這闋詞的內容以表現巫山神女的寂寞生活為表，以抒寫行役人的淒苦心緒為質。首句以「天外寒」三字寫出巫山十二峰的峭拔高聳之勢，次句寫出了神女祠的靜謐肅穆。「仙壇」，即是神女的祠宇。在祠宇的四周，翠竹婆娑，風來拂地。這些都為下文寫神女渲染了氣氛。第三句特用「寶衣」代指神女，是據宋玉〈神女賦〉而來，因為〈神女賦〉特別誇讚了她的衣服，云：「其盛飾也，則羅紈綺繢盛文章，極服妙采照萬方。振繡衣，被袿裳，穠不短，纖不長」。「行雨在雲端」，合述「朝為行雲，暮為行雨」二語，概寫神女的獨具一格的神仙生活。第四、五兩句，繼第二句寫神女祠宇的外部環境之後，細筆描寫了祠宇本身的景象。「香霧」，不但概略地寫出了祠宇的情況，而且表現了風流女神的性格。「冷風殘」，既寫照了巫山的氣候，又透露出神女的寂寞。下片仍以神女故事起筆。「欲問楚王何處去」，反映出神女的苦苦尋覓。「翠屏猶掩金鸞」，峰遮著峰，更擋住了尋覓的視線，「何處去」，便沒有了答案。此時的神女心情又如何呢？詞人沒有明寫，祇給讀者一幅淒冷的圖像，讓你去意會。高猿長嘯，空谷傳響，明月當空，沙灘空寂。讀者很自然地會從這幅圖像上領略到神女心中的淒苦。神女與楚王相會事出於神話，並非實有，因此，神女的淒苦心情實是詞人的淒苦心情。他何以會託神女來抒發愁苦心緒的呢？因為他現在是「孤舟行客」，羈旅生活的艱難、遠離家鄉親人的寂寞，寄住小舟的孤獨，使他的心中湧出了滔滔不盡的愁緒，於是借神女故事以抒懷。

浣溪沙　一首

寂寞流蘇冷繡茵，倚屏山枕惹香塵。小庭花露泣濃春。

劉阮信非仙洞客❶，常娥終是月中人。此生無路訪東鄰❷。

【注　釋】❶劉阮信非仙洞客　指劉晨、阮肇採藥遇仙女事。信非，確實不是。❷東鄰　代指美女。《藝文類聚》卷一八引司馬相如〈美人賦〉：「臣之東鄰，有一女子，玄髮豐艷，蛾眉皓齒。」

【語　譯】室中寂寞無人聲，錦繡墊褥透骨冷。屏風斜倚靠山枕，久不打掃惹灰塵。庭中花兒沾露水，彷彿哀哀泣深春。　劉晨阮肇俗世人，永住仙洞終不能。美麗嫦娥月中仙，凡人怎能配上神。此生不能得到愛，無計進入東鄰門。

【賞　析】這闋詞描寫一位男子得不到愛情的苦悶。詞的上片通過室內外景色的描寫，表現了男子的惆悵悲傷的心情。流蘇帳與繡茵，本是華貴而生暖之物，然而現在不僅不能給男子帶來愉悅和舒適，相反，惹他心生煩惱與使他不適。在男子認為，流蘇帳將他圍了起來，與外界隔斷，於是寂寞的情緒油然而生；繡茵有意不生暖，使寒冷頻頻向他襲來。其實，流蘇、繡茵皆是無情之物，寂寞、寒冷與它們無關，是男子以寂寞與淒冷之心視物，才有此感覺。

屏風傾斜，山枕惹塵，反映出男子的精神狀態，他昏昏噩噩，打不起精神收拾房間，才零亂髒污如此。第三句由室內轉到了室外，寫庭院中的花兒沾上了露水，似乎在為自己即將凋謝的命運而哀泣。花兒無知，開開落落自不在意，這無疑是男子暗傷自己青春年華的流逝。下片描寫了男子的自卑與絕望。他所愛上的女子一定是位風華絕代、美色驚人的尤物，從他以「東鄰」一詞稱她即可知道。李白〈效古〉：「自古有秀色，西施與東鄰。」〈白紵辭〉又說：「揚清歌，發皓齒，北方佳人東鄰子。」因為姿色超群，他覺得對方是月中嫦娥，而自己則是凡夫俗子的劉阮，二者之間的距離不啻是天壤之別，於是，哀嘆一聲：「此生無路訪東鄰。」這首詞造句自然，近於口語，然而，思人之深情卻得到了淋漓的表達。

八拍蠻 二首

其一

雲鎖嫩黃煙柳細，風吹紅蒂❶雪梅殘。光影不勝閨閣恨，行行坐坐❷黛眉攢。

【注釋】❶紅蒂　紅色花蒂。蒂，花或瓜果跟枝莖相連的部分。❷行行坐坐　行坐不安的樣子。

【語譯】烏雲飛渡鎖天空，嫩黃楊柳起煙霧。梅花紅蒂被吹落，殘雪捲起掩樹叢。寒春景色淒慘慘，比不過閨人愁面容。走走坐坐心不寧，眉頭緊皺不放鬆。

【賞析】這一闋詞寫早春之時閨人的怨恨。前兩句描寫了慘澹的冬天未去，春天剛來時的景色：天空烏雲密布，彷佛鎖住了蔚藍的天空，柳色雖在春氣的鼓動下，轉成了鵝黃色，但是，仍未能改變冬日的蕭索、乾枯的景象。一時盛開的臘梅紛紛凋謝了，生命的活力在料峭的寒風中萎縮。雪，雖然不多，但被風揭起時，仍能使樹叢迷濛一片。

這樣寫的根本目的不在於描摹早春的景色，而是提供一個對比材料，讓讀者由此形象而感受到閨人的愁怨，所以，第三句說，儘管早春的景色如此慘淡，還不勝閨閣之恨，也就是說，比不過閨人心境的淒慘。為了證明這一事實，第四句直接描寫了她心境愁苦的外部表現：「行行坐坐黛眉攢。」然閨人為何事而「恨」，詞人沒有道破，但不外這兩種情況，未嫁者，為沒有找到一位如意郎君而恨；已嫁者，則為空守閨房而恨。

其　二

愁鎖黛眉❶煙易慘，淚飄紅臉粉難勻。憔悴不知緣底事❷？遇人推道❸不宜春。

【注　釋】❶愁鎖黛眉　因愁而皺起眉頭。❷緣底事　因為甚麼事。❸推道　推說。

【語　譯】愁緒滿胸眉皺起，雖為黑色慘淒淒。淚流臉上粉難勻，紅紅白白色不齊。衣帶漸寬人憔悴，不知因為甚麼事。遇到他人問原因，推說春來身體不適宜。

【賞　析】這闋〈八拍蠻〉仍寫閨婦的愁怨。前兩句寫梳妝，然受到了「愁」與「淚」的干擾。煙，為煙熏所積的黑灰，與黛都是描畫眉毛的顏料。二句的意思是：眉頭緊皺，使得黛色不能很好地塗上去，祇能依稀可見，似同於宿妝時殘敗之狀；淚水飄零於臉上，脂粉無法抹勻，紅紅白白，甚是難看。梳妝打扮，本是女子最得心應手的事情，可她現在居然無法完成這項日常工作，可見她心緒愁苦到了何種程度。這樣的處理，要比直接寫愁苦形象具體。如此愁苦，人焉能不消瘦憔悴，然而，「不知緣底事」。可以作兩解，一是女子對鏡照面時，發現了自己憔悴，但她沒有意識到心中的愁苦與身體的憔悴之間的直接關係。二是自己心裏完全清楚為了何事，祇是因為害羞或出於其他原因而不敢承認或難於啟齒。由下一句的「推道」來判斷，第二種理解可能更符合實際情況，因為推說含有自己明知真相而假託別事的意思。「不宜春」，身體不適合春天這一季節，為巧飾之詞。這位女子比起南宋的李清照來欠坦率。李清照在〈鳳凰臺上憶吹簫〉中明確說：「新來瘦，非干病酒，不是悲秋。」閻選這闋詞中的女子形象，在閨怨詩中並不多見，愁至憔悴，卻在人前努力地掩飾。這樣的形象，有其獨特的審美價值。

河傳 一首

秋雨，秋雨。無晝無夜，滴滴霏霏❶。暗燈涼簟怨分離。妖姬❷，不勝悲。　西風稍急喧窗竹❸，停又續。膩臉❹懸雙玉❺。幾迴邀約雁來時，違期雁歸人不歸。

【注釋】❶霏霏　下雨的樣子。❷妖姬　妖艷的女子。❸西風稍急喧窗竹　西風吹拂竹梢，在窗前咋咋喧響。❹膩臉　細膩的臉龐上垂著兩行淚水。❺雙玉　淚水。

【語譯】秋夜的雨，秋夜的雨，白天連著晚上，飄飄灑灑不停住。燭光幽暗，竹席轉涼，怨恨離別生愁緒。豔麗的佳人，不堪其悲苦。　西風吹拂青竹梢，窗前喧聲不停響。風歇停下來，霎時又繼續。細膩臉龐上，淚水撲簌簌。幾次約定雁來時，玉郎隨雁來此處。空望皆違期，雁歸人不歸。

【賞析】這闋詞抒發了一位閨婦在秋天的雨夜中思人念遠之情。前四句形象地寫出了霪雨連綿的天氣。湯顯祖評曰：「皆重疊字，大奇大奇。」通過這十二個字的描繪，讀者似乎進入了秋雨連綿的環境裏：晦暗的天空，雨絲連接不斷，飄飄灑灑，屋檐上的雨水滴滴答答，無休無止。這種景象好像是一塊大石頭，沉甸甸地壓在人的心上，使人感到沉悶和憂鬱，更何況又在「暗燈涼簟」的夜晚，又更何況女主人翁的心裏正在為戀人不來而苦惱，所以，這位美麗的女子不勝其悲。上片在藝術處理上，很有特色。除了用疊字強化其秋雨連綿的形象外，還用遞進的手法將主人翁的愁苦推向高潮。下片兩句繼續描寫秋夜的環境：西風呼呼地刮著，窗前的竹梢在風中唰唰作響，稍停下來，馬上響聲又起。這聲音如同鋒利的刀刃在割著女子的柔腸，此時的女子，可見的是「膩臉懸雙玉」，不可見的當是柔腸寸寸斷般的痛苦。以下四句，點明其愁苦的原因，是戀人多次違約不歸。這闋詞共有十四句，四字以下的有十句。短句多，長句少，能表現出閨人氣堵聲咽，說話斷斷續續的悲傷情態。

尹鶚 六首

尹鶚，字和生卒年均不詳，四川成都人。前蜀王衍時，任翰林校書，累遷參卿。鶚工詩詞，性滑稽，與李珣友善。其詞以寫女人容貌及心理活動見長，以明淺之語寫豔冶之態，情思婉曲，不避重疊，啟北宋柳永一派先聲。今存詞十七闋，《花間集》選錄六首。

臨江仙 二首

其一

一番❶荷芰生舊沼，檻前風送馨香。昔年於此伴蕭娘❷。相偎佇立，牽惹敘衷腸。

時逞笑容無限態，還如菡萏❸爭芳。別來虛遣思悠颺。慵窺往事，金鎖小蘭房。

【注釋】❶一番　猶一度。❷蕭娘　此處指所戀之妓女。❸菡萏　蓮花之別稱。

【語譯】池塘沼澤起波浪，一度荷菱皆開放。風從池沼那邊來，欄檻前面聞到香。回想昔年到此遊，就在這裏伴蕭娘。互相依偎立塘邊，攜手對視訴衷腸。　當時一副可人樣，儀態萬千人難忘。笑容滿面臉粉紅，敢與荷花比豔芳。自從別後未再見，空自相思心嚮往。懶得回憶往年事，愁對金鎖小蘭房。

【賞析】這闋詞抒寫詞人舊地重遊而不見昔日之戀人的惆悵之情。上片的前兩句描寫了眼前之景：一年一度生長於池沼裏的荷菱皆開放了，花的清香隨風飄蕩，人立在欄檻前即能聞到香味。這既是眼前之景，也是往日之景，故能由此景引發對往事的回憶。下面自然地導入對往事的回憶中。蕭娘，是對青樓女子的泛稱，這裏指詞人所戀之女子。他們兩人「相偎佇立」，談起各自的思念之情。牽惹，把過去貯存在心中的思情牽引出來。由此又可得知，在此之前，他們就認識了，並且經歷過聚合與離別。他們的感情是在長時間的交往中建立起來的，極為濃厚。下片前兩句仍然是詞人回憶的情景：她是多麼的美麗動人哪！笑容常常掛在她的臉上，神情又是那樣的豐富。拿香豔的荷花與她相比，也比不過她。回憶的人兒越美、往事越甜蜜，詞人也就會越痛苦，我們可以從他的回憶中，見其內心悱惻。「別來虛遣思悠颺」，結束回憶，以沉重的語氣概述別後的情況。自從別後，他就不斷地思念著蕭娘，然一「虛」字，說明其思念皆為徒勞，既未再見面，也沒有書信上的來往。末兩句「慵窺往事，金鎖小蘭房」，既流露出往事不堪回首的苦澀心情，又點明人去樓空，舊情無法再續的情況。「小蘭房」本是蕭娘所住，現在閉門上鎖，人自然是走了。我們可以想像得出，為找日思夜想之人而來的尹參卿，當看到荷塘依舊，蘭房上鎖的景象，心情該是如何呢？豈是一個「慵窺往事」之「慵」字形容得了的？

其二

深秋寒夜銀河靜，月明深院中庭。西窗幽夢❶等閒成。逡巡❷覺後，特地恨難平。

紅燭半消殘焰短，依稀暗背銀屏。枕前何事最傷情❸？梧桐葉上，點點露珠零。

【注釋】❶幽夢　隱隱約約的夢境。❷逡巡　徘徊。此句意為初醒時夢境仍徘徊於眼前。❸傷情　悲傷。

【語譯】深秋之夜冷且靜，空中銀河燦爛明。一輪明月如玉盤，月輝灑落院中庭。人近西窗倚枕臥，隱約好夢做不盡。初醒之後夢仍在，悵然若失恨難平。　一半紅燭已燒盡，火焰搖搖光不明。室中陳設依稀見，畫面模糊看銀屏。輾轉反側枕頭上，不知何事最傷情。三更之時梧桐葉，點點滴滴露珠零。

【賞析】這一闋詞描寫詞人焦躁不寧的心緒。本詞真正體現了文學記錄心情的功能。它回環往復，寫出了內心的難言之情，但是，始終不肯道破，讀者祇能感受到他的憂思難抑，但不知是何原因。詞中先從室外的景色寫起，看似客觀，實際上包含了主觀的感受。如夜之寒，此時錦被著身，玉爐香暖，如何知道室外夜空之寒冷?當是詞人的心境淒冷耳。銀河寧靜，月光瀉於中庭，皆是作者由西窗所得，這又說明他心中有事，難於入眠。上片的末三句是說，好不容易入眠後，卻又常被幽夢所纏繞，初醒時夢境仍徘徊眼前，之後引起心潮起伏，恨意難平。由上片可見，詞人的精神狀態相當緊張。要麼久久不能入眠，要麼入眠後，又被幽夢所苦，總是不得安寧。下片在作法上同於上片，先寫景然後轉為直接抒情。下片的景是室內之景，明顯地帶著詞人的主觀色彩，紅燭半燒，焰火昏小，室內陳設依稀可辨，然銀屏上的畫面就看不清了。這一黯淡的景象無疑就是他抑鬱心境的反映。他在憂思難解之時，不禁自問，「何事最傷情?」這說明他對感情上的事，自己也說不清道不明，如果自己本已了解是何事，那麼，這一句自問裏就應該含有這一層意思：我為這事而傷情，值不值得?正在他愁苦不堪的時候，室外「梧桐葉上，點點露珠零」。這一淒愴的景象不禁使我們想起了溫庭筠的〈更漏子〉(玉爐香)：「梧桐樹，三更雨，不道離情正苦。一葉葉，一聲聲，空階滴到明。」尹詞以「露」換「雨」，意境一樣。點點滴滴的露水聲，似重錘敲擊，不斷地砸在主人翁的心坎上，更增愁苦之情。此詞在意象的表現上，跳躍、朦朧，情意含蓄深曲。

滿宮花 一首

月沉沉，人悄悄，一炷❶後庭香裊。風流帝子❷不歸來，滿地禁花慵掃。

離恨多，相見少，何處醉迷三島❸。漏清宮樹子規啼，愁鎖碧窗春曉。

【注釋】❶一炷　一炷香。❷帝子　湘夫人。似指蜀宮妃子。❸三島　神仙居處，為蓬萊、方丈、瀛洲。

【語譯】月沉西天掛樹梢，沒有人聲靜悄悄。燒香在後庭，一炷香裊裊。風姿綽約妃子，不歸讓人心焦。禁苑落花滿地，慵懶不想清掃。　離情別恨無限多，相見次數少又少。不知何事使迷醉，滯留神仙居住的三島。漏刻聲清脆，宮樹子規叫。愁思凝心頭，窗外已破曉。

【賞析】《十國春秋》卷四四疑尹鶚此詞是有所寄慨而作。於是，有的論者據作者生活於離亂時代，推斷此作是「傷蜀之亡」。此說不無道理。這闋詞以一個宮人的口吻傷悼妃子的不歸。詞的開頭寫的是淒清幽靜的夜景。月，本是一美麗的形象，然而，著了「沉沉」二字，便使得景象慘淡幽冷。「悄悄」，即是沉寂，它是人的孤獨之感的折射。一炷香，含有清冷的意象。宮人在後庭點香，是祈禱著宮妃的歸來。「一炷後庭香裊」的意思，表現了宮人的精神空虛渺茫，身體無所依託的狀況。然而，不論如何祈禱，風姿綽約的妃子始終不歸來。風流，不能作男女情事上的理解，而是指人的風度情韻。「不歸來」，含有已亡的意思。由於心中溢滿了失望的情緒，宮禁中的滿地落花也不願意去清掃了。下片就「不歸來」的情況發揮。因妃子在宮裏時，與宮人相處的時間並不多，而現在卻永遠的別離了，故而宮人自覺「離恨多」，這「多」字含有長、濃、烈的意思。「何處醉迷三島」，表面上看，似責怪妃子的樂遊不歸，實際上是深情的表現，並含有對妃子成仙的祝願。最後兩句回到景物的描寫上，照應了開頭。宮漏淒清、子規啼叫、碧窗春曉，與「月沉沉」在時間上相呼應，說明所描寫的時間從深夜到天明。它們在意象上也和開頭的景色一樣，包含著宮人的悱惻之情。

杏園芳　一首

嚴妝❶嫩臉花明，教人見了關情。含羞舉步越羅輕❷，稱娉婷。

終朝咫尺❸窺香閣，迢遙似隔層城。何時休遣❹夢相縈，入雲屏？

【詞牌】杏園芳　此調屬「夾鍾宮」，俗呼「中呂宮」，創始無考。為四十五字。

【注釋】❶嚴妝　濃妝。插戴首飾，搽粉著黛。❷越羅輕　越地的綾羅，質地輕薄。❸終朝咫尺　整日相距很近。終朝，終日。咫尺，距離很近。❹休遣　不要讓。

【語譯】濃妝打扮面貌新，如花嫩臉笑盈盈。風韻優美又嫻雅，教人怎麼不動情。情態嬌羞舉步慢，穿的越羅柔又輕。姿態真美好，可以稱娉婷。　香閨與我很靠近，終日眼睛不時盯。可是相距卻遙遠，如同凡人上天庭。何時不再夢中會，攜手相偎對畫屏？

【賞析】這闋詞寫的是一位男子對他所鍾情女子的刻骨相思之情。上片所寫，是男子第一次所見到的女子形象，這形象之後不斷地在他的腦海裏映現：那一次，女子一定經過了濃妝打扮，粉臉如花，光彩照人，教人見了不由地頓起愛慕之情。她那嬌羞的情態，輕盈的步子，加之越羅製成的衣裙又輕薄飄逸，簡直是一位飄飄的仙子了。從這細緻入微的觀察中，我們能夠感知到他對女子的傾心。「稱娉婷」，總綰所述，直接表白了他對女子儀態的讚美和愛慕。下片著力表現了男子的思念之苦。女子居住的香閣就在近鄰，但他卻沒有機會接近她，祇能終朝窺視。「窺」，表現了男子既想愛卻又沒有膽量主動表示愛的心理。於是，他覺得自己雖然與她近在咫尺，卻好像一個在地上，一個在天上。層城，天庭之別名。在這遠不可及的情況下，他整日地魂牽夢縈，害起單相思。並常常自問：甚麼時候纔能不祇是在夢中相會，把美好卻虛幻的夢境變成現實呢？「雲屏」，是室內屏風的美稱，「入雲屏」，就是去他朝思暮想的女子所居住的深閨，攜手話語，共入鴛衾，實現他的愛情。此詞語言明快，表達也十分流暢，給人一氣呵成之感。

醉公子　一首

暮煙籠蘚砌❶，戟門❷猶未閉。盡日醉尋春，歸來月滿身。　離鞍偎繡袂❸，墜巾花亂綴❹。何處惱佳人，檀痕❺衣上新。

【注　釋】❶蘚砌　布滿苔蘚的臺階。❷戟門　唐代權貴之家的門口立戟以顯門第，故稱權貴之家的門為戟門。❸繡袂　代指醉公子的妻子。❹花亂綴　墜地的頭巾被落花亂綴。❺檀痕　口紅的痕跡。

【語　譯】傍晚煙霧籠罩，階上苔蘚不掃。權貴之家門未關，等待著公子哥兒。他整日不歸家，酒醉後把花找。歸來時夜已深，一輪明月當空照。　搖晃著下了鞍，閨中人扶著腰。頭上巾墜下地，樹上花往下飄。到何處又浪蕩，閨中人著實惱。醉公子還狡賴，衣上口紅印子真不少。

【賞　析】這闋詞寫一位盡日尋花問柳、入夜方歸的醉公子。作者以調侃的語調嘲笑批評了貴族公子們醜惡庸俗的行為。上片描寫醉公子其家其人。「暮煙籠蘚砌」，暮煙，點明時間。到傍晚時，公子還未回家。「蘚砌」，暗示出閨中人心緒愁苦，沒心思令人打掃庭除。臺階衹有在長時間不掃的情況下，才會布上蘚苔。暮色蒼茫而戟門未閉，說明閨中人在等待也。「戟門」，說明是顯貴之家。第三句告知讀者公子未歸的原因，是整日在外喝酒尋花。等到他歸來的時候，已月色滿身了。詞的下片描寫了醉公子入門後的情況。「繡袂」，原指繡上花的袖子，這裏指公子的妻子，也就是閨中人。離鞍即偎，說明醉之深。不僅如此，在下馬時，跌跌撞撞，頭碰到了樹枝，頭巾被鉤了下來，樹枝上的花紛紛落下。妻子明知他「盡日醉尋春」，還是親自來扶掖，說明她受盡了獨守空閨之苦，有浪蕩子陪伴總比沒有的好。但當她看到了衣上有許多新的口紅印時，女人的本能還是讓她著惱了，可是她沒有大吵大叫，而是不再理他。醉公子開始一定謊稱衹是和朋友們喝了點酒。自以為掩飾得很好，便說：「又在哪個地方得罪你啦？」當妻子將布滿「新檀痕」的衣服讓他看時，一定很窘迫尷尬。

菩薩蠻　一首

隴雲❶暗合秋天白，俯窗獨坐窺煙陌。樓際角重吹❷，黃昏方醉歸。　荒唐難共語，明日還應去。上馬出門時，金鞭❸莫與伊。

【注釋】❶隴雲　隴山之雲。隴，隴山，在今甘肅省隴縣至平涼一帶。❷樓際角重吹　城頭戍樓邊上的角聲再次吹響。角，號角，唐時黃昏吹角擊鼓以報時示戒，關閉城門。❸金鞭　馬鞭的美稱。

【語譯】隴山之雲如幕垂，明淨秋空漸灰暗。閨婦獨自臨窗看，濛濛煙氣街上匯。城頭戍樓矗空中，報時號角再次吹。冤家在外喝花酒，直到黃昏方纔歸。　回來說起樂時景，聽得奴家心欲碎。江山易改性難移，明日還會胡作為。我得想個好辦法，不讓他去花街醉。在他明日出門時，將他馬鞭藏起來。

【賞析】這闋詞描寫一位閨中女子因丈夫整日在外喝酒作樂而十分苦惱。閨婦獨坐樓頭，臨窗望著街巷。直望到隴山上的烏雲垂下了簾幕，明淨的秋空漸漸變暗，街道上也籠罩著濃濃的煙靄，城頭的戍樓上再次吹響了號角。就在這個時候，她的丈夫才搖搖晃晃地喝醉歸來。「方」字，使我們知道了閨婦獨坐樓頭是盼望著丈夫歸來。一個天晚才帶醉歸來的丈夫，一定是個遊手好閒、揮霍玩樂的浪蕩子，且做人的品質也是十分低下的。「荒唐難共語」，說明他回來後，並沒有對柔情依依的妻子有半點歉意，相反，滿嘴荒唐醉語，說一些白天的風流韻事。或許他並不是想有意地傷害他的妻子，但客觀上給予了她深深的傷害，她還能向他說些甚麼呢？她想改變這樣的家庭生活，但她知道江山易改，本性難移，他還會去花街遊蕩。最後，她終於想出了一個「巧妙」的辦法，在丈夫明天騎馬出門時，把馬鞭藏起來，不給他用，他就走不成了。這樣的辦法，多半是不奏效的，但無疑能在明天丈夫出門之前給閨人很多的安慰。這闋詞語言淺近，充滿了生活氣息，所寫的閨婦形象，栩栩如生。

毛熙震 十六首

毛熙震，生卒字里皆不詳。仕後蜀，官至秘書監。存詞二十九闋，王國維輯為《毛秘書詞》一卷。

浣溪沙 七首

其一

春暮黃鶯下砌前，水晶簾影露珠懸。綺霞❶低映晚晴天。 弱柳萬條垂翠帶❷，殘紅滿地碎香鈿❸。蕙風飄蕩散輕煙。

【注釋】❶綺霞 綺麗的雲霞。❷垂翠帶 意思是柳條下垂，青翠如帶。❸碎香鈿 本指首飾散亂不整。這裏指落地殘花。

【語譯】晚春時節不願啼，黃鶯飛落石砌前。斜陽照映水晶簾，水晶如同露珠懸。多彩晚霞如綺羅，映著晴朗傍晚天。 柔弱柳絲萬萬千，靜垂如同青青線。紅花殘敗落地上，好似散亂寶釵鈿。香風輕輕飄過來，吹散籠罩的輕煙。

【賞析】這闋詞描摹了晚春的景色，美麗的畫面中帶著淡淡的幽傷。開首就以「春暮」二字點明時間。初春，萬物復甦，生機勃勃，景象不僅美麗，而且給人生命的活力。仲春，草綠柳長，百花爭芳，是春天最美麗、最具有特徵的時節。而暮春，鶯老花殘，暖風駘蕩，最美的景象漸漸被破壞了，人們都為歲月的流逝而感傷。詞作緊接在「春暮」二字之後，為我們從多個角度上描繪了春暮的景象。黃鶯不再在柳浪裏歌唱，而是落到階前行走跳躍啄食。一種本來創造春之風韻的小生靈兒，卻隨著春的衰老而變得像麻雀兒一樣的庸俗，真令人有不堪入目的感覺。不過，畢竟還是在春天裏，還有許多可以欣賞的春光：晚霞滿天，絢麗奪目，如同燦爛的綺羅。它與夕照下分外明麗的山山水水相互輝映；弱柳萬條，嫺淑靜立，青青如同翠帶；花雖殘敗，落紅滿地，但它們仍然是花兒，還有花的餘韻，就像散碎的珠寶釵鈿。更有那從蘭花蕙草處飄來的和風，香氣醉人，並吹散了傍晚生起的輕輕煙靄。就連掛在門上的水晶簾子也值得觀賞，那連綴的水晶如同顆顆露珠，在斜陽的光照裏，熠熠生輝。但這些畢竟又是最後的美麗，要不了多長時間，它們就將被灼熱的陽光，捲曲的綠葉，狂風暴雨，電閃雷鳴的夏日景象所替代。

其二

花榭❶香紅煙景迷，滿庭芳草綠萋萋。金鋪閑掩繡簾低。　紫燕❷一雙嬌語碎，翠屏十二晚峰❸齊。夢魂銷散醉空閨。

【注　釋】❶花榭　建於花園中之臺榭。❷紫燕　亦稱越燕，燕之一種。《爾雅翼》：「越燕小而多聲，頷下紫，巢於門楣上，謂之紫燕，亦謂之漢燕。」❸十二晚峰　即巫山十二峰，此指翠屏所繪者。

【語　譯】亭臺周圍紅花香，煙靄籠罩景迷茫。一庭皆是青青草，鋪滿院子萋萋長。大門掩起人無聊，錦繡簾子低垂放。紫燕築巢在畫堂，雌雄親熱把話講。蒼蒼巫山十二峰，繪在數扇屏風上。夢中魂去見行人，醒後閨空醉臥床。

【賞　析】這闋詞抒發了閨人的相思之情。上片描摹了春天的景色，從景色中反映出閨人內心的憂傷。花園中之臺榭，為紅花所掩映，為香氣所包圍，然煙靄籠罩，塗上了一層淒迷的色彩；庭院中，青草萋萋，鋪滿了石徑和角角落落，顯得荒涼、寂寞，這些景色不但不給人娛悅，而祇能增添人的愁緒。於是，閨人掩起大門，放下繡簾，欲將惱人的春景擋在門外。金鋪，門上獸面形銅製環鈕，用以銜環，這裏代指門。下片寫閨內的景色與閨人的憂思。她掩門垂簾，然而她的煩惱並沒有因此而消除，室內的景色又引出了更濃的愁緒。樑上的一雙燕子，正交頸呢喃，那親熱的情景，使孤獨的閨人生出一種熱切的渴望。她轉眼望屏，屏上有巫山十二峰的畫面，於是，她又由此畫面想到了神女的故事：神女與楚王相會於高唐之後，再也沒有見到楚王，與她相伴的，祇是「猿啼明月照空灘」的景色，我目前的處境不就和她一樣嗎？可以猜想得到，她此時的心境是極為淒冷的。心思懶散的她倚枕而臥，不知不覺中迷糊入夢，夢見了自己日思夜想的郎君，可是好夢不長，夢醒之後，美好的情景霎時隱去，仍然是空寂寂的閨房。這一時刻，閨人可謂痛苦不堪，於是她以酒澆愁，醉臥閨中。這闋詞不但寫景簡潔，抒情深沉，而且情景交融，在景中抒入了閨人難以名狀的情緒。

其三

晚起紅房❶醉欲銷，綠鬟雲散裊金翹❷。雪香花語不勝嬌。

好是向人柔弱處，玉纖時急繡裙腰❸。春心牽惹轉無憀。

【注　釋】❶紅房　原為女仙居處，這裏借指閨房。曹唐〈游仙詩〉：「細腰侍女瑤花外，爭向紅房報玉妃。」❷金翹　首飾。❸玉纖時急繡裙腰　意為美人腰肢纖細，需時緊裙腰。

【語　譯】美人起時天不早，昨晚醉酒今將消。烏黑光亮頭髮散，髮上金釵裊裊翹。肌膚雪白體散香，風情萬種不勝嬌。態度溫柔像小鳥，弱不禁風模樣俏。腰瘦如同楚宮女，常要緊緊繡裙腰。春日景色引春思，弄得心裏好無聊。

【賞　析】這闋詞描寫了閨閣女子的美貌與她的春愁。第一句寫美人遲起。為何遲起？因為昨晚喝酒過度，到起床時，醉意還未全消。又為何將酒喝至醉的程度，詞人有意宕開其原因，而描繪她的容貌。以「綠雲」形容女子的美髮，在許多詞中，都能見到。「雲」形容髮之濃密，綠則是髮的顏色，祇有到了深黑而有光澤的程度，才可以用「綠」或「墨綠」稱之。「散」與「裊金翹」，和綠雲之髮組合在一起，就不僅僅是美，而且嬌了。她的肌膚如雪一般白，並香氣襲人。她的臉粉艷如花，語聲輕柔。「不勝嬌」，綰結以上之描述，給人嬌柔嫵媚之印象。下片繼續描寫女子之儀態與容貌，她像隻可人依依的小鳥，柔情萬端，並給人以弱不禁風、力不勝衣的感覺，表現出楚楚可憐的樣子。她的腰肢纖細，需要不時地緊一緊裙腰。總之，按照當時的標準，她完全稱得上是一個美女。正當我們為她的體態、容貌與風韻所迷醉時，結拍一句「春心牽惹轉無聊」，突然一轉，說她現在正為春思所苦，精神上沒有依託而感到無聊，我們才想到首句在我們頭腦中所產生的疑問，由此句得到了解答。但是我們並沒有因為問題得到了解答而產生一絲快感，因為我們已歡喜上了這位美麗的女子，深深為她尋找不到愛情而遺憾。

其　四

一隻橫釵墜髻叢❶，靜眠珍簟起來慵。繡羅紅嫩抹酥胸❷。　羞斂細蛾❸魂暗斷，困迷無語思猶濃。小屏香靄碧山重❹。

【注　釋】❶髻叢　梳成多髻的髮型。❷酥胸　胸脯白膩如酥。《宣和遺事》前集：「門兒裏簫韶盈耳，一個粉頸酥胸，一個桃腮杏臉，天子觀之私喜。」❸細蛾　細細的眉毛。❹碧山重　重重疊疊的青山，為屏上之所畫者。

【語　譯】烏黑頭髮綰數髻，一隻橫釵墜髻中。靜靜躺在竹席上，睡後起來身體慵。胸脯白膩如同酥，粉紅繡羅作抹胸。　輕皺眉頭愁面容，魂已離身愁緒濃。困慵迷茫不說話，思人念遠盼重逢。香煙靄靄籠小屏，屏上青山一重重。

【賞　析】這一闋描寫了閨婦因思人而憂思抑鬱的情狀。上片寫閨人在起床時的慵懶狀態。釵橫簪於髻上，故稱橫釵。睡前不卸妝除釵，可見其慵懶。釵墜入髻叢，則說明夜裏心緒不寧而輾轉反側也。一夜睡不好覺，天亮後卻「靜眠」不想起來，勉強起來，又明顯地表現出倦慵的神態。這兩句或暗或明，都是為了說明閨人心緒欠佳。第三句轉到她體貌的描寫上，粉紅的繡羅抹胸半掩著白膩如酥的胸脯。抹胸，胸間小衣，俗稱兜肚，穿起抹胸後，仍能見到部分胸脯。這一句也透露出她的精神狀態，她雖然沒情沒緒，但潛意識中仍有追求，把自己美麗的胸脯部分地露出來，就反映了這樣的追求。下片直接描寫閨人的憂鬱愁苦。她蛾眉輕皺，神思恍惚，默然無語，靜坐沉思。困迷，指一種不知道以後的日子該是甚麼樣的迷茫狀態。第三句「小屏香靄碧山重」，似以景色描寫收拍，實際上是告知讀者閨人憂思抑鬱的原因。重重的碧山雖然是屏上之畫，但暗示了閨人的郎君正行旅在外，跋山涉水，閨人的愁苦就是由他而來的。這闋詞不嫌繁複地鋪陳閨人的愁緒，成功地給讀者描繪出了憂鬱的思婦形象。

其五

雲薄羅裙綬帶長，滿身新裛瑞龍香❶。翠鈿斜映豔梅妝❷。　佯不覷人空婉約❸，笑和嬌語太猖狂。忍教牽恨暗形相❹。

【注　釋】❶滿身新裛瑞龍香　渾身上下熏遍了龍腦香。裛，熏染。《本草綱目》卷三四〈龍腦香〉：龍腦香，「禁中呼為瑞龍腦，帶之衣衿，香聞十餘步外。」❷豔梅妝　即梅花妝，即宋武帝女壽陽公主事。參見卷四牛嶠〈酒泉子〉其一（記得去年）注。❸婉約　嬌羞柔美的樣子。❹形相　相度；端詳。

【語　譯】羅裙輕輕薄雲樣，兩條綬帶飄逸長。渾身上下氣味新，熏的都是瑞龍香。額上翠鈿映梅花，畫的壽陽公主妝。　男子故意不覷望，佳人傳情空自忙。與人說話聲低軟，高聲大笑意張狂。可恨他始終不動心，忍心讓我暗裏端詳。

【賞　析】這闋詞寫一位女子雖然刻意修飾，炫耀姿色，但卻引不起對方的注意和歡喜，不由得怨惱對方的無情。上片寫女子的妝飾之美。先寫服裝。她身著羅裙，薄如飄浮於空中的纖雲。裙上又繫著兩根長長的帶子，當是隨風飄曳。雖然寫的是服飾，但女子輕盈窈窕，飄飄欲仙之態頓時出現在我們的面前。第二句寫香氣。此女不僅服飾美麗，而且通體香氣襲人。龍腦香，又稱瑞腦，產於南方，是一種香氣持久而強烈的香料。第三句寫女子的妝束打扮，她在眉心上壓著一塊玲瓏的翠鈿，額上描著一朵梅花。額上描梅花的妝扮，起始於南朝。傳說宋武帝的女兒壽陽公主，在正月初七人日這一天臥於含章殿下，有梅花飄落在她的額上，竟因此留下擦拭不去的梅花痕跡，時人仿此而創為一種新的妝樣，稱梅花妝。翠鈿的明亮晶瑩與畫上梅妝的臉龐之嬌豔潤澤，兩相輝映，越發使女子光彩照人。詞是一部分一部分寫其美麗的，我們也是一部分一部分分析的，而在實際生活中，則不會如此，一眼就能見其全部的美麗。她這樣的刻意打扮，是為了贏得意中人的心。可能是郊遊或是元宵節，給她提供了一個見到意中人的機會。可是，當他們同在一個場合中時，他卻故意地不看她，是沒有愛情而有意冷落她，還是和她開玩笑，不得而知，反正急壞了女子，她先是以嬌羞柔美之態吸引他注意，沒有效果，便有意與同伴說話，語軟聲低，然而，他仍然沒有作任何表示。他不但沒表示，反而用高聲大笑、張狂的態度來對待她的多情。一「空」字，淋漓地表現了她的失望與悵然的心境。於是，她心生惱恨，責怪道：難道你真忍心看著我焦急、失望，讓我在暗中端詳著你？然而，不用說這責怪是說不出口的，即使能說出口又有甚麼用呢？這闋詞如此處理思春的女子表現，在所有艷情詞中是不多見的，應該說是對同類題材的一種新的拓展。

其六

碧玉冠❶輕裊燕釵，捧心❷無語步香階。緩移弓底繡羅鞋❸。　暗想歡娛何計❹好，豈堪期約有時乖❺。日高深院正忘懷❻。

【注釋】❶碧玉冠　碧玉為飾之冠。❷捧心　手捂心口，呈病狀。《莊子・天運》：「故西施病心而矉其里，其里之醜人，見而美之，歸亦捧心而矉其里。」❸弓底繡羅鞋　是纏腳的女子所穿的鞋子。❹何計　用甚麼辦法。❺乖　違期失約。❻忘

懷　心因懷人而忘情外之物。

【語　譯】碧玉之冠頭上戴，髮上搖顫燕形釵。捧著心兒好可憐，默默無語步臺階。慢慢行步裙不動，穿的弓底繡羅鞋。　歡娛情景映腦海，用何辦法使他來。讓人如何受得了，幾次約會皆違乖。深院上空太陽照，情外之事全忘懷。

【賞　析】這闋詞寫閨人對戀人的思念。上片描述其外部形象。三句分別從頭、胸、腳描寫。頭，戴著碧玉為飾之冠，髮上的燕形金釵隨步而輕輕的顫動。這樣的打扮說明兩點，一是她很美，二是她有可能正在等著所思之人，精心的打扮正是為悅者容。胸，捧心無語。她不可能是一效顰的東施，為了表現出楚楚可憐的樣子而有意作捧心狀，一定是身體不適、情緒欠佳所致。「步香階」，可以將其合到第三句，都是寫腳，她在香階上步行緩慢，穿的是弓底繡羅鞋。前者與「捧心」所表現的病態相一致，後者則與第一句一樣，表現其美。她用了當時崇尚的裹腳方式使自己變得美麗動人。總之，她是一位美麗的女子，但是，在她「亮相」之時，情緒低沉。下片描寫她的心理活動。一讀完前兩句，我們就知道了她情緒低沉的原因，和她為何如此精心打扮。她確實是在望人等人，心裏在想著昔日幽會時歡娛景象，但她現在的心裏並不高興，因為她所戀的人有時違期失約，使她經受了許多的痛苦，現在又違約了，她正在考慮用甚麼辦法讓他到來。在這種情況下，雖然打扮得漂漂亮亮，卻無論如何也是歡悅不起來的。結拍「日高深院正忘懷」，寫她思念的專注，並暗示其未來生活仍擺脫不了寂寞與孤獨。此詞還有歷史的認識作用。《詞話叢編》一四引《蓮子居詞話》卷三云：「《花間》詞：『慢移弓底繡羅鞋』，婦人纏足，見詠於詞者始此。」婦人纏足，歷史悠久，這闋詞能為研究這一歷史的人提供當時流行與分布情況的資料。

其七

半醉凝情❶臥繡茵，睡容無力卸羅裙。玉籠鸚鵡厭聽聞。　慵整落釵金翡翠，象梳欹鬢月生雲❷。錦屏綃幌麝煙薰。

【注釋】❶凝情　情思凝結。❷象梳欹鬢月生雲　彎彎的象牙梳子插在鬢髮上，仿佛月亮周圍布滿了烏雲。象梳，象牙所製之梳。高允〈羅敷行〉：「頭作墮馬髻，倒枕象牙梳。」這樣的梳子主要是用作首飾。

【語譯】半醉半醒凝思情，錦繡褥子上面眠。睡後身慵體又懶，沒有力氣卸羅裙。玉籠鸚鵡不停叫，閨人心煩怕聞聽。髮上釵落翡翠墜，懶散不想去整理。象牙梳子斜鬢上，如同月邊烏雲飛。錦繡屏風羅帷帳，麝煙熏後霧灰灰。

【賞析】這闋詞寫閨人因情思而慵懶的狀態。首句中之「凝情」二字是全詞的關鍵，是理解此詞的鎖鑰，閨人的一切行為都是由此而產生。凝情，把神思都集中在情上。這情大約是思人念遠之情。因思人而又不得相見，她憂愁抑鬱，精神痛苦。她常以酒解愁，讓自己處於半醉半醒的狀態。這樣的情況在她的生活中是常常見到的，此詞所寫的，即是她生活中的一個反覆出現的片斷情景。醉後，她臥於錦繡的褥子上，渾身慵散無力，連羅裙也懶得脫；心煩意亂，平常喜歡聽的鸚鵡說話也「厭聽聞」；玉釵與金鈿、翡翠等首飾墜落於地上，她也「慵整」；象牙梳子斜掛在鬢上，頭髮蓬鬆，如亂雲飛渡，她更不在意。詞人就是這樣不惜筆墨用整整四句，也就是大半篇幅寫了她無力脫裙、厭聞鸚鵡、慵整釵鈿、亂髮掩梳，表現她「凝情」時的疏懶。末句「錦屏綃幌麝煙熏」，以其煙霧繚繞的灰暗意象反映其心境的愁苦與未來的渺茫，有言已盡而意無窮的效果。

臨江仙　二首

其一

南齊天子❶寵嬋娟，六宮羅綺三千❷。潘妃❸嬌豔獨芳妍。椒房蘭洞❹，雲雨降神仙❺。

縱態迷歡心不足，風流可惜當年。纖腰婉約步金蓮，妖君❻傾國，猶自至今傳。

【注　釋】❶南齊天子　指南齊廢帝東昏侯。❷羅綺三千　指三千宮女。❸潘妃　東昏侯的妃子。《南齊書》卷二〇略云：潘妃小字玉兒，亦曰玉奴，東昏侯嬖而畏之。每出，妃乘臥輿，東昏侯騎馬以從。嘗為鑿地為金蓮華，使妃行其上，謂為步步生蓮花也。東昏侯小有過失，妃即杖之。後梁武帝入建康，東昏侯被殺，將潘妃賜人，妃不願，自縊死。❹椒房蘭洞　妃子所居，喻其居處豪華奢侈。❺雲雨降神仙　用宋玉〈高唐賦〉楚王夢神女事以喻其尋歡作樂。❻妖君　妖豔迷君。

【語　譯】南齊宮女美如仙，南齊天子寵嬋娟。要問六宮多少人，粉黛美女有三千。長伴君王是潘妃，眾花之中最鮮豔。椒房蘭洞住，與君作樂情綿綿。　縱情狂歡沒約束，花樣百出心不足。風流已經成往事，可惜不能再繼續。嬌羞柔美細細腰，步生蓮花已作古。妖豔迷君王，至今仍傳國家因她而傾覆。

【賞　析】這闋詞為詠史之作，作者對潘妃的以色誤國，作了一番批評。中國自古以來就流傳著「女人禍水論」，是凡一個昏庸的國君把國家弄得山河破碎、民不聊生，便怪罪於他所寵愛的妃子，說她以色惑君，使國君荒疏了政事，導致國家傾覆。因此，商亡的罪魁禍首是妲己，周亡的則是褒姒。唐代，因其時代的原因，這種觀點特別流行。如《新唐書・玄宗本紀贊》說：「嗚呼，女子之禍於人者甚矣！自高祖至於中宗，數十年間再罹女禍，唐祚既絕而復續，中宗不免其身，韋氏遂以滅族。玄宗親平其亂，可以鑒矣，而又敗以女子。」此詞以為南齊被滅，實毀於潘妃之手，也正是這種觀點的反映。詞的上片寫潘妃的嬌豔與得寵。前三句用「烘雲托月」的方法表現潘妃之美。南齊天子蕭寶卷是一個好色的天子，搜羅於宮中的女子有三千人之多，一個個粉白黛翠，靚麗無比。第三句在前兩句鋪墊的基礎上，向上一挑，遞進一層，說「潘妃嬌豔獨芳妍」。在百花之中，她又是一朵最出色的花兒，我們據此可以想見其美了。因其絕色，便三千寵愛在一身，得到了天子百般的恩幸。住椒房，居蘭洞，與天子常有雲雨之歡，天子也把她當作神仙一般供奉。下片寫潘妃的縱情誤國。她以色惑君，致使君王不理政事，整日與她縱情狂歡，還心嫌不足。天子又給她鑿地為金蓮花，她扭動著腰肢步生金蓮。這一切風流之事如今早已不復存在了。留在世上的，僅是人們常常談起她的「妖君傾國」之事。

其　二

幽閨欲曙聞鶯囀，紅窗月影微明。好風頻謝落花聲。隔幃殘燭，猶照綺屏箏。繡被錦茵眠玉❶暖，炷香斜裊煙輕。澹蛾羞斂不勝情❷，暗思閒夢，何處逐雲行❸？

【注　釋】❶眠玉　睡眠的美人。玉，喻其肌膚溫潤如玉。❷不勝情　經受不起火熱的愛情。❸逐雲行　喻指行蹤的漂泊不定。

【語　譯】東方欲曉鶯鶯鳴，幽深閨閣悄悄靜。窗上披著紅朝霞，月光轉暗映澹影。晨風清涼徐徐來，吹落花兒聲音輕。一枝殘燭隔幃帳，仍照琴箏與繡屏。　錦緞褥子蓋繡衾，兩人玉體暖中眠。玉爐焚香室溫馨，煙絲繚繞升騰輕。彎長眉毛含羞斂，經受不了強烈情。暗自回憶夢中景，郎君何處逐雲行？

【賞　析】這闋詞表現了閨人一夜中的迷離恍惚的思人之苦。詞的上片寫閨人在拂曉時所見到與所聽到的一切。首句「聞鶯囀」，似乎是說閨人為曉鶯的啼聲所驚醒，其實不是。「欲曙」，說明天慢慢地轉明，若是被驚醒，惺忪之眼，是無法知道天色正在變化之中的，衹有一直未眠，纔能感受到這一種緩慢的變化。以下兩句，是室外之景：朝霞披窗，月光轉暗，曉風陣陣，落花紛紛。「月影微明」、「落花聲」，都是極難覺察的事物，然而，為閨人覺察到了，這說明了她精神的緊張。她的神經猶如根根綳緊絃的琴，稍作碰擊，即有反響。上片的末兩句是閨內之景：殘燭搖曳，幃帳靜垂，綺屏與箏在幽暗的燭光照射下，顯得模糊不清。這一室內景象折射出閨人幽思的淒苦與她內心的寂寞。下片前三句是女子的夢境。夢中，她與心上人在「炷香斜裊煙輕」的閨房裏，在「繡被錦茵」中，盡情地享受愛的歡樂，玉體溫暖，春意濃濃。郎君那強烈的愛，使得她幾乎經受不了。末兩句寫她夢醒之後，仍回憶夢中的歡樂情景，想到郎君在夢中對自己憐愛的態度，愈發想念他，但想到現在音信杳無，連其蹤跡在何處都不知道，便又生出無限的惆悵。本詞上片寫的是女子幽冷、空寂、不眠的現實，下片所寫的則是充滿了溫暖、柔情、愜意的情境，兩相對比，表現了她深厚、濃烈的思情。

更漏子 二首

其一

秋色清，河影澹，深戶❶燭寒光暗。綃幌碧，錦衾紅，博山香炷融。

更漏咽，蛩鳴切，滿院霜華如雪。新月上，薄雲收，映簾懸玉鉤❷。

【注釋】❶深戶　深閨。❷玉鉤　彎月。

【語譯】秋天氣清爽，淡淡銀河長。深閨殘燭暗，昏昏射寒光。絲羅帷帳藍，蓋著紅被躺。博山爐珍貴，裊裊正焚香。　夜靜漏聲低，悲秋蛩吟唱。滿院白如雪，那是一地霜。薄雲已收起，一彎新月上。空中懸彎月，映著簾影長。

【賞析】這闋詞通篇寫秋夜的景色，但你可以感受到那縷縷不盡的閨愁。寫景的角度不斷地變換，或而天上，或而地下，或而閨內，但色調都是淒冷的，讓你感到莫名的幽傷。秋氣雖清爽，但也含有肅殺的冷漠。夜晚的秋空，墨藍的一片，而布在其上的銀河則發出澹白的光亮。深閨內，殘燭搖曳，光暗而寒。雖然陳設華貴，有碧藍的絲羅帷帳，有大紅的錦被，有融香氣於空中的燃燒著的博山爐，但這一切，都無法淡化閨內淒冷、空寂的氣氛。下片前三句轉到了室外之景的描繪。更深之時，漏刻的聲音很低，如同人的嗚咽；蟋蟀為秋天的到來而悲傷，發出撕心的鳴叫。滿院雪白，覆蓋上了一層冰冷的嚴霜。末三句與上片的開頭內容相照應，又回到了對秋夜空中的描寫，當然，隨著時間的變化，此時的夜空景象已不是彼時的了，不過，淒清的色調沒有變。一彎新月孤零零地懸在空中，冷冷的光芒灑在玉簾上，使簾影長長地倒映在閨房內。這些景色都是由閨人見到的，說明她整夜未閉眼。秋夜的景色本是很美的，然在她的眼中，是如此的淒清。這都說明了閨人心中有難以排解的憂思。此詞對景色的描寫，分寸把握得很好。如用「清」形容秋色秋氣，用「淡」形容銀河之光，把不易言傳的事物恰到好處地表達了出來，再通過讀者的聯想，而形成了可感的畫面。

其　二

煙月寒，秋夜靜，漏轉金壺❶初永。羅幕下，繡屏❷空，燈花結碎紅❸。　人悄悄，愁無了，思夢不成難曉。長憶得，與郎期，竊香❹私語時。

【注　釋】❶金壺　漏壺。古代用於計時的儀器。它的原理是使一定量的水，以均速滴流。❷繡屏　這裏代指女子所居的閨室。❸碎紅　燈花凝結如同不完整的花朵。❹竊香　指男女偷情。

【語　譯】昏昏月光寒，夜空墨藍藍。萬籟靜無聲，壺漏聲音長。錦羅帷幕垂，繡屏空無畫。燈花凝結起，如同花朵殘。　無語憂思多，愁緒何時了？想夢夢不來，天色難破曉。常常憶昔日，與郎相幽會。話兒說不盡，偷情樂陶陶。

【賞　析】這闋詞寫一戀愛中之女子，長夜無眠，思念著曾與她偷情的玉郎。上片寫室內外之夜景。昏昏的月色，清峻寒冷。寂靜的秋夜，漏聲悠長。羅幕低垂，閨房空寂，惟有燈花不時地跳躍，顯出一點活力，但細看那燈花，卻如殘敗不全的花朵，給人以幽傷。漏壺初永，永是長的意思，所以感覺長，是因為她在無聊的精神狀態下，聽完一聲後等待著下一聲，表現她在漫漫長夜中的愁苦。下片轉入寫人物的內心世界。「悄悄」，憂愁的樣子。她的憂愁很多，到了無止境的地步。她本想作一個好夢，以稍解憂愁，卻偏偏夢不來，於是，她愈覺夜長難明。睡不著，夢不成，她便又像往常一樣，回憶當初與郎幽會時的快樂情景。竊香，是一典故。《世說新語．惑溺》略云：晉代賈充有女兒名賈午，有美色。賈充的下屬中一個名叫韓壽的，長得風流俊俏。賈午與韓壽兩下相悅，常暗中幽會。後賈午將皇帝賜給她父親的西域異香送給韓壽，在僚屬聚會時，賈充聞其香，疑壽與女通。取丫鬟來拷問，屬實，秘不告人，將女嫁予壽。此女自然沒有賈午結局的幸運，用「竊香」之典祇是說明偷情的事情。另，「燈花結碎紅」還有一解，燈火結花，古人認為是一吉兆。對於女子來說，則希望所兆之事為玉郎來到她的身邊。可是左等右等不來，於是，便有了下片的憂愁與憶念。

女冠子 二首

其一

碧桃紅杏，遲日媚籠光影。綵霞深，香暖薰鶯語，風清引鶴音。　翠鬟冠玉葉❶，霓袖❷捧瑤琴。應共吹簫侶❸，暗相尋。

【注釋】❶冠玉葉　即玉葉冠。唐・鄭處誨《明皇雜錄》卷下：「太平公主玉葉冠，虢國夫人夜光枕，楊國忠鎖子帳，皆稀代之寶，不能計其值。」❷霓袖　霓衣之袖。❸吹簫侶　指弄玉和蕭史事。

【語譯】碧綠的桃葉粉紅的杏花，悠長的白天明媚的春光，道觀披彩霞，煙罩如籠紗。香氣暖融融，鶯鶯語如話。清風迅疾來，傳送鶴聲大。　黑亮的髮髻玉葉的頭冠，穿著霓衣纖手捧那瑤琴。弄玉蕭史應相聚，共同吹簫作鳳鳴。蕭史不知何處去，暗地裏面把他尋。

【賞析】這一闋歌詠女冠居處的優美環境，與女冠對世俗夫妻生活的渴望。在以上對一些〈女冠子〉詞的賞析中，我們略略談了一些唐代女冠子的情況。為了弄清楚唐代文人熱中於描寫女道士的原因，在這裏，我們再作一些詳細地討論。唐朝當政者提倡道教，士大夫好道，文人士子，入道仙遊，史不絕書。至於女冠的產生，除了唐代提倡道教的原因外，還和當時的社會生活有關係。唐代女冠的來源大約有這三種人：一是入道的公主。如長安太平觀，太平公主出家居之；金仙觀、玉真觀，分別為西寧公主、昌隆公主入道而立。二是普通宮女出家度為女冠。《舊唐書・文宗紀下》說：「（西元八三八年）六月十五，出宮人四百八十，送兩街寺觀安置。」三是大官及富豪之家的姬妾，因家庭糾紛，被迫出家度為女冠。例如晚唐女詩人魚玄機原為補闕李億妾，後愛衰而為女道士，居長安咸宜觀。這些女冠，虔誠信道的固然也有，但其中不少人因是被迫入觀，仍然留戀著世俗的紅塵生活。她們便利用觀中人來人往的條件，與男子廣泛的接觸，其間自然免不了發生男歡女愛的事。年輕的文人士子知道道觀也是個放浪的去處，便常遊訪道觀，與女冠便有了交往，有的還產生了愛情，如詩人李商隱就結識過不少女冠，曾愛上宋華陽姊妹。女冠們也不掩飾自己對世俗生活的追求，常常作些豔情詩抒發自己的情懷。如魚玄機的〈隔漢江寄子安〉：「江南江北愁望，相思相憶空吟」、〈寓言〉：「人世悲歡一夢，如何得作雙成」等等。了解到這樣的背景，我們對詞中常寫到女冠在觀中盼人等郎的情景，也就不奇怪了。詞的上片描寫了道觀的景色。「碧桃紅杏」，互文見義，碧綠的桃葉、也是碧綠的杏葉，同樣，杏花是粉紅的，桃花也是。長長的春日裏籠罩著明媚的春光。燦爛的朝霞覆蓋著美麗的道觀，也覆蓋著周圍的山山水水。在這香氣薰暖的日子裏，鶯鶯盡情地歌唱，徐徐而來的清風傳來了鶴的高吭的叫聲。雖然，上片所寫是從視角到聽覺，但我們仍然感到很亂，這其實正是作者的用心所在，他通過這樣的內容安排，給你一種亂的感覺，從而讓你如臨其境：春光多彩多姿，看時眼花撩亂。下片寫女冠的裝扮與她對生活的追求。玉葉冠，或說是太平公主所戴，或說是為昌隆公主所有，不論物主是誰，它透露出了女冠的貴族身份。她手裏不是拿著拂塵、雪簡等法器，卻是捧著瑤琴。她撫琴抒發著心中甚麼樣的情感呢？「應共吹簫侶，暗相尋」，末兩句告知我們，她並不是篤誠信道的女冠，而是希望昔日的戀人和她在一起，如同弄玉和蕭史一樣。為了達到這樣的目的，她正暗地裏尋著他呢？由此，我們知道了她撫琴抒發的是相思之情。

其二

脩蛾慢臉❶，不語檀心❷一點。小山妝❸，蟬鬢低含綠❹，羅衣澹拂黃。悶來深院裏，閒步落花旁。纖手輕輕整，玉爐香。

【注　釋】❶脩蛾慢臉　長長的眉毛，搽了粉的臉龐。慢，塗抹。《莊子・徐无鬼》：「郢人堊慢其鼻端，若蠅翼，使匠石斲之。」❷檀心　紅唇。❸小山妝　意為髮髻高如小山。❹含綠　髮的顏色深黑且有光澤，故稱「綠」。

【語　譯】長長的眉毛粉粉的臉，默默不語紅唇一小點。髮髻高如小山，墨鬢薄如蟬翼。絲羅衣服風中飄，鵝黃顏色淡淡淺。　近來煩悶身慵倦，常常散步在深院。隨意走到開花處，不料落花已滿地。纖纖玉手整玉爐，香氣濃濃傳散遠。

【賞　析】這一闋詞描寫了女冠的美麗與她內心的苦悶。上片寫其外形，下片寫其內心。女冠是很美麗的。她出現在我們面前時，已經過了一番著意的打扮。細長的眉毛如同蠶蛾的觸鬚。豐滿的臉龐塗上了一層白粉。櫻桃小口緊閉著，默然不語。丫形的髮髻高聳聳的，如同小山一樣。烏髮發出墨綠色的光澤，雙鬢梳得薄如蟬翼。更吸引人的是她的羅衣，淡淡的嫩黃，與春日的景色十分相吻合。詞人在描寫女冠的美貌時，十分注意用色彩的搭配，臉是白的，唇是紅的，髮是黑的，衣是黃的。雖然描寫了外形，但從外形上也透露出她的內心情緒。「不語」、「鬢低」都說明她情緒欠佳。下片以一個「悶」字提挈餘文。何以煩悶？詞中未講，但若是決心擺脫物質的引誘，一心修煉成道者又哪來的煩悶。由此可見，煩悶定是因情而生。悶緒無端，便到深院中散步，當隨意走到花壇邊時，祇見落花滿地，這無疑引起了青春流逝的幽傷。她不忍目睹花殘之景象，又踱入殿堂內，整起玉爐，焚燃麝香。似欲讓濃濃的香氣沖淡自己的憂愁。此片寫其內心的苦悶，但往往又以其外部的形體動作來表現。結合上片的寫作特點來看，此詞在形體與精神的表現上，既有所分別，又相互映托。

清平樂　一首

春光欲暮，寂寞閒❶庭戶。粉蝶雙雙穿檻舞，簾捲晚天疏雨。　含愁獨倚閨幃❷，玉爐煙斷香微。正是銷魂❸時節，東風滿樹花飛。

【注釋】❶閒　悄悄；安靜。❷閨幃　閨房。❸銷魂　心情憂傷。

【語譯】春光黯淡春將去，寂寞無聲深庭戶。粉蝶雙雙飛，來回穿檻舞。天晚簾捲起，瀟瀟風帶雨。　自個咀嚼愁滋味，沒情沒緒倚空閨。博山玉爐煙已斷，香氣漸消剩微微。此時最令人傷心，東風勁吹，滿樹花亂飛。

【賞析】這闋詞寫女子在暮春時的寂寞和愁緒。寫得婉轉流暢，蘊藉含蓄。上片寫景，但景中有人。首句點明時令為春暮，這一時間是所寫人物內心情感變化的原因。因為它最易引起青春易逝、美人遲暮的傷感。次句「寂寞」直接透露了女子的內心世界，和她的處境。獨處深深庭院，無人憐愛，又見春將歸去，不再陪伴自己，故而感到寂寞。粉蝶本是一可愛的小昆蟲兒，可是雙雙飛到閨人所在的欄杆旁，就不太令人喜歡了，因為牠們會使孤獨的女子生出人不如物的感嘆。傍晚了，女子捲起簾子，欲消散悶懷，卻見一天疏雨，瀟瀟灑灑，使天地陰暗晦冥。上片寫景，景皆撩人愁緒，詞人用遞進的作法，使愁不斷增濃。春暮已使人寂寞，卻見雙雙粉蝶飛舞，是一進也。更那堪晚天疏雨，二進也。下片所寫在時間上與上片沒有關聯，可以說是兩個並列的愁景之片段。「含愁」二字是下片的詞眼，其它內容皆由它而產生。「玉爐」句明寫室內之景，暗寫閨人的心慵意懶。春日遲遲，晝長日緩，玉爐中的香煙已經不再繚繞，但由於主人沒情沒緒，任它煙斷香微，亦無心料理。和上片一樣，此時的閨人亦欲捲簾閒望，以遣悶懷，然而，祇見東風勁吹，滿樹花飛。此情此景，怎不令她銷魂。陳廷焯在《白雨齋詞話》中盛讚這六個字，評為「淒豔」。

南歌子　二首

其一

遠山愁黛碧，橫波慢臉明，膩香紅玉茜羅輕❶。深院晚堂人靜，理銀箏。　鬢動行雲❷影，裙遮點屐聲❸。嬌羞愛問曲中名。楊柳杏花時節，幾多情。

【注　釋】❶膩香紅玉茜羅輕　滑膩芳香的玉體披著絳紅色的絲羅。❷行雲　喻人跳舞時髮如飛渡的烏雲。❸點屐聲　木屐著地之聲。《世說新語・容止》：「聞函道中有屐聲甚厲，庾公俄而步來。」

【語　譯】眉如遠山青，眉頭緊緊擰。目光如秋波，粉臉如月明。玉體滑膩香，絳紅絲羅輕。深院無人語，夜晚畫堂靜。懷人難以眠，解愁理銀箏。　舞時動髮鬢，如同飛烏雲。木屐聲篤篤，遮屐是羅裙。嬌羞常愛問，此曲是何名？楊柳柔若絲，杏花燦若錦。嬌媚人無比，脈脈無限情。

【賞　析】這闋詞寫一男子對所愛女子的容貌生活的想像與回憶。上片是想像，下片是回憶。在文學作品中，常有一些作品表現詩人想像著親人與朋友此時刻正在做甚麼，如杜甫的〈月夜〉：「今夜鄜州月，閨中祇獨看，遙憐小兒女，未解憶長安。香霧雲鬟濕，清輝玉臂寒。」本是詩人對月懷念妻兒，但詩中所寫主要的卻是妻子對月懷念丈夫，和孩子們由於年齡太小，還不知道懷念爸爸的情形。通過這樣一種巧妙的構思，就使得自己的懷念之情更加突出了。此詞的上片所用的藝術手法同杜詩完全一樣。男子，也可能就是作者本人，想像著在今天深夜裏，心上人正在做甚麼。他想，佳人一如我在時的那樣，每晚都重整嚴妝，眉如遠山青翠，但因愁而緊緊的擰起；目光如盈盈的秋波，蕩人心旌；臉如皎潔的月亮，瑩潤而明麗；她香膩的玉體穿著絳紅色輕薄的絲羅。總之她太美了，遠望如同仙女。但她並不快樂，像我想念她一樣，正在想著我。夜深人靜之時，還不能安眠，獨坐「理銀箏」，借箏而抒發著思念、寂寞之情。男子想像到這裏，似乎都聽到那如泣如訴的箏聲了。他的想像是非理性的，不一定符合生活的實際，他的心上人今夜未必如他想像的那樣，但是，就男子而言，表現了他對心上人的刻骨銘心的思念之情。下片是他對舊時相聚的日子的回憶。前兩句似對跳舞畫面的描繪。她的舞姿美妙輕盈，烏黑發亮的鬢髮，飄動起來，就像天空飛渡的烏雲。木屐「篤篤」的聲音清脆悅耳，然而看不見木屐，垂地而旋轉的舞裙已將它們遮了起來。此時正是楊柳吐綠、紅杏芳菲的時節。佳人在我彈琴伴舞時，總嬌羞地問「此曲是何名?」那臉上飛花之態，語如嚦嚦鶯囀，含有多少柔情哪!男子想到此處，當要銷魂斷腸了。清人沈雄在《柳塘詞話》中極力稱讚此詞的末三句：「試問今人弄筆，能出一頭地否?」

其二

惹恨還添恨，牽腸即斷腸。凝情不語一枝芳❶，獨映畫簾閒立❷，繡衣香。

暗想為雲女❸，應憐傅粉郎❹。晚來輕步出閨房，髻慢釵橫無力，縱猖狂。

【注釋】❶凝情不語一枝芳　佳人情思凝結而默然不語。一枝芳，一枝花，這裏代指佳人。❷閒立　猶說靜立。❸為雲女　借風流的巫山神女，代指自己。❹傅粉郎　以美男子何晏比心中之情郎。

【語譯】不想恨，還添恨，恨滿胸膛。牽了腸，掛了腸，寸斷柔腸。情思凝結不說話，冷豔如同一枝花兒芳。獨自站立畫堂前，苗條身影映簾帳。玉爐閨中熏，繡衣撲鼻香。想我如巫山神女一樣的美娘，應該配上何晏這樣的傅粉郎。傍晚心裏悶無端，輕步走出小閨房。髻鬟鬆散烏雲亂，金釵橫插未整妝。散漫無約束，一副嬌模樣。

【賞析】這闋詞表現了閨中女子濃烈的春情。上片極為細膩而準確地描繪了女子思春的心情和外部神態。對於一個發育成熟的少女來說，春情勃發時，心中十分的苦悶，她們祇是想愛，但少女的害羞心理與社會道德卻又不允許她們隨意去愛，有的想愛卻根本找不到對象，於是她們愁思結結，無一時無一地不在想著異性，所謂纔下眉頭，又上心頭。「惹恨還添恨，牽腸即斷腸」也是描寫這種精神狀態。她們往往懶得講話，懶得與人接觸，常常一個人在閨中，徘徊徬徨。她們的潛意識中有強烈的追求，雖然沒有明確的目的，但追求卻在梳洗打扮與閨房的布置中鮮明地表現出來。「繡衣香」，即是她追求的表現。下片直接描寫她的心情。處於思春期的女子常常會把自己的未來設想得瑰麗多姿。此詞中的女子則想，我如巫山神女般多情美麗，與我相匹配的就應該是如何晏那樣的傅粉郎。傅粉郎之稱，出自《世說新語・容止》，云「何平叔（晏）美姿儀，面至白，魏明帝疑其傅粉。正夏月，與熱湯餅，既噉，大汗出，以朱衣自拭，色轉皎然。」然現實生活中，從哪兒找到這樣的傅粉郎呢？女子想到此，心裏茫然而興起無限愁緒，傍晚時，為排解愁懷而步出閨房。此時的她，因心情暗淡，而不理晚妝，「鬢慢釵橫無力」，一副邋遢的樣子。這樣的態度顯然與上片的「繡衣香」相矛盾，也不符合一般思春女子的心理。但是要知道，這種疏懶的狀態是情緒極為低沉時的表現，是相對的，一時的，而以衣飾打扮來表現自己的追求則是絕對的、經常性的。詞人在此詞中表現出卓越的觀察能力，其女子思春的心情與神態的描寫，很少有詞人能夠超越。

卷一〇

毛熙震 十三首

河滿子 二首

其一

寂寞芳菲❶暗度，歲華❷如箭堪驚。緬想❸舊歡多少事，轉添春思難平。曲檻絲垂金柳，小窗絃斷銀箏。深院空聞燕語，滿園閒落花輕。一片相思休不得❹，忍教長日❺愁生。誰見夕陽孤夢，覺來無限傷情。

【注釋】❶芳菲　這裏指桃李開放的時節。❷歲華　歲月。❸緬想　緬懷。❹休不得　止也止不住。❺長日　長長的白日。

【語譯】寂寞使人心不寧，春天日日度不停。歲月流逝快如箭，回頭想起人堪驚。常常憶起舊時事，昔日歡樂數不盡。往日恩愛成過去，轉添春思愁難平。曲折欄干垂金柳，一片初春明媚景。臨窗彈箏箏絃斷，因為用力斷了絃。深院無人太沉靜，燕子呢喃人空聽。滿園東風不住吹，落花紛紛聲音輕。燕語花落惹煩惱，止不住這相思情。長長白日忍耐住，任憑愁思自來臨。誰知夕陽晚照時，夢裏也是孤零零。醒後愁緒亂紛紛，想起今生真傷情。

【賞　析】此詞所寫的仍然是閨情，然曲曲折折，層層深入，描述了閨婦難言的愁苦。首句以「寂寞」二字揭出詞旨，使我們可以據此對內容作一解析。因為寂寞無伴，良辰美景皆未去欣賞，故而覺得桃李芳菲的日子是在悄悄地流逝。歲月如箭，快得驚人。一個「驚」字包含了無限的惋惜之情。也因為寂寞無聊，她常常以緬懷舊事以取得自慰。「多少事」，蘊含豐富，然而，正因為有往日數不盡的歡樂，纔有今日道不清的痛苦。並且，回味的次數多了，也就沒有了慰藉的效果，相反，「轉添春思難平」，愁緒倒比回味前更多更濃，到了難以平復的程度。於是，她臨欄看景，衹見柳絲金黃，搖漾如線，正是初春的景色。見此景色，她的心緒更加難平。在這美好的春天裏，應該是夫妻和合，共度芳菲的呀，可是我卻形單影隻，辜負這大好春光。想到此，她回到閨內，臨窗彈箏，欲借箏聲抒發心聲。可是心裏亂糟糟的她，哪裏能彈得好，「絃斷銀箏」，絃斷亦是腸斷之時。下片在時間上已跳到了春末，樑上燕老，園中花落。院子深，必然靜，而樑上燕子呢喃的聲音也就十分的清晰，連園中落花的輕輕聲音都能聽到。一對燕子，親熱私語，襯托了閨人的孤獨；花兒謝落，則暗示了春日即將歸去。這所聞所見，無疑增添了閨人的許多煩惱。從「垂金柳」到「閒落花」，一春都快要過去了，可是遠人仍沒有歸家。於是，一片相思之苦止也止不住，衹得忍耐這長長的白日，一任愁思暗生。可是誰經歷過這樣的苦況：夕陽晚照之時，她困倦作夢，夢中的自己也是孤零零的。醒來後，自然是無限傷情了。

其　二

無語殘妝澹薄，含羞嚲袂❶輕盈。幾度香閨眠過曉，綺窗❷疎日微明。雲母帳❸中偷惜，水晶枕上初驚。

笑靨嫩疑花坼，愁眉翠斂山橫。相望只教添悵恨，整鬟時見纖瓊❹。獨倚朱扉❺閒立，誰知別有深情。

【注　釋】❶嚲袂　垂袖。❷綺窗　對雕窗的美稱。❸雲母帳　以雲母為飾之帳。雲母，礦石名。古人以為此石為雲之根，故名。可剖析為片，薄者透光，可為鏡屏。❹纖瓊　纖玉，喻佳人之手指。❺朱扉　紅色門扉，以喻貴族之家。

【語　譯】默默無語未梳妝，眉淡粉薄人纔醒。紅暈上臉人含羞，長袖低垂體輕盈。幾次香閨睡過頭，清曉之時仍在眠。陽光透過雕窗來，閨中垂簾卻微明。雲母帳中正纏綿，暗中珍惜這片情。卻聽室外有鳥聲，水晶枕上人作驚。

酒窩一現笑盈盈，如花開放讓人憐。有時皺起遠山眉，那是佳人不開心。登樓倚欄向遠望，卻添愁恨無止盡。不時撩起鬢上髮，纖纖玉手見分明。獨自倚著大紅門，對人卻說看春景。暗裏盼著郎君來，誰人能知這深情。

【賞　析】這闋詞寫閨中女子的歡情與思情。敘事的角度既不是女子自身的，也不是男子的，而是詞人的，詞人以第三者的角度，不考慮時間與空間的限制，忽而閨內，忽而樓欄，忽而早晨，忽而傍晚，忽而人物的外部，忽而人物的內心，作較為全面的觀照。「無語殘妝澹薄，含羞嚲袂輕盈」，描寫了女子與男子歡合之後，早晨起來的神態與妝束。宿妝殘淡，含蓄地表現出夜裏的狂歡，無語不言，是心滿意足後的神態；「含羞」說明女子是初戀；垂袖輕盈，則摹寫了她的窈窕之態。以下四句是倒敘未起床時的情景。由於戀人與己同床共枕，所以覺睡得極沉，有好幾次都睡過了頭。當疏淡的陽光透過窗簾而使閨內微明時，他們仍如交頸的鴛鴦，並頭的蓮花，在甜蜜的夢鄉之中。「偷惜」，潛意識裏，珍惜這難得的相會。當室外的鶯啼喚醒他們時，女子在水晶枕上作驚恐不安狀，聯繫到末句「誰知別有深情」可知，他們的相會是怕被人知的幽會。天已放亮，女子怕被人撞見而驚恐。下片著重寫女子的思情。「笑靨嫩疑花坼」，呼應上片的「輕盈」，摹寫其美。她粉嫩的臉龐，一笑即現出兩個淺淺的酒窩，好像含苞欲放的鮮花。然而，這樣快樂的神情是不常有的，常見的倒是愁眉緊鎖，遠山翠斂。郎已多日不來了，她倚欄相望，但是，「悵恨」不但不因望而消解，反而越添越多。在這樣的情況下，她還是佇立遠望，風吹亂了頭髮，她不時用纖纖玉手重新撩起。她有時又倚門而望，但卻裝出隨意的樣子，以掩蓋自己盼郎的深情。這闋詞從多方面刻畫出女子的神態、思維及容貌，成功地寫出了一個多情而美麗的女子形象。

小重山 一首

樑燕雙飛畫閣前，寂寥多少恨，懶孤眠。暗來❶閒處想君憐，紅羅帳，金鴨冷沉煙。

誰信損嬋娟❷，倚屏啼玉筯❸，濕香鈿。四肢無力上鞦韆，群花謝，愁對豔陽天❹。

【注　釋】❶暗來　一作曉來，據詞意看，「暗來」較對。❷嬋娟　代指女子。❸玉筯　眼淚。❹豔陽天　陽光燦爛的春天。

【語　譯】雙來雙去樑上燕，引人注目畫閣前。寂寞的心裏多少恨，近來最怕一人眠。暗地裏常把玉郎想，想得到郎君來愛憐。大紅錦羅帳子空，鴨爐已冷斷香煙。　憔悴損美貌，愁緒萬萬千。無力倚畫屏，啼泣淚滿面。淚珠不斷流，濕了臉上的香鈿。四肢軟綿綿，勉強蕩鞦韆。眼見群花謝，愁對豔陽天。

【賞　析】這闋詞描寫春日中閨閣女子的思情。上下片皆寫女子的憂思，但程度不同，上片淺，下片深，逐層表現其愁苦。第一句看似寫景，實際上主要表現的是情。燕子，在樑上築巢，每日在畫閣前雙飛來，雙飛去，這撩撥起女子對偶居生活的多少欲望，和引起她多大的痛苦啊！故而，第二句「寂寥多少恨」，緊承其上。與燕子相比，她覺得自己可悲可憐，燕子都能成雙作對，可是她卻不能。聽著樑上雌雄燕子的親熱呢喃，她孤身冷衾，無法入眠。自春來之後，她的心裏一直空落落的，總是想著玉郎來，來給予她體貼和愛憐。可是玉郎至今也沒來，弄得她沒情沒緒。鴨爐裏面的香燃完了，她也無心續上，致使爐冷香沉。下片繼續寫其思情。經過日日夜夜的思念，她的憂傷更濃更深，容貌因相思而憔悴。她常常倚屏啼泣，淚水不斷，濕了掛在臉龐上的香鈿。為了排解愁懷，她拖著無力的四肢，爬上鞦韆架，可是抬眼一看，四周的花兒在東風中紛紛凋零。於是，「愁對豔陽天」，用憂鬱的眼睛看著陽光燦爛的暮春景色。細味全詞，女子的內心由「寂寥」而「恨」，到「閒」而「想」，最終「愁」而「啼」，其中的過程細微可觸，可見詞人用筆之含蓄委婉。

定西番 一首

蒼翠濃陰滿院，鶯對語，蝶交飛，戲薔薇❶。 斜日倚欄風好，餘香出繡衣。未得玉郎消息，幾時歸？

【注釋】❶薔薇 花木名。品類甚多，花色不一，有單瓣重瓣，開時連春接夏，有芳香。

【語譯】花木繁盛蒼翠，濃蔭滿院遮光輝。黃鶯對對語，粉蝶穿梭飛。蜂狂蝶放浪，盡情戲薔薇。 太陽西斜倚欄望，和風拂拂迎面吹。錦繡花衣散餘香，花兒爭芳，空中皆是香氣味。玉郎一去無消息，不知何日才能歸？

【賞析】此詞描寫一閨婦賞春與春景觸發出的思人之情。上片描繪出一幅明媚的春光圖。「蒼翠濃陰滿院」，其蒼翠的花木大概就是後文提到的薔薇。薔薇花不但花豔，且枝繁葉盛。柳惲〈詠薔薇〉云：「當戶種薔薇，枝葉太葳蕤。不搖香已亂，無風花自飛。」在這蒼翠的濃蔭中，鶯鶯對歌，粉蝶交飛。蜂狂蝶浪，競採鮮花。真可謂如詩如畫。這都是閨人眼中的春景，她能夠將春看得如此美，說明她不是用愁眼看春，而是用欣賞，至少是閒適的心情去看的。她好像是一位性情開朗、樂觀的女子，不像一般閨婦那樣，春景所帶來的是化解不開的春愁。但豔麗的春景也觸發了她對遠人的思念，她在想，如此美好的景色，空氣中都流蕩著花的芳香，若玉郎回來能共度芳春，該是多好。於是她倚欄迎風，向遠處眺望。風吹起了繡花衣，餘香隨風而散，就這樣一直望到夕陽西沉，郎君卻仍未歸來。她的郎君自從別後再無消息，能否在春天中趕回來，她心裏十分的渺茫。但就她的樂觀性格來說，不會因為郎君不回來而避春、厭春。這一形象在眾多的思婦中是比較獨特的。

木蘭花 一首

掩朱扉，鉤翠箔❶，滿院鶯聲春寂寞。勻粉淚，恨檀郎❷，一去不歸花又落。對斜暉，臨小閣，前事豈堪重想著？金帶❸冷，畫屏幽，寶帳慵薰蘭麝薄。

【注　釋】❶翠箔　青翠色的簾子。❷檀郎　晉潘安小字檀奴，姿儀秀美，後以檀郎為美男子的代稱。李賀〈牡丹種曲〉：「檀郎謝女眠何處，樓庭月明燕夜語。」❸金帶　指金帶枕。原為魏甄后所有，名玉縷金帶枕。陸龜蒙〈自遣詩三十韻〉：「座上不遺金帶枕，陳王詞賦為誰傷？」

【語　譯】掩起大紅門，鉤起青簾箔。鶯聲滿院不停歇，春日閨婦很寂寞。擦去粉臉淚，怨恨郎情薄。一去不歸無消息，花開又花落。　綠窗對斜暉，漫步來小閣。往事不堪回想起，情緒低沉心蕭索。淒冷金帶枕，幽清彩畫屏。心慵意懶帳不熏，蘭氣麝香漸淡薄。

【賞　析】這闋詞寫少婦之春怨。良人遠去，音信杳無。值芳春美景，更覺寂寞難耐，愁懷難釋。本詞上片寫少婦春晝之怨情，下片寫夜晚之愁緒。暮春已臨，春光燦爛，滿院的濃蔭裏，鶯聲一片。然而，這熱鬧、撩亂的春光反襯出閨中人的孤獨與淒冷，使她的內心感到更加的寂寞。於是，她不想聽，也不想看，避春、厭春，躲進房內，掩起朱扉；鉤起簾箔，轉入閨中，把自己和明媚的春光隔離起來。然而，已經撩撥起來的愁緒並不因為藏於深閨而平息，卻是愁如亂麻，淚如泉湧。她恨玉郎，恨他整個春天都不歸來，使花兒空自開落。下片所描寫的情與景，在時間上與上片沒有聯繫，是在另一天的傍晚至深夜發生的事。傍晚時分，女主人翁來到園內的小閣中，對著夕照斜暉，意象迷離，意蘊豐富，它表現出少婦對現實的失望與對未來的迷茫。「前事豈堪重想著」，前事一定有無窮的歡樂，少婦故而不敢想，想起便和現實形成了鮮明的對比，會惹起更多的痛苦。後三句既實寫閨內之淒涼景色，又虛寫了少婦孤寂的心靈。我們若細細體會這三句的意境，就能感受到少婦夜深怕眠、寶帳懶熏的痛苦心境。此詞在表達上巧妙地將直與紆、達與鬱結合起來，有效地表現了少婦那柔腸百轉，斷魂銷魄的思情。

後庭花 三首

其一

鶯啼燕語芳菲節❶，瑞庭❷花發。昔時歡宴歌聲揭，管絃清越。

自從陵谷❸追遊歇，畫樑塵黦❹。傷心一片如珪月❺，閒鎖宮闕❻。

【注釋】❶芳菲節　春光爛漫的時節。❷瑞庭　宮廷。❸陵谷　高山變為峽谷，指世事翻天覆地的變化。劉長卿〈登余干古城〉：「飛鳥不知陵谷變，朝來暮去弋陽溪。」❹塵黦　塵斑。❺如珪月　月如珪璋之明瑩潔淨。珪，為帝王諸侯所執的長形玉版，上圓或尖，下方，表示信符。❻宮闕　天子居住之宮殿門外有兩闕，故稱其所居為宮闕。

【語譯】樑燕呢喃鶯聲急，春光爛漫好時節。宮中鮮花正開放，歌舞昇平的歲月。昔日歌者聲激揚，助歡美酒錦筵席。簫管與絲絃，聲音皆清越。　自從天翻地覆轉變，歡樂生活便停歇。宮中雕樑畫棟，蒙上灰塵污跡。回首往事心黯傷，淒然如同冷珪與牙月。昔日冠蓋如流，今日鎖閉宮闕。

【賞析】這闋詞是悼國破之作。毛熙震曾在後蜀任秘書監，後蜀亡於宋，傷悼故國是很自然的事情。上片所寫是故國舊時歌舞昇平的景象。在桃紅柳綠的芳菲時節，鶯啼燕語，宮苑花發，到處充滿了盎然的春意。在那歡樂的筵席上，歌伎美麗，歌聲圓潤而嘹亮；管絃交響，樂音清澈而激揚。不過，「昔時」二字放在歡宴之前，說明這裏所寫的繁華熱鬧並非現實，而是已經流逝了的過去，為歡樂的場面塗上了深深的哀傷色彩。描寫昔日宮廷熱鬧安樂的生活，固然可以理解為對後蜀君主居安而不思危的批評，但更為明顯的詞意是表現作者對舊日的懷戀。下片寫世事發生了滄海桑田的變化後，宮廷的冷落與自己憑弔時的悲傷。當後蜀亡後，宮中的歡樂生活便終止了。一切都在朝衰頽的方向變化，連金碧輝煌的殿宇也蒙上了灰塵與污跡。詞人舊地重遊，無限傷心。然在比喻傷心時，用了「珪」字，這暗含著對君主的懷念。人在新朝，心懷舊主，是犯忌的事，所以不得不隱晦如此。「閒鎖宮闕」之「閒」字，寫出了宮闕的冷落、死寂，整個下片全無半點生氣，淒然的亡國之哀，洋溢於字裏行間。將亡國前的歡樂熱鬧與亡國後的空寂黯然對比，從而突出悼亡國破的悲傷情緒，是本詞的藝術特色。

其二

輕盈舞伎含芳豔❶，競妝新臉。步搖❷珠翠修蛾斂，膩鬟❸雲染。歌聲慢發開檀點❹，繡衫斜掩。時將纖手勻紅臉，笑拈金靨。

【注釋】❶含芳豔　臉如花兒般嬌豔。❷步搖　首飾。❸膩鬟　鬟髮濃密。❹檀點　一點紅唇。

【語譯】舞姿輕盈旋翩翩，粉臉如花呈嬌豔。人人學時尚，個個化新臉。珠翠首飾隨步搖，皺起細眉色不淺。髮鬟濃又密，雲般如墨染。歌聲悠揚響雲天，輕啟小口紅一點。錦繡春衫薄，故意斜著掩。纖纖玉手時常舉，慢慢撫摸粉紅臉。笑臉對客招，兩邊貼金靨。

【賞析】這闋詞描寫一群歌伎的歌舞技藝，與打扮神態，筆觸細膩，畫面生動，能給讀者以審美上的愉悅。上片著重寫舞姿與妝扮。她們的舞姿輕盈，翩翩欲飄。「輕盈」二字太簡潔，不過，它使我們聯想起唐代詩人對舞蹈的描寫。如李群玉〈長沙九日登東樓觀歌舞〉：「南國有佳人，輕盈綠腰舞，……慢態不能窮，繁姿曲向終。」又白居易〈胡旋女〉：「胡旋女，出康居，……旋歌一聲雙袖舉，回雪飄颻轉蓬舞。左旋右旋不知疲，千匝萬匝無已時。」由此我們可以想見「輕盈」之形態了。她們打扮得也極為漂亮，競相在臉上描畫起新的妝式，宛若一朵朵爭芳鬥豔的花兒。她們珠翠滿頭，金光閃閃，尤其是那名為步搖的首飾，隨著舞步而顫動，煞是好看。她們的眉毛細長而彎，輕輕蹙起，更顯出楚楚可憐的風韻。她們的頭髮烏黑發亮，又如烏雲一般濃密。下片著重寫歌技與妝扮。「歌聲慢發」，歌者張開櫻桃小口，讓悠揚的歌聲從口中飛出。此詞描寫歌藝嫌過於簡單。其實，在唐代，歌舞的水準都是很高的。唐・段安節在其《樂府雜錄》中記載了這樣一件事，唐明皇宴百官於勤政樓，然喧嘩聚語，掩沒了魚龍百戲的聲音，明皇非常生氣，要罷宴，高力士奏請讓永新出來一歌。永新出，舉音歌唱，「喜者聞之氣勇，愁者聞之腸絕。」由此我們想像詞中所描寫的歌唱狀況。這些歌女不但歌唱得好，且多情風流，繡衫斜掩，纖手匀臉。因臉上貼著金靨，似笑臉常開。可謂對客人目挑心招，在場之人大概都會心旌搖蕩。此詞僅寫了歌伎們的外部形象，沒有深入到她們內部的精神世界，故內涵不夠豐富。

其　三

越羅小袖新香蒨❶，薄籠金釧❷。倚欄無語搖輕扇，半遮匀面。春殘日暖鶯嬌懶，滿庭花片❸。爭不教人長相見，畫堂深院。

【注　釋】❶越羅小袖新香蒨　越地絲羅製作的短衣，小袖味香而色絳。❷金釧　金鐲子。❸花片　落地的碎花。

【語　譯】短衣小袖著玉體，越羅味香絳紅染。玉腕戴金釧，衣薄籠仍見。倚著欄杆不言語，纖手不停搖輕扇。人來會害羞，半遮匀粉面。　暮春天氣漸漸暖，鶯鶯嬌懶不鳴啼。東風滿庭吹，落花一片片。玉郎去後不再來，卻不讓人長相見。整日無人伴，呆立畫堂深院。

【賞　析】這闋詞寫閨中少女的思人之情。上片寫她的衣著打扮與她的愁態。她穿著絳紅色的短衣小袖，下身肯定還會配著色彩鮮豔的裙子。衣服散發著香味，顯然是剛熏過的。衣服為薄薄的越羅做成，因此，袖子雖然籠起玉腕上面的金釧，卻仍隱約可見。她「倚欄無語搖輕扇」，倚欄，是望人也；無語，郎不來而心裏不悅也；輕扇在手，以在遇人時掩飾自己因思郎而害羞的紅臉也。下片寫她因殘春景象而引起的怨恨。日暖鶯懶，落花滿庭，一個美好的春天就這樣白白地過去了，少女的心中充滿了對青春流逝的惋惜。她想，良辰與美景皆與我無干，因為我沒有得到任何愛情的歡樂。薄情的郎呀，為甚麼去了以後就再不來呢？你知道不知道，我整天關在畫堂深院裏，是十分苦悶的呀！這怨責雖然沒有說出口，但心裏卻常常在喊叫著。我們能夠從「怎不教人長相見」中，感受到她那顆不安的怨心是如何地騷動。

酒泉子 二首

其一

閒臥繡幃，慵想萬般情寵。錦檀❶偏，翹股❷重，翠雲❸欹。　暮天屏上春山碧，映香煙霧隔。蕙蘭心，魂夢役❹，斂蛾眉。

【注釋】❶錦檀　錦套之檀枕。❷翹股　釵飾。❸翠雲　烏黑的頭髮。❹魂夢役　魂夢不安。

【語譯】無事躺床上，靠著錦繡幌。想起過去萬般愛，懶懶散散心蕩漾。錦套檀枕偏，金釵橫插長。髮如烏雲密，歪斜改形狀。　傍晚閨人在閨房，屏上春山翠碧樣。焚香煙繚繞，如同霧茫茫。心是蕙蘭質，魂夢不安詳。蛾眉緊皺起，怨恨薄情郎。

【賞　析】這闋詞描寫閨中少婦因遠人不歸而心慵意懶與魂牽夢縈的情態。首句中的「閒臥」，點明了她精神無所寄託的慵散狀態。此時決不是晚上，因為至下片時，時間才至「暮天」。白天臥床，豈不說明她的無聊。她躺在床上，思維並沒有停止，可以料知，那剪不斷、理還亂的愁緒一定紛至沓來，但想得最多的還是昔日的「萬般情寵」。那時的生活是多麼的甜蜜呀！纏綿繾綣，如膠似漆，郎君無微不至的關懷與由衷的憐愛，使她感到無限的幸福。然而，這種回憶的快樂一閃而過，卻造成了更大的痛苦，因為甜蜜的往日與淒涼的現實形成了強烈的反差與鮮明的對比。

故而，詞人在「想」的前面著一「慵」字，就準確地表現了她在此時的心境。她的心可能因往日的歡樂情景而蕩漾，但並未迷醉，而是在蕩漾時就伴著難言的痛苦。以下三句用枕偏、釵橫、髮斜具體地描寫了她的慵懶之態。閨人躺在床上直至傍晚，始終是處於不知做甚麼，也不想做甚麼的狀態。當目光游移到屏上時，屏上翠碧的春山引起了她的注意，也引發了她的聯想。那聳入雲端的高山，或許就是行人走過的地方，此時，侍女焚香，煙絲繚繞，稍頃，室內流蕩著淡淡的煙霧。隔霧看屏，屏上之山隱隱約約。閨人在迷離恍惚的觀望中，似乎真的看到了遠人行旅的艱難情景。帶著疼愛的情懷，她的魂兒借助於夢飛到了遠人那兒，與心愛的人一起攀山越嶺。但這夢極淺極淡，忽夢忽醒，忽離忽合，始終不能和心上人真正地在一起。她不堪其苦，蛾眉皺起。此詞的特點在於直接摹寫女子的慵懶之態與種種心情，來表現她深切的思念之情，而不假借景物以抒情，也不用其他的技巧，然卻有感人的藝術效果。

其二

鈿匣舞鸞，隱映豔紅脩碧。月梳❶斜，雲鬢膩，粉香寒。　曉花微斂輕呵展❷，裊釵金燕❸軟。日初昇，簾半捲，對妝殘。

【注　釋】❶月梳　月形之梳。❷呵展　用嘴裏的熱氣將花吹開。❸金燕　金質的燕形釵飾。

【語　譯】首飾盒上畫鸞鳥，梳妝打扮在清早。臉上隱約胭脂紅，既細又淡眉不俏。月梳斜插髻，髮鬢向外翹。臉上香氣淡，白粉早已掉。　清晨花瓣向裏包，佳人呵氣花兒笑。燕形金釵軟，風吹顫裊裊。太陽初升起，簾子半捲了。迎光對鏡照，還未妝扮好。

【賞　析】這闋詞描寫一女子在清晨起床後的梳洗過程。上片描寫其殘妝不整的樣子。女主人翁很早就起床了，拿出了首飾盒子準備打扮。此時的她宿妝凌亂不堪，臉上雖有胭脂紅，眉毛也「修」且「碧」，但是「隱映」，模糊不清。月梳斜掛在髻上，濃密的鬢髮一定也歪在一邊，臉上的粉與粉香都淡了，幾乎見不到，也聞不到。但是，我們可以由殘妝上看到她非常注重自己的修飾打扮，也從「雲鬢膩」三字得知她是一個美麗的女子。下片未接著描述她的梳妝，而是寫她惜花護花。當她看到花瓣在清曉的寒冷中微微捲起時，她對著它們呵氣，讓它們舒展開放。她一邊賞花，一邊妝扮，軟軟的燕釵簪到頭上，在風中裊裊的顫動。太陽出來了，放射出萬道金光，她捲起簾子，讓陽光也照到室內。由於她沒將全部心思放在梳妝上，當她迎光照鏡時，仍然是一頭殘妝。她為何要精心打扮？詞人含蓄地向我們作了暗示，那就是鈿匣上的「舞鸞」，鸞鳥都是成雙作對的，牠們反映出女子對婚姻生活的嚮往與追求，故而精心打扮以求君子也。護花惜花實是對青春時光的珍惜，流露出希望他人憐愛自己的心態。

菩薩蠻 三首

其一

梨花滿院飄香雪，高樓夜靜風箏❶咽。斜月照簾帷，憶君和夢稀。　小窗燈影背，燕語驚愁態。屏掩斷香飛，行雲❷山外歸。

【注釋】❶風箏　即風鈴。《正字通》：「檐下鐵馬曰風箏，古人殿閣檐間懸之，因風動成音，自諧宮商。」❷行雲　喻征夫。

【語譯】滿院梨花如雪，濃香隨風入鼻。高樓夜靜無聲，風鈴檐下嗚咽。月光透過簾帷，天空一輪斜月。憶君君不歸來，夢少讓人心急。　三更仍然未睡，小窗殘燈幽晦。樑上燕語呢喃，攪得閨人心碎。屏風掩立床頭，爐冷香斷無味。模糊漸漸入夢，行人山外來歸。

【賞析】這闋詞描寫閨婦在春夜中的憂思。上片寫閨人春夜不眠。「梨花滿院飄香雪」，點明時間是在春天，周圍的環境十分美麗。詞人用「香」與「雪」，引起讀者嗅覺與視覺的聯想，從而在腦海中映現出一幅梨花滿院的圖畫。應該說，這是一個醉人的春夜，雪白的梨花在月光下顯得純潔、高雅，真可謂玉樹瓊花，空氣中蕩漾著醉人的芳香，沁人心脾。然而，對於閨婦來說，夜景越美，她越痛苦。良辰美景，祇有情侶友人在一起時，才顯得有意義，更何況她會在下意識中以盛開的梨花自況。梨花有人欣賞其美，而我呢？自鎖於深閨中，無人憐愛。她以這樣的愁苦心境聽檐下的風鈴，本很悅耳的鈴聲卻嗚咽如泣。她愁緒萬縷，凝情於遠人，雖然高樓夜靜，但到了月亮西斜時，仍未能入眠，無意識地看著透過簾帷內的月光的移動。輾轉反側久了，心中煩惱，便遷怒於夢，認為夢也薄情，連夢中也稀疏不來，致使她得不到任何的安慰。下片寫深夜作夢，夢見丈夫歸來。夜愈來愈深，殘燈昏暗，燭光搖曳，就在閨人愁思不解之時，樑上的燕子呢喃作語，「驚」不是驚恐，而是心裏被激起波浪，心潮難平，有驚動意。此時屏靜掩、香已銷，一切歸於沉寂，她的愁思到了極限後也暫時進入空白的狀態，迷迷糊糊地沉入夢中，她夢見了郎君正像一片行雲從山外飛來。這雖然是夢幻，但無疑能給思念入骨的閨人帶來一些慰藉。本詞用溫婉的語調述說閨人的思情，給我們刻畫出一個相思很苦但又默然不語、外表沉靜的思婦形象。

其二

繡簾高軸❶臨塘看，雨翻❷荷芰真珠散。殘暑❸晚初涼，輕風渡水香❹。

無憀❺悲往事，爭那牽情思。光影❻暗相催，等閒秋又來。

【注釋】❶高軸　高捲。❷雨翻　風狂雨急。❸殘暑　初秋之時，暑熱尚未全消。❹渡水香　荷菱之香隨風渡水。❺無憀　無所事事。憀，同聊。❻光影　時間。

【語譯】錦繡簾子色燦爛，高高捲起臨塘看。風狂雨暴翻荷菱，葉上水珠皆飛散。殘暑未全消，人涼初秋晚。荷菱的濃香，隨風越沙灘。　空閒無聊賴，憶舊心淒慘。往事忘不掉，牽情夢中還。時光疾如箭，人生容易老。秋又悄悄來，仍在把人盼。

【賞　析】這闋詞寫閨人憶舊懷人的情思。上片著重寫景。「繡簾」，暗示主人翁是一閨人。前兩句從視角上寫荷塘雨景。閨樓大概是臨塘而建，女子將繡簾高高的捲起，以觀看塘中的雨景。衹見風狂雨暴，荷葉、菱葉上凝聚的水塊水珠不時地被掀翻。一「翻」字表明了閨人對弱小無助的荷菱的憐惜，同時也流露了對摧殘者的不滿，這樣的意念，或許是從對讓她形單影隻的郎君不滿的潛意識中而來吧。水珠之「散」與上一句末之「看」相呼應，表現出閨人看的專注。後二句從感覺與嗅覺上寫晚涼、微風和香氣。「涼」字不僅寫出氣溫之涼，還有意在言外的意蘊，即心之涼。第四句的「渡」字從寫景的技法來審視，真是妙筆。把「水香」寫得宛似翩翩而至的凌波仙子，使人不僅聞其香，而且見其形。但從意境上理解，「渡」字又凝結著閨人對花的憐惜之情。「輕風渡」與第二句的「雨翻」，都是對荷菱被摧殘的描寫。「輕風渡」比較平和，但它們的含意卻是本來很濃很醇的香味被輕風吹淡了，吹散了。我們再仔細地體味上片的後三句，就發現「雨」、「散」、「涼」、「晚」、「渡」、「香」，都縮結在第一句的「臨」字上。下片著重是抒情。前兩句的意思是說，無所事事，往事不憶自來，當前述景致映現在心裏時，會淒然而悲，並由它們引出不盡的情思，對它們徒喚奈何。這一表述把本不好描寫的愁緒困擾的情態寫得淋漓盡致。末兩句感慨時光流逝，人生易老，惋惜自己的青春在等待與思念中白白地流逝。這闋詞在情感的表達上，雖然力度不十分的強烈，但悵惘傷懷之情卻叩擊著讀者的心。

其　三

天含殘碧融春色，五陵薄倖❶無消息。盡日掩朱門，離愁暗斷魂。　鶯啼芳樹暖，燕拂迴塘滿❷。寂寞對屏山，相思醉夢間。

【注　釋】❶五陵薄倖　富家的薄情公子。五陵，為長陵、安陵、陽陵、茂陵、平陵，皆為豪家之所居。❷迴塘滿　塘水迴流滿漫。

【語　譯】天空雲多少藍碧，春色融融是三月。富貴公子不歸來，一去之後無消息。整日坐閨中，大紅門兒掩。離愁積心中，斷魂暗自泣。　鶯鶯不住啼，花樹暖生煙。迴流塘水滿，掠水小黑燕。寂寞無人伴，屏上山深遠。醒時不斷思，醉夢中會面。

【賞　析】這闋詞寫閨婦的離愁。上下片僅是音樂的單位，在詞意上沒有分出層次，而是渾然一體。全詞八句，既寫閨人出門而望，又寫閨人掩門而思。「天含」、「五陵」兩句與「鶯啼」、「燕拂」皆是「望」，前者是仰視，後者則為俯視。閨人立足的地方大概是在樓上，而樓似又置於有樹有水的花園中。「天含殘碧」，正是春天空中的特徵，秋天是天高無雲，萬里碧藍如洗，而春天的空中總是浮著很多的雲，碧藍的空間很少很少，故說「殘」。但是，它並不影響春的美麗，春光春色掩蓋了這微微的不足。閨人面對這明媚的春光心中十分渴望玉郎回來，與他共度春光，然而，「五陵薄倖無消息」。望而不見，十分傷感，於是掩門獨坐，暗自悲傷。「盡日」是概說其多，並非所有時間都在閨內。人不歸來，愁緒難解，於是又倚欄而望。祇見鶯啼花發，燕飛水漲，春光蕩漾，撩人情懷。這一望依然未見歸人，但卻增添了愁緒。轉入閨中後，獨自凝視屏上之群山，似乎看到了行人正行走在山徑上。就在這如醉如痴的迷離恍惚間，她彷彿來到了所思之人的身邊。這闋詞的內容實是兩字「望」與「思」的組合，望在室外，思在室內，一會兒外，一會兒內，內容本身就表現出了閨人心緒不寧、坐臥不安的狀態。

李珣 三十七首

李珣（約八五五～九三〇年），字德潤，其祖先為波斯人，後移居梓州（今四川省三臺縣），其友尹鶚曾戲稱他為「李波斯」。其妹舜弦為王衍昭儀。李珣嘗以秀才為王衍賓客，事蜀主。他通醫理兼賣香藥，後蜀亡後，不仕他姓。著有《瓊瑤集》，今佚，作品散見《花間》、《尊前》等選本，《全唐詩》收其詞五十四闋，《花間集》選錄三十七闋。其詞風清婉明麗，較少雕飾，獨具特色。

浣溪沙 四首

其一

入夏偏宜澹薄妝，越羅衣褪鬱金黃❶。翠鈿檀注❷助容光。　相見無言還有恨，幾迴拚卻❸又思量。月窗香逕夢悠颺❹。

【注　釋】❶鬱金黃　鬱金香所染之黃色。《本草綱目》卷一四：「時珍曰：鬱金有二，鬱金香是用花，見本條；此是用根者。其苗如薑，其根大小如指頭，長者寸許，體圓有橫紋如蟬腹狀，外黃內赤。人以浸水染色，亦微有香氣。❷檀注　在唇上抹口紅。❸拚卻　捨棄。❹悠颺　隨風飄蕩。

【語　譯】進入夏天暖洋洋，衣著偏宜淡薄妝。越地絲羅裁作衣，顏色褪淡鬱金黃。翠鈿玉釵作首飾，嘴唇塗紅增容光。相見之時還有恨，故意無語不相望。夢醒之後想忘卻，努力數次總思量。甜蜜夢境隨風來，園中漫步倚月窗。

【賞析】這闋詞描寫一閨中少婦在初夏的思情。上片寫少婦的打扮。「入夏」二字點明時間，「偏宜澹薄妝」之「偏宜」，不僅指出夏日之溫暖，還暗示出少婦肌膚色白如雪，溫潤如玉，若不是雪肌玉膚，而是炭黑桑皺，又如何宜於淡薄之妝。下面兩句一「褪」字、一「助」字，寫出了相思時間的久長。少婦為迎接丈夫的歸來，每日都著意打扮，可是，原本色彩鮮豔的鬱金黃的越羅衣卻因日長而褪了顏色，原本唇紅齒白，嬌臉如花，現在只有借助於首飾和口紅才有些光采。而在等待與盼望中，心中該是多麼的煩悶不安。下片寫閨人對遠人夢牽神縈。「相見無言還有恨」，是夢中之情景。由夢景可以看出閨人對丈夫遲遲不歸的怨恨。相見了，但故意不講話、不理睬，怨恨之意，洋溢於表。「幾迴拚卻又思量」，是清醒時的心情，夢中之恨不解，醒後之恨增濃，閨人想努力使自己忘卻他，可是根本辦不到，不多時又想念著他。會聚的夢境剛飄忽而去，又隨風而來。這一次，他們並肩走在花香四溢的小徑上，倚偎在月光照射的小窗前。可見，不論是未眠，還是入夢，心中所裝著的都是遠人。

其二

晚出閒庭❶看海棠，風流學得內家妝❷。小釵橫戴一枝芳。　鏤玉斜梳❸雲鬢膩，縷金衣透雪肌香❹。暗思何事立殘陽。

【注釋】❶閒庭　靜庭。❷內家妝　宮女們的裝束式樣。❸鏤玉梳　用玉鏤成梳子形狀的頭飾。❹雪肌香　洪芻《香譜》卷下引《杜陽編》：「元載寵姬薛瑤英，母趙娟，幼以香啖英，故肌肉悉香。」

【語譯】幽靜庭院花吐芳，閨人傍晚看海棠。梳妝打扮趕時髦，學得宮中妝束樣。別致俏麗如花朵，一枝小釵插髮上。美玉製成小梳子，斜插鬢髻增容光。金線繡衣透明薄，雪白肌膚散幽香。不知何事使她愁，眉頭不展對殘陽。

【賞　析】這闋詞描寫了一位美麗的少女與發生於她心中的淡淡的春情。少女晚妝之後，走到幽靜的庭院中觀賞盛開的海棠。你看她打扮得多麼風流入時啊！從頭到腳的妝束都仿照宮女們的妝樣。特別引人注目的是她的頭飾，鏤玉的梳子斜攏著雲髻，真是儀態萬方，美不勝收。她不僅打扮得美，長得也很美，可謂天生麗質。金線繡的衣裙，柔軟輕薄，透出那冰雪般白淨、珠玉般溫潤的肌膚，其肌膚還散發著誘人的體香。末句「暗思何事立殘陽」，光看「立殘陽」的畫面，是很美的，落日的餘暉照耀著她婀娜的身影，顯示了楚楚動人的風韻，然而，「暗思何事」則露出了幽傷的情調。像她這樣的豆蔻年華，除了思春，還有何事能讓她心事重重的立於殘陽中呢？此一句也使我們恍然悟到她為甚麼作精心的打扮。這一首小令，用語綺麗，很吻合富貴人家的少女身份，又因描寫細膩，形象鮮明生動，少女的風韻令人難以忘懷。

其　三

訪舊❶傷離欲斷魂，無因重見玉樓人❷。六街❸微雨鏤香塵。

早為不逢巫峽夢，那堪虛度錦江春❹。遇花傾酒莫辭頻。

【注　釋】❶訪舊　舊地重遊，以尋故人。❷玉樓人　所思之閨人。❸六街　唐長安的主要街道。《資治通鑑·唐紀》：「睿宗景雲元年，中書舍人韋元邀巡六街。」注：「長安城中左右六街，金吾街使主之。」❹錦江春　錦江的春景。錦江，在四川成都，一名府河。

【語　譯】舊地重遊進了門，傷心離別欲斷魂。昔時舊物件件在，無緣重見玉樓人。六街鬧市瀟瀟雨，銷不盡昔日粉香塵。早先不逢那女神，何來今日心黯然。有情美人今不在，那堪虛度錦江春。若遇女子來勸酒，千萬不要頻頻辭。

【賞　析】此詞寫一男子舊地重遊，卻不遇昔時相戀的美人，心情落寞惆悵。「訪舊傷離欲斷魂」，明確地說是舊地重遊，若是能在舊地重遊時，見到過去相戀的美人，自然會使他興奮。他卻是「欲斷魂」，心裏極度地悲傷，懊悔自己輕易地離別。很顯然，物在人非。於是，下一句緊承上句而來：「無因重見玉樓人」。無因重見，沒有具體說明其原因，但大概不出這兩種情況，或亡故，或遷移，而遷往何處又打聽不到。由此詞的內容來看，玉樓人大概是一風塵女子，而這些不幸的女子早夭或被人買去，則是常有的事。這一句讀來令人酸楚下淚，我們可據此想像出男子淒傷欲絕的面容。長安繁華的街道上正下著小雨，然而洗刷不盡昔日寶馬香車所留下的粉塵，每一處每一物似都能引起男子的回憶，彷彿佳人宛然在目。但是空幻的回憶畢竟不能代替現實，美人不見，給他帶來了無限的痛苦。他在想，早知今日心傷腸斷，就不應該與她相逢。今日面對錦江的春景，怎能承受得了虛度的情感折磨。「巫峽夢」，含有兩層意思，一是用風流多情的巫山神女比喻玉樓人，二是昔日之相戀不過是一場夢而已。愛情不能永恆，人的命運又難以捉摸，那麼，就應該遇花即賞，遇酒不辭，「遇花傾酒莫辭頻」，看似曠達，實是失戀的痛苦心聲。

其　四

紅藕❶花香到檻頻，可堪閒憶似花人。舊歡如夢絕音塵。　翠疊畫屏山隱隱❷，冷鋪紋簟水潾潾❸。斷魂何處一蟬新。

【注　釋】❶紅藕　粉紅的荷花。❷山隱隱　屏上之山模糊不清。❸水潾潾　水清澈的樣子。

【語　譯】粉紅荷花散芳香，隨風吹到欄檻上。由花想起如花人，人今不見心惆悵。舊日歡情如夢遠，音訊隔斷思茫茫。　重山疊嶂屏上畫，隱隱約約如遠望。竹席鋪床人覺涼，席紋彎彎如水浪。知了一聲春將去，掉了魂兒斷了腸。

【賞　析】這闋詞描寫一男子思念失去了聯繫的佳人。上片寫男子觸景生情。男子大約佇立於靠近荷塘的欄杆旁，由花的清香引起了他對荷花的注意。荷花粉紅嬌豔，朵朵笑臉迎人，這使他不禁想起了如花之美人。她窈窕的身體如荷一樣婷婷玉立，她粉黛適中的面龐如荷花一樣的明麗。可惜，舊日的歡情如同夢境，今日之音信斷絕，天地茫茫，不知她在何方。下片寫男子孤寂的心情。屋中沒有佳人，黯然無光，屏上的群山由於幽暗而模糊不清，床上的竹席因為空闊而寒冷。這兩句雖是景語，然亦是情語，詞人借助於景而表現了男子孤寂的情感。末句中的「一蟬新」說明了春天的歸去，因春天的歸去而感受到光陰的虛度於是魂斷傷情。此詞含蓄蘊藉，風格上與溫庭筠詞接近，讀者須細加解析，方能得其真意。

漁歌子 四首

其一

楚山青，湘水淥，春風澹蕩❶看不足。草芊芊❷，花簇簇❸，漁艇棹歌相續。信浮沉❹，無管束，釣迴乘月歸灣曲。酒盈罇，雲滿屋，不見人間榮辱。

【注釋】❶春風澹蕩　春風蕩漾。鮑照〈代白紵曲〉：「春風澹蕩俠思多，天色淨淥氣妍和。」❷草芊芊　草茂盛的樣子。❸花簇簇　一叢叢的花。❹信浮沉　謂任其昇降漂流，以喻曠達超逸。信，任也。浮沉，盛衰得失。

【語譯】楚山翠青青，湘水綠盈盈。春風蕩漾入懷來，青山綠水看不停。草盛長蔓蔓，花多一叢叢。漁船江上隨風漂，棹歌不斷人傾聽。　任盛衰得失，喜無拘無束。月上東天釣魚歸，乘興划回港灣處。美酒倒滿杯，雲影映滿屋。逍遙自在無憂人，看不見人間榮辱。

【賞析】李珣曾事前蜀王衍，國亡後，不仕他姓，優遊於山水之間。他有多闋〈漁歌子〉，均以湘楚山水為自然背景，抒發自己熱愛自然，澹薄名利的懷抱。上片描繪了楚山湘水的自然風光。一「青」一「淥」，把山水之面貌全部勾勒了出來。「淥」，水清冽貌。翠綠的群山，碧清的江水，組成了一個綠色的世界。而綠色往往能使人情緒飽滿，心曠神怡，產生出生命的衝動。更有那蕩漾的春風，撲面而來，令人神清氣爽，完全迷醉於這無限美妙的風光中。前三句是遠景的眺望，後三句則寫近景，包括自己所乘的漁艇。岸邊草木茂盛，鮮花簇簇，那青青的草兒蔓延到水裏，使水的顏色更綠更碧，而那一叢一叢的鮮花在綠色的背景中顯得分外的絢麗奪目。多美的世界啊！蕩槳在江面上的詞人十分愜意，情不自禁地唱起了一首又一首的棹歌，那飽含著快樂情緒的歌聲在綠水青山間蕩漾。下片直接抒寫了詞人對自由生活的熱愛與澹薄的得失榮辱情懷。有這樣美的山水，怎麼還會把興盛得失掛在心上，怎麼能不擺脫名韁利鎖？詞人一任沉浮，無拘無束，超然於物外。當他收釣返回時，已經月上東天，此時又是另一番景色：朦朧的月色如霧如紗，罩在靜謐的港灣之上。回到屋裏，又見天上雲朵的影子映在屋內。詞人烹魚飲酒，享受著這美好的夜晚。「不見人間榮辱」，隱隱地透出對現實生活的不滿。當時的社會令他憤慨，卻又無奈，在此情況下，他選擇了與山水為伍的生活方式，眼不見，心不煩，以獲得內心的平靜。該詞筆墨灑脫，清新流麗，尤其是三言一句的節奏，讀來即能感受到作者歡快的情緒。

其二

荻花❶秋，瀟湘❷夜，橘洲❸佳景如屏畫。碧煙中，明月下，小艇垂綸❹初罷。

水為鄉，篷❺作舍，魚羹稻飯常餐也。酒盈杯，書滿架，名利不將心挂。

【注釋】❶荻花　荻草之花。荻，草名。與蘆同為禾本科而異種，葉較蘆稍闊而韌。白居易〈琵琶行〉：「楓葉荻花秋瑟瑟。」❷瀟湘　湘水。❸橘洲　一作橘子洲，在湖南長沙湘江中。相傳西晉永興年間始成此洲，以產佳橘得名。❹垂綸　垂釣。❺篷　此處代指船。

【語　譯】秋天飛荻花，瀟湘夜幕掛。橘子洲上橘點點，美景如同屏上畫。輕碧煙霧中，皎潔明月下。小舟漂江上，收鈎已作罷。碧水當作家，小船如大廈。一日三餐有魚羹，稻米煮飯香噴噴。美酒倒滿杯，書籍擺滿架。名利看作身外物，不讓它們將心掛。

【賞　析】上闋〈漁歌子〉描繪了春天的湘江，此首則描繪了秋天的湘江。上片以景語發端，描繪了瀟湘的秋夜之景。皎潔的月光下，兩岸的荻花素白一片，泛著微波的江水發出銀亮的光芒，江面上飄蕩著乳白色的霧氣。天地似乎都銀裝素裹，清雅、潔白，人置身於其中，彷彿來到了初始的潔淨的世界。最引人注目的是橘子洲，橘樹繁茂，黃色的橘子布滿了枝頭，像墨藍的天空中無數的星星。這風景宛如屏風上的畫一般美，令人陶醉。詞人就在這樣的環境中蕩槳，垂鈎。這如詩如畫的瀟湘之夜的描繪，蘊含著作者對大自然的熱愛之情。下片以情語起筆，直接抒發詞人對山水的傾心。他以水為家，用船作屋，一日三餐是魚羹稻飯，還有美酒，除了垂鈎之外，即閱讀書籍。此種生活，真是神仙般的日子！作者自得地說，我已將名利驅除於心外了。詞人如此熱愛山水，暗含著他對世俗中爭名奪利生活的厭惡。多讀此詞，對名利或許會有新的認識。這闋詞的下片採用直陳其事的手法，不加任何雕飾，讀來親切如話。

其　三

柳垂絲，花滿樹，鶯啼楚岸春山暮。棹輕舟，出深浦❶，緩唱漁歌❷歸去。　罷垂綸，還酌醑❸，孤村遙指雲遮處。下長汀❹，臨淺渡，驚起一行沙鷺。

【注　釋】❶深浦　幽深的水口。浦本義為江水入海處。❷漁歌　漁人所唱之歌。❸醑　美酒。❹長汀　長長的水邊淺灘。

【語　譯】絲絲垂柳綠，鮮花開滿樹。兩岸柳浪黃鶯啼，楚地春山日已暮。小舟蕩木槳，搖出幽深港。悠揚漁歌不停唱，踏著波浪回家去。　收起鈎魚竿，拎起小酒壺。一座孤村是我家，在那霧繚雲遮處。沿著水邊走，來到淺水渡。停槳落錨跳下船，驚起一行沙上鷺。

【賞　析】這闋詞仍寫作者江上垂釣事，然時間上又轉為春天，而江沒有明指是瀟湘。由「楚岸」得知，大概仍然在湖北、湖南這一帶吧。上片描寫作者在罷釣歸途中所見到的景物與愉悅的心情。前三句描繪出了一幅優美的春江夕照圖：楊柳垂絲，繁花滿樹，黃鶯輕囀，春山晚照，在波浪不驚的江面上，作者駕著一葉小舟，從深水口出來，唱起悠揚的漁歌，回家來了。「棹輕舟，出深浦，緩唱漁歌歸去」，節律短促輕快，表現了垂釣者悠然自得、遺世忘俗的愉悅心情。下片首句「罷垂綸」與上片詞意重疊，然這樣寫並不嫌累贅，而是緊密地將上下片聯結起來。他收起釣具後，拿起酒壺喝了幾口酒，然後直起身來眺望著白雲深處的孤村，那就是他的家。這幾句既表現了他怡然的生活方式，也流露出他不與世俗之人為伍的處世態度。末三句承上片的「歸去」二字，具體寫回家的過程，「下」、「臨」、「驚」，三個動詞領起的句子連續排列，形象地表現了輕舟之快速，而快速則又表現了作者心情的輕鬆愉快。李調元在《雨邨詞話》卷一中非常推崇此詞，說此詞不在張志和〈漁父〉（西塞山前白鷺飛）之下。如此推崇的原因大概是此詞有澹泊、自然、質樸的特點，並對讀者的人生態度有相當的影響力吧。

其　四

九疑❶山，三湘水❷，蘆花時節❸秋風起。水雲間，山月裏，棹月穿雲遊戲。鼓清琴，
傾淥蟻❹，扁舟自得逍遙志❺。任東西，無定止，不問人間醒醉❻。

【注　釋】❶九疑　亦作九嶷，山名，在今湖南省境內，為舜之葬地。❷三湘水　指流經湖南境之三條江水，為長江、湘江、沅江。❸蘆花時節　代指秋天。❹淥蟻　酒意。❺逍遙志　志在優遊自得。❻醒醉　醒與醉。

【語　譯】高高九嶷山，迢迢三江水。兩岸蘆花白茫茫，秋風興起微微吹。白雲碧水間，山映月灑輝。蕩槳月依水波動，行舟雲嬌緊相隨。彈琴音清脆，美酒倒滿杯。一葉小舟江上漂，逍遙自在任意為。任船東西游，停行無常

規。自個兒垂釣尋樂，不去問人間醒醉。

【賞　析】四闋〈漁歌子〉，兩闋寫春水，兩闋寫秋水，此闋與第二闋寫的都是秋水。在作法上，四闋基本相似，上片寫景，下片抒情。上片的前三句，境界闊大，十三個字將今日之湖南，全部包容了進去，後三句描寫身邊之景，月色水波，皆入畫中。整個上片像一幅中國畫，既潑墨揮灑，又有工筆細描，疎淡濃密，一如自然。反覆吟誦，你的眼前就會出現令你心曠神怡的自然風光：平靜的江水倒映著江畔的高山、天上的白雲與月亮。秋風微微，兩岸白茫茫的蘆花在擺動中發出嚓嚓的輕響。詞人駕著一葉小舟，滑行在波浪不驚的江面上，那有情的月亮與頑皮的白雲緊緊相隨。「棹月穿雲遊戲」，詞人將自己融入於自然界中了，他已不再是山水雲月的觀賞者，而是它們中間的一部分。由此表現出他對山水的深情。下片借寫自己的生活方式來抒寫自己寄情自然、淡薄名利的懷抱。在幽靜的江面上，他一邊喝酒，一邊彈琴，任船兒飄蕩。逍遙自在，無拘無束，這樣的生活真不知自己是在人間呢，還是到了天上，哪裏還會去管世俗的名利之爭呢？更沒有興趣參與世俗的名利之爭了。讀此詞，洗心滌肺，令人與超然物外之思。

巫山一段雲 二首

其一

有客經巫峽，停橈向水湄❶。楚王曾此夢瑤姬❷，一夢杳無期。　塵暗珠簾卷，香銷翠幄垂。西風迴首不勝悲，暮雨灑空祠❸。

【注　釋】❶水湄　水岸。《詩經·蒹葭》：「所謂伊人，在水之湄。」❷瑤姬　巫山神女。《文選·宋玉·高唐賦》注引《襄陽者舊傳》：「赤帝（炎帝）女曰瑤姬，未行而卒，葬於巫山之陽，故曰巫山之女。楚懷王遊於高唐，晝寢，夢見與神遇，自稱是巫山之女，王因幸之。遂為置觀於巫山之南，號為朝雲。後至襄王時，復遊高唐。」❸空祠　神女不在，故說祠空。

【語　譯】巫峽處於長江上，有客乘船經過時。停船靠岸上山來，神女峰下望瑤姬。楚王在此與她會，雲翻雨覆樂不支。高唐一夢後，杳杳再無期。　塵灰已厚積，珠簾已捲起。爐冷香已消，翠帷垂筆直。西風勁吹令人寒，不勝悲愴回首看。瀟瀟暮雨天地暗，入窗進戶灑空祠。

【賞　析】這闋詞寫作者經過巫峽，憑弔神女祠時的感慨。「有客經巫峽，停橈向水湄」，點明人物、地點。「有客」當是作者自己，此時的身份是行旅之客。停舟向岸與巫峽聯在一起，就知道了作者駐船是為了上山遊覽神女祠。作者到了祠廟旁，便自然地興發楚王與神女高唐相會的聯想。然行旅之人孤寂淒涼的心情，使聯想的內容蒙上了灰冷的色彩，所想到的不全是楚王與神女交歡的快樂，更多的是夢後永遠的分離。或許楚王神女事使他想到了與妻子長期的分別，不禁黯然神傷。下片寫目睹到的祠廟荒涼破敗的景象。灰塵厚積，使本來金碧輝煌的殿堂黯淡無光；珠簾捲起，一眼即能看到頹衰的景況：香火冷落，翠帷低垂。當作者離開祠廟，在西風中回頭再看，酸楚萬分，那樣風流美麗的女神竟落到這一步田地。此時，暮雨瀟瀟，灑向空寂的祠堂。暮雨，也可以看作是神女的化身，她曾對楚王說：「妾在巫山之陽，高丘之阻，旦為朝雲，暮為行雨，朝朝暮暮，陽臺之下。」（宋玉〈高唐賦序〉）。灑空祠，即是降落空祠。此句意象悲涼，饒有餘味。

其　二

古廟依青嶂❶，行宮枕❷碧流。水聲山色鎖妝樓，往事思悠悠。　雲雨朝還暮，煙花春復秋。啼猿何必近孤舟，行客自多愁。

【注　釋】❶青嶂　青翠的山峰。❷枕　作靠近解。

【語譯】古老廟宇傍青山，古廟青山相輝映。楚王行宮臨碧水，故跡仍在風流散。江水嗚咽悲往事，四周青山妝樓闕。往事回憶起，愁思綿綿心淒慘。　早晨雲飛渡，行雨在暮晚。花開又花落，春去秋來到。猿啼聲淒厲，卻喜在江岸。猿猴何必近孤舟，行人愁多難承擔。

【賞　析】這闋詞仍以巫山神女故事為題材，借以抒發詞人的情懷。上片從神女祠與楚襄王遊雲夢的行宮寫起。「古」字道出了廟有著悠久的歷史，它把讀者的思維引向了遙遠的古代，使人們想到了楚王與神女的故事。「依」、「枕」二字，擬人化，使靜態的物有了生氣，並生動逼真地寫出了廟與青山、行宮與碧流的空間關係。「青」與「碧」皆為綠色，這就構成了一幅春天的畫面。「水聲山色鎖妝樓」，承接著前兩句，「青嶂」得「山色」，「碧流」出「水聲」，青山為牆，碧水為溝，把「妝樓」包了起來。暗指閨中的佳人不易見到，與自己有山水之隔。由神女的古廟突然跳到「妝樓」，似有不解之處。神女是虛幻的，傳說中也從來沒有說過她住著甚麼妝樓。這妝樓實是指詞人妻子或情人的妝樓。作者由巫山神女與楚王夢中短暫的歡愛之後再未相會事，想到了自己與心上人的別離。於是往事湧上心頭，幽思難盡。下片用哀惋的筆調傾訴著對神女命運的惋惜之情與抒寫自己行旅的愁緒。宋玉〈高唐賦〉謂楚王夢遊高唐，巫山之女願薦枕席，臨別辭曰：「妾在巫山之陽，高丘之阻，旦為朝雲，暮為行雨，朝朝暮暮」。詞人在前兩句既用此美麗的神話故事，以表現巫山神女的風流，又把朝雲暮雨等同於春花秋嵐，都作為巫山之地的實景來寫。給讀者傳達出這樣的意思：美麗的神女，多情的楚王，早已雲消雨散，風流蕩盡，唯有山川依然，春秋代序，人的生命與愛情的歡樂比起天地山水，是多麼的短促，又是多麼的脆弱。詞人想到此處，不禁愁湧滿懷，我與佳人的分離是多麼的愚蠢啊！這無疑是虛擲光陰，浪費了愛情。正當他愁懷不解時，那無情的猿猴還有意靠近孤舟，淒厲地啼叫，那聲音真讓人撕心裂肺哪！陳廷焯《白雨齋詞評》中評論末二句說：「啼猿二語，語淺情深，不必猿啼，行客已自多愁，又況聞猿啼乎？」

臨江仙　二首

其一

簾捲池心小閣虛，暫涼閒步徐徐❶。芰荷❷經雨半凋疏。拂堤垂柳，蟬噪夕陽餘❸。不語低鬟幽思遠，玉釵斜墜雙魚❹。幾迴偷看寄來書。離情別恨，相隔欲何如。

【注釋】❶徐徐　緩緩，緩行貌。❷芰荷　菱與荷。❸夕陽餘　夕陽的餘暉。❹雙魚　釵墜上魚形裝飾品。

【語譯】池塘中間閣空虛，捲起簾子美人露。天氣因雨暫時涼，緩出閣子步徐徐。菱花荷花遭雨打，半數仍在半凋疏。垂柳拂大堤，蟬對夕陽語。　美人默默低著頭，思緒紛亂無限愁。雙魚玉釵插髻上，相思從夜到白晝。幾回偷看寄來書，字字真情意濃厚。離情與別恨，相隔無奈人消瘦。

【賞析】這闋詞寫一個少婦對心上人的思念。在炎熱的夏天，少婦在池水的亭閣中憩息，雨過之後，天氣涼爽，少婦捲起簾子，使閣子通風透涼。「虛」既實寫閣子空空無物，也表現她內心的空虛。她仍感到煩悶，於是徐徐地走出閣子，可是，觸目的景色，一片淒涼。菱花與荷花，經過剛才的風吹雨打之後，凋零稀疏了，依依的柳絲無力地拂著大地，知了對著夕陽的餘暉拼命地叫喚，似因日落而悲鳴。淒涼的景色引發了她的幽思，對心上人的懷念之情不禁又兜上心頭。不語低鬟，玉釵斜簪是少婦幽思時的形象。「幾迴偷看寄來書」，意蘊豐富。按理講，閱讀夫君的來信，用不著躲躲閃閃，既為偷看，一定是遠在他鄉的人兒在信中抒發著對她濃烈的思念之情，其字字句句，皆充滿了愛意，看得她臉紅心跳。她怕被別人看見信，也怕別人看見自己的羞態，故「偷看寄來書」。愈看情越多，愈看恨越濃，然而，相隔著山山水水，又如何解這「離情別恨」呢？湯顯祖評說：「以不了語作結，也自有法。」這發自婦人心底的悲哀，久久地迴蕩在我們的耳畔。

其二

鶯報簾前暖日紅，玉爐殘麝猶濃。起來閨思尚疏慵❶。別愁春夢，誰解此情悰❷。
強整嬌姿臨寶鏡，小池一朵芙蓉❸。舊歡無處再尋蹤。更堪迴顧，屏畫九疑峰❹。

【注釋】❶疏慵　懶散。❷情悰　心情，情緒。❸小池一朵芙蓉　喻鏡中佳人宛若一朵芙蓉花。❹九疑峰　九嶷山。

【語譯】東方日出紅彤彤，鶯啼簾前來暖風。玉爐轉冷香已滅，殘存麝香味猶濃。起來之後仍相思，身體倦懶意態慵。夢中歡樂情無限，誰解醒後愁無窮。　強打精神整面容，粉白眉黑妝很濃，美人照鏡笑盈盈，小池一朵鮮芙蓉。玉郎一去無消息，沒有地方尋影蹤。不堪回首再看屏，雲遮霧障九嶷峰。

【賞析】這闋詞抒寫春日婦人的閨思。首句點明時令與時間。日出紅豔，東風送暖，然閨人還未起床，是鶯鶯在簾前的鳴叫將她喚醒。一「暖」字，說明是春天。《禮記・月令》：「行春令，則暖風至。」「鶯報」是「報曉」也，這又說明是在早晨。「玉爐殘麝猶濃」，玉爐雖然轉冷，麝香也已熄滅，然因麝香氣味濃郁，故至早晨仍未散盡。前二句，分別寫簾前簾內的景況。「起來閨思尚疏慵」一句，具體地寫出了閨中人的疏慵情狀。她何以在日出紅豔時，仍貪睡未起，那是因為「閨思」綿綿，體懶心慵，一「尚」字明白無誤地告知了未起床時的心境：夢縈魂繞，思情無限。可是誰能理解春夢中相見的歡情與夢醒後內心的愁苦呢？過片兩句「強整嬌姿臨寶鏡，小池一朵芙蓉」，既描寫其美貌，也表現出閨人對幸福生活的渴求，既然她還用心打扮，說明她心未灰，意未冷，在盼望著「舊歡」的來到。「小池一朵芙蓉」，以池喻寶鏡，以芙蓉喻嫩臉，極盡形容之妙。「舊歡」之「舊」字說明男子的身份不是丈夫，而是情人。「舊」又表明他們相別的時間已經很久了，歡樂的景象已經成了往事。但是，情未老，仍然濃濃的蘊藏於胸中，且愈嚼愈新。然而，再濃的思情又有甚麼用呢？玉郎一去無消息，至今人在何處，一點兒也不知。就像屏上畫著的九嶷山，雲遮霧障，不露面目。「更堪迴顧」，即是「不堪回顧」的意思，是傷心至極的話語。

南鄉子 十首

其一

煙漠漠❶，雨淒淒❷，岸花零落鷓鴣啼。遠客扁舟臨野渡❸，思鄉處，潮退水平春色暮。

【注釋】❶煙漠漠　煙霧迷濛。❷雨淒淒　雨下個不停。❸野渡　謂郊野處的渡口。

【語譯】郊野籠罩著煙霧，春日連下著小雨。兩岸花兒零落盡，綠樹叢中啼鷓鴣。遠行的旅客駕小舟，吱吱呀呀划向那無人的野渡。四望著煙波浩渺，惹鄉思寂寞之處。江潮退水平靜波浪不驚，東風吹花兒落春色已暮。

【賞析】〈南鄉子〉一共有十七闋，《花間集》收錄了十闋，所詠皆是南國風情，當是作者親歷南方之所作。筆調清新健美，突破了花間詞的綺麗脂膩的風格。「煙漠漠，雨淒淒，岸花零落鷓鴣啼」，寥寥幾筆，勾畫出了一片南國水鄉的暮春景色。不過，這景色是遠客遊子帶著愁眼看的，黯然幽傷。暮靄迷濛，細雨飄零，兩岸的春花凋謝殆盡，更是那鷓鴣鳥兒一聲聲地啼喚：「行不得也，哥哥。」滿懷的客思鄉愁，都融入了景物的描寫之中。詞的後三句，作者徑直走到了讀者的面前，交代了此時的身份是羈旅他鄉的遊子。面對周遭淒清的景色，作者油然地思念起家鄉、思念起在家鄉的親人。此時此刻，他駕著一葉扁舟，正向一處寂無人聲的渡口划去。不要說所望之景是悲涼的，即身邊的景況，亦令人心碎。「扁舟臨野渡」所含有的愁緒比起韋應物〈滁州西澗〉「春潮帶雨晚來急，野渡無人舟自橫」更甚。韋詩中的作者是淒涼景象的旁觀者，而李詞中的作者即是淒涼景象的一部分。「潮退水平春色暮」，江平無浪，沒有生氣，觸目所見，春景破殘，使本已酸楚的內心又添了幾多鄉愁。

其二

蘭棹舉❶，水紋開，競攜藤籠❷採蓮來。迴塘深處遙相見，邀同宴，淥酒一卮紅上面❸。

【注釋】❶蘭棹舉 划起木蘭舟。❷藤籠 藤筐。❸淥酒一巵紅上面 謂杯中清酒，被荷花映為紅色。巵，杯。

【語譯】用力划動木蘭槳，小船滑動起波浪。一群姑娘採蓮來，個個爭著拿藤筐。那邊又來了一群小姑娘，遠遠地相見於曲折的荷塘。舉起玉手遙相招，邀來同宴齊歡暢。杯中清酒滿蕩蕩，荷花輝映泛紅光。

【賞析】這闋詞描寫一群少女採蓮時的歡樂。「蘭棹舉，水紋開，競攜藤籠採蓮來」。平靜的荷塘，開滿荷花，與綠色的荷葉組成了一個如詩如畫的世界。幾隻蘭舟，競相前行，每隻小船上，都有幾個穿紅著綠的少女，她們舉槳划船，平平的水面立時泛起了波浪。到了蓮蓬豐富的地方，她們搶拿著藤籠，熟練地採摘起蓮蓬。這三句既描寫了南國水鄉的美景，又再現了生動活潑的工作場面。後三句寫採蓮少女的純樸與快樂。當她們遠遠地看見一群姑娘也來採蓮時，立即招呼她們到自己的船上來，拿出清澈的美酒，來招待她們，滿杯的清酒在荷花的映照下泛著紅光。「遙相見」即「邀同宴」，可見她們的熱情豪爽。描寫不多，但性格鮮明凸出。本詞語言不尚雕飾，以白描手法敘事寫人，風格樸實清新。

其 三

歸路近，扣舷歌❶，採真珠❷處水風多。曲岸小橋山月過，煙深鎖，荳蔻花垂千萬朵。

【注釋】❶扣舷歌 划船時敲擊船舷而歌。❷真珠 一作珍珠。

【語譯】歸家划船起水波，扣擊船舷唱棹歌。回想剛才採珠處，狂風常作惡浪多。山月有意啊照著河，沿著彎曲的河岸將小橋穿。煙靄籠罩山與水，似將郊野來封鎖。正是荳蔻花開時，岸垂鮮花千萬朵。

【賞析】這闋詞描寫採珠者工作後歸家途上的歡樂心情。「歸路近，扣舷歌，採真珠處水風多」。三三七的句式，讀來即能感受到採珠者歸家時的歡樂。歸路與來路，路程應該是一樣的長，而說「歸路近」，這是輕鬆心境下的感覺。心裏充滿了喜悅，於是情不自禁地擊打著船舷，唱起了棹歌。何以如此地快樂，不惟是採珠很多，而更是經歷了風險之後平安返回。「水風多」，即是風急浪高。《本草綱目》轉引《嶺表錄異》云：「廉州邊海中有洲島，島上有大池，謂之珠池。每歲刺史親監珠戶，入池采老蚌，剖取珠以充貢。」可見，採珠是在海中進行的。後三句以景來表現採珠人內心的歡樂。他沿著曲折的岸邊划行，山月始終跟著小舟，似乎為他照著前方的路。煙靄濃濃，籠罩著郊野，但近處的千萬朵荳蔻花在月光的照耀下，仍是鮮明奪目。這闋詞所描繪的畫面有很鮮明的南國特徵，採集真珠，曲岸小橋，荳蔻花開，在北國是沒有的。在表現歡樂心情的手法上，既有直接抒寫，又有通過樂景來間接地傳達。

其四

乘綵舫❶，過蓮塘，棹歌❷驚起睡鴛鴦。遊女帶香偎伴❸笑，爭窈窕❹，競折團荷遮晚照❺。

【注釋】❶綵舫　彩繪的船。❷棹歌　划船時唱的歌。❸偎伴　親熱地靠著。❹窈窕　形容女子體態美好的樣子。❺團荷遮晚照　用圓圓的荷葉來遮擋傍晚時候的陽光。

【語譯】乘著漂亮的畫舫，划過碧綠的荷塘。一聲嘹亮的棹歌，驚起沉睡的鴛鴦。遊玩的少女互相偎靠著，繡衣上襲滿了荷花的芳香。一個個苗條無比，競相比著誰漂亮。爭著折下圓圓的荷葉，遮擋住傍晚時的陽光。

【賞析】這闋詞描寫了南國少女在荷塘戲遊的畫面。一開頭，詞人就給我們一個動態的畫面：「乘綵舫，過蓮塘，棹歌驚起睡鴛鴦。」一隻彩飾華美的遊船，划過碧綠的荷塘，在一陣清脆而嘹亮的棹歌聲中，一對對貪睡的鴛鴦驀地被驚飛起。這裏，既點明了出遊的方式，又交代了出遊的地點，還寫出了出遊者的歡快情緒與環境的清幽與靜謐。「綵舫」、「蓮塘」和「鴛鴦」，又組成了綺旎的南國水鄉風光。這一如詩如畫的藝術境界充滿了美的誘惑力，讀者讀後無不興起嚮往之心。既然是「乘」、「划」，定然有人，那麼人呢？「遊女帶香偎伴笑，爭窈窕，競折團荷遮晚照」。她們是多麼的美麗、多麼的活潑啊！荷塘裏蕩漾著她們銀鈴般的笑聲，這是發自內心深處的笑，祇有天真無邪、無憂無慮，並且真正感受到大自然可愛的少女們，才會這樣笑。她們彼此間依偎著，表現出她們的親熱和友愛。「爭窈窕」，表現出她們愛美的心理。她們的爭不是明爭，而是暗爭，看看誰更有風韻，更苗條。當然也可以理解成與水中婷婷玉立的荷花競爭。人美，花也美，這是怎樣一個秀色萃集的環境呀！末句為我們描繪出一幅色彩明麗、景象生動的荷塘晚照圖：落日熔金，荷塘弄碧，一群無拘無束的少女，你爭我搶地折取那青翠欲滴的圓圓荷葉，然後高高舉起，遮擋那落日的餘暉。想像出這幅圖畫後，少女們歡快的情緒一定會感染著你，使你感受到生命的活力美。全詞純用白描手法，色調輕快，風格樸素，創造出令人難以忘懷的美的意境。

其五

傾淥蟻❶，泛紅螺❷，閒邀女伴簇笙歌。避暑信船輕浪裏，閒遊戲，夾岸荔枝紅蘸❸水。

【注釋】❶淥蟻　清酒。❷紅螺　酒器。劉恂《嶺表錄異》卷下：「紅螺，大小亦類鸚鵡螺，殼薄而紅，亦堪為酒器。刳小螺為足，綴以膠漆，猶可佳尚。」因用為酒杯之代稱。❸蘸　物點水也。

【語譯】倒下清冽的美酒，裝滿深深的紅螺。無事邀請女伴們，奏起笙來放聲歌。為避熱暑去划船，波浪輕輕，任憑小船水中游。盡情地遊戲喲，兩岸紅紅的荔枝，點著水面碰到船。

【賞析】此詞描寫了南國性格開朗的婦女們，在採摘成熟的荔枝之前，水中聚會的場面。「傾淥蟻，泛紅螺，閒邀女伴簇笙歌」，這樣的生活別是一種情調，它決不是「綺筵公子、繡幌佳人」所為，一股南國鄉村的生活氣息撲面而來。她們在晃蕩的船上，端起酒罈向紅螺的酒杯裏傾倒著清冽的美酒，任憑酒漿溢漫於杯外，她們喝著、笑著，互相邀請吹笙唱歌，清亮的笙樂與悠揚宛轉的山歌蕩漾在河面上。細味著這畫面，你能感受到這群健康爽朗的婦女樂觀的性格與生活環境的自由。不用「斟」，而用「傾」；不用「溢」，而用「泛」，都是為了準確地表現出作工的婦女的粗獷與豪放的性格。又「傾」、「泛」、「簇」，皆是動作，使得畫面不是平板的，而是生動活潑的，洋溢著生命的歡樂。「避暑信船輕浪裏，閒遊戲，夾岸荔枝紅蘸水」，既說明了為何在船上喝酒的原因，也點明了小船所在的環境。天氣炎熱，而河中清涼，故放船於河中。「閒」與「避暑」相扣，祇是為了消暑，故說「閒」。「閒」又與下一句關聯，因為荔枝還未收摘，故有閒。末句的畫面，色彩明麗，景象生動：兩岸夾著密密的翠綠色的荔枝樹，平靜的河水像玻璃鋪就的路面，點點絳紅的荔枝布在翠綠色的葉中，宛然是墨綠色的夜空中閃光的星星。纍纍的荔枝有時在風的吹拂下，點了一下水，又隨風而起。說是一幅畫，但如果真的要用筆來畫，未必畫得出呢。荔枝樹可繪，紅紅的荔枝果亦好塗，可是這個動態的「蘸」字，大手筆也要費一番心思。能描出這樣的南國水鄉風俗畫，不僅要具備隨心所欲的筆力，還要對南方的農村生活有透徹的了解。《栩莊漫記》的作者說：「『夾岸荔枝紅蘸水』，設色明蒨，非熟於南方景物不能道。」就看出了這一點。

其六

雲帶雨，浪迎風，釣翁迴棹碧灣中。春酒香熟鱸魚美❶，誰同醉？纜卻扁舟❷篷底睡。

【注釋】❶春酒香熟鱸魚美　春天作的酒已釀熟，飄出了酒香。以美味的鱸魚下酒菜。《本草綱目》卷四四：「鱸出吳中，淞江尤盛，四五月方出，長僅數寸，狀微似鱖而色白，有黑點，巨口細鱗，有四腮。」❷纜卻扁舟　將小船拴繫於岸邊。

【語譯】雲中灑下瀟瀟雨，風吹浪湧不停住。垂釣漁翁划船回，將船泊在港灣處。春天做的酒啊已飄香，美味的鱸魚食飽腹。誰來能與我同醉喲，纜繩繫牢一扁舟，篷底今夜又睡熟。

【賞析】這闋詞的內容同於我們常見到的以〈漁歌子〉、〈棹歌〉為調的詞，寫漁翁的閒適生活。一般來說，文人寫的釣翁詩，都不是真正地對垂釣生活的寫真，而是寄託著自己的情思，表現出對現實的不滿。此詞大概也是如此。「雲帶雨，浪迎風，釣翁迴棹碧灣中。」畫面非常特別，與一般的對漁釣生活的描繪迥然不同。如張志和的〈漁父〉：「西塞山前白鷺飛，桃花流水鱖魚肥。青箬笠，綠蓑衣，斜風細雨不須歸。」風光美好，釣者也是神迷心醉。又如李煜〈漁父〉：「一棹春風一葉舟，一綸繭縷一輕鉤。花滿渚，酒滿甌，萬頃波中得自由。」春風駘蕩，春江粼粼，詩人灑脫飄逸，飲酒放釣。而此詞的畫面則不同：烏雲滿天，狂風大作，暴雨傾瀉，小舟在波浪顛簸，使盡力氣才駛回平靜的小港灣中。「回棹」，回船，調船頭駕回之意。似乎還沒有盡興地垂釣，就掃興地回來了。自然環境的險惡無疑象徵著人世的險惡。本來，釣魚的地方是最平靜、最安全的，誰知也險象重重。祇有停泊港灣裏才是安全的。作者似乎在說，要想安全，過平靜的生活，就要絲毫不與世事，就像船泊在港灣裏那樣。「碧灣」與風急浪湧的江面，已形成鮮明的對照，這種對照流露出釣者逃出危境的歡欣。以下三句所寫的是釣者回到碧灣之後的事，為了慶賀自己安全歸來，自酌自飲，自得其樂。春天釀製的美酒，酒已飄香；新烹的鱸魚，其味鮮美。不知不覺中，有點醉了。於是，就將小舟繫了，在船篷下，呼呼的睡去。表面上看，釣者似乎對在港灣中的生活心滿意足，其實表現了釣者苦悶與無奈，「誰同醉」，即流露出他對一壺酒、獨自酌飲的厭倦，他很希望到江河中去展示才華，可是環境不允許他那樣做，因此，港灣自酌，雖有味美的鱸魚，卻不是他所熱衷的生活。總之，此詞語言質樸，沒有雕飾，意境深遠，有所寄寓。

其七

沙月❶靜，水煙❷輕，芰荷香裏夜船行。綠鬟紅臉誰家女？遙相顧，緩唱棹歌❸極浦去。

【注釋】❶沙月　沙灘上空的月亮。❷水煙　月光下的水面上，蕩著乳白色的煙霧。❸棹歌　划船時唱的歌。

【語譯】沙灘上空月沉靜，水面上面煙霧輕。圓荷綠菱花正發，濃香氣裏夜船行。烏黑的頭髮紅紅的臉，嬌嬌嬈嬈是誰家的千金。隔著很遠回頭一看喲，慢慢地唱著划船的歌，搖向那很遠的水濱。

【賞　析】這一闋詞描寫女子在月夜荷塘裏蕩槳。「沙月靜，水煙輕」，六個字，描繪出一幅河水月色圖：柔和而乳白色的月輝灑落在湖灘上，白沙反射出燦燦的光芒。平靜的湖面上，浮游著輕煙一般的霧氣。這兩句不僅寫出了環境的清幽和靜謐，也寫出了湖中人心情的平靜，衹有平心靜氣的人才能欣賞到這一種寧靜。「芰荷香裏夜船行」，使原來平面的畫變成了立體的畫，不衹見到船行於荷菱中，還聞到荷花菱花的清香。這該是怎樣的意境啊：皎月灑銀，靜水昇煙，荷菱花豔，船行其間。它已經把我們也引入畫中，親身感受著荷塘月色了。既有船行，定然有划船人；既見船行，也定然有旁觀人。下面三句則描寫了划船人——綠鬟少女，也暗寫了旁觀人——詞人自己。少女是很美麗的，烏黑的頭髮，紅撲撲的臉，因其在月光下，色彩轉濃，故黑用「綠」來表示，胭脂紅則直接用「紅」來表示，這說明作者觀察的細致與用字的準確。正因其美麗，所以引起了詞人的注意，才會有「誰家女」的詢問，當然不會問她本人，而是問詞人的同遊者。也許詞人有著一副風流瀟灑的模樣，他同時也為少女所吸引，當船划過之後，到了很遠的地方，她還「相顧」。不僅如此，為了引起詞人的注意，與讓詞人知道她的去向，她還慢慢地唱起棹歌，搖向極遠的水濱。由此可見，她不但美麗，而且還多情，或許她荷塘蕩槳，流連至月夜，除了想欣賞荷塘月色外，也想尋找到愛情吧。這闋詞不但描繪出了美麗的荷塘夜景，而且還表現出了朦朧卻讓讀者神往的浪漫的愛情，故而，我們說這闋詞呈現了景色的美、人的美與愛情的美。

其八

漁市❶散，渡船稀，越南❷雲樹望中微。行客待潮天欲暮，送春浦，愁聽猩猩啼瘴雨❸。

【注釋】❶漁市　魚市，賣魚的集市。❷越南　亦作粵南，古百越之地。《文獻通考・輿地考・古越南》：「自嶺而南，當唐虞三代為蠻夷之國，是百越之地，自交趾至會稽七八千里，百越雜處，各有種姓。」❸瘴雨　含瘴氣之雨。

【語譯】賣魚集市已經散，稀少渡船繫河灘。南越雲樹隱約見，遠遠望去很微小。趕路的人兒等漲潮，四面朦朦天要晚。友人送客至水邊，猿猴啼聲使人愁，又是瘴雨蠻煙身上沾。

【賞析】這一闋詞描寫了日暮江邊，行客待潮遠行的情景。開頭三句，雖然是一句一意，但都是表現時間已晚。

白天江邊人來人往，熙熙攘攘的漁市散去了，來賣魚的漁民們都划走了自己的小船，祇剩下不多的幾隻渡船泊在水邊，原本高大挺拔、聳入雲天的百越大樹，也漸漸地隱沒在暮靄中，變得朦朦朧朧，而看不真切了。這裏，作者緊緊抓住「漁市」、「渡船」、「雲樹」三個物象，富有特色地勾畫出一幅江南水鄉的別具風情的圖畫，表現了作者相當精彩的白描手筆。「行客待潮天欲暮」，是全詞關鍵性的句子，起著承上啟下的作用。由此我們知道前三句所描寫的景象是行客眼中所見，景象中所反映出的淒清情調正是他心情的流露。他的「望」並不是想看越樹的風景，而是望潮來。可能他所乘坐的船是一條大船，現在潮落，擱在淺水中，必須等漲潮後才能開船，而此時，暮色四起，天眼看就要黑了，他的心中充滿了焦急的心情。「送春浦，愁聽猩猩啼瘴雨」。主客殷殷，依依留戀，心緒本已淒然，而此時的猿猴卻在瘴雨蠻煙中哀切的啼喚，更增加了無限的愁情。這二句不僅寫出了行客出發地之景，還借景抒發了行客愁苦之情，然又不著一點痕跡。

其九

攏雲髻，背犀梳❶，焦紅衫❷映綠羅裾。越王臺❸下春風暖，花盈岸，遊賞每邀鄰女伴。

【注　釋】❶犀梳　用犀角製成的梳子。❷焦紅衫　衫為紅蕉所染。焦，即蕉。❸越王臺　古臺名。為西漢初年南越王趙佗所築，故址在今廣東省廣州市越秀山上。

【語　譯】攏起雲朵似的髮髻，插上玲瓏的犀角梳。薄羅衫衣蕉紅色，映襯得羅裙格外綠。越秀山上越王臺，臺下暖風人沐浴，鮮豔的春花開遍兩岸喲，踏春賞花，必邀鄰家女伴同來去。

【賞　析】這闋詞寫一女子邀伴同到越王臺下賞花。詞的前三句，給我們描繪了一個南國女子的形象：攏起高高的雲朵似的髮髻，髻上又插著玲瓏剔透的犀角梳，上身著蕉紅色的衣衫，下身繫翠綠色的羅裙，兩相輝映，鮮豔奪目。詞人沒有讓我們看到她的正面，但我們會想，背影和衣著如此好看的人，一定有粉臉與秋波的。這樣的女子在眾多的遊女中，也一定是醒目出眾的。她出外做甚麼？後三句作了介紹。「越王臺下春風暖，花盈岸，遊賞每邀鄰女伴。」原來她是來遊春賞花的。作者在告訴我們女子活動的地點、時間、目的時，還為我們描繪了女子所看到的春光：和煦的春風吹拂著大地，使人感到暖洋洋的，越王臺旁河流兩岸盛開著五顏六色的花朵，如霞如錦，賞心悅目。人處在這春的世界裏，感到心清氣爽，並引發出生命的活力。末句表面上說她不是一個人，而是與鄰女在一起，實際上寫其少女的純淨而害羞的內心，「每邀」即點明了這一點。這樣也使讀者不致於把她和風塵女子混為一談。

其十

相見處，晚晴天，刺桐❶花下越臺前。暗裏迴眸深屬意❷，遺雙翠，騎象❸背人先過水。

【注釋】❶刺桐　陳翥《桐譜》：「刺桐生山谷中，文理細緊，而性喜拆裂，體有巨刺，其實如楓。」李郢〈送人之嶺南〉：「回望長安五千里，刺桐花下莫淹留。」❷屬意　對某人有意。❸騎象　《本草綱目》卷五一：「時珍曰：象出交、廣、雲南及西域諸國。野象多至成群。番人皆畜以服重，酋長則飾而乘之。」

【語譯】難忘那相見的地方，也難忘那相見的時光，西邊布滿了燦爛的晚霞，刺桐花下越臺的前方，佳人有意暗回首，含情脈脈朝我望。丟下一雙翡翠釵，背對人兒先渡水，穩穩重重騎大象。

【賞析】這闋詞寫一個南國少女向心中屬意的男子表示愛情的情景。他們本不相識，當他們在晚霞滿天的時候，在刺桐花下、越王臺前邂逅相遇時，風流俊雅男子深深地吸引住了女子。前三句交代了愛情發生的時間、地點與風景環境。這些描寫不僅反映了人物的輕鬆愉悅的心情，而且還會使讀者對所發生的一見鍾情式愛情堅信不疑。西天的紅霞夕陽，美麗芬芳的刺桐花，形成了浪漫自由的氣氛，在這樣的環境下，平常拘謹的心都會放鬆。後三句直接寫女子的傾心與表情達意的行為。「暗裏回眸」，說明他們原先不是情人，如果是情人約會，雖不一定相依相偎，但也不必目光躲閃，且贈送信物也不是直接交給對方的。寫女子的心理與行為，十分地生動傳神，令讀者如見其景。她先是偷偷地眉目傳情，深情致意，然後又假裝將一雙翡翠釵子遺失在地。她雖然是一個性格大膽的女孩，但畢竟是第一次見面，還是害羞的，「暗裏回眸」已經表明了這一點，所以在用這種方式贈送信物後，不等對方拾起，甚至都不好意思看對方一眼，就背對著心上人騎象過水去了。男子的態度始終沒有寫，他愛不愛女子呢？好像是個謎，其實，男子的態度已經暗含在女子的行為中了。女子表示愛情是有步驟的，第一步是以目傳情，會心暗示，第二步才是贈送信物，如果在以目傳情之後，男子態度冷淡，或者報以嘲笑，花兒再有意，豈能不顧尊嚴，去追求無情之流水。何況翡翠之釵，價值不菲，豈可以亂丟給無情之男子。此詞具有鮮明的地域特點，飽受儒家思想熏陶的中原地區大概不會有多少這樣大膽追求愛情的女子。

女冠子 二首

其一

星高月午，丹桂❶青松深處。醮壇開，金磬❷敲清露，珠幢❸立翠苔。　步虛聲❹縹緲，想像思徘徊。曉天歸去路，指蓬萊。

【注　釋】❶丹桂　桂之一種。《南方草木狀》：「葉如柏葉、皮赤者為丹桂。」❷磬　道士作法事的樂器。❸珠幢　作法事時掛在堂上的以珠為飾之幡。❹步虛聲　指道士的誦經聲。《異苑》：「陳思王（曹植）遊山，忽聞空裏誦經聲，清遠遒亮，解音者則而寫之，為神仙聲。道士效之，作步虛聲。」

【語　譯】高高夜空星無數，皓月正當午。紅皮桂樹好多棵，排在青松深處。開壇做法事，拜神念經書。金磬篤篤響，震動夜清露。真珠飾幢幡，豎在青苔上。　空中傳經聲，縹緲卻清楚。相像翅膀展，徘徊在天宇。天亮要歸去，直上蓬萊路。

【賞析】這闋詞描寫女道士清夜作法事時的神思活動。前一片寫道觀內外的景色。「星高月午，丹桂青松深處」，描寫道觀外的幽靜環境。墨藍的天空上布滿了點點的星星，一輪皓月正懸掛在道觀的上空。月光下，青松翠柏，森然密布，隱隱約約地見到數棵絳紅色的丹桂。這靜謐的景致正與道士的清靜、無為相聯繫，也可以由這人間的「仙境」看出女道士的嚮往。後三句寫其道觀內的景色與女道士的活動，雖然月到中空，但女道士沒有就寢，而是在醮壇上祭神念經，清脆的金磬敲擊聲震動著夜露，五顏六色的珠子裝飾的幢幡映著碧綠的青苔。這三句描寫既表現了觀中濃厚的道教氣氛，又反映了女道士虔心修煉的態度。後一句著重寫女道士的神思活動。她如此的虔誠學道，目的自然是羽化昇天。她一邊誦著經文，一邊心裏在活動，想像的翅膀隨著縹緲的誦經聲飛向了眾仙聚集的天堂。「徘徊」，來回不前，這裏指女道士想像自己到了天堂後，流連忘返。拂曉之時，或許是晨鐘將她從想像中喚醒，她不得不從天上降至地上。其實，她此時並沒有完全清醒，仍然沉醉在成仙的歡樂中，所以迷迷糊糊之時，她沒有回到現實的道觀中來，而是奔向蓬萊的路。在以上的同調〈女冠子〉詞中，許多女道士，身在道觀，心卻未忘紅塵，雖然也常常神思恍惚，甚至徹夜不眠，但她們所想的不是成仙之事，而是不歸的「劉郎」。

其二

春山夜靜，愁聞洞天❶疏磬。玉堂虛，細霧❷垂珠珮，輕煙曳翠裾。對花情脈脈，
望月步徐徐。劉阮❸今何處，絕來書。

【注釋】❶洞天　道家稱仙人所居之處。《雲笈七籤》卷二七：「十大洞天者，處大地名山之間，是上天遣群仙統治之所。」這裏指女冠們的居處。❷細霧　衣薄如霧。與下句「輕煙」對應，然意卻不同，「輕煙」為焚香之煙。❸劉阮　即採藥與仙女相遇之劉晨、阮肇。

【語譯】春夜山巒真寧靜，道姑無事卻不眠。愁聽遠處醮壇上，一聲一聲是金磬。殿堂空蕩蕩，難慰寂寞心。衣

服如霧薄，珠珮叮玲玲。堂內煙繚繞，纏住翠綠裙。　將花來自比，對花亦含情。遙望空中月，慢步態輕盈，劉阮在何處，至今無音信。

【賞　析】這一闋〈女冠子〉可能與上一闋在內容上沒有聯繫，但我們在欣賞時，不妨根據第二句愁聞疏磬作這樣的聯想，這闋詞中的女冠與上一闋中的女冠，都是同一個觀中的師姐妹。這闋詞所表現的人物活動的時間與上一闋的為同時，正當上闋女冠敲磬誦經，想像著自己羽化成仙的時候，她正在心煩意亂、坐臥不寧，思念著音信杳無的情郎。兩詞中的女冠，一個是虔誠向道，一個是留戀紅塵，思想境界與度夜的方式迥然不同。詞的上片著重寫景與人的衣飾。上一闋詞的夜色與此詞的一樣，都是靜的，但由於人的追求不同，所以對靜夜的反應也就不同，前者心平如水，作著悠遠的遐想；後者寂寞難耐，不堪其冷清，對由因靜而清晰的磬聲極為厭煩。「玉堂」雖空，但卻不能使其心空，而是塞滿了愁緒。她的穿著也是世俗化的，透體綺羅，如同薄霧；長長的翠裙為輕煙所纏繞。這也說明了她的胸膛裏跳著一顆不安寧的心。她為何事而愁、而不安寧，下片由對她心情的描寫作了說明。「對花情脈脈，望月步徐徐」，按理講，入了道觀的人應該對風花雪月絕念毀思，可是她一如閨中之女子，對花含情，望月愁生。「對花情脈脈」，一定是將花自比，由自憐而憐花，花兒含苞待放，而己豆蔻年華，花為人惜，而己亦應被人愛也。所望之「月」定當是圓的，由圓而想到與有情人團聚，然現在形影相弔，人未來也，故而「步徐徐」，心情沉重。後兩句直接點明她愁思不寧的原因是思念「劉阮」。

酒泉子 四首

其一

寂寞青樓❶，風觸繡簾珠碎❷撼。月朦朧，花暗澹，鎖春愁。　尋思往事依稀夢❸，淚臉露桃紅色重。鬢欹蟬，釵墜鳳。思悠悠。

【注　釋】❶青樓　青樓有二解。一指豪貴之家，《晉書・麴允傳》云：「允，金城人也。與游氏世為豪族。西州為之語曰：麴與游，牛羊不數頭。南開朱門，北望青樓。」一指娼家。杜牧〈遣懷〉：「十年一覺揚州夢，贏得青樓薄倖名。」這裏指前者。❷珠碎　簾動時，綴飾其上的珠子有碎亂之感。❸依稀夢　彷彿是一場夢境。

【語　譯】寂寞生愁，悶坐閨樓。風來繡簾動，珠搖碎如豆。月色朦朧，花兒暗淡。憂思沒盡頭。　往事映現在心中，依稀如同一場夢。郎君一去無消息，淚污胭脂桃紅重。蟬鬢一邊斜，欲墜金釵鳳。思情悠悠長，臉上布愁容。

【賞　析】這闋詞描寫一閨中少婦夜思之情狀。上片以景寫情。首句「寂寞青樓」，既點明閨人所在的地方，又指出環境的冷清特點，同時又直說閨人現在的心境很是寂寞。第二句繼續寫景，但也是繼續地寫情。寂寞的青樓，是靜態的，給人以深深的壓抑感，而「風觸繡簾珠碎撼」，則是動態的。那麼，這簾動珠撼能否消除女主人翁內心的寂寞呢？不能，夜風入簾，寒意頓生，珠影亂搖，會使人更心煩意亂。三四兩句寫月寫花，按理說，月與花都是美的物象，可是它們卻因雲遮夜掩，未能現出美色，「月朦朧，花暗澹」，都不能使她開心，反而增添愁緒。上片末句的「鎖」字，是說她將一腔愁緒自閉於心中，而不向人訴說，獨個兒承受著精神上的痛苦。下片直接寫人，寫她的愁思與愁容。夜深而不眠，自然地會想起往事，然而，往事如同夢境一樣，彷彿與自己已隔得很遠，想到郎君現在又毫無消息，不能舊夢重溫，不禁淚珠滴下，臉上桃紅色的胭脂因淚水的浸濕，顏色變重了。她躺在床上，蟬鬢歪了，鳳釵掉了，然而，她的心仍飛向遠方，放在郎君的身上。本詞詞旨悱惻溫厚，尤其是上片的景色描寫，在有意無意間，塗上了淒涼的色調，讓人感受到閨人憂愁鬱結的心境。

其　二

雨漬❶花零，紅散香凋池兩岸。別情遙，春歌斷，掩銀屏。

孤帆早晚離三楚❷，閒

理鈿箏愁幾許。曲中情，絃上語，不堪聽。

【注　釋】❶漬　物被水浸。❷三楚　戰國時，楚國地方廣大，彭城（徐州）以西，包括河南南部、安徽北部為西楚，彭城以東，包括江蘇東部、南部為東楚，湖北、湖南與安徽西部和江西是南楚，合稱「三楚」。但這裏實指湖北一帶。

【語　譯】雨水漫浸，花兒凋零。池水落滿花，兩岸香散盡。別情漸遠，春歌斷聽。不勝愁苦，掩起銀屏。　玉郎早晚往回行，孤帆映著楚天雲。無事彈奏寶鈿箏，箏聲傳遞愁苦心。心中無限苦，變作曲中情。哀音欲斷魂，停住不忍聽。

【賞　析】這闋詞描寫了閨婦春暮時節的思人念遠之情。上片前兩句描繪了暮春的景象，以點明時間。「雨漬花零，紅散香凋池兩岸」，是說晚春久雨，花樹被雨水浸漬，滿樹的繁花都零落了，落花鋪滿了池水的水面。花的香味已變淡變無，在兩岸行走，也已聞不到了。接著三句描述了女主人翁的生活與心境。與心上人離別的情景已遙遙遠去，也就是說郎君離家已有了很長時間，她也早已無心再唱情歌，每日裏衹是掩起銀屏，自鎖閨中，獨自地咀嚼著相思的苦澀滋味。下片的首句「孤帆早晚離三楚」，是閨婦的想像，想像他不久就要離開湘楚一帶回家。然而，這僅是一個美好的想像，並不能成為現實。當她日等夜盼而不見時，愁又不免從心中生起，於是用彈箏來抒發愁緒。那哀婉的曲調，如泣如訴，勾出了女子內心最深處的情感，自己彈的曲子，自己卻承受不住那音樂的悲哀。把自己的想像竟當成了真實，可見她的相思到了恍惚的程度。

其　三

秋雨聯綿，聲散敗荷❶叢裏，那堪深夜枕前聽，酒初醒。　牽愁惹思更無停，燭暗香凝❷天欲曉。細和煙，冷和雨，透簾旌。

【注　釋】❶敗荷　枯荷。意為時節已到了深秋。❷香凝　香煙凝立不動，而不是裊裊飄擺。

【語　譯】秋雨綿綿，銀絲萬千。劈劈叭叭響，聲起枯敗荷田。雨聲攪得愁心碎，那堪深夜枕前聽。酒醉剛剛醒，雨聲又生怨。祇要天色不放晴，牽惹愁思不會停。窗口發白天要亮，殘燭轉暗香已凝。香煙細如線，冷雨透簾旌。

【賞　析】這闋詞描寫一位閨中女子在秋雨之夜的愁思。這一夜，秋雨連綿不斷，她的愁緒，也從深夜延至天明。開首兩句寫景，既點明時間，也通過這一幅蕭條淒涼的景象，定下了全詞清冷感傷的基調。秋雨瀟瀟，打在水塘裏枯敗的荷葉上，發出劈裏叭啦的聲響。雨打在荷葉上，也打在閨婦的心頭。那堪聽，正是不堪聽。秋天，是草木凋零的季節，象徵著生命的萎縮，所以，自古以來，人們就有秋風秋雨愁煞人的悲哀的慨嘆。更何況閨婦現在是在孤獨的生活中白白地浪費青春呢？「敗荷」的意象豈能不引起她青春消逝的痛惜？既如此，怎堪聽？雨聲真如萬箭穿心哪。「酒醒」，說明她的愁苦不是起始於今天夜裏，可能與秋雨俱來，又與綿綿的秋雨俱長。她的不堪也早已有之，為了稍解愁懷，她借助於酒的作用。可是酒總有醒的時候，一醒，即聽到雨聲，自然又興起愁苦。「牽愁惹思更無停」，緊承上片。這是閨人長時間經受秋雨折磨的體會，雨一日不停，一日愁苦，一刻不停，一刻愁苦，心情平靜固不可能，連模糊入夢也是不可能的。就這樣，她熬過了漫漫長夜，到了「天欲曉」之時。此時閨中死一般平靜、淒清，燭光將滅，香煙凝絕，冷雨寒氣，透過簾旌。此時此刻，情又何以堪？此詞雖寫閨中之情但風格沈鬱，創造出可感的淒苦不堪的藝術意境。「那堪」二字用得精妙蘊藉，雖未說愁苦，但讓讀者感受到了比愁苦更冷的心境。

其　四

秋月嬋娟❶，皎潔碧紗窗外。照花穿竹冷沉沉，印池心。　凝露❷滴，砌蛩吟，驚覺謝娘殘夢。夜深斜傍枕前來，影徘徊。

【注　釋】❶嬋娟　形態美好。孟郊〈嬋娟篇〉：「花嬋娟，泛春泉；竹嬋娟，籠曉煙；妓嬋娟，不長妍；月嬋娟，不可憐。」❷凝露 露水凝聚。

【語　譯】秋月盈盈，如玉潔明。月光穿過碧紗窗，懸在空中自運行。照花穿竹林，態度冷冰冰。明亮潔白影，映在池中心。露重滴滴淋，階上蟋蟀吟。吟聲驚醒謝娘夢，愁緒生起不再眠。夜深月斜照著枕，徘徊不去伴閨人。

【賞　析】這一闋詞描寫一位女子在月夜中對情人的思念。表達上委婉含蓄，耐人尋味。上片寫月。秋天的月亮形態美好，晶瑩皎潔，乳白色的月輝灑落在碧紗窗上，似在向窗內窺探。她在空中邁著輕盈的腳步，照著秋花，穿過翠竹，來到了池塘的上空，把倩影倒映在池塘的中間。這秋月的人格化描寫，既生動地表現了作為客觀景物的月亮，也隱隱地表現出了女子的美貌。我們在欣賞這一輪月亮時，已經接受了作者把它當作美人的暗示。從月亮的形象中，看到了美人體態柔美、光彩照人，並且端莊矜持。下片寫女子在月夜思人，並繼續吟詠月亮。「凝露滴，砌蛩吟，驚覺謝娘殘夢」，把謝娘從殘夢中驚醒，有兩種聲音。一是凝聚的露水從屋檐上滴落下來的聲音，二是石階邊上的蟋蟀悲秋的吟唱。她的夢定與相思的人兒有關，愁思而夢，故夢境煩亂，而且也很淺，故而，露珠的滴落聲和蟋蟀的鳴唱，都會使她驚醒。驚醒之後，像通常作夢之人所做的那樣，回味夢中的情景，於是，在這寂靜的深夜，孤獨、惆悵的情緒油然襲上心頭。就在這個時候，可人知心的月亮，「夜深斜傍枕前來，影徘徊。」在上片，月亮與美人合而為一，下一片月亮與美人雖然分了開來，但仍是親密無間的知心知意的朋友，你看月亮，透過碧紗窗，溫柔的斜輝落到枕前，輕輕地撫摸著、安慰著美人，它看到美人如此孤獨、寂寞，不忍心離去，在床前徘徊依戀。此詞在運用象徵的手法上，表現了嫻熟的技巧，始終將秋月當作具有人的性格和行為的事物來描寫，如以「嬋娟」描寫秋月之姿態，以「穿竹」、「枕前來」、「徘徊」描寫秋月之行為，以「冷沉沉」描寫秋月儀表與性格等等，都具有人的特徵。

望遠行 二首

其　一

春日遲遲❶思寂寥，行客關山❷路遙。瓊窗時聽語鶯嬌，柳絲牽恨一條條。　休暈繡❸，罷吹簫，貌逐殘花暗凋。同心猶結舊裙腰，忍辜風月度良宵。

【注　釋】❶遲遲　時間漫長。❷關山　代指行人所經過的山山水水。❸暈繡　是一種刺繡的高超技術。據況卜娛《織餘續述》云：「蜀・李珣詞〈望遠行〉云：『休暈繡，罷吹簫。』閨人刺繡，顏色濃淡深淺之間，細意熨貼，務令化盡鍼線痕跡，與畫家設色無異，謂之暈繡。此二字入詞絕新。」

【語　譯】長長春日太陽高，寂寞空虛思如潮。行人過關又翻山，艱難征程路迢迢。坐在窗前想心思，聽到鶯鶯啼聲嬌。窗外楊柳翠青青，繫情牽恨一條條。　刺繡手工巧，卻已停止了。心裏愁鬱結，懶得去吹簫。美麗容貌如鮮花，卻同鮮花一起凋。昔日打的同心結，依然扣在舊裙腰。你怎有這樣冷心腸，忍心辜負這良宵？

【賞　析】這闋詞的題材仍是閨婦的春思。在寂寞的閨婦看來，春季的白天是那麼的漫長，太陽遲了又遲，總不見下山。使人感到更加空虛與寂寥。在這漫長的白天裏，她想像著行人，也就是她的丈夫旅行的情景，他正在迢迢的驛道上行走，有時越關，有時攀山。正在她為郎君牽腸掛肚的時候，窗外不停地傳來黃鶯婉轉的叫聲。一「語」字，說明黃鶯不是單獨地啼唱，而是雌雄對語。這一景象無疑增添了她的愁思。她會想，禽鳥尚能成雙作對，沉浸在愛的歡樂中，而我祇能寂寥獨居。於是，由思轉恨。而由恨心看物，彷彿窗外的柳絲，每一條都繫上了恨。這說明了恨之多。下片寫她的因人不歸而精神頹靡的狀態。女子雖然有高超的刺繡手藝，卻不再去刺繡了；平常喜歡吹簫，但此時也沒心思去吹了。整日愁眉不展，思念著行旅在外的丈夫，漸漸憔悴，以致花容月貌跟隨著暮春的花朵而悄悄地凋謝。在古代社會裏，女子能夠拴住男子心的唯一本錢是色，而色衰必然愛弛，所以，「貌逐殘花暗凋」，流露出女子被冷落被遺棄的恐懼感。對鏡照容，暗自神傷。但她是清醒的，認識到自己的這一切都是因為由於「行客」的薄情。於是她質問起「行客」：早先定情的同心結還依舊繫在裙子的腰間，難道你都忘了嗎？你怎麼忍心辜負這風月良宵？這淒惋的憤慨卻祇能在閨中自個兒傾洩，並不能一絲一毫地改變她的處境，悲夫！

其二

露滴幽庭❶落葉時，愁聚蕭娘柳眉。玉郎一去負佳期❷，水雲❸迢遞雁書遲。屏半掩，枕斜欹，蠟淚❹無言對垂。吟蛩斷續漏頻移，入窗明月鑒❺空帷。

【注釋】❶幽庭　深深的庭院。❷負佳期　辜負了美好的時光。❸水雲　猶如山水。❹蠟淚　蠟油似淚。❺鑒　照的意思。

【語譯】露水滴滴落深庭，庭中樹葉亂飄零。蕭娘憂愁皺起眉，心中濃濃是離情。玉郎一去無消息，空負良辰與美景。山水迢迢天涯遠，大雁遲遲不傳信。　閨中半掩屏，斜倚山枕上。閨人傷心垂珠淚，蠟燭陪她淚不停。刻漏聲音渺茫來，蟋蟀悲鳴不堪聽。明月無知入窗來，照在空空帷帳中。

【賞析】這闋詞描寫一閨婦的秋夜之思。開首一句描寫庭院之幽靜與淒冷。露滴與落葉，聲音都是極輕的，夜雖謐靜，但一般人是無法覺察到的，能清晰地聽到這樣的聲音，不僅僅是未眠，而且極敏感。而達到這樣敏感程度的人，祇有長期失眠而神經高度緊張，才會如此。第二句雖然簡單地描寫了女子的愁容，但一個「愁」字，使我們知道了其精神狀態，幫助我們對全詞內容的了解。第三四兩句具體介紹了其愁的原因，一是玉郎去後不歸，辜負了良辰美景。二是遠在天邊的玉郎連個信也不捎來，讓她憂思不安。下片繼續寫她的愁思。「屏半掩，枕斜欹」，表現出了閨內的冷寂，無聲無息，沒有生氣。「斜」摹繪出了女子倦慵的狀態。「蠟淚無言對垂」，「對」，說明不是獨自垂，而是雙垂，那麼，另一垂淚者，無疑就是閨室的主人。「對垂」，又將無意識的蠟燭變成了有情之物，它為女子的不幸而感傷，流下了同情的淚水。「對」字用得極妙，耐人咀嚼。不眠之人最怕聲音，對聲音特別敏感，所以，詞人在寫了微乎其微的露滴與落葉聲後，又寫了女子聽到蛩鳴與刻漏聲。夜本是很靜的，但在不眠的女子看來，卻是個極嘈雜的世界。比起蠟燭來，月亮就不是有情之物了，它將圓圓的倩影當窗而懸，與孤獨的閨人形成鮮明的對比。這還嫌不夠，又用月輝灑在空帷上，刺得人無法入眠。

菩薩蠻 三首

其一

迴塘❶風起波紋細，刺桐❷花裏門斜閉。殘日照平蕪❸，雙雙飛鷓鴣。　征帆何處客？相見還相隔。不語欲魂銷，望中煙水遙。

【注　釋】❶迴塘　水流迴環之塘。❷刺桐　生長在南方的一種落葉喬木，春天開花。❸平蕪　雜草繁茂的原野。

【語　譯】塘水迴流微風起，一片漣漪波紋細。春日刺桐花正開，卻不觀賞把門閉。青草繁茂原野上，殘陽覆照冷淒淒。雙雙對對鷓鴣鳥，來來去去眼前飛。　郎君去後常相思，征帆今日在何處。夢中見了我郎君，卻是不能親依依。郎君不說一句話，妾身掉魂心如撕。醒後夢境使人懼，望中水遠蒙煙霧。

【賞　析】上片從景物描寫入手，由近及遠地畫出了一幅春日黃昏的圖景。首句透出了花間詞共有的氣息，即華美柔媚。如寫水，多曰細。顧敻〈河傳〉〈曲檻〉有「碧流紋細」句，溫庭筠〈菩薩蠻〉〈翠翹金縷〉說「水紋細起春池碧」。池塘上，清水迴流，微風吹起一片漣漪，這細微的變化，竟被詞中的主人翁捕捉到了。這些景象只有百無聊賴的人才能捕捉到，暗示了她的心境寂寞。「刺桐花裏門斜閉」，點明時令與人物的心情。刺桐衹在春日開花，葉未發時，已是花團錦簇了。然而，主人翁對此並不欣賞。「門斜閉」是說門半掩著。一個「閉」字，把春色關在門外，自甘孤寂，可見其苦悶了。然而，心底下畢竟蘊藏著對幸福的渴望與期待，又忍不住地從半掩的門口向外張望，衹見夕陽映照的草野上，出現了雙雙飛翔的鷓鴣。在古代詩詞中，鷓鴣與鴛鴦一樣，象徵著愛情與美滿的姻緣。女子由此景的觸動。不由得更加傷感。下片著重寫女子的夢境與醒後的思惟活動。長久的思念自然會形成夫妻聚會的夢境。在夢中，她來到了一葉扁舟的停泊處，但不知道叫甚麼地方。能夠看見丈夫了，依然是舊日的容貌，但總有甚麼東西隔在他們中間，使他們無法作親熱的表示，祇是雙方冷冷地對視著。目睹這生疏的情景，女子傷心欲絕，她感覺到丈夫已經不是昔日愛憐自己的丈夫。萬分的痛苦將她驚醒，回想剛才的夢境，仍然感到害怕，於是更加想念遠人，便跑到水邊眺望，然而眼前唯有一望無際的浩渺煙波而已。這闋詞結構分明，上片景中寓情，又引發出下片的抒情。下片的情感抒發又回應上片之景，末句情景渾然一體。

其二

等閒將度三春❶景，簾垂碧砌參差❷影。曲檻日初斜，杜鵑啼落花。　恨君容易處，又話瀟湘❸去。凝思倚屏山，淚流紅臉斑。

【注釋】❶三春　農曆正月稱孟春，二月稱仲春，三月稱季春，合稱三春。❷參差　不齊貌。❸瀟湘　本指湘水，此處泛指湖南湘江流域。

【語譯】無事度日孤零丁，慢慢看過三春景。翠簾靜靜垂到階，日光照簾留著影。雕檻九曲連閣樓，太陽西斜照院庭。杜鵑鳥兒啼不住，落花紛紛空樹林。　恨君浪遊不專情，把個離別看得輕。才歸團聚沒幾日，又說要到瀟湘去。凝恨聚愁在心中，默默無語倚山屏。淚流滿面用手擦，胭脂不勻紅斑斑。

【賞析】這闋詞描寫暮春時的閨人之怨。她的怨來自於丈夫浪遊剛回，又要離去。上片描寫暮春景象。「三春景」三字，將整個春天一筆寫出，似乎這春天的時間在閨人的感覺中如箭如梭，其實，前面的「閒」與「度」已經告知我們，閨人在這三春中，無聊、孤獨，慢慢地度過了這長長的春天。以下兩句都是寫環境的靜寂，無論是門上的垂簾，還是門外之曲檻，都沒有半點生氣，這反映了閨人心境的寂寞。時到暮春之末，杜鵑聲聲地叫喚，花兒就在這啼喚聲中片片飄零。末句既是景語，又是情語。下片開首即是一「恨」字，彷彿一腔怨恨，噴薄而出。恨甚麼，恨郎君把離別之事看得很容易。「又話」說明人還未離去。「又」字可理解為剛回來不久，又提出離去，還可以在此基礎上，理解為不斷地提出離去。作為家庭中沒有地位的婦女雖然心裏一百個不願意，卻又能說甚麼呢？衹能是愁眉苦臉，默默地倚著屏山，淚水滂沱，將臉上的胭脂沖得花花斑斑。此詞的語言既雅致又樸素，將幽微的情感恰到好處地傳導了出來。

其三

隔簾微雨雙飛燕，砌花零落紅深淺。捻❶得寶箏調，心隨征棹遙。

楚天雲外路，動便❷經年去。香斷畫屏深，舊歡❸何處尋？

【注釋】❶捻　撚。本意為搓轉，這裏指彈箏的動作。❷動便　動不動。❸舊歡　舊日的歡情。

【語譯】簾外微雨千條線，雨中飛著一對燕。落花片片掉階上，紅色有深也有淺。纖纖玉手彈寶箏，箏聲嗚咽含哀怨。心隨郎君征帆去，雲水茫茫到天邊。　楚地離此路遙遙，彷彿是在天外邊。郎君動輒去那裡，一去幾年將妾拋。玉爐已冷香已盡，室暗畫屏如布罩。舊日歡情何處尋，心中茫然好焦躁。

【賞析】這是一闋思人念遠之作。「隔簾微雨雙飛燕，砌花零落紅深淺」，這是女子從屋內向外看到的景象，上句點明了天氣，下句點明時令。瀟瀟春雨，不緊不慢地下著，一對燕子在雨中飛翔。女子看到這樣的景象，頓然覺得自己孤單，本來使自己閑逸的雨景也變得沉悶不堪。更甚的是，階上的落花又映入眼簾，於是油然生起遲暮之感。首句的雙燕在雨中飛翔的景象當是受同時代翁宏〈春殘〉「落花人獨立，微雨燕雙飛」的影響，用雙飛之燕暗示閨中人之孤獨與對生活的渴望。閨婦因雙飛驕人的燕子與落花的觸動，思緒紛亂，於是她操起箏來，上撫下撚，抒發心中的情感，隨著淒惋低沉的曲調，她的心飛到了遙望的征帆上，似乎與久別的丈夫一起隨風浪而顛簸。下片的「楚天雲外路」承上片末句的「遙」字而來，「雲外路」是非常遙遠的意思。楚天，是湖北一帶。很遠的地方，丈夫卻動不動就去，因其遙遠，所以一去就是一年或幾年，而閨人在這段時間內，祇能是空閨獨守了。「動便」說明回來之後不長的時間又要去。如此情況，閨婦的生活，就可想而知了。詞人對她的孤獨生活作了簡單的勾勒：「香斷畫屏深，舊歡何處尋？」玉爐冷，香煙沉，陰暗的閨室使畫屏模糊不清。女子在這冷清、寂靜的環境中憂傷地回憶著舊日的歡情。此詞的情調低沉而傷感，反覆詠讀，似乎親眼見到了因相思日久而目光呆滯迷茫的少婦。

西溪子 一首

金縷翠鈿浮動，妝罷小窗圓夢❶。日高時，春已老❷，人來到❸，滿地落花慵掃。無語倚屏風，泣殘紅❹。

【注釋】❶圓夢　解說夢中的事情以推測吉凶，稱作圓夢。❷春已老　時令到了暮春。❸人來到　疑是「人未到」，不然滯塞難解。❹殘紅　落花。

【語譯】衣上金絲耀眼，頭上釵鈿晃動。梳妝過後獨坐，窗前妝臺圓夢。太陽高高昇起，春天將要歸去。情人仍然未來，思情油然增濃。地上落滿殘花，懶得掃入花叢。無言倚著屏風，啼泣對著落紅。

【賞析】這闋詞寫暮春時節，女子急切地等著戀人，可是戀人未來，使她悲傷不已。第一二句寫女子在早晨的活動，她精心地梳洗打扮。繡衣上的金線在晨光中閃閃滅滅，頭上的釵鈿裊裊晃動。「女為悅己者容」，她這樣的打扮是為了讓心上人高興。她為甚麼能確定心上人今天一定會來呢？因為她夜裏作了一個夢，根據夢的解析，他今天應該來。梳妝好之後，為了不使自己空等，坐在窗前又圓了一次夢，結論與以前一樣。可是，太陽昇高了，殘春的景象在明亮的日光中呈露無遺，心上人仍然未來。此時滿懷著的希望變為失望，心情萬分地頹傷，面對著滿地的落花也懶得去掃。默默無語，倚著屏風，望著殘紅而啼泣。「春已老，人未到」，包蘊著較為豐富的人物心理活動。鶯老花殘的景象，令女子聯想到青春的流逝，於是更加急切地渴望心上人來到，可是，愈渴望他來，卻愈見不到他的身影。失望、焦躁，攪得她心裏如亂麻似的，然又找不到排解愁緒的辦法，祇是無奈地哭泣。「泣殘紅」，實際上就是哭自己命運的不幸，「殘紅」即是她自身的寫照。

虞美人　一首

金籠鸚報❶天將曙，驚起分飛❷處。夜來潛❸與玉郎期，多情不覺酒醒遲，失歸期。

映花避月遙相送，膩鬢偏垂鳳❹。卻迴嬌步入香閨，倚屏無語撚雲篦❺，翠眉低。

【注釋】❶鸚報　鸚鵡報曉。❷分飛　分飛者為幽會之男女。分飛，驚恐地各自離散。❸潛　偷偷地。❹鳳　鳳形的金釵。❺雲篦　髮篦，此處作首飾用。白居易〈琵琶行〉：「鈿頭雲篦擊節碎，血色羅裙翻酒污。」

【語譯】金籠裏面鸚鵡叫，報告主人天將曉。情人醒後皆失驚，一個慌神一個跑。夜裏玉郎來聚會，情如熱火心在燒。兩個喝酒醺醺醉，天將亮時還睡覺。不能按時歸，郎君嚇壞了。　與花相映美容貌，避開月光送君遙。烏黑髮鬢偏一邊，鳳形金釵似要掉。郎君走遠已不見，嬌步慢行回香閨。默默無語倚屏風，手弄雲篦心內焦。擔憂皺眉頭，愁緒亂糟糟。

【賞析】這一闋詞描寫一對有情男女的幽會。詞人沒有寫幽會的全部過程，而祇是寫他們的分別。上片寫幽會的男女天將亮始驚醒。舊時社會男女沒有戀愛自由，視男女幽會為可恥之事，對於鑽穴踰牆者，往往為千夫所指，有的極保守的家族甚至以私法處以極刑。故而，戀愛的男女在幽會時都帶著恐懼的心情，小心翼翼，惟恐被人發現。詞中的男女也是如此，但他們這一次卻險些被人發現。他們在天將亮時，還沉浸在甜蜜的夢鄉中，當籠中的鸚鵡報告「天將曙」的消息時，兩人「驚起分飛處」，驚起後即「分飛」，可見情狀的急迫。其「驚」當為驚恐萬狀，而不是一般的驚慌。以下三句是陳述其「驚」的原因。「潛」，偷偷地，寫活了他們聚會時的緊張害怕的心理，同時也說明男子來此處，決不是初次，若不是熟門熟路，又如何能「潛」得來？男女交往已久，說明感情深厚，這為下一句「多情不覺酒醒遲」作了鋪墊。深情纔會聚歡，也纔會飲酒過度。「失歸期」者，當是男子，因為據下片來看，女子送別男子後，又進入了閨房。下片寫女子送別情人與送別後的情景。「映花」既說明女子的美貌，也說明天色已漸明，花已從夜幕中露了出來。「避月」，說明其離開時的謹慎，他們大概專從樹蔭下走，而避開月光，以防人看見。「遙相送」，在當時的情境下，不可能相伴著送別，祇能以目光將情人送得很遠，這三字反映了女子對心上人的深重的情意。「膩鬢偏垂鳳」，既是實寫宿妝之殘，也暗示夜中的纏綿之狀。人走後，她並沒有輕鬆起來，仍然是心不寧靜，其原因是玉郎「失歸期」。他天亮後到家，家長定會詰問的，他會不會受家法的懲罰呢？將整個心兒都傾在玉郎身上的女子在此時怎能心安？她的手不停地弄著雲篦，皺著眉，低著頭，盤著不盡的心思。這闋詞像一首敘事詩，採用順序、倒敘與心理描寫等手法，將一對情人分別時的緊張不安的情態與過程生動地描摹了出來。

河傳 二首

其一

去去，何處？迢迢巴楚❶，山水相連。朝雲暮雨，依舊十二峰❷前，猿聲到客船。

愁腸豈異丁香結❸？因離別，故國音書絕。想佳人花下，對明月春風，恨應同。

【注釋】❶巴楚　地名。巴，今日四川省重慶、萬縣一帶。楚，湖北等地。❷十二峰　巫山有十二峰。❸丁香結　丁香的花蕾。唐宋詩人常用來比喻愁思固結不解。

【語　譯】走啊走啊，走到何處？很遠的地方，迷濛的巴楚。山山水水相連接，早上湧雲晚下雨。船經長江到巫峽，十二青峰雲中露。猿猴一聲淒厲啼，船上客人心愈苦。　愁腸打著千千結，與丁香花蕾無分別。心裏如此苦，全因長離別。家鄉千萬里，音訊與書絕。想像佳人在花下，對著春風明月。一樣想著我，恨多傷心泣。

【賞　析】這闋詞的主人翁是一位坐船行旅的男子，寫他痛別佳人之恨。上片著重寫漂泊生活的孤苦。「去去，何處？」四字領起，詞簡意豐，男子之徬徨徘徊之狀宛然若見。其實，他不是不知道目的地，也不是無家可依，而是因對佳人留戀不捨，故躑躅不前。「迢迢巴楚」，就是對「何處」的回答。「迢迢」二字，表現了男子對遠離的惆悵心情，甚至有點畏懼的心理。「山水相連」，不是指出發地的故鄉與巴楚有山水相連，而是巴楚之地，非山即水，以此說明那裏環境的險惡。以下三句，空間上已經作了轉換，男子從出發地轉到了巴楚。「依舊」二字說明男子曾經到過此地，至少說他對這裏的情況包括地形氣候、典故傳說相當的熟悉，不然，他就不會有比較。這裏，依然是早晨捲雲，暮晚行雨。十二峰一如既往地聳立於船前；也依然是「高猿長嘯，屬引淒異，空谷傳響，哀轉久絕」。「朝雲暮雨」與「十二峰」自然使男子想到了神女與楚王的戀愛故事。神女自高唐相會之後，再也未見到楚王，可見，無論是神還是人，都偏多別離。男子想到此處，當然傷感不已。下片直接轉入心靈的抒發。丁香的花蕾為花片緊緊地包裹而成，如同鬱結不解之愁。愁為甚麼如此濃，如此多，全因與佳人離別和「故國音書絕」。佳人不在身邊，沒有了語熱體親，已經讓人傷感不已，更那堪家鄉的音訊斷絕。末三句從對方著筆，設想在明月之下，春風之中，佳人對自己的想念。「恨應同」表明了兩人的感情達到了心心相印的程度。〈河傳〉詞調的音樂變化很大，造成了句式錯落參差，韻腳密集多變，節奏轉換複雜。五代之後，很少有人再能運用此調。

其二

春暮，微雨，送君南浦❶，愁斂雙蛾。落花深處，啼鳥似逐離歌，粉檀❷珠淚和。

臨流更把同心結，情哽咽❸，後會何時節？不堪迴首，相望已隔汀洲，櫓聲❹幽。

【注　釋】❶南浦　南面的水濱。一般都是泛指離別的地點。江淹〈別賦〉：「送君南浦，傷如之何！」馮延巳〈三臺令〉：「南浦，南浦，翠濱離人何處？」❷粉檀　脂粉與口紅。❸哽咽　悲泣而聲氣結塞。❹櫓聲　划船之聲。

【語　譯】春天要去，下起微雨。親愛的郎君，送你到南浦。一雙蛾眉愁皺起，落紅片片花深處。鳥兒有情聲聲啼，替人傷感和離歌。脂粉口紅皆斑斑，以淚洗臉傷心哭。　走到河邊水流激，閨人贈郎同心結。別情太沉重，喉堵人悲泣。我要問郎君，再會何時節？郎君不語倚船桅，愁容滿面轉過頭。船隨風浪去，汀洲江上立。不見郎之船，惟聽櫓聲咽。

【賞　析】這闋詞寫一對情侶的臨江相別。上片寫送，下片寫別。「春暮，微雨」，點明了時令與分別時的天氣。晚春時節，春雨瀟瀟，給送、行之人的心裏添上了淒傷的情緒。「送君南浦」，交代了送別的地點。「愁斂雙蛾」，直接描寫閨人之愁態，她心情沉重，雙眉緊蹙。接著兩句用花與鳥襯托了人的悲傷，似乎花鳥皆是有情之物，都為這一對夫妻離別而傷感，花兒承受不了別情，紛紛謝落；鳥兒聲聲地啼叫，和著人唱的別離之歌。愁天苦雨，花落鳥鳴，這滿目淒楚的景象，使閨人無法抑制住傷心的淚水。郎君臨流登舟的那一刻，女子將他們昔日結的同心結又贈送給郎君，讓他睹物思人，而不要忘記了歸家。此時此刻，真是悲傷欲絕，想哭，怕對方傷心，想說，喉頭哽塞，又說不出來。後來還是問了「後會何時節」，可是郎君又哪裏能說得出來，祇見他默默無語，登上客船，當回首相別時，愁容滿面。船走了，漸走漸遠，後為一個汀洲所遮擋，祇能聽到那似有似無的櫓聲。這「幽」完全是一種幻覺，船已不見，櫓聲焉得聞？祇有心逐著征帆，在意念中行人仍未離開自己，纔會有這樣的感受。這闋詞描寫細膩，意象稠密，將委婉淒惻的別情淋漓盡致地表現了出來。

附錄

《花間集》研究論文索引（一九一一～一九九六年，大陸地區）

幾部詞集　西諦　《小說月報》十四卷三號，一九二三、三

溫飛卿〈菩薩蠻〉詞之研究　王志剛　《孤興》九期，一九二六、七

溫韋詞之比較　唐圭璋　《東南論衡》一卷二十六期，一九二六、一二

溫飛卿集蘭畹之意　沈曾植　《國學專刊》一卷四期，一九二六

溫庭筠　陳鱣　《國立北平圖書館月刊》二卷一期，一九二九、一

韋莊詩詞之研究　吳家楨　《大夏》九卷十七期

韋端己年譜（附溫飛卿）　夏承燾　《詞學季刊》一卷四號，一九三四、四

溫飛卿評傳　朱肇洛　《細流》創刊號，一九三四、四

溫飛卿與魚玄機　鄒嘯　《青年界》五卷四期，一九三四、四

溫飛卿詞的用字　鄒嘯　《青年界》六卷一期，一九三四、六

馮韋詞相似之點　鄒嘯　《青年界》六卷一期，一九三四、六

論《花間集》確有五百首　鄒嘯　《青年界》六卷一期，一九三四、六

論《花間集》不僅濃麗一體　鄒嘯　《青年界》六卷一期，一九三四、六

浣花詞與陽春詞　吳烈　《國民文學》創刊號，一九三四、一〇

五代時的兩位外國詞人李詢、李存勗　佚名　《中央日報》，一九三五、一、一八
《花間集》評注　張公量　《國聞周報》十三卷四期，一九三六、一
歐陽炯及其詞　肇洛　《北平晨報學園》九五六期，一九三六、五、二九
讀《花間集》注書後　晶明　《天津益世報讀書周刊》七十期，一九三六、一〇、一五
韋端己及其詞　金麓漴　《新民報半月刊》二卷五、六期，一九四〇、三
五代詞之發展及其社會背景　卓天祺　《中國公論》五卷五期，一九四一、八
《花間集》校記　冒廣生　《同聲月刊》二卷二號，一九四二、二
唐五代歌詞四論　葉夢雨　《風雨談》第三期，一九四三、六
溫庭筠與韋莊詞的創始　鄭騫　《讀書青年》一卷四期，一九四四、一一
溫庭筠〈菩薩蠻〉箋釋　浦江清　《國文月刊》三十五至三十八期，一九四五、五～九
溫庭筠〈菩薩蠻〉十四闋之表現　金鵬　《中國文化》第一期，一九四五、九
溫詞蠡測　徐沁君　《國文月刊》五十一期，一九四七、一
唐宋詞人年譜　陳瀅　《文學研究》，一九五七年第一期
《花間集》詞人張泌　黃清士　《光明日報》，一九五七、四、七
韋莊〈菩薩蠻〉五首　朱陳　《安徽師範學報》，一九五七年第二期
韋莊生年考訂　劉星夜　《光明日報》，一九五七、五、二六
與夏承燾先生談「斜暉脈脈水悠悠」　阮魯人　《語文教學》，一九五七年第三期
讀韋莊詞　夏承燾　《人文雜志》，一九五七年第五期
論溫庭筠詞的藝術風格　胡國瑞　《文學遺產增刊》第六輯
不同風格的溫韋詞　夏承燾、懷霜　《文匯報》，一九六二、三、一一

續談溫韋詞　懷霜　《文匯報》，一九六二、三、一五
花間詞體　懷霜　《文匯報》，一九六二、三、三一
論溫韋詞　唐圭璋、潘君昭　《南京師範學院學報》，一九六二年第一期
讀溫飛卿詞雜記　施蟄存　《中華文史論叢》第八輯，一九七八、一〇
韋莊抒情詞　夏承燾　《詞刊》，一九八〇、七
論牛嶠的詞　雷樹田　《唐代文學》，一九八一年第一期
論溫庭筠的〈菩薩蠻〉　袁行霈　《唐代文學》，一九八一年第一期
讀韋莊詞札記　施蟄存　《詞學》，一九八一年第一輯
孫光憲〈風流子〉淺析　陸永品　《名作欣賞》，一九八二年第四期
花間詞簡論　吳世昌　《文史知識》，一九八二年第十、十一期
對〈溫庭筠生年新證〉一文的意見　黃震云　《上海師範大學學報》，一九八五年第一期
吟成意態在虛描：溫庭筠詞法一例　申正　《懷化師專學報》，一九八五年第二期
韋莊詞的結構和語言藝術　吳傳駿　《龍巖師專學報》，一九八五年第一期
溫詞藝術研究：兼論溫韋詞風之差異　袁行霈　《學術月刊》，一九八六年第二期
「心曲」的外物化和優美化：論溫庭筠詞　楊海明　《文學評論》，一九八六年第四期
韋莊不是花間派嗎？與羊春秋先生商榷　張式銘　《光明日報》，一九八六、二、二五
《花間集》韻譜　曹文安、沈祥源　《南昌師專學報》，一九八五年第一期
關於花間詞的風格與流派　劉揚忠　《光明日報》，一九八六、八、二六
兒女情多，風雲氣少：《花間集》內容新評　沈祥源、傅生文　《武漢大學學報》，一九八六年第四期
花間詞中的別調：毛文錫詞作初探　諸葛憶兵　《求是學刊》，一九八六年第三期

孫光憲生平及其著作　莊學君　《四川師範大學學報》，一九八六年第四期
試論唐宋詞中的「南國情味」　楊海明　《文學遺產》，一九八七年第一期
溫庭筠〈菩薩蠻〉詞所傳達的多種信息及其判斷之準則　葉嘉瑩　《光明日報》，一九八七、六、一四
《溫韋馮詞校訂》前言　曾昭岷　《湖北大學學報》，一九八七年第五期
說韋莊〈思帝鄉〉詞一首　葉嘉瑩　《名作欣賞》，一九八七年第四期
花間詞與宮體詩比較論　蘇涵　《山西師大學報》，一九八八年第二期
說韋莊詞五首　葉嘉瑩　《名作欣賞》，一九八八年第二期
《花間集》評價質疑　張富華　《新疆大學學報》，一九八八年第四期
論晚唐五代詞風的轉變：兼論韋莊在詞史上的地位　莫礪鋒　《文學遺產》，一九八九年第五期
溫庭筠筆下的女性形象及其審美意義　劉尊明　《湖北大學學報》，一九八九年第五期
花間詞人孫光憲生平事蹟考證　劉尊明　《文學遺產》，一九八九年第六期
從前蜀文化的世俗化看前蜀詩詞　陶亞舒　《理論與改革》，一九九〇年第二期
花間詞意象運用特點的社會文化學分析　王世達、陶亞舒　《成都大學學報》，一九九一年第二期。
論花間派在詞史上的地位　張晶　《遼寧師範大學學報》，一九九一年第三期
溫韋詞的意象交疊與分流：兩種審美模式化比較　喬力　《社會科學戰線》，一九九一年第二期。
于「花間」香風中行「教化之道」　劉尊明　《南京師大學報》，一九九二年第二期
李珣和他的詞　祝注先　《西南民族學院學報》，一九九二年第一期
花間詞藝術風格析論　陳如江　《華東師範大學報》，一九九二年第二期
五代詞人李珣生平及其詞初探　程郁綴　《北京大學學報》，一九九二年第五期
論韋莊詞的創作手法　漆子揚　《祁連學刊》，一九九二年第二期

溫韋詞平議　宋心昌　《上海教育學院學報》，一九九三年第一期
從花間詞之特質看後世的詞與詞學　葉嘉瑩　《文學遺產》，一九九三年第四期。
重新認識花間詞　陳咏紅　《學術研究》，一九九三年第四期
略論花間詞的宗教文化傾向　陶亞舒　《貴州社會科學》，一九九四年第一期
花間詞審美：感知的表現特徵　《青海社會科學》，一九九四年第一期
五代詞說　賀中復　《河北學刊》，一九九四年第二期
論花間詞的藝術　朱恒夫　《江蘇教育學院學報》，一九九六年第一期

現代人不可不讀的智慧經典
——古籍今注新譯叢書

集當代學者智識菁華
重現古人的文字魅力

【文學類】

新譯千家詩　邱燮友、劉正浩注
新譯花間集　朱恒夫注　耿湘沅校
新譯幽夢影　馮保善注　黃志民校
新譯菜根譚　吳家駒注　黃志民校
新譯搜神記　黃　鈞注　陳滿銘校
新譯薑齋集　平慧善注　周鳳五校
新譯詩品讀本　程章燦注
新譯詩經讀本　滕志賢注
新譯楚辭讀本　傅錫壬注
新譯漢賦讀本　簡宗梧注
新譯人間詞話　馬自毅注　高桂惠校
新譯文心雕龍　羅立乾注　李振興校
新譯世說新語　劉正浩等注
新譯古文觀止　謝冰瑩等注
新譯江文通集　羅立乾等注
新譯阮步兵集　林家驪注
新譯明散文選　周明初注　黃志民校
新譯明傳奇選　張宏生注

新譯昭明文選	周啟成等注	劉正浩等校
新譯唐傳奇選	束　忱等注	侯迺慧校
新譯曹子建集	曹海東注	
新譯陸士衡集	王雲路注	
新譯陶淵明集	溫洪隆注	
新譯陶庵夢憶	李廣柏注	
新譯揚子雲集	葉幼明注	周鳳五校
新譯嵇中散集	崔富章注	莊耀郎校
新譯賈長沙集	林家驪注	陳滿銘校
新譯橫渠文存	張金泉注	
新譯顧亭林集	劉九洲注	
新譯元曲三百首	賴橋本、林玫儀注	
新譯宋元傳奇選	姚　松注	
新譯宋詞三百首	汪　中注	
新譯唐人絕句選	卞孝萱等注	
新譯唐詩三百首	邱燮友注	
新譯諸葛丞相集	盧烈紅注	
新譯駱賓王文集	黃清泉注	
新譯昌黎先生文集	周啟成等注	陳滿銘等校
新譯范文正公選集	王興華等注	葉國良校

歷史類

新譯公羊傳	雪　克注	周鳳五校
新譯列女傳	黃清泉注	陳滿銘校
新譯越絕書	劉建國注	黃俊郎校
新譯燕丹子	曹海東注	李振興校
新譯穀梁傳	顧寶田注	葉國良校
新譯戰國策	溫洪隆注	陳滿銘校
新譯左傳讀本	郁賢皓注	
新譯尚書讀本	吳　璵注	
新譯尚書讀本	張持平注	
新譯國語讀本	易中天注	侯迺慧校
新譯新序讀本	葉幼明注	黃沛榮校
新譯說苑讀本	左松超注	
新譯說苑讀本	羅少卿注	周鳳五校
新譯西京雜記	曹海東注	李振興校
新譯吳越春秋	黃仁生注	李振興校
新譯東萊博議	李振興、簡宗梧注	

開卷解惑——汲取大師智慧，優游國學瀚海

國學常識

邱燮友 張文彬 張學波 馬森 田博元 李建崑 編著

搜羅研讀國學者不可或缺的基礎常識，
以新觀念、新方法加以介紹。
書末並附有「國學基本書目」及「國學常識題庫」，
助您深化學習，融會貫通。

國學常識精要

邱燮友 張學波 田博元 李建崑 編著

擷取《國學常識》之精華而成，易於記誦，
便於攜帶。

國學導讀（一）～（五）

邱燮友 田博元 周何 編著

將國學分為五大門類，分別由當前國內外著名學者，
匯集其數十年教學研究心得編著而成。
是愛好中國思想、文學者治學的寶典，
自修的津梁。